D1433127

MAINTENANT
ET POUR TOUJOURS

Danielle Steel

MAINTENANT
ET POUR TOUJOURS

FRANCE LOISIRS
123, boulevard de Grenelle, Paris

Titre original : *Now and Forever*
Traduit de l'américain par Solange Lecomte

Édition du Club France Loisirs, Paris,
réalisée avec l'autorisation des Éditions Belfond

© Danielle Steel, 1978
© Belfond, 1984, pour la traduction française
ISBN : 2-7242-9636-2

Pour une époque spéciale,
avec un amour tout spécial,
spécialement pour :
Susan Alan, Beatrice Baer,
Melba Beals, Frances Brauer,
Lillian Oksman, Consuelo Smith,
Patricia Tuttle
À Claude Eric
pour tout ce qu'il me donne
et surtout l'écriture.
Et à Beatrix
pour être si merveilleuse
et si aimante toujours.

1

IL FAISAIT un temps superbe, une journée radieuse. De blancs nuages se détachaient avec netteté sur le bleu du ciel. C'était l'été indien dans toute sa splendeur. La chaleur intense, qui imprégnait l'atmosphère de langueur et de sensualité, semblait d'autant plus appréciable qu'elle était inhabituelle pour San Francisco. Ian s'installa à sa place favorite, une petite table de marbre rose dans un coin ensoleillé à la terrasse du restaurant d'Enrico. Au milieu des bruits de la circulation, des couples profitaient de l'heure du déjeuner pour flâner. Cette chaleur était si agréable!

Ian croisa ses longues jambes sous la table. Devant lui, trois marguerites dansaient dans un verre. Le pain, tout frais, était moelleux au toucher, et du bout de ses doigts délicats, presque trop fins pour un homme, il choisit avec soin une tranche dans la corbeille. Deux adolescentes qui l'observaient se mirent à rire nerveusement. Celui-là, il n'était pas simplement «mignon», il était désirable. Les petites elles-mêmes s'en rendaient compte. Il avait pour lui, incontestablement, la beauté, l'élégance, le raffinement et la distinction. Il était grand et mince. Il avait des cheveux clairs, des yeux bleus, des pommettes saillantes, des jambes qui n'en finissaient pas, des mains remarquables, un visage dont on avait peine à détacher le regard et... un corps qu'on se plaisait à détailler. Oui, Ian Clarke était un bel homme. Il en était conscient, du reste, mais avec une sorte de détachement. Il savait qu'il était beau. Sa femme le savait aussi. Et puis après? Elle était belle, de son côté. Ni l'un ni l'autre n'attachaient beaucoup d'importance à ce genre de chose. Mais cela comptait pour les autres, qui ne se lassaient pas de les regarder. Ils succombaient à cette espèce de fascination que produit toujours la contemplation des êtres exceptionnellement beaux. On veut savoir de quoi ils parlent, où ils vont, qui ils rencontrent, ce dont ils se nourrissent... comme si un peu de leur perfection était transmissible. Il n'en est rien, malheureusement. On ne devient pas beau, on l'est en naissant. Sinon, on doit dépenser des fortunes pour faire semblant de l'être. Ian, lui, n'avait nul besoin de tricher.

Une jeune femme en robe rose, coiffée d'un grand chapeau de paille naturelle, l'avait remarqué, elle aussi. Elle l'examinait à travers la fine vannerie de sa capeline. Elle regardait ses mains jouer avec le pain, ses lèvres toucher le bord de son verre. Elle apercevait jusqu'aux poils dorés de ses bras, puisqu'il avait relevé ses manches pour profiter du soleil... Quoiqu'elle fût à plusieurs tables de distance, rien ne lui échappait. Et ce n'était pas la première fois qu'elle le voyait là. Quant à lui, il ne l'avait jamais remarquée. Mais pourquoi l'aurait-il fait? Elle l'observa minutieusement, puis détourna les yeux. Ian ne s'apercevait même pas de sa présence! Il était trop occupé par le reste du spectacle.

Ce jour-là, il trouvait la vie merveilleuse : elle semblait s'offrir à lui dans toute sa somptuosité. Il venait de passer la matinée à travailler sur le troisième chapitre de son roman et, soudain, ses personnages s'étaient mis à vivre, à ressembler à ces gens qui erraient dans l'avenue. Qui flânaient, qui riaient, qui s'amusaient. Et, pour lui, les êtres sortis de son imagination faisaient déjà partie de la réalité. Il connaissait leurs moindres secrets, puisqu'il était leur père, leur créateur, leur ami. Ian trouvait vraiment réconfortant d'avoir recommencé à écrire. Désormais, son existence était remplie de nouveaux visages, de nouvelles personnalités, et quand il tapotait sur sa machine à écrire, il les sentait vivre jusque dans le bout de ses doigts. Alors, le contact même du clavier lui devenait agréable.

Que pouvait-on désirer de plus dans une ville où l'on adorait vivre, quand on avait un nouveau roman en chantier et une femme avec laquelle on trouvait toujours plaisir à rire, à jouer et à faire l'amour? Au bout de sept ans, tout en elle continuait à séduire Ian : son rire, son sourire, son regard, sa façon de s'installer, nue, dans la pièce où il travaillait et de se percher sur le vieux rocking-chair d'osier pour siroter une boisson fraîche en lisant son manuscrit. Tout cela était bon et serait encore meilleur maintenant que le roman prenait forme. C'était un jour à marquer d'une pierre blanche. Et Jessie allait enfin revenir à la maison. Mais, brusquement, la satisfaction que Ian tirait de ses trois semaines de travail se changea en un sentiment de solitude et de manque intolérable. Jessie!

Fermant les yeux, il fit abstraction du bruit des voitures. Jessie! Des jambes ravissantes, des cheveux ensoleillés et doux comme de la soie, des yeux verts parsemés de petits points d'or… Il la revoyait encore, au petit déjeuner, en train de manger du pain aux raisins tartiné de beurre de cacahuètes et de confiture d'abricots, tout en quémandant, entre deux bouchées, un avis sur les articles de printemps qu'elle avait choisis pour sa boutique. «Sincèrement, Ian, dis-moi ce que tu en penses. Est-ce une mode que tu détestes ou la trouves-tu bien? Je veux connaître le point de vue d'un homme. Sois franc!» Comme si le point de vue d'un homme sur la mode avait de l'importance! Les grands yeux verts, attentifs à ses réactions, semblaient lui demander, en fait, comment il la trouvait, elle, s'il l'aimait, s'il la désirait… Et c'était oui, toujours oui.

En buvant à petits coups son gin-fizz, il ne put, pourtant, s'empêcher de songer à tout ce dont il était redevable à sa femme, et il en eut un pincement au cœur. Impossible de l'oublier : il lui devait tant de choses ! Elle avait tout accepté de sa part. Son petit boulot d'enseignant qui rapportait une misère, ses fonctions de professeur intérimaire encore plus mal payées, sa place de vendeur de librairie… Non, cet emploi-là, elle ne l'avait pas supporté, parce qu'elle sentait qu'il en avait honte. Alors, il avait donné sa démission. Il s'était même essayé au journalisme après l'échec commercial de son premier roman. Et c'est à ce moment-là qu'elle avait hérité. L'argent avait aplani la plupart de leurs difficultés communes. Mais ses problèmes à lui n'en avaient pas été résolus pour autant.

— Savez-vous, ma petite dame, qu'un de ces jours vous en aurez plein le dos d'être mariée à un écrivain famélique ?

Il se rappelait que, dans la lumière de ce beau jour d'été, il avait scruté son visage. Mais elle s'était mise à sourire. Il y avait trois ans de cela.

— Tu ne donnes pas l'impression de mourir de faim, avait-elle répondu en lui tapotant l'estomac.

Ensuite, elle l'avait embrassé doucement sur les lèvres.

— Je t'aime, Ian.

— Alors, c'est que tu es folle. Mais je t'aime, moi aussi.

Il avait eu du mal à supporter cet été-là, car il n'avait pas gagné un sou depuis huit mois. Évidemment, ils avaient vécu sur la fortune de Jessie !

— En quoi suis-je folle ? Est-ce parce que je respecte ton désir d'écrire ? Parce que je te considère toujours comme un bon mari bien que tu n'aies plus de travail officiel ? Qu'est-ce que ça signifie, Ian ? Et qui s'en soucie ? Toi ?

Est-ce que ça te manque beaucoup ou n'est-ce qu'un prétexte pour te torturer le restant de tes jours ? (Il y avait dans
sa voix une légère amertume, mêlée à de la révolte.) Ian,
pourquoi ne pas te contenter d'être toi-même ?

— C'est-à-dire ?

— Un écrivain. Un bon écrivain.

— Qui prétend ça ?

— La critique. Oui, la critique l'a dit.

— Mes droits d'auteur disent le contraire.

— Oh ! va te faire voir, avec tes droits d'auteur !

Elle avait pris un air si grave qu'il ne put s'empêcher de
rire.

— Eh bien, je n'aurais pas beaucoup de succès avec eux !
Ils sont trop peu voyants pour exciter la convoitise.

— Veux-tu bien te taire, espèce de raseur !… Parfois, tu
me rends enragée.

Mais un sourire illuminait de nouveau son visage et il se
pencha pour l'embrasser. D'un lent mouvement du bout
du doigt, elle lui caressa la cuisse sans cesser de l'observer et
de sourire calmement. Et le désir l'envahit brusquement. Il
s'en souvenait encore.

— Je t'adore, vilaine séductrice. Viens, rentrons.

Ils avaient quitté la plage en se tenant par la main
comme des enfants, sous le regard amusé de deux complices. Ils n'avaient même pas attendu d'être rentrés chez
eux. À quelques kilomètres de là, Ian avait repéré une
petite crique un peu en retrait de la route. Après avoir garé
la voiture, ils avaient fait l'amour sous les arbres, environ-
nés des rumeurs de l'été. Ian se revoyait, ensuite, étendu
près d'elle sur la terre moelleuse.

Il s'était dit alors qu'il ne comprendrait jamais tout à fait
pourquoi elle s'était attachée à lui, ni pourquoi il s'était
attaché à elle. C'est le genre de questions que ne se posent
jamais les gens mariés… Pourquoi, mon amour ? Est-ce

13

pour ton argent? Ou pour quelque autre raison? Là-dessus, personne ne s'interroge, à moins d'avoir perdu tout bon sens! Et, pourtant, Ian était parfois tenté de le faire. Il lui arrivait de craindre que seule la foi qu'elle avait en son talent d'écrivain ne la retînt près de lui. Il espérait se tromper. Mais il y avait peut-être une part de vérité dans ses appréhensions.

Il se souvenait aussi de toutes ces soirées passées à discuter sur ses manuscrits en buvant du vin et du café. Elle était toujours pleine de certitudes et, précisément, quand il avait besoin d'être rassuré. De cela, il pouvait difficilement se plaindre.

— Je sais que tu y arriveras, Ian. C'est tout. J'en suis sûre.

Elle ne doutait pas, et voilà pourquoi elle l'avait forcé à quitter son dernier travail. Mais Ian se demandait parfois si elle n'avait pas voulu le rendre dépendant d'elle. Comment savoir? De temps en temps, cela le tracassait.

— Bon sang, sur *quoi* reposent tes certitudes? Comment peux-tu être certaine que j'y arriverai? Ce n'est qu'un rêve, Jessie, un fantasme. Parlons-en, du grand roman américain! Sais-tu combien de nullités parfaites pataugent dans la littérature en croyant avoir pondu le roman du siècle?

— Aucune importance. Ça ne te concerne pas.

— Peut-être que si.

Pour toutes ces raisons, il devait désormais connaître le succès. Il était obligé de réussir. Pour elle. Et pour lui-même. En six ans d'efforts, il n'avait écrit qu'un roman lamentable et un beau livre de contes que la critique avait salué comme un classique. On en avait à peine écoulé sept cents exemplaires. Et la vente du roman n'avait même pas atteint ce chiffre. Mais avec le nouveau manuscrit, ce serait différent. Il le savait. Ce livre-là était son enfant chéri, l'œuvre qui répondait à la création personnelle de sa femme : «Lady J».

La boutique de Jessie s'appelait «Lady J» et c'était une excellente affaire. Beaucoup de cachet, d'excellents modèles, le sens de la mode au moment opportun… Et tout cela grâce au flair de Jessie. Elle était de ces femmes qui ont de la grâce, quoi qu'elles fassent. L'éclat d'une bougie, une écharpe, un bijou, une touche de couleur, un demi-sourire, une lueur de cordialité, un certain allant, un chic fou!… Du chic, elle en avait à revendre. Elle l'avait reçu en naissant. Le chic émanait de toute sa personne. Entièrement nue et les yeux clos, elle en avait encore.

Il fallait la voir faire irruption chez lui, à l'heure du déjeuner, avec ses blonds cheveux épars et son petit sourire au coin des yeux. Tandis qu'elle l'embrassait dans le cou, une superbe rose orangée glissait soudain au milieu de ses papiers. Une merveille de rose. Ou bien elle lui apportait une éblouissante tulipe jaune dans un vase de cristal, posé sur un plateau près d'une tasse de café, avec quelques tranches de jambon de Parme, un melon, un petit morceau de brie… et le *New York Times*. Elle était ainsi faite, avec ce rare don de transformer tout ce qu'elle touchait en quelque chose de précieux, de meilleur.

Ian se reprit à sourire à ses souvenirs, tout en jetant un coup d'œil aux autres clients du restaurant. Si Jessie avait été là, elle aurait sûrement arboré une toilette vaguement scandaleuse, une robe de plage découvrant le dos et couvrant les bras, ou un fourreau très austère dont la jupe fendue permettait pourtant d'apercevoir un petit bout de jambe, ou encore un de ces chapeaux aussi sublimes qu'absurdes qui ne laissaient à ses admirateurs que la vision fugace d'un éblouissant œil vert tandis que l'autre jouait à cache-cache. Pendant qu'il l'imaginait ainsi, son attention fut attirée par la jeune femme au chapeau de paille qui

15

était assise à quelques tables de la sienne. Il ne l'avait encore jamais vue. Et il se dit qu'elle valait pourtant qu'on la regardât, surtout par un aussi beau soleil, quand on avait deux gins dans l'estomac! Mais son visage était à peine visible. Il n'en apercevait que la pointe du menton.

Elle avait des bras graciles et de jolies mains, sans la moindre bague. À l'aide d'une paille, elle absorbait doucement une espèce de boisson mousseuse. Ian, sans quitter des yeux la jeune personne en rose, se remit à évoquer Jessie et, aussitôt, il ressentit le désir fou de faire l'amour… Si seulement elle était rentrée! C'était le jour idéal pour aller à la plage, pour nager, transpirer, se rouler dans le sable et s'en frotter mutuellement le corps au milieu des effluves d'huile solaire. La manière dont la fille au chapeau, en buvant, remua les lèvres autour de sa paille le bouleversa. C'était à cause d'elle qu'il désirait Jessie, qu'il la voulait tout de suite.

On lui servit ses cannelloni. Il avait bien mal choisi son plat : c'était trop lourd, trop chaud, trop abondant. Il aurait mieux fait de prendre une salade. Et il n'avait aucune envie de commander un café après avoir avalé seulement trois bouchées de nourriture. La journée était trop belle pour qu'on dût se forcer. C'était bien plus naturel de se laisser aller ou de laisser, au moins, vagabonder son esprit. Cela ne faisait de mal à personne. Ian se sentait toujours à l'aise *Chez Enrico*. Il pouvait se détendre, observer des inconnus, rencontrer d'autres écrivains et admirer les femmes.

Sans raison, il permit au garçon de lui apporter un troisième verre. Il buvait rarement autre chose que du vin blanc, mais ce gin-fizz était agréable et rafraîchissant. Un troisième verre ne le tuerait pas, bien qu'avec la chaleur, dans ce climat d'ordinaire si tempéré, l'alcool montât facilement à la tête.

Chez Enrico, les clients allaient et venaient par vagues. Ils se pressaient sur la terrasse à la recherche d'une table pour éviter de s'installer à l'intérieur. Des hommes d'affaires desserraient leur cravate, des mannequins prenaient des poses, des artistes griffonnaient, des musiciens des rues faisaient leur numéro, des poètes plaisantaient entre eux. Les bruits de voix et la musique allaient jusqu'à couvrir le brouhaha de la circulation. On aurait dit l'exubérance d'un dernier jour d'année scolaire. De chaque côté du restaurant, les boîtes de nuit étaient silencieuses. Leurs néons ne se rallumaient que le soir et c'était mieux ainsi. C'était la vraie vie, spontanée, agitée, avec un parfum d'aventure.

Quand Ian quitta le restaurant, il ne put apercevoir le visage de la fille au chapeau de paille. Mais elle, en revanche, le regarda partir. Puis elle haussa les épaules et demanda la note. Elle se dit qu'elle pourrait toujours revenir. À moins que… Et tant pis, après tout!

Ian retourna vers la voiture en songeant à elle. Il était un peu éméché, mais pas assez pour que quelqu'un s'en rendît compte. Il se mit à rêver d'un poème intitulé *Ode à une Belle-sans-visage*. C'est en se moquant de lui-même qu'il reprit la voiture de Jessie. Il y pénétra en souhaitant que ce fût le corps même de sa femme. Un désir lancinant s'était emparé de lui.

Il se servait assez souvent de la petite Morgan rouge et il aimait beaucoup la conduire. «Une voiture bigrement chouette! se dit-il en mettant le contact. Bigrement chouette! Et pour une femme bigrement chouette!» Il l'avait offerte à Jessie grâce à son avance de droits d'auteur sur le livre de contes. Le chèque y était passé tout entier. C'était de la démence, mais Jessie avait été folle de joie. Et lui était fou d'elle.

Il fit demi-tour pour reprendre l'avenue et s'arrêta à un feu rouge. En passant à nouveau devant le restaurant d'Enrico, il perçut un frou-frou rose du côté de son œil droit. En effet, faisant tournoyer son chapeau sur un doigt, la jeune inconnue marchait en regardant en l'air et en ondulant librement des hanches, perchée sur des sandales blanches à hauts talons. La robe rose lui moulait les fesses, mais sans lui donner rien de vulgaire, et les boucles souples de ses cheveux roux encadraient joliment son visage. Que le rose lui allait bien et qu'elle était appétissante! Tout en courbes, épanouie, et si jeune… Vingt-deux, vingt-trois ans?… En l'admirant, Ian sentit son désir inassouvi se faire plus pressant. La chevelure cuivrée reflétait le soleil. Il eût aimé y toucher ou lui arracher le chapeau des mains et s'enfuir, pour voir si elle le suivrait. Il se sentait d'humeur à s'ébattre et regrettait de n'avoir personne pour partager ses jeux.

Quand la voiture la dépassa lentement, elle l'aperçut et rougit. Puis elle détourna les yeux, comme si elle ne s'était pas attendue à le revoir et qu'elle en fût embarrassée. Mais elle se ravisa bientôt et le regarda franchement. Son air de surprise avait disparu. Il était remplacé par un petit sourire, accompagné d'un imperceptible haussement d'épaules. «C'est le destin», pensa-t-elle. Après tout, elle ne s'était pas trompée, c'était bien ce jour-là que cela devait arriver… Elle n'avait donc pas mis sa robe rose pour rien. Finalement, elle en était très contente. Elle restait là, immobile, fascinée par le regard ardent de Ian, dont la voiture n'avait pas bougé. Elle continua de l'observer, plantée au coin de la rue, tandis qu'il attendait. Il s'aperçut qu'elle n'était pas aussi jeune qu'il l'avait cru. Vingt-six, vingt-sept?… Mais elle gardait de la fraîcheur, assez de fraîcheur, en tout cas, pour quelqu'un qui avait ingurgité trois gins en ne mangeant presque rien.

Elle l'examinait avec attention, mais avec un peu de méfiance. Comme il ne la quittait pas des yeux, elle s'approcha et offrit à son regard une poitrine rebondie qui contrastait étrangement avec ses bras d'adolescente.

— Est-ce que je vous connais?

Tout d'un coup, serrant toujours son chapeau dans ses mains, elle croisa les chevilles l'une devant l'autre et cela fit saillir ses hanches en avant. À cette vue, le trouble de Ian fut à son comble.

— Non, je ne crois pas.

— Mais vous m'avez dévisagée.

— Oui… Excusez-moi. Je… j'aime beaucoup votre chapeau. Je l'avais remarqué au restaurant.

Le visage de la jeune femme s'apaisa. Il lui sourit, mais il était déçu. Elle était plus âgée que Jessie. Peut-être même avait-elle un ou deux ans de plus que lui. Bien maquillée, elle était ravissante à dix mètres de distance. Mais, à six mètres, l'illusion se dissipait. De plus, une fine ligne sombre se voyait à la racine de ses cheveux. Néanmoins, elle n'avait pas tort de dire qu'il l'avait dévisagée.

— Je suis confus, sincèrement. Est-ce que je peux vous reconduire quelque part?

«Pourquoi pas?» se dit-il. Elle ne devait pas aller très loin. Probablement jusqu'à son bureau, dans une des rues voisines.

— Oui, je veux bien. Merci. Il fait trop chaud pour marcher.

Mais elle essaya vainement d'ouvrir la portière. Quand Ian l'eut débloquée de l'intérieur, elle se précipita sur le siège, jambes largement déployées. Cela, au moins, ce n'était pas de la frime.

— Où puis-je vous emmener?

— À Market, dit-elle après un petit silence. Est-ce que c'est votre chemin?

— Ça va, je ne suis pas pressé.

Ian, pourtant, était étonné par l'adresse. C'était un drôle de quartier pour y travailler et un très sale quartier pour y vivre.

— Aujourd'hui, c'est votre jour de congé? demanda-t-elle en le regardant avec curiosité.

— Oui, d'une certaine façon. Mais je travaille chez moi.

Il n'avait pas l'habitude de faire des confidences, mais la présence de cette fille le mettait mal à l'aise et l'incitait au bavardage. Elle portait un parfum lourd et sa jupe était remontée sur ses cuisses. Ian avait envie d'une femme. En fait, c'était Jessie qu'il désirait, mais elle ne devait arriver, malheureusement, que dix heures plus tard.

— Quel genre de travail peut-on faire chez soi?

Bizarrement, il songea à se faire passer pour un gigolo qui se contentait de vivre aux crochets de sa femme. Il supputa quelques instants l'argument en fronçant les sourcils.

— Je suis écrivain, finit-il par répliquer sèchement.

— C'est un métier qui vous plaît?

— Énormément. Pourquoi me demandez-vous ça? demanda-t-il, surpris.

— Parce que vous avez eu l'air contrarié. Ça ne vous va pas. Mais, quand vous souriez, vous êtes joli garçon.

— Merci.

— De rien. Vous avez aussi une jolie voiture.

D'un regard, elle avait évalué le tableau. La chemise impeccable style Saint-Tropez, les pieds nus dans les chaussures de Gucci… Elle ignorait qu'elles venaient de chez Gucci, mais elle se rendait compte qu'elles avaient dû coûter cher.

— Qu'est-ce que c'est? Une M.G.?

— Non. Une Morgan.

Il allait ajouter qu'elle était à Jessie, mais les mots lui restèrent dans la gorge.

— Et vous, quel est votre travail? reprit-il.

— Pour le moment, je suis serveuse au *Condor*. Mais j'ai eu envie de voir à quoi ressemblait le quartier en plein jour. C'est pourquoi je suis allée au restaurant. Au milieu de la journée, les gens sont bien différents. Ils sont bien plus calmes que le soir.

Le Condor n'avait pas la réputation d'attirer une clientèle très choisie. C'était la boîte qui avait inauguré la mode des serveuses aux seins nus et Ian présuma que la jeune fille travaillait elle aussi dans cette tenue. Elle haussa les épaules et un sourire adoucit ses traits. De nouveau, elle paraissait presque jolie, mais il y avait une certaine tristesse dans son regard. Une sorte de regret obsédant et hautain. Elle jeta à Ian deux ou trois coups d'œil singuliers qui renouvelèrent son malaise.

— Vous habitez Market? demanda-t-il pour cacher son embarras.

— Oui, à l'hôtel. Et vous?

C'était un piège. Que pouvait-il lui dire?... Mais elle répondit à sa place.

— Laissez-moi deviner. Pacific Heights?

Tout éclat avait disparu de son regard. Le ton de la question était cassant et semblait accusateur.

— Qu'est-ce qui vous le fait croire?

Il essaya de paraître amusé et un peu vexé, mais il n'y réussit pas. Un embouteillage les immobilisa et il eut le loisir de l'observer. On aurait pu la prendre pour une secrétaire ou pour une figurante de cinéma. Elle n'avait pas l'air vulgaire, mais épuisée. Et malheureuse.

— Chéri, la bonne odeur du fric vous environne.

— Ne vous laissez pas troubler par les parfums, ni éblouir par ce qui brille.

Ensemble, ils se mirent à rire. Lorsque la circulation redevint fluide, Ian joua un moment avec son accélérateur. Il prit la direction de Market.

— Marié? Dommage!... Les types intéressants sont toujours mariés.

— Est-ce un obstacle?

C'était une question stupide, mais il l'avait posée par simple curiosité. Et les verres de gin y étaient pour quelque chose.

— Moi, j'en pince parfois pour des hommes mariés, et parfois non. Avec vous, qui sait? Vous me plaisez.

— J'en suis flatté. Compliment pour compliment, je vous trouve plutôt jolie. Comment vous appelez-vous?

— Margaret. Maggie.

— Joli nom… C'est là que vous habitez, Maggie?

Il n'y avait qu'un seul hôtel dans le coin et il était assez minable.

— Oui, c'est là. À chacun son petit chez-soi. Épatant, n'est-ce pas?

Sa désinvolture n'était qu'apparente et Ian en ressentit de la pitié pour elle. L'aspect de l'hôtel était lugubre et déprimant.

— Voulez-vous monter prendre un verre?

Il eut l'impression qu'il la blesserait en refusant. Du reste, il ne se sentait pas suffisamment en forme pour travailler. Et il avait encore neuf heures et demie à perdre avant de se rendre à l'aéroport. Pourtant, il savait aussi ce qui risquait d'arriver s'il acceptait l'invitation. Ce serait jouer un bien mauvais tour à Jessie le jour même de son retour! Puisqu'il était resté sage pendant trois semaines, pourquoi ne pas tenir un après-midi de plus?

Mais le gin et le soleil lui troublaient les idées. L'air esseulé de cette pauvre fille en quête d'affection ne lui donnait pas envie de rentrer chez lui. D'ailleurs, avait-il vraiment un «chez-lui»? Rien, là-bas, ne lui appartenait vraiment si ce n'étaient cinq tiroirs remplis de manuscrits et la nouvelle Olivetti dont Jessie lui avait fait cadeau. Il n'était finalement qu'un gigolo de luxe, le prince consort de Jessie.

— Eh bien, j'accepte. J'ai le temps de boire quelque chose, à condition que ce soit du café. Où puis-je me garer ?

— Vous pouvez rester devant la porte. Nous ne sommes pas en zone bleue. On ne mettra pas votre voiture à la fourrière.

Il trouva une place le long du trottoir et, pendant qu'il faisait son créneau, Maggie, qui était descendue, regarda attentivement la plaque arrière de la voiture. Les lettres qui y étaient inscrites formaient un prénom, facile à retenir : Jessie. Elle crut que c'était celui du conducteur.

2

LE TRAIN d'atterrissage sortit enfin du ventre de l'appareil. Après avoir attaché sa ceinture et éteint sa petite lampe, Jessica sentit s'accélérer les battements de son cœur pendant que l'avion survolait une dernière fois la piste. De là-haut, on distinguait déjà parfaitement toutes les lumières au sol.

Elle regarda sa montre. Tel qu'elle connaissait Ian, il devait être en ce moment même en train de chercher fiévreusement à se garer dans le parking de l'aéroport. Comme d'habitude, il devait avoir une peur bleue d'être en retard et de rater son arrivée. Une fois garé, il allait courir à toutes jambes à sa rencontre et, très bientôt, il la rejoindrait, essoufflé et souriant, ému de la revoir. Il serait là à l'heure, comme toujours. Chaque fois, c'était une véritable fête de le retrouver.

Elle avait l'impression de s'être absentée pendant des mois, mais elle était tout de même très satisfaite de son séjour à New York. Elle avait choisi et commandé des articles de printemps absolument sensationnels : des tons pastel d'une grande délicatesse, de doux lainages coupés dans le biais, des tartans veloutés, de beaux chemisiers de soie à manches étoffées et de somptueux vêtements de

daim. Elle raffolait du daim. Oui, ce serait une pure merveille. Tout cela n'arriverait pas à la boutique avant trois ou
quatre mois, mais elle en rêvait déjà. Elle se souvenait en
détail de tous ses achats et estimait que, désormais, rien ne
serait à modifier dans la ligne de printemps. Jessie adorait
planifier son existence, prévoir chaque événement et déterminer bien à l'avance son emploi du temps, autant dans sa
vie conjugale que dans son travail. Elle n'avait pas beaucoup l'esprit d'aventure et bien des gens auraient trouvé
monotone son goût de l'organisation. Pour sa part, elle en
était heureuse.

Ils avaient projeté, Ian et elle, de se payer un petit voyage
à Carmel en octobre, puis de passer avec des amis la fête de
Thanksgiving, le dernier jeudi de novembre. Sans doute
iraient-ils aussi skier à Lake Tahoe pour Noël et faire un
saut au Mexique après le nouvel an pour avoir un peu de
soleil. Après quoi, la mode printanière commencerait à
arriver de New York. Chez elle, tout était réglé comme du
papier à musique, ses voyages et ses menus comme sa
garde-robe. Elle pouvait se le permettre : elle avait une
boutique prospère, un mari adorable qui ne lui faisait
jamais faux bond et des collaboratrices dévouées. C'était
peut-être parce qu'elle n'aimait pas l'imprévu qu'elle n'avait
jamais eu envie d'avoir un enfant… Un enfant, c'est de
l'imprévisible, quelque chose qu'on ne peut définir avec
précision. On ne sait jamais d'avance quelle sera son apparence ou sa façon d'être. On ne peut même pas prévoir le
moment exact de sa naissance ou ce qu'on en fera une fois
qu'il sera là. Rien qu'à la pensée d'être mère, Jessica se sentait mal à l'aise. C'était tellement plus simple de vivre à
deux, d'être Jessie et Ian, rien qu'un couple, et de ne pas
avoir de rival dans le cœur de l'autre! Jessie n'aimait pas la
compétition et, pour elle, Ian était le seul être qui comptait
au monde.

Elle ferma les yeux quand les roues de l'avion touchèrent la piste. Ian! Elle n'avait cessé de désirer sa présence depuis qu'elle l'avait quitté. Dans la journée, elle avait été très occupée et elle était sortie tous les soirs, mais cela ne l'avait pas empêchée de lui téléphoner chaque fois qu'elle rentrait à l'hôtel. Cependant, une conversation téléphonique ne vaut pas une caresse ni le contact des bras qu'on aime, ni la joyeuse complicité des regards qu'on échange entre amoureux. Il y avait des semaines qu'elle n'avait pu s'amuser à lui chatouiller la plante des pieds ni le rejoindre sous la douche pour recueillir ensuite du bout de la langue les gouttes d'eau qui ruisselaient sur ses épaules le long de ses taches de rousseur.

En attendant que l'avion s'immobilisât, elle étira ses longues jambes. Elle n'en pouvait plus de ce voyage interminable. Elle mourait d'envie de revoir immédiatement son mari. Il n'y avait jamais eu un autre homme dans sa vie. Difficile à croire, et pourtant… Une ou deux fois, elle avait eu des tentations, mais elle s'était reprise très vite. À ses yeux, Ian surpassait n'importe qui. C'était le plus attirant, le plus élégant, le plus tendre et le plus amoureux des hommes. Il comprenait si bien ce dont elle avait besoin qu'il comblait presque tous ses désirs. Depuis sept ans qu'ils étaient mariés, elle avait même perdu de vue la plupart de ses meilleures amies de New York et elle n'avait pas cherché à s'en faire de nouvelles à San Francisco. Elle n'avait que faire d'une présence féminine, d'une confidente ou d'une amie de cœur, puisqu'elle avait Ian. Il était son meilleur ami, son amant et même son frère, depuis la mort de Jake. C'est pourquoi elle estimait sans importance que Ian pût faire de temps à autre un petit «écart». Du reste, ce devait être tout à fait exceptionnel et il était si discret que Jessie ne s'en formalisait pas. Les hommes ne sont pas de bois et il est normal qu'ils aient des tentations quand leur femme est en voyage. Chez Ian, ce n'était pas une habitude et il n'était pas du genre à faire étalage de ses succès ni à s'en vanter pour la faire enrager. Du moins, c'était ainsi qu'elle voyait les choses. Elle voulait bien se montrer compréhensive à condition de rester dans l'ignorance. Elle ne faisait que des suppositions sur sa conduite en espérant qu'elle n'en viendrait jamais aux certitudes.

Jessica calquait son attitude sur celle qu'avaient adoptée ses parents autrefois. Ils avaient eu des enfants assez tard : sa mère approchait de la quarantaine et son père venait d'avoir quarante-cinq ans quand elle était née. Le petit Jake n'était venu que quatre ans après sa sœur. Ne s'étant pas mariés tôt, ses parents s'étaient montrés plus tolérants l'un envers l'autre qu'on ne l'est dans bien des couples. Aucun n'avait exigé de son partenaire qu'il lui sacrifiât sa personnalité. Ils avaient eu ainsi de longues années de bonheur. À force de les observer, Jessie s'était dit qu'on devait respecter certains tabous et ne pas faire souffrir inutilement ceux qu'on aimait. Il fallait de la considération réciproque pour réussir sa vie conjugale. Parfois, le simple fait de se taire et de laisser à l'autre sa liberté était une preuve de respect et… d'amour.

Il y a trois ans, Jessie avait perdu ses parents, morts à quelques mois l'un de l'autre ; son frère, Jake, vingt et un ans à peine, avait été tué au Viêt-nam l'année suivante. Heureusement qu'elle avait Ian ! La pensée qu'il pourrait ne plus être là, lui non plus, lui donnait des frissons. Sans lui, elle mourrait, comme son père était mort de chagrin quand sa femme avait disparu. Jessie ne pouvait imaginer de vivre sans celui qui était devenu son univers. Ian la consolait la nuit quand elle avait peur. Il la forçait à rire quand elle était submergée par la tristesse ou l'angoisse. Conscient de son extrême fragilité, il savait ce qu'elle aimait et la comprenait à demi-mot. Il était capable de prendre avec humour les pires inepties qu'elle débitait. Il sentait qu'il fallait la traiter à la fois comme une femme et comme une petite fille.

Elle entendit s'ouvrir les portes de l'appareil et les voyageurs commencèrent à se presser vers la sortie. Cinq heures de vol! Il était bien temps de rentrer chez soi. Jessie passa la main sur son pantalon pour en effacer les faux plis et elle récupéra sa veste en daim, d'une belle couleur feu qui allait à merveille avec le daim beige clair du pantalon et le ton caramel du chemisier imprimé. Tout cela mettait en valeur ses yeux d'un vert lumineux, son visage bronzé et ses luxuriants cheveux blonds qui flottaient librement sur ses épaules. Elle avait acheté la veste à New York en pensant à Ian, qui aimait lui voir porter des couleurs chaudes. Il allait être ravi de son achat, presque autant que du cadeau qu'elle lui réservait, un blazer Cardin. C'était un plaisir pour elle de le gâter. Trois hommes d'affaires et tout un troupeau de bonnes femmes caquetantes se précipitèrent pour passer devant Jessie. Mais sa haute taille lui permit de voir pardessus la tête des voyageurs : Ian était là et il eut un sourire radieux en l'apercevant. De la main, ils se firent signe. Puis il s'élança pour venir à sa rencontre, en se faufilant avec aisance au milieu des arrivants. Aussitôt près d'elle, il la serra dans ses bras.

— Enfin, te voilà! Ce n'est pas trop tôt. Et éblouissante, avec ça! Je ne sais ce qui me retient de te sauter dessus devant tout le monde.

Il avait l'air aux anges et il la couvrait de baisers. Quel bonheur c'était de le retrouver!

— Vas-y, saute-moi dessus. Je te mets au défi.

Ils restèrent là un moment, perdus dans la contemplation l'un de l'autre, mutuellement fascinés. La joie de Jessie éclatait dans son sourire. Elle ne pouvait s'empêcher de caresser le visage de Ian.

— C'est si bon de pouvoir te toucher, murmura-t-elle, envoûtée par la douceur de sa peau et le léger parfum de citronnelle qui en émanait.

— Jessie, tu ne sais pas à quel point tu m'as manqué!

Elle hocha la tête d'un air entendu, car il lui avait manqué tout autant.

— Dis-moi, comment va ton livre?

— Pas mal du tout. Très bien, à vrai dire.

Ils n'avaient pas besoin de grands discours. Quand ils eurent échangé brièvement les petits riens qui sont le lot des gens qui s'aiment, Ian ramassa le fourre-tout de cuir brun que Jessie avait posé par terre pour l'embrasser.

— Amène-toi, ma beauté. Rentrons chez nous.

Il lui prit le bras et ils s'en furent d'un pas vif, parfaitement adaptés l'un à l'autre dans leur allure, tandis que la blonde chevelure de Jessie caressait l'épaule de son mari au rythme de leurs mouvements.

— J'ai un cadeau pour toi.

Il s'y attendait et cela le fit sourire.

— Je vois que tu ne t'es pas oubliée, toi non plus. Tu n'as pas choisi n'importe quelle veste!

— Comment la trouves-tu? Superbe ou abominable? N'est-elle pas un peu voyante?

— Elle te va très bien. Sur toi, tout est beau, répliqua-t-il en admirant la subtilité de cet orangé tirant sur le rouge.

— Quelle amabilité extraordinaire! Qu'est-ce que ça cache encore? Aurais-tu bousillé la voiture?

— Mais, dis donc, qu'est-ce qui te prend? En voilà une façon de me parler!

— Qu'est-ce que tu as fait comme bêtise? reprit-elle en riant.

— J'ai échangé ta voiture contre un vélomoteur. J'ai pensé que ça te plairait mieux.

— Je suis touchée de ton attention! Bon. Cessons de blaguer. La voiture est-elle abîmée?

— Abîmée? Non seulement elle est en bon état, mais encore elle est d'une propreté impeccable. Quand tu me l'as laissée, elle ressemblait à une poubelle.

— C'est vrai, admit Jessie d'un air contrit.

— Vous êtes au-dessous de tout, ma petite dame, mais je vous adore, dit-il en s'arrêtant pour lui embrasser le bout du nez.

— Devine ce que je pense en ce moment, murmura-t-elle en le prenant tendrement par le cou.

— À combien de paris ai-je droit?

— Un seul.

— Tu m'aimes?

— Tu as gagné, répliqua-t-elle en l'embrassant.

— J'ai gagné quoi?

— Moi.

— Chouette, alors! Je suis preneur.

— Je suis si contente d'être rentrée…

Avec un soupir de satisfaction, elle se serra contre lui pour attendre l'arrivée du reste de ses bagages sur le tapis roulant. Ian voyait dans ses yeux le soulagement qu'elle éprouvait à être là. En effet, elle détestait voyager. Elle avait peur de mourir chaque fois qu'elle prenait l'avion, comme elle tremblait qu'il fût, de son côté, victime d'un accident d'auto en son absence. Elle était ravagée d'angoisse depuis qu'elle avait perdu ses parents et son frère. Pourtant, ses parents n'étaient pas morts de mort violente. On ne pouvait pas dire que sa mère avait disparu prématurément, puisqu'elle avait déjà soixante-huit ans. Et son père avait largement dépassé les soixante-dix. Mais Jessie, guère préparée à ce double deuil, n'avait pas tenu le coup. Comme elle n'était pas encore remise de la disparition de son frère, le décès de ses parents l'avait accablée. Il arrivait à Ian de

30

se demander si elle retrouverait jamais son équilibre. Frayeurs, crises nerveuses, terreurs nocturnes… Peur de la solitude et phobies de toutes sortes… Devant elle, Ian avait parfois l'impression d'être en présence d'une étrangère. Soudain, la jeune femme dynamique qu'il aimait devenait un être apathique qu'il fallait traîner comme un boulet. Alors, visiblement, elle essayait de le rendre totalement dépendant à son tour. C'est ce qui s'était passé quand elle l'avait forcé à quitter son emploi pour écrire à plein temps. Elle avait sans doute les moyens de le garder à la maison, mais il n'était pas sûr, lui, de pouvoir se le permettre. Il avait trouvé, bien entendu, quelques avantages à la situation et Jessie, du fait qu'elle entretenait son mari, avait acquis un sentiment de sécurité. Malheureusement, Ian était devenu sa chose.

— Attends un peu, ma mignonne, de voir ce que tu vas déguster tout à l'heure!

— Espèce de sale libertin!

— Oh! oh! je sais que tu adores ça…

— Je l'avoue.

Quand ils arrivèrent au parking, Jessie poussa des cris d'admiration en retrouvant sa petite voiture.

— Elle n'a jamais été aussi belle. Que lui est-il arrivé?

— Un bon nettoyage. Tu pourrais y penser de temps en temps. C'est une satisfaction facile à obtenir.

Il s'installa près d'elle et la regarda tendrement.

— Salut, belle dame. Soyez la bienvenue.

— Salut, mon amour. Je suis heureuse d'être de retour.

Tandis qu'il démarrait, elle retira sa veste de daim et releva les manches de son chemisier.

— Il a dû faire chaud ici, aujourd'hui. L'air est encore très lourd.

— Une chaleur torride, un soleil éclatant… S'il fait encore ce temps-là demain, tu pourras téléphoner à la boutique et prétendre que tu es coincée à Chicago par des tonnes de neige. Nous irons à la plage.

— De la neige en septembre? Trouve autre chose. De toute façon, mon chéri, ce que tu proposes est impossible.

Mais il voyait bien que l'idée d'aller à la plage la séduisait.

— Impossible? Au besoin, je viendrai t'enlever.

— On verra. Je pourrai peut-être me libérer dans la journée.

— Ça veut dire que tu n'es pas contre, conclut-il gaiement en appuyant sur l'accélérateur.

— Alors, reprit-elle, il a fait aussi beau que ça, aujourd'hui?

— Plus beau que tu ne l'imagines. Il ne manquait que toi à mon bonheur. Au déjeuner, j'ai bu un petit coup de trop *Chez Enrico* et je n'ai pas su quoi faire de mon après-midi.

— Oh, je te fais confiance. Tu as dû trouver de la distraction.

Il n'y avait aucun sous-entendu dans sa voix, aucune arrière-pensée dans son regard.

— Non, dit-il. Rien qui vaille.

3

Couchée sur le ventre, elle leva la tête pour le regarder. L'air de la chambre était alourdi par les effluves de leurs jeunes corps. Ils avaient tous deux les cheveux en désordre. Ils n'étaient pas réveillés depuis longtemps, mais assez longtemps, cependant, pour avoir déjà fait l'amour.

— Jessie, tu es sans conteste la plus belle femme que je connaisse.

— C'est réciproque.

— Ne parle pas de réciprocité, idiote! Je ne suis pas une belle femme.

— Non, mais je te trouve superbe.

— Et moi, je te trouve d'une niaiserie charmante. Tu es faite pour vivre avec un écrivain.

Cela la fit sourire. De deux doigts caressants, Ian se mit à pianoter délicatement le long de ses vertèbres.

— Si tu continues à m'aguicher, mon amour, ne te plains pas de ce qui va arriver.

Elle tira une bouffée de la cigarette qu'ils fumaient à tour de rôle, puis elle se redressa pour l'embrasser encore une fois.

— À quelle heure irons-nous à la plage, ma chérie?

— Qui a dit que nous y allions? Après trois semaines d'absence, je dois m'occuper de la boutique.

— Elle peut se passer de toi un jour de plus. Tu m'avais promis d'aller à la plage!

— C'est faux.

— C'est vrai. Enfin, presque. Tu étais d'accord pour que je t'enlève.

Elle acquiesça en riant et lui passa les doigts dans les cheveux. Il se conduisait comme un gamin, mais c'était un si beau gosse qu'elle ne pouvait lui résister.

— Veux-tu savoir?

— Quoi donc?

Penché sur son visage, il la regardait avec émerveillement. Le sommeil n'avait pas altéré ses traits.

— Tu m'empoisonnes, voilà tout. Tu sais qu'il faut que je travaille. Comment aller à la plage?

— Rien de plus simple. Téléphone pour dire que tu ne peux pas venir avant demain. Et, hop, en route! Que veux-tu faire d'autre par un aussi beau temps?

— Gagner notre vie!

Il détestait ce genre de réflexions. Cela impliquait que lui ne faisait rien pour la gagner, leur vie.

— Je pourrais m'en aller maintenant et sortir un peu plus tôt, reprit-elle.

Elle venait de quitter le lit avec l'intention de faire du café.

— Je te promets de tout plaquer à une heure, dit-elle sans se retourner. Ça te va?

Il la regarda de dos s'éloigner vers la cuisine, nue comme un ver.

— C'est mieux que rien... Bon sang, Jessie, que tu es bien fichue!

— Je te promets de tout lâcher à une heure pile, dit-elle en se retournant pour lui envoyer un baiser. Nous déjeunerons ici.

— Tiens, qu'est-ce que ça veut dire? Aurais-tu l'intention de remettre ça?... Dans ce cas, je viens te chercher à midi et demi.

— Marché conclu.

La boutique était installée au rez-de-chaussée d'un bel immeuble cossu de style victorien. Elle était peinte en jaune avec des rechampis blancs. À l'entrée, une petite plaque de cuivre portait, gravé, le nom de «Lady J». La devanture était constituée d'une large baie vitrée et Jessie elle-même s'occupait de l'étalage deux fois par mois. L'ensemble était simple et séduisant. Avant même d'être sortie de sa voiture, elle jugea d'un coup d'œil l'effet produit par ce qu'on avait mis dans la vitrine en son absence. Une jupe de tweed marron, un beau chemisier couleur poil de chameau, un collier d'ambre, un petit chapeau en tricot qui avait de l'allure et une jolie veste de renard savamment posée sur une chaise de velours vert... C'était parfait. Rien que des tons d'automne. Ils ne convenaient guère, sans doute, à l'été indien, mais cela n'avait pas d'importance puisque c'était l'époque où l'on faisait ses achats en prévision du changement de saison.

En prenant son sac dans la voiture, elle se remémora toutes les merveilles qu'elle avait commandées à New York et c'est avec précipitation qu'elle s'élança sur le perron. La porte était déjà ouverte. Les petites avaient compris qu'elle serait là de bonne heure.

— Tiens, tiens!... Devine qui est là, Zina. C'est Jessie!

Une jeune Orientale aux traits délicats s'était levée d'un bond en battant des mains.

— Tu m'as l'air en grande forme, dit-elle en souriant.

Elles formaient l'une près de l'autre un délicieux tableau tout en contrastes : Jessie avec sa blondeur et sa taille élancée, la petite Japonaise aux cheveux luisants avec sa grâce et

35

sa finesse. La coupe de sa chevelure noire dessinait une oblique parfaite de la pointe de son menton à l'arrière de son cou. Elle s'appelait Katsuko, ce qui signifie «paix».

— Kat, qu'as-tu fait de tes cheveux?

Sur l'instant, Jessie avait été ahurie. Un mois plus tôt, Kat avait une chevelure qui lui descendait jusqu'à la taille quand elle ne la serrait pas en chignon sous la nuque.

— J'en avais assez de me faire un chignon. Comment me trouves-tu?

Elle fit une rapide pirouette et ses cheveux s'envolèrent autour de sa tête. Elle était habillée tout en noir, comme à son habitude, et cela accentuait sa minceur. C'était à cause de sa joliesse de jeune chat que Jessie l'avait surnommée Kat.

— Ça te va très bien. C'est très chic.

À ce moment, un grand cri de victoire retentit derrière elles.

— Alléluia! Te voilà enfin!

C'était Zina. Des cheveux roux vénitien, des yeux bruns, la beauté sensuelle d'une fille du Sud. Ses seins épanouis contrastaient avec la sveltesse élégante des deux autres et la forme de sa bouche indiquait qu'elle aimait le rire et l'amour. De petites boucles dansaient en auréole autour de son visage et elle avait des jambes à faire damner un saint. Elle savait que sa démarche troublait les hommes et elle aimait les provoquer.

— Tu as vu ce qu'a fait Kat? J'ai failli ne pas m'en consoler, déclara-t-elle d'un ton dramatique, comme si le dommage était irréparable.

Elle avait un doux accent traînant et les mots, sur ses lèvres souriantes, glissaient comme des caresses.

— Parle-nous de New York.

— Époustouflant, superbe, terrible, affreux, étouffant… Mais je me suis follement amusée. Et quand vous verrez ce que j'ai acheté…

— Quels coloris? demanda Kat.

Bien qu'elle ne portât que du noir ou du blanc, elle avait le sens des tons chauds et un don particulier pour choisir des nuances rares, les mettre en valeur, obtenir des effets et des contrastes. Elle voulait bien jouer avec les couleurs, mais elle refusait d'en porter.

— Rien que des tons pastel, tout à fait merveilleux. Vous en aurez le souffle coupé.

Jessie était heureuse de retrouver sous ses pieds l'épaisse et douce moquette beige de la boutique. Cette fois, elle se sentait vraiment chez elle.

— Qui s'est occupé de la vitrine? C'est très réussi.

— Zina, dit Kat, toujours prompte à faire mousser son amie. La chaise de velours, c'est une trouvaille, n'est-ce pas?

— Tout à fait. Je vois que vous vous êtes bien débrouillées et que vous vous comportez toujours comme des sœurs siamoises. Avez-vous fait des affaires en mon absence?

Elle s'installa un moment à sa place favorite, dans un profond fauteuil de cuir clair qui lui permettait d'étendre les jambes. C'était le siège habituellement réservé aux messieurs qui attendaient leur compagne pendant les essayages.

— Nous avons ramassé plein d'argent. Du moins, pendant les deux premières semaines. Ces jours-ci, c'est plutôt calme. Il fait trop beau.

Les derniers mots de Kat rappelèrent à Jessie qu'elle n'avait que quatre heures devant elle avant que Ian mît à exécution son projet d'enlèvement.

Elle prit le café que lui apportait Zina et regarda autour d'elle. Tous ces beaux vêtements d'automne, elle les avait achetés cinq mois plus tôt. Il s'agissait d'articles importés d'Europe, pour la plupart, et le décor de la boutique, avec ses cuirs, ses bois clairs et sombres, les mettait bien en valeur. C'était un décor raffiné. Deux des murs étaient recouverts de miroirs et, à chaque coin de la pièce, on découvrait un vrai jardin de plantes exotiques. Et d'autres feuillages, discrètement éclairés, descendaient du plafond.

— Comment marchent les importations danoises?

Dans toute une série de vêtements venus du Danemark, le rouge était à l'honneur. Des jupes, des pulls, des blazers de trois styles différents et un extraordinaire manteau drapé d'une belle couleur cerise qui, dans son genre, paraissait aussi troublant qu'une fourrure sur le dos d'une jolie femme. Une vraie merveille! Jessie en avait commandé un pour elle.

— Ça marche comme sur des roulettes, déclara Zina avec son doux accent de La Nouvelle-Orléans. Dis-moi, Jess, comment va Ian? Nous ne l'avons pas vu depuis des semaines.

Il n'était venu qu'une seule fois, le lendemain du départ de Jessie, pour chercher un chèque.

— Il travaille à son nouveau roman.

Zina hocha la tête avec un chaleureux sourire. Elle avait toujours montré de l'affection pour Ian. Kat était plus réticente à son égard, car c'était elle qui aidait Jessie à tenir la comptabilité et elle connaissait le montant de ses dépenses. Zina, qui était dans la maison depuis plus longtemps, avait appris à apprécier Ian, alors que Kat était encore une nouvelle venue et ne s'était pas départie d'un certain rigorisme new-yorkais. À New York, elle avait commencé à faire carrière dans le sportswear et, après s'en être lassée, elle avait débarqué à San Francisco. «Lady J» l'avait engagée une semaine après son arrivée et elle en était aussi heureuse que Jessie. Elle connaissait le métier à la perfection.

Les trois jeunes femmes bavardèrent une demi-heure en prenant leur café. Katsuko montra à Jessie quelques coupures de presse qui parlaient de la boutique. Elle lui dit aussi que deux nouvelles clientes enthousiastes avaient pratiquement dévalisé les rayons. Tandis que la conversation allait bon train sur la mode d'automne, Jessie annonça qu'elle avait l'intention d'organiser un défilé de mode avant son départ pour Carmel en octobre. Kat pourrait y déployer toute la gamme de ses talents.

Dès que Jessie était là, il y avait de l'animation. Mais si elles formaient à elles trois une équipe efficace, c'est qu'elles se complétaient. De ce fait, la boutique n'avait pas souffert de l'absence de Jessie. Elle n'aurait pas pu se le permettre et ne l'aurait pas toléré du reste. Les deux filles en étaient conscientes et prenaient leur travail à cœur. Elles n'avaient pas à se plaindre : bien payées, elles pouvaient en outre s'offrir à des prix réduits une garde-robe exceptionnelle. Enfin, Jessie était une patronne raisonnable, un vrai merle blanc. Auparavant, Kat avait travaillé à New York pour trois affreuses mégères et Zina avait échappé de justesse aux exigences d'un tas de messieurs trop entreprenants qui, en plus des travaux de dactylographie et de sténographie, lui demandaient de satisfaire des besoins bien plus intimes, tout cela dans le désordre. Jessica imposait à ses employées de longues heures de présence et un travail assez ardu, mais elle se montrait aussi active qu'elles, sinon plus. Elle avait fait de «Lady J» une réussite et elle comptait sur les deux jeunes femmes pour l'aider à continuer sur sa lancée. Mais ce n'était pas une sinécure. À chaque saison, il fallait redonner à la boutique un nouveau dynamisme. Heureusement, la clientèle appréciait ces efforts. «Lady J» paraissait solide comme un roc — comme Jessica et comme tout ce qui l'entourait.

— Et maintenant, vous deux, parlez-moi un peu du courrier. Qu'est-ce qui m'attend ?

— Rien de grave, répondit Kat. Zina s'est occupée des lettres embêtantes. Par exemple, celles de ces bonnes femmes du Texas qui sont passées en mars et qui voulaient savoir si nous avions toujours le petit pull jaune à col roulé… Enfin, des idioties de ce genre. Elle s'est occupée de tout ça.

— Zina, tu es un ange!

— À votre service, madame, répliqua Zina avec une petite révérence moqueuse.

Elle portait un débardeur vert vif sur un pantalon blanc et son mouvement fit, comme d'habitude, tressauter ses beaux seins lourds sous le tissu. Mais il y avait longtemps que les deux autres évitaient de la faire enrager à ce propos. En fait, chacune des trois se trouvait bien dans sa peau.

Dans le fond de la boutique, trois marches menaient au petit bureau de Jessica. Elle s'y rendit et regarda autour d'elle avec satisfaction. Les plantes vertes étaient florissantes, le courrier, classé, et les factures avaient été réglées. Au premier coup d'œil, elle constata que tout était en ordre. Il ne lui restait plus qu'à examiner les détails. Elle avait déjà parcouru la moitié de son courrier quand Zina apparut à la porte, l'air perplexe.

— Quelqu'un veut te voir, Jessie. Il dit que c'est urgent.

Elle semblait vaguement inquiète. Il ne devait pas s'agir d'un client occasionnel, ni même d'un client potentiel.

— Me voir, moi? À quel sujet?

— Il n'a rien dit, mais il m'a demandé de te passer sa carte.

Zina tendit le petit bristol et Jessie lui lança un regard interrogateur.

— Qu'est-ce qui ne va pas?

Zina haussa les épaules en signe d'ignorance. Jessie relut le nom du visiteur : «William Houghton, inspecteur. Police de San Francisco.» Qu'est-ce que cela signifiait? Elle quémandait des yeux un début d'explication.

— Dis-moi, Zina, reprit-elle, auriez-vous eu des ennuis en mon absence? Un vol, par exemple?

Cela aurait bien ressemblé aux deux filles de garder une mauvaise nouvelle en réserve pour la fin de la matinée, de crainte de lui gâcher son retour.

— Non, Jessie, je te jure que non. Il n'y a eu aucun problème. Je ne sais pas de quoi il s'agit, affirma Zina d'une voix de petite fille qui révélait son angoisse.

— Bon. Eh bien, moi non plus. Fais-le entrer. Il vaut mieux le recevoir.

William Houghton entra bientôt à la suite de Zina, dont il détaillait la silhouette avec un intérêt évident. Le pantalon blanc, épousant des hanches parfaites, offrait un contraste piquant avec la splendeur des formes révélées par le débardeur. L'inspecteur paraissait tout émoustillé.

— Inspecteur Houghton ? dit Jessie en se levant.

Le visiteur fut impressionné par sa haute taille. « Sacrées nanas, toutes les trois ! » pensa-t-il. La beauté de Katsuko ne lui avait pas échappé non plus.

— Je suis Jessica Clarke.

— J'aimerais vous parler seul à seule une minute, si vous n'y voyez pas d'inconvénient.

— Pas du tout. Puis-je vous offrir une tasse de café ?

Il refusa et, quand la porte se fut refermée derrière Zina, il prit la chaise que Jessica lui montrait. Celle-ci, après s'être rassise derrière son bureau, fit pivoter son fauteuil pour lui faire face.

— Que puis-je pour vous, inspecteur ? D'après Mlle Nelson, il s'agit d'une chose urgente...

— Et comment !... À propos, c'est votre Morgan qui est là, dehors ?

Jessie acquiesça, vaguement gênée par le regard agressif du policier. Elle se dit que, sans doute, Ian avait encore oublié de payer ses contraventions. Une fois, déjà, elle avait dû le tirer d'affaire pour la somme rondelette de deux cents dollars. C'est qu'à San Fransisco les flics ne badinent pas avec les contraventions impayées. Si l'on refuse d'obtempérer, on se retrouve en taule. Cela coûte cher de violer la loi.

— Oui, c'est ma voiture. D'ailleurs, mon prénom est sur la plaque arrière.

Elle prit son air le plus aimable en espérant que sa main n'avait pas trop tremblé quand elle avait allumé sa cigarette. C'était idiot d'avoir aussi peur quand on n'avait rien à se reprocher!… Mais ce bonhomme était antipathique et le simple fait d'avoir affaire à la police faisait surgir en elle un sentiment de culpabilité, de panique, d'épouvante.

— Vous la conduisiez, hier?

— Non, j'étais à New York en voyage d'affaires. Je suis rentrée hier soir par avion.

Pourquoi donc tenait-elle à prouver qu'elle s'était absentée pour une raison légitime? Elle regrettait que Ian ne fût pas là, car lui ne se laissait pas démonter pour si peu.

— Qui d'autre utilise votre voiture?

Il n'avait pas dit : «Y a-t-il quelqu'un d'autre?» mais simplement : «Qui d'autre?…»

— Mon mari, répliqua-t-elle, brusquement angoissée à l'évocation de Ian.

— L'a-t-il utilisée hier?

L'inspecteur Houghton sortit alors une cigarette de sa poche et l'alluma sans cesser d'examiner Jessie d'un air appréciateur comme un maquignon sur un champ de foire.

— Je n'en suis pas sûre. Il a sa voiture personnelle. Mais c'est la mienne qu'il conduisait quand il est venu me chercher à l'aéroport. Si vous voulez, je le lui demanderai.

Houghton acquiesça et Jessica attendit la suite.

— Qui d'autre se sert de votre voiture? Un frère? Un ami? Votre petit copain?

Il lui lança un regard appuyé en prononçant les derniers mots. Et, cette fois, Jessie se mit en colère.

— Je suis mariée, inspecteur. À part mon mari, personne ne conduit ma voiture.

Elle crut avoir marqué un point, mais l'expression de Houghton lui montra qu'elle était loin d'avoir remporté la victoire.

— La voiture est bien au nom de votre société? L'adresse qui correspond à votre numéro d'immatriculation est celle de votre magasin.

Parler de magasin!... Ce sale plouc ne savait même pas qu'on disait «boutique».

— J'en déduis, reprit l'inspecteur, que c'est vous, la propriétaire.

— Exact. Mais de quoi s'agit-il?

Elle tira lentement une bouffée de sa cigarette et regarda la fumée s'échapper. Sa main s'était remise à trembler. Elle sentait venir la catastrophe.

— Je voudrais parler à votre mari. Donnez-moi l'adresse de son bureau, s'il vous plaît.

Sortant son stylo, il l'accrocha sur la tranche d'une de ses cartes de visite.

— S'agit-il de contraventions? Je connais mon mari. Il est si distrait!

Elle essayait de prendre les choses à la légère, mais Houghton ne daigna pas se dérider. Son regard restait de glace.

— Non, il ne s'agit pas de ça. Allons, donnez-moi l'adresse de son bureau.

— Il travaille à la maison. C'est tout près d'ici.

Elle aurait bien voulu l'accompagner, mais elle n'osa pas le lui proposer. Elle inscrivit l'adresse sur une de ses propres cartes et la lui tendit.

— Très bien. Je vais le contacter.

Pourquoi faisait-il tous ces mystères? Elle tenait à le savoir, mais il se leva sans rien ajouter.

— Inspecteur, auriez-vous l'obligeance de me dire…

Il lui lança de nouveau un regard énigmatique et prit l'air suffisant du monsieur qui a le droit de poser les questions, mais qui ne fournit jamais les réponses.

— Madame, cette affaire n'est pas encore très claire. Quand j'en saurai plus, je vous le ferai savoir.

— Merci.

Pourquoi avait-elle remercié ce salaud? C'était un comble! Quand, après son départ, elle retourna à l'intérieur de la boutique, elle le vit qui montait dans une voiture vert olive. Un autre homme était au volant. Ainsi, ils se déplaçaient par paires… Jessie suivit des yeux les zigzags de l'antenne, à l'arrière du véhicule, quand ils démarrèrent en direction de sa maison.

Zina semblait bouleversée et Katsuko demanda d'un ton grave s'il était arrivé quelque chose.

— Je voudrais bien le savoir, dit Jessie. Après m'avoir demandé qui conduisait la voiture, il a dit qu'il voulait voir Ian. Bah! Je parie qu'il a encore oublié de payer ses contraventions!

Mais elle était presque sûre qu'il devait s'agir d'autre chose. Houghton lui-même ne le lui avait pas caché. À moins qu'elle n'eût mal compris… Seigneur, que de problèmes!

Elle se réfugia dans son petit bureau pour appeler Ian, mais la ligne était occupée. Ce fut le moment que choisit Trish Barclay pour faire irruption dans la boutique. Aussitôt, Jessie se trouva coincée et submergée par un flot de considérations idiotes sur la veste de renard qui était en vitrine et que Trish finit pourtant par acheter. Trish était l'une des meilleures clientes de Jessie qui fut bien forcée de faire bonne figure en sa présence. Ce n'est qu'au bout de vingt minutes qu'elle put retourner dans son bureau pour appeler Ian. Et, cette fois, le téléphone sonna dans le vide.

C'était incompréhensible. Il aurait dû être là. Il se trouvait à la maison quand elle était partie pour la boutique et la ligne était occupée quand elle avait essayé de l'appeler, la première fois, au moment où les policiers prenaient la route pour aller le voir. Fallait-il en déduire que l'affaire était grave? Il se pouvait que Ian fût responsable d'un accident et qu'il n'eût pas osé le lui avouer. Peut-être y avait-il quelqu'un de blessé, mais c'était invraisemblable... Ian était incapable de lui dissimuler une chose aussi grave. Elle laissa le téléphone sonner longtemps. Personne ne répondit. Comme il était un peu plus de onze heures, elle finit par se dire qu'il avait probablement déjà pris la route pour venir la rejoindre.

Survint alors le mari d'une cliente, Nick Morris. Il était à la recherche d'un cadeau «fabuleux» pour sa femme, dont il avait oublié l'anniversaire. Il voulait à tout prix dépenser quatre cents dollars avant midi. Sa femme était une mégère qui ne méritait pas le moindre cadeau. Cependant, Jessie vint au secours de Nick, parce qu'elle le trouvait sympathique. Au moment où il s'apprêtait à partir, les bras chargés de paquets rutilants, soigneusement enveloppés d'un beau papier mordoré, Babara Fuller fit son entrée. Puis ce fut le tour de Holly Jenkins, de Joan Wilcox, de... À midi, Jessie n'avait toujours pas de nouvelles de Ian. Elle essaya de téléphoner encore une fois, sans succès. Elle commençait à avoir peur. Mais puisqu'il ne devait venir la chercher qu'à midi et demi, il allait peut-être arriver...

À une heure, près de fondre en larmes, elle l'attendait toujours. Quelle matinée! Elle qui avait été si heureuse de rentrer! Un monde fou, des urgences, des livraisons, un tas de problèmes. Et Ian qui n'arrivait toujours pas... Ce sinistre crétin d'inspecteur lui avait flanqué la frousse avec sa mystérieuse enquête au sujet de la voiture. Quand Zina quitta la boutique pour déjeuner, Jessie se réfugia à nouveau dans son bureau. Elle avait besoin d'être seule un moment, pour réfléchir, pour retrouver son souffle, pour rassembler son courage. Car elle voulait savoir la vérité, quelle qu'elle fût. Et le moyen le plus simple, c'était de téléphoner à la police pour demander si un certain Ian Powers Clarke ne venait pas d'être arrêté. Ou on lui répondrait non, et elle pousserait un grand soupir de soulagement; ou on lui répondrait oui, et elle attraperait son chéquier et irait en vitesse le sortir de taule après avoir réglé le montant de ses contraventions. Ce n'était pas la mer à boire.

Il lui fallut pourtant prendre un petit café et une autre cigarette pour trouver le courage de décrocher le téléphone. Le service des renseignements lui donna le numéro qu'elle cherchait : Palais de justice, prison municipale. C'était absurde d'appeler. Elle se sentait ridicule et elle fit une petite grimace en songeant à ce que dirait Ian s'il entrait brusquement pour la surprendre en train de téléphoner à la prison. Elle en entendrait parler pendant huit jours au moins!

Quelqu'un aboya à l'autre bout du fil :

— Prison municipale. Sergent Palmer.

Déconcertée, elle hésita. Mais c'était bien ce qu'elle voulait, après tout. Il n'y avait plus à reculer.

— Je... j'aimerais savoir si vous avez chez vous un... un M. Ian Clarke, sergent. Ian Powers Clarke. Pour une histoire de contraventions.

— Pouvez-vous épeler?

L'homme parlait d'un ton rogue. Pour lui, les contraventions, c'était du sérieux.

— Clarke. Avec un E à la fin. IAN CLARKE.

Elle tira sur sa cigarette en attendant la réponse et Katsuko passa le nez à la porte pour lui demander si elle voulait sortir pour aller déjeuner. Jessica secoua vigoureusement la tête en lui enjoignant d'un geste de la laisser tranquille. Depuis la visite de l'inspecteur Houghton, elle perdait les pédales.

À l'autre bout du fil, le sergent mit un temps fou à lui répondre.

— Clarke. Oui. Il est ici.

Bon. À la guerre comme à la guerre. Jessica poussa un soupir résigné. C'était une tuile, mais ce n'était pas la fin du monde. Maintenant, elle savait au moins à quoi s'en tenir et, dans une demi-heure, elle l'aurait tiré de là. Combien de contraventions avait-il omis de régler? Cette fois, elle allait lui dire sa façon de penser. Personne n'avait le droit de la rendre malade de frousse. C'était sans doute pour la terroriser que cette ordure d'inspecteur n'avait pas voulu admettre qu'il s'agissait de simples contraventions.

— On nous l'a amené il y a une heure. En ce moment, il est à l'interrogatoire.

— Un interrogatoire pour des contraventions?

Décidément, cette histoire ne tenait pas debout et Jessie commençait à en avoir par-dessus la tête.

— Non, ma petite dame, pas pour des contraventions. Pour trois viols et pour coups et blessures.

Jessie fut prise d'un horrible vertige. Il lui sembla que la pièce se rétrécissait, que le plafond s'abaissait brusquement et que les murs se resserraient jusqu'à l'étouffer.

— Quoi?

— Trois plaintes pour viol. Et une pour coups et blessures.

— C'est absurde. Pourrais-je lui parler?

Elle tremblait si fort qu'elle dut agripper le téléphone à deux mains pour ne pas le lâcher. Elle avait mal au cœur.

— Non, il ne peut parler qu'à son avocat. Mais vous aurez le droit de venir le voir demain, entre onze heures et quatorze heures. Sa caution n'est pas encore fixée et la mise en accusation est pour jeudi.

Le sergent lui raccrocha au nez. Elle tenait toujours le récepteur quand Katsuko entra pour lui apporter un sandwich. La jeune femme resta un moment médusée en voyant son air hagard et ses joues sillonnées de larmes.

— Mais qu'est-ce qui t'arrive?

L'importance du désastre se lisait dans le regard perdu de Jessica. Kat ne l'avait jamais vue se départir de son sang-froid, pleurer, se démonter… À la boutique, du moins, Jessie n'avait jamais laissé voir qu'elle était vulnérable.

— Je ne sais pas, mais il s'agit d'une erreur incroyable, odieuse, inimaginable…

Elle hurlait. Attrapant le sandwich que lui tendait Kat, elle le lança violemment à travers la pièce. Trois plaintes pour viol et une pour coups et blessures. Qu'avait-il bien pu arriver?

4

— Tu t'en vas déjà, Jessie?

En sortant de la boutique, elle avait failli bousculer Zina qui rentrait de son déjeuner.

— Oui. Tâche de faire croire que je suis toujours à New York. Je serai à la maison, mais je ne veux pas qu'on m'appelle.

— Es-tu malade? lui cria encore Zina, du perron.

Elle fit signe que non, puis elle prit sa voiture et la dégagea en marche arrière. Intriguée, Zina demanda des explications à Katsuko. Celle-ci ignorait la cause de ce départ précipité. Elle pensait qu'il devait y avoir un rapport avec la visite du policier. Les deux jeunes femmes étaient inquiètes, mais elles respectèrent la consigne donnée par Jessie. Tout l'après-midi elles furent trop occupées pour faire des hypothèses. Kat estimait que l'incident concernait Ian. Zina hésitait à la croire.

Une fois chez elle, Jessica prit d'une main son carnet d'adresses et de l'autre le téléphone. Une tasse de café à moitié pleine était restée sur la table : Ian n'avait donc pas terminé son petit déjeuner quand la police était arrivée. Jessie eut alors la certitude que Houghton l'avait arrêté sur-le-champ. Elle pensa aux voisins. S'en étaient-ils rendu compte ?

Près de la tasse, il y avait un paquet de feuilles dactylographiées. Rien d'autre, pas la moindre note, le moindre message. Il avait dû être bouleversé. De toute évidence, cette histoire était absurde. On s'était trompé de coupable et, dans quelques heures, le cauchemar aurait pris fin. Jessie était persuadée qu'il serait libéré et cela l'aida à se calmer. Pour le moment, il s'agissait de lui trouver un avocat et l'important était de ne pas s'affoler.

Elle retrouva vite dans son carnet le nom qu'elle cherchait. Elle craignait que l'avocat ne fût sorti pour déjeuner. Mais, par extraordinaire, elle l'eut au bout du fil. C'était un avocat en renom, un homme expérimenté, d'excellente réputation, pour lequel ils avaient beaucoup d'estime, Ian et elle.

— Mais, voyons, Jessica, vous savez que je ne m'occupe pas de droit pénal.

— Pourquoi pas ?

— Ce n'est pas mon rayon. Ce dont vous avez besoin, c'est d'un spécialiste d'affaires criminelles.

— Mais Ian est accusé à tort. Il suffira de le démontrer pour le sortir de ce pétrin.

— Que vous a-t-il dit ?

— On ne m'a pas permis de lui parler. Je vous en prie, Philip, allez-y. Remettez les choses au point. Voyez Ian. Tout ça ne tient pas debout.

L'avocat resta un moment sans répondre.

— Bon, dit-il enfin, je vais y aller. Pourtant, je vous le répète, ce n'est pas mon rayon. Ce ne serait pas loyal de ma part de vous le laisser croire.

— Mais puisqu'il s'agit d'une erreur !

— Pourquoi l'a-t-on inculpé, lui ?

— On a recherché celui qui conduisait ma voiture.

— On s'est fié à la plaque d'immatriculation ?

— Oui.

— Dans ce cas, on a pu intervertir l'ordre des chiffres ou des lettres.

Elle ne répliqua rien. Il lui paraissait peu probable qu'on eût mal lu son propre nom : Jessie. Le plus inquiétant, c'était bien cette histoire de plaque d'immatriculation.

— Eh bien, reprit l'avocat, voilà ce que je vais faire. J'irai le voir pour tirer les choses au clair, mais je vais vous donner en attendant des noms d'avocats spécialisés dans ce genre d'affaires. Vous allez les joindre de ma part. Quel que soit celui que vous choisirez, dites-lui bien que je lui passerai un coup de fil dès que je saurai à quoi m'en tenir.

— Merci, Philip, merci de votre aide, conclut-elle en soupirant.

Avant de raccrocher, il lui donna les coordonnées de plusieurs avocats et promit de passer la voir aussitôt qu'il aurait parlé à Ian. Pour se remonter un peu avant de reprendre le téléphone, elle but le reste du café. C'était accablant de devoir faire appel à des spécialistes de droit pénal.

Or, il se trouva que le premier était en voyage. Quant au deuxième, il avait à plaider jusqu'à la fin de la semaine suivante et il ne pouvait, de but en blanc, se plonger dans une nouvelle affaire. Le troisième prétendit qu'il était trop occupé. Le quatrième était absent. Le cinquième consentit à l'écouter assez longuement, mais il avait un ton désagréable.

— A-t-il un casier judiciaire ?

— Non, bien sûr que non ! Rien que des histoires de contraventions.

— Est-ce qu'il se drogue ? Aucun problème de drogue ?

— Aucun.

— Est-ce qu'il boit ?

51

— Non, du vin de temps en temps, quand nous recevons des amis.

L'avocat croyait déjà à la culpabilité de Ian. Cela ne faisait pas de doute.

— Connaissait-il la femme qui l'accuse ?... Je veux dire : avait-il déjà eu des relations avec elle ?

— Je ne sais absolument rien de cette femme. À mon avis, il s'agit d'une erreur.

— Qu'est-ce qui vous le fait croire ?

«Ce type est un salaud», pensa Jessie. Elle le détestait déjà.

— Je connais mon mari.

— La femme l'a-t-elle identifié ?

— Je n'en sais rien. Philip Wald vous donnera des détails quand il aura vu Ian à la prison.

À la prison... Quelle horreur ! On avait mis Ian en prison sur des présomptions absurdes et cet avocat de malheur posait des questions ineptes sur les relations éventuelles que Ian aurait entretenues avec la femme qui l'accusait de viol. Ce n'était pas le problème. Pour Jessica, seul comptait le retour de son mari à la maison. On devait le libérer immédiatement. C'était pourtant facile à comprendre ! Elle avait l'impression d'étouffer, elle parlait d'une voix entrecoupée tant il lui fallait faire d'efforts pour se maîtriser et cacher la panique qui la submergeait et lui tordait les entrailles.

— Chère madame, je vais être très clair : votre mari s'est mis dans un fichu pétrin. Mais je trouve l'affaire intéressante. Je ne demande pas mieux que de m'en occuper. Reste la question des honoraires. Je vous demanderai de me les régler d'avance.

— D'avance ? s'écria-t-elle d'un ton scandalisé.

— Oui, d'avance. Renseignez-vous auprès de mes confrères. Vous verrez que c'est une règle quasi générale. Il faut que je sois réglé pour pouvoir m'engager. Une fois que, devant le tribunal, je serai devenu le défenseur officiel de votre mari, je ne pourrai plus reculer légalement, avec ou sans honoraires. Et si votre mari reste en prison, vous n'aurez peut-être plus envie de me les régler. Avez-vous des biens personnels?

S'il croyait que Ian allait rester en prison, il perdait la boule, assurément.

— Oui, nous avons des biens, répliqua-t-elle, les dents serrées.

— De quelle espèce?

— Écoutez, je vous jure que vous serez payé.

— Eh bien, tant mieux! Mes honoraires se montent à quinze mille dollars.

— Quoi? À régler d'avance?

— La moitié avant son passage devant le juge d'instruction. C'est-à-dire avant jeudi si je vous ai bien comprise. Le reste, tout de suite après.

— Mais je ne peux pas rassembler une somme pareille en deux jours!

— Dans ce cas, je ne vois pas ce que je peux faire pour vous.

— Je vous remercie.

Elle faillit le traiter de tous les noms tant il l'avait exaspérée. N'y aurait-il personne au monde pour lui venir en aide?

Philip Wald lui avait donné un sixième numéro, celui de Martin Schwartz. Cette fois, l'avocat se comporta comme un être humain.

— J'ai l'impression que vous êtes dans une sale situation ou plutôt que votre mari est très mal parti. Croyez-vous en sa culpabilité?

Question pertinente. Elle lui fut reconnaissante d'envisager qu'on pouvait au moins avoir des doutes. Elle réfléchit un instant et pesa ses mots.

— Non, je suis sûre qu'il n'est pas coupable, et ce n'est pas seulement parce que je suis sa femme. Il est incapable d'avoir fait ça, ça ne lui ressemble pas, ce n'est pas dans sa nature.

— Bon, je vous crois. Mais le comportement des gens est parfois imprévisible. Il vaut mieux que vous le sachiez et que vous soyez prête à l'admettre. Vous pourriez ignorer un certain aspect de la personnalité de votre mari.

Peut-être bien. Rien n'était impossible dans ce domaine. Mais Jessie n'y croyait pas et elle n'y croirait jamais.

— J'aimerais en discuter avec Philip Wald dès qu'il aura eu des éclaircissements.

— Je vous serais reconnaissante de bien vouloir le faire. Mais Ian doit passer jeudi devant le juge d'instruction et il lui faut de toute urgence un avocat, puisque Philip ne s'estime pas qualifié pour s'occuper de ce cas.

Dire qu'elle en était à parler de «cas»! Rien que le mot lui faisait peur.

— Philip est quelqu'un de très bien, déclara Schwartz.

— Oui, je le sais… Maintenant, il reste à aborder la question des…

— Des honoraires?

— Oui, admit-elle d'une voix étranglée.

— Nous en reparlerons. J'essaierai de me montrer raisonnable.

— Écoutez, je vais être franche. L'avocat que j'ai contacté avant vous exigeait quinze mille dollars, payables immédiatement. Je ne vois même pas comment me procurer une somme pareille!

Schwartz, à son tour, lui demanda si elle avait des biens monnayables et cela réveilla son agressivité.

— Oui, déclara-t-elle sèchement. Nous avons une maison et je suis propriétaire d'une affaire. Je possède une voiture et mon mari aussi. Mais comment voulez-vous que je vende la maison ou mon fonds en deux jours?

Elle ne parlait pas de «leur» fonds, mais de «son» fonds... Intrigué, l'avocat se demanda quel pouvait être le travail du mari, à supposer qu'il en eût un.

— Madame, je ne m'attends pas à ce que vous liquidiez vos biens dans l'immédiat.

Il parlait d'un ton ferme, mais sa voix calme avait quelque chose de rassurant.

— Si je vous ai posé la question, c'est que vous allez avoir besoin d'argent pour la caution — au cas où la plainte ne serait pas retirée, bien entendu. Le montant de la caution peut être très élevé. Enfin, nous verrons. Pour ce qui est de mes honoraires, la somme de deux mille dollars me semble raisonnable. Et si l'on va jusqu'au procès, il faudra envisager cinq mille dollars de plus. Mais nous avons encore deux bons mois devant nous et, puisque vous connaissez Philip, je vous fais confiance. Qu'en pensez-vous?

Elle fut brusquement reconnaissante au ciel de faire partie des amis de Philip. Bien que stupéfaite, elle se sentait soulagée d'un grand poids. Deux mille dollars étaient tout de même plus faciles à trouver que quinze mille. Son compte en banque serait à sec, mais elle pourrait payer. Quant au reste de la somme, elle aviserait plus tard si les choses ne s'arrangeaient pas. Elle vendrait la Morgan sans y regarder à deux fois si le sort de Ian en dépendait. Elle avait infiniment plus besoin de lui que de la voiture. Elle pensa aussi aux bijoux de sa mère, bien qu'à ses yeux ils fussent sacrés et qu'il ne fût pas question d'y toucher, même pour Ian.

— Je vous remercie. Nous y arriverons.

— Parfait. Quand puis-je vous voir?

— Quand vous voudrez.

— Alors, passez à mon bureau demain matin. Je vais avoir une conversation avec Wald cet après-midi et j'irai voir M. Clarke demain à la première heure. Pouvez-vous venir à dix heures trente?

— Oui.

— Très bien. Je vais prendre connaissance du rapport de police pour savoir où l'on en est. Vous êtes d'accord?

— Tout à fait. J'ai l'impression que vous me sauvez la vie. J'ai bien cru devenir folle! Maintenant, je commence à respirer. Mais, avec toutes ces histoires d'arrestation, de plainte déposée, de passage devant le juge d'instruction… je ne sais plus où j'en suis. Je ne sais même pas de quoi il s'agit.

— Nous finirons bien par le découvrir. Maintenant, il faut vous calmer.

— Oui. Merci, merci du fond du cœur.

Aussitôt qu'elle eut raccroché, Jessica fondit en larmes. L'avocat s'était montré compréhensif. Cela faisait du bien de tomber enfin sur quelqu'un de sympathique quand on venait d'avoir affaire à un inspecteur qui jouait au sphinx, à un sergent qui vous cornait aux oreilles les mots de viol et de coups et blessures avant de vous raccrocher au nez et, enfin, à un avocat qui exigeait qu'on déposât sur son bureau quinze mille dollars dans les deux jours. Schwartz s'était montré humain, lui, et Philip Wald disait que c'était un avocat remarquable. Au bout de cette affreuse journée, Jessie ne savait toujours pas ce que devenait Ian. Son visage était ravagé par les larmes, comme si elle avait pleuré pendant des heures. Mais elle se dit qu'il était temps de retrouver son sang-froid, car Wald n'allait pas tarder à passer.

Philip Wald arriva vers cinq heures et demie. Il avait les traits tirés et le regard fatigué. Son expression ne présageait rien de bon.

— Alors, vous avez pu le voir? Comment va-t-il? demanda Jessie en s'efforçant de ne pas montrer son trouble.

— Il a reçu un choc, mais il tient le coup. C'est pour vous qu'il est inquiet.

— Vous l'avez rassuré, j'espère?

Elle n'arrivait pas à maîtriser le violent tremblement de ses mains. Les nombreuses tasses de café qu'elle avait ingurgitées devaient y être pour quelque chose, mais elle ne pouvait prétendre qu'elle n'était pas bouleversée.

— Je lui ai dit que vous étiez très émue. C'est normal, dans ces circonstances. Bon, asseyons-nous, Jessica.

Le ton lugubre de Wald ajouta à son inquiétude, mais elle voulut croire qu'il n'était que fatigué, tout comme elle. C'était une journée épuisante.

— J'ai téléphoné à votre ami Schwartz, lui dit-elle. Je crois qu'il va accepter de nous aider. Il a promis de me rappeler dans la soirée.

— Tant mieux! Je suis sûr que vous le trouverez sympathique tous les deux. C'est non seulement un bon avocat, mais aussi un brave type.

Ils passèrent dans le salon. Philip s'installa sur le long divan blanc qui faisait face à la fenêtre et Jessica prit le confortable fauteuil de daim beige qui se trouvait près de la table de cuivre, une jolie table ancienne qu'ils avaient dénichée en Italie lors de leur voyage de noces.

Elle respira à fond, essaya de se calmer, puis laissa ses pieds glisser sur le tapis épais. Elle aimait beaucoup le salon. C'était une pièce agréable, réconfortante, où elle s'était toujours sentie en sécurité, où elle pouvait trouver refuge et se détendre. Mais, pour le moment, elle avait l'impression que rien ne serait jamais plus comme avant, car il y avait une éternité qu'elle avait perdu la chaleur des bras de Ian et la lumière de son regard.

Presque instinctivement, elle chercha des yeux le petit portrait qu'elle avait fait de lui quelques années plus tôt et qui était accroché au-dessus de la cheminée. Sur la toile, il souriait avec douceur et c'était une torture de ne pas savoir ce qu'il devenait. Jessie croyait revivre un cauchemar. Elle éprouvait devant le tableau la même souffrance qu'à la vue des photos de son frère adolescent après que le télégramme de la Navy lui eut appris la mort de Jake.

— Jessica!

Elle sursauta et Philip fut impressionné par son air égaré. Elle était affolée, hors d'elle-même, comme si elle était en train de perdre l'esprit. Il s'était aperçu qu'elle regardait le petit portrait à l'huile et, à un moment, elle avait eu l'expression atterrée d'une veuve inconsolable, le visage du désespoir et de la folie, un regard de deuil. La malheureuse! Il se força à regarder la fenêtre pendant quelques instants pour lui laisser le temps de se reprendre. D'apparence, elle restait parfaitement calme, mais son regard avait de quoi faire peur. Il craignait qu'elle ne pût supporter ce qu'il avait à dire et, pourtant, elle devait l'entendre. On ne pouvait rien lui cacher.

— Jessica, vous avez l'air d'avoir un petit problème.

Elle sourit tristement en essuyant une larme le long de sa joue.

— Vous appelez ça un petit problème? Vous avez le sens de l'euphémisme! Dites-moi, qu'avez-vous de neuf à m'apprendre?

Il ne releva pas sa tentative d'humour. Il lui tardait de se débarrasser de ce qu'il était obligé de lui avouer.

— Franchement, Jessica, je ne le crois pas coupable. Mais il admet qu'il a couché avec cette femme hier après-midi. Enfin… il admet qu'il a eu des rapports avec elle.

Les yeux baissés sur son genou droit, il avait essayé d'escamoter les derniers mots dans une longue syllabe inintelligible.

— Je vois.

En fait, elle ne voyait rien. Après tout, il n'y avait pas de quoi se torturer l'imagination : Ian avait fait l'amour avec une inconnue et cette inconnue l'accusait de viol. Mais pourquoi cela la laissait-il de glace ? Elle trouvait bizarre de ne rien ressentir. Elle avait l'impression d'être enserrée dans une chape de plomb, mais elle n'éprouvait aucune colère. Rien qu'une vague pitié pour Ian. Pourquoi donc était-elle devenue impassible ? Sans doute parce que Philip n'était pas un ami intime et qu'elle ne voulait pas flancher devant lui. Elle laissa sa cigarette brûler jusqu'au filtre et s'éteindre dans sa main. Elle tenait à entendre la suite.

— Il prétend aussi avoir trop bu à l'heure du déjeuner. Il attendait votre retour avec impatience. Vous avez été absente plusieurs semaines, paraît-il. Ma foi, il n'est qu'un homme ! Bon, je vous épargne le reste. Il avait remarqué la fille au restaurant et, comme il avait plusieurs verres dans le nez, elle lui a paru jolie.

— C'est là qu'il l'a draguée ?

Les mots, dans sa bouche, lui parurent insolites. Ils étaient sortis de sa gorge sans qu'elle eût senti remuer ses lèvres. Tout en elle était détraqué : son esprit, son cœur et, maintenant, sa bouche. Elle était au bord de la crise de nerfs. Soudain, elle se mit à rire stupidement à la pensée qu'elle allait peut-être perdre toute espèce de contrôle sur son corps, comme après une overdose de novocaïne.

— Non, il a quitté le restaurant avec l'intention de rentrer travailler à son roman, mais comme il repassait en voiture devant *Chez Enrico*, il a retrouvé la fille au coin de la rue en s'arrêtant au feu rouge. Malheureusement pour lui, il lui a offert de la reconduire. Vue de près, elle lui paraissait déjà moins jolie et surtout moins jeune qu'il ne l'avait cru. D'après le rapport de police, elle aurait trente ans. Mais de l'avis de Ian, elle en a bien trente-sept, trente-huit. C'est elle qui a montré le chemin à Ian pour l'emmener jusqu'à l'hôtel où elle prétendait vivre. Ensuite, comme elle l'invitait à prendre un verre chez elle, il n'a pas osé refuser. Il l'a donc suivie. Il y avait une demi-bouteille de bourbon dans sa chambre. Il a bu un coup et, selon lui, l'alcool lui est monté à la tête, de sorte que… Bref, ils ont fait l'amour.

Wald toussota un peu et poursuivit son discours en regardant dans le vague. Le visage de Jessica était toujours inexpressif. Elle avait gardé dans la main son mégot éteint.

— En principe, il ne s'est rien passé de plus. Pour parler crûment, Ian a remis son froc et il est revenu ici. Il a pris une douche, fait une sieste, puis s'est confectionné un sandwich avant d'aller vous chercher à l'aéroport. Voilà l'histoire. Enfin, dans la version qu'en donne Ian.

À son intonation, elle comprit pourtant que ce n'était pas fini.

— Tout ça me paraît bien minable, Philip. Mais pourquoi parler de viol ? Sur quoi se base-t-on ?

— Sur ce que la fille affirme, de son côté. Et je voudrais que vous compreniez, Jessica, qu'une plainte pour viol, ça peut être très grave, de nos jours. Pendant des siècles, les femmes ont crié au viol et les hommes se sont contentés d'en faire des gorges chaudes. Devant les tribunaux, il y avait toujours un petit malin d'enquêteur qui se vantait d'avoir la preuve que la victime n'était déjà plus vierge avant le viol, et les coupables étaient aussitôt relâchés. Les plaignantes étaient déboutées et montrées du doigt. Actuellement, les choses ont évolué pour de multiples raisons. Peu importe, désormais, la véracité des faits. La police et la justice sont devenues circonspectes. Elles ont tendance à croire les femmes et cherchent à être équitables. C'est beaucoup mieux ainsi, mais il arrive que, de temps à autre, une femme aigrie et déboussolée accuse à tort un pauvre type dont elle veut avoir la peau. Et, comme il arrivait autrefois à d'honnêtes femmes de souffrir injustement, il arrive maintenant à de très braves gars de... servir de boucs émissaires!

Jessica ne put réprimer un sourire, Philip était un homme tellement pudique... Elle ne put s'empêcher de l'imaginer au lit avec sa femme. Il ne devait jamais ôter son pyjama.

— À vous parler franc, Jessica, je crois que Ian est tombé sur une cinglée. Après avoir accepté de coucher avec lui, elle a prétendu qu'il l'avait forcée. D'après Ian, elle a un certain charme. Elle lui a fait croire qu'elle était serveuse dans une boîte de nuit, ce qui n'est pas vrai. À mon avis, elle a su l'embobeliner en cherchant à l'apitoyer. Dieu sait combien d'autres hommes elle a pu faire chanter de cette façon! Mais c'est apparemment la première fois qu'elle a recours à la police et je crains qu'il ne nous faille un bout de temps pour prouver qu'elle ment. Il faudra aller jusqu'au procès. Il est difficile de prouver qu'il y a eu viol, mais il est aussi difficile de prouver qu'il n'y a pas eu viol. Si elle maintient ses accusations, la justice ne pourra pas la laisser tomber. Et, de toute évidence, l'inspecteur chargé de l'affaire la croit sur parole. Nous sommes coincés. S'ils se sont mis en tête de liquider Ian, quelles que soient leurs raisons de le vouloir, il faudra passer devant un jury.

Après un long silence, Philip poursuivit en soupirant :

— J'ai lu le rapport de police. La fille prétend qu'il l'a fait monter dans sa voiture sous prétexte de la reconduire à son lieu de travail — elle est secrétaire dans l'hôtellerie —, mais qu'au lieu de la déposer devant son bureau il l'a emmenée dans un hôtel borgne en l'invitant à prendre... euh... le coup de l'étrier. Si les choses se sont bien passées comme ça, Ian a encore de la chance qu'elle ne l'ait pas accusé de rapt. Toujours est-il que, selon les allégations de la femme, Ian l'aurait contrainte à deux rapports normaux et... à des actes contre nature. C'est là qu'interviennent la deuxième et la troisième accusation de viol et la plainte pour violences graves et coups et blessures. Mais je suppose qu'elle sera forcée de retirer cette dernière plainte car aucune preuve médicale ne l'étaie.

Philip avait une façon si plate et si prosaïque d'exposer les faits que Jessica commençait à avoir la nausée. Elle avait l'impression de se débattre dans de la mélasse, d'être plongée dans un monde irréel et gluant où tout allait au ralenti. Il lui semblait aussi que les mots qu'elle venait d'entendre s'étaient imprimés sur sa peau au fer rouge et qu'à moins de s'écorcher vive elle ne pourrait les faire disparaître. Des actes contre nature? Quel genre d'actes contre nature?

— Au nom du ciel, Philip, qu'entendez-vous par «actes contre nature»? Ian a toujours eu des goûts parfaitement normaux.

Philip rougit, mais Jessie resta impassible. Elle trouvait que ce n'était pas le moment de faire assaut de pudibonderie.

— Disons… euh… fellation et… sodomie. Aux yeux de la loi, ce sont des crimes, vous savez!

Jessie, l'air farouche, se contenta de serrer les lèvres.

— Il s'agit d'affirmations sans preuves, reprit Philip, mais ça m'étonnerait qu'on abandonne les poursuites. Là encore, c'est sa parole contre celle de Ian et c'est elle qu'on croit. Avant mon arrivée, malheureusement, Ian avait déjà avoué à l'inspecteur chargé de l'enquête qu'il avait bien couché avec elle. Il n'a pas admis les actes contre nature, mais il aurait dû nier le tout en bloc. Il a eu grand tort de ne pas le faire.

— Est-ce que ça risque d'aggraver les choses?

— Je ne crois pas. Nous pourrons toujours dire qu'il a cédé à l'intimidation, qu'il était sous le choc. Martin Schwartz va s'occuper de ça.

Jessica ferma les yeux, accablée sous le poids de ces révélations.

— À votre avis, Philip, pourquoi cette femme nous fait-elle tant de mal ? Que cherche-t-elle à obtenir ? De l'argent ? Dans ce cas, je lui en donnerai, quelle que soit la somme exigée. Mais je n'arrive pas à croire à ce qui nous arrive.

En rouvrant les yeux, elle fut envahie à nouveau par un sentiment d'égarement et d'irréalité.

— Jessica, je sais que c'est très dur pour vous, mais vous avez maintenant un excellent avocat. Il faut avoir confiance en lui car il va vous aider. Cependant, je vous mets en garde : n'offrez jamais d'argent à cette femme, quoi qu'il arrive. Même si elle retirait sa plainte, la police n'abandonnerait pas l'enquête. Vous seriez accusée de complicité ou pis encore si vous tentiez d'acheter son silence. N'oubliez surtout pas que les policiers ont l'air de porter un intérêt tout particulier à cette histoire. Ils n'ont pas souvent l'occasion de coffrer un bourgeois pour viol et j'ai l'impression que certains d'entre eux estiment qu'il est grandement temps de clouer le bec aux gens des beaux quartiers. L'inspecteur Houghton m'a fait des allusions fielleuses à «ceux qui croient pouvoir se tirer de n'importe quel pétrin aux dépens des classes défavorisées». S'il s'en tient à ce genre de raisonnement, il faudra prendre des gants avec lui. J'ai dans l'idée que ni votre allure ni celle de Ian n'ont son approbation. Je me demande même s'il ne vous prend pas pour un couple de pervers en quête de sensations. Il est difficile de connaître le fond de sa pensée. Mais, à mon avis, il faut que vous soyez prudente. Vous ne devez en aucun cas donner de l'argent à cette femme. Ce serait aussi dangereux pour vous que pour Ian. Si elle vous appelle pour en réclamer, laissez-la parler. Vous pourrez déposer contre elle par la suite. Mais ne lui donnez jamais un sou !

Abandonnant son ton péremptoire, il se passa la main dans les cheveux avec embarras.

— Jessica, je suis vraiment désolé de ce que j'ai dû dire. Ian en était malade d'avance. Pourtant, il fallait que vous sachiez à quoi vous en tenir. De toute évidence, ce n'est pas joli et je trouve que vous montrez beaucoup de sang-froid.

À ces mots, les yeux de Jessica s'emplirent de larmes. Elle aurait voulu le supplier de ne pas être aussi compatissant et de ne pas admirer son courage. Pour pouvoir continuer à tenir le coup, elle devait se passer de la pitié des autres. Si jamais quelqu'un se mettait à la plaindre, à la consoler, à s'occuper d'elle — ou si Ian, par miracle, revenait sans crier gare —, alors elle s'effondrerait et sangloterait à en mourir.

— Merci, Philip, dit-elle avec une intonation glacée qui le décontenança. Au moins, il est clair qu'il ne s'agit pas d'un viol. La justice ne peut pas s'y laisser prendre. À condition, bien sûr, que Martin Schwartz fasse correctement son travail.

— Oui, mais tout ça risque d'être ignoble. Il faut que vous y soyez préparée, Jessie.

Il la regarda bien en face et elle répliqua qu'elle le savait. Mais ce n'était pas tout à fait exact. Elle n'avait pas encore eu le temps d'accepter la réalité. Du reste, comment aurait-elle pu l'admettre ? Elle se trouvait en état de choc. Depuis onze heures du matin, sa mémoire avait assez mal enregistré la suite des événements. Cependant, deux faits précis lui paraissaient évidents : Ian avait couché avec une autre et il n'était plus auprès d'elle. Elle ne pouvait plus le voir, le toucher, sentir sa présence, entendre sa voix. C'était là l'épreuve qu'elle devait affronter pour le moment. Quant au reste, elle tenterait de l'accepter plus tard.

Si Philip ne pouvait guère l'aider, c'est qu'il la connaissait insuffisamment. Seul, Ian aurait su comment s'y prendre avec elle. Pour Philip, elle restait énigmatique. Sa réserve le déconcertait. Qu'elle eût aussi bien encaissé le coup, c'était une chance, évidemment, mais cela l'inquiétait et le glaçait un peu. Il ne pouvait s'empêcher de la comparer à sa femme ou à sa sœur, et de se demander comment elles auraient réagi, l'une ou l'autre, ou comment auraient réagi certaines femmes de son entourage. Jessie était assurément d'une autre trempe. Elle avait même un peu trop de sang-froid, bien qu'il y eût du désespoir dans son regard : ses yeux ressemblaient à deux miroirs brisés. Rien d'autre ne permettait de soupçonner sa détresse.

— Croyez-vous qu'on l'autorise à me téléphoner ? Il a bien le droit de m'appeler au moins une fois, n'est-ce pas ?

Elle se souvenait qu'il l'avait fait, le jour où on l'avait arrêté pour ses contraventions impayées.

— C'est exact, mais je pense qu'il n'y tient pas, Jessica.

— Il n'y tient pas ? fit-elle d'une voix de plus en plus lointaine.

— Il craint vos réactions. Il dit que, pour vous, cette histoire peut être la goutte d'eau qui fait déborder le vase.

— C'est un abruti !

Philip détourna les yeux, puis se leva pour prendre congé. Il était épuisé. Il avait horreur des affaires de ce genre et se félicitait de ne pas avoir choisi le droit pénal. Quels que fussent les honoraires de Martin Schwartz, il n'aurait pas voulu être à sa place.

Après son départ, Jessie resta longtemps dans le salon. Elle s'imaginait que le téléphone allait se mettre à sonner ou qu'elle allait entendre la clé de Ian tourner dans la serrure. Le cauchemar serait bientôt terminé. Pourquoi ne reviendrait-il pas puisqu'il était toujours revenu ? Pour rompre le silence accablant, elle se mit à fredonner et à parler toute seule. Elle était sûre que Ian ne l'abandonnerait pas : il n'était pas mort, lui ! Parfois, la nuit, il arrivait à Jessie de percevoir dans sa tête l'écho de voix disparues à jamais. Celle de sa mère, de Jake ou de son père… Mais elle se disait que, pour Ian, cela ne lui arriverait jamais. Non, jamais. Il allait simplement l'appeler au téléphone, c'était forcé. Il savait bien qu'il n'avait pas le droit de la laisser dans le trente-sixième dessous, puisqu'il avait juré de ne jamais l'abandonner dans la détresse et qu'il tenait toujours ses serments. Pourrait-il se parjurer, cette fois?

Assise par terre dans l'entrée, perdue dans le noir, elle rumina ses griefs jusqu'à une heure indue. Elle tendait l'oreille, guettant le bruit de la serrure, persuadée qu'il finirait par rentrer cette nuit-là. Pourquoi donc l'avait-il obligée à prendre conscience de son infidélité? Désormais, elle ne pouvait plus pratiquer la politique de l'autruche. Elle savait qu'il avait couché avec une autre. Mais c'était à cette inconnue qu'elle réservait toute sa haine, car elle n'avait pas cessé de l'aimer, lui. Se pouvait-il que, de son côté, il se fût lassé d'elle et qu'il lui préférât cette femme? Elle n'arrivait pas à comprendre son silence. Se rendait-il compte qu'elle risquait de perdre la tête si elle restait dans l'ignorance? Les larmes ruisselaient sur son visage comme une brûlante pluie d'orage. Affalée sur le parquet de l'entrée, elle attendit jusqu'à l'aube. Mais le téléphone resta muet.

5

Lᴇ ᴄᴀʙɪɴᴇᴛ d'avocats dont Martin Schwartz était l'associé principal se trouvait dans les beaux quartiers. Ses bureaux occupaient une partie du 44ᵉ étage de l'immeuble de la Bank of America, dans California Street. Jessica, impeccablement vêtue d'un tailleur bleu marine mais portant des lunettes noires pour dissimuler ses traits tirés, s'engouffra dans l'ascenseur. Cette tenue, qu'elle réservait généralement aux rendez-vous d'affaires et aux enterrements, lui paraissait appropriée aux circonstances présentes. Il était dix heures vingt-cinq. Elle avait cinq minutes d'avance, mais elle savait que Schwartz l'attendait.

Tout le coin nord de l'étage était réservé aux bureaux des avocats. C'était, de toute évidence, un cabinet prospère. Jessie suivit la secrétaire le long d'un corridor tapissé de moquette, dont la paroi vitrée, vers l'extérieur, offrait une vue splendide sur l'ensemble de la baie.

La pièce d'angle où Martin Schwartz la reçut avait aussi deux murs de verre impressionnants, mais le décor en était, par ailleurs, austère et froid. L'avocat s'était levé pour l'accueillir. Il avait les cheveux entièrement gris et n'était pas très grand. Il fronçait les sourcils derrière ses lunettes.

— Madame Clarke?

C'était une question inutile, puisque la secrétaire l'avait annoncée. Mais il se dit que, de toute façon, il l'aurait reconnue sans l'avoir jamais vue. Il s'attendait exactement à ce genre de femme. Riche, élégante. Plus jeune, cependant, qu'il ne l'aurait cru et bien plus réservée qu'il ne l'avait espéré.

Il ne remarqua sa haute taille qu'en prenant sa main tendue. Elle était éblouissante. Il la rapprocha du jeune homme qu'il venait de rencontrer à la prison, fatigué, mal rasé, mais d'une beauté incontestable. Ils devaient former un couple exceptionnel. Ce serait un atout lors du procès. À moins qu'ils ne fussent justement trop beaux et trop jeunes... Dès l'abord, cette affaire lui avait paru mal partie.

— Asseyez-vous, je vous prie.

— Avez-vous vu Ian ? demanda-t-elle immédiatement, quand elle se fut installée en face de lui.

— Oui. Ainsi que l'inspecteur Houghton et le substitut du procureur. Hier soir, j'ai eu par téléphone une conversation d'une heure au moins avec Philip Wald. Et, maintenant, c'est de vous que j'attends des éclaircissements pour me faire une opinion plus précise.

Il fit une grimace aimable et se mit à fourrager dans les papiers qu'il avait devant lui.

— Dites-moi, madame, avez-vous déjà touché à la drogue ?

— Non, pas plus que mon mari. Il nous est bien arrivé de fumer un joint de temps en temps, mais il y a plus d'un an de ça. Ça ne nous dit pas grand-chose et nous ne sommes pas alcooliques non plus. Nous ne buvons qu'un peu de vin.

— N'allons pas si loin pour le moment. Revenons plutôt à la drogue. Y a-t-il des drogués dans vos relations ?

— Pas que je sache.

— Vous êtes absolument sûre que les enquêteurs ne vont rien dénicher de ce côté-là?

— Absolument.

— Tant mieux! dit-il, brusquement soulagé.

— Pourquoi cette question?

— Eh bien, je crains que Houghton n'ait quelques préjugés. Il a fait des remarques aigres-douces sur votre boutique. L'une de vos employées aurait tout de la bayadère et l'autre serait une «mystérieuse» Orientale. Il se trouve, en outre, que votre mari est écrivain. Vous voyez le genre de fantasmes que ça peut provoquer. Malheureusement pour vous, l'inspecteur Houghton semble avoir une imagination débordante. Il a aussi la mesquinerie typique des petits-bourgeois et la haine instinctive de la classe sociale que vous représentez.

— Je m'en étais doutée. Il est passé à la boutique avant d'arrêter Ian. À propos de la bayadère qui le met en émoi, sachez qu'il s'agit tout simplement d'une jeune femme dont l'infortune est d'avoir une poitrine un peu trop développée… Cela dit, elle vit à peu près comme une nonne!

— Oh! je suis sûr qu'elle est charmante! dit Schwartz sans pouvoir s'empêcher de sourire.

— Quant à l'inspecteur Houghton, reprit Jessica, un peu déridée à son tour, il se trompe sur notre compte. S'il nous croit multimillionnaires, c'est peut-être parce que j'ai hérité de ma famille. Mes parents et mon frère sont morts il y a quelques années. Nous n'étions que deux enfants et mon frère était célibataire.

— Je vois. Ce doit être triste de n'avoir plus aucune famille.

— J'ai Ian, déclara-t-elle en détournant les yeux, après avoir acquiescé à la remarque.

— Pas d'enfants?

À la voir secouer négativement la tête, il se dit qu'il commençait à comprendre ses réactions. Si elle n'en voulait pas à son mari, c'est qu'elle désirait désespérément son retour. Elle ne songeait pas à lui faire le moindre reproche parce qu'elle ne pouvait pas vivre sans lui. Cela expliquait l'affolement qu'il avait perçu dans sa voix au téléphone et dont il restait encore des traces. Pour Jessica Clarke, rien ne comptait plus au monde que la présence de son mari.

— Si j'ai bien compris, reprit-elle, il n'y a aucune chance pour que cette femme soit déboutée de sa plainte.

— Pas la moindre. Politiquement, c'est impensable. La prétendue victime fait un foin de tous les diables. Elle tient à avoir la peau de votre mari et vous devez vous attendre à ce que votre vie à tous les deux soit passée au crible. Croyez-vous que vous pourrez le supporter?

— Évidemment.

Il n'osa pas lui dire que Ian était d'un avis contraire.

— Ne voyez-vous rien d'autre à me confier? Personnellement, êtes-vous tout à fait sans reproche? Pas d'escapades? Ni de petites expériences, disons... érotiques, peut-être même collectives?

Elle nia d'un signe de tête, l'air exaspéré.

— Je suis désolé d'avoir à vous demander ça, mais on va éplucher tout votre passé. Mieux vaut donc regarder les choses en face. Bien entendu, de notre côté, nous ferons examiner en détail les antécédents de la plaignante. J'ai quelqu'un de très sérieux à vous proposer comme enquêteur. Nous n'épargnerons rien pour tirer d'affaire votre mari.

Son sourire donnait à Jessica une impression d'irréalité. Elle se disait qu'elle devait faire un cauchemar et que cet homme ne pouvait pas exister, sauf en rêve. Ce n'était pas à elle qu'il venait de demander si elle se droguait et si elle avait participé à des orgies. Et Ian ne pouvait pas être en prison. Cette scène ne devait être qu'une sorte de jeu et cet inconnu, un ami d'un ami de son père, par exemple... Mais elle sentit que Schwartz la regardait avec inquiétude et elle parvint à se persuader qu'elle était bien éveillée. Et que Ian, malheureusement, était en prison.

— Pourra-t-il rentrer à la maison avant le procès?

— Je l'espère. Ça dépendra de vous, en grande partie. Si les chefs d'inculpation étaient moins graves, on pourrait obtenir la liberté provisoire sans avoir à verser de caution. Mais, étant donné la nature des présomptions, le juge va sûrement réclamer une caution, bien que votre mari n'ait pas de casier judiciaire. Sa libération dépendra donc de vos possibilités financières. On parle déjà de vingt-cinq mille dollars. C'est énorme! Vous serez obligée soit de laisser les vingt-cinq mille dollars en numéraire entre les mains de la justice, soit de verser le dixième de cette somme à un prêteur qui se chargera de régler la totalité de la caution à votre place en se garantissant par une hypothèque prise sur vos biens. Dans un cas comme dans l'autre, ce sera très lourd pour vous. Enfin, nous essaierons de faire baisser le chiffre.

Jessica poussa un soupir accablé et retira machinalement ses lunettes noires. L'avocat fut effrayé par son expression d'épouvante. Deux cernes profonds et violacés soulignaient ses yeux rougis par les larmes et ses paupières gonflées. Schwartz découvrait une femme dont le regard n'était qu'apparent. Il s'était trompé en la croyant capable de résister à la tempête : Ian était sa planche de salut et sans lui elle risquait de couler à pic. De son côté, Ian avait l'air de tenir le coup beaucoup mieux, et Schwartz en conçut pour lui une certaine estime.

L'avocat s'efforça alors de remettre sur le tapis le problème de la caution. Inconsciente de s'être trahie, Jessica ne le quittait pas des yeux.

— Croyez-vous que vous arriverez à trouver la somme nécessaire? lui demanda-t-il.

Si Jessie laissait à Schwartz le chèque de deux mille dollars qu'elle avait dans son sac, elle ne pourrait jamais payer les dix pour cent exigés par le prêteur. Cela, elle le savait déjà. Mais il lui paraissait encore plus urgent d'avoir un avocat que de trouver l'argent de la caution. Pour cette dernière, elle verrait à emprunter sur la valeur de sa voiture ou sur autre chose. C'était sans importance, désormais, puisque rien n'avait plus de sens. Cependant, si jamais…

— Si jamais je n'arrive pas à réunir toute la somme, que se passera-t-il?

— On ne vous fera pas crédit, madame. Ou bien vous réglez ce que réclamera le prêteur en lui offrant les garanties nécessaires, ou bien votre mari restera en prison.

— Jusqu'à quand?

— Jusqu'à l'issue du procès.

— Alors, je n'ai pas le choix, n'est-ce pas?

— Que voulez-vous dire?

— Rien. Il ne nous reste qu'à faire face à nos obligations.

Il approuva, avec tristesse. Il était assez rare qu'il se laissât émouvoir par les ennuis de ses clients et il n'aurait pas ressenti d'intérêt particulier pour elle si elle s'était mise à tempêter, à gémir et à pleurer. Mais elle lui inspirait de la considération — et de la compassion. Ce jeune couple traversait une terrible épreuve. Schwartz se demandait ce que pouvaient cacher ces accusations de viol. En son for intérieur, il restait persuadé qu'il n'y avait pas eu viol. Mais comment parvenir à le prouver?

Il passa encore dix minutes à expliquer à la jeune femme en quoi consistait la première comparution devant le juge d'instruction : examen des charges, établissement de la caution, fixation d'une date pour le début de l'instruction devant la chambre des mises en accusation. En apprenant que la plaignante ne serait pas convoquée ce jour-là, Jessie fut un peu rassurée.

— Dites-moi, madame, puis-je vous appeler quelque part dans la journée, en cas de besoin?

En lui donnant le numéro de téléphone, elle songea pour la première fois qu'il allait lui falloir retourner à la boutique.

— Je serai là-bas dès mon retour de la prison. Maintenant, je vais aller voir Ian. Mais, je vous en prie, ne m'appelez plus madame. Dites Jessica ou Jessie, puisque nous allons être en relations suivies pour un certain temps!

— Sans nul doute. À propos, pourriez-vous repasser me voir vendredi? Avec votre mari, si jamais vous avez réussi à le faire sortir.

«Si jamais»!... Jessica ne put se retenir de frémir. Il avait des doutes, lui aussi.

— À la réflexion, reprit Schwartz, il vaut mieux que vous ne veniez que lundi. S'il sort, vous aurez besoin d'un peu de repos, tous les deux. Après ça, il faudra que nous nous mettions au travail sérieusement. Le temps nous est compté.

— C'est-à-dire? demanda-t-elle avec angoisse.

Elle avait l'impression de consulter un médecin sur le temps qui lui restait à vivre.

— Nous le saurons quand nous aurons vu le juge. Mais le procès devrait avoir lieu dans deux mois.

— Avant Noël?

— Oui. À moins d'ajournement. Cependant, votre mari m'a dit ce matin qu'il avait hâte d'en finir pour qu'on n'en parle plus et que vous puissiez oublier tout ça.

Oublier tout ça? Qui pourrait jamais l'oublier?

Schwartz se leva et, après avoir retiré ses lunettes, il lui tendit la main.

— Essayez maintenant de vous détendre, Jessica. Pour le moment, c'est à moi de m'occuper du problème. Laissez-moi faire.

— J'essaierai.

Quand elle s'approcha pour prendre la main qu'il lui tendait, il fut de nouveau décontenancé par sa taille.

— Merci, merci pour tout, dit-elle en se dirigeant vers la porte. Avez-vous quelque chose à transmettre à Ian ?

— Oui, répliqua-t-il. Dites-lui de ma part qu'il a bien de la chance d'avoir une femme comme vous.

Réconfortée par son regard amical, elle sourit du compliment et s'éclipsa.

6

EN DESCENDANT de chez Schwartz, Jessie s'arrêta dans le hall de l'immeuble pour téléphoner à la boutique. La voix de Zina, au bout du fil, laissait paraître de l'inquiétude... Elle l'avait appelée chez elle, sans succès, vers dix heures trente.

— Jessie, tu vas bien?

— Très bien. De votre côté, rien ne cloche?

— Non, absolument rien, répliqua la jeune femme, peu rassurée par le ton de Jessie. Tu viens nous rejoindre?

— Oui, après déjeuner. À tout à l'heure.

Elle raccrocha avant que Zina eût le temps de poser d'autres questions. Après être allée récupérer la Morgan, elle prit la direction de la prison, impatiente de voir Ian.

Bien qu'ayant deux mille dollars de moins, elle se sentait un peu mieux. Elle avait laissé son chèque dans une enveloppe bleue entre les mains de la secrétaire qui l'avait accueillie à son arrivée chez Schwartz. Ce n'était que la première partie des honoraires de l'avocat, mais elle avait tenu parole et Ian avait un défenseur. Malheureusement, il ne restait plus que cent quatre-vingt-un dollars sur le compte joint. À combien donc allait lui revenir cette sale blague?

En traversant la ville, elle essaya d'oublier ses soucis d'argent. Elle se sentait moins furieuse que déboussolée. Qu'était-il arrivé au juste? Que mijotait cette femme? Pourquoi leur faisait-elle du mal et en voulait-elle à Ian personnellement? Depuis la conversation avec Schwartz, Jessie était de plus en plus persuadée que Ian n'avait rien fait de monstrueux. On ne pouvait lui reprocher que d'avoir tiré le mauvais numéro en croyant se payer un peu de bon temps. Mais pourquoi donc était-il tombé sur cette femme-là?

Elle trouva à se garer dans Bryant Street, non loin d'une longue rangée d'officines de prêteurs. Elle se demanda laquelle d'entre elles il lui faudrait choisir l'après-midi même. Toutes étaient minables. Elle aurait préféré geler sur pied en plein hiver plutôt que de s'y réfugier. Le pire serait d'y entrer pour parler gros sous. Elle se dirigea rapidement vers la prison municipale. Là, dès l'entrée, on la fit passer devant une espèce de détecteur d'objets métalliques tandis qu'un gardien vérifiait le contenu de son sac à main. Elle eut ensuite à demander une autorisation de visite, à montrer son permis de conduire et à fournir la preuve que Ian était bien son mari. Il y avait foule. Les gens faisaient la queue, mais l'attente n'était pas très longue. Elle ne se sentait guère à sa place parmi ces échantillons d'humanité dépenaillés et misérables. Elle était plus grande que toutes les autres femmes ou même que la plupart des hommes, et son élégant tailleur bleu n'était vraiment pas de circonstance. Du côté des femmes, les Blanches valaient les Noires en fait de mauvais goût : les premières avec des coiffures en forme de pièce montée, des sandales avachies, des pantalons de faux cuir et des vestes de faux léopard; les secondes avec des oripeaux de satin artificiel qui ressemblaient à des peignoirs ou à des pyjamas. Bref, une flopée de pauvres cloches qu'on pouvait trouver intéressantes à regarder au cinéma, mais pas dans la vie. Jessie aurait aimé savoir si la bonne femme avec qui Ian avait couché était de ce genre-là. Elle espérait que non, bien que ce fût désormais sans grande importance. Et, les genoux flageolants, elle se sentait désemparée à la pensée de se retrouver face à face avec lui. Qu'allait-elle pouvoir lui dire?

Sa main tremblait en pressant le bouton de l'ascenseur. Elle monta jusqu'au sixième étage en luttant contre la nausée. À la perspective de se trouver dans la section du bâtiment où l'on retenait son mari prisonnier, elle frissonnait de peur. La première fois qu'on l'avait arrêté, il n'y était pas resté assez longtemps, heureusement, pour recevoir sa visite. Elle s'était contentée de faire un saut à la prison pour venir le chercher. Cette fois, c'était bien plus angoissant.

Mais, en sortant de l'ascenseur, elle n'avait plus qu'une idée en tête, voir Ian immédiatement. Elle comprit alors qu'elle serait capable, rien que pour le voir, de surmonter toutes ses frayeurs et toutes ses rancœurs, et même de bousculer un régiment de maquerelles et de truands.

Les gens attendaient à la queue leu leu devant une porte blindée et le gardien les faisait entrer par groupes de cinq ou six. Comme les visiteurs ressortaient par une porte située de l'autre côté du parloir et qu'on ne les voyait pas revenir, on avait l'impression qu'ils avaient été engloutis, qu'ils étaient disparus à jamais.

Ce fut enfin le tour de Jessica. La pièce sentait le renfermé. Elle était surchauffée, sans fenêtres, éclairée par des tubes fluorescents. De longs panneaux de verre séparaient détenus et visiteurs : ils ne pouvaient communiquer qu'à l'aide d'appareils téléphoniques posés sur de petites étagères. Jessie resta interdite en comprenant qu'elle ne verrait Ian qu'à travers une vitre. Comment avoir une vraie conversation par téléphone?

Elle avançait en hésitant quand elle l'aperçut à l'autre bout de la pièce derrière sa paroi de verre. Tandis qu'il la regardait venir, immobile, elle sentit les larmes lui monter aux yeux. Mais elle n'avait pas l'intention de se mettre à pleurer… Non, pour rien au monde! Elle avait le cœur serré comme dans un étau et ses jambes se dérobaient sous elle, mais elle réussit à mettre lentement un pied devant l'autre et à dissimuler le tremblement de ses mains en lui faisant un petit signe. Puis elle se retrouva soudain en face de lui, tenant le téléphone. Ils restèrent quelques instants à s'observer en silence et ce fut lui qui parla le premier.

— Tu vas bien?

— Très bien. Et toi?

Il mit un certain temps à répondre.

— On ne peut mieux, dit-il enfin en hochant la tête avec un bref sourire misérable. Oh! mon amour, je suis désespéré de t'imposer une telle épreuve! C'est si stupide, si… Je ne peux dire qu'une chose, c'est que je t'aime et que je ne sais pas ce qui m'a pris de tout gâcher. Après coup, j'ai eu très peur de tes réactions.

— Qu'as-tu imaginé? Que j'allais me sauver? Ce n'est pas dans mes habitudes.

Elle avait l'air si malheureuse qu'il aurait déjà voulu mettre fin à l'entretien. Il ne pouvait supporter de la voir souffrir.

— Je le sais, mais ça n'a rien à voir avec tes ennuis habituels. Il ne s'agit plus de t'en faire simplement pour un découvert bancaire de trente dollars. Je veux dire que… Oh! Jessie, je ne sais vraiment plus quoi dire!

— Tu m'as déjà dit l'essentiel. Je t'aime, moi aussi. Rien d'autre ne compte. On va te tirer de là.

— Oui, mais… Jess, l'affaire se présente mal. La fille ne veut pas revenir sur ses déclarations et le flic, Houghton, se figure qu'il a mis le grappin sur l'Abominable Violeur de la circonscription.

— Ça, on peut dire qu'il est charmant, celui-là!

— Tu l'as vu?

— Oui, juste avant qu'il aille t'arrêter.

— Et il t'avait dit de quoi il retournait? demanda Ian, devenu très pâle.

— Non, répondit-elle en détournant les yeux.

— Oh! Jess, comme je regrette d'être cause de tout ce mal! Je n'arrive pas à croire à cette histoire.

— Moi non plus, mais nous survivrons. À propos, que penses-tu de Martin Schwartz?

— L'avocat? Je le trouve sympathique. Mais ça va te coûter les yeux de la tête, n'est-ce pas?

Voulant rester sur une prudente réserve, Jessie tenta de changer de sujet.

— Combien? reprit-il brusquement, le regard amer.

— C'est sans importance.

— Pour toi, peut-être. Mais pas pour moi. Combien?

— Deux mille dollars pour le moment. Cinq mille de plus en cas de procès, admit-elle enfin, incapable de résister à son ton impératif.

— Tu te fiches de moi?

— Non, j'avais contacté un autre avocat avant lui. Celui-là voulait quinze mille dollars en liquide avant la fin de la semaine.

— C'est absolument monstrueux! Écoute, Jessica, pour Schwartz, je te rembourserai.

— Tu m'ennuies, mon chéri.

— Et moi je t'adore, Jess.

Ils échangèrent un long regard de tendresse.

— Pourquoi ne m'as-tu pas appelée hier soir? demanda-t-elle en refoulant à nouveau des larmes brûlantes.

Elle n'osa pas lui avouer qu'elle avait passé la nuit couchée par terre à guetter son retour, folle de terreur, mais trop épuisée pour bouger. Elle avait eu l'impression d'être clouée au sol tandis que son esprit battait la campagne.

— Te téléphoner? Et pour te dire quoi?

Que tu m'aimais, faillit-elle répondre.

— Écoute, Jess, je crois que j'étais en état de choc. Je suis resté longtemps abasourdi. Je n'arrivais pas à comprendre.

À comprendre quoi? Ce qui avait bien pu le pousser à coucher avec cette salope? Jessie eut un accès de révolte, mais quand elle releva les yeux il était déjà passé. Ian devait être aussi malheureux qu'elle, peut-être davantage.

— Comment expliques-tu qu'elle t'ait accusé de... de...

— De viol? dit-il d'une voix blanche. C'est sans doute une malade, une cinglée, une aigrie. À moins qu'elle ne veuille de l'argent. Comment savoir? Quoi qu'il en soit, je me suis conduit comme un imbécile. Jessie, je...

Il n'osait plus la regarder et elle s'aperçut qu'il était près de pleurer.

— Jessie, comment pourrons-nous jamais surmonter une pareille épreuve? Comment feras-tu pour ne pas me détester? Comment vivre ensemble après ça? Et... Non, je ne vois pas...

— Arrête! s'écria-t-elle d'une voix impérieuse et rauque. Arrête tout de suite! Nous allons nous en sortir. Bientôt, tout sera éclairci, tout sera terminé et nous n'aurons plus à y penser.

— En seras-tu capable? Dis-le-moi franchement. Chaque fois que tu me regarderas, ne vas-tu pas repenser à elle? Pourras-tu oublier tout l'argent que je t'aurai coûté?

Il se passa la main dans les cheveux, puis fouilla dans sa poche à la recherche d'une cigarette. En suivant son geste des yeux, Jessie remarqua pour la première fois qu'il portait un drôle de pantalon. En fait, c'était le bas d'un pyjama de coton blanc, comme ceux qu'on fournit d'ordinaire aux malades dans les hôpitaux.

— Mais comment se fait-il que tu sois en pyjama? On ne t'a même pas laissé le temps de t'habiller? demanda-t-elle, soudain épouvantée à l'idée que Houghton avait pu l'emmener le derrière nu et les menottes aux mains.

— Encore une délicate attention des flics, répondit-il avec écœurement. On a envoyé mon pantalon au laboratoire, à des fins d'analyse. À propos, c'est demain que je passe devant le juge et il va m'en falloir un autre.

Il resta pensif un moment et tira lentement sur sa cigarette.

— Je n'arrive vraiment pas à comprendre, reprit-il. Vois-tu, si cette fille voulait de l'argent, elle n'avait qu'à téléphoner pour me faire chanter. Je lui avais avoué que j'étais marié.

Jessie tiqua un peu. Puis, sans savoir pourquoi, elle ne put s'empêcher de rire devant le tableau déconcertant qu'il offrait en pyjama fripé, avec son visage d'adolescent et ses cheveux en bataille, dans cette maison de fous.

— Qu'est-ce qui te prend? s'écria-t-il, effrayé, croyant qu'elle avait une crise de nerfs.

Mais il s'aperçut vite qu'il se trompait. Elle essayait seulement de prendre les choses avec humour.

— Je vais très bien, rassure-toi. Si incroyable que ce soit, je tiens le coup. Et le plus absurde, c'est que je t'aime toujours. Alors, dépêche-toi de rentrer. Mais sais-tu que tu me plais beaucoup en pyjama?

Ce même éclat de rire, il l'avait entendu mille et mille fois. Par exemple, quand elle le découvrait à deux heures du matin, en train d'arpenter la maison à grands pas, complètement nu, un crayon derrière chaque oreille, en relisant ce qu'il venait d'écrire… C'était aussi le rire qui la prenait quand ils étaient ensemble sous la douche et qu'ils s'éclaboussaient mutuellement ou quand il la rejoignait dans le lit et qu'elle cherchait à le chatouiller. Un rire contagieux.

81

Pour la première fois depuis le début de ce cauchemar, il se dérida à son tour.

— Tu n'es qu'une sale petite enjôleuse, mais je t'adore. Dépêche-toi de me sortir de ce merdier pour que je puisse te…

Il s'arrêta, soudain très pâle.

— Me violer ? Pourquoi pas ?

Ils se regardèrent, tendrement complices. Ian était là devant elle et elle se sentait rassurée. Elle savait qu'il l'aimait encore et qu'elle allait retrouver sa protection. Quand on l'avait privée de sa présence et du son de sa voix, elle l'avait cru mort. Maintenant, elle avait la preuve du contraire : il était bien vivant, il ne mourrait jamais, il serait toujours à elle. Elle eut brusquement envie de danser. Là, dans cette prison, au milieu des maquereaux et des voleurs, elle avait envie de danser, tant elle était heureuse d'avoir retrouvé Ian !

— Pourquoi est-ce que je t'aime tant, Ian Clarke ?

— Parce que tu n'es qu'une gosse retardée. Mais tu me plais comme ça… Écoute, chérie, peux-tu reprendre ton sérieux un moment ?

Il ne plaisantait plus, mais dans le regard fatigué de Jessie un petit éclat de gaieté demeurait.

— Oui ?

— Je ne blague pas quand je te dis que je te rembourserai.

— N'en parlons pas, je t'en prie.

— Je te rendrai jusqu'au dernier sou. Il est temps que je retrouve un travail sérieux. Ça ne peut pas continuer, Jessie. Tu le sais bien.

— Je ne vois pas pourquoi, dit-elle avec inquiétude. Qu'est-ce qui te préoccupe ?

— Le fait que tu m'entretiennes, même sous prétexte de m'aider dans ma carrière d'écrivain… Il n'en est plus question. Mon amour-propre en souffre et notre couple en souffre encore plus.

— Tu te fiches de moi?

— Non, je suis sérieux. Mais ce n'est ni l'endroit ni le moment d'en discuter. Sache seulement que je rendrai au centime près tout l'argent que tu dépenseras pour moi. Est-ce clair?

Elle prit un air évasif et, à l'autre bout du fil, la voix de Ian se durcit.

— Jessie, je ne blague pas. je ne te laisserai plus faire. Tu n'as pas à payer les pots cassés.

— Très bien, dit-elle en lui lançant un regard blessé.

Au même moment, un gardien s'approcha et la toucha à l'épaule. La visite était terminée. Ils avaient pourtant une quantité d'autres choses à se dire.

— Ne t'en fais pas trop, ma chérie, dit Ian en voyant sa détresse. Nous nous verrons demain matin au tribunal.

— Tu ne pourras pas me téléphoner ce soir?

— On ne me le permettra pas…

C'était injuste, à la fin! Personne n'était donc fichu de comprendre qu'elle avait besoin d'entendre sa voix?

— Jessie, promets-moi de passer une bonne nuit pour être en forme.

Elle acquiesça en silence, comme une enfant obéissante.

— Jess, je t'aime à la folie. Promets-moi de te ménager. J'ai tant besoin de toi!

— Moi aussi, j'ai besoin de toi. Sans toi… je mourrais!

— Ne dis pas de bêtises. Va-t'en vite, maintenant. À demain. Et merci d'être venue, Jess. Merci pour tout.

— Je t'aime, Ian.

— Je t'aime, moi aussi.

Sur ces mots, l'entretien téléphonique fut brusquement coupé. Elle lui fit un petit signe avant de suivre le troupeau des visiteurs qui reprenaient l'ascenseur. Elle était de nouveau perdue dans la foule anonyme. Ian avait disparu. Mais elle se sentait moins déprimée qu'à son arrivée : elle avait en mémoire ses traits et ses gestes, le son de sa voix, la couleur de ses cheveux et même l'odeur de sa peau. Il continuait à exister. Elle n'était pas seule au monde.

7

À LA BOUTIQUE, Zina et Katsuko étaient occupées avec des clientes. Avant de se joindre à elles, Jessica se réfugia un moment dans son bureau pour se remettre de ses émotions. Elle se trouvait dans une situation idiote. La tête que feraient les gens s'ils savaient qu'elle venait de rendre visite à un prisonnier, que ce prisonnier était son mari et qu'elle était passée d'une traite de la prison municipale à son élégante boutique!... Cela ressemblait à une histoire de fous.

Les petites s'affairaient auprès de deux clientes qui cherchaient des tenues pour aller parader à Palm Springs, deux grosses dames exigeantes et peu engageantes aux allures de mémères pleines aux as. Jessie s'approcha, mais elle se sentait incapable de les aider. Elle ne pouvait s'empêcher de penser à Ian, à la prison, à l'avocat et à l'inspecteur Houghton. Le regard odieux de Houghton la hantait.

— Que devient votre mari? demanda l'une des clientes sans cesser d'examiner des jupes récemment arrivées, style Saint-Laurent, en somptueux velours prune gansé de satin noir.

— Mon mari? Il soumet aux derniers outrages... Je veux dire, il se remet à son dernier ouvrage...

Les deux dames s'esclaffèrent. Zina et Kat ne purent retenir leur hilarité et Jessie elle-même se mit à rire aux larmes.

— Mon mari, lui aussi, m'a donné du fil à retordre. Mais maintenant, il préfère jouer au golf.

La seconde cliente avait l'air de s'amuser comme une folle. Elle sélectionna un corsage et deux jupes tandis que son amie retournait jeter un coup d'œil aux pantalons.

La boutique ne désemplit pas de l'après-midi, ce qui permit à Jessie d'éviter une longue conversation avec Zina et Kat. Il était près de cinq heures quand elles purent souffler un peu autour d'une tasse de café.

— Jess, on espère que tu n'as plus d'ennuis, aujourd'hui.

— Presque plus. Juste un ou deux problèmes qui seront réglés demain.

Demain, au moins, Ian serait de retour. À eux deux, ils essaieraient de trouver une solution. Le plus important, c'était de le savoir à la maison.

— On s'est fait du souci pour toi. Tant mieux que ce soit arrangé!

Zina semblait rassurée, mais Kat ne quittait pas Jessie des yeux. Elle n'était pas dupe.

— Tu as l'air crevée, Jessica Clarke.

— Oh! mesure tes mots, ma belle. C'est ce tailleur lugubre qui me donne mauvaise mine.

Jessie jeta un coup d'œil autour d'elle. Elle aurait eu de quoi se changer pour essayer de se remonter le moral. Mais il était tard, elle était épuisée, elle ne se sentait pas la force de se déshabiller et de se rhabiller. Et Zina allait fermer la boutique dans un petit quart d'heure.

Elle se leva, s'étira et se rendit compte qu'elle avait mal dans le dos et dans la nuque. Elle le devait sans doute à sa nuit passée sur le plancher — sans parler des épreuves de la journée. Elle tenta avec précaution de dérouler sa colonne vertébrale pour détendre ses muscles dorsaux, mais une personne entra à ce moment-là. Tandis que Kat et Zina se regardaient pour savoir laquelle des deux se lèverait pour accueillir la visiteuse, Jessie se retourna en souriant. L'inconnue était d'un abord agréable. Jessie eut envie de s'occuper d'elle pour se changer les idées.

— Puis-je vous aider?

— Permettez-moi de jeter un coup d'œil. J'ai entendu parler de votre boutique par une amie et je trouve ravissant ce que vous avez en vitrine.

— Merci. Si quelque chose vous tente, faites-moi signe.

Après un échange de sourires entre les deux femmes, la nouvelle venue se mit à examiner les articles sport. C'était une femme élégante, qui devait avoir entre trente-cinq et quarante ans, bien qu'on ne pût lui donner d'âge précis. Sous son ensemble noir — veste et pantalon — à la coupe impeccable, elle portait une blouse de lin grège et un petit foulard de soie. Elle avait aussi des bijoux magnifiques, une grosse chaîne de cou et un bracelet d'or massif ainsi que plusieurs bagues, visiblement de grand prix. Mais ce qui avait attiré l'œil de Jessie dès qu'elle l'avait vue, c'était sa paire de boucles d'oreilles, remarquable travail de joaillerie où se mariaient l'onyx et le diamant. Trop de fric et trop d'ostentation, mais un visage chaleureux et quelque chose en plus… Quoiqu'elle parût très satisfaite d'être riche et bien habillée, on sentait que ses aspirations profondes étaient plus nobles. Enfin, elle donnait l'impression d'être bien dans sa peau et sa grâce naturelle faisait plaisir à voir. Elle avait gardé un visage très jeune, mais ses cheveux blond cendré étaient parsemés de petites mèches argentées. Elle faisait vaguement penser à un chat siamois, sans doute à cause du bleu délicat de ses yeux. Rien qu'à la voir, on avait envie de la connaître.

— Cherchez-vous quelque chose de particulier? Voulez-vous que nous vous sortions des nouveautés?

L'inconnue haussa les épaules en souriant.

— C'est de la folie de ma part, à vrai dire, mais je viens d'avoir un coup de foudre pour ce manteau de daim. Existe-t-il dans ma taille?

Elle avait l'air d'une enfant qui craint d'être surprise en train d'acheter une trop grande quantité de chewing-gum tout en étant ravie de son audace et persuadée de pouvoir acheter non seulement tout le chewing-gum du magasin, mais encore le magasin lui-même.

— Je vais voir dans la réserve, dit Jessie, incertaine de pouvoir la satisfaire.

Comme elle le craignait, le modèle n'existait pas en petite taille, mais elle en découvrit un du même genre qui coûtait quarante dollars de plus. Elle en retira l'étiquette avant de l'apporter. C'était un manteau à la ligne souple, épousant la forme du corps et d'une chaude couleur cannelle. Il était plus joli que l'autre et la cliente s'en aperçut immédiatement.

— Quelle merveille! Si seulement j'avais pu le trouver affreux...

— Impossible de le trouver affreux... Il vous va tellement bien!

Elles restèrent toutes les trois admiratives à la regarder évoluer dans le nouveau manteau de daim. Il lui allait à ravir et elle en était très consciente. Pour Jessie, c'était un plaisir de faire essayer un vêtement à une femme qui avait tant d'allure que, même habillée de toile à sac, elle aurait conservé un chic fou.

— Combien vaut-il?

— Trois cent dix dollars.

Zina et Kat échangèrent un regard étonné. Elles étaient trop fines, cependant, pour faire une réflexion à voix haute. Jessie savait généralement ce qu'elle faisait. Cette dame était peut-être une personne importante dont elle tenait à avoir désormais la clientèle. De toute façon, l'inconnue ne semblait pas femme à se préoccuper beaucoup du prix des choses.

— Auriez-vous des pantalons assortis?

— J'en avais, mais ils sont tous partis.

— Quel dommage!

Elle s'arrangea néanmoins pour dénicher trois pulls, un chemisier et une jupe de daim dont la couleur s'accordait avec celle du manteau, puis elle déclara qu'elle avait fait assez de folies pour la journée. C'était une cliente facile à satisfaire et, pour la boutique, ces achats étaient une aubaine. Elle sortit son chéquier d'un étui d'antilope vert émeraude et fit un clin d'œil amusé à Jessie.

— Si vous me voyez revenir avant huit jours, flanquez-moi dehors!

— Tenez-vous vraiment à ce qu'on exauce cette prière? demanda Jessie en affectant le désappointement.

— Ce n'est pas une prière, c'est un ordre.

— Il me fend le cœur.

Après ces plaisanteries, la nouvelle cliente s'occupa de remplir son chèque. Elle en avait pour plus de cinq cents dollars, mais on sentait que l'importance de la somme ne la gênait pas. Jessie vit qu'elle s'appelait Astrid Bonner et qu'elle habitait le même quartier qu'elle, à quelques maisons près.

— Nous sommes presque voisines, lui déclara-t-elle en précisant son adresse.

— Ah! mais je vois très bien où vous habitez! répliqua Mme Bonner d'un ton ravi. N'est-ce pas la petite maison blanc et bleu, bordée tout au long d'une profusion de fleurs merveilleuses?

— Eh bien, j'ai l'impression qu'elle se voit de loin!

— Ne le regrettez pas. Elle donne de l'éclat à tout le voisinage. C'est bien vous aussi qui avez un petit cabriolet rouge?

— C'est moi, admit Jessie en montrant la Morgan par-
delà la vitre.

Pendant leur conversation, Zina s'était mise tranquillement à fermer la boutique. Il était six heures moins le
quart.

— Puis-je vous offrir quelque chose à boire?

Il y avait toujours une bouteille de whisky en réserve
pour les clientes qui s'attardaient à bavarder et qui appré-
ciaient généralement l'attention.

— Non, merci. Ce serait avec plaisir, mais je vous ai
déjà assez retardée.

Katsuko avait regroupé les achats de Mme Bonner dans
deux grands cartons tête-de-nègre. Elle les enveloppa dans
un beau papier soyeux, or et feu, et les orna de rubans
assortis.

— Est-ce vous la propriétaire, ici? Eh bien, je vous féli-
cite. Entre nous, je n'avais aucun besoin de ce manteau,
mais je n'ai pas pu résister. Mon grand drame, c'est le
manque de volonté.

— Pour se changer le moral, il suffit parfois de changer
de tenue!

Astrid Bonner acquiesça tranquillement, le regard pensif. Il y eut entre elles comme un accord tacite. Jessie la
trouvait si sympathique qu'elle aurait aimé rester plus longtemps en sa compagnie. Elle n'était pas pressée de rentrer
chez elle, curieuse de savoir où se trouvait exactement la
maison de sa nouvelle cliente. Soudain, une idée lui vint.

— Voulez-vous profiter de ma voiture? Je m'en vais tout
de suite.

C'était aussi un bon prétexte pour éviter les questions
que Kat et Zina avaient pu garder en réserve tout l'après-
midi et auxquelles elle ne se sentait pas encore prête
à répondre. Astrid Bonner allait la tirer doublement
d'affaire. En effet, Jessie n'avait pas encore averti ses

employées qu'elle serait absente le lendemain matin et elle ne tenait pas à leur donner d'explications.

— Ce soir, j'accepte très volontiers. La maison n'est pas loin, et d'habitude j'aime bien marcher. Mais aujourd'hui, avec mes paquets... Je serai ravie de rentrer avec vous.

Le sourire qui accompagnait ces mots avait un tel éclat de jeunesse que Jessie se demanda encore une fois l'âge que pouvait bien avoir cette femme. Après avoir attrapé sa veste et son sac, elle fit un signe de main aux deux autres.

— Bonsoir, mes chéries. À demain. Je ne viendrai pas le matin.

Elles se quittèrent sur un sourire. Dehors, Jessie éprouva un sentiment de délivrance : pas de questions, pas de réponses, pas de mensonges! Elle réalisait à quel point elle avait refoulé son angoisse durant tout l'après-midi.

Aussitôt qu'Astrid fut installée dans la voiture, ses deux gros paquets sur les genoux, Jessie prit la direction du quartier où elles habitaient toutes les deux.

— Votre boutique doit vous donner un travail fou.

— Oui, mais j'adore ça... Oh! excusez-moi, je crois que je ne me suis même pas présentée. Je m'appelle Jessica Clarke.

Elle se rendit compte que la brise du soir dérangeait quelque peu la mise en plis impeccable de sa passagère et elle lui proposa de remettre la capote de la voiture.

— Pas question, répliqua Mme Bonner en riant. Me prenez-vous pour une vieille peau?... Oh! figurez-vous que je suis ravagée par la jalousie quand je pense que cette boutique est à vous. J'ai travaillé dans un journal de mode à New York. Il y a dix ans de ça, mais tout ce qui touche à la mode continue de me passionner.

— Nous habitions New York, nous aussi. Il y a six ans que nous l'avons quitté. Mais vous, comment se fait-il que vous soyez ici?

91

— À cause de mon mari. À vrai dire, je n'étais venue qu'en voyage d'affaires et j'ai rencontré mon mari. Alors, je ne suis jamais repartie.

Jessie sentit qu'Astrid évoquait l'événement avec bonheur. Elle lui demanda si le journal de mode attendait toujours son retour. Leurs deux voix résonnaient gaiement dans le crépuscule.

— J'ai repris mon travail pour trois semaines, en fait. Le temps de donner mon préavis. Et voilà! J'étais ambitieuse, je voulais faire carrière et ne jamais me marier, mais... mais j'ai rencontré Tom. Alors, adieu les honneurs et la gloire!

— L'avez-vous regretté?

C'était une question très indiscrète, mais Astrid se montrait si cordiale qu'on avait envie de lui parler avec franchise.

— Jamais. Tom a tout changé.

Jessie eut envie de lui dire que c'était un crime, mais elle s'interrogea sur sa propre expérience : Ian avait transformé sa vie, à elle aussi. Toutefois, il ne l'avait pas empêchée de réussir et il ne l'avait pas forcée à quitter New York. Elle avait accepté librement d'habiter San Francisco. Mais il n'aurait pas fallu lui parler d'abandonner «Lady J».

— Non, je n'ai pas eu un instant de regret. Tom était un homme extraordinaire. Je l'ai perdu l'année dernière.

— Oh! je suis navrée!... Avez-vous des enfants?

— Tom avait cinquante-huit ans quand nous nous sommes mariés, expliqua Astrid avec un petit rire. Nous avons eu dix années de bonheur parfait. Dix ans de lune de miel.

— Mon mari et moi, nous pensons aussi que les enfants tiennent trop de place.

— Ce n'est plus vrai quand on en désire un. Mais nous nous trouvions trop âgés. J'avais trente-deux ans et je n'ai jamais eu la fibre maternelle. De toute façon, nous n'avons pas regretté notre décision, bien que je me sente un peu seule, maintenant.

— Pourquoi ne pas vous remettre au travail? demanda Jessie, étonnée qu'Astrid eût déjà quarante-deux ans.

— Quel genre de travail?... Voyez-vous, je travaillais pour *Vogue*. Je ne retrouverai rien de tel par ici. Et là-bas, personne ne voudra de moi après dix ans d'interruption. Je suis complètement rouillée et je n'ai aucune intention de remettre les pieds à New York.

— Si vous voulez rester dans le domaine de la mode, cherchez autre chose.

— Par exemple?

— Une boutique.

— Ainsi, nous voilà revenues à notre point de départ, ma très chère! Vous me rendez malade de jalousie.

— Tout n'est pas rose! J'ai parfois des problèmes.

— Et des satisfactions, je suppose. Allez-vous souvent à New York?

— J'en suis rentrée il y a deux jours.

«Et hier, faillit-elle ajouter, on a arrêté mon mari pour viol...» Elle l'avait sur le bout de la langue. Astrid aurait été épouvantée, comme n'importe qui à sa place. Oubliant un instant qu'elle n'était pas seule, elle poussa un soupir de détresse.

— Était-ce une telle corvée?

— Pardon, que voulez-vous dire?

— Je pensais à votre voyage à New York. Vous me dites que vous venez de rentrer et vous soupirez à fendre l'âme comme si vous veniez d'apprendre la disparition d'un être cher.

— Excusez-moi. J'ai eu une journée épuisante.

Elle essayait de sourire, mais le cafard l'avait reprise. Elle était replongée dans son cauchemar. Inquiète de son silence, Astrid la regarda par-dessus ses paquets.

— Quelque chose ne va pas? demanda-t-elle d'un air scrutateur qui n'appelait guère la tricherie.

— Rien d'irrémédiable.

— Puis-je vous être utile?

Utile? C'était bien gentil de sa part, mais elles venaient tout juste de faire connaissance et Jessie n'en était pas encore aux confidences!

— Non, merci, répondit-elle aimablement en ralentissant pour prendre le tournant. Tout est arrangé. Mais vous m'avez déjà rendu un grand service : grâce à vous, ma journée s'est terminée dans la bonne humeur. Et maintenant, dites-moi où est votre maison!

— Vous êtes un ange de m'avoir ramenée... Tenez, la voilà!

Astrid désignait du doigt une somptueuse résidence de briques sombres, entourée de haies impeccablement taillées. Les châssis des fenêtres, peints en blanc, contrastaient avec les volets de laque noire. Jessie retint un sifflement d'admiration. Ils s'étaient souvent demandé, elle et Ian, qui pouvait bien posséder cette demeure impressionnante, apparemment inhabitée une partie du temps. Ils avaient cru que les propriétaires étaient de grands voyageurs.

— En fait de jolie maison, chère madame, la vôtre est un château en comparaison de la nôtre! Elle nous fait rêver depuis des années.

— Oh! je vous prie, appelez-moi Astrid. Je suis flattée de votre étonnement, mais votre villa doit être bien plus amusante à vivre que la mienne, Jessica. Celle-ci est... Comment dire?... terriblement «adulte». Oui, c'est le mot. Tom y habitait déjà avant notre mariage et il y avait rassemblé des objets de grande valeur. Il faudra que vous veniez de temps en temps prendre un verre ou une tasse de café.

— J'en serai ravie.

— Pourquoi ne pas entrer maintenant ?

— Ce serait avec grand plaisir… Mais, à vrai dire, je suis sur les genoux. Je n'ai pas arrêté depuis deux jours et j'ai eu trois semaines démentes à New York. Permettez-moi de remettre ça à une autre fois.

— Bien sûr. Encore merci de m'avoir ramenée.

En grimpant les marches du perron, Astrid agita la main et Jessie, de la voiture, lui fit en retour un signe d'amitié. Superbe baraque ! Et la propriétaire était de ces femmes qu'on avait plaisir à connaître !

Sans cesser de penser à la conversation qu'elle venait d'avoir, Jessica gara sa voiture dans l'allée de sa villa. C'était réconfortant de rencontrer quelqu'un qui avait dû faire d'énormes sacrifices pour son amour, mais qui n'en regrettait aucun.

Dès qu'elle fut entrée dans la maison assombrie, elle envoya promener ses chaussures et alla s'asseoir sur le canapé du salon, sans allumer l'électricité. Elle passa sa journée en revue. Une journée inimaginable : le rendez-vous avec l'avocat, le chèque qui avait vidé son compte en banque, la visite à la prison et, pour finir, un échange de politesses avec Astrid Bonner… La vie reprendrait-elle bientôt son cours normal ?

Bien qu'elle eût envie de boire quelque chose, elle ne trouva pas la force de bouger. Les idées tournoyaient dans sa tête, mais son corps semblait pétrifié, comme si la machine n'avait pas voulu démarrer. Alors qu'en esprit… Elle repensait sans cesse à la prison. C'était invraisemblable de se retrouver là, dans la plus totale solitude, alors que, d'ordinaire, Ian était toujours à la maison quand elle rentrait. Ce silence inhabituel était accablant. Elle avait l'impression d'être à nouveau dans l'appartement de Jake, le jour où elle y était retournée après avoir appris sa mort. Mais pourquoi penser à Jake, tout à coup ? Pourquoi le

comparer à Ian? Ian était vivant et il allait rentrer le lendemain. On pouvait en être certain. Vraiment? Mais oui. Et
si jamais?...

Perdue dans son délire, elle ne s'aperçut pas qu'on sonnait à la porte. Le visiteur impatient dut insister très longuement pour que la sonnerie parvînt à l'arracher à ses
tristes fantasmes. Il lui fallut alors rassembler ses dernières
forces pour vaincre sa torpeur et se lever.

Pieds nus dans l'obscurité, elle alla jusqu'à la porte et
demeura un moment sans ouvrir. Incapable d'imaginer qui
pouvait lui rendre visite à cette heure, elle se contenta de
demander qui était là.

— De quoi s'agit-il? murmura-t-elle d'une voix presque
inaudible.

Dehors, l'un des deux hommes qui attendaient devait
avoir l'oreille fine. Il fit signe à son compagnon et l'autre
rebroussa chemin aussitôt pour aller l'attendre dans une
voiture verte.

— Police.

Le cœur de Jessie se mit à battre la chamade. Ce n'était
donc pas fini! Tremblante, elle s'appuya contre le mur.

— Je suis l'inspecteur Houghton et je veux parler à
Mme Clarke.

Il savait sans doute que c'était elle qui se trouvait derrière la porte. Pourtant, elle fut tentée de répondre que
Mme Clarke était absente. Puis elle se souvint que sa voiture était restée devant la maison. Selon toute probabilité,
Houghton n'allait pas décoller de sitôt. Elle était coincée...
il la tenait et il tenait Ian.

Elle ouvrit avec réticence et resta un instant immobile et
muette dans le clair-obscur. Même sans chaussures, elle
était plus grande que lui. Ils se regardèrent en silence. Elle
le trouvait tellement antipathique que c'était à lui qu'allait
toute sa rancœur.

— Bonsoir. Je peux entrer ?

Jessie s'écarta. Elle alluma l'électricité et le conduisit jusqu'au salon. Arrivée au milieu de la pièce, elle s'arrêta et se retourna, sans l'inviter à s'asseoir.

— Alors, inspecteur, que voulez-vous ? demanda-t-elle sèchement.

— Voilà, je me suis dit qu'on devrait avoir une petite conversation, nous deux.

— Est-ce légalement dans vos attributions ?

Jessie mourait de peur, mais elle ne le lui aurait laissé voir pour rien au monde, car elle le sentait capable de tout, même de viol. Ce serait un vrai viol, cette fois. Personne n'était là pour la protéger.

— C'est tout à fait dans mes attributions.

Ils essayaient mutuellement de s'impressionner, par la fascination de leurs regards hostiles. Ils étaient pareils à deux ennemis héréditaires, un python et sa proie. Évidemment, c'était elle la proie, une proie dont elle ne voulait pas qu'il soupçonnât l'épouvante. Et, de son côté, il cherchait à lui dissimuler le trouble qu'il ressentait devant sa beauté. En revanche, il n'aurait pas vu d'inconvénient à montrer que Ian était sa bête noire.

— Ça vous ennuie que je m'assoie ?

— Allez-y.

D'un geste agressif, elle lui désigna le canapé et prit son fauteuil habituel.

— Je vois que vous êtes joliment bien installés. Ça fait longtemps que vous habitez là ?

Il promenait un peu partout ses yeux fouineurs, examinant minutieusement chaque objet. Bien que l'envie la démangeât de le flanquer dehors à grand fracas, elle s'efforça de maîtriser sa colère. Il était permis de détester les flics, mais dangereux de le leur faire savoir. Après tout, elle n'avait pas de raison de s'affoler, puisqu'ils étaient tous les deux innocents, Ian et elle.

— Inspecteur, s'agit-il d'un interrogatoire ou d'une visite de politesse? Je sais parfaitement que je ne suis pas tenue de vous dire quoi que ce soit en dehors de la présence de notre avocat.

Il avait les jambes croisées et elle ne pouvait s'empêcher de regarder la chaussette marron qui dépassait du pantalon brun. Avait-il vraiment l'intention de lui sauter dessus? Son regard remonta jusqu'à la cravate jaunâtre en tissu satiné. Avec un haut-le-cœur, elle songea brusquement qu'elle avait dû oublier de prendre la pilule ce jour-là, dans son affolement. Puis elle se dit qu'elle le tuerait s'il essayait de l'agresser. Elle en était capable et elle y serait obligée.

— En théorie, vous avez raison. Mais j'ai quelques questions à vous poser et j'ai pensé que vous seriez plus à l'aise ici.

— Je préfère y répondre devant le juge, répliqua-t-elle, apparemment insensible à ses bonnes intentions.

Elle savait aussi bien que lui qu'elle ne serait pas interrogée puisque la loi n'autorisait pas la femme d'un prévenu à témoigner.

— Très bien, madame. Comme vous voudrez.

Après s'être levé, il fit quelques pas en direction du bar.

— Tiens, vous buvez, vous aussi?

— Nous ne buvons pas. Ni mon mari ni moi! cria-t-elle, exaspérée.

— Je pensais bien qu'il avait menti... Il a prétendu qu'il avait bu le jour où il a entraîné cette malheureuse à l'hôtel. J'ai toujours eu des doutes. Il n'a pas la tête d'un alcoolique.

Cette fois, Jessie débordait de haine. Dire que cet ignoble individu essayait de la piéger!

— Inspecteur, je vous prie de partir. Et tout de suite.

Houghton se retourna, l'air faussement compatissant. Mais la fureur de Jessie était si visible qu'il recula d'un pas.

98

— Bon sang, qu'est-ce que vous pouvez bien foutre avec un pareil toquard? dit-il entre ses dents.

— Sortez de chez moi, murmura-t-elle d'une voix blanche.

— Et qu'est-ce que vous allez faire pendant qu'il sera au trou? Trouver un autre gigolo? Croyez-moi, ma cocotte, faut pas vous presser de choisir. Vous pourrez en ramasser à la pelle.

— Sortez!

La violence de l'exclamation le laissa pantois. Il tourna les talons en direction de la porte. Avant de sortir, il lui lança pourtant un dernier coup d'œil.

— On est de revue.

Après avoir refermé la porte sur lui, Jessica sentit grandir son envie de le tuer. Mais, alors qu'elle croyait en être débarrassée pour ce soir-là, il réapparut vers vingt-deux heures, accompagné de deux policiers en civil et porteur d'un mandat de perquisition, sous prétexte de chercher des armes et de la drogue.

L'air affairé, il garda le visage fermé et il évita soigneusement de croiser son regard pendant les soixante minutes que dura l'inspection des placards et des tiroirs. Elle les vit déplier sa lingerie personnelle, déverser le contenu de ses sacs à main sur le lit, vider ses flacons de sels de bain et éparpiller un peu partout les papiers et les vêtements de Ian.

Houghton repartit bredouille et Jessie se promit de ne rien dire à Ian. Il lui fallut plus de quatre heures pour tout remettre en ordre et étancher ses larmes. Elle ne s'était pas trompée en redoutant un viol. C'en était un, car il s'agissait bien d'une atteinte à son intimité. Ils avaient laissé les photos de sa mère en pagaille sur son bureau, flanqué partiellement à la poubelle ses pilules anticonceptionnelles et emporté celles qui restaient pour les analyser en laboratoire. Toute sa vie passée avait été éparpillée en petits morceaux à travers la maison. Elle se dit alors que, de son côté, elle avait désormais un combat à mener. Après cette dernière épreuve, elle se sentait de taille à lutter. Les ennemis de Ian étaient devenus les siens. Mais comment ne pas être révoltée à la pensée que, pour la première fois depuis sept ans, elle restait sans défenseur devant l'agression et que c'était justement par la faute de Ian qu'elle se trouvait en danger ? Quand il s'était fourré dans le pétrin, il n'avait même pas songé aux conséquences. Et puisqu'il n'était plus là pour l'aider, ne devrait-elle pas se mettre à le haïr, lui aussi ?

8

JESSIE ET Martin Schwartz restèrent à attendre au fond de la salle d'audience jusqu'à dix heures passées. Les causes se succédaient, très nombreuses, ce matin-là. La série de procédures dont Jessie était témoin lui parut très ennuyeuse. L'énumération des diverses charges était rapidement expédiée par simple référence à la violation de tel ou tel article du code. Les cautions semblaient fixées de façon assez arbitraire et les prévenus se suivaient sans que Ian apparût. Enfin, ce fut son tour. Encadré par deux gardiens, il entra par une porte de côté qui devait donner directement sur les couloirs de la maison d'arrêt.

Martin s'avança pour aller le rejoindre. Cette fois encore, les charges qui pesaient sur lui ne furent évoquées que par les numéros de tel ou tel article de loi. On lui demanda s'il comprenait bien ce dont il était accusé et il répondit par l'affirmative, d'une voix grave.

La caution fut fixée à vingt-cinq mille dollars. Martin demanda alors qu'elle fût réduite et, quand le juge se mit à examiner la question, le substitut du procureur, qui était une femme, se leva précipitamment pour faire objection. Elle estimait qu'étant donné la nature des chefs d'accusation cette caution n'était même pas assez forte. Mais le juge ne fut pas de son avis et il réduisit la somme à quinze mille dollars. Après avoir fixé la prochaine comparution de Ian à quinze jours plus tard, il fit amener un autre prévenu.

— Maintenant, que faut-il faire ? murmura Jessica quand l'avocat vint la rejoindre.

Elle n'avait même pas pu parler à Ian. Il avait déjà quitté la salle pour être ramené à la prison.

— Maintenant, vous vous débrouillez pour trouver mille cinq cents dollars et pour fournir au prêteur des garanties pour la totalité de la somme, c'est-à-dire quinze mille dollars.

— Comment s'y prendre ?

— Venez. Je vais m'en occuper avec vous.

Ils redescendirent dans le hall et sortirent du palais du justice. Ils n'eurent que la rue à traverser pour trouver des bureaux de prêteurs. L'aspect de ces officines donnait froid dans le dos et celle où ils entrèrent ne valait apparemment pas mieux que les autres. L'air y empestait la cigarette et les cendriers débordaient. Deux types somnolaient sur un canapé, avec l'air d'attendre on ne savait quoi. Une bonne femme aux cheveux d'étoupe demanda à Jessie et à Schwartz ce qu'ils voulaient. Quand elle fut au courant, elle appela la prison et prit en note les chefs d'inculpation après avoir longuement dévisagé Jessie, qui essaya de soutenir son regard.

— Quelles garanties pouvez-vous nous offrir ? Êtes-vous propriétaire de votre domicile ?

— Oui. Je suis également propriétaire de mon lieu de travail, dit-elle en indiquant le nom de la boutique et son adresse, ainsi que l'adresse de sa maison et de sa banque.

— À combien estimez-vous votre magasin ? De quoi s'agit-il exactement ? D'un magasin de vêtements ?

Jessica répondit affirmativement. Elle se sentait humiliée sans trop savoir pourquoi. Peut-être était-ce simplement parce que cette femme savait maintenant quelles étaient les charges qui pesaient sur Ian.

— C'est une boutique de mode. Nous avons un stock très important.

Elle s'en voulait de chercher à impressionner cette pauvre idiote. Mais c'était d'elle que dépendait probablement la mise en liberté de Ian. Martin Schwartz, à côté de sa cliente, se contentait de surveiller le bon accomplissement des formalités.

— Il faut que vous préveniez votre banque, dit la femme. Revenez à seize heures.

— Pourra-t-il être libéré à ce moment-là?

Pour qu'on le lui rendît le soir même, Jessie se serait traînée sur les genoux. Un spasme d'angoisse lui tordit l'estomac et un goût doux-amer emplit sa bouche.

— Ça va dépendre de l'estimation que la banque fera de vos avoirs, répondit la bonne femme d'un ton neutre. Êtes-vous à la même banque tous les deux?... Tant mieux, ça facilitera les choses. Apportez-moi les mille cinq cents dollars en revenant. Et que ce soit en liquide.

— En liquide? répéta Jessie, devenue très pâle.

— Oui. Ou alors donnez-moi un chèque certifié. Pas de chèque ordinaire.

— Très bien. Merci.

Une fois sortie, elle respira profondément. Elle avait cru qu'elle allait étouffer, là-dedans. Encore un peu haletante, elle se tourna vers Martin.

— Qu'arrive-t-il quand on ne trouve pas l'argent?

— Les inculpés ne peuvent pas sortir.

— Et alors?

— Ils restent en prison jusqu'à ce que la sentence soit rendue.

— Ils y restent pendant tout ce temps? Même s'ils sont innocents?

— La preuve de leur innocence ne peut être apportée qu'au cours du procès.

— Alors, pourquoi dit-on que quelqu'un est innocent tant qu'il n'est pas reconnu coupable?

L'avocat haussa les épaules et regarda dans le vague sans rien ajouter. Il était déprimé lui aussi de cette visite chez le prêteur et il n'avait pas l'habitude d'y accompagner ses clients. Il ne l'avait fait, cette fois, que parce qu'il l'avait promis à Ian. Mais il trouvait bizarre de devoir traiter cette grande jeune femme à l'allure émancipée comme si elle n'était qu'une enfant fragile. Cachait-elle vraiment, comme le craignait Ian, une terrible vulnérabilité sous son apparente solidité? Et qu'arriverait-il si sa brillante carapace craquait avant la fin de l'épreuve? Il était pourtant indispensable qu'elle pût tenir bon jusqu'au bout.

— Dites-moi, reprit-elle, comment font donc les pauvres pour se procurer un avocat?

Martin soupira. Voilà qu'elle lui demandait, en plus, de jouer les assistantes sociales!

— Il y a des avocats commis d'office, Jessica. Mais nous avons déjà assez de soucis pour le moment. Ne vous préoccupez pas de ce qui arrive aux pauvres. Vu? Écoutez, pourquoi n'allez-vous pas tout de suite à votre banque pour vous débarrasser de la corvée?

— Je vais y aller. Je vous demande pardon.

— Je vous en prie!... Je sais aussi bien que vous que le système est détestable, mais il n'a pas été mis en place à des fins charitables. Contentez-vous pour le moment de ne pas compter parmi les déshérités et profitez-en.

— Ce n'est pas facile.

— Je sais, répliqua-t-il avec un petit sourire. Eh bien, êtes-vous décidée à aller directement à la banque?

— Oui.

— Dans ce cas, voulez-vous que je vous accompagne?

— Bien sûr que non. Est-ce dans vos habitudes de servir d'ange gardien ou est-ce que Ian vous y a contraint?

— Qu'est-ce que vous allez imaginer, bon sang? Filez donc à votre banque et appelez-moi dès que Ian sera sorti. Ou même avant, si vous avez besoin de mon aide.

Son aide, elle en aurait eu besoin sur-le-champ s'il avait pu lui indiquer la manière de se procurer quinze mille dollars. Sans répliquer, elle lui dit au revoir en souriant et se dirigea avec lenteur vers sa voiture. Elle n'avait pas la moindre idée de ce qu'elle allait faire pour réunir une somme pareille et ne savait même pas comment présenter les choses à la banque. Le mieux serait sans doute de dire la vérité. Elle était prête à supplier le directeur de l'aider. Quinze mille dollars à obtenir! Autant tenter l'ascension de l'Everest!

Après une bonne demi-douzaine de cigarettes et près d'une demi-heure de conversation épuisante avec le directeur de la banque, Jessica réussit à obtenir un prêt personnel de mille cinq cents dollars sur sa voiture. Et il lui assura que tout serait réglé quand le bureau du prêteur téléphonerait. Au cours de l'entretien, il avait paru stupéfait et il n'était pas arrivé à le cacher, malgré ses efforts. Le plus terrible, c'était que Jessie ne lui avait même pas avoué les chefs d'inculpation. Elle s'était contentée de dire qu'on avait arrêté son mari. Elle espérait de tout son cœur que le bureau de prêt ne vendrait pas la mèche ou que, le cas échéant, la banque garderait le secret. Le directeur lui avait déjà promis solennellement que l'affaire resterait confidentielle. Quoi qu'il en fût, elle avait ses quinze mille dollars. C'était l'essentiel. Et elle savait que la maison et la boutique valaient dix fois le montant de la garantie. Mais elle ne pouvait s'empêcher de croire que ce n'était pas suffisant. Et si jamais on refusait de libérer Ian, que ferait-elle? Obsédée par ses craintes, Jessie pensa soudain à un ultime recours : la boîte qu'elle avait au coffre.

— Madame Clarke ? demanda le banquier.

Elle resta sans répondre, l'air égaré.

— Madame Clarke, auriez-vous un autre problème ?

— Excusez-moi. J'étais en train de me dire... Oui, je voudrais aller à la salle des coffres, aujourd'hui.

— Avez-vous votre clé ?

Elle fit un signe de tête. Oui, elle la gardait toujours sur son trousseau. Elle la prit dans son sac et la lui tendit.

— Je vais demander à Mlle Lopez de s'occuper de vous.

Il se leva et Jessie le suivit comme en rêve. Puis elle se retrouva en train de marcher derrière une inconnue qui devait être Mlle Lopez et s'aperçut que celle-ci lui tendait une boîte d'assez grande taille.

— Voulez-vous vous isoler un moment ?

— Oui, merci.

Elle n'aurait pas dû faire cela. C'était inutile et stupide. Pourquoi lui faudrait-il plus d'argent que n'en représentaient la maison et la boutique ? Jessie sentait bien qu'elle était en plein délire et en plein désarroi, mais elle se disait qu'il valait mieux prévoir le pire et que, pour Ian, aucun sacrifice ne semblait trop grand. Elle était tellement désespérée, tellement seule !

Mlle Lopez la laissa dans une petite cellule aseptisée entre une table de formica brun et une chaise de vinyle noir. Il y avait au mur une horrible vue de Venise qui devait avoir été découpée dans un calendrier publicitaire. Restée seule avec ses trésors secrets, Jessie ouvrit la boîte et en sortit trois coffres de cuir et deux boîtes à bijoux recouvertes de daim usé. Tout au fond se trouvait un écrin, plus petit, d'un bleu passé, qui contenait les pauvres petits bijoux de Jake : les boutons de manchettes dont son père lui avait fait cadeau pour son vingt et unième anniversaire, sa chevalière… Des riens, mais des riens qui lui avaient appartenu.

Ce à quoi Jessie tenait le plus était enfermé dans les coffrets de cuir. Il y avait là la correspondance que ses parents avaient échangée au gré des années et, plus particulièrement, les lettres que son père avait envoyées à sa mère pendant la guerre, ainsi que les poèmes que sa mère avait écrits pour lui. Des photographies aussi. Et des boucles de cheveux, celles de Jessie et de Jake. De vrais trésors. Des choses qui avaient eu de l'importance et qui, désormais, étaient causes de souffrance.

Ce fut l'écrin bleu qu'elle explora en premier. Elle ne put s'empêcher d'être émue en voyant les babioles de Jake étalées pêle-mêle sur la peau de chamois. Elles gardaient comme un faible soupçon de l'odeur de Jake. Elle se rappela s'être moquée de lui, un jour, à propos de la chevalière, qu'elle trouvait hideuse alors qu'il en était tellement fier. Jessie la passa à son doigt. La bague était beaucoup trop grande pour elle et même sûrement pour Ian. Jake était un gaillard de près de deux mètres.

Elle ouvrit ensuite les coffrets de cuir. Elle en connaissait bien le contact sous ses doigts. Ils portaient, en petites lettres d'or dans le coin droit, les initiales gravées de ses parents. Chacun des deux coffrets était identique. C'était une tradition familiale. Dans le premier, elle trouva une photo du couple avec les deux enfants, prise à Pâques. Jessie avait alors onze ou douze ans, et Jake dans les sept ans. Cela faisait mal à regarder. Elle referma tristement le coffret et se tourna vers les boîtes à bijoux en daim rouge.

C'était pour celles-ci qu'elle était venue à la salle des coffres. Jessie n'arrivait pas à croire à ce qu'elle allait faire. Elle était sur le point de retirer de leurs écrins les bijoux de sa mère pour les emporter. Ils lui avaient toujours paru si précieux qu'elle n'avait jamais osé les mettre. Pour elle, ils avaient quelque chose de sacré, ils représentaient « sa mère ». Et, cependant, elle venait de se décider, pour l'amour de Ian, à les laisser entre des mains étrangères.

Après avoir soulevé les couvercles, elle resta un moment à contempler la série de bagues. Un rubis dans une monture ancienne, qui avait appartenu à sa grand-mère. Deux beaux anneaux de jade que son père avait rapportés d'Extrême-Orient. La magnifique émeraude que sa mère avait tant désirée et qu'elle avait reçue pour son cinquantième anniversaire. Le diamant de ses fiançailles. Son alliance, la « vraie », le petit cercle d'or usé à force d'être porté, qu'elle avait toujours préféré à l'anneau d'émeraudes et de brillants que son mari lui avait offert pour l'assortir avec l'émeraude. Il y avait encore d'autres bijoux... Deux simples gourmettes d'or. Une montre en or sertie de diamants. Et une superbe broche de saphir entouré de brillants qui avait appartenu aussi à la grand-mère de Jessie.

La seconde boîte à bijoux contenait trois rangs de perles fines parfaitement assorties, une paire de boucles d'oreilles comprenant deux perles et une autre, deux tout petits diamants, cette dernière offerte à leur mère par Jessie et Jake l'année d'avant sa mort. Devant tous ces objets, Jessie faillit avoir un malaise. Elle sentait que, pour le moment, elle n'aurait pas la force de s'en séparer, mais qu'elle la trouverait en cas de besoin. Deux jours plus tôt, pourtant, cette idée lui aurait paru impensable.

Après avoir sélectionné quelques-uns des bijoux, elle remit tous les autres dans le coffre de la banque, et ne quitta la salle des coffres que près de deux heures après y être entrée. La banque était sur le point de fermer.

Quand elle revint chez le prêteur, la femme déjà rencontrée à la fin de la matinée était en train de manger un sandwich dégoulinant de fromage en lisant le journal du soir.

— Vous avez l'argent? lui demanda-t-elle, la bouche pleine.

— Oui. Avez-vous téléphoné à la banque?

Jessie se sentait au bord de l'exaspération. Sa visite à la salle des coffres avait épuisé ses dernières forces. Pour elle, il était urgent d'en finir au plus vite avec ce cauchemar.

— Quelle banque? demanda la bonne femme avec l'air de tomber de la lune.

Dans un effort désespéré pour garder son calme, Jessie se croisa les mains et les serra à en faire craquer les articulations.

— La Californian Union Trust Bank. J'ai promis de payer la caution pour qu'on libère mon mari avant ce soir.

— Ah… Quels sont les chefs d'inculpation?

Drôle de question, qui n'était pas innocente! Cette femme se souvenait parfaitement de la somme qu'on lui devait et elle prétendait avoir oublié le reste! À quel horrible petit jeu jouait-elle?

— Viol et attentat aux mœurs! répondit Jessie presque en hurlant.

— Quels sont vos avoirs personnels?

— Par pitié, madame! Nous avons déjà abordé le sujet et vous aviez l'intention d'appeler ma banque pour connaître la valeur de mes biens et prendre une hypothèque. Je suis venue avec notre avocat et j'ai rempli tous les formulaires…

— D'accord. Votre nom?

— Clarke. Avec un E au bout.

— Oui. Voilà, voilà, annonça-t-elle en prenant un papier avec deux doigts graisseux. Mais vous ne pourrez pas le faire sortir maintenant.

— Pourquoi? demanda Jessie, envahie par la nausée.

— C'est trop tard pour que j'appelle la banque.

— Alors, qu'est-ce que je vais faire?

— Revenez demain.

À cause de cette mégère, Ian allait passer une autre nuit en prison. Écœurée, Jessie étouffa un sanglot. Il ne lui restait plus qu'à rentrer chez elle et revenir le lendemain.

— Est-ce que vous voulez voir le patron ?

Le visage de Jessie s'éclaira.

— Maintenant ?

— Oui. Il est là. Dans la pièce du fond.

— D'accord, je vous remercie. Dites-lui que j'aimerais lui parler.

Elle fit des vœux pour qu'il se comportât en être humain. Bientôt, un homme émergea du fond de la boutique et s'approcha tout en se curant les dents d'un petit doigt crasseux orné d'un anneau d'or où brillait un gros diamant rose. De l'autre main, il tenait une canette de bière. Il était en jean et en T-shirt. Sur les bras et dans l'échancrure du maillot, sa peau était couverte de poils noirs et frisés. Il avait les cheveux presque aussi crépus qu'un Africain. Apparemment, il n'était pas beaucoup plus âgé que Jessie. Avec un large sourire et après un dernier petit coup de nettoyage à ses dents, il retira la main de sa bouche pour la tendre à la visiteuse. Jessie la prit en essayant de cacher sa répugnance.

— Bonjour, monsieur. Je suis Jessica Clarke.

— Barry York… Qu'est-ce que je peux pour vous ?

— Je suis venue pour la caution qu'on a demandée pour libérer mon mari.

— Le libérer ? Qu'est-ce qu'il a fait ? Hé… Attendez un peu. Entrez dans mon bureau… Vous voulez une petite bière ?

Jessie avait envie d'une bière, en effet, mais cet homme la dégoûtait de prime abord. Elle était épuisée par la chaleur et l'angoisse, déprimée et effrayée aussi, mais il n'était pas question pour elle de boire quoi que ce fût en compagnie d'un Barry York, même un verre d'eau.

— Non, merci.

— Alors, un café?

— Non, non, ça va. Je n'ai besoin de rien.

Il essayait d'être aimable, Jessie devait le reconnaître. La pièce où il l'avait fait entrer était un petit bureau minable aux murs décorés de photos de femmes nues. Il s'assit dans un fauteuil à siège pivotant et, après s'être mis sur le front une visière verdâtre, il alluma la stéréo et se retourna en souriant.

— Ce n'est pas souvent que nous recevons des personnes dans votre genre, madame Clarke!

— Je… Merci.

— Maintenant, dites-moi un peu, qu'est-ce qu'il a fait votre mec? Quel genre de connerie? Conduite en état d'ivresse?

— Non, viol.

Barry York émit un long sifflement de stupéfaction. Au moins, celui-là ne cherchait pas à cacher ce qu'il pensait!

— Drôle de merdier! reprit-il. La caution est à combien?

— Quinze mille dollars.

— Ça, c'est une somme!

— Oui. C'est bien pourquoi je suis ici.

Pour elle, c'était la ruine. Mais pour lui, ce serait du nanan. Il allait pouvoir se payer un cure-dent en or avec un diamant au bout.

— Je suis déjà venue voir votre secrétaire dans la journée. Elle devait appeler ma banque, mais…

— Mais…

— Elle a oublié.

— Elle n'a pas oublié, répliqua-t-il en hochant la tête. C'est seulement que nous ne prêtons pas des sommes aussi importantes.

— Ah bon?

— Enfin, pas habituellement.

Jessie était au bord des larmes et il s'en aperçut.

— Je pense qu'elle n'a pas osé vous le dire, ajouta-t-il.

— Dans ce cas, j'ai perdu ma journée et mon mari reste en prison. Monsieur York, ma banque attend votre coup de téléphone... Mais, dites-moi, qu'est-ce que je fiche ici, alors?

— Calmez-vous. Voulez-vous que nous allions dîner tous les deux?

Il baissa sa stéréo et lui prit la main. Son haleine sentait l'ail et le pastrami. Il puait, littéralement.

Jessie dégagea sa main, le regarda bien en face et se leva.

— Je crains que mon avocat ne se soit trompé en m'amenant chez vous, monsieur York. Je vais lui en toucher un mot.

— Qui c'est, votre avocat?

— Martin Schwartz. Il m'a accompagnée ici ce matin.

— Écoutez, madame... Euh?... J'ai oublié votre nom.

— Clarke.

— Asseyez-vous, madame Clarke, je vous en prie, et parlons affaires.

— Maintenant ou après dîner? Ou après avoir écouté ensemble un peu de musique?

Il remonta le son de la stéréo. Jessie ne savait plus si elle devait se mettre à rire, à pleurer ou à hurler. Il paraissait évident que Ian ne serait pas libéré de sitôt. Cela risquait de coûter trop cher.

— Alors, vous n'avez pas envie de dîner?

— Si, monsieur York, mais avec mon mari. Quelles sont mes chances de le sortir de prison ce soir et de dîner avec lui?

— Aucune. Il faut d'abord que je me renseigne auprès de votre banque.

— J'en suis donc revenue à mon point de départ!

112

— Vous ne voulez vraiment pas que je vous emmène dîner quelque part ? demanda-t-il en retrouvant le sourire. Vous avez l'air claquée. Ça vous ferait du bien de manger un morceau, de boire un peu de vin et d'aller danser... Bon sang, vous devriez vous donner un peu de bon temps avant que votre mec revienne ! Et, pour vous consoler, dites-vous que si on l'a coffré pour avoir violé une bonne femme, ça prouve qu'au moins il n'est pas pédé.

— À demain, monsieur, dit-elle encore, calmement.

En sortant, Jessie reprit sa voiture pour rentrer chez elle et, une demi-heure plus tard, elle s'écroulait de sommeil sur le canapé du salon. Elle ne se réveilla qu'à neuf heures du matin. Dès qu'elle ouvrit les yeux, elle se mit à trembler comme une feuille. Elle avait l'impression d'avoir frôlé la mort à deux doigts, la veille au soir.

L'épreuve qu'elle subissait commençait à la miner. Elle se disait, en se regardant dans la glace, que ses cernes sous les yeux ne faisaient que s'accentuer, qu'ils ne partiraient plus jamais et que ses yeux eux-mêmes en étaient comme rapetissés. Elle se rendait compte aussi qu'elle avait maigri. Après avoir fumé six cigarettes, bu deux tasses de café et grignoté un morceau de toast, elle appela la boutique pour dire aux filles de ne pas l'attendre de toute la journée.

À dix heures trente pile, elle était chez York.

Il y avait de nouvelles têtes au bureau d'accueil : une fille aux cheveux teints en noir corbeau qui s'amusait à faire des bulles avec son chewing-gum et un jeune barbu à l'accent mexicain. Jessie demanda à voir directement M. York.

— Il m'attend.

Les deux employés du prêteur la regardèrent avec ahurissement, comme si elle était d'une exigence inouïe. Mais, deux minutes plus tard, York fit son apparition en short blanc et en T-shirt bleu marine. Il portait un paquet de cigarettes Play-boy et une raquette de tennis.

— Est-ce que vous jouez au tennis?

C'était vraiment la question qui s'imposait!

— Ça m'arrive… Dites-moi, avez-vous pris contact avec la banque?

— Entrez donc dans mon bureau, lui dit-il avec un sourire épanoui. Voulez-vous un peu de café?

— Non, merci.

Elle sentit que le cauchemar allait recommencer. Lui faudrait-il passer le restant de ses jours à rebondir telle une balle entre les mains de gens comme Houghton ou York, à passer d'une salle d'audience à un parloir de prison, d'une banque à…? Cela semblait sans fin. On aurait dit que, chaque fois qu'elle reprenait espoir, elle essayait d'ouvrir une porte peinte en trompe-l'œil. Apparemment, il n'y avait pas d'issue. Jessie en était presque certaine. Et Ian lui-même finissait par lui apparaître comme une sorte de personnage mythique qu'elle aurait imaginé, mais qui n'existait pas. Le gardien du Graal, par exemple.

— Ça n'a pas l'air d'aller très fort. Est-ce que vous mangez suffisamment?

— Comme un ogre. Mais mon mari est en prison, monsieur York, et je veux qu'il en sorte. Où en sommes-nous aujourd'hui?

— Tout va pour le mieux, répondit-il gaiement. J'ai contacté la banque et tout est en ordre. C'est votre maison qui sera hypothéquée, mais il y aurait aussi saisie sur les bénéfices de votre boutique au cas où votre mari jouerait la fille de l'air. En plus, vous nous laissez en dépôt l'émeraude et la broche de saphir.

— Comment?

Il avait débité tout cela d'un ton neutre, à la manière dont il aurait énuméré les plats d'un menu. Ce n'était qu'en l'entendant mentionner les bijoux de sa mère qu'elle avait sursauté.

— Il me semble que vous ne m'avez pas comprise, monsieur York. Je n'engage rien d'autre que la maison et la boutique. Hier soir, je n'aurais mis mes bijoux dans la balance qu'au cas où vous m'auriez permis de faire sortir immédiatement mon mari, avant d'avoir pris contact avec la banque. Je vous les offrais alors en garantie.

— Je serais vraiment plus tranquille si vous pouviez m'offrir cette même garantie maintenant.

— Il n'en est pas question.

— Vous croyez que votre mari aimerait rester en prison ?

— Monsieur York, n'y a-t-il pas des lois contre l'usure et le chantage ?

— Est-ce que vous m'accuseriez de malhonnêteté ?

Ce type était à tuer ! Elle contint pourtant sa colère.

— Écoutez-moi, je vous en prie…

— Écoutez-moi vous-même, ma cocotte. Je ne vais pas me laisser injurier par une greluche de votre espèce. Je vous fais une faveur, je me décarcasse pour trouver à votre bonhomme une caution de quinze mille dollars, et vous me traitez de voleur ! Je vous préviens que je n'accepte ça de personne.

— Je vous prie de m'excuser, répliqua-t-elle, les larmes aux yeux.

Il la dévisagea et haussa les épaules.

— Bon, ça va. Je vais vous dire ce qu'on va faire. On va garder seulement la bague et vous pourrez rembarquer votre broche. C'est mieux comme ça ?

— Oui.

Elle se sentait écœurée, revenue de tout. Tant pis si Ian s'enfuyait et si on lui prenait la maison, la boutique, la voiture et l'émeraude ! Plus rien n'avait d'importance.

York s'arrangea ensuite pour faire durer les formalités deux fois plus de temps que nécessaire et pour lui effleurer les seins en prenant un stylo sur la table. Elle le regarda froidement, mais il se contenta de lui dire d'un ton rigolard qu'elle serait deux fois plus gironde si elle mangeait davantage et qu'il avait eu autrefois une copine aussi grande qu'elle quand il était au collège.

— Elle s'appelait Mona.

Sans répliquer, Jessie signa les papiers qu'elle avait devant elle. Et, finalement, tout fut en règle. York, qui mâchonnait l'extrémité d'un long cigare mince, s'empara alors du téléphone pour appeler la prison.

— Je vais demander à Bernice de vous accompagner là-bas, Jessica, conclut-il familièrement. Et dites, si jamais vous avez besoin d'aide, appelez-moi. Moi, de mon côté, je vous ferai signe.

Elle espérait bien qu'il oublierait sa promesse. Contenant son irritation, elle lui serra la main, mais faillit tomber en sortant du bureau, tant elle était à bout de forces.

York députa la mâcheuse de chewing-gum à la prison pour faire les dernières formalités et Jessie la suivit comme un automate. Il était près de midi et, pour elle, il aurait aussi bien pu être minuit. Dans son esprit troublé, tout commençait à se mélanger. Elle vivait un cauchemar peuplé de sadiques.

Quand elles furent au palais de justice, la dénommée Bernice alla glisser sous un guichet du deuxième étage, dans une sorte de boîte aux lettres, les papiers que Jessie et York venaient de signer. Ensuite, elle se retourna vers sa cliente et la dévisagea.

— J'espère bien que vous allez envoyer promener votre bonhomme!

— Pardon?

— Vous n'avez tout de même pas l'intention de continuer à vivre avec votre mari?

— Mais si. Pourquoi pas?

Elle devait perdre les pédales, car elle ne comprenait pas pourquoi cette fille lui posait une pareille question.

— C'est plutôt duraille à avaler, ma pauvre, ce qui vous arrive. Jolie gosse comme vous l'êtes, vous n'avez rien à foutre d'un raté! Sans compter qu'il va vous coûter la peau des fesses!

Hochant la tête d'un air sentencieux, elle fit claquer par deux fois une bulle de chewing-gum.

— Pour moi, il n'y a que lui au monde, répliqua Jessie.

La fille haussa les épaules et fit un geste vague en direction de la plate-forme où se trouvaient les ascenseurs.

— C'est un peu tard pour le faire sortir ce matin. Et à cette heure-ci, on en a tous plein les bottes!

«C'est *moi* qui commence à en avoir plein les bottes de vos pareils», songea Jessie avec amertume. Après avoir fait claquer une dernière bulle de chewing-gum, la fille lui tourna le dos et se précipita pour descendre par l'escalier.

Jessie prit l'ascenseur et se retrouva bientôt dans la partie des bâtiments où était la maison d'arrêt. Elle appuya sur un signal électrique pour faire venir le gardien.

— Oui? Qu'est-ce que c'est? C'est pas encore l'heure des visites!

— Je viens chercher mon mari. Sa caution a été versée.

— Qui c'est?

— Ian Clarke. Le bureau de M. York vient de vous appeler.

Peut-être aurait-il fallu préciser : «Ian Clarke, vous savez bien, le fameux violeur!»

L'homme répliqua qu'il allait vérifier. Vérifier quoi? Avec la maison, la boutique et l'émeraude, y avait-il besoin d'autres garanties? Encore un salaud parmi tant d'autres! Les Houghton et les York... Et Ian? Ne faisait-il pas partie du lot? Jessie découvrait brusquement qu'elle ne savait plus

119

quoi penser de lui. Elle lui en voulait, non pas tant de ce qu'il lui avait fait que de l'avoir laissée toute seule alors qu'elle se sentait à la dérive.

On la fit poireauter à la porte un bon moment et elle resta là, ahurie, appuyée contre le mur, dans un égarement total. Au moment où elle se disait qu'elle ne reverrait plus jamais Ian, la porte s'ouvrit et il fut devant elle. Mal rasé, dépenaillé, sale et fatigué, mais libre. Elle s'effondra dans ses bras en poussant une petite plainte inarticulée. Il la conduisit doucement vers l'ascenseur.

— Tout va bien, ma chérie, tout va bien. Nos problèmes seront bientôt réglés.

Ian ! Ian était là en chair et en os, bien vivant, bien réel. Il la soutenait, il l'empêchait de tomber. Il dut presque la porter jusqu'à la voiture, parce qu'il se rendait compte qu'elle avait atteint la limite de ses forces. Il ne savait pas encore tout ce qui lui était arrivé, mais il venait de lire les papiers signés par Jessie et, en voyant qu'elle avait mis en gage sa bague d'émeraude pour la caution, il avait compris bien des choses.

— Maintenant, tout va s'arranger, ma chérie. Nous nous en sortirons.

Debout devant la voiture, les joues inondées de larmes, le visage bouleversé, elle continua de s'accrocher à lui désespérément. Entre chaque sanglot, le même petit gémissement s'échappait de ses lèvres.

— Jessie chérie, je t'aime.

Après l'avoir serrée très fort dans ses bras, il prit le volant pour la reconduire à la maison.

9

— QUE VAS-TU faire aujourd'hui, mon amour?

Elle lui versa une autre tasse de café et regarda la pendule. Il était près de neuf heures. Cela faisait deux jours qu'elle n'avait pas mis les pieds à la boutique et elle avait l'impression de s'être absentée depuis un mois, de s'être retirée dans une zone crépusculaire de son être pour vivre un cauchemar qui n'en finissait pas. Pourtant, l'épreuve était terminée, maintenant. Ian était rentré à la maison et, la veille, elle avait dormi dans ses bras pendant des heures. Il avait retrouvé son aspect habituel, impeccable, bien rasé, reposé. Ce matin-là, il portait un pantalon gris et un pull lie-de-vin à col roulé. Chaque fois qu'elle le regardait, elle avait envie de le toucher pour voir si elle ne rêvait pas.

— Tu vas te remettre à écrire?

— Je ne sais pas encore. Peut-être que je vais passer la journée à flemmarder.

Mais il ne l'engagea pas à lui tenir compagnie. Il savait qu'elle devait aller à la boutique. Elle en avait assez fait pour lui ces jours passés et il ne pouvait lui en demander davantage.

— J'aimerais bien rester avec toi.

Tandis qu'elle le regardait d'un air songeur par-dessus sa tasse de café, il se mit à lui caresser la main.

— Je viendrai te chercher pour déjeuner.

— Écoute, j'ai une idée… Pourquoi ne resterais-tu pas avec moi à la boutique, aujourd'hui?

Il comprit ce qui se passait en elle. Elle avait eu pareille réaction après la mort de Jake. Elle était terrorisée, persuadée que, si elle le quittait des yeux, il s'évanouirait dans les airs.

— Tu ne pourrais pas travailler, ma chérie. Mais je ne serai pas loin. Je vais rester à la maison une bonne partie de la journée.

Et que ferait-il le reste du temps? Elle tendit le bras pour lui prendre la main. Ils se regardèrent sans rien dire, sachant chacun ce que l'autre avait dans la tête.

— J'ai pensé que je pourrais peut-être voir deux ou trois personnes pour demander du travail.

— Non! s'écria-t-elle avec violence en retirant sa main. Non, Ian, je t'en prie!

— Jessica, sois raisonnable. As-tu pensé à ce que cette catastrophe va nous coûter… va *te* coûter, plus exactement? Autant chercher du travail tout de suite. Rien de définitif. Juste de quoi voir venir.

— Et qu'arrivera-t-il si tu dois comparaître plusieurs fois devant le juge? Et si ça va jusqu'au procès? Crois-tu que tu pourras alors travailler normalement?

Elle avait repris sa main et la serrait. Il pouvait lire de la souffrance dans ses yeux. Elle en aurait pour des mois à surmonter son désespoir.

— Mais que dois-je faire selon toi, Jess?

— Finir ton livre.

— Et te laisser te ruiner à cause de moi?

— Bah, tu me revaudras ça plus tard, si tu y tiens, Ian. Mais, moi, ça m'est égal. Peu importe qui signe les chèques.

122

— Je ne suis pas de cet avis.

En effet, cela avait toujours eu de l'importance pour lui et il savait que cela en aurait toujours. Mais il était conscient qu'il ne pourrait rien faire de sérieux tant que la menace du procès pèserait sur lui. Le procès... Le procès... Il ne pensait à rien d'autre. La veille, dans l'après-midi, pendant qu'il la regardait dormir près de lui, il n'avait cessé de penser au procès. À vrai dire, il n'était pas en état de recommencer à travailler au-dehors.

— Bon. On verra, dit-il enfin.

— Je t'aime, murmura-t-elle, près de pleurer de nouveau.

— Si vous recommencez à me faire les yeux doux à travers vos larmes, madame Clarke, dit-il en lui prenant le bout du nez, je m'en vais vous traîner jusqu'à votre lit et vous faire pleurer pour quelque chose qui en vaille la peine.

Elle se mit à rire et se resservit de café.

— Je n'arrive pas à croire que tu es rentré. C'était si abominable que tu ne sois pas là! C'était... c'était comme...

Les mots s'étranglèrent dans sa gorge.

— ... comme si tu avais enfin la paix, pour changer! Et en vraie idiote que tu es, tu n'as pas su en profiter. Bon sang, tu n'as tout de même pas cru que je resterais là-bas à perpète! Je veux dire que, même pour un écrivain, le complet isolement devient vite lassant.

Elle souriait, maintenant. Elle se sentait rassurée.

— Tu veux que je te conduise jusqu'à la boutique?

— Bien sûr. J'en serais ravie.

L'air rayonnant, elle mit les tasses du petit déjeuner dans l'évier et prit sa veste de daim, restée sur le dos d'une chaise. Elle avait enfilé, ce matin-là, un pull de cachemire beige sur un jean bien coupé. Mis à part ses yeux cernés, elle était redevenue en tout point la Jessie d'autrefois. Avec un sourire, elle glissa sur son nez des lunettes de soleil.

— Je crois que je vais les mettre un jour ou deux, ça vaudra mieux. J'ai encore l'air d'avoir fait la bombe pendant quinze jours.

— Tu es belle et je t'aime.

Il la suivit dans le couloir et lui tapota la hanche. Elle tourna la tête pour lui donner au hasard un petit baiser par-dessus son épaule.

— Tu es belle et, en plus, tu sens bon.

Au cours du trajet, elle lui montra du doigt la maison où vivait Astrid et lui dit comment elle avait fait sa connaissance.

— Elle est très sympathique. Très calme, très agréable.

— Je parie que je serais, moi aussi, calme et agréable si j'avais tout son argent.

— Ian!

Mais elle ne lui en voulait pas vraiment de sa réflexion, tant elle était heureuse de l'avoir à côté d'elle, de regarder son profil pendant qu'il conduisait et de poser longuement ses lèvres sur sa peau en l'embrassant dans le cou. La nuit précédente, elle s'était réveillée une douzaine de fois pour vérifier s'il était toujours là.

— Je reviendrai te chercher à midi. D'accord?

— Tu seras là, tu le jures? demanda-t-elle avec un long regard anxieux.

— Mais, mon amour... Oui, je serai là. C'est promis.

Il la prit dans ses bras et la serra à lui faire mal. Il savait qu'elle repensait au jour de son arrestation, où il avait promis de venir la chercher à midi et où il n'était pas venu.

— Sois bien sage, ma chérie.

Elle sortit de la voiture et lui envoya un dernier baiser avant de s'élancer sur le perron de la boutique.

Ian alluma une cigarette en reprenant le chemin du retour.

En passant le long de la baie, il admira les bateaux. Encore une belle journée. L'été indien tirait à sa fin et il ne faisait plus aussi chaud, mais le ciel restait d'un bleu intense et la brise était douce. Cela lui remit en mémoire sa triste aventure. Il continuait à n'y rien comprendre.

En s'arrêtant au feu rouge, il se rappela aussi la bague d'émeraude que Jessie avait donnée en gage. Il n'en revenait pas, car il savait à quel point elle tenait aux bijoux de sa mère. Elle n'avait même pas voulu les porter. Il s'agissait pour elle d'un dépôt sacré, aussi précieux que des reliques. Et la bague avait encore beaucoup plus d'importance à ses yeux que tout le reste de ses bijoux. Un jour qu'elle l'avait glissée à son doigt, il avait vu sa main trembler comme une feuille. Elle l'avait vite remise dans son écrin et elle n'était plus retournée à la salle des coffres. Et voilà qu'elle l'avait déposée chez un prêteur, à cause de lui! Cela lui en apprenait plus sur elle que des années de vie commune. C'était absurde à constater, mais il l'aimait bien plus maintenant qu'avant le début de cette sale histoire. Il se pouvait aussi que le comportement de Jessie se fût modifié, qu'ils fussent l'un et l'autre devenus plus conscients de l'importance de leur amour et de l'attention qu'il méritait. Ian, en tout cas, en tirait une leçon : il ne serait plus question pour lui d'escapades, même discrètes. Plus jamais. Il avait découvert qu'il avait une femme, une vraie, sur laquelle il pouvait compter. Que pouvait-il désirer d'autre? Un enfant, peut-être. Mais il s'était résigné à ne pas en avoir. Et il se disait qu'il avait déjà beaucoup de chance d'avoir Jessie.

— Salut, mes petites dames, dit Jessica en entrant dans la boutique, souriante et calme.

De derrière le comptoir, Katsuko leva les yeux.

— Tiens, quelle surprise! Et un samedi, avec ça. Nous finissions par croire que tu t'étais trouvé un boulot plus agréable.

— Penses-tu!

— Tout va bien?

— Parfaitement bien, dit Jessie en hochant doucement la tête.

Katsuko vit qu'elle ne mentait pas : elle avait repris son air habituel.

— J'en suis heureuse pour toi.

Jessie prit la tasse de café que Kat lui tendait et s'assit pour la boire sur un coin du comptoir de verre et de chrome.

— Où est Zina?

— Dans la réserve. Elle vérifie le stock. Mme Bonner est passée hier et elle a demandé ce que tu devenais. Elle a acheté une des nouvelles jupes de velours prune.

— Ça doit lui aller très bien. L'a-t-elle essayée avec le chemisier de soie grège?

— Oui, oui! Elle a acheté les deux. Et aussi le nouvel ensemble veste-pantalon en velours vert. Visiblement, elle ne sait pas quoi faire de son fric.

«C'est vrai, pensa Jessie, et elle ne sait pas non plus quoi faire de sa vie...» On ne pouvait guère se faire d'illusions là-dessus.

— Elle va repasser, ajouta Katsuko.

— Je l'espère. Même si elle n'achète rien. Je la trouve sympathique. Dis-moi, toi, as-tu réfléchi à la présentation de la collection?

— Hier, j'ai eu deux ou trois idées. J'ai pris des notes et je te les ai laissées sur ton bureau.

— Je vais y aller voir.

Elle s'étira paresseusement et se dirigea vers son bureau en emportant sa tasse de café. Rien ne pressait ce matin-là et il lui semblait qu'elle avait à se réadapter après une très longue absence, après une maladie, par exemple. Elle se sentait vaguement endormie, circonspecte, fragile, comme si tout avait changé autour d'elle. La boutique lui paraissait plus agréable, les deux filles plus jolies… Ian plus beau… le ciel plus bleu! Oui, tout était devenu plus précieux qu'avant.

Elle lut son courrier, régla quelques factures, modifia l'étalage de la vitrine et discuta avec Katsuko de la présentation de mode qu'elle projetait. Ce fut Zina qui s'occupa de la clientèle. La matinée passa très vite et Ian arriva à midi moins cinq, les bras chargés de roses, de ces merveilleuses roses orangées dont Jessie raffolait.

— Ian, elles sont divines!

Il en avait apporté environ trois douzaines et il paraissait avoir aussi un petit paquet rectangulaire dans la poche de sa veste. Elle était heureuse quand il la gâtait. En souriant, il se dirigea vers la porte du bureau.

— Puis-je vous entretenir une minute en particulier, chère madame?

— Bien entendu, cher monsieur. Pour trois douzaines de roses, je suis à votre disposition pendant plusieurs semaines.

Les deux jeunes femmes s'esclaffèrent et Jessie suivit Ian dans le petit bureau. Il referma la porte doucement.

— Comment s'est passée la matinée?

— C'est pour me demander ça que tu as voulu que nous nous enfermions?… Allez, avoue!… Est-ce plus gros qu'un pain d'un kilo?

— Quoi?

— Le cadeau que tu m'as apporté, naturellement.

— Quel cadeau? Je t'offre des roses et ça ne te suffit pas, vilaine enfant gâtée?

Mais il avait l'air trop content de lui pour duper Jessie.

— Regarde tout de même, admit-il, le visage rayonnant.

C'était un beau bracelet d'or, très simple, à l'intérieur duquel il avait fait graver : *Avec tout mon amour, Ian.* Il avait passé la matinée à trouver un joaillier qui lui fît immédiatement la gravure. Il savait que ce n'était pas le moment de gaspiller de l'argent, mais il avait senti qu'elle avait besoin de ce genre d'attention. Il n'avait pu se remettre au travail avant de l'avoir acheté. Le bijou était parfait et les proportions convenaient au poignet de Jessie. Cette merveille lui avait coûté la moitié de ses économies.

Elle l'essaya aussitôt et fut ravie de l'effet produit.

— Oh! mon amour, c'est magnifique. Vraiment trop beau. Ian, tu es fou!

— Je suis fou de toi, en effet.

— Aurais-tu trouvé une mine d'or? Tu as dépensé une fortune ce matin!

Il n'y avait pas le moindre soupçon d'ironie dans sa voix, rien que du plaisir. Ian haussa les épaules.

— Attends un peu que je montre ça aux filles!

Après lui avoir posé un baiser au coin des lèvres, elle ouvrit la porte et faillit se cogner à Zina qui passait par là pour aller à la réserve.

— Regarde mon bracelet!

— Oh! la la!… Est-ce que je dois en déduire que tu es fiancée à ce beau garçon qui t'a apporté des roses? dit Zina avec un petit clin d'œil à Ian.

— Ça va! Regarde, est-ce qu'il n'est pas super?

— Admirable. J'aimerais bien savoir où je pourrais trouver un type comme ça.

— Essayez donc les renseignements téléphoniques, déclara Ian en jetant un regard amusé par-dessus l'épaule de Jessie.

— Je vais le faire, répliqua Zina avant de disparaître dans la réserve.

Toujours triomphante, Jessie alla montrer son nouveau bracelet à Katsuko. Quelques minutes plus tard, Ian l'entraîna dehors pour déjeuner.

— J'adore ce bracelet, dit-elle avec l'air extasié d'une enfant qui vient de recevoir un nouveau jouet.

Elle fit des effets de poignet pour contempler l'éclat du bijou à la lumière du soleil.

— Mon chéri, il est vraiment superbe! Mais comment as-tu obtenu qu'on le grave aussi vite?

— Avec un revolver, bien sûr. Que veux-tu savoir d'autre?

— Rien. Je voulais seulement te dire... que tu es vraiment un type bien.

— Oui, je suis très bien pour un «violeur», rectifia-t-il en souriant.

— Ian!

— Oui, mon amour?

Il l'embrassa avant d'entrer dans la voiture et elle se dit qu'il était l'homme le plus délicat qu'elle eût jamais connu.

Le soir, ils allèrent au cinéma et, le lendemain matin, qui était un dimanche, ils dormirent tard. Il faisait un soleil superbe et les petits nuages de beau temps qui flottaient sur le haut du ciel bleu semblaient sortir d'un tableau.

— Voulez-vous aller faire un tour à la plage, chère madame? demanda-t-il en s'étirant de son côté du lit avant de se retourner pour la prendre dans ses bras.

Il n'était pas rasé et le contact de son menton lui parut un peu rude, mais tout à fait rassurant.

— Je n'y vois pas d'inconvénient. Quelle heure est-il?

— Presque midi.

— Menteur! Je parie qu'il n'est que neuf heures.

— Illusion de ta part! Ouvre bien les yeux et regarde le réveil.

— Impossible. Mes paupières sont encore lourdes de sommeil.

Mais il lui mordilla l'oreille, la fit rire et la força à reprendre contact avec la réalité.

— Arrête!

— Non, lève-toi pour faire le petit déjeuner.

— Esclavagiste! As-tu entendu parler de la libération de la femme? demanda-t-elle en se contentant de bâiller.

— Qu'est-ce que c'est que ça?

— Le Mouvement de Libération des Femmes nous enseigne que c'est aux maris de faire le petit déjeuner le dimanche. Mais, par ailleurs...

Elle regarda de nouveau son bracelet d'un air ravi.

— Par ailleurs, reprit-elle, il ne précise pas que les maris doivent offrir de somptueux bijoux à leur femme. Alors, je crois que je vais faire le petit déjeuner.

— Tout de même, ma petite cantinière, ne te crève pas pour ça!

— Pas de danger. Si je te fais deux œufs sur le plat, ça ira?

Elle alluma une cigarette et se redressa.

— J'ai une meilleure idée, Jess.

— Champagne et caviar? demanda-t-elle en jouant avec son bracelet.

— Non, c'est moi qui vais faire la bouffe. De toute façon, tu es trop occupée avec tes effets de poignet pour avoir la tête à ça, ce matin. Que penserais-tu d'une omelette au fromage et aux huîtres fumées?

Il avait l'air enchanté de sa trouvaille, mais Jessie fit une grimace horrifiée.

— Ne pourrions-nous pas nous passer d'huîtres fumées?

— Et pourquoi ne pas se passer de fromage?

— On pourrait peut-être même se passer d'omelette.

— Et croquer la pomme à la place, ça te dirait?

— Ian, tu es cinglé... Mais je t'aime.

Elle l'embrassa sur la cuisse et il passa une main caressante le long de son dos soyeux.

Ils ne se levèrent qu'une heure plus tard. Mais il semblait que, cette fois, même leur façon de faire l'amour eût changé. C'était un bizarre mélange de désespoir et de gratitude, avec des sous-entendus du genre : «Ah, comme tu m'as manqué!» et : «Faisons comme si rien n'était arrivé.» Impossible de s'y laisser prendre, mais il valait mieux faire semblant d'avoir oublié le pire. Cela les aidait un peu, mais rien qu'un peu, car l'angoisse ne leur laissait pas de répit.

— Dis-moi, allons-nous à la plage, oui ou non? demanda-t-il en se redressant, les cheveux en bataille.

— Je ne demande pas mieux. Seulement, j'ai faim.

— Pauvre petite fille! Mais tu n'as pas voulu de mon omelette aux huîtres fumées…

— Je préférais le dernier menu, dit-elle en lui tirant les cheveux.

— Tu n'as pas honte!

Après lui avoir fait une grimace, elle sortit enfin du lit et se dirigea vers la cuisine.

— Où t'en vas-tu comme ça, le derrière nu?

— Faire le petit déjeuner. Tu n'es pas d'accord?

— Si, mais je me demandais si la présence d'un voyeur pourrait être de quelque secours.

Une minute plus tard, elle l'entendit claquer la porte qui donnait sur le jardin et le vit bientôt rentrer, drapé dans une couverture et portant un bouquet de pétunias de toutes les couleurs.

— Pour la dame du logis!

— Désolée. Elle est absente. Puis-je les garder en attendant?

Elle l'embrassa avec tendresse et, après lui avoir pris le bouquet des mains, elle le mit sur l'égouttoir à vaisselle. Il la serra dans ses bras et sa couverture tomba par terre.

— Chéri, tu sais que je suis folle de toi, mais si tu ne me laisses pas tranquille le bacon va brûler et nous ne partirons pas à la plage.

— Est-ce un problème?

Le bacon se mit à griller avec un bruit d'enfer et les œufs brouillés à attacher à la poêle.

— Ce n'est pas un problème, mais autant manger puisque c'est prêt. Tu ne trouves pas?

Elle éteignit le gaz tout en se laissant caresser. Puis elle lui servit ses œufs brouillés et son bacon avec des toasts, du jus d'orange et du café. Toujours nus comme des vers, ils s'installèrent enfin devant leur petit déjeuner.

Quand ils arrivèrent à la plage, il était près de trois heures de l'après-midi, mais il faisait encore beau et la fraîcheur ne tomba que vers six heures. Sur le chemin du retour, ils s'arrêtèrent pour dîner dans un restaurant de poissons. Il s'amusa à lui acheter une babiole pour touristes, un drôle de petit chien fait de coquillages.

— Il est mignon tout plein! Ce soir, j'ai vraiment l'impression d'être en vacances.

— Je le sens et je me suis dit que tu avais besoin d'un précieux souvenir pour marquer cette soirée.

Ils avaient l'air gais comme des pinsons en passant le pont pour rentrer chez eux, mais la plaisanterie de Ian avait frappé douloureusement Jessie : ainsi, ils en étaient à s'acheter des souvenirs pour tenter d'arrêter le temps.

— Dis-moi, chéri, comment va ton manuscrit?

— Mieux que je ne voudrais l'admettre. Mais ne m'en parle pas encore.

— Sérieusement?

— On ne peut plus.

Elle le regarda avec bonheur. Il avait l'air à la fois fier de lui et inquiet de l'être.

— En as-tu déjà envoyé une partie à ton agent?

— Pas encore. J'attends d'avoir écrit quelques chapitres de plus. Mais je crois que, cette fois, ça marche. Et même que ça marche très bien.

La solennité de sa voix était émouvante. Voilà des années qu'il avait perdu confiance en lui. Depuis la publication du livre de contes qui, pourtant, était excellent. Le malheur, c'était qu'il ne lui avait pas rapporté grand-chose. Si les critiques avaient reconnu qu'il était bon, le public ne leur avait pas emboîté le pas.

Avant de rentrer, ils s'arrêtèrent près du pont, devant le Yacht Club, en éteignant les phares. Il leur parut agréable de rester là, dans la voiture, à regarder les vagues recouvrir peu à peu une petite bande de sable. On entendait les cornes de brume dans le lointain. Ils se sentaient tous deux bizarrement épuisés, comme si chacune de leurs journées eût constitué désormais une étape dans un voyage sans fin. Ils payaient leur tribut aux chocs successifs des jours précédents. Jessie s'était aperçue de l'état de Ian à la façon qu'il avait de sombrer brusquement dans le sommeil et elle se sentait elle-même constamment fatiguée en dépit du bonheur que lui apportait sa présence. Leur amour avait pris des allures de passion. Ils étaient devenus avides l'un de l'autre et l'on aurait dit que leur faim mutuelle les obligeait à faire des provisions en prévision d'un long hiver de disette. Ils savaient qu'ils n'étaient pas tirés d'affaire et qu'ils n'étaient même qu'au début de leurs ennuis.

— Veux-tu que nous allions manger une glace? lui demanda-t-il d'une voix un peu anxieuse.

— Non, merci. Je suis éreintée.

— Moi aussi. Et il faut qu'avant de me coucher je relise le chapitre que je viens d'écrire.

— Est-ce que je pourrai en lire un bout?

— Bien sûr.

133

Il avait l'air rassuré en remettant la voiture en marche pour se diriger vers la maison. C'était curieux de constater le peu d'empressement qu'ils mettaient à rentrer. L'arrêt près du Yacht Club, puis l'invitation à prendre une glace… Quel démon craignaient-ils de trouver tapi chez eux ? Jessica ne pouvait s'empêcher de se poser la question pour Ian, car elle savait parfaitement de qui elle avait peur, elle. C'était de l'inspecteur Houghton. Elle s'attendait sans cesse à le voir apparaître pour arrêter son mari une seconde fois. Elle y avait pensé tout l'après-midi à la plage en se demandant s'il n'allait pas surgir de derrière une dune et faire quelque tour de passe-passe pour escamoter Ian. Elle n'en avait pas soufflé mot et Ian n'avait pas plus qu'elle reparlé de son arrestation. C'était le seul sujet qu'ils n'osaient plus aborder, bien qu'il leur fût impossible de penser à autre chose.

Il venait de s'allonger devant la cheminée pour relire son manuscrit quand elle décida de percer l'abcès. Elle sentait qu'elle devait le faire, mais il lui en coûtait.

— Surtout, n'oublie pas, pour demain matin, mon chéri, dit-elle d'une voix douce et hésitante.

— Hein ?

Il avait l'air de sortir d'un rêve.

— Je dis : n'oublie surtout pas, pour demain matin.

— Qu'y a-t-il demain matin ? demanda-t-il, ahuri.

— Nous avons rendez-vous à dix heures chez Martin Schwartz.

Elle avait essayé de prendre un ton naturel, comme s'il s'était agi simplement de lui rappeler qu'ils avaient rendez-vous tous les deux chez le coiffeur, mais elle ne parvint pas à lui donner le change. Il la regarda sans dire un mot, avec une expression d'accablement.

10

LE RENDEZ-VOUS chez l'avocat les obligea tous deux à regarder les choses en face. Puisque Ian était là pour discuter des chefs d'inculpation avec Martin Schwartz, il était difficile de faire semblant d'ignorer ce dont on l'accusait. Malade de dégoût, Jessica écoutait la conversation. Elle était obligée de revenir à la réalité. L'importance des garanties qu'elle avait dû fournir la révoltait. La maison. Les bénéfices de la boutique. La bague d'émeraude. Tout. qu'arriverait-il si Ian s'affolait au point de prendre le large ? Eh bien, elle perdrait tout ! La gorge serrée, elle le regarda en essayant de se concentrer sur ce qu'il disait. C'est elle qui avait voulu venir, mais elle ne pouvait s'ôter de l'esprit que, seul, le besoin désespéré qu'elle avait de sa présence l'avait poussée à tant de sacrifices. Et elle se disait que le pire était encore à venir.

Schwartz leur expliqua en quoi consistait l'instruction. Ils tombèrent d'accord avec lui pour engager un enquêteur qui examinerait les antécédents de la prétendue victime. Il faudrait trouver de quoi la faire pendre, car il n'était pas question de prendre des gants avec une demoiselle Burton. C'était la peau de Ian contre la sienne.

— Il doit y avoir une raison à son comportement. Ian, essayez de vous rappeler. Réfléchissez bien. L'avez-vous

135

malmenée d'une manière ou d'une autre? Sexuellement? Verbalement? L'avez-vous humiliée? Ou maltraitée physiquement?

Devant l'insistance de l'avocat, Jessie détourna les yeux. Elle ne pouvait pas supporter l'air misérable de Ian.

— Alors, Ian, qu'en dites-vous?

Comme il ne répondait pas, Schwartz s'adressa à Jessie.

— Vous feriez mieux de nous laisser seuls un moment.

— Bien sûr.

Elle fut soulagée d'avoir à quitter la pièce. Ian la laissa sortir sans la regarder. Ils allaient entrer dans le vif du sujet : qui avait fait quoi à qui, où, comment, pendant combien de temps et combien de fois… À la pensée de ce que Jessie pourrait entendre au cours du procès, Ian avait peur de devenir fou.

Elle arpenta un bon moment la moquette du couloir en regardant les gravures accrochées au mur et en fumant, perdue dans ses réflexions. Puis elle finit par s'asseoir dans un petit fauteuil d'où l'on pouvait admirer, à travers la paroi vitrée, la même vue magnifique que du bureau de Schwartz. Et elle continua de méditer.

Une demi-heure plus tard, une secrétaire vint la chercher et la fit rentrer dans le bureau. Elle eut l'impression que Ian était harassé et que l'avocat le regardait de travers. Cela l'intrigua.

— Aurais-je manqué le clou de la représentation? demanda-t-elle avec une ironie forcée qui n'obtint aucun écho.

— Selon Ian, il ne se serait rien passé que de très banal. En ce cas, il doit s'agir d'une rancune personnelle.

— Vis-à-vis de Ian? Pourquoi? Il la connaissait?

Elle ne put s'empêcher de regarder son mari avec stupéfaction, car elle s'était imaginé jusque-là que la femme avait été pour lui une inconnue. Il protesta aussitôt.

— Non, Jessie, je ne la connaissais absolument pas. Ce que Martin veut dire, c'est que je suis devenu sa victime par hasard. Il lui fallait flanquer un type dans le pétrin ce jour-là et c'est moi qui ai pris.

— Eh bien, il faudra le dire au juge!

— Il faudra aussi qu'on puisse le prouver. J'espère que Green, mon enquêteur, va nous trouver de quoi la confondre.

— Espérons que, pour vingt dollars l'heure, il fera un effort! déclara Ian avec un peu de hargne.

L'air inquiet, il se tourna vers Jessie, mais elle le rassura d'un signe de tête. Ce n'était pas le moment de chipoter. On verrait plus tard comment trouver l'argent, mais on ne pouvait pas se montrer mesquin sur ce chapitre.

Schwartz revint encore une fois sur le prochain passage devant le juge d'instruction. Il expliqua qu'il s'agissait d'une sorte de procès en réduction au cours duquel l'accusé et la plaignante auraient à donner avec précision leurs versions respectives des événements. Le juge déciderait alors s'il fallait renvoyer la cause devant une juridiction supérieure et aller jusqu'au procès avec jury. L'avocat craignait qu'on ne pût y échapper, car les deux parties soutenaient leur version des faits avec une égale véhémence et l'affaire n'était pas claire du tout. Aucun juge d'instruction ne prendrait la responsabilité de débouter la plaignante. De plus, cette femme passait depuis des années pour une employée modèle. D'autre part, certains aspects de la vie de Ian laissaient Martin Schwartz extrêmement perplexe. Par exemple, le fait qu'il se laissât entretenir par sa femme. Depuis six ans qu'il consacrait tout son temps à écrire, aucun de ses livres ne lui avait rapporté de quoi vivre. Cela ne parlerait pas en sa faveur, surtout s'il y avait des femmes parmi les jurés. Et un procureur astucieux ferait en sorte de le présenter comme un raté et un profiteur.

Schwartz ajouta que le détective qu'il chargeait de l'enquête sur Margaret Burton irait voir Ian dans la journée du lendemain. Après avoir quitté l'avocat, Jessie et Ian reprirent l'ascenseur sans dire un mot. Ce fut Jessie qui rompit le silence quand ils se retrouvèrent dehors.

— Qu'est-ce que tu penses de tout ça?

— Rien de bon. J'ai l'impression que, si nous ne pouvons pas prouver que cette fille est une salope, c'est elle qui aura ma peau. Car, selon Schwartz, la justice n'est pas portée à l'indulgence actuellement pour ce genre d'histoires. Notre seul espoir, c'est d'arriver à la confondre. C'est sa version contre la mienne. Bien sûr, il y a le rapport médical, mais il est plutôt fumeux. On y certifie qu'il y a bien eu des relations sexuelles, mais qu'on ne peut pas affirmer qu'il y a eu viol. La plainte pour violences graves et voies de fait a déjà été retirée. Il ne reste plus que mes prétendues perversions.

Jessica acquiesça en silence.

Il la mena en voiture jusqu'à la boutique. Elle continuait à penser avec terreur à la prochaine audience. La perspective de rencontrer cette fille la révoltait, mais il n'y avait pas moyen d'y échapper. Ne serait-ce que pour l'amour de Ian, il lui faudrait la voir, l'écouter, supporter ses mensonges jusqu'au bout, à quelque degré d'ignominie que l'affaire s'abaissât.

— Veux-tu que je te laisse la voiture, Jess? Je peux rentrer à pied.

— Non, mon chéri, ça n'est pas la peine. Ah! mais si, j'y pense!... J'en aurai besoin aujourd'hui. Est-ce que ça t'embête?

Elle avait pris un ton désinvolte, mais elle venait de se rappeler qu'elle avait, en effet, absolument besoin de la Morgan, ce jour-là, et qu'elle devait la garder, avec ou sans son assentiment. Après tout, il avait sa Volvo.

— Ne t'en fais pas, Jess. Au besoin, je peux me rabattre sur la belle Suédoise.

— Veux-tu entrer boire une tasse de café?

Visiblement, ils n'avaient pas plus envie l'un que l'autre de rester plus longtemps ensemble. Les discussions pénibles chez l'avocat avaient creusé un fossé entre eux.

— Non, j'ai besoin d'être seul et je préfère te laisser travailler en paix.

Elle n'avait pas besoin de lui demander s'il était aussi anxieux qu'elle. C'était l'évidence même.

— D'accord, mon amour. À ce soir.

Ils échangèrent un baiser rapide devant la porte de la boutique. En entrant, elle se rendit directement dans son bureau. Elle prit aussitôt le téléphone et obtint le rendez-vous qu'elle demandait pour treize heures trente. Sa décision était prise. Ian en serait accablé, mais il ne lui avait pas laissé le choix, et il n'était pas en position de protester.

— Alors, comment la trouvez-vous?

Dès l'abord, le bonhomme était antipathique. Trop gras, patelin et sournois.

— Oh, pas mal! Elle fait son effet. Mais il faut voir le moteur.

— Il est impeccable.

Il examina la petite Morgan rouge sur toutes les coutures comme s'il avait eu à choisir un gigot dans un supermarché ou une putain dans un bordel. Jessie en avait la chair de poule. Elle avait l'impression de vendre une petite fille à un marchand d'esclaves qui, de plus, n'était qu'un gros tas puant.

— Vous êtes pressée?

— Pas particulièrement, mais j'aimerais savoir combien je peux en tirer.

— Pourquoi voulez-vous la vendre? Vous avez du mal à boucler le mois?

— Non, j'ai besoin d'une voiture plus spacieuse.

Vendre la Morgan était pour elle un crève-cœur. Elle se rappelait son ravissement et sa surprise quand Ian la lui avait apportée et lui en avait tendu les clés. Il était si heureux de lui faire plaisir et d'en avoir enfin les moyens! En s'en séparant dans ces conditions, elle avait l'impression de brader un peu de leur amour mutuel.

— Je peux vous faire une offre.

— Oui?

— Quatre mille. Enfin, dans ces eaux-là. Disons quatre mille cinq cents, parce que c'est vous.

Il attendit sa réponse en l'observant attentivement.

— C'est une somme ridicule! Mon mari l'a payée sept mille dollars et elle est actuellement en meilleur état qu'au moment où il me l'a donnée.

— Je ne peux pas faire mieux, mais vous n'en tirerez pas plus si vous êtes pressée. Elle a besoin d'une révision.

Ce n'était pas vrai et ils le savaient tous les deux. Pourtant, il avait raison en ce qui concernait l'urgence de l'opération. Une Morgan était difficile à vendre rapidement. Peu de gens avaient l'idée ou les moyens de s'en offrir une.

— Je vais réfléchir. Excusez-moi de vous avoir dérangé.

Elle reprit la voiture avec tristesse. Elle n'arrivait pas à se résigner. Mais elle allait être obligée de régler à Schwartz le reste de ses honoraires et de payer aussi son enquêteur. Elle ne pouvait plus songer à emprunter sur la maison ou la boutique, puisqu'elles servaient désormais de garantie à la caution. Autre difficulté : la banque lui avait déjà consenti un prêt sur la valeur de la Morgan et pouvait en refuser la vente. Jessie espérait pourtant que, la sachant généralement solvable, celle-ci ne s'y opposerait pas. Mais elle en voulait un peu à Ian de n'avoir rien fait pour trouver du travail, en dépit de ses protestations de bonne volonté. Il était plongé jusqu'au cou dans son manuscrit et il ne pensait à rien d'autre qu'à continuer d'écrire tranquillement. C'était beau, la vie d'artiste! De toute façon, même s'il trouvait du travail, il ne gagnerait pas assez d'argent en deux mois pour payer les frais de l'inévitable procès. Et, d'ailleurs, quel métier pourrait-il faire? Celui de serveur ou de barman pendant le jour et d'écrivain pendant la nuit? Évidemment, on pouvait toujours espérer que, cette fois, son roman se vendrait. Mais le succès, dans ce domaine, arrivait rarement du jour au lendemain. Ils en avaient assez plaisanté tous les deux... Par conséquent, on savait à quoi s'en tenir et la Morgan devait y passer, soit dans l'immédiat, soit un peu plus tard.

Toute la journée, Jessie resta morose et méditative. Un peu avant cinq heures, Astrid Bonner entra dans la boutique et sa visite fut une agréable diversion.

— Eh bien, Jessica, on ne peut plus mettre la main sur vous.

Astrid semblait remontée à bloc. Elle venait d'acheter une bague avec une topaze admirablement taillée. La pierre était énorme et la monture valait à elle seule une petite fortune. Elle avoua l'avoir trouvée «irrésistible». Sur n'importe qui d'autre qu'Astrid, Jessie aurait jugé vulgaire un bijou de cette taille. Mais elle ne put s'empêcher d'avoir un petit pincement au cœur en apprenant que, pour acheter une topaze entourée de baguettes de diamants, son amie venait de dépenser le double de ce dont elle avait si désespérément besoin.

— C'est vrai, je ne suis pas souvent là. Ma vie a été mouvementée ces jours-ci! Félicitations pour la bague, Astrid. Elle est époustouflante!

— Le jour où j'en aurai assez, je pourrai toujours l'utiliser comme bouton de porte. Je n'arrive pas à savoir si elle est superbe ou abominable. Et, bien entendu, personne ne me dira la vérité.

— Elle est superbe.

— Vous ne blaguez pas?

— Je blague si peu que j'ai failli crever de jalousie en vous voyant entrer.

— Ça me rassure. J'ai cédé à un caprice idiot. C'est étonnant à quel point l'ennui peut taper sur le système!

En la voyant rire avec coquetterie, Jessie se dit avec amertume que la vie était simple pour certaines personnes, si leur seul drame était l'ennui.

— Je vais partir. Voulez-vous que je vous ramène en voiture ou êtes-vous venue pour acheter quelque chose?

— Merci, j'ai ma voiture et je ne veux rien acheter ce soir. Je suis simplement passée pour vous inviter à dîner, votre mari et vous.

Zina et Kat l'avaient depuis peu renseignée sur l'existence de Ian.

— C'est très aimable à vous, Astrid. Nous serons ravis de venir. Quel jour proposez-vous?

— Est-ce que demain vous irait?

— Tout à fait.

Avec un sourire de satisfaction, Astrid se mit à tournoyer gaiement dans le petit bureau, en regardant à droite et à gauche.

— Figurez-vous, Jessica, que je ne rêve plus que de votre boutique. Je vais être obligée de vous en chasser un de ces jours, dit-elle malicieusement en guettant la réaction de Jessie.

— Ne vous donnez pas la peine de me flanquer dehors. Il se peut que je vous cède la place bientôt. J'irai peut-être même jusqu'à vous offrir la boutique enveloppée d'un papier cadeau et ornée d'une faveur rose.

— Vous m'en voyez tout émoustillée!

— Refrénez un peu vos élans pour le moment. Mais j'aimerais vous parler. Que diriez-vous d'aller prendre un verre ensemble quelque part? Je ne sais ce que vous en pensez, mais moi, j'ai besoin d'un remontant.

— Toujours ces ennuis que vous évoquiez l'autre jour?

— Oh! ce n'est pas très important!

— C'est-à-dire : mêlez-vous de ce qui vous regarde! Bon, je ne l'ai pas volé.

Astrid avait l'air de prendre les choses à la légère. Elle ignorait, évidemment, que Jessie avait passé sa journée à tenter d'oublier que Barry York avait désormais des droits sur sa boutique : c'était en partie pour cela qu'elle avait besoin de parler à quelqu'un. Car, pendant ce temps-là, Ian se coupait du monde pour travailler nuit et jour à son manuscrit de malheur! Pourquoi choisissait-il justement cette période de leur vie pour s'isoler? Il avait toujours eu, bien sûr, tendance à le faire dès qu'il se mettait sérieusement à écrire. Mais cette fois le moment était mal choisi!

— J'ai une idée, Jessica.

Jessie sursauta et leva le nez. Pendant quelques instants, elle avait complètement oublié la présence d'Astrid.

— Pourquoi n'irions-nous pas prendre ce verre chez moi?

— Je veux bien. Mais êtes-vous sûre que ça ne vous dérange pas?

— Pas du tout. Et ça me fait grand plaisir. Venez, allons-y.

En passant, Jessie dit un au revoir rapide à ses deux jeunes employées. Pour la première fois, elle éprouvait un véritable soulagement à quitter la boutique. Jusque-là, elle avait toujours été heureuse de se rendre au travail chaque matin et elle était repartie chaque soir presque à regret, tant la journée l'avait satisfaite. Maintenant, elle se rendait compte avec désespoir que la boutique lui faisait peur. Comme les choses changeaient vite!

Les deux femmes prirent chacune leur voiture. Astrid précédait Jessie au volant de sa Jaguar, un coupé noir de modèle récent. La voiture, longue et racée comme elle, était vraiment celle qui lui convenait. Elle avait une vie de rêve.

Et une maison paradisiaque! Jessie s'en aperçut en entrant. Le décor intérieur se présentait comme une admirable juxtaposition de meubles anciens, anglais et français. Louis XV, Louis XVI, Heppelwhite et Sheraton mélangés donnaient une impression d'incomparable légèreté. Il y avait une quantité de rideaux d'organdi et de soie coquille d'œuf. À l'étage, c'étaient des imprimés fleuris de couleurs vives et une magnifique collection de tableaux. Deux Chagall, un Picasso, un Renoir et un Monet donnaient à la salle à manger une atmosphère de songe d'une nuit d'été.

— C'est tellement beau, Astrid, que j'en ai le souffle coupé!

— Je l'admets. Moi aussi, j'aime beaucoup tout ça. Tom possédait des merveilles et c'est très agréable de vivre dans ce décor. Nous avons choisi plusieurs choses ensemble, mais il avait déjà la plupart de ces splendeurs avant que je le connaisse. Tout de même, c'est moi qui lui ai fait acheter le Monet!

— Il est magnifique!

Astrid fut flattée du compliment, non sans raison.

Les verres dans lesquels elle versa le whisky étaient ravissants, eux aussi. La lumière crépusculaire faisait se déployer les sept couleurs du prisme dans le cristal taillé avec une finesse extraordinaire. Les deux femmes étaient installées dans la bibliothèque et l'on avait de là une vue panoramique sur le Golden Gate et l'ensemble de la baie.

— Je ne croyais pas qu'il pût exister une maison pareille! répéta Jessie, stupéfaite.

Elle n'en finissait pas d'admirer ce qui l'entourait. L'ensemble des rayonnages en boiseries était rempli de livres anciens. Au-dessus de la petite cheminée de marbre brun, trônait un Cézanne et, sur un des murs, un tableau représentant un homme au visage grave.

C'était le portrait de Tom, le mari d'Astrid. Jessie eut l'impression qu'ils avaient dû bien s'entendre, en dépit de leur grande différence d'âge. Il avait un regard chaleureux et pétillant de gaieté. À force de le regarder, on pouvait comprendre pourquoi Astrid s'était sentie si perdue quand il avait disparu.

— Votre mari devait être très attachant.

— C'est vrai. Et, surtout, nous nous entendions parfaitement bien. Sa mort a été pour moi une perte irréparable. Mais nous avons quand même eu beaucoup de chance. Dix ans de bonheur, ce n'est pas rien, d'autant plus que c'était un bonheur sans mélange.

Jessie se rendait compte qu'Astrid, loin d'être consolée, était toujours moralement comme une épave. Elle allait à la dérive, d'une boutique de mode à une bijouterie, d'un magasin de fourrures à une agence de voyages. Elle n'avait plus rien à quoi s'accrocher. Malgré sa belle maison, sa fortune, sa collection de tableaux et ses vêtements de luxe, il lui manquait l'essentiel : l'homme qu'elle avait aimé et qui était devenu sa raison de vivre. Sans Tom, toutes les merveilles du monde demeuraient pour elle sans séduction véritable. Jessie n'avait aucun mal à se mettre à la place d'Astrid et cela lui donnait la chair de poule.

— Parlez-moi de votre mari, Jessica.

— C'est quelqu'un d'épatant, répondit Jessie en souriant. C'est un écrivain. Et c'est... Enfin, c'est mon meilleur ami. À mon sens, il est à la fois merveilleux et génial et beau comme un dieu. C'est la seule personne à laquelle je peux réellement me confier. Bref, il est tout à fait exceptionnel.

— Voilà qui dit tout, n'est-ce pas ?

Astrid était attendrie. En voyant la lueur amicale qui brillait dans ses yeux, Jessie ressentit un sentiment de culpabilité. Il était cruel de faire un éloge débordant de Ian à une femme qui, elle, avait perdu à jamais le grand amour de sa vie.

— Ne vous inquiétez pas, reprit Astrid en s'apercevant de sa gêne. Je sais ce que vous pensez, mais vous vous trompez. Il me paraît normal que vous exprimiez votre amour pour lui, même si vous le faites de façon triomphale. Quand Tom était auprès de moi, j'étais comme vous. Votre amour, gardez-le, montrez-le, profitez-en bien et ne vous excusez jamais d'en être fière, surtout devant moi.

Jessica acquiesça pensivement. Elle fixa un moment son verre, puis releva les yeux.

— Nous avons de gros ennuis, en ce moment.

— Il y a quelque chose qui ne va pas entre vous deux?

Astrid était très surprise. S'il s'agissait de mésentente conjugale, cela ne se voyait guère sur le visage de Jessica. Et elle venait de parler de Ian avec trop d'enthousiasme pour que le problème ne fût pas ailleurs. Ils devaient plutôt avoir des problèmes d'argent, comme beaucoup de jeunes couples. Il était évident, cependant, que quelque chose allait de travers, car il émanait par moments de la jeune femme comme un murmure d'inquiétude et presque de terreur. Peut-être était-elle malade. Une tumeur? Astrid n'y croyait pas trop, mais elle ne voyait pas de quoi il pouvait s'agir et elle ne voulait pas poser de questions.

— Disons que nous traversons une crise dramatique. Mais, entre nous, tout va bien, du moins dans un certain sens.

Après cet aveu ambigu, Jessie se tourna vers la fenêtre et resta silencieuse. Astrid comprit qu'elle ne ferait pas d'autre confidence.

— Je suis sûre que vous allez vous en tirer, dit-elle simplement.

— Je l'espère.

La conversation roula ensuite sur la boutique et sur sa gestion ainsi que sur le genre de sa clientèle. Astrid fit rire Jessie en lui racontant quelques anecdotes sur sa vie passée, du temps qu'elle travaillait à *Vogue*, à New York. Il était près de sept heures quand Jessie se leva. Elle avait du mal à se décider à partir.

— À demain, dit Astrid. Je vous attends vers les sept heures et demie.

— Nous ne serons pas en retard. J'ai hâte de montrer votre maison à Ian. Oh! dites-moi, Astrid, aimez-vous les spectacles de danse?

— Oui, j'adore ça.

— Pouvons-nous vous emmener voir des ballets, la semaine prochaine?

Astrid hocha la tête, incertaine, avec une soudaine tristesse.

— Acceptez, voyons. Ne jouez pas les bonnets de nuit! Ian sera enchanté de nous sortir toutes les deux ensemble. Cela fera du bien à son standing.

Après beaucoup d'hésitation, Astrid finit par accepter avec un sourire d'une candeur désarmante.

— Je ne peux pas résister. Pourtant, je n'aime pas être la femme-en-trop! Ça m'est arrivé assez souvent après la mort de Tom et c'est une des situations les plus éprouvantes qui soient. Je trouve moins pénible de rester seule. Mais je serai heureuse de sortir avec vous si Ian n'y voit pas d'inconvénient.

Elles se quittèrent contentes l'une de l'autre comme deux écolières qui ont découvert à la récréation qu'elles habitent la même rue. Et Jessie s'empressa d'aller retrouver Ian pour lui faire part de sa découverte.

Elle était sûre qu'il allait trouver la maison extraordinaire. Et Astrid aussi. Astrid était exactement le genre de femme que Jessie aurait voulu être. Équilibrée, douce, compréhensive, chaleureuse. Elle était sans doute un peu déboussolée par son deuil, mais on sentait qu'elle était depuis longtemps parfaitement maîtresse d'elle-même. Elle débordait de gentillesse et de calme. Contrairement à Jessie, elle avait appris l'importance d'un certain détachement. Malgré les apparences, sa situation n'était guère enviable, puisqu'il lui fallait vivre sans l'être aimé. Jessie, elle, avait au moins la chance d'avoir Ian auprès d'elle. Cela valait mieux qu'un portrait.

Impatiente de rentrer, Jessie prit son dernier tournant à toute allure et s'engagea dans l'allée qui conduisait chez elle. En s'arrêtant, elle vit qu'un homme sortait de sa maison et se dirigeait vers une voiture garée un peu plus loin. Il lui jeta un coup d'œil plein de curiosité, puis il lui fit un signe de tête. Elle eut un frisson d'angoisse. C'était la police, encore la police. Qu'est-ce qu'elle voulait donc? À cause des voisins, elle se retint de hurler de peur.

— Je suis Harvey Green, dit l'inconnu en s'approchant. Vous êtes madame Clarke?

Elle inclina la tête et resta figée sur place, les yeux agrandis par la terreur.

— C'est moi l'enquêteur que Martin Schwartz a chargé de votre affaire.

Un peu calmée, elle prit conscience de la brise qui lui caressait le visage, mais son cœur continua de battre la chamade.

— Ah oui!... Avez-vous vu mon mari?

— Je viens de le voir.

— Puis-je vous être d'une quelconque utilité? demanda-t-elle en songeant à la note qu'il faudrait lui payer.

— Non, nous avons tout réglé. Je reprendrai contact avec vous.

Il lui fit un petit salut de clown en touchant de la main ses cheveux ternes, puis il repartit en direction de sa voiture, une voiture claire, beige ou bleu très pâle. Dans le demi-jour, on n'en distinguait pas très bien la couleur. Elle était peut-être blanc sale ou vert tilleul. Comme son propriétaire, elle était pratiquement incolore. C'était un homme au visage fadasse, aux yeux chafouins, aux traits mous. Il devait passer inaperçu dans une foule et ses vêtements auraient paru démodés à n'importe quelle époque. On ne pouvait même pas lui donner d'âge. Il semblait parfait pour le métier qu'il exerçait.

— Me voici, chéri, je suis rentrée!

Sa voix résonna tristement et, quand Ian lui cria qu'il était dans la cuisine, la sienne était lugubre, elle aussi.

— Chéri, figure-toi que nous sommes invités demain soir.

Il avait l'air de s'en moquer. Visiblement, la visite de Harvey Green était sa seule préoccupation.

— Invités? Par qui?

Il était en train de se verser à boire. Un verre de bourbon ou de scotch... Il ne s'agissait pas de son vin blanc habituel. Quand il n'y avait pas d'invités, il buvait rarement du whisky.

— Par ma nouvelle cliente de l'autre jour. Je t'en ai parlé : Astrid Bonner. Elle est charmante et je suis sûre qu'elle te plaira.

— Qui ça?

— Tu sais bien, cette femme qui a perdu son mari et qui vit dans cette espèce de château en brique, pas loin d'ici.

— Ah oui! dit-il en s'efforçant de prendre un air plus aimable. As-tu vu Green quand tu es rentrée?

— Oui. J'ai cru que c'était un flic et j'ai failli avoir une syncope.

149

— Et moi donc! Drôle de vie, hein? C'est amusant, l'imprévu!

Elle ne releva pas la remarque et alla s'installer dans le salon.

— Pourrais-je avoir un verre, moi aussi?

— Avec de l'eau?

— Oui. Pourquoi pas?

Elle n'osa pas lui préciser qu'elle en était à son troisième scotch de la soirée.

— Je vais t'apporter ça, dit-il en mettant des cubes de glace dans un autre verre.

Il vint ensuite s'installer près d'elle.

— Parle-moi de ta veuve, reprit-il. Je parie qu'elle a une maison super.

— Tu verras ça demain! Oh! dis donc, Ian… je l'ai invitée à venir voir des ballets avec nous. Ça t'ennuie?

Il ne répondit pas tout de suite. Après avoir avalé deux ou trois gorgées de whisky, il la regarda en face. Il avait l'air plein d'amertume.

— Mon chou, au point où j'en suis, je m'en contrefiche!

Après dîner, ils tentèrent de faire l'amour. En vain, pour la première fois de leur vie commune. On aurait dit que, de l'amour aussi, Ian se contrefichait, maintenant. C'était peut-être le commencement de la fin.

11

— Ian, tu es déjà prêt?

Jessica l'entendait tourner en rond dans son bureau. Elle venait de se brosser les cheveux. Ce soir-là, elle avait enfilé un pantalon de toile blanche et un pull au crochet de couleur turquoise. Elle n'était pas très sûre d'avoir choisi la bonne tenue. Astrid allait certainement arborer une robe éblouissante.

— Ian!... Es-tu habillé? cria-t-elle, craignant qu'il ne fût enseveli sous ses papiers.

Le remue-ménage cessa et elle perçut son pas dans l'escalier.

— Plus ou moins, lui répondit-il avec un sourire en apparaissant sur le seuil.

Elle vint à sa rencontre, le regard plein d'admiration.

— Vous êtes beau comme un astre, cher monsieur!

— Je vous retourne le compliment, chère madame.

Il avait mis son nouveau blazer marine Cardin, celui qu'elle lui avait rapporté de New York, avec une chemise grège et une cravate-foulard rouge sombre sur un pantalon de gabardine beige qu'elle lui avait acheté à Paris et dont la coupe faisait ressortir l'élégance de ses longues jambes.

— Tu es reluisant comme un sou neuf et joli comme un cœur! Et moi je sens que je suis de plus en plus folle de toi, mon amour.

Il s'inclina avec courtoisie, mais dès qu'elle fut à sa portée, il la serra dans ses bras.

— En ce cas, pourquoi ne resterions-nous pas à la maison? demanda-t-il avec un clin d'œil.

— Laisse-moi tranquille, Ian. Astrid serait affreusement déçue. Et je suis sûre qu'elle te plaira.

— C'est bien dommage.

Elle enfila la veste de soie blanche qu'elle avait posée dans l'entrée, sur le dossier d'une chaise. Il lui offrit le bras. Ce n'était que pour lui faire plaisir qu'il avait accepté cette invitation. Il avait bien d'autres choses en tête.

Ils ne prirent pas la voiture pour aller jusqu'à la grande maison de brique, toute proche. Mais l'automne s'annonçait et il faisait plus froid que d'habitude, quoique l'automne à San Francisco fût bien plus doux qu'à New York. C'était un peu pourquoi ils avaient choisi d'y vivre. Ils adoraient tous deux ce climat tempéré.

Jessica sonna à la porte d'Astrid, mais elle fut un moment sans leur ouvrir.

— Peut-être a-t-elle changé d'avis!

— Oh! tais-toi. Je sais que tu as envie de rentrer pour travailler, dit-elle d'un ton taquin.

Enfin, ils entendirent un pas et la porte s'ouvrit toute grande. Astrid apparut sur le seuil, resplendissante dans une longue robe de tricot noir ornée d'un impressionnant collier de perles. Elle avait ramené ses boucles soyeuses à l'arrière de sa tête et son regard brillait de contentement quand elle les fit entrer. Jamais Jessica ne l'avait trouvée aussi belle. De son côté, Ian était visiblement ébloui. Il s'était attendu à voir une veuve entre deux âges et il n'avait accepté de venir que pour l'amour de Jessie. Il n'aurait pu imaginer se trouver en présence de cette femme de rêve à la taille fine et au long cou élégant. Elle avait un visage remarquable, un visage qui lui plaisait, de même que son regard. Ce n'était pas une douairière, c'était une femme.

Tandis que les nouvelles amies s'embrassaient, Ian en retrait les observait, intrigué par cette dame qu'il ne connaissait pas encore et par la somptuosité de la demeure dont il avait un aperçu par-dessus l'épaule de la propriétaire. Il était impossible de rester indifférent, qu'on regardât la femme ou qu'on regardât la maison.

— Et voici Ian.

Il s'approcha, intimidé comme un petit garçon que sa mère présenterait en disant : « Dis bonjour à la dame, mon chéri. »

Il prit en s'inclinant la main qu'elle lui tendait. Il était content d'avoir mis son blazer neuf et sa cravate-foulard. Le dîner promettait d'être intéressant, bien que Mme Bonner fût sans doute une terrible snob. On pouvait s'y attendre à voir le décor dans lequel elle évoluait. « Veuve, par-dessus le marché, et vivant dans une opulence de nouveau riche », pensa Ian avec un peu de dédain. Mais il sentit très vite qu'il se trompait : elle n'avait pas l'œil insolent et borné d'une parvenue. Elle avait, au contraire, un regard aimable dans un visage ouvert. De plus, elle semblait avoir de la personnalité.

Enchantée de les voir, Astrid les fit monter dans la bibliothèque. Devant la précieuse collection de gravures et d'eaux-fortes qui ornaient les murs de l'escalier, Ian et Jessica échangèrent des regards intéressés. Picasso, Renoir, encore Renoir, Manet, Klimt, Goya, Cassatt… Ian retint un sifflement d'admiration. Jessie lui adressa le petit sourire complice de la conspiratrice astucieuse qui a réussi à introduire son associé dans une maison hantée. Elle passait le bout de sa langue sur ses lèvres. Lui relevait ses sourcils d'étonnement… Astrid, qui les précédait, était déjà sur le palier. Ils n'osaient pas échanger leurs impressions, même à voix basse. Il leur fallait attendre d'être rentrés chez eux. Mais Jessie était très satisfaite de l'air détendu de Ian et elle se sentait d'humeur à le taquiner. Elle lui pinça discrètement la hanche en passant devant lui pour entrer dans la bibliothèque.

Astrid leur avait préparé un assortiment de hors-d'œuvre avec des tranches de foie gras. Un feu de bois brillait dans la cheminée. Souriant, Ian accepta la tranche de foie gras que lui offrait son hôtesse sur une fine tranche de pain grillé.

— Je ne sais comment m'exprimer, madame, et je vais sans doute paraître très maladroit… Je dois vous dire que votre maison me coupe le souffle!

La maison et celle qui l'habitait. Cela se comprenait à l'ingénuité de son sourire, et Astrid y fut sensible.

— Je suis heureuse qu'elle vous plaise. Mais ne m'appelez plus madame. Vous me donnez l'impression d'être une vieille grand-mère en face d'un adolescent. Essayez de dire Astrid si vous ne tenez pas à ce que je pique une crise de nerfs… Astrid. Surtout pas tante Astrid, pour l'amour de Dieu!

Cette injonction les mit en gaieté tous les trois. Astrid fit glisser ses escarpins de ses pieds et s'installa dans un fauteuil profond en s'asseyant sur ses talons.

— Tant mieux si la maison vous plaît! Parfois, je m'y sens un peu perdue maintenant que Tom n'est plus là. Je l'aime beaucoup, moi aussi, mais il m'arrive de prendre conscience que je n'y suis pas tout à fait chez moi. Je veux dire que c'est… que c'est une maison si… convenable que j'ai l'impression d'être de passage, d'être en visite chez ma mère, par exemple. Je me dis: Qu'est-ce que je fais ici, moi, dans ce décor? Je m'y sens ridicule, déplacée.

En cela, Astrid avait tort. Elle y était parfaitement à sa place. Ian se demanda si elle était sincère ou s'il s'agissait de fausse modestie, car ce devait être pour l'amour d'elle que Tom, son mari disparu, avait construit cet admirable décor.

— Vous êtes faite pour habiter ici et vous le savez bien, répliqua-t-il d'un ton ferme tandis que Jessie ne les quittait pas des yeux.

— Peut-être, mais jusqu'à un certain point. Il arrive que les gens soient intimidés par cette maison, par mon style de vie et par tout ce luxe, par... par ce qu'on pourrait voir comme une espèce d'aura. Mais si je reste attachée à certaines choses, c'est parce que Tom les aimait. Et le reste du décor n'a pour moi aucune valeur.

D'un geste vague, elle voulut désigner ce qu'elle appelait le reste du décor : une fortune en objets d'art qu'elle prétendait sans importance. Mais elle ajouta honnêtement qu'elle n'était pas étrangère à leur choix et Ian apprécia sa franchise.

— Mon problème, expliqua-t-elle, c'est que les gens sont subjugués par cet ensemble et attendent de moi je ne sais trop quoi de sublime. Ils me prennent souvent pour quelqu'un d'autre et ils sont à l'affût de mes moindres gestes. Je vous l'ai déjà dit, Jessie, je troquerais volontiers mon palace contre votre amour de petite maison. Malgré tout... il fait assez bon vivre ici !

Elle avait fait cet aveu avec la satisfaction ronronnante d'un jeune chat qui s'étire au soleil.

— J'en suis bien convaincu, renchérit Ian. Mais vous n'auriez sûrement plus envie de troquer votre maison contre la nôtre si vous aviez pris rien qu'une fois le risque de vous électrocuter avec notre séchoir à cheveux ou notre machine à laver, sans parler de l'état de la plomberie. Notre gentille chaumière a ses faiblesses, chère m... Astrid.

Il avait bien du mal à l'appeler par son prénom et cela la fit rire.

— Au moins, répliqua-t-elle, votre maison vous réserve des surprises!

Il semblait que la sienne ne lui jouât jamais de mauvais tours. Jessie songea avec humour au soir où tous les plombs avaient sauté et où ils avaient dû s'éclairer aux bougies parce que Ian avait refusé de s'en occuper jusqu'à ce que l'envie d'utiliser sa machine à écrire électrique lui fût venue. Elle vit qu'il y repensait de son côté car il la regardait d'un air un peu honteux.

— Eh bien, mes enfants, voulez-vous que je vous fasse visiter la maison? demanda Astrid en les voyant songeurs.

Jessie ne connaissait pas toutes les pièces et Ian était curieux d'en voir un peu plus, lui aussi. Elle les conduisit, pieds nus sur la moquette, à travers paliers et couloirs, pressant au passage les commandes électriques des candélabres de bronze, ouvrant des portes, allumant d'autres lampes. Il y avait trois grandes chambres au premier étage. Celle d'Astrid était dans les jaune vif avec des tentures fleuries et un immense lit à colonnes. Les fenêtres donnaient sur la baie. Dans la salle de bains attenante, les luxueux éléments de marbre blanc se reflétaient dans les miroirs qui couvraient les murs. À l'autre bout du palier, il y avait une salle de bains identique, dans les vert pâle, qui jouxtait une chambre à la simplicité élégante, meublée d'objets anciens en provenance de certaines provinces françaises.

— Voici la chambre qu'occupe ma mère quand elle vient me voir. Elle est vraiment faite pour elle. Vous comprendrez ce que je veux dire quand vous la connaîtrez. C'est une petite bonne femme extrêmement vivante et drôle, qui a une passion pour les fleurs.

— Elle habite dans l'Est? demanda Ian qui se souvenait qu'Astrid, d'après les dires de Jessie, venait de New York.

— Non, elle vit dans un ranch des environs. Elle a fait cette acquisition il y a quelques années et elle en est ravie. À notre étonnement, elle s'est parfaitement adaptée à la campagne. Nous pensions qu'elle s'en lasserait au bout de six mois, mais non. Elle est très indépendante, elle adore faire du cheval et jouer au cow-boy. À soixante-douze ans, il faut le faire! C'est une charmante excentrique.

Cela amusa Jessie d'imaginer une petite vieille dame à cheveux blancs en tenue de western et venant de temps en temps camper en ville au milieu d'objets précieux. Si elle avait quelque ressemblance avec Astrid, elle ne devait pas manquer d'allure, avec des bottes de grand luxe faites sur mesure chez le meilleur bottier et un chapeau texan venant de chez Adolfo.

La chambre voisine de celle d'Astrid était plus austère que les deux autres. C'était là sans doute qu'avait dormi son mari. Ian et Jessie échangèrent un regard discret et faussement indifférent. Avaient-ils fait chambre à part? Évidemment, ils avaient une grande différence d'âge. En prolongement de la chambre était installé avec raffinement un petit bureau où dominait le cuir rouge. On y voyait, sur une belle table ancienne, une quantité de photos d'Astrid.

Astrid traversa rapidement la pièce pour retourner sur le palier où elle alla fermer la porte de la chambre réservée à sa mère. Ian et Jessie suivirent le mouvement.

— C'est une maison magnifique, déclara Jessie avec un petit soupir d'envie.

Si jamais elle avait habité ce genre d'endroit, elle s'y serait bien vue en train de présider des dîners de gala, parée comme une reine, éblouissante de luxe et de séduction. De surcroît c'était une demeure attachante. On comprenait pourquoi Astrid ne pouvait se résigner à la quitter pour une maison plus modeste. Tout y était chargé de signification. Tout y parlait de beauté, de tendresse et de raffinement.

— Vous connaissez le rez-de-chaussée. Ce n'est pas sensationnel, mais c'est agréable.

Jessie s'étonnait qu'il n'y eût pas trace de domestiques. On se serait attendu à voir un maître d'hôtel ou, au moins, une bonne en tablier blanc. Mais Astrid avait l'air de vivre seule.

— J'espère que vous aimez le crabe. J'aurais dû vous appeler pour vous le demander, mais j'ai oublié.

Elle avait l'air légèrement embarrassée et Jessie la rassura.

— Tant mieux si vous l'aimez. J'ai l'impression que chaque fois que j'en offre à des amis sans leur demander leur avis, il se trouve parmi eux quelqu'un d'allergique aux crustacés.

Ce fut un petit festin. Astrid avait empilé une vraie montagne de crabes démembrés et prêts à être dégustés sur un énorme plateau qu'elle posa sur la table de la salle à manger. Elle ajouta une grande carafe de vin blanc, une salade et des petits pains de seigle, puis conseilla à ses invités de piocher dans le tas. Elle donna l'exemple en relevant les manches de sa robe et autorisa Ian à se débarrasser de sa veste. Elle se mit à table avec un entrain d'enfant et proposa de jouer à qui s'emparerait le premier des pinces de crabe.

— Ian, vous êtes un tricheur! J'ai repéré celles-ci avant vous et vous le savez très bien, dit-elle en donnant à son adversaire une légère tape sur les doigts et en s'emparant de son butin.

Elle buvait à petits coups et s'amusait franchement. Astrid avait l'air d'une gamine dont la mère est sortie pour la soirée en la laissant dîner avec ses jeunes amis, après lui avoir recommandé d'être sage. Elle semblait ravie de ses invités et Jessie et Ian étaient heureux de son plaisir.

La soirée passa comme un rêve. Ils avaient l'air tous les trois de gens sans problèmes, avec des goûts un peu ruineux et un amour immodéré pour la vie facile. Il était minuit passé quand Ian se leva enfin. Il tendit la main à Jessie pour l'aider à quitter son fauteuil.

— Astrid, je resterais bien en votre compagnie jusqu'à quatre heures du matin, mais il faut que je me lève de bonne heure pour travailler à mon bouquin. Et quand Jessica ne dort pas assez, elle a une tête à faire peur.

Visiblement, ils se quittaient tous trois à regret. Avant de partir, Ian rappela à Astrid que Jessie et lui comptaient sur elle pour les accompagner à un spectacle de ballets, la semaine suivante.

— Je viendrai avec plaisir. Oh! Ian, il faut que je vous dise... Jessie m'avait prédit que je vous trouverais irrésistible et j'avoue qu'elle a eu raison à cent pour cent. Mais je ne veux pas que vous m'invitiez par pitié ou par pure politesse.

— Acceptez alors que nous le fassions par pur égoïsme.

Ils se mirent à rire tous les trois et Astrid, avant de les laisser partir, les serra amicalement dans ses bras, comme s'ils étaient des amis de longue date. Et il leur sembla, à eux aussi, qu'ils la connaissaient depuis toujours en la voyant pieds nus sur le seuil de sa maison agiter la main pour leur dire adieu, puis refermer doucement la grande porte luisante et noire, ornée d'un heurtoir de cuivre à tête de lion.

— Tu avais raison, Jess, nous avons passé une bonne soirée. Et cette femme est éblouissante. Je la trouve exceptionnelle.

— C'est vrai, mais j'ai l'impression qu'elle crève de solitude. C'est sa cordialité même qui laisse à penser qu'elle est en mal d'affection depuis la mort de son mari, répliqua Jessie en bâillant.

Ian fut de son avis. Ils avaient toujours grand plaisir à faire de petits commentaires en rentrant d'une soirée. Jessie avait le sentiment de ne lui avoir jamais rien caché de ce qu'elle pensait. Depuis toujours, il partageait ses secrets, ses opinions et ses perplexités.

— À quoi ressemblait son mari, Jess, à ton avis? Moi, je crois qu'elle ne devait pas se marrer tous les jours.

— Pourquoi dis-tu ça?

La remarque la surprenait. Pour elle, rien n'indiquait que Tom Bonner n'eût pas été un bon vivant. Cependant, elle saisit l'allusion et se mit à rire.

— Est-ce parce qu'ils faisaient chambre à part? Tu es vraiment tordu!

Elle le pinça gentiment pour le punir et il prit l'air contrit.

— Pas du tout! Moi, je peux vous assurer, madame, que même à quatre-vingt-dix ans, je ne me laisserai pas chasser de votre chambre, ni de votre lit, déclara-t-il d'un ton péremptoire en la prenant dans ses bras.

— Est-ce un serment?

— Je peux m'y engager par écrit, si nécessaire.

— Ta parole me suffit.

Ils s'arrêtèrent pour s'embrasser longuement avant de franchir les derniers mètres qui les séparaient de leur maison.

— Je suis heureuse qu'Astrid te plaise, mon amour. Moi, je la trouve très sympathique et j'aimerais la connaître mieux. C'est une femme sensible. Tu sais, j'ai... Oui, j'ai failli lui dire ce qui nous arrivait. L'autre jour, nous avons bavardé et...

Elle eut un haussement d'épaules. Elle ne trouvait plus ses mots. Ian fronçait les sourcils.

— Eh bien, elle a failli me faire avouer la vérité.

— Quoi?

— Je ne lui ai rien dit!

— Tant mieux! Garde les pieds sur terre, Jess. Elle est charmante, mais personne, pas même elle, ne peut comprendre ce qui nous tombe dessus. Personne. Comment avouer à quelqu'un qu'on est accusé de viol? Par pitié, ma chérie, n'en dis pas un mot. Espérons que cette sale histoire ne sera plus bientôt qu'un mauvais souvenir. Si les gens étaient au courant, nous ne pourrions plus mettre le nez dehors.

— C'est ce que je me suis dit. Allons, fais-moi confiance. Je ne suis pas complètement idiote. Je sais que la plupart des gens seraient embarrassés.

— Alors, ne les mets pas dans l'embarras!

Jessie ne répliqua rien. Passant devant elle, Ian alla ouvrir la porte. Pour la première fois, cette solitude à deux qui résultait d'un choix et qui tenait un peu de la société secrète se mettait à ressembler à de l'isolement. Puisque Ian le voulait ainsi, nul autre que lui ne recevrait les confidences de Jessie. Mais ce n'était plus un choix qu'il lui offrait, c'était un ordre qu'il lui donnait. Elle entra derrière lui dans la maison et, laissant sa veste dans l'entrée, elle alla faire chauffer de l'eau.

— Veux-tu une tasse de thé avant de te coucher? lui cria-t-elle en l'entendant entrer dans son bureau.

Il refusa, mais elle vint jusqu'à sa porte et le regarda en souriant s'installer à sa table de travail. Il s'était versé un petit verre de cognac et disposait devant lui un tas de feuilles de papier. Il défit sa cravate et se renversa sur son fauteuil.

— Salut, belle dame!

Ils échangèrent un regard embarrassé. Jessie demanda un peu tristement s'il comptait travailler longtemps.

— Non, pas trop.

Dans la cuisine, la bouilloire sifflait avec rage. Jessica retourna se faire une tasse de thé, puis elle éteignit toutes les lumières et se retira dans sa chambre. Elle savait que Ian ne viendrait pas la rejoindre avant des heures. Il fallait s'y attendre après ce qui s'était passé la veille au soir. Ou plus exactement, après ce qui ne s'était pas passé... La hantise de l'échec n'avait pas encore disparu. Comme tout ce qui leur était arrivé récemment, c'était déconcertant, douloureux et révoltant.

Ils emmenèrent Astrid au spectacle de ballets et leur soirée fut aussi réussie que l'avait été le dîner chez elle. Ils étaient arrivés juste à l'heure et, après la représentation, ils ramenèrent leur invitée chez eux, où Jessie avait préparé un petit souper. Steak tartare, asperges mayonnaise, fromages variés, pain de campagne, entremets fait à la maison. Et, pour finir, un dessert somptueux : un énorme compotier de fraises et de crème fouettée qu'accompagnait une grande coupe de cristal remplie de petits fours. Le repas fut apprécié à sa juste valeur.

— Jessie, vous êtes une perle. Vous savez tout faire.

— Oh non! protesta modestement l'intéressée, ravie du compliment.

— Ne la croyez pas, elle sait vraiment tout faire, renchérit Ian en remplissant les verres de château-margaux, son vin favori.

Il se sentait le cœur en fête et il avait sorti des bouteilles au millésime prestigieux. Ils étaient heureux d'être ensemble, plaisantaient de bon cœur et s'étaient mis à raconter des histoires loufoques. Ils avaient largement entamé leur deuxième bouteille de bordeaux quand Astrid jeta un coup d'œil à la pendule.

— Oh, il est déjà deux heures, mes enfants, dit-elle en se levant. Moi, je n'ai rien à faire demain, mais ce n'est pas votre cas. Je suis confuse de vous faire veiller si tard.

Ian et Jessica se regardèrent. Ils devaient se lever tôt, en effet. Mais Astrid, partie à la recherche de son sac à main, ne vit pas leur embarras.

— Ne partez pas déjà, protesta aimablement Jessica. Nous nous sentons si bien avec vous.

— Sûrement pas autant que moi. J'ai passé une soirée extraordinaire. Dites-moi, que faites-vous demain, Jessica? Est-ce que je peux vous inviter à déjeuner en ville?

— Impossible, Astrid. Demain, je ne peux pas me libérer. Nous avons un rendez-vous d'affaires dans la matinée et je ne sais pas à quelle heure nous en sortirons.

— Qu'importe? Je vous attendrai tous les deux. Appelez-moi quand votre rendez-vous sera fini.

— Nous regrettons beaucoup, mais il vaut mieux remettre ça à un autre jour, dit Ian d'un ton poli, mais ferme.

— Vous n'êtes que de sales lâcheurs!

Elle cessa soudain d'insister car elle venait de sentir entre eux une tension inhabituelle, un déséquilibre presque imperceptible qu'elle ne savait à quoi attribuer. Elle se souvint alors que Jessica, lors de leur première rencontre, avait consenti à lui dire qu'elle avait des ennuis. Comme elle n'en avait plus reparlé, Astrid en avait déduit qu'il s'agissait de problèmes financiers. C'était le plus plausible, bien que ce fût difficile à croire. Il ne pouvait s'agir de santé, ni d'incompatibilité sexuelle, ils passaient leur temps à se serrer l'un contre l'autre, à se frôler, à s'embrasser, à se donner de petites claques pour rire, à se prendre la main… Impossible de croire qu'ils ne s'entendaient pas!

— Peut-être pourrions-nous aller au cinéma ensemble samedi prochain, dit Ian pour rompre le silence embarrassant qui s'était établi. Ce n'est pas aussi distingué que le théâtre, mais il y a un policier français qui vient de sortir à *L'Union*. Est-ce que ça intéresse quelqu'un?

— Moi, moi! s'écria Jessie en battant des mains.

— J'irai si vous promettez de m'acheter du pop-corn. Jurez-le-moi, dit Astrid en prenant l'air méfiant.

— Juré, craché… Mais vous posez des conditions draco-
niennes.

— Il le faut bien. En fait, je me drogue au pop-corn!

Amusé, Ian la prit fraternellement par les épaules pour
lui dire au revoir. Astrid leur souhaita bonne nuit à tous les
deux, puis elle embrassa Jessie sur la joue en s'excusant
d'être restée si tard.

— Je vous en prie. Ça nous a fait plaisir.

Astrid les quitta sur une impression de malaise, un
malaise indéfinissable. Elle était presque sûre qu'une
menace pesait sur eux. Elle n'avait pu en déceler la nature,
mais elle croyait voir une ombre redoutable planer au-
dessus de leur tête, comme celle d'un morceau de roc près
de se détacher.

Le lendemain matin, Ian était appelé à comparaître
devant le juge d'instruction.

12

ILS ENTRÈRENT dans la petite salle d'audience en se tenant par la main. Jessie avait remis son tailleur bleu marine et ses lunettes noires. Ian était pâle et défait. Il avait à peine dormi et le château-margaux ne lui avait pas réussi. Ses libations de la veille au soir lui avaient donné la migraine.

Martin Schwartz les attendait. Il était en train de compulser un fichier et il leur fit signe de ressortir un moment avec lui, car il avait quelque chose à leur dire.

— Je vais demander le huis clos. Je voulais vous en avertir pour que vous ne soyez pas surpris.

Il arborait un air terriblement professionnel qui impressionna ses deux clients.

— Pourquoi donc? demanda Ian avec inquiétude.

— Je crois que la plaignante s'exprimera avec plus de sincérité s'il n'y a pas d'observateurs étrangers à l'affaire, s'il n'y a simplement qu'elle et vous, le substitut, le juge et moi-même. C'est plus prudent. Si elle avait des amis dans la salle, elle ferait en sorte de paraître blanche comme neige à leurs yeux. D'autre part, je crains qu'elle ne se montre odieuse si Jessica est là.

En entendant prononcer son nom, Jessie tiqua sans savoir pourquoi.

— Écoutez, Martin, si j'ai le cran de rester, elle sera bien obligée de me supporter!

Elle se sentait au bord de la crise de nerfs. Elle avait une peur bleue de se trouver en présence de cette femme, mais elle refusait d'être laissée dehors. Tout en elle se révoltait à la perspective d'être confrontée avec son ennemie, celle qui incarnait désormais ses désillusions : l'infidélité de Ian, ses insuffisances à elle, la menace qui pesait sur leur couple et son récent accès de désespoir quand elle avait craint de ne pouvoir payer la caution. Oui, cette femme à elle seule représentait le désastre!

Schwartz était conscient de leur désarroi. Il se rendait compte que Jessie risquait, en effet, de ne pas supporter la vue de Margaret Burton.

— Faites-moi confiance, Jessica. Un huis clos est préférable pour nous tous. La séance ne va pas commencer avant quelques minutes. Allez donc faire un tour tous les deux dans le hall. Mais ne vous éloignez pas. Je sortirai pour vous faire signe quand le juge sera prêt.

Ian approuva d'un signe de tête. Quand l'avocat fut rentré dans la salle, il prit Jessie par le bras et l'entraîna, malgré son refus de bouger.

Ils arpentèrent le grand palier de long en large, sans rien trouver à se dire. Jessie était hantée par le souvenir d'autres bâtiments administratifs qui ressemblaient à celui-là. Elle revoyait tous les endroits où elle avait dû faire des démarches officielles, où elle était venue demander des papiers avant son mariage, puis accomplir les formalités nécessaires après la disparition de Jake et, à deux reprises, après les décès successifs de sa mère et de son père...

— Jess?

Elle plissa les paupières comme si elle n'arrivait pas à se remettre les yeux en face des trous.

— Oui?

— Ça va?

Elle marchait d'un pas d'automate avec une précipitation toujours accrue, en serrant le bras de Ian comme un étau. Inquiet, il dut la faire lâcher prise pour qu'elle revînt à la réalité.

— Oui, ça va. Je réfléchissais.

— Arrête de t'en faire. Tout va bien se passer. Détends-toi.

Elle ouvrit la bouche pour répliquer. Mais, en voyant l'égarement de ses yeux, il comprit qu'elle allait lui dire des choses désagréables. Elle était trop perturbée pour songer à prendre des gants.

— Ian, pardonne-moi, mais je vis un cauchemar… Est-ce que ça te fait le même effet ou est-ce que c'est moi qui débloque? Je crois que je perds la boule.

— Non, ce n'est pas un cauchemar. C'est la réalité, et une réalité très déplaisante.

Il essaya de lui sourire, mais elle ne le regardait pas. Elle avait des yeux absents, qui erraient dans le vague. Des yeux effrayants.

— Bon sang, Jess, reviens un peu sur terre! Si tu continues, je t'expédie à la maison.

— Pourquoi? Pour que je ne puisse pas la voir?

— Est-ce la seule chose qui te bouleverse? La voir? Au nom du ciel, Jess, essaie de comprendre qu'il y a beaucoup plus grave! Pense que je risque d'écoper salement. On peut remettre en question ma liberté provisoire.

— Mais non!

— Qu'en sais-tu?

— Mais… mais… je n'en sais rien, Ian. Je crois seulement que c'est impossible. Pourquoi le ferait-on?

— Et pourquoi *pas*? cria-t-il, irrité par son manque de réalisme.

— Évidemment, si j'avais cédé à l'inspecteur Houghton ou à Barry York, notre prêteur bien-aimé, dit-elle d'un ton amer, tu aurais toutes tes chances !

— Retourne à la maison, Jessica.

— Va te faire foutre !

Brusquement, le visage de Ian se figea. Il regardait par-dessus l'épaule de Jessie. Elle se retourna pour voir. Margaret Burton venait d'arriver.

Elle était toujours coiffée de son chapeau de paille, mais elle avait remplacé la robe rose par un petit ensemble très strict et elle portait des gants blancs. Son tailleur, dans les beiges, était de mauvaise qualité, mais impeccablement repassé. Elle aurait pu passer pour une maîtresse d'école ou une bibliothécaire avec son air lugubre, austère et asexué. Elle s'était fait un petit chignon serré sur la nuque, à peine visible sous le chapeau. Ainsi, on ne se rendait pas compte qu'elle se teignait les cheveux. Elle n'était pas maquillée et elle avait mis des escarpins à talons plats, assez moches. Elle n'avait rien de la femme fatale ni de la femme facile.

Ian continuait à se taire. Il était médusé. Enfin, il détourna les yeux et vit que Jessie semblait changée en sta-tue. Son visage, décomposé par la haine, faisait peur.

— Jess !… Allons, viens, ma chérie, je t'en prie.

Il la prit par le coude et tenta de l'emmener à l'autre bout du palier, mais elle ne voulait pas bouger. Margaret Burton disparut à l'intérieur de la salle d'audience en ayant l'air de ne pas les voir. Jessie restait vissée sur place. L'ins-pecteur Houghton arriva pratiquement sur les talons de Mlle Burton et c'est alors que Martin Schwartz parut à la porte. Il fit signe à Ian de venir, mais Jessie restait toujours plantée là, les yeux fixes.

— Assieds-toi un moment, Jess. Je vais revenir aussitôt que possible.

Pourquoi réagissait-elle aussi mal? Il trouvait qu'il avait déjà assez de soucis comme cela. Soudain, elle tourna la tête vers lui avec une expression de panique qui acheva de le bouleverser.

— Ian, je ne sais absolument plus où j'en suis! avoua-t-elle d'une voix douloureuse.

— Moi non plus, mais il faut que j'y aille. Je crois que tu ne tiendras pas le coup. Tu ferais mieux de rentrer à la maison.

Il la sentait si près de perdre les pédales qu'il se demandait à quelles extrémités elle pourrait se livrer si on la laissait seule. Elle répondit pourtant qu'il pouvait compter sur elle. Il n'avait rien exigé de tel, mais il n'avait plus le temps de discuter et il la quitta pour entrer dans la salle. En frissonnant, elle s'installa pour l'attendre sur un banc de marbre. Elle regarda les gens qui allaient et venaient. Des gens sans intérêt... Des hommes qui portaient un attaché-case, des femmes qui serraient nerveusement leur mouchoir dans la main, des gamins dépenaillés dont les souliers étaient éculés et dont le pantalon trop court laissait voir la maigreur de leurs jambes, des huissiers, des administratifs, des juges, des victimes, des avocats, des témoins... Une foule d'inconnus qui entraient et sortaient... Immobile, Jessie continuait à méditer sur Margaret Burton. Qui était-elle? Que cherchait-elle? Pourquoi en voulait-elle à Ian? Cette femme lui avait paru si contente d'elle, si sûre de son bon droit en entrant dans cette salle!

Par hasard, le regard de Jessie s'arrêta sur la porte à la patine luisante et aux boutons de cuivre dont les panneaux de bois sombre étaient percés de deux petites lucarnes ressemblant à des yeux fixés sur elle. Oui, c'étaient des yeux. Des yeux qui regardaient à la fois au-dehors et au-dedans. Elle éprouva soudain l'envie irrésistible de s'en approcher.

Pour voir l'intérieur. Pour dévisager l'ennemie. Pour écouter. Pour essayer de comprendre.

Entre les deux boutons des portes, une petite pancarte accrochée de guingois interdisait l'entrée et un huissier en uniforme se tenait à proximité, surveillant les passants d'un œil morne. Posément, Jessica se leva de son banc et lissa sa jupe. Elle avait retrouvé tout son sang-froid et arborait un sourire de circonstance. Elle se rendait compte, pourtant, qu'un petit tic nerveux faisait battre les cils de son œil droit comme les ailes d'un papillon pris au piège. Mais elle jugea que l'huissier n'y verrait que du feu. Prenant son air le plus aimable, elle s'approcha donc de la porte et s'apprêta à passer outre l'interdiction.

— Désolé, madame. C'est une audience à huis clos.

— Je sais, déclara-t-elle d'un ton satisfait. C'est moi qui l'ai demandé. Je suis l'avocat…

— Oh! pardon! dit l'homme en s'écartant.

La paupière de Jessie se mit alors à battre convulsivement. Comment se tirerait-elle d'affaire si l'huissier demandait un justificatif ou s'il allait trouver le juge? Il n'en fit rien, heureusement. Il se contenta d'ouvrir la porte en souriant et elle put faire son entrée dans la salle d'un pas assuré. Ce tour de passe-passe était tout à fait caractéristique d'un certain comportement de Jessie. Elle savait que personne ne lui demandait jamais de comptes, mais elle n'en menait pas large, cette fois. Que se passerait-il si le juge suspendait l'audience et la faisait jeter dehors?

Le juge était un petit binoclard falot aux cheveux jaunes. Il pointa le nez avec indifférence en direction de l'arrivante et leva un sourcil interrogateur en direction de Martin Schwartz. Celui-ci, après un coup d'œil contrarié à Jessica, fit un vague signe d'acquiescement et regarda à son tour le substitut du procureur qui haussa les épaules.

L'inspecteur Houghton, à la barre des témoins, venait de commencer une déclaration. Les murs étaient recouverts de boiseries et les sièges du premier rang, de cuir. Derrière, il n'y avait que des chaises ordinaires, à dossier raide. C'était une petite salle, à peine plus grande que le bureau de Martin Schwartz. On y sentait une tension extraordinaire. Ian et Schwartz étaient assis l'un près de l'autre, un peu sur la gauche. À quelques pas de là se tenait Margaret Burton, flanquée du substitut du procureur. À la consternation de Jessie, ce substitut était une femme. Jeune, l'air coriace, les cheveux en désordre, avec une face de lune poudrée à blanc, la dame trônait dans une robe de mémère d'un vert éteint, sobrement ornée d'un rang de perles. Les coins de sa bouche semblaient tordus sous l'effet d'une juste colère. Tout en elle parlait de pudeur facilement outragée.

Elle tourna la tête pour examiner Jessica. Vraisemblablement, toutes deux étaient à peu près du même âge, dans les trente ans. Elles se regardèrent en chiens de faïence. En voyant l'expression de dégoût de la jeune personne, Jessie comprit ce qui les attendait : un autre épisode de la lutte des classes! Le grand méchant loup sous l'apparence d'un jeune intellectuel pervers et pourri de fric avait profité de sa force physique pour mettre à mal le pauvre agneau innocent qui avait pris la forme d'une petite secrétaire candide et esseulée! Mais, heureusement, elle allait avoir pour la défendre une dame au grand cœur et aux mœurs irréprochables, elle aussi fille du peuple! Jessica se dit que c'était le bouquet. Elle se reprocha soudain le tailleur élégant qu'elle portait, puis elle songea avec arrogance qu'elle n'avait pas à se préoccuper de son apparence : même fringuée comme l'as de pique, elle n'aurait jamais été assez minable pour plaire à ce genre de bonne femme.

Margaret Burton n'avait pas dû remarquer sa présence. Du moins, elle n'avait pas eu l'air de la voir entrer. Ian n'avait pas manifesté de réaction, lui non plus. Mais, quand elle s'installa avec discrétion sur une chaise derrière lui, il releva brusquement le front comme s'il venait de recevoir un coup et se retourna. Il sursauta en la voyant et se pencha vers elle, furieux, prêt à protester. L'air déterminé de Jessie l'arrêta pourtant. Elle lui posa la main sur le bras et il baissa les yeux, sentant qu'il était inutile de chercher à la convaincre. Il se résigna, accablé, la tête rentrée dans les épaules.

L'inspecteur Houghton avait terminé ses déclarations. Après avoir remercié le tribunal, il revint s'asseoir à la gauche de Margaret Burton. Qu'allait-il se passer maintenant? Le cœur de Jessie battait à se rompre. L'idée lui vint, tant elle redoutait la suite des événements, qu'elle avait eu tort d'entrer. Elle était capable de tomber dans les pommes ou de faire une crise de folie furieuse.

— Mademoiselle Burton, veuillez venir à la barre.

Quand Margaret Burton se leva avec componction, Jessie eut l'impression que sa vue se brouillait. Le sang affluait à ses tempes avec un bruit d'enfer. Persuadée qu'elle risquait de s'écrouler sur place, elle regarda, épouvantée, ses mains qui tremblaient comme des feuilles. Mais, dès que la plaignante eut prêté serment, elle releva la tête et l'examina avec agressivité. Pourquoi s'agissait-il de cette femme-là, entre toutes? Elle était si banale, si moche, si… vulgaire! Non, c'était faux, elle n'était pas moche… Elle possédait même un certain attrait. Il y avait une espèce de grâce dans la façon dont elle posait ses mains devant elle et des restes de beauté sur son visage flétri par la vie. Peut-être gardait-elle du charme pour un homme, après tout. Jessie aurait aimé savoir ce qu'en pensait Ian à ce moment même. Elle le sentait à des lieues de distance. Elle avait l'impression que Margaret Burton était bien plus proche d'elle, qu'elle la voyait même à travers des verres grossissants, qu'elle pouvait déceler chaque pore de son visage, compter ses cheveux un à un, suivre au millimètre près la courbe de ses narines un peu dilatées et toutes les lignes de son affreux costume beige. Jessie était prise d'une envie folle de s'élancer sur elle, de la bousculer et de la gifler pour lui faire avouer ses mensonges. «Dites-leur la vérité, bon sang! La vérité!…» La colère lui fit monter le sang à la gorge et elle se mit à tousser.

— Mademoiselle Burton, veuillez nous expliquer ce qui s'est passé, ce jour-là, à partir du moment où vous avez remarqué la présence de M. Clarke. Parlez avec simplicité, avec les mots qui vous viennent à l'esprit. Nous n'en sommes qu'à l'instruction et il s'agit avant tout de mesurer la gravité des accusations et de déterminer la suite à donner à l'affaire.

Le juge avait débité son petit discours d'un ton monocorde et d'un air indifférent, comme si les mots qu'il prononçait avaient perdu pour lui, par la force de l'habitude, toute espèce d'intérêt. Mais Margaret Burton avait l'air de boire du petit-lait. Elle toussota et se rengorgea, avec un faible sourire au coin des lèvres. L'inspecteur Houghton fronçait les sourcils et le substitut l'observait avec inquiétude.

— Alors, mademoiselle Burton? reprit le juge, l'œil de plus en plus vague.

— Oui, monsieur. Oui, monsieur le juge.

Jessie eut le sentiment que la «victime» ne paraissait pas suffisamment accablée pour bien jouer son rôle. Elle semblait plutôt triomphante. C'était bizarre, pour une femme qui venait d'être violée! Elle était peut-être même ravie. Et pourquoi donc? Cela ne tenait pas debout. Comment pouvait-elle prétendre que Ian lui avait fait subir d'odieuses violences?

— Je venais de déjeuner *Chez Enrico*, dit enfin Mlle Burton, et je suis repartie à pied en remontant le boulevard…

173

Elle avait une voix désagréable, trop haut perchée, à la fois sans inflexions et claironnante. Une voix de chipie. Elle avait l'air bien contente d'elle pour une femme récemment mise à mal. Malheureusement, le juge n'avait pas l'air particulièrement sensible à tout ce que pouvait révéler une voix. C'était dommage.

— Comme je remontais le boulevard, reprit Margaret Burton, il m'a proposé de me reconduire.

— Vous a-t-il simplement offert de monter dans sa voiture ou vous a-t-il menacée?

— Non, pas vraiment, répondit-elle en secouant la tête d'un air un peu déçu.

— Que voulez-vous dire?

— Eh bien, j'aurais dû l'envoyer promener, mais il faisait une de ces chaleurs! Et il n'y avait pas le moindre bus en vue... Alors, comme j'étais déjà en retard, j'ai...

Pour savoir dans quel sens poursuivre son récit, elle guettait les réactions du juge, mais il resta impassible.

— J'ai... Je lui ai donné l'adresse de mon travail, c'est tout!

Elle médita un moment en contemplant ses ongles, puis poussa un soupir pathétique. Jessie aurait aimé lui tordre le cou. Quelle sale comédienne! Inconsciemment, elle posa la main sur l'épaule de Ian et l'agrippa avec tant de violence qu'il se retourna aussitôt, le visage anxieux. Elle s'efforça de sourire et lui caressa la main avant d'en revenir à l'écoute de Margaret Burton.

Celle-ci semblait avoir perdu le fil de son histoire.

— Continuez! dit le juge avec impatience.

— Je m'excuse, monsieur le juge. Il... ne m'a pas reconduite à mon travail et... Oh! je sais que c'était idiot de monter dans sa voiture! Mais je n'avais pas de raison de me méfier. Il faisait si beau, ce jour-là, et, lui, il avait l'air si correct! Je me suis dit... Enfin, je ne me suis pas rendu compte...

Tout à trac, deux petites larmes s'échappèrent, l'une après l'autre, des yeux de la soi-disant violentée. Jessie serra de nouveau l'épaule de Ian avec une force intolérable. Il se dégagea et lui prit la main pour l'aider à se calmer.

— Continuez, je vous en prie, mademoiselle… euh… mademoiselle comment?… dit le juge en fourrageant dans ses papiers.

Après avoir apparemment trouvé le nom qu'il cherchait, il avala une gorgée d'eau et reprit son air distrait. On voyait que, pour lui, il ne s'agissait que de routine et qu'il ne prenait aucune part au drame qui se jouait.

— Je… Il… m'a emmenée… jusqu'à un hôtel.

— Sans que vous protestiez, commenta le juge sur le ton de la simple constatation.

— J'ai cru qu'il me ramenait à mon travail! répliqua-t-elle d'une voix furibonde.

— Et quand vous avez vu qu'il n'en était rien, pourquoi ne vous êtes-vous pas sauvée?

— Je ne sais pas. J'ai cru seulement… Il m'avait offert de prendre un verre. Il avait l'air plutôt gentil. Juste un peu fou. J'ai pensé que je ne risquais rien et que ça me serait plus facile de m'en débarrasser après. Je veux dire, après le verre.

— En arrivant, avez-vous vu un bar dans cet hôtel?… Non?… Un portier?… Il n'y avait personne quand vous êtes entrés? Pourquoi n'avez-vous pas appelé au secours? Je ne peux pas croire que M. Clarke ait braqué un revolver sur vous!

Elle rougit et admit avec réticence qu'il ne l'avait pas menacée.

— Quelqu'un a-t-il pu vous voir?

— Personne, murmura-t-elle. Il n'y avait personne. On aurait dit un de ces hôtels… où on loue les chambres à la journée.

— Vous rappelez-vous où il était situé ?

Elle fit non de la tête et Jessie sentit que Ian commençait à s'agiter. Il avait enfin l'air d'être révolté. Il reprenait vie, il sortait de sa torpeur au lieu de s'abîmer dans le désespoir et l'incrédulité.

— Voyons, mademoiselle Burton, pouvez-vous nous dire approximativement où se trouvait cet hôtel ?

— Non. J'étais trop bouleversée. Je n'ai pas fait attention. Mais lui, il…

Brusquement, son visage changea du tout au tout. Son regard se mit à briller d'emportement. Elle avait une telle expression de haine et de fureur que Jessie faillit croire à ce qu'elle racontait. Ian était visiblement effondré.

— Lui, il m'a bousillée ! Il a fichu ma vie en l'air pour toujours ! Il a…

Les sanglots l'étouffèrent. Elle haleta un moment, puis ses yeux se remirent à briller.

— En arrivant à l'hôtel, il m'a attrapé et il m'a traînée jusqu'à l'ascenseur. Et après, dans une chambre. Et…

Elle s'arrêta, le visage décomposé.

— Quelle chambre ? Pouvez-vous la décrire ?

— Non, répondit-elle, les yeux baissés.

— La reconnaîtriez-vous ?

— Non, je ne crois pas.

Pourquoi serait-elle incapable de la reconnaître ? Jessie s'imaginait mal qu'une femme pût oublier de sitôt la chambre où elle avait été violée. On devait, au contraire, avoir du mal à se débarrasser d'un pareil souvenir.

— Reconnaîtriez-vous l'hôtel ?

— Non, je pense que non, dit-elle sans relever les yeux.

Les doutes qu'avait Jessie sur sa bonne foi se firent soudain bien plus précis, mais elle se rendit compte avec tristesse que, si elle se remettait à douter de cette histoire, c'est qu'à un certain moment elle y avait cru. Margaret Burton, par la violence d'une révolte qui semblait sincère, avait emporté la conviction de son auditoire. Du moins, elle avait failli le faire et Jessica elle-même était presque tombée dans le panneau. Elle se tourna vers Ian qui la regardait en pleurant, car il savait ce qu'elle ressentait. Elle lui prit la main et la lui serra avec tendresse. Elle aurait voulu l'embrasser, le prendre dans ses bras, lui dire que tout allait s'arranger, mais elle commençait à craindre le pire. Elle était en pleine confusion de sentiments. Elle n'avait plus guère qu'une certitude : elle haïssait Margaret Burton de toute son âme.

Martin Schwartz avait l'air sombre, lui aussi. Si cette femme prétendait ne pas savoir où était l'hôtel, il ne restait plus le moindre espoir de retrouver un témoin car Ian, de son côté, ne se souvenait plus exactement du chemin qu'elle lui avait fait prendre. Il devait être un peu trop éméché à ce moment-là pour faire attention à son parcours. Il avait cru retenir une adresse, mais elle s'était révélée fausse. Ce n'était que celle d'un entrepôt. Malheureusement, dans ce coin-là, les petits hôtels louches étaient innombrables. Schwartz avait envoyé Ian en reconnaissance dans des douzaines d'entre eux, sans le moindre résultat. Il n'y aurait donc pas le moindre témoin à charge ou à décharge et il faudrait se contenter des déclarations contradictoires des deux parties. L'avocat ne voyait pas l'avenir en rose. La plaignante lui paraissait redoutable. Imprévisible, émotive, capable de faire preuve tour à tour d'une détermination farouche et d'une fragilité déconcertante. Elle ne serait vraisemblablement pas déboutée de sa plainte. Le juge préférerait se laver les mains de toute l'affaire.

— Mademoiselle Burton, reprit sèchement le juge en tripotant un crayon et en regardant dans le vague, pourriez-vous nous dire au moins ce qui s'est passé dans ce décor qui est sorti de votre mémoire?

— Ce qui s'est passé?

— Oui. Qu'a fait M. Clarke après vous avoir entraînée de force dans cette chambre? Il vous a entraînée de force, mais il ne vous a pas menacée avec une arme, n'est-ce pas?

— Non, dit-elle en relevant la tête. Il m'a juste menacée avec… sa main. Il m'a giflée plusieurs fois et il m'a dit qu'il me tuerait si je ne faisais pas ce qu'il voulait.

— C'est-à-dire?

— Il m'a forcée à lui faire… Enfin, à lui faire des choses.

Avec ses hésitations et ses airs de sainte nitouche, elle savait très bien s'y prendre pour faire durer le plaisir.

— Et vous vous êtes exécutée! Très bien, continuons. Après avoir obtenu… satisfaction, M. Clarke a-t-il eu d'autres exigences?

Elle inclina la tête en silence.

— Veuillez répondre aux questions de vive voix! s'écria le juge, un peu irrité.

— Oui, murmura-t-elle.

— Qu'a-t-il exigé ensuite?

— Il m'a…

Elle avait répondu presque à voix basse, mais Jessie n'avait pu éviter de l'entendre. Cette fois, Margaret Burton avait articulé sans flancher, avec un calme parfait. Et c'était ignoble au milieu de ce dialogue morne et plat, à la fois insistant et plein de sous-entendus. Cela ravalait le drame au niveau d'un constat graveleux qui n'était pas exempt de tartuferie. Jessie tourna les yeux vers Ian : il semblait près de défaillir.

— A-t-il eu un orgasme?

La fille eut la délicatesse de rougir et répondit qu'elle n'en savait rien.

— Et vous, avez-vous pris du plaisir à cet acte?

Elle ouvrit de grands yeux indignés. Houghton et la dame en vert, le souffle court, la regardaient intensément.

— Moi?… Mais pourquoi? Il m'a violée!

— Certaines femmes peuvent en tirer une jouissance sans le vouloir. Était-ce votre cas?

— Bien sûr que non!

— Vous en êtes certaine?

Jessie trouva que le juge allait un peu loin, mais elle ne put s'empêcher de se réjouir en voyant l'embarras de Mlle Burton.

— Absolument! Absolument! s'écria-t-elle, le visage écarlate et l'air décontenancé.

— Très bien. Que s'est-il passé ensuite? demanda le juge en bâillant d'ennui.

— Ensuite, il a recommencé à me violer.

— Comment?

— Mais… de la façon normale. Je veux dire, comme on fait d'habitude.

C'était le comble! On en était au viol «normal». Voilà que la tragédie tournait carrément au burlesque!

— Avez-vous souffert?

— Évidemment!

— Beaucoup?

L'air lointain, elle baissa de nouveau la tête. À voir son expression pensive et triste, on avait tout de même envie de la plaindre. Pendant un instant, Jessica s'interrogea sur ses propres réactions si elle n'avait pas été concernée. À coup sûr, ce récit de viol l'aurait émue, peut-être bouleversée… Mais, pour le moment, elle était avant tout incrédule. Elle aurait voulu savoir ce que pensait le juge, dont la dernière question était restée sans réponse.

— Mademoiselle Burton, je vous ai demandé si M. Clarke vous avait fait beaucoup souffrir!

— Oui, beaucoup. Pour lui, je ne comptais pas. Il… ne se souciait jamais de moi…

Elle éclata brusquement en sanglots. On aurait dit qu'elle ne parlait pas de Ian, mais de quelqu'un qu'elle avait fréquenté régulièrement. Qui donc était celui qui ne se souciait «jamais» d'elle?

Passant à nouveau du chagrin à la colère, elle reprit sa déclaration avec véhémence :

— Il n'a même pas pensé que je pourrais être enceinte! Après ça, il a fichu le camp! Je connais bien les types dans son genre. Ils racontent tous les mêmes histoires aux pauvres filles comme moi, à celles qui n'ont pas le sou, qui ne sortent pas de leur milieu… Ils leur font ce qu'il m'a fait et puis ils se tirent! Il m'a laissée tomber pour retourner vers elle.

La voix brisée par l'émotion, Margaret Burton se tut. Elle paraissait accablée.

— Vers qui? demanda le juge, ahuri.

— Vers sa femme, dit-elle après avoir hésité, mais sans regarder Jessica.

— Mademoiselle Burton, n'était-ce pas votre première rencontre avec M. Clarke? Avant ces événements, étiez-vous déjà en relations amoureuses avec lui?

Le juge semblait avoir logiquement déduit de ses dernières déclarations que Ian n'avait peut-être pas été un étranger pour elle.

— Non, jamais.

— Alors, comment saviez-vous qu'il était marié?

— Il en avait l'air. De toute façon, il me l'a dit.

— Ah bon! Ainsi, il vous a abandonnée dans cet hôtel? Qu'avez-vous fait alors? Vous avez prévenu la police? Vous êtes allée chez un médecin? Vous avez appelé un taxi?

— Non. J'ai marché dans les rues un moment. Je ne savais plus où j'en étais. Et puis je suis rentrée chez moi prendre un bain. J'étais… j'étais dégoûtée de moi!

Là, elle n'avait pas l'air de mentir.

— Avez-vous vu un docteur?

— Seulement en revenant du commissariat.

— Pourquoi ne l'avez-vous pas fait plus tôt?

— J'avais la frousse. J'avais besoin de réfléchir.

— Maintenez-vous toutes vos déclarations? Êtes-vous certaine maintenant de nous dire toute la vérité? La version que vous avez donnée à la police était un peu différente de celle d'aujourd'hui, n'est-ce pas?

— Je ne sais plus ce que j'ai dit à moment-là. Je ne savais plus où j'en étais. Mais, ce que je vous ai dit là, c'est la vérité.

— Je vous rappelle que vous déposez sous serment.

Elle hocha la tête, le regard vide.

— Vous ne voulez pas modifier votre déposition?

— Non.

— Êtes-vous bien sûre qu'il ne s'agit pas d'un malentendu, d'un rendez-vous galant qui a mal tourné?

Ses yeux lancèrent des éclairs, puis elle les ferma et serra les paupières avec force.

— Il a bousillé ma vie! dit-elle avec révolte.

— Eh bien, mademoiselle Burton, je vous remercie… Maître Schwartz, avez-vous des questions à poser au témoin?

— Quelques-unes, mais je serai bref. Mademoiselle Burton, ne vous serait-il pas arrivé quelque chose de semblable auparavant?

— Je ne comprends pas.

— Voici ce que je veux dire : n'auriez-vous pas été violée, ne serait-ce que par jeu, par un amant, un ami, un mari?

— Bien sûr que non! s'écria-t-elle, indignée.

— Avez-vous déjà été mariée?

— Non.

— Fiancée?

— Non plus.

— Pas de graves déceptions amoureuses?

— Aucune.

— Avez-vous un ami, en ce moment?

— Non.

— Alors, vous admettez qu'il y a eu racolage de votre part en ce qui concerne M. Clarke?

— Non! C'est lui qui m'a demandé de monter dans sa voiture!

— Et vous avez accepté, alors que vous ne le connaissiez même pas! Est-ce que ça vous paraît raisonnable, dans une ville comme San Francisco?

La question, posée sur un ton courtois et préoccupé, parut déconcerter Margaret Burton.

— Non. Je... je n'ai jamais racolé personne. Je trouvais seulement qu'il avait l'air... qu'il avait l'air convenable.

— Qu'entendez-vous par «convenable»? Ne vous rendiez-vous pas compte qu'il avait bu?

— Il était peut-être un peu parti, mais pas saoul. Il me paraissait... intéressant.

— C'est-à-dire? Riche?... Élégant?... Distingué?

— Je ne sais pas. Je l'avais trouvé plutôt bien.

— Vous voulez dire : plutôt beau? Pensez-vous qu'il soit beau?

— Je n'en sais rien.

— Vous êtes-vous imaginé qu'il pourrait s'attacher à vous? Tomber amoureux de vous? Après tout, vous auriez pu l'espérer, car vous êtes une femme séduisante. Une chaleur caniculaire, un beau garçon, une jeune personne esseulée... Quel âge avez-vous, mademoiselle Burton?

— Trente et un ans, dit-elle après une légère hésitation.

— Dans votre déclaration à la police, vous avez dit trente ans! Êtes-vous bien sûre de ne pas vous rajeunir encore de quelques années? Voyons, ne serait-ce pas plutôt...

— Objection! hurla la dame en vert, en se levant d'un bond.

— Objection retenue, dit le juge. Maître Schwartz, gardez vos manœuvres d'intimidation pour plus tard. Nous verrons ça au procès. Mademoiselle Burton, vous n'êtes pas tenue de répondre sur ce point. Avez-vous terminé, maître Schwartz?

— Presque... Mademoiselle Burton, quelle robe portiez-vous le jour de votre rencontre avec M. Clarke?

Elle était visiblement décontenancée par ce déluge de questions embarrassantes.

— Quelle robe? répéta-t-elle. Mais... je ne sais plus.

— Etait-ce une tenue dans le genre de celle que vous portez aujourd'hui? Quelque chose de strict? Ou bien quelque chose de plus léger, de plus échancré? De plus suggestif, en un mot?

La dame en vert reprit son air de bouledogue et Jessica se dit que la situation ne manquait pas de cocasserie. Schwartz s'y prenait astucieusement et Ian lui-même suivait le débat avec un certain amusement.

— Je ne sais plus. Je crois que j'avais une robe d'été.

— C'est-à-dire? Très, très décolletée?

— Je ne porte pas ce genre de robes!

— En êtes-vous bien sûre, mademoiselle? M. Clarke dit que vous portiez une robe rose à la jupe très courte et au décolleté profond. Et que vous aviez un chapeau. Ne serait-ce pas celui que vous avez sur la tête en ce moment? Il vous va très bien.

Elle parut un instant flattée, mais elle sentit le piège.

— Je ne mets jamais de rose.

— Cependant, ce chapeau est rose. Est-ce que je me trompe?

— Oh non, plutôt dans les beiges, dans des tons neutres.

De toute évidence, il s'agissait d'un beige nettement rosé. Cela ne faisait de doute pour personne.

— Bon, revenons à cette robe rose. Était-elle plutôt dans les beiges, elle aussi?

— Je ne sais pas.

— Alors, passons. Allez-vous souvent *Chez Enrico*?

— Oh non! Je n'y suis allée qu'une ou deux fois, mais il m'est arrivé de passer devant.

— Aviez-vous remarqué la présence de M. Clarke dans ce restaurant?

— Non, je ne m'en souviens pas.

Elle avait repris son aplomb. Ce genre de questions ne lui semblait pas dangereux.

— Pourquoi lui avoir dit que vous étiez serveuse dans une boîte de nuit?

— Je ne lui ai jamais dit ça.

— Très bien. Merci, mademoiselle Burton, conclut Schwartz d'une voix mal assurée.

Le juge regarda alors la dame en vert, qui lui fit signe qu'elle n'avait rien à ajouter. Puis il dit à Margaret Burton qu'elle pouvait retourner à sa place. Jessica, sachant ce qui allait suivre, se remit à trembler d'appréhension.

— Monsieur Clarke!

Ian et son adversaire, le visage inexpressif, passèrent à quelques centimètres l'un de l'autre. Elle venait de déclarer qu'il avait bousillé sa vie, mais elle le regardait sans ciller. C'était incompréhensible.

Quand Ian eut prêté serment, le juge l'examina derrière ses lunettes.

— Monsieur Clarke, auriez-vous l'obligeance de nous rapporter ce qui s'est passé?

L'air de plus en plus excédé par la banalité de l'affaire, le juge tendit une oreille distraite à la nouvelle version des faits : le déjeuner, les verres de gin, l'arrêt au feu rouge, la robe provocante que portait l'inconnue, l'histoire de la boîte de nuit où elle prétendait travailler, le trajet en voiture pour la reconduire du côté de Market à l'adresse qu'elle avait donnée et qu'il avait malheureusement oubliée… Enfin, la jeune femme l'avait invité à la suivre dans sa chambre, où ils avaient pris un verre et fait l'amour.

— De qui était-ce la chambre ?

— Je n'en sais rien. J'ai cru que c'était la sienne. Mais c'était une pièce pratiquement vide. Non, vraiment, je ne sais pas. J'avais trop bu au moment du déjeuner et je n'avais vraiment plus les idées très claires.

— Assez claires pourtant pour suivre Mlle Burton !

Ian sentit qu'il rougissait un peu sottement. Il avait la désagréable impression d'être un collégien convoqué chez le principal et raillé ensuite par ses camarades… «Alors, Ian, paraît que t'as regardé sous les jupes de Maggie ? Hou, le vilain garçon !» Il savait pourtant que la situation était autrement grave et qu'il risquait bien davantage qu'un zéro de conduite.

— Ma femme était en voyage. Elle était absente depuis trois semaines.

Le cœur de Jessie se remit à battre violemment. Ian allait-il prétendre que c'était sa faute à elle ? Était-ce cela qu'il voulait suggérer ? Qu'il avait derrière la tête et qu'il tenait à lui faire savoir ? La considérait-il comme responsable de ses imprudences et de ses frustrations ?

— Que s'est-il passé ensuite ?

— Je suis parti.

— Comme ça ? N'aviez-vous pas l'intention de revoir Mlle Burton ?

— Non, pas du tout. J'étais suffisamment culpabilisé par ce qui venait de se passer.

Schwartz sourcilla et Jessie courba les épaules. Le juge avait marqué le coup, lui aussi.

— Culpabilisé?

— Oui, à cause de ma femme. Je n'ai pas l'habitude de faire ce genre de chose.

— De faire quel genre de chose, monsieur Clarke? Un viol?

— Mais non, bon sang, je ne l'ai pas violée! cria-t-il avec désespoir. Je voulais seulement dire que je me sentais coupable d'avoir trompé ma femme.

— Vous avez cependant forcé Mlle Burton à monter dans cette chambre!

— Pas du tout. C'est elle qui m'y a emmené. C'était sa chambre, pas la mienne. Elle m'avait invité à monter.

— Pour quoi faire?

— Sous prétexte de boire un verre. Mais, probablement, pour faire ce qu'on a fait.

— Alors, dans quel but, selon vous, vous accuse-t-elle de viol?

— Je n'en ai aucune idée.

Ian avait l'air déconcerté et exténué. Le juge hocha la tête et regarda l'assistance.

— Mesdames et messieurs, je n'en ai aucune idée, moi non plus. Nous nous sommes réunis afin de spécifier s'il y avait oui ou non un malentendu et si le problème pouvait se résoudre simplement, dans l'immédiat. Il nous fallait déterminer s'il y avait eu effectivement un viol et si l'affaire était susceptible de connaître d'autres développements judiciaires. Ma fonction consistait soit à débouter la plaignante, soit à remettre le cas à la juridiction compétente. Pour pouvoir rejeter la plainte, il faudrait que je sois parfaitement sûr qu'il ne s'agit pas d'un viol. Mais si je reste dans l'incertitude et que le cas ne me paraît pas clair, il est de mon devoir de renvoyer l'affaire devant une juridiction supérieure, c'est-à-dire sans doute devant un jury, qui décidera. Dans le cas présent, il ne paraît pas simple de trancher. Les versions données par chacune des parties sont très largement divergentes. Mlle Burton affirme qu'il y a eu viol et M. Clarke le nie formellement. Ni l'un ni l'autre ne peuvent faire la preuve de ce qu'ils affirment. Je ne peux pas rendre une ordonnance de non-lieu car les charges sont très graves. Par conséquent, l'affaire suivra son cours et M. Clarke sera appelé à comparaître dans deux semaines devant le juge Simon Warberg. L'audience est levée.

Son petit discours terminé, le juge quitta sa place et sortit de la salle. Pendant que Martin Schwartz rassemblait les pièces de son dossier, Jessie et Ian se regardèrent, désemparés. Margaret Burton s'était éloignée sous l'aile tutélaire de l'inspecteur Houghton.

— Qu'est-ce qui va se passer maintenant? murmura Jessie.

— Tu as entendu. On ne peut pas éviter le procès.

— Je le sais, dit-elle avec amertume.

Quand la demoiselle Burton s'était dirigée vers la porte, Jessie avait ressenti une haine féroce pour cette femme incompréhensible qui était en train de détruire leur couple et dont le comportement, après trois heures d'audience, restait inexplicable.

Elle se tourna vers Schwartz, qui semblait très préoccupé.

— Et vous, Martin, que pensez-vous de tout ça?

— Nous en reparlerons dans mon bureau. Ce que je pressens ne me plaît guère. Je ne suis pas sûr de ce que j'avance, mais ça me rappelle une autre affaire. Il y a des années de ça. Une véritable histoire de fous. La plaignante était une cinglée et il s'agissait d'une espèce de revanche personnelle. Elle ne cherchait pas à se venger du malheureux qu'elle accusait injustement de viol, mais d'un homme qui l'avait effectivement violée dans son adolescence. Elle avait attendu vingt-deux ans pour choisir sa victime. Je ne sais pas trop pourquoi j'y repense, mais j'entrevois quelque chose du même genre.

Il parlait à voix si basse que Jessie dut se pencher pour comprendre ce qu'il disait. Elle en fut intriguée, car cela correspondait à ses propres impressions.

Ian était encore trop bouleversé pour réagir. Il regarda Jessie avec irritation.

— Je t'avais dit de rester dehors!

— Je n'ai pas pu.

— J'étais sûr que tu ne pourrais pas t'empêcher d'entrer. Maintenant, tu as ce que tu voulais, n'est-ce pas?

Sa voix était remplie de lassitude et de dégoût. Il regardait autour de lui avec une sorte de découragement. À part eux trois, il n'y avait plus personne dans la salle d'audience. La séance avait été éreintante pour tout le monde. Jessie, pour sa part, avait l'impression d'avoir vieilli de plusieurs années en cette seule matinée.

— À quelle date exactement aura lieu le procès? demanda-t-elle à Schwartz pour éviter de répliquer à Ian et de lui dire des choses désagréables.

— Dans six semaines. Vous avez entendu le juge d'instruction : Ian doit comparaître dans quinze jours devant le juge Simon Warberg et il faudra compter quatre semaines de plus avant que débute le procès. Ça ne nous laisse pas beaucoup de temps pour réagir.

En voyant l'air anxieux de l'avocat, Jessie n'eut pas la force de lui demander ce qui était arrivé autrefois à son client accusé de viol par une femme qui voulait se venger de la vie. Elle avait peur de le savoir. Ian, lui non plus, n'avait pas posé la question et Schwartz s'était abstenu de leur donner l'information.

— Je veux maintenant que Green s'occupe de l'affaire nuit et jour, déclara-t-il d'un ton lugubre. Quant à vous deux, il faut que vous soyez disponibles chaque fois que j'aurai besoin de vous.

— Nous resterons à votre disposition, assura Jessie d'une voix qu'elle essayait de raffermir. Nous allons gagner, n'est-ce pas?

Bien qu'il n'y eût personne pour les écouter, elle continuait à parler à mi-voix, impressionnée par les lieux.

— À mon avis, cette femme va nous donner du fil à retordre. Elle ne reviendra jamais sur ses déclarations. Mais il faut que nous gagnions, en effet.

Jessie ne le trouva pas très convaincant et son pessimisme s'en accrut. Une situation aussi absurde était-elle possible? Comment en découvrir la véritable cause? N'en était-elle pas responsable pour être restée trop longtemps à New York? Si Ian, à cause de son absence, avait eu simplement besoin de faire l'amour, on pouvait attribuer ce drame à la pure malchance. Mais il était difficile de savoir si cette désaxée avait choisi une victime au hasard ou si elle avait eu ses raisons pour prendre Ian au piège, lui, et pas un autre. Dans ce dernier cas, à qui était la faute? Vraisemblablement, ils n'étaient pas au bout de leurs peines!

Jessie demanda encore à Schwartz si la liberté provisoire pouvait être remise en question. Cette éventualité l'obsédait autant que Ian.

— Ce n'est pas impossible, mais le juge n'en a pas parlé. Tant que Ian répondra aux convocations, il n'y aura pas de raison de le faire. Par conséquent, ne vous éloignez plus ni l'un ni l'autre à partir de maintenant. Pas de voyages d'affaires, pas de tentatives pour vous éclipser sous quelque prétexte que ce soit, pas de visites à la famille à l'autre bout du pays. Ne quittez pas la ville. J'ai besoin que vous soyez là constamment. C'est bien compris?

189

Ils acquiescèrent solennellement. Méditative, Jessie regarda l'avocat s'apprêter à partir. Il n'avait pas à craindre de leur part un voyage pour raisons familiales. Les parents de Ian étaient si vieux et si fragiles qu'ils n'auraient pu lui apporter aucun soutien efficace. Il n'était pas question de les mettre au courant. Ils étaient bien trop gentils, trop convenables et trop désarmés devant les réalités pour qu'on pût leur imposer pareille épreuve. Ian était leur seul enfant. Cela aurait risqué de les tuer. D'ailleurs, pourquoi jeter l'alarme? L'affaire allait s'arranger. Il le fallait.

Ils quittèrent la salle d'audience à la suite de Schwartz et prirent congé de lui. L'heure tournait. La matinée avait été longue.

— Pourrais-tu m'attendre une minute? dit Jessie avec nervosité. Il faut que j'aille aux toilettes.

Elle n'osait plus regarder Ian en face. Il lui faisait aussi peur que s'il était atteint d'un mal incurable. Elle ne savait pas si elle devait se mettre à pleurer ou essayer de le réconforter. Elle avait presque envie de s'enfuir pour se cacher et finissait par douter de son amour pour lui.

— D'accord. Je crois qu'il y a des toilettes sur le palier. Je vais y aller aussi.

Visiblement, il n'arrivait pas, lui non plus, à dissimuler sa gêne et leurs relations n'allaient pas être faciles, désormais. Quand ils furent sur le palier, il la prit brusquement par le bras pour l'obliger à s'arrêter.

— Écoute, Jessie, je ne sais plus quoi te dire. Je ne suis pas coupable de ce dont elle m'accuse, mais je me demande si le problème n'est pas ailleurs. Je ne peux plus supporter de te voir dans cet état, ni admettre que tu paies la facture parce que je me suis conduit comme un imbécile pendant deux heures.

— Mais toi, es-tu à la fête? répliqua-t-elle avec un sourire las. Nous sommes logés à la même enseigne, mon chéri! Nous n'avons pas d'autre solution que d'essayer de tenir le coup. Alors, au nom du ciel, tâche de ne pas t'effondrer!

Il eut l'impression qu'elle lui rendait brusquement toute sa tendresse. Elle lui entoura la taille de ses bras et il la serra contre lui sans rien dire. Elle sentit qu'il avait désespérément besoin de son aide.

— Maintenant, laisse-moi bouger, mon cœur, dit-elle en riant. Il faut que j'y aille!

Elle le prit par la main et il se laissa entraîner, rassuré. Il était soulagé de constater que rien n'était changé entre eux, qu'ils avaient retrouvé leur complicité et que leur amour survivrait à l'épreuve, à condition toutefois qu'ils fussent eux-mêmes capables de supporter le choc.

— J'en ai pour une minute.

Après lui avoir donné un rapide baiser dans le cou, elle lui lâcha la main et disparut dans les toilettes des dames. Comme la plupart des cabines étaient occupées, elle s'installa dans le premier endroit libre qu'elle repéra. De chaque côté d'elle, des pieds féminins dépassaient sous les portes : à gauche, elle avait vu de larges tatanes rouges et le bas d'un pantalon bleu; à droite, de fines chevilles et des ballerines noires. Quand elle ressortit de la cabine, les ballerines noires quittèrent leur refuge. Elle leur jeta un regard distrait en s'avançant vers le lavabo, puis leva les yeux et se figea sur place. Elle se trouvait nez à nez avec Margaret Burton. Il aurait peut-être été plus exact de dire qu'elle la regardait de tout son haut, car l'autre était bien plus petite qu'elle. Seul, le bord du chapeau beige rosé empêchait les deux femmes de se dévisager.

Margaret Burton s'était immobilisée et soutenait son regard. Jessie avait l'impression d'être changée en statue.

Elle était là à deux pas de cette horrible fille, elle n'aurait eu qu'à avancer la main pour la prendre au collet, la secouer, la démolir, et elle ne pouvait pas bouger! Ce fut la demoiselle Burton qui réagit la première. Elle s'affola brusquement et se précipita vers la porte en laissant tomber son chapeau, qui vint atterrir doucement aux pieds de Jessica. La scène n'avait duré que quelques secondes, mais il semblait que le temps se fût arrêté pendant des heures, des jours, des années... La fille disparue, Jessica resta un moment interdite, les yeux embués de larmes. Elle se rendit compte que quelqu'un tapait frénétiquement contre la porte. Elle ouvrit : c'était Ian. Il venait de voir Margaret Burton prendre la fuite et cela l'avait terrifié. Qu'était-il donc arrivé? Qu'avait pu faire Jessica?

Jessie le regarda sans rien dire, tenant entre ses mains le bord du chapeau rose qu'elle venait de ramasser.

— Que s'est-il passé?... Elle t'a agressée? Non?... Alors, c'est toi qui l'as agressée?

Elle se contenta de secouer négativement la tête.

— Oh! ma pauvre chérie! s'écria-t-il, bouleversé.

Après l'avoir serrée dans ses bras, il lui prit le chapeau des mains et le jeta sur le banc le plus proche.

— Fichons le camp d'ici. Rentrons vite chez nous.

Maintenant, il avait l'intention de l'emmener loin de la ville. Tant pis si Martin Schwartz y trouvait à redire! Ils iraient à Carmel ou ailleurs. Jessica risquait de craquer d'un moment à l'autre et lui ne se sentait guère en meilleure condition qu'elle. Après un dernier coup d'œil au chapeau rose qui avait atterri au milieu du banc, il frissonna d'angoisse. C'était justement ce chapeau-là qui avait attiré son regard *Chez Enrico*. Et cet égarement passager, ils allaient devoir le payer tous les deux, d'une façon ou d'une autre, pendant des années. Prenant Jessie par l'épaule, Ian lui fit traverser le palier en direction de l'ascenseur. Il aurait voulu lui redonner du courage, mais il craignait d'en manquer lui-même. Il n'en pouvait plus de cette abominable histoire qui, pourtant, ne faisait que commencer.

Jessie entra dans l'ascenseur sans avoir ouvert la bouche et elle resta les yeux fixés sur la paroi. Ian se dit que, s'il ne parvenait pas à la faire sortir de sa torpeur, il savait ce qui l'attendait : elle allait avoir une rechute.

En bas, ils se retrouvèrent dans le brouhaha du grand hall d'entrée au milieu des divers représentants de la force publique, des avocats et autres gens de loi, et des péquins anonymes qui faisaient la queue à la porte des bureaux d'accueil. Ils se perdirent dans la foule. Çà et là, on pouvait repérer un visage qui ne montrait pas trop de nervosité ni d'anxiété : celui d'un simple citoyen venu tranquillement, par exemple, régler ses contraventions ou remplir quelque formulaire. Mais il fallait ouvrir l'œil pour le voir et, surtout, être encore capable de s'intéresser aux autres, ce qui n'était plus le cas de Ian et de Jessie. C'est pourquoi ils n'aperçurent pas Astrid, qui venait pour régler un petit litige concernant la plaque d'immatriculation de sa voiture, abîmée par un garagiste. Ils la croisèrent sans la voir mais elle les reconnut immédiatement et le désespoir qu'elle lut sur leur visage la fit sursauter. Elle n'osa pas les aborder. Elle se dit qu'elle devait avoir cet air-là le jour où le docteur lui avait appris que Tom était perdu.

13

Le lendemain matin, Ian prit sa décision : Jessica avait besoin d'un changement d'air et lui aussi. Pendant qu'elle s'occupait du petit déjeuner, il poussa le scrupule jusqu'à téléphoner à Martin Schwartz pour l'avertir. L'avocat donna finalement son accord et Ian n'eut plus qu'à mettre Jessie devant le fait accompli.

— Nous allons où ça? demanda-t-elle d'un ton incrédule, toujours pieds nus sur le carrelage.

— À Carmel. Nous partons dans une demi-heure. Prépare tout ton attirail, ma chérie.

— Mais tu dérailles! Tu as promis à Martin de…

— … de lui envoyer une carte postale. Oui, il n'y a pas cinq minutes.

— Ne me dis pas que tu l'as prévenu! répliqua-t-elle sans arriver à croire qu'il parlait sérieusement.

— Si, je viens de le faire. Par conséquent, mon cher trésor, magne-toi le popotin si tu tiens à profiter de la vie.

— Tu es dingo, mais tu me plais quand même!

Ce fut Ian qui prit le volant. Deux heures plus tard, ils étaient à Carmel. L'air était plus frais que les autres jours, mais le soleil brilla tout le long de leur route, si bien qu'ils purent décapoter la Morgan. Ils arrivèrent échevelés et ravis du trajet, comme si le vent qui soufflait sur l'auto-route avait emporté très loin leurs soucis. Ce petit voyage n'était pas inutile, finalement. Au bout de cinquante kilo-mètres, Jessie avait cessé de croire que la police les poursui-vait. Elle était toujours obsédée par l'inspecteur Houghton et il était temps qu'elle l'oubliât un peu. Depuis qu'elle l'avait vu à l'œuvre, elle avait tendance à le prendre pour le Grand Manitou : il faisait semblant de partir, puis il réap-paraissait avec un mandat pour mettre la maison à sac... La prochaine fois, qui sait s'il n'allait pas se radiner en la menaçant de son revolver ou en se faisant aider par un de ses copains pour... pour... ? Son sale regard vicieux et son rictus la terrifiaient. Elle n'avait pas osé en parler à Ian, mais son anxiété l'égarait à tout moment. Elle s'était aussi affolée en calculant ce que leur coûterait ce petit voyage et Ian avait dû lui jurer qu'il lui restait suffisamment d'argent sur son compte à lui. Après lui avoir assuré qu'ils descen-draient dans l'hôtel le meilleur marché du coin, il avait fini par l'envoyer promener. Mais Jessie continuait à avoir peur. Elle était honteuse de ne plus pouvoir lui faire confiance et ne cessait de penser aux frais qu'allait entraîner le procès. Ian n'avait aucun sens de l'argent, sans doute parce qu'il n'en avait jamais eu, et il lui arrivait de faire des folies rien que pour lui faire plaisir, alors qu'ils n'avaient pratique-ment plus un sou devant eux. D'habitude, cela l'amusait de le voir flanquer l'argent par les fenêtres avec tant de désinvolture, mais elle ne trouvait plus cela drôle.

Leur petite virée à Carmel n'était pourtant pas pour lui déplaire. Jessica savait qu'elle en avait besoin, qu'elle était près de craquer et que Ian, lui aussi, se trouvait dans le trente-sixième dessous, bien qu'il s'efforçât de le lui cacher.

Astrid leur avait recommandé un petit hôtel où elle avait séjourné au printemps et où l'on pouvait, selon ses dires, vivre pour trois fois rien. Aussi décidèrent-ils d'oublier les nombreux agréments du superbe palace où ils descendaient d'habitude pour le simple confort d'une auberge-chalet tenue par un couple de Français qui n'étaient plus de la première jeunesse. Un des grands attraits de cet endroit charmant était qu'on y servait au lit un petit déjeuner complet où les croissants et les brioches, tout frais sortis du four, accompagnaient un délicieux café au lait.

Ils passèrent leur temps à aller à la plage et à faire le tour des boutiques. Le samedi, ils décidèrent de pique-niquer en haut d'un rocher qui surplombait la mer.

— Veux-tu encore un peu de vin, mon chéri?

Ian accepta et releva la mèche blonde qui lui cachait les yeux. Ils étaient allongés l'un près de l'autre et il se releva pour la regarder, appuyé sur un coude. Après lui avoir caressé le visage, il l'embrassa doucement sur les lèvres, les yeux et le bout du nez.

— Si tu continues, mon amour, je n'aurai jamais le courage de me relever pour te verser à boire. Mais je voudrais te faire un aveu, Ian.

— Oui?

— Je suis très heureuse avec toi.

Voyant son visage s'assombrir, elle le prit par le menton et le força à la regarder en face.

— Je ne blague pas!

— Comment peux-tu dire une chose pareille en ce moment?

— Elle est aussi vraie en ce moment qu'elle l'était avant. Tu es ma lumière. Tu m'apportes tout ce dont j'ai besoin et Dieu sait que je suis exigeante! Je crois que, parfois, il faut savoir payer le bonheur au prix fort. D'accord, c'est dur, en ce moment, mais ce sera bientôt terminé. Ça ne peut pas durer indéfiniment. Et, l'un dans l'autre, je trouve que nous avons de la chance.

Elle se redressa pour l'observer, mais il détourna les yeux.

— Nous avons de la chance? Curieuse façon de voir! répliqua-t-il avec amertume.

— Estimes-tu que la chance t'a abandonné? demanda-t-elle en lui prenant la main.

— Oui. Et toi, te crois-tu vraiment veinarde? Sois franche, pour une fois.

Elle fut effrayée par la dureté inhabituelle de son visage. Son regard scrutateur exigeait la vérité. Sur elle. Sur lui. Sur leur couple. Sur la vie. Sur tout.

— Oui, je me crois veinarde, dit-elle dans un murmure qui se perdit dans le vent de ce beau jour d'octobre.

— Jessica, mon amour, je t'ai trompée. J'ai couché avec une autre, avec une roulure doublée d'une névrosée. Et je n'ai pas d'excuse. Ça fait six ans que tu m'entretiens. En tant qu'écrivain, je suis un raté. Et me voilà inculpé de viol. Je vais peut-être aller en prison et, même si je n'y vais pas, ce qui nous arrive est monstrueux. Alors, ne parle plus de chance ou je croirai que tu mens.

Tête baissée, elle resta pensive un long moment avant de chercher à nouveau son regard.

— Ian, ça m'est égal que tu aies couché avec une autre. Évidemment, ça ne m'a pas fait plaisir, mais ça ne me paraît pas très important si ça ne change rien entre nous. En tout cas, moi, je t'aime encore. Alors, essaie d'oublier. Je suppose que ce n'était pas ta première infidélité, mais je ne veux pas de confidences. Ce n'est pas l'essentiel. Que tu aies couché avec cette fille et que tu aies fait l'imbécile, c'est bien dommage, mais je m'en fiche. Comprends-tu ce que je te dis? Je m'en fiche! Ce qui importe, c'est toi, c'est nous, c'est notre couple et c'est aussi ta réussite personnelle. Ne te mets pas en tête que je t'entretiens. «Lady J» nous entretient aussi bien l'un que l'autre et c'est une chance. Mais, un de ces jours, tu vendras un bouquin et on en fera un film. Puis tu vendras des tas et des tas de bouquins et nous serons riches comme Crésus. Alors, pourquoi t'en faire?

— Jessica, tu es folle!

— Non, pas du tout. Je suis sûre de ce que j'avance. Tu me rends heureuse. Tu me permets d'aimer. D'aimer la vie et de retrouver confiance en moi. Simplement parce que tu es là et que tu m'aimes. Tu sais mieux que moi qui je suis et ce que je vaux. Tu connais mes problèmes. Oh! Ian, c'est si rare… Je regarde les autres autour de moi et je les trouve bien plus mal lotis!

L'éclat de la passion donnait à ses beaux yeux une luisance de jade. Il la regarda avec un sourire un peu triste, comme s'il se moquait de lui-même.

— Je ne trouve rien à te répondre, Jessie. Tu sais que je t'aime et que j'ai besoin de toi, même pour pouvoir écrire. Je ne parle pas de l'argent que tu me donnes. Ce dont j'ai besoin, c'est de ta présence. C'est de te voir, par exemple, t'installer dans mon bureau à deux heures du matin, sans rien sur le dos, pour me signaler le plus gravement du monde les erreurs qui m'empêchent de terminer mon chapitre. J'aime ta façon d'apparaître sur le seuil comme un lutin bienfaisant… et l'espèce de considération que tu me témoignes, même quand je me sens au-dessous de tout.

Elle se blottit contre lui et ferma les yeux, apaisée.

— Oui, j'ai terriblement besoin de toi, poursuivit-il en la serrant dans ses bras. Mais ça ne peut pas continuer comme ça.

Elle parut s'éveiller d'un rêve. Elle n'avait pas très bien saisi le sens des mots, mais elle l'avait senti brusquement relâcher son étreinte.

— Qu'est-ce que tu racontes?

— Je ne sais comment dire... Je crois qu'il faut que nous changions quelque chose à notre vie. Sans quoi, nous ne survivrons pas aux angoisses et aux souffrances de ces deux prochains mois.

— Qu'est-ce que tu veux changer? Bon sang, explique-toi! s'écria-t-elle d'une voix dénaturée par la peur en se redressant pour tenter de lire dans ses yeux.

— Calme-toi, Jessie. J'estime simplement que le moment est venu pour moi de faire un examen de conscience. Peut-être est-il temps que je renonce à mes prétentions littéraires. Je n'en sais rien. Mais ça ne peut pas continuer. D'une certaine façon, ça marche mal entre nous.

— Pourquoi donc?

— Parce que je me sens piégé. C'est toi qui paies les factures, ou la plupart, et je ne le supporte pas. Sais-tu ce que c'est que de ne pas avoir de revenus personnels? De se sentir coupable chaque fois qu'on prend de l'argent sur ce compte «joint», si mal nommé, pour s'acheter un T-shirt? Et de te voir te ruiner à cause de mon prétendu viol? Jessie, Jessie, ça m'étouffe, ça me tue. À quoi attribues-tu mes difficultés sexuelles ces jours-ci? Seulement à ma mésaventure?

— N'y pense pas trop. Tu viens de subir un choc épouvantable.

Elle avait l'air gêné d'en parler, mais il revint à la charge.

— C'est vrai, j'ai eu un choc. Mais, si je suis dans cet état, c'est aussi parce que nous n'avons pas mis les choses au point. T'es-tu demandé ce qui serait arrivé si tu n'avais pas eu la boutique, si tes parents ne t'avaient pas laissé d'argent?

— J'aurais eu un employeur et tu travaillerais sans doute dans la publicité en rouspétant jour et nuit. Ce ne serait pas très drôle.

— Je ne suis pas d'humeur à plaisanter! Peux-tu imaginer une situation inverse de la nôtre, toi à la maison et moi au boulot?

— Quel boulot?

— Je ne sais pas encore, mais il faut que j'en trouve un.

— Ian, tu es devenu fou. Tu n'as jamais eu autant de cœur à l'ouvrage que depuis que tu écris ce roman. Cette fois, tu as confiance en toi. Et c'est maintenant que tu veux t'arrêter?

— Je n'ai pas dit ça. Pas encore, mais ça viendra peut-être. J'ai une question à te poser, Jess… Qu'arriverait-il à notre couple si c'était *moi* qui t'entretenais? Si tu cessais de travailler? Si tu plaçais ton argent personnel?

— Et qu'est-ce que je ferais toute la journée? De la dentelle? Des parties de bridge?

— Non, ce n'est pas comme ça que je vois l'avenir, dit-il, le regard soudain attendri.

— Et comment donc?

— Je le vois avec… avec des enfants. Bien sûr, une fois que cette sale histoire sera terminée. Ça fait bien longtemps que nous n'avons pas abordé le sujet.

Elle savait ce qu'il entendait par « bien longtemps ». Cela voulait dire: avant la mort de ses parents, avant qu'elle fût entrée en possession de son héritage… Dans la vie de Jessie, en effet, il y avait eu un avant et un après.

— Chérie, c'est moi qui dois t'entretenir maintenant. Tu l'as bien mérité.

— Pourquoi?

— Je ne comprends pas le sens de ta question.

— Pourquoi faudrait-il brusquement tout mettre sens dessus dessous? Pourquoi voudrais-tu être le seul à supporter les dépenses du ménage? J'aime mon travail. Ce n'est pas une corvée pour moi. Ça m'amuse beaucoup.

— Crois-tu que ce serait une corvée pour toi d'avoir des enfants?

— Je n'ai jamais dit ça, répliqua-t-elle d'une voix blanche.

— Mais encore?

— Bon sang, Ian, pourquoi remettre la question sur le tapis maintenant? Le moment est mal choisi.

— Je n'ai pas parlé de maintenant. Je faisais seulement des suppositions.

— C'est ridicule. Je ne joue plus, dit-elle en se détournant.

— Ce n'est pas un jeu, reprit-il en l'attrapant par le poignet. Je suis on ne peut plus sérieux. En six ans, j'ai eu le temps de me lasser de mon statut de gigolo. Et de celui d'écrivain raté. Me voilà maintenant accusé injustement de viol par une petite roulure. Il est grand temps que j'examine la raison de mes échecs, que je sache où j'en suis, ce qui doit changer dans ma vie et, peut-être, ce qui doit changer dans notre couple. Mais j'ai tort de dire «peut-être». Je sais que le problème est là. Maintenant, veux-tu m'écouter et me répondre?

Jessie resta silencieuse. Elle savait qu'elle n'avait pas le choix. Il lâcha son poignet pour verser du vin dans leurs deux verres.

— D'accord, dit-elle enfin en levant les yeux au ciel. Je vais essayer de comprendre pourquoi tu me fais toute cette scène. Moi qui venais de te dire que tu me rendais heureuse! J'aurais mieux fait de me taire, sale type!

— Je sais, je suis un salaud. Mais, Jessie, je veux que les choses s'arrangent entre nous, qu'elles s'améliorent. Plus question pour moi d'aller chercher des consolations auprès d'une autre. Plus question de masochisme non plus. Écoute, c'est important. Tant mieux si je te rends heureuse! Tu me rends heureux, moi aussi. Mais ce n'est pas suffisant. Nous devons, nous pouvons faire mieux. J'ai envie que tu me considères comme un vrai mari, comme

201

celui qui règle les notes, ou du moins la plupart d'entre elles, même si tu es obligée de vendre la maison pour que nous nous installions dans un endroit où je pourrai payer le loyer. Comprends-moi, j'ai absolument besoin de faire quelque chose comme ça pour toi. Je suis las de me faire entretenir. Ne me crois pas ingrat, Jess, mais j'en ai besoin, c'est tout.

— D'accord. Seulement, pourquoi maintenant et pas avant? Est-ce à cause de cette idiote de Burton que tu dois t'arrêter d'écrire et que nous devons nous installer dans un bidonville?

Elle pouvait être méchante à ses heures et il tint à relever la rosserie.

— Non, chérie, Margaret Burton n'est qu'un symptôme, tout comme les centaines de nanas de mon harem. Si tu le prends sur ce ton, je peux continuer. Mais je préfèrerais que nous parlions franchement. À toi de choisir.

Elle avala le reste de son verre d'un seul coup et haussa les épaules.

— Je n'arrive pas à te suivre.

— C'est bien le problème. Tu ne me suis pas non plus quand j'évoque la possibilité d'avoir un enfant. Tu préfères la fuite, n'est-ce pas? Est-ce que ça ne signifie rien pour toi, Jessie?

Elle se contenta de baisser la tête pour éviter son regard.

— Ton attitude est incompréhensible. Réponds-moi, regarde-moi, bon sang! C'est très important. Autant pour moi que pour toi.

Elle leva enfin vers lui des yeux affolés.

— Ça me fait trop peur!

— D'avoir un bébé?

C'était la première fois qu'elle lui faisait un tel aveu. Jusque-là, elle s'était contentée de l'envoyer promener avec irritation. Il fut ému de la voir si malheureuse.

— Tu as peur de l'accouchement? demanda-t-il en lui prenant la main avec tendresse.

— Non, ce n'est pas ça... Je ne pourrai jamais supporter un enfant entre nous, expliqua-t-elle d'une voix brisée de sanglots. Je n'aurai jamais la force de partager. Je veux te garder tout entier. Pour moi seule.

— Oh! mon amour, dit-il, bouleversé à son tour, tu te trompes complètement! Un bébé ne nous séparera pas. Pas nous. Au contraire, il nous rapprochera encore plus.

— Mais ce serait ton enfant à toi, ta vraie famille.

Il comprit ce qu'elle tentait d'expliquer. Il avait encore ses parents, mais ils étaient si vieux, ils habitaient si loin et il les voyait si rarement qu'elle ne pouvait être jalouse des liens qui l'attachaient encore à eux, alors qu'il était difficile d'oublier l'existence d'un bébé.

— C'est toi, ma vraie famille, petite sotte! Comme moi je suis la tienne.

Cela, Ian le lui avait répété des centaines et des milliers de fois après la disparition de son frère, de sa mère et de son père. Il lui était pénible de repenser à cette époque-là. Quand il avait épousé Jessie, c'était une jeune femme indépendante, brillante et sûre d'elle-même. Mais elle vouait à sa famille un amour sans bornes et, chaque fois qu'elle parlait de sa jeunesse, des années qu'elle avait passées au milieu des siens, on aurait dit un récit de grandes vacances exceptionnelles où tout le monde s'était follement amusé. Il est vrai qu'à eux quatre, parents et enfants, ils formaient un petit groupe qui se remarquait. Ils étaient beaux, gais, pleins d'humour, merveilleusement racés. Et quand Jessie était restée seule après les trois morts, quelque chose en elle avait été anéanti en même temps que ceux qu'elle aimait. Cela ne se voyait pas au premier coup d'œil. En apparence, elle était toujours aussi vive, aussi spirituelle, aussi décontractée qu'auparavant. Mais, au fond d'elle-même,

Jessie avait pris le deuil à jamais. Et son amour pour Ian était devenu presque maladif. Désormais, elle se conduisait un peu comme une enfant qui serait la seule survivante d'une ville bombardée, comme une orpheline égarée au milieu des ruines. Après la mort de Jake, elle avait tenté de se suicider. Elle avait alors beaucoup changé. Depuis que Ian l'avait soignée et aidée à retrouver son équilibre, elle était devenue dépendante de lui. C'est elle qui, à ce moment-là, avait employé pour la première fois en parlant de lui le terme de «vraie famille». Jusque-là, leur amour avait été un charmant abri dont les portes et les fenêtres restaient largement ouvertes sur le monde extérieur. Puis, avec les années, l'abri s'était refermé comme une coquille qui menaçait de les étouffer. Dire qu'il n'y avait même plus de place pour un enfant dans le cœur de Jess! Ian s'en doutait depuis longtemps, mais il avait cru que cela s'arrangerait. Hélas! il venait d'avoir la preuve du contraire et il estimait que selon toute vraisemblance elle ne se conduirait jamais en adulte… Il avait du mal à accepter cette perspective.

— Oh! Ian, tu sais que je t'aime à la folie, mais j'ai tellement la frousse. Je meurs de peur.

Il ne desserra pas son étreinte et, attendri, lui caressa longuement les cheveux. Elle poussa un profond soupir et se demanda s'il l'avait enfin comprise et s'il était prêt à renoncer à ce qu'il prétendait exiger d'elle. Il le fallait. Rien ne devait changer si ce n'était peut-être quelques détails de sa vie à lui. Mais il n'était pas question pour elle de modifier son comportement, de vouloir guérir de ses peurs, du moins de toutes ses peurs, et de devenir un jour assez vaillante pour porter un enfant de lui.

— Moi non plus, Jess, je ne suis pas rassuré, mais tu verras que tout ira bien.

— Comment faire si tu te mets à changer toute notre vie une fois que nous serons sortis de ce pétrin? Tu veux que je vende la boutique et que j'aie un gosse, tu veux t'arrêter d'écrire, chercher un travail, déménager et quoi encore? Ian, c'est épouvantable!

Elle se remit à sangloter et il ne put s'empêcher de sourire de ses exagérations. Si elle avait raison, pourtant? Peut-être n'était-ce pas normal pour un homme de vouloir un enfant à tout prix. Peut-être n'était-il, lui, qu'un égoïste. Il allait lui falloir approfondir la question.

— Voyons, Jess, je n'ai jamais dit que tout devait changer. Autant chercher à déplacer une montagne! On pourrait voir les choses autrement. Par exemple, c'est moi qui vais avoir le bébé et c'est toi qui travailleras... Qu'est-ce que tu en penses? Pardon, ma chérie, je sais que tu n'en peux plus, mais il faut bien faire le point de temps en temps.

— Pourquoi veux-tu tout changer?

— Pas tout, certaines choses. Et à condition que tu sois d'accord. Sans quoi, ça ne marchera pas. Nous sommes embarqués sur la même galère.

— Mais on a l'impression que tu veux rejeter toute ta vie passée.

— Ce n'est peut-être pas faux, Jessie. Ce n'est pas une vie normale. Y as-tu déjà pensé?

— Non.

— Et tu préfères ne pas le faire, n'est-ce pas? Si tu te voyais, accroupie comme une Indienne, bien décidée à ne pas comprendre un traître mot de ce que je te raconte, tandis qu'une fourmi te grimpe tranquillement sur le bras...

Il s'arrêta. Il ne fallut qu'un quart de seconde à Jessie pour se lever en hurlant.

— Une quoi?

— Oh! je suis impardonnable... Comment ai-je pu oublier que tu avais peur des fourmis?

Il se leva à son tour pour lui donner une petite tape sur le bras.

— Tu es un monstre! lui cria-t-elle en lui flanquant un coup dans l'estomac. On était en train de parler sérieusement et tu te fiches de moi. Je n'avais pas de fourmi sur le bras, n'est-ce pas? Dis-moi la vérité, sale type!

— Pourquoi est-ce que je te mentirais?

— Je te déteste.

Elle tremblait à la fois de rage et de peur. Elle avait les fourmis en horreur et elle en voulait à Ian de l'avoir fait sursauter. Mais ce qui l'avait bouleversée davantage sans qu'elle se l'avouât, c'étaient ses propres contradictions. Il avait fait surgir une fourmi imaginaire pour la tirer de sa torpeur. Ah! il savait s'y prendre avec elle!

— Tu me détestes? Qu'est-ce que tu entends par là? Tu prétendais pourtant que je te rendais heureuse, dit-il de l'air le plus innocent du monde, en lui tendant les bras.

— Ne me touche pas! hurla-t-elle.

Mais elle se blottit contre lui sans pouvoir s'empêcher de sourire.

— Tu sais, reprit-elle d'une voix très douce, je me demande parfois quels sont tes sentiments réels à mon égard.

— Tout le monde est obligé de s'interroger de temps en temps sur l'amour, Jess. Dans ce domaine, personne n'est jamais sûr de rien. Je t'aime autant que t'ont aimée ton père et ta mère et Jake... autant qu'on peut aimer quelqu'un. Mais je ne suis aucun des trois. Je suis moi. Personne d'autre. Ton mari. Un homme, tout simplement. De même que tu es ma femme et non ma mère. Et peut-être qu'un jour tu en auras assez de me voir et que tu ficheras le camp avec un autre. Les mères, en général, ne se comportent pas comme ça. Mais, avec les épouses, mieux vaut s'y attendre. Il faut que j'en sois conscient.

206

— Qu'essaies-tu de me dire? murmura-t-elle en se rai-dissant entre ses bras.

— Rien, idiote! Seulement que je t'aime et que je fais ce que je peux. Je voudrais te persuader de vaincre ta peur et de te calmer. Parfois, je me dis que si tu ne me reproches jamais mes sottises, mes dépenses et tout le reste, c'est parce que ça te donne la certitude de m'avoir à ta merci. Mais je vais te dire un secret : ce n'est pas par là que tu me tiens. Car tu me tiens. Et c'est pour un tas d'autres raisons.

— Lesquelles, par exemple? demanda-t-elle en riant.

— Oh... disons, pour tes talents de couturière.

— De couturière? Mais je ne sais pas coudre!

Elle lui jeta un regard perplexe, puis éclata de rire.

— Alors, je t'apprendrai, reprit-il.

— Tu es un amour!

— À propos d'amour, ma petite dame, allez donc voir un peu dans ma poche.

— Une surprise pour moi? demanda-t-elle en levant les sourcils d'un air malicieux.

— Non, la facture du teinturier.

— Méchant!

Elle glissa pourtant doucement la main dans la poche de son veston. Ses yeux brillaient de curiosité. Elle trouva sans difficulté ce qu'elle cherchait et, avec un sourire ravi, serra dans sa paume la petite boîte carrée.

— Tu ne veux pas l'ouvrir?

— J'aime le suspense.

— Ce n'est pas un des diamants de la Couronne, je te le jure!

— Ah bon? fit-elle en ouvrant brusquement la boîte. Oh! il ne... Oh! Ian, tu es fou!

Éclatant de rire, elle examina de nouveau le bijou.

— Où as-tu déniché ça? demanda-t-elle en le passant à son cou.

207

C'était une fine chaîne d'or avec un pendentif en forme de haricot de Lima. Pendant toute son enfance, elle avait eu les haricots de Lima en horreur.

— Je n'ai jamais imaginé que je pourrais porter un jour un de ces sales légumes en sautoir, quand bien même il serait en or.

Mais elle était sincèrement amusée et elle prit Ian par le menton pour l'embrasser et le forcer à regarder le petit objet qui brillait contre sa peau.

— Il fait sur toi un effet bœuf! Si tu n'avais pas porté autrefois tant d'intérêt aux haricots, tu n'aurais jamais deviné ce que c'était. J'avais le choix entre un haricot d'Espagne, un haricot de Lima et d'autres haricots de provenances diverses, tous sortis de l'imagination du même artiste. Je tenais à te le dire.

— Tu as vu ça dans une vitrine de bijoutier?

— Oui… Allons, viens, ma petite vamp, retournons à l'auberge.

— Un haricot! Tu es vraiment cinglé, mon chéri! D'autant plus que ç'a dû te coûter la moitié de tes économies. Est-ce que je me trompe?

Elle avait remarqué que la boîte portait le nom d'un joaillier très en vogue.

— On ne demande pas le prix d'un cadeau. Pourquoi veux-tu le savoir?

— Simple curiosité.

— Quel vilain défaut! Oh! une recommandation : ne l'avale pas!

— Là-dessus, tu peux être tranquille, mon amour. Pas question de me faire avaler le moindre haricot de Lima, fût-il en or.

Ils éclatèrent de rire en même temps. C'était exactement la phrase qu'elle avait prononcée huit ans plus tôt, la première fois qu'il avait fait la cuisine pour elle.

Il l'avait, en effet, invitée à dîner chez lui. Le menu comportait du rôti de porc, de la purée de pommes de terre, et des haricots de Lima. Elle avait fait honneur à la viande et aux pommes de terre, mais il l'avait surprise, en revenant de la cuisine où il était allé lui chercher un verre d'eau sur sa demande, en train de fourrer les haricots de Lima dans son sac à main. Elle avait sursauté, mis les mains en l'air et éclaté de rire en disant : «Ian, pas question de me faire avaler le moindre haricot de Lima, fût-il en or massif.» Or, celui qu'il venait de lui donner était en or massif. Un instant, elle avait eu un petit pincement au cœur en pensant à l'argent qu'il avait gaspillé pour l'acheter. Mais il était incorrigible. Leur ruine serait romanesque : pique-niques au bord de la mer, étreintes passionnées et bijoux en or massif.

Le reste du week-end se passa dans une euphorie de vacances. Jessica arbora son haricot de Lima à tout bout de champ. Ils plaisantèrent, s'embrassèrent, se serrèrent l'un contre l'autre. La petite auberge rendit à leur vie amoureuse toute sa force habituelle. Ils dînèrent aux bougies dans leur chambre d'une bouteille de champagne et d'un poulet rôti achetés en ville. Ils furent gais comme des pinsons, tendres comme des jeunes mariés en voyage de noces et ils oublièrent momentanément les menaces qui pesaient sur eux. Rien ne semblait compter que leur amour.

Pour Ian, la seule ombre au tableau, c'était sa déception depuis qu'il avait compris que Jessie refusait d'avoir un enfant. Il était obsédé par un désir fou de paternité. Il aurait voulu lui faire un enfant immédiatement, avant le procès, avant... ce qui pourrait arriver. Il se disait que, dans quelques mois, il serait peut-être en prison, ou bien mort. Il n'envisageait pas l'avenir avec optimisme. Les choses se présentaient trop mal pour lui laisser beaucoup d'espoir. Il était terrifié quand il supputait les risques qu'il courait. L'existence d'un bébé à naître eût été comme une promesse de renouveau. Mais en voyant l'épouvante qui s'emparait de Jessie à cette seule perspective, il savait qu'il devait y renoncer. Il ne serait donc jamais que le père de ses livres et, pour les mois à venir, il devrait se contenter de mettre au monde son nouveau roman.

Le dimanche, Jessie lui fit cadeau d'une casquette à la Sherlock Holmes et d'une pipe de cow-boy. Ils déjeunèrent légèrement d'une salade de fruits, puis ils louèrent un tandem pour aller explorer les alentours de l'auberge. Jessica n'arrivait pas à pédaler en rythme et, dans une montée, elle déclara forfait.

— Qu'est-ce qui t'arrive? Allons, un peu de courage!

— J'en ai ma claque. Continue si tu veux, moi, je rentre à pied.

— Espèce de lâcheuse!

— Comment veux-tu que je grimpe ça? Tu me prends pour un Tarzan en jupons?

— Oh! tu as de grandes jambes! Tu pourrais très bien aller jusque là-haut en un clin d'œil et en me portant sur ton dos. Tiens, fais attention, tu as une araignée sur la jambe!

— Hein?… Quoi?… Où ça?… Ah! Ian Clarke, si tu recommences une seule fois, je te tue!

Plus elle enrageait, plus il avait envie de rire. Elle se précipita sur lui et, d'une grande claque sur l'épaule, le fit tomber de la bicyclette dans l'herbe du bas-côté. Mais il réussit à l'entraîner à sa suite. Elle se débattit en riant.

— Non, Ian… Pas ici. Il y a sûrement des serpents. Ian, arrête!

— Pas le moindre serpent, je te le jure, dit-il en glissant la main dans son corsage avec un clin d'œil amusé.

— Ian, je ne veux pas… Non, Ian…

Il ne lui fallut que quelques secondes pour oublier sa peur des serpents.

14

— Alors, comment vous a paru ma petite thébaïde à Carmel? demanda Astrid en passant la tête à la porte du bureau de Jessie.

— Merveilleuse. Entrez donc. Je vais vous offrir une tasse de café.

À l'air détendu de Jessie, on ne pouvait douter que le séjour à Carmel eût été une échappée de soleil dans un ciel lourd de nuages.

— Pas de café pour moi, merci. J'ai rendez-vous dans le centre avec les fondés de pouvoir de Tom. Peut-être me reverrez-vous tout à l'heure.

Jessie lui montra son haricot de Lima et lui fit une brève relation de leurs deux jours de vacances. Après le départ d'Astrid, «Lady J» se transforma rapidement en maison de fous. Il y eut des livraisons, de nouvelles clientes, des habituées emballées par les derniers arrivages, mais exigeant des modifications immédiates. Il y eut aussi des erreurs de facturation et deux commandes attendues avec impatience qui n'arrivèrent pas à bon port. Katsuko, plongée jusqu'au cou dans la préparation de la présentation de modèles que Jessie l'avait chargée d'organiser, n'était pas disponible et Zina dut se débrouiller seule pour satisfaire la clientèle, tandis que Jessie se débattait au milieu des factures. Le coup de feu dura quinze jours.

Harvey Green, l'enquêteur de Schwartz, fit deux apparitions à la boutique pour demander des détails insignifiants sur la vie de Jessie et les habitudes de Ian. Jessie ne trouva pas grand-chose à lui dire : ils avaient toujours vécu très simplement et ils n'avaient rien à cacher.

Kat et Zina en étaient toujours à se demander ce qui se passait, mais il y avait tellement de presse à la boutique ces derniers temps qu'elles ne trouvaient pas l'occasion d'interroger Jessie sur son comportement déconcertant. Elles se disaient que ses problèmes, quels qu'ils fussent, étaient sûrement en passe d'être réglés. Et Astrid, de son côté, se montrait très discrète.

Ian était absorbé par son roman, et ses deux nouvelles comparutions devant le juge se passèrent sans drame. Comme l'avait pensé Martin Schwartz, la libération provisoire ne fut pas remise en question. Jessie avait accompagné Ian au tribunal et, les deux fois, ce fut vite expédié. Après une petite parlote presque inaudible entre le juge, Ian et Martin, tout le monde avait pu rentrer chez soi. À ce stade, on aurait cru que cela faisait partie du train-train quotidien, d'autant plus qu'ils avaient alors d'autres soucis en tête. Du côté de Jessie, certains des articles d'automne se vendaient mal, il y avait encore du retard dans l'arrivée des commandes et l'argent du compte en banque disparaissait comme par enchantement. Quant à Ian, il s'empêtrait dans la rédaction de son neuvième chapitre et il ne semblait plus garder les pieds sur terre. Tous ces petits problèmes leur paraissaient bien plus réels que des comparutions de routine devant un juge indifférent.

Ce fut seulement un mois plus tard que Harvey Green réclama la première partie de ses honoraires : mille huit cents dollars. Il envoya sa note à la boutique comme le lui avait demandé Jessie, mais elle sursauta en voyant le montant. Mille huit cents dollars pour des prunes! Il n'avait rien découvert, à part le nom d'un homme qui avait emmené deux fois Margaret Burton au restaurant, mais avec lequel elle n'avait pas couché. Elle semblait irréprochable. Ses collègues de travail la jugeaient très convenable, assez peu sociable, mais digne de confiance dans les relations quotidiennes. Certains mentionnaient toutefois qu'elle pouvait se montrer hautaine et capricieuse. On ne lui connaissait pas de passions orageuses, elle n'avait pas eu de problèmes de drogue, elle buvait modérément. Elle n'était jamais retournée dans un hôtel louche et elle n'avait jamais reçu d'hommes à son domicile depuis que Green la surveillait. Chaque soir, elle revenait directement de son bureau chez elle. Elle était allée trois fois au cinéma dans le mois, non accompagnée, et elle était restée de glace devant les efforts de séduction d'un dragueur, dans l'autobus. Un employé de Green l'avait suivie sur les boulevards en lui faisant du gringue. Elle lui avait lancé, selon lui, une œillade encourageante, mais elle lui avait répliqué fermement : «Non, merci, espèce de don Juan à la manque!» quand il lui avait offert de prendre un verre. Il avait noté qu'elle paraissait offusquée de sa proposition. Peut-être en avait-elle été simplement troublée. Mais elle pouvait aussi tenir à ce qu'on la prît pour la Sainte Vierge, auquel cas les dénégations de Ian devant le tribunal ne pèseraient pas lourd. Et, malgré cet échec, Green réclamait ses mille huit cents dollars. On ne pouvait malheureusement pas le laisser tomber, car Martin Schwartz était d'avis qu'il fallait continuer à filer la demoiselle Burton jusqu'au procès et, si possible, continuer à le faire pendant le procès, encore que la police lui eût sûrement recommandé de bien se tenir. Le parquet ne devait pas avoir la moindre envie de la voir compromettre ses chances en s'envoyant en l'air à quelques semaines du grand jour.

Green avait aussi fouillé sans grand succès dans son passé. Elle s'était mariée une seule fois, à dix-huit ans, mais le mariage avait été annulé quelques mois plus tard. Il n'avait pas découvert la raison de cette annulation, ni le nom de l'homme qu'elle avait épousé. Aucun papier officiel ne mentionnait le fait et c'était sans doute pourquoi elle se prétendait célibataire. C'était un collègue de Margaret Burton qui avait appris tout cela à Green. Bref, Jessie payait un peu cher un certificat de bonnes mœurs.

Assise à son bureau, elle médita sur les sommes réclamées par Green, puis elle ouvrit le reste de son courrier… Un rappel des cinq mille dollars qu'ils devaient encore à Martin Schwartz, neuf factures expédiées de New York et concernant les commandes de printemps… La note de deux cent quarante-deux dollars envoyée par le médecin de Ian pour un contrôle de santé qui datait de deux mois, celle de quarante dollars qu'elle devait elle-même au radiologue pour un examen pulmonaire et les soixante-quatorze dollars réclamés par un magasin de disques qu'elle avait pillé avant son départ pour New York. Devant cette dernière facture, elle se demanda ce qui avait bien pu lui faire croire que ces disques n'étaient vraiment pas chers. C'est, en effet, ce qu'elle avait dit à Ian en les lui apportant. Tout était relatif. Elle n'avait pas imaginé alors qu'elle aurait à régler des cautions et des honoraires d'avocat en plus des factures de fleuriste, de teinturier et de pharmacien… Elle essaya de faire les additions de tête, c'était accablant. D'une main elle saisit le téléphone, de l'autre la petite carte qu'elle avait glissée dans son carnet d'adresses et elle composa un numéro.

On lui donna rendez-vous immédiatement. Mais, avant de partir, elle appela sa banque. Tout se passa le mieux du monde, compte tenu de ses rentrées antérieures : la banque consentit à l'opération et l'autorisa à vendre... Elle avait presque espéré qu'il y aurait opposition. Mais cette fois, elle n'avait plus de prétexte pour attendre.

À deux heures de l'après-midi, la Morgan était vendue pour cinq mille deux cents dollars et le type prétendit qu'il lui laissait faire une bonne affaire. Elle déposa l'argent sur son compte avant la fermeture de la banque et envoya à Schwartz un chèque de cinq mille dollars. Ce problème-là au moins était réglé. Elle pouvait souffler un peu. Depuis des semaines, elle ne pouvait dormir sans faire de cauchemars : elle avait un accident et Ian ne trouvait personne pour l'aider à payer la note... Il allait supplier Katsuko de lui donner de l'argent et celle-ci refusait sous prétexte qu'elle avait commandé des kimonos pour la boutique, tandis que Barry York menaçait de le renvoyer en prison... Maintenant, s'il arrivait malheur à Jessie, ce serait moins grave puisque Ian avait un avocat. Elle dut emprunter encore mille huit cents dollars à la société «Lady J» pour régler Harvey Green. À quinze heures trente, elle se retrouva derrière son bureau avec une affreuse migraine. Astrid fit une apparition une heure plus tard.

— Vous n'avez pas l'air en forme, lady J. Qu'est-ce qui ne va pas ?

Astrid était la seule à l'appeler ainsi et Jessie essaya de sourire.

— Me croiriez-vous si je prétendais que tout va mal ?

— Bien sûr que non. Mais vous ne voulez pas me dire ce que vous avez sur le cœur ?

Astrid avalait à petites gorgées le café que Zina venait de lui apporter. Jessie poussa un grand soupir.

— Je n'ai pas grand-chose à raconter. À moins que vous n'ayez quelques centaines d'heures de liberté pour écouter une longue histoire. Et, de toute façon, je n'aurais sûrement pas le temps de faire un tel récit. Vous avez passé une bonne journée?

— Probablement meilleure que la vôtre, mais sans grandes surprises. Je me suis levée à onze heures et j'ai passé l'après-midi chez le coiffeur.

Comment se confier à quelqu'un qui pouvait passer son après-midi chez le coiffeur? Il y avait peu de chance qu'Astrid comprît la situation.

— J'aurais mieux fait de faire comme vous. Je me suis contentée de me laver les cheveux hier soir.

Elle tentait de se montrer aimable, mais Astrid garda l'air sérieux. Elle était inquiète. Cela faisait des semaines que Jessie avait une mine de déterrée et qu'elle restait sur la réserve.

— Pourquoi ne pas planter là vos occupations pour aller retrouver votre charmant petit mari? Je vous jure bien, Jessie, que si je l'avais à ma disposition, il faudrait me ligoter pour m'empêcher de le rejoindre.

— Eh bien, je crois que vous avez raison, répliqua-t-elle en retrouvant un peu de bonne humeur. Si vous rentrez tout de suite je veux bien profiter de la voiture.

— Où est donc passé l'enfant chérie?

— La Morgan?… Oh! elle est chez le garagiste, balbutia-t-elle, répugnant à mentir tout à fait.

— Dans ce cas, je vous emmène.

De sa fenêtre, Ian vit Astrid déposer Jessie devant la porte et il fut intrigué. Il travaillait depuis sept heures du matin et se dit qu'il était temps de s'accorder un peu de repos. Il courut lui ouvrir avant même qu'elle eût sorti sa clé.

— Où est la voiture? Tu l'as laissée à la boutique?

— Oui… murmura-t-elle d'une voix sans timbre.

Mais elle était trop épuisée pour jouer la comédie et elle lui avoua tout à trac qu'elle l'avait vendue. Elle frémit en voyant sa réaction.

— Tu as fait quoi? s'écria-t-il, hors de lui.

— Je l'ai vendue. Il le fallait bien, mon chéri. Je ne pouvais plus emprunter. Tout est hypothéqué et nous avions besoin de sept mille dollars environ pour régler, d'une part, Martin Schwartz et, d'autre part, Harvey Green. Dans quinze jours, Green nous présentera une autre note. Je ne pouvais donc rien faire d'autre.

Elle tenta de lui prendre la main, mais il repoussa son geste.

— Tu aurais pu, au moins, me demander mon avis. M'en parler, me tenir au courant. Dis-moi, Jessica, au nom du ciel, as-tu décidé de ne plus me consulter sur rien? C'est moi qui t'ai fait cadeau de cette voiture. J'y tenais beaucoup.

Il s'éloigna à grands pas en direction du bar et, attrapant la bouteille de scotch, s'en servit un verre.

— Et moi, crois-tu que je n'y tenais pas? répliqua-t-elle d'une voix tremblante.

Mais il ne l'écoutait pas. Elle le vit qui vidait d'un seul coup la moitié de son verre sans reprendre haleine.

— Chéri, je te prie de me... Je n'avais pas d'autre moyen de me tirer...

Elle était trop émue pour s'expliquer. Elle revoyait le jour où il était arrivé au volant de la petite Morgan, si heureux de la lui offrir.

Il avala le reste de son whisky et enfila sa veste.

— Je fiche le camp, répliqua-t-il, le visage défait.

— Ian, je t'en prie, ne fais pas de bêtises! lui dit-elle, épouvantée par son air désespéré.

— Les bêtises, je les ai déjà faites.

Il partit en claquant la porte.

217

Il revint vers minuit, silencieux et triste, et Jessica n'osa pas lui demander ce qu'il avait fait. L'inspecteur Houghton aurait-il une nouvelle raison de venir l'arrêter? Mais, en le voyant retirer ses chaussures, elle eut honte de ses mauvaises pensées : il s'en échappa deux petits tas de sable. Elle lui trouva meilleure mine. C'était la première fois qu'il allait se promener sans elle, le soir, sur la plage. Ils avaient l'habitude de ces balades nocturnes où ils pouvaient discuter, méditer ou marcher simplement au hasard. Ils les faisaient toujours ensemble. C'est sur cette plage, leur plage, que Ian l'avait amenée quand elle avait appris la mort de Jake. Et voilà qu'elle n'osait même plus tendre la main vers lui alors qu'elle avait un besoin fou du contact de son corps… Il la regarda sans rien dire et s'enferma dans la salle de bains. Jessie éteignit la lampe en essuyant deux larmes. Elle sentait sur sa gorge le petit haricot de Lima et elle s'efforça vainement de sourire. Le temps n'était plus à s'attendrir à propos de haricots ni de quoi que ce fût. Peut-être en serait-elle bientôt réduite à vendre même le haricot. Cette pensée mesquine la remplit de honte.

Elle entendit se rouvrir la porte de la salle de bains, puis le bruit des pieds nus qui avançaient dans le noir. Elle sentit le matelas se creuser un peu quand il s'assit au chevet du lit. Il resta un long moment à fumer avant d'appuyer son dos contre le montant et d'étendre les jambes. Elle percevait le moindre de ses mouvements sans le voir et elle ne bougeait pas, pour lui faire croire qu'elle était endormie. Elle n'osait pas lui parler.

— J'ai quelque chose à te donner, Jess, dit-il soudain d'un ton bourru et grave.

— Une claque?

En riant, il lui mit la main sur la hanche pour la forcer à se retourner vers lui.

— Non, abrutie! Regarde.

Elle secoua la tête avec obstination, mais ne put s'empêcher de lever le nez et d'allumer.

— Tu ne m'en veux pas, Ian?

— Non, je ne t'en veux pas. Je sais que tu ne pouvais rien faire d'autre. C'est à moi que j'en veux pour nous avoir mis dans le pétrin, mais j'aurais préféré vendre n'importe quoi d'autre que la Morgan.

— Je te demande pardon, dit-elle, désemparée.

— C'est moi qui devrais te le demander.

Il se pencha sur elle et l'embrassa tendrement sur les lèvres, puis il lui glissa dans la main une petite chose légère, aussi parfaitement ronde qu'une pièce de monnaie, où restaient collés quelques grains de sable. C'était une petite concrétion d'un blanc laiteux qui portait en son centre l'empreinte d'un coquillage fossile.

— Je l'ai découvert dans le noir.

— Oh! mon amour, comme c'est joli!

Il la prit dans ses bras et la couvrit de baisers fous sur tout le corps.

Les deux semaines suivantes passèrent à toute allure : les longues heures de travail à la boutique, les déjeuners prolongés à la maison, les violentes disputes à propos des plantes vertes que personne ne songeait plus à arroser, puis les réconciliations passionnées, les étreintes à en perdre le souffle, les problèmes dont on ne voyait pas le bout, l'insomnie alternant avec la léthargie, les déjeuners sautés par inadvertance suivis de dîners trop lourds, les nausées, la terreur d'ouvrir le courrier pour y trouver les factures des dernières folies qu'ils se payaient : un portefeuille en crocodile pour Ian et, pour Jessie, une jupe de peau qu'elle aurait pu avoir à prix coûtant dans sa boutique, mais qu'il était allé lui acheter ailleurs… et toute une camelote qu'on n'en finissait pas de rembourser. C'était à croire que les comptes ne seraient jamais à jour. Bref, il s'agissait d'une vie de fous qui n'avait plus aucun sens! Jessie avait l'impression d'être une balle de ping-pong, rebondissant sans cesse d'un endroit à l'autre sans que personne arrêtât le jeu. Quant à Ian, il était comme un homme qui se noie.

La veille du jour où commençait le procès, toute l'agitation cessa. Jessie s'était arrangée avec ses employées pour prendre une semaine de congé — et même deux, selon la tournure que prendraient les événements. Elle quitta la boutique plus tôt que d'habitude et fit une longue promenade à pied avant de rejoindre Ian à la maison. Elle le retrouva assis dans un fauteuil, en train de regarder par la fenêtre d'un air pensif. C'était la première fois qu'elle ne le surprenait pas en plein travail, ces dernières semaines, car son roman l'occupait à plein temps — quand il ne jetait pas l'argent par les fenêtres ou qu'il ne faisait pas l'amour avec brusquerie, sans dire un mot. Ils se parlaient de moins en moins. Leurs repas se passaient généralement dans un silence total, excepté les jours où ils se disputaient comme des chiffonniers.

Ce soir-là, pourtant, ils allumèrent du feu dans la cheminée et ils eurent une longue conversation. Jessie eut l'impression de retrouver Ian après des mois d'absence. Il lui parlait enfin en la regardant dans les yeux, cet homme qu'elle adorait, son mari, son amant, son ami! C'était l'amitié de Ian qui lui manquait le plus depuis des semaines, ces jours de solitude à deux où ils avaient été incapables de se porter mutuellement secours. Ils dînèrent dans le calme, assis par terre devant la cheminée. Cette quiétude retrouvée donnait à la perspective du procès quelque chose de moins terrifiant. Et, depuis que Ian était sorti de prison, Jessie avait un peu perdu de vue la dure réalité. La réalité, c'était la prison, c'était l'effort désespéré qu'elle avait dû faire pour réunir l'argent de la

caution et la révolte qu'elle avait ressentie en abandonnant l'émeraude. À côté de ces épreuves-là, le procès ne
lui paraissait qu'une simple formalité, un échange verbal
entre deux porte-parole appointés, celui de l'accusation et
celui de la défense, devant un arbitre en robe noire et
avec, quelque part à l'arrière-plan, une inconnue appelée
Margaret Burton. Dans une semaine, peut-être deux,
tout serait terminé. Il n'y avait pas à se soucier d'une
autre réalité.

Couchée sur le ventre au milieu du tapis, devant la cheminée, elle se retourna sur le dos et sourit à Ian d'un air
endormi quand il se pencha pour l'embrasser. Ce fut un
long baiser insistant, porteur de toute la tendresse qu'ils
avaient cru perdue, un baiser si troublant pour chacun
d'eux que, cinq minutes plus tard, ils s'étreignaient avec
fureur. Ils vécurent un de ces rares moments où l'âme et le
corps ne font plus qu'un dans l'incandescence du désir et
du plaisir partagés. Pendant des heures, se parlant à peine,
ils brûlèrent de la même ardeur et ne se lassèrent pas de
faire l'amour. L'aube pointait presque quand Ian porta
rêveusement Jessie jusqu'à leur lit.

— Je t'aime, Jess. Essaie de dormir un peu. Nous allons
avoir une dure journée, lui murmura-t-il.

Presque endormie déjà, elle l'écouta sans comprendre.
Une dure journée? Ah oui... ce devait être la présentation
de mode... à moins qu'il ne fût question d'aller à la plage.
Elle n'arrivait pas à se souvenir de quoi il s'agissait. Un
pique-nique, peut-être.

— Je t'aime aussi, mon...

Le sommeil interrompit sa phrase. Blottie tout contre
lui, elle le tenait dans ses bras comme un petit enfant. Il se
dégagea doucement, alluma une cigarette et la regarda dormir, le visage grave. Il resta éveillé. Il aimait Jessica plus que
jamais, mais son inquiétude avait pris le dessus.

Il demeura ainsi jusqu'au matin, à regarder sa femme et à méditer sur leur sort, à écouter sa respiration et ses murmures et à se demander ce qui les attendait.

Quelques heures plus tard, on allait le juger pour viol.

15

La SALLE du palais de justice où allait se dérouler le procès n'avait rien de commun avec la petite pièce où le juge d'instruction avait entendu précédemment les déclarations des deux parties. Jessie n'en avait vu de semblables que dans les films. Le décor avait quelque chose de théâtral avec ses boiseries, ses dorures, ses longues rangées de sièges, l'estrade haut placée où siégeait le tribunal et la bannière étoilée bien en vue. Le public était nombreux. Une femme se mit à énoncer l'un après l'autre le nom des jurés. Elle s'arrêta au douzième. Le jury était constitué.

Ian s'installa près de Martin Schwartz, au banc des accusés. Non loin de là se tenait un nouveau substitut, un homme, cette fois, assis à côté de l'inspecteur Houghton. Margaret Burton n'était pas dans les parages.

Les douze jurés prirent place à leur tour et le juge se mit à exposer la nature du procès. Quelques femmes parurent étonnées et jetèrent des coups d'œil en direction de Ian. Un homme hocha la tête avec réprobation. Schwartz prit quelques notes rapides et examina longuement chacun des jurés. Il avait, comme le substitut, le droit d'en récuser dix. À première vue, ils paraissaient insignifiants et inoffensifs.

Avant le début de la séance, Martin Schwartz avait précisé à Ian et à Jessie le genre de jurés qu'il désirait. Pas de vieilles filles, qui seraient scandalisées d'avance par une accusation de viol ou susceptibles de s'identifier à la plaignante. Il aurait préféré de braves petites-bourgeoises capables de reprocher à Margaret Burton d'avoir consenti sans difficulté à monter dans la voiture d'un inconnu. S'il y avait des jeunes gens dans le tas, ce serait sans doute un atout pour Ian, bien qu'ils pussent trouver suspect qu'un couple de leur âge eût l'air aussi prospère. Le choix était donc délicat.

Placée au premier rang de l'auditoire, Jessie essaya de faire des pronostics en regardant le visage de ces douze personnes, hommes et femmes, ainsi que celui du juge. Mais, au moment précis où Schwartz se levait pour contester la présence d'un des jurés, le juge déclara que la séance était suspendue. Il était déjà l'heure du déjeuner.

Dès le début, le procès se déroula avec lenteur. Il fallut attendre jusqu'au lendemain soir pour que la liste des jurés fût définitivement établie. Les représentants des parties adverses les avaient tour à tour questionnés sur leurs réactions personnelles vis-à-vis du viol, sur leur profession, leur conjoint, leurs habitudes de vie et le nombre de leurs enfants. Schwartz, pour sa part, récusa certains hommes dont la fille pouvait être de l'âge de Mlle Burton : il craignait qu'ils ne fussent enclins à s'apitoyer un peu trop sur son sort. Mais il ne pouvait penser à tout ni préjuger des réactions des uns et des autres. Deux des membres du jury continuaient à l'inquiéter un peu. Mais, puisque les jeux étaient faits, il fallait espérer que tout irait pour le mieux. En tout cas, l'avocat avait posé ses questions avec un humour et une bonhomie qui avaient eu au moins l'avantage de détendre l'atmosphère.

Après ce tri, le jury se composait de cinq hommes, trois retraités et deux jeunes gens, et de sept femmes, deux jeunes célibataires et cinq mères de famille entre deux âges appartenant à la classe moyenne. Pour Schwartz, c'était un assez bon choix. Seuls les deux retraités lui inspiraient une certaine méfiance. Mais, dans l'ensemble, il s'estimait satisfait, ce qui rassura Jessie et Ian.

Le soir du deuxième jour, en sortant du tribunal, Jessie avait l'impression de connaître par cœur tous les détails de la vie des jurés, leurs occupations quotidiennes et celles de leurs proches. Elle se disait que, désormais, elle pourrait reconnaître chacun d'eux au milieu d'une foule immense et qu'elle n'oublierait jamais plus leurs visages.

Les choses commencèrent à se gâter le troisième jour. Le substitut bien convenable qui avait remplacé la dame en vert de la première audience ne reparut pas. Il avait eu au cours de la nuit une crise d'appendicite aiguë avec perforation intestinale et on l'avait opéré d'urgence au Mt. Zion Hospital. L'opération, paraît-il, s'était bien passée. Ce fut une assez mince consolation pour Jessie de l'apprendre, quand un confrère du malade, chargé d'une affaire dans la salle voisine, vint en informer le tribunal et rassurer l'assistance, en ajoutant qu'on lui avait trouvé un remplaçant dont l'arrivée était imminente. Ian et Jessie furent atterrés. Ils s'attendaient à voir réapparaître le bouledogue en vert. Ils avaient poussé un tel soupir de soulagement en constatant son absence le premier jour!

Martin Schwartz se pencha vers Ian pour lui murmurer quelque chose à l'oreille. Le juge suspendit alors la séance pour attendre l'arrivée du nouveau substitut. Il quitta momentanément la salle et tout le monde suivit son exemple pour aller arpenter les corridors. La matinée n'était pas encore très avancée et ceux qui ne trouvaient rien de mieux à faire se précipitèrent autour des distributeurs automatiques de boissons. Jessie les imita, mais le café était infect. Elle se sentait déprimée et resta un moment à broyer du noir, son gobelet brûlant à la main. Si l'horrible bonne femme revenait, les choses allaient mal se passer. Ian vint la rejoindre, mais il n'ouvrit pas la bouche. Martin Schwartz s'était éclipsé.

Il leur avait bien recommandé à tous les deux de ne pas se communiquer leurs impressions et leurs craintes à proximité d'oreilles indiscrètes. De ce fait, ils n'arrivaient pas à trouver un sujet de conversation. Aussi demeurèrent-ils plantés l'un près de l'autre, atterrés et silencieux, pareils à des réfugiés attendant le long d'un quai de gare le train qui doit les conduire vers une destination inconnue.

— Tu reprends du café?

Elle le regarda sans comprendre ce qu'il lui demandait et il essaya de la secouer.

— Veux-tu encore du café?... Jess, cesse de te faire autant de mauvais sang. Tu verras, tout ira bien.

— Oui, bien sûr, répliqua-t-elle avec un pauvre sourire.

Des mots. Rien que des mots. Des mots tous vidés de leur sens parce que la vie elle-même n'en avait plus. Tout devenait incompréhensible. Que pouvaient-ils bien faire là, tous les deux? Pourquoi avaient-ils cette attitude embarrassée et faisaient-ils cette tête d'enterrement? Jessica prit une cigarette, puis l'écrasa sur le sol de marbre et leva les yeux au plafond. C'était un plafond magnifique, mais il lui parut abominable. Surchargé, trop baroque. Drôle de plafond, en vérité!... Brusquement, elle reprit conscience qu'il s'agissait de celui du palais de justice. Elle avait oublié un moment où elle se trouvait. Elle reprit une cigarette.

— Mais tu viens juste d'en fumer une, Jess! lui murmura Ian avec reproche.

Elle le nargua par-dessus la petite flamme du briquet. Comme il se sentait aussi nerveux qu'elle, il n'insista pas. Il lui proposa simplement de rentrer dans la salle.

— Pourquoi pas? répondit-elle d'un ton dégagé en flanquant son gobelet vide dans un grand bac rempli de sable.

Ils retournèrent côte à côte vers la salle, sans se toucher. Ian alla rejoindre son avocat et reprit sa place au banc des accusés, à l'écart de l'assistance. Jessica l'observa un moment, puis elle se mit à regarder Martin Schwartz qui griffonnait quelques notes à toute allure sur un registre. Éclairé par un rayon de soleil, il était l'image du parfait défenseur au grand cœur et son ombre se profilait sur le sol de marbre. Elle le contempla quelques instants d'un œil vague en regrettant de ne pas se trouver à cent lieues de là, puis elle tourna distraitement la tête vers le fauteuil réservé au substitut.

La place était occupée et, encore une fois, par une femme. Matilda Howard-Spencer… Grande, mince, anguleuse. Tout en elle semblait pointu, son allure, ses traits, ses gestes. Elle avait un visage étroit, des cheveux blonds coupés très court et de longues mains agiles et maigres qu'on sentait prêtes à pointer sur l'inculpé un doigt vengeur. Elle était habillée sobrement d'un tailleur gris et d'un chemisier de soie claire dans les mêmes tons. Le gris ardoise du tailleur s'accordait à merveille avec la couleur de ses yeux durs et froids. Elle ne portait pas d'autre bijou qu'une mince alliance d'or. C'était l'épouse du juge Spencer dont le nom était accolé à son patronyme. Elle passait pour la terreur du barreau. Elle avait obtenu ses plus belles condamnations avec des cas de viol. Ian et Jessie l'ignoraient encore, mais Schwartz qui la connaissait bien la vit arriver avec désespoir. Pour lui, elle avait à peu près autant de séduction qu'un scalpel entre les mains d'un tortionnaire. Il lui était arrivé de plaider une fois contre elle et c'est elle qui avait eu le dessus, comme toujours. Le client de Schwartz s'était suicidé neuf jours plus tard. Il l'aurait peut-être fait de toute façon, mais on pouvait être certain que la présence de la chère Matilda n'arrangeait jamais les choses. Du reste, rien qu'à la regarder, on s'en doutait un peu.

Pour Ian, elle évoqua tout de suite la justice poursuivant impitoyablement le crime. À Jessie, elle fit plutôt l'effet d'une froide statue au regard médusant. Elle comprit que, cette fois, la guerre était bien déclarée et que cette femme ne leur ferait pas de quartier. Il fallait la voir tourner la tête pour regarder Ian. Elle lui jeta d'abord un simple coup d'œil, puis elle l'examina à plusieurs reprises comme s'il ne s'agissait pas d'un être humain, mais d'une brute. Elle se pencha vers Houghton pour lui faire une série de recommandations rapides. Il l'écouta en approuvant par des hochements de tête, puis il se leva et sortit. Elle savait se faire obéir. Jessica maudit le malheureux substitut qu'on venait d'opérer de l'appendicite. Cette femme était une vraie catastrophe!

Le juge, après s'être levé pour la saluer, se rassit dans une atmosphère considérablement alourdie. Il avait l'air très satisfait que l'apparition de la dame eût ajouté à la tension ambiante et il lui adressa un petit signe amical empreint de respect. C'était le comble.

Matilda Howard-Spencer commença par faire quelques remarques aimables à l'adresse des jurés, qui parurent l'apprécier. Elle savait inspirer tour à tour aussi bien la confiance que la peur, avec une autorité naturelle qu'on ne s'attendait pas à trouver chez une femme de son âge. Elle ne devait pas avoir beaucoup plus de quarante ans et donnait l'impression d'être capable de remettre de l'ordre dans les situations les plus confuses. Elle avait une âme de guerrier. On aurait pu lui laisser le commandement d'une armée et se dire qu'en plus de ses fonctions de chef de guerre elle trouverait encore le temps de surveiller les études d'algèbre et de latin des enfants qu'on lui aurait confiés. Cependant, elle n'avait pas d'enfants. Cela faisait à peine deux ans qu'elle était mariée. De toute façon, son époux avait largement dépassé la soixantaine et leur union était du genre platonique. On ne lui connaissait qu'une seule passion : la loi.

Les choses commencèrent à se gâter alors qu'un des témoins les moins compromettants était à la barre. Il s'agissait du médecin qui avait examiné la plaignante. Il ne dit rien, pourtant, qui pût enfoncer Ian ou avantager Margaret Burton. Il déclara seulement que, s'il pouvait affirmer qu'il y avait eu des rapports sexuels, il lui était impossible d'en dire plus, en son âme et conscience. En dépit de l'insistance de Matilda, il tint à rester sur ses positions : rien ne laissait supposer, selon lui, qu'il y avait eu violence. Schwartz fit objection à plusieurs reprises et sans succès. Jusque-là, le témoignage n'avait pas eu l'air de présenter une grande importance. Jessica, qui trouvait tout cela ennuyeux, s'efforça de fixer son attention sur la petite bande de nylon rouge du drapeau américain. Cela l'aida à supporter le reste des discours et les mots violents qui émaillaient les propos de l'accusation : actes contre nature... copulation... orale... anale... attentat aux mœurs... à la pudeur... crime infâme..., plus toute une série de termes anatomiques, de ceux qui, en particulier, titillent l'imagination des adolescents et les incitent à se précipiter sur le dictionnaire. Mais celui que semblait préférer Matilda Howard-Spencer, c'était le mot viol. Elle appuyait de toutes ses forces sur la lettre initiale. On sentait que le viol dont elle parlait prenait un V majuscule, parce que c'était un Viol de première grandeur.

Le soir de ce jour-là, Ian et Jessie rentrèrent chez eux dans un silence de mort. Depuis le début de la semaine, ils n'avaient plus la force d'ouvrir la bouche. Ils n'en pouvaient plus de passer là-bas des heures et des heures à s'efforcer de conserver leur dignité face à la curiosité malsaine des jurés et de l'assistance. Ils devaient à tout prix rester impassibles. Si Jessie avait pris l'air furieux, les gens auraient pu s'imaginer que ses nerfs allaient lâcher ou qu'elle était révoltée par la conduite de son mari. Si Ian avait risqué un sourire, on aurait pu l'accuser de prendre les choses à la légère. S'ils avaient porté des vêtements un peu trop chics, on les aurait traités de sales richards. Des vêtements trop voyants, de provocateurs. Il leur fallait avant tout ne pas paraître trop «sexy». «Vous vous rendez compte, dans un procès pour viol!...» Tout cela leur donnait parfois l'impression d'être passés au-delà de la peur.

Ils étaient d'autant plus exténués que la hargne de Matilda semblait inépuisable. Infatigablement, elle extorquait à chaque témoin la plus petite information et jusqu'à la dernière de ses arrière-pensées. Martin Schwartz, malgré ses grands airs, n'était même pas fichu de réagir. Peut-être n'était-ce pas encore trop grave, mais il fallait pourtant s'efforcer de ne pas s'endormir, de ne pas oublier que le procès se compliquait. Il menaçait de se prolonger. On n'en voyait pas le bout. On avait toujours le sentiment qu'il ne faisait que commencer et durerait la vie entière.

Ils dînèrent ce soir-là sans échanger un mot. Ensuite, quand Ian prit sa douche, Jessie était déjà endormie. Cela leur épargna tout effort de conversation.

Le lendemain matin, elle était encore tout ensommeillée en montant dans la voiture. Elle s'étira en regardant les maisons qu'éclairait le soleil pâle, et elle sourit vaguement.

— Qu'est-ce qui te fait sourire?

— Rien, une bêtise. Cette lumière-là me rappelle New York, les matins où nous partions ensemble au travail. C'est la même.

— Je ne trouve pas.

— Ah bon!... Avons-nous le temps de nous arrêter pour prendre une tasse de café?

— Il y a des distributeurs là-bas! Je n'ai pas envie d'être en retard. J'ai peur que ça ne puisse se retourner contre moi et qu'ils me remettent en détention provisoire.

— Comme tu voudras, mon amour, dit-elle tristement.

Que c'était étrange, cet accès d'angoisse à propos d'une simple tasse de café! Elle lui serra l'épaule avec tendresse avant d'allumer une nouvelle cigarette. Elle s'était mise à fumer à la chaîne. Le seul endroit où elle était forcée de s'en abstenir, c'était le tribunal.

Ils montèrent bras dessus bras dessous les marches du palais de justice. Dehors, la journée s'annonçait superbe. Il y avait de la gaieté dans l'air. Visiblement, le ciel ne se souciait guère du malheur individuel et n'allait pas faire tomber la pluie pour si peu.

Ils arrivèrent devant la salle d'audience avec trois minutes d'avance. Jessica se précipita vers le distributeur de café.

— En veux-tu aussi?

Il hésita, puis accepta. Il sentait que son cœur était fatigué et il se dit que c'était sans importance. Un peu plus, un peu moins!... Mais, en prenant le gobelet des mains de Jessie, il vit qu'elle tremblait très fort.

— Ma pauvre chérie, il va bien nous falloir au moins un an, à l'un comme à l'autre, pour nous remettre de ce choc!

— Oui, je commence à sucrer les fraises. Tu as vu mes mains?

— Les miennes ne valent guère mieux.

— Ce doit être la rançon de ta célébrité!

— C'est vrai, me voilà devenu le Violeur de San Francisco! railla-t-il avec amertume.

— Ian, je t'en prie...

231

Leur brève tentative de conversation se termina là. À ce moment, Jessie perçut une agitation inhabituelle derrière elle. À plusieurs reprises, elle entendit le bruit d'une porte qu'on ouvrait et refermait. Il devait y avoir quatre hommes et une femme, en pleine discussion. On aurait dit qu'un incident important venait de se produire.

Jessie s'aperçut alors de la tête que faisait Ian. Il semblait très inquiet, tendait l'oreille, cherchant à comprendre de quoi il s'agissait. Elle n'osa pas lui demander quelle mouche le piquait. Il avait l'air totalement absorbé. Il y eut un autre claquement de porte et une femme apparut à quelques mètres d'eux. Jessie retint un cri. C'était Margaret Burton, vêtue d'une simple robe de laine d'un blanc immaculé.

Ian ouvrit aussi la bouche et la referma sans pousser la moindre exclamation. Ils étaient tous deux figés sur place. Glacée de dégoût et tremblant de tous ses membres, Jessie fusilla son ennemie du regard. Margaret Burton s'était arrêtée en les voyant et elle avait même fait un pas en arrière, étonnée et alarmée. Ils eurent un instant l'impression que la terre s'était immobilisée pour toujours et qu'ils restaient seuls au monde. Tout venait de se pétrifier... excepté le visage de Margaret Burton. Avec une incroyable lenteur, les coins de sa bouche s'étirèrent en un sourire de satisfaction perverse et sa figure sembla se détendre tout entière comme un masque de cire qui fond au soleil. C'était un rictus de triomphe à l'adresse de Ian. Jessie la regarda avec horreur. Mue par un réflexe inconscient, elle se précipita à sa rencontre, et faisant tournoyer son sac à main au bout de la courroie, elle le flanqua à la tête de la demoiselle Burton.

— Pourquoi, espèce d'ordure, pourquoi ? cria-t-elle dans un accès d'indignation douloureuse.

La fille recula, pâle de saisissement, et parut s'éveiller d'un rêve. Déjà, Ian s'était interposé, sentant que Jessie était capable de la tuer. Il avait lu la volonté de meurtre dans son regard et il lui semblait que l'écho de son cri interrogateur n'en finissait pas de s'éteindre. Pourquoi?... Pourquoi?... Jessie s'écroula entre ses bras en sanglotant tandis que Margaret Burton s'enfuyait à toutes jambes dans un staccato de hauts talons.

Plusieurs personnes, accourues au bruit de l'incident, firent demi-tour avec un air frustré en constatant qu'il n'y avait là que Jessie et Ian. Elles s'en allèrent persuadées que le couple venait de se bagarrer et que l'épouse faisait une crise de nerfs. Mais Martin Schwartz, de son côté, avait entendu des cris alors qu'il se dirigeait vers la salle d'audience. Il pressa le pas et, en apercevant Margaret Burton qui cherchait précipitamment refuge dans une pièce voisine de celle du tribunal, il comprit que les adversaires s'étaient trouvés nez à nez. Quand il vit Jessie qui tremblait, assise sur un banc, et Ian qui essayait de la calmer, il demanda des explications.

Ian fit la grimace sans répondre.

— Mais que s'est-il passé?

— Pas grand-chose. Rien qu'une rencontre inopinée avec l'inestimable Mlle Burton.

— A-t-elle agressé Jessica? demanda l'avocat, espérant avoir enfin quelque chose à mettre au passif de la plaignante.

— Non, elle s'est contentée de sourire, expliqua Jessie en interrompant momentanément ses sanglots.

— De sourire? répéta Schwartz, ahuri.

— Oui. Et c'était le sourire d'une sadique qui vient juste d'assassiner quelqu'un.

— Jessie, voyons!... dit Ian avec embarras.

Il aurait voulu la contredire, mais il savait qu'elle avait raison. Elle avait parfaitement décrit le sourire de Margaret Burton. Malheureusement, ils en avaient été les seuls témoins.

— Bon. Alors, rentrons dans la salle. Nous allons être en retard.

Jessie se leva avec difficulté, sous le regard inquiet des deux hommes. Elle ferma les yeux et s'efforça de reprendre son souffle.

— Jess, ne ferais-tu pas mieux… ?

— Non, laisse-moi tranquille. Ce n'est rien.

Elle savait bien ce qu'il allait lui demander, mais il n'était pas question pour elle de rentrer à la maison.

Quand elle pénétra dans la salle d'audience en compagnie de Ian et de Schwartz, quelques têtes se tournèrent pour la dévisager. Elle se demanda si les gens étaient au courant de l'incident. Mais elle n'avait pas fait trois pas que l'inspecteur Houghton se dressait devant elle, l'air menaçant.

— Si jamais vous essayez de recommencer, déclara-t-il, je vous fais arrêter !

Ian parut effondré et Jessie regarda Houghton d'un air hébété. Martin s'interposa.

— Recommencer à faire quoi, inspecteur ?

— À menacer Mlle Burton.

— Jessica, avez-vous menacé cette personne ? demanda Schwartz de la voix qu'il aurait prise pour demander à une gosse de cinq ans si elle avait volé du chocolat.

— Non, j'ai seulement crié.

— Pour quelle raison ?

— Elle a crié : «Pourquoi ?» déclara Ian. Elle n'a rien fait d'autre.

— Je ne crois pas que ce soit une menace, inspecteur. N'êtes-vous pas de mon avis ? En fait, j'ai moi-même entendu Mme Clarke crier ce mot quand je suis arrivé et c'est ce qui m'a fait aller à sa rencontre.

— Je considère ça comme une menace.

«Et moi, sale flic, faillit s'exclamer Jessie, je te considère comme une pauvre cloche !»

234

— Dans le monde où je vis, inspecteur, « pourquoi ? » introduit seulement une interrogation. Si vous y voyez personnellement une menace, c'est qu'il y a peut-être des questions auxquelles vous ne tenez pas à répondre.

Houghton tourna les talons sans rien ajouter et alla s'asseoir près de Matilda Howard-Spencer. Il avait l'air furieux. Mais Ian ne l'était pas moins et Jessie se rendit compte qu'il claquait des dents.

— Je n'attendrai pas la fin du procès pour faire la peau à cette salope !

D'un ton glacé, Martin Schwartz lui intima l'ordre de se taire.

— Ian, vous allez, au contraire, avoir jusqu'à la fin une attitude irréprochable et digne, même si vous êtes au bout du rouleau. Reprenez-vous, et tout de suite ! Est-ce clair, pour l'un comme pour l'autre ? Jessica, je m'adresse à vous aussi. Faites votre plus beau sourire. Souriez, ma jolie, et mieux que ça ! Prenez son bras, Ian. Bon sang, vous comprenez bien que le jury tiendra compte de votre attitude ! Ayez au moins l'air de vous entendre ! Ne l'oubliez surtout pas !

Sur ces mots, il les quitta pour regagner sa place, en affichant une expression un peu trop solennelle, mais apparemment exempte de toute inquiétude. Il adressa un petit sourire aimable au substitut et regarda l'assistance d'un air bienveillant. Jessie et Ian se révélèrent moins bons acteurs, mais ils firent de leur mieux. La perspective d'écouter, ce jour-là, le témoignage de la demoiselle Burton n'était pas pour les réconforter.

Pourtant, curieusement, après avoir été nargués par son sourire démoniaque, ils ne se laissèrent pas trop démonter par son discours. Appelée à la barre, elle était prête à débiter encore une fois la petite histoire qu'elle savait par cœur. Dans sa robe blanche immaculée, elle avait un aspect virginal et extrêmement convenable. Par surcroît de pudicité, elle gardait les genoux si serrés qu'il semblait qu'on les eût vissés l'un à l'autre juste avant la séance. Jessica remarqua qu'elle avait changé de teinture capillaire et que ses cheveux étaient devenus plus bruns que roux. Elle n'avait même pas l'air d'être maquillée. Enfin, elle avait dû se bander la poitrine pour ressembler à une planche à pain. Et, de haut en bas, elle avait fait le maximum pour dissimuler ses avantages naturels.

— Mademoiselle Burton, auriez-vous l'obligeance de nous dire ce qui est arrivé? demanda Matilda Howard-Spencer, vêtue d'une robe d'un noir profond qui formait un saisissant contraste avec la robe blanche de la plaignante.

Quand Margaret Burton se fut complaisamment exécutée, elle lui posa une autre question.

— Vous était-il déjà arrivé quelque chose de semblable?

La fille baissa les yeux et murmura un tout petit «non» d'une voix mourante. On aurait dit le bruit d'une feuille d'automne tombant sur l'herbe. Révoltée par cette comédie, Jessie s'enfonça les ongles dans les paumes pour se retenir de hurler sa haine. C'était monstrueux de laisser en liberté des femmes de cet acabit! Et dire qu'il fallait rester là patiemment à regarder ses grimaces et à écouter ses réponses hypocrites!

— Dans quel état étiez-vous quand il vous a abandonnée dans cet hôtel de passe?

— Au bord du suicide. J'ai envisagé un moment de me tuer. C'est pourquoi j'ai tardé à prévenir la police.

Elle avait bien récité sa leçon. Pour un peu, Jessie lui aurait crié bravo et aurait applaudi à tout rompre. Mais ce n'était pas réjouissant. Avec ses airs de sainte nitouche, Margaret Burton était en train de mettre le jury dans sa poche.

Qu'allait pouvoir faire Martin? S'il tentait de la démolir, les jurés lui en voudraient. Le contre-interrogatoire allait ressembler à un exercice de haute voltige.

Matilda Howard-Spencer questionna la plaignante pendant plus d'une heure. Ce fut ensuite le tour de Schwartz, et la panique reprit Jessica. Elle aurait voulu se blottir contre Ian car, là-bas, dans son coin, il ne semblait pas supporter l'audience beaucoup mieux qu'elle. Il était l'accusé, le «violeur». Elle frissonna de pitié pour lui.

— Mademoiselle Burton, pourquoi avez-vous souri à M. Clarke, ce matin, dans le corridor?

La question de l'avocat fit sursauter tout le monde, même Jessie. Les jurés paraissaient éberlués. Houghton se mit à grommeler en se penchant vers le substitut.

— Souri?... Je... Pourquoi?... Je ne lui ai pas souri! balbutia la fille en rougissant de fureur et non plus de pudeur offensée.

— Alors, qu'avez-vous fait?

— Moi?... Absolument rien!... Je ne sais pas... J'ai eu un choc en le voyant et sa femme m'a crié un gros mot!

— Quel gros mot?

Bien qu'elle eût repris son air de sainte nitouche, Schwartz avait l'air de s'amuser beaucoup, ce qui étonna un peu Jessie. Quel genre d'homme était-il donc? Elle avait du mal à s'en faire une idée précise. Il la surprenait tous les jours.

— Répondez, mademoiselle Burton. Ne soyez pas timide. Dites-nous ce vilain gros mot. Mais rappelez-vous que vous avez prêté serment.

Il attendit en souriant qu'elle se décidât à répondre.

— Je ne m'en souviens plus, dit-elle enfin.

— Ah non? Cette rencontre était-elle pour vous si dramatique qu'elle vous ait fait perdre la mémoire?

— Objection! cria Matilda en se levant, l'air furieux.

— Objection retenue.

— Très bien. Mais encore un détail! Est-il exact que vous ayez regardé M. Clarke comme si vous le narguiez et que...

— Objection! hurla de nouveau le substitut en fusillant du regard l'avocat qui gardait son sourire angélique.

Schwartz laissa tomber la question, mais c'était un bon début et, à partir de là, la version des faits donnée par Margaret Burton parut perdre un peu de son impact. Elle eut beau raconter ensuite en détail de quelle façon elle avait été avilie, humiliée et violée, et comment le coupable avait usé et abusé de son corps, son récit portait plutôt à rire qu'à pleurer.

— Qu'attendiez-vous exactement de M. Clarke?

— Je ne comprends pas, dit-elle d'une voix hautaine, mais assez inquiète.

— Eh bien, pensiez-vous qu'il allait vous demander en mariage dans cette chambre d'hôtel?... Ou sortir de sa poche une bague de fiançailles pour vous la passer au doigt? Dites, qu'attendiez-vous de lui?

— Je ne sais pas. Je pensais que c'était pour boire un verre. Il avait déjà un peu bu.

— L'avez-vous trouvé séduisant?

— Bien sûr que non!

— Alors, pourquoi avez-vous consenti à prendre un verre avec lui?

— Parce que... Je ne sais pas!... Parce que je l'avais pris pour un homme du monde, dit-elle enfin, ravie de sa trouvaille.

— Ah, c'est donc ça! Un homme du monde. À votre avis, est-ce qu'un homme du monde vous aurait emmenée dans un hôtel borgne?

— Non...

— Est-ce M. Clarke qui vous a emmenée dans cet hôtel, ou est-ce vous qui l'y avez emmené?

Le visage de Margaret Burton s'empourpra violemment. Elle cacha son visage dans ses mains en murmurant une phrase inaudible. Il fallut que le juge la rappelât à l'ordre.

— Je ne l'ai emmené nulle part!

— Mais vous l'avez accompagné! Et, pourtant, vous ne le trouviez pas séduisant du tout. Aviez-vous tellement envie de boire un verre?

— Non.

— Alors, de quoi aviez-vous envie?

— Je voulais... je voulais que nous soyons amis.

— Amis? répéta Schwartz, qui semblait de plus en plus content de la voir s'empêtrer dans ses réponses.

— Pas exactement amis... Je ne sais pas. Je voulais seulement retourner à mon travail.

— Dans ce cas, pourquoi avoir accepté d'aller prendre un verre avec lui?

— Je n'en sais rien.

— N'auriez-vous pas souffert, par hasard, d'un petit retard d'affection?

— Objection!

— Veuillez formuler autrement votre question, dit le juge.

— Mademoiselle Burton, depuis combien de temps n'aviez-vous pas eu de relations sexuelles?

Embarrassée, elle leva vers le tribunal un regard interrogateur et, voyant qu'elle était obligée de répondre, elle murmura encore une fois qu'elle n'en savait rien.

— Allons, allons, vous avez bien une petite idée là-dessus?

— Non, je ne sais pas! s'écria-t-elle d'une voix perçante.

— Y avait-il plusieurs années? Moins longtemps? Deux mois... un mois... une semaine?... Quelques jours?

Elle n'en finissait pas de répondre non, toujours non. Schwartz commençait à perdre patience.

— Expliquez-vous!

— Il y avait plus de quelques jours.

— C'est-à-dire?

— Ça faisait un bout de temps.

Le juge la regarda avec sévérité et Schwartz fit quelques pas dans sa direction.

— Je voulais dire que ça faisait assez longtemps, reprit-elle, décontenancée. Peut-être un an.

— Peut-être plus longtemps?

— Peut-être…

— Qui aviez-vous comme partenaire dans vos dernières relations amoureuses? Quelqu'un que vous connaissiez bien?

— Je… je ne me souviens plus… Oui!

Le dernier mot avait ressemblé à un hurlement.

— Etait-ce quelqu'un qui vous avait fait du mal? Quelqu'un qui n'avait pas répondu à votre amour comme il l'aurait dû? Quelqu'un en qui vous…

L'avocat posait ses questions d'une voix si douce, si envoûtante que Matilda Howard-Spencer dut se lever brusquement pour rompre l'hypnose collective.

— Objection!

Le contre-interrogatoire dura tout de même deux heures. Jessie, qui se sentait au bord de l'évanouissement, finissait par se dire qu'elle ne tiendrait pas jusqu'au bout. Elle n'eut même pas le courage de faire des suppositions sur le bien-fondé de toutes ces questions quand elle vit Margaret Burton quitter la barre en sanglotant, soutenue par l'inspecteur Houghton. Matilda, elle, consultait son dossier, sans un regard pour la plaignante. Visiblement, les viols l'intéressaient davantage que les victimes.

Le juge suspendit l'audience et renvoya tout le monde jusqu'au lundi. Jessie et Ian, abasourdis, s'attardèrent un peu dans la salle. C'était l'heure du déjeuner, mais Jessie n'avait qu'une envie, rentrer, se mettre au lit et dormir indéfiniment. Elle ne s'était jamais sentie aussi épuisée de toute sa vie. Aussi usée… Ian, lui aussi, avait l'air de vieillir à vue d'œil.

Quand ils quittèrent la pièce en compagnie de Martin, il n'y avait plus trace de Margaret Burton. Pour lui éviter de rencontrer de nouveau ses adversaires, on avait dû la faire sortir par une porte de côté et l'escorter discrètement jusqu'à la rue à travers des couloirs peu fréquentés. L'avocat avait l'impression que Houghton, malgré son empressement auprès de la fille, n'était pas dupe de ses mensonges et tenait à empêcher un nouveau scandale.

Dehors, ils retrouvèrent le soleil. Jessie accueillit le retour à la lumière du jour comme si elle sortait d'un long tunnel. On était vendredi. C'était la fin de la première semaine, cette semaine qui avait paru interminable. Ils avaient devant eux deux jours de liberté, et même deux jours et demi. Elle n'avait qu'une idée en tête : rentrer au plus vite pour oublier l'affreux et pesant décor rococo de ce bâtiment où leur vie s'en allait en morceaux entre les mains d'une toquée.

— À quoi penses-tu? demanda Ian.

Il pensait toujours avec inquiétude à l'incident du matin et à l'interminable audience. Cela lui paraissait de mauvais augure.

— Je ne sais pas. J'ai la tête vide. Je suis à la dérive.

— Eh bien, si dérive il y a, dérivons jusqu'à la maison.

Il la prit par le bras pour la conduire à la voiture et lui ouvrit la portière. Elle s'installa maladroitement sur le siège de la Volvo avec l'impression d'être devenue deux fois centenaire. Mais elle fut tout de suite rassurée de se retrouver dans la vieille voiture. Ils rentraient à la maison. Rien d'autre ne comptait. Ils allaient chasser le souvenir de cette affreuse matinée.

— Où en es-tu, à part ça, mon chéri? demanda-t-elle en l'observant à travers la fumée de sa cigarette.

— Que veux-tu dire? répliqua-t-il, embarrassé.

— Comment crois-tu que les choses vont tourner? Que t'a dit Martin Schwartz?

— Pas grand-chose. Il n'est pas du genre expansif.

Elle acquiesça. En les quittant, il leur avait seulement recommandé de passer à son cabinet le lendemain.

— Je crois que ça ne se présente pas trop mal.

— Je le crois aussi.

Pouvaient-ils raisonnablement le croire? Tout cela était pour eux une torture. Il leur était difficile d'être optimistes.

— Il me semble que Martin s'y prend bien.

— Je suis de ton avis.

S'ils continuaient à espérer que les choses pouvaient s'arranger, ils se faisaient pourtant une idée plus précise de ce que cette affaire allait leur coûter. Il ne s'agissait plus seulement d'argent et de biens matériels, mais de santé physique et d'équilibre mental.

16

Le samedi matin, Ian se rendit chez Schwartz pour mettre au point les déclarations qu'il serait amené à faire la semaine suivante. Jessie était restée à la maison avec la migraine. Courtoisement, Martin passa la voir dans l'après-midi pour l'informer qu'elle serait, elle aussi, appelée à la barre.

Astrid téléphona un peu plus tard alors qu'ils étaient affalés dans des fauteuils en train de regarder un vieux film à la télévision.

— Salut, Jessica, puis-je vous inviter tous les deux à venir manger des spaghetti chez moi?

— Excusez-nous, Astrid, répondit Jessie un peu sèchement. C'est impossible.

— Oh! vous deux! Toujours du travail! J'ai essayé toute la semaine de vous appeler à la boutique, Jessie. Vous n'êtes jamais là.

— C'est vrai, j'avais autre chose à faire. J'aide Ian... à taper son manuscrit.

— Ce doit être passionnant.

— Oui, assez, fit-elle d'une voix neutre. Je vous téléphonerai la semaine prochaine. Et merci pour votre invitation.

Après avoir raccroché, Jessie se demanda comment il pouvait se faire que personne ne sût ce qui leur arrivait. C'était extraordinaire qu'il n'y eût aucun article dans les journaux. Elle finit par se dire que leur triste aventure n'avait rien que de banal. Il y avait une douzaine de cas analogues chaque jour. Pour eux, c'était un événement affreux, mais dans les milieux de presse, on en avait vu d'autres. Bon nombre d'affaires étaient infiniment plus juteuses à relater. Le seul intérêt de la leur, c'est qu'elle concernait des bourgeois, la propriétaire d'une boutique de luxe. Si cela se savait un jour, c'en était fini de «Lady J». Mais il n'y avait apparemment pas grand risque : aucun journaliste ne s'était montré jusque-là et personne d'autre n'avait témoigné la moindre curiosité. C'était une vraie chance, dont Jessie était consciente. Et Martin avait promis que, si jamais un reporter indiscret pointait le nez, il appellerait son journal pour lui demander le silence. Il se faisait fort de l'obtenir. Il avait l'habitude de ce genre de situations.

Jessie était ennuyée d'avoir envoyé promener Astrid. Cela faisait un certain temps qu'ils ne l'avaient pas vue. Depuis deux mois, ils avaient laissé tomber tous leurs autres amis car il aurait été trop pénible de les rencontrer. Et, même avec Astrid, il était de plus en plus délicat de continuer les relations. Depuis le début du procès, Jessie se sentait également incapable d'affronter le regard de ses jeunes employées. Elle aurait eu trop peur de laisser voir son trouble. Pour des raisons identiques, Ian s'était tenu à l'écart de tous les gens qu'il connaissait. Il était soulagé de pouvoir se plonger dans son manuscrit et les personnages qu'il avait créés suffisaient à lui tenir compagnie.

Entre-temps, les factures continuaient à s'accumuler. Zina transmettait quotidiennement le courrier à Jessie et la plupart des enveloppes contenaient des factures. Parmi celles-ci se trouvait la seconde note d'honoraires de Harvey Green, qui réclamait neuf cents dollars, encore une fois pour rien. Il s'agissait de frais « occasionnels » destinés à couvrir la surveillance de Margaret Burton, la découverte d'un élément susceptible de révolutionner l'enquête ou n'importe quoi d'autre, mais aucune « occasion » ne s'était présentée : il s'était arrangé pour faire chou blanc. Son enquête était arrêtée au samedi soir. Ce devait être juste après la conversation téléphonique d'Astrid et de Jessie.

Ce soir-là, en effet, le téléphone avait sonné de nouveau. Cette fois, c'était Martin, qui annonçait sa venue imminente en compagnie de Green. Jessie secoua Ian pour l'éveiller et ils attendirent, très anxieux, l'arrivée des deux hommes. Ils étaient impatients de savoir si Green avait enfin découvert quelque chose.

Le détective apportait une photographie de l'homme avec lequel Margaret Burton avait contracté, vingt ans plus tôt, un mariage rapidement annulé. On aurait dit une photo de Ian ! C'était celle d'un homme grand, blond, aux yeux bleus et à l'expression rieuse. Il était debout près d'une M.G. La voiture était plus ancienne que la Morgan, mais elle lui ressemblait presque autant que l'homme à Ian. En clignant les yeux, on pouvait croire qu'il s'agissait de Ian et de la Morgan. L'inconnu portait les cheveux un peu plus courts que Ian et son visage était un peu plus long. La voiture était noire au lieu d'être rouge. Les détails différaient mais d'assez peu. Cette photographie était stupéfiante. Elle donnait la clé de l'énigme. Désormais, on savait de quoi il retournait et la première intuition de Martin avait été parfaitement juste : il s'agissait visiblement d'une revanche sur le destin.

Ils restèrent un moment silencieux, assis tous les quatre dans le salon. Green avait reçu la photo des mains d'une cousine de Mlle Burton, cousine dont il avait retrouvé la trace au dernier moment et qu'il avait contactée sans trop y croire. Pour une fois, il avait eu une bonne idée.

Martin poussa un soupir de soulagement et se renversa dans son fauteuil.

— Bon, maintenant que nous savons à quoi nous en tenir, est-ce que cette cousine voudra témoigner?

— Elle m'a dit qu'elle refuserait et que, si jamais elle était contrainte de le faire, elle mentirait. Elle ne veut pas être mêlée à l'affaire. Elle craint les représailles. Figurez-vous que cette femme m'a donné l'impression d'avoir une peur bleue de la Burton. Elle prétend qu'elle ne connaît personne d'aussi vindicatif. Vous voulez l'obliger à témoigner?

— Non, je ne peux pas. Ici, elle aurait la loi pour elle. Vous a-t-elle dit pourquoi Margaret Burton avait fait annuler son mariage? demanda l'avocat sans retirer de sa bouche le crayon qu'il mâchouillait.

Jessie et Ian écoutaient sans rien dire. Ian avait toujours la photo dans la main et il se sentait extrêmement nerveux : sa ressemblance avec l'inconnu était impressionnante.

— Margaret Burton n'a pas demandé l'annulation de son mariage. C'est le mari qui l'a fait.

— Pas possible? fit Martin, les yeux écarquillés.

— La cousine croit, sans en avoir la certitude, que Margaret était alors enceinte. Elle venait de quitter le lycée après avoir été reçue à ses examens et elle avait trouvé du travail chez un juriste du nom de Knowles, le père du garçon en question. Elle a donc épousé Jed Knowles, fils de son patron. Il faisait des études de droit, à l'époque, et il travaillait pour son père pendant les grandes vacances. C'est le jeune homme de la photo.

Ian écoutait avec attention et Martin avait eu un petit sifflement d'étonnement.

— Ce qui est sûr, reprit Green, c'est qu'ils se sont mariés très rapidement, mais plutôt discrètement, à la fin de l'été. Le père n'avait pas du tout apprécié leur aventure. Il tenait à éviter toute publicité au mariage. Les parents de Margaret Burton habitaient dans le Middle West et elle n'avait pour toute famille dans la région que cette cousine, laquelle n'est même pas sûre que les deux époux aient jamais vécu ensemble. Ils se sont contentés de se marier. Ensuite, toujours d'après elle, Margaret a fait un séjour de deux semaines à l'hôpital. Elle pense qu'il s'est agi d'une fausse couche avec complications graves, enfin quelque chose comme ça. Knowles a demandé immédiatement l'annulation du mariage. Margaret s'est retrouvée sans mari ni travail et, sans doute, sans enfant dans le ventre. Elle aurait fait alors une espèce de dépression et aurait passé trois mois dans une maison de repos, une sorte de couvent. J'ai essayé de retrouver ce couvent, mais il a été démoli il y a douze ans et les religieuses qui y vivaient ont été envoyées en différents endroits, au Kansas, à Montréal, Boston et Dublin. Il est peu vraisemblable que nous en retrouvions une qui se souvienne de ce temps-là. Et, de toute façon, elle prétendra être tenue par le secret professionnel.

— Et le fils Knowles, avez-vous retrouvé sa trace ?

— Oui, dit Green avec une grimace de dépit. Il a épousé une héritière, avec grand tralala, en novembre de la même année. Cette fois, on avait convoqué le ban et l'arrière-ban des journalistes. D'après un article du *Chronicle*, ils auraient été fiancés depuis un an. C'est évidemment pourquoi le père de Knowles n'avait pas voulu de publicité quand son fils chéri avait épousé la petite Burton.

— Avez-vous vu Knowles ?

— Non, répondit Green d'un ton lugubre. Il s'est tué en voiture avec sa jeune femme dix-sept mois plus tard. Le

247

père est mort d'une crise cardiaque l'été suivant. Et la mère voyage actuellement en Europe, personne ne sait où.

— C'est une catastrophe, dit Martin en recommençant à mordiller son crayon. A-t-il des frères et sœurs? Ou des amis qui étaient au courant?

— Non, nous sommes dans une impasse. Ni frères ni sœurs. Quant aux amis, comment les retrouver? Voilà dix-huit ans que Jed Knowles est mort. C'est bien long.

— Oui, c'est aussi bien long d'attendre dix-huit ans pour se venger du sort. Quelle sale histoire! Tout est clair comme de l'eau de roche, mais nous ne pouvons rien en tirer. Absolument rien.

— Qu'est-ce que vous entendez par «absolument rien»? s'écria Ian, sortant enfin de son mutisme après avoir écouté la conversation avec une attention soutenue. Il me semble que nous détenons tout ce qu'il faut pour agir.

— Oui, dans un sens, répliqua Martin en se frottant les yeux. Mais nous n'avons rien à apporter à un tribunal. Il s'agit de suppositions, rien de plus. De toute évidence, elles correspondent à une réalité et elles expliquent parfaitement pourquoi Margaret Burton vous accuse de viol. Vous ressemblez à ce fils de bourgeois qui l'a mise enceinte, puis épousée; peut-être a-t-il été à l'origine de sa fausse couche en la laissant ensuite choir pour se marier avec sa riche et charmante fiancée. Mlle Burton avait rencontré le Prince Charmant et celui-ci l'a envoyée au diable. Elle a dû redevenir Cendrillon et voilà vingt ans qu'elle rêve de se venger du prince. C'est sans doute pourquoi elle ne vous a pas réclamé d'argent. L'argent ne l'intéresse pas. Elle ne cherche qu'une revanche. Elle a probablement tiré un petit bénéfice financier de son malheur. Certaines gens ont l'argent facile.

Jessica tiqua ouvertement à la remarque, mais Ian lui fit signe de se tenir tranquille.

— En fait, reprit Martin, elle n'a pas envie de vous faire chanter. Elle préfère de beaucoup vous envoyer en prison. Dans sa tête, vous n'êtes qu'un Jed Knowles et vous devez donc payer à la place du coupable. D'après la photo, vous pourriez être son sosie et votre voiture ressemble à la sienne. Il se peut même que vous ayez sa voix et ça fait sans doute des mois qu'elle vous a repéré *Chez Enrico* puisque vous y déjeunez régulièrement. Elle vous a probablement choisi dès le premier jour. Malheureusement, nous ne pouvons rien prouver devant le tribunal. Green, êtes-vous bien sûr que la cousine refusera de témoigner ?

— Absolument, répliqua Green avec force.

— Par conséquent, Ian, nous n'avons aucune preuve. Il ne servirait à rien de citer un témoin récalcitrant, qui aura légalement le droit de se taire. Ça vous ferait plus de mal que de bien. Et, même en supposant que la cousine accepte de témoigner, nous n'aurons rien pour corroborer son témoignage. On ne peut rien prouver d'autre que le mariage Knowles-Burton et son annulation rapide. Le reste n'est qu'hypothèses, cancans, suppositions. Si l'on n'apporte pas la preuve de ce qu'on avance, Ian, ça ne tient pas devant un tribunal. L'accusation aura tôt fait de renverser notre échafaudage. Nous savons sans doute l'un comme l'autre ce qui s'est produit, mais ça n'emportera pas la conviction des jurés si nous n'avons personne pour certifier qu'elle était enceinte quand Knowles l'a épousée, qu'elle a perdu l'enfant qu'elle attendait, qu'elle a fait une dépression nerveuse et que quelqu'un l'a entendue jurer qu'elle se vengerait. Même avec la cousine à la barre, nous aurions du mal à fournir des preuves de tout ça. Nous avons mis le doigt sur la vérité, rien de plus.

Jessica écoutait, les larmes aux yeux. Elle n'avait jamais vu Ian avec un teint aussi bizarrement pâle. Il était presque terreux.

— Alors, qu'allons-nous faire?

— Essayer de tirer parti de ces renseignements et prier le ciel de nous aider. Je vais rappeler Margaret Burton à la barre pour voir si elle admet une partie des faits. Mais il n'est pas sûr qu'on me laisse aller très loin. Ne vous faites pas trop d'illusions.

Green se retira bientôt après avoir serré la main de Martin. Il fit un petit signe de tête à ses clients en s'excusant de n'avoir pu faire davantage. Martin hocha la tête avec commisération puis il prit congé à son tour.

Le procès recommença le lundi. Martin fit revenir Margaret Burton à la barre pour un nouvel interrogatoire. N'avait-elle pas été mariée à Jed Knowles? Si. Combien de temps? Deux mois et demi. Dix semaines? Oui, dix semaines. Etait-il exact qu'il l'avait épousée parce qu'elle était enceinte? Absolument pas. N'aurait-elle pas fait une dépression nerveuse quand...? Objection!... Objection rejetée. N'aurait-elle pas fait une dépression nerveuse quand son mariage avait été annulé? Non, jamais de la vie! N'y avait-il pas entre l'accusé et M. Clarke une ressemblance frappante? Non, elle ne s'en était pas aperçue. M. Knowles ne s'était-il pas remarié aussitôt après...? Objection!... Objection retenue, assortie d'une recommandation aux jurés de ne pas tenir compte de la question. Le juge admonesta même Martin sur la non-pertinence de son interrogatoire et sur sa façon de harceler le témoin. Jessica remarqua que Margaret Burton était pâle et restait sur la défensive, mais qu'elle était aussi très calme, presque trop calme. Elle fit des vœux pour que la fille perdît son sang-froid, qu'elle s'écroulât à la barre, qu'elle se mît à crier, à hurler, à perdre la face en admettant qu'elle avait voulu détruire Ian pour la seule raison qu'il ressemblait à Jed Knowles... Mais Margaret Burton resta impassible. Le juge la remercia et elle quitta la barre. On ne la revit plus.

Après la séance, Martin demanda à Ian de se trouver deux amis qui accepteraient de venir témoigner de ses bonnes mœurs. De même que le témoignage de Jessica, leurs déclarations seraient sujettes à caution, mais la présence de témoins de moralité faisait toujours bon effet. Ian accepta de contacter deux personnes, mais il y avait dans son regard un désespoir qui épouvanta Jessica. On aurait dit que Margaret Burton avait déjà gagné : elle s'était contentée de s'évanouir dans la nature après avoir déposé son engin infernal en ne leur laissant qu'une photo comme clé de l'énigme.

C'était un crève-cœur pour Ian d'avoir à expliquer à quelqu'un ce qui s'était passé d'autant plus que, depuis quelques années, il n'entretenait pas de relations bien suivies avec ses amis. Son travail d'écriture semblait accaparer de plus en plus son temps, son énergie et son attention. Avant de se remettre à traîner dans les bars avec de vieux copains, il voulait terminer un livre qui, cette fois, se vendrait et ferait du bruit. Il lui fallait à tout prix faire quelque chose, devenir quelqu'un, laisser une œuvre derrière lui. Il était fatigué de donner des explications aux autres à cause de ses échecs successifs auprès des éditeurs. Aussi s'était-il arrêté d'en parler et de voir des gens. Quand il n'écrivait pas, il passait son temps en compagnie de Jessie. Elle savait y faire pour garder le monopole, elle avait décidé de ne partager avec personne les heures de liberté qu'il se ménageait après sa journée de travail.

Ce soir-là, il téléphona à un écrivain qu'il connaissait et à l'un de ses anciens camarades d'études, un agent de change venu, lui aussi, habiter la région. Abasourdis d'apprendre les charges qui pesaient sur lui, ils se montrèrent compréhensifs et désireux de l'aider. Ni l'un ni l'autre n'avaient pour Jessie une sympathie excessive, mais ils furent atterrés devant l'épreuve que vivait le couple.

L'écrivain reprochait à Jessie d'accaparer Ian, d'être trop collante et de ne pas lui laisser le temps d'écrire. L'ancien camarade d'études trouvait que Jessie avait une trop forte personnalité et ce n'était pas le genre de femme qu'il aimait.

Mais l'apparition des deux hommes à la barre des témoins fit très bon effet. L'écrivain, en costume de tweed, rappela qu'il venait de recevoir un prix littéraire, qu'il avait publié trois nouvelles dans le *New-Yorker* et qu'il était l'auteur d'un roman apprécié. Il était respectable, pour autant qu'un écrivain pût l'être, et il s'exprimait avec élégance. L'autre ami fit également excellente impression dans un genre différent. D'aspect rassurant et visiblement de bonne bourgeoisie, c'était un honorable père de famille. Il certifia qu'il connaissait Ian depuis des années... Ils firent l'un comme l'autre tout ce qu'ils purent, mais ce n'était pas grand-chose.

Le mardi après-midi, le juge clôtura la séance plus tôt que d'habitude. Jessie et Ian rentrèrent directement chez eux pour se reposer.

— Parviens-tu à tenir le coup, ma chérie ? demanda Ian avec un sourire pitoyable. Ces temps-ci, nous n'avons pas l'air très frais, ni l'un ni l'autre.

Il ouvrit le réfrigérateur et lui proposa une bière.

— Pourquoi pas ? répliqua-t-elle en envoyant promener ses chaussures et en s'étirant. J'ai l'impression que ça fait bien un an que je ne me suis pas assise tranquillement pour bavarder avec toi.

Elle prit la bière qu'il lui tendait et s'allongea sur le divan.

— Le comble, reprit-elle en montrant son costume de tweed usagé qui datait de ses années d'université, le comble, c'est que je n'ai plus rien à me mettre sur le dos.

— Eh bien, mets-toi en bikini demain! Le jury a bien mérité qu'on lui permette de se rincer l'œil.

— Figure-toi que je m'attendais à ce que ce soit beaucoup plus dramatique. C'est bizarre, non?

— Le cas n'a rien de vraiment dramatique. C'est sa parole contre la mienne pour tenter de déterminer qui a couché avec qui et comment, où, pourquoi. J'en suis arrivé à ne plus me sentir tellement gêné que tu assistes à ce déballage.

Il aurait dû ajouter : «Depuis que Margaret Burton a disparu.»

— Ça finit par m'être indifférent, à moi aussi, si ce n'est que j'ai presque envie de rire chaque fois que quelqu'un parle d'«abominable forfait» et d'«actes contre nature». Ça finit par me paraître excessif.

Pour la première fois depuis le début du procès, ils se mirent à rire librement. Dans le décor familier de leur charmant salon, cela avait l'air d'une mauvaise blague dont ils n'étaient pas les auteurs.

— Veux-tu aller au cinéma, Jess?

— Bonne idée!

L'atmosphère s'était détendue. Ils avaient l'impression que, pour eux, l'affaire se clarifiait, même s'ils ne pouvaient apporter la preuve que Margaret Burton n'était qu'une pauvre paumée cherchant à se venger d'un homme mort depuis près de vingt ans. L'important était que Ian fût innocent. Au moins, de ce côté-là, on n'avait plus à se creuser la tête.

— Et si nous invitions Astrid à venir avec nous, mon chéri?

— Bien sûr, pourquoi pas? répliqua Ian en se penchant pour l'embrasser. Mais, je t'en prie, ne lui téléphone pas avant une demi-heure.

Pour toute réponse, Jessie lui sourit et se mit à lui caresser doucement le bras.

Astrid fut ravie de l'invitation et ils allèrent tous trois voir un film comique qui les fit rire aux larmes. Cela suffit à remonter le moral de Jessie et de Ian.

— Je commençais à croire que je ne vous reverrais jamais. Je me demandais depuis des semaines ce que vous fabriquiez. C'est toujours le manuscrit qui vous occupe ?

Ils acquiescèrent à l'unisson, détournèrent la conversation et emmenèrent Astrid prendre un café.

Ils étaient contents de se retrouver et cela rassura Astrid de les revoir. De nouveau, leur entente semblait parfaite, bien que Ian fût visiblement désemparé et que Jessie eût l'air fatiguée. S'ils avaient eu un problème grave, celui-ci était sans doute résolu.

Astrid leur avoua qu'elle était allée presque tous les jours à la boutique et déclara que, malgré l'absence de Jessie, le défilé de mode avait été un succès. Katsuko avait fait de l'excellent travail et Astrid avait acheté quatre ou cinq des nouveaux articles présentés.

— C'est absurde, lui dit Jessie d'un ton de reproche. N'achetez plus rien quand je ne suis pas là. Je vous ferai un rabais de dix pour cent au moins. Et même de trente sur certains modèles.

— Vous êtes cinglée, Jessica, répliqua Astrid en agitant gaiement ses bracelets. Pourquoi me feriez-vous ce genre de faveur ? Vous voyez bien que je suis riche !

Ils la ramenèrent chez elle dans la Volvo et, quand elle demanda où était passée la Morgan, Jessica déclara qu'elle en avait eu assez du coût des réparations. Une voiture aussi peu solide, c'était une honte !

En se mettant au lit, Jessica déclara que la soirée leur avait sûrement fait du bien.

— Oui, répliqua Ian en bâillant. Moi aussi, je suis content que nous soyons sortis.

Gentiment, elle se mit à lui masser le dos. Pendant un moment, ils parlèrent de tout et de rien, comme ils avaient l'habitude de le faire quelque temps auparavant. Allusions au film qu'ils venaient de voir, réflexions sur Astrid... Jessica remarqua un petit bleu sur la jambe de Ian et elle lui demanda où il avait pu se le faire. Bref, tout redevenait normal. On aurait pu croire que rien ne leur était arrivé. Pour une fois, ils réussirent même à dormir paisiblement. C'était une chance, car Ian devait être appelé de nouveau à la barre le lendemain.

17

L'INTERROGATOIRE de Ian dura deux heures. Le jury parut manifester un peu plus d'intérêt à l'affaire que les jours précédents, mais il ne se réveilla vraiment que pendant la dernière demi-heure. C'était au tour de Matilda Howard-Spencer de poser des questions. Elle allait et venait devant le box des accusés en ayant l'air de penser à autre chose, alors que tous les yeux étaient fixés sur elle. À un certain moment, elle s'arrêta brusquement pour dévisager Ian, croisa les bras et pencha la tête.

— Vous venez bien de la côte Est?

La question le surprit, autant que l'attitude amicale de celle qui la posait.

— Oui. De New York.

— Où avez-vous fait vos études?

— À Yale.

— Parfait, dit-elle en souriant. Moi, j'ai essayé de m'y inscrire en droit. Malheureusement, on ne m'a pas prise.

Elle ne précisa pas qu'elle était allée à Stanford. Ian, qui ne comprenait pas ce que tout cela signifiait, se demandait quelle contenance prendre. Fallait-il lui offrir ses condoléances? Continuer à se taire? Sourire?

— Avez-vous réussi à vos examens?

256

Elle ne l'appelait ni Ian ni monsieur Clarke, mais elle lui parlait d'un ton détendu, comme à un copain. On aurait dit qu'elle le connaissait ou, du moins, qu'elle avait envie de faire sa connaissance, parce qu'ils avaient été placés côte à côte dans un dîner mondain et qu'elle le trouvait sympathique.

— Oui, j'ai obtenu un diplôme d'études supérieures.

— Où ça? demanda-t-elle en penchant de nouveau la tête d'un air très intéressé.

Ce n'était pas le genre de questions auxquelles Schwartz avait préparé Ian, mais il ne vit pas d'inconvénient à répondre.

— À Columbia. À l'Ecole de journalisme.

— Ensuite?

— J'ai travaillé dans la publicité.

— Avec qui?

Il donna le nom d'une grande société new-yorkaise.

— Oui, tout le monde connaît, dit-elle avec un grand sourire en regardant par l'une des fenêtres. Avec qui sortiez-vous en ce temps-là? reprit-elle d'une voix toujours empreinte d'aimable curiosité.

— Pas grand monde.

— Mais encore?

— Quelques filles.

— Des étudiantes? Qui, par exemple? Donnez-nous des noms.

C'était ridicule. Ian ne savait toujours pas où elle voulait en venir.

— Viveca Harreford, Maddie Whelan, Fifi Estabrook... dit-il, de plus en plus étonné, en se demandant si elle connaissait ces noms-là.

— Estabrook? La fille du plus gros agent de change de Wall Street?

Elle avait pris un ton presque enthousiaste, comme si elle le félicitait d'un exploit.

— Je ne saurais vous le dire, répliqua-t-il, gêné.

Il savait parfaitement qui étaient les Estabrook, mais ce n'était pas à cause de leur situation sociale qu'il était sorti avec Fifi.

— Le nom de Maddie Whelan me dit aussi quelque chose… Voyons un peu… Il me semble que c'est un nom bien connu. Ah! j'y suis, les grands magasins de Phoenix! C'est bien ça?

Ian ne put s'empêcher de rougir, mais Matilda Howard-Spencer continuait à sourire aux anges, apparemment ravie de son esprit alerte.

— Je ne m'en souviens pas.

— Mais si! Qui d'autre encore?

— Je ne vois personne.

Devant l'absurdité des questions, Ian flairait un piège. Elle ne devait pas chercher seulement à le ridiculiser.

— Très bien. Quand avez-vous fait la connaissance de votre femme?

— Il y a huit ans, à peu près. À New York.

— Elle est très riche, n'est-ce pas? demanda-t-elle avec le léger embarras de quelqu'un qui craint de se montrer indiscret.

— Objection! s'écria Schwartz, devenu livide.

Il avait depuis longtemps compris où elle voulait en venir et Ian lui-même savait maintenant qu'il était tombé dans le panneau. Le juge demanda à Matilda Howard-Spencer de reformuler autrement sa question. Elle s'excusa et reprit son manège.

— Je crois que votre femme possède, ici, une boutique qui marche merveilleusement bien. En avait-elle déjà une à New York?

— Non. Quand je l'ai rencontrée, elle était styliste et chargée de coordonner tout ce qui concernait la mode dans l'agence de publicité où je travaillais.

— Faisait-elle ça pour se distraire ? reprit la dame d'un ton un peu plus acerbe.

— Non, pour gagner sa vie.

— Mais elle n'avait pas besoin de ça pour vivre, n'est-ce pas ?

— Je ne... balbutia Ian en regardant Martin comme pour l'appeler au secours.

— Répondez à la question. A-t-elle besoin de travailler actuellement ou dispose-t-elle de revenus suffisants pour que vous viviez tous deux sur un pied luxueux ?

— Non, pas luxueux !

La réponse fit tiquer aussi bien Jessie que Schwartz. Mais les questions pleuvaient sur Ian à un tel rythme qu'il n'avait pas le temps de réfléchir.

— Cependant, vous pourriez vous contenter de ses revenus pour vivre ?

— Oui, répliqua-t-il, très pâle et complètement démonté.

— Et vous, est-ce que vous travaillez ?

— Oui.

Il avait répondu à voix si basse que cela la fit sourire.

— Excusez-moi, je n'ai pas entendu. Est-ce que vous travaillez ?

— Oui !

— Dans un bureau ?

— Non, chez moi. Mais c'est du travail quand même. J'écris.

Pauvre, pauvre Ian ! Jessie aurait voulu se précipiter à son secours. Pourquoi donc était-il obligé de répondre à cette garce ?

— Vos œuvres se vendent-elles ?

— Jusqu'à un certain point.

— C'est-à-dire ? Est-ce suffisant pour vous faire vivre ?

— Pas pour le moment, admit-il tristement.

— En êtes-vous affecté ? reprit-elle avec une douceur diabolique.

— Non, je ne le suis pas. Dans la vie, il y a des hauts et des bas. Jessica le comprend.

— Malgré ça, vous la trompez ? L'admet-elle aussi ?

— Je ne la trompe pas.

— Allons, allons… De votre propre aveu, vous n'avez pas hésité à avoir des relations avec Mlle Burton. Avez-vous l'habitude de ce genre de comportement ?

— Non.

— Alors, c'était la première fois ?

— Je ne sais plus, dit-il, le front bas.

— Je vous rappelle que vous avez prêté serment. Répondez à ma question !

Cette fois, sa voix perfide était pareille au sifflement d'un serpent.

— Ce n'était pas la première fois.

— Avez-vous souvent trompé votre femme ?

— Non.

— Combien de fois ?

— Je n'en sais rien.

— À quelle espèce de femmes vous attaquez-vous ? Des femmes de votre milieu ou d'une autre catégorie sociale ? Des femmes de petite condition ? Des femmes du peuple ? Des prostituées ? De pauvres filles ?… Quel genre de femmes ?

— Je ne m'attaque à personne !

— Bon. Mais dites-moi : s'il s'agissait de Fifi Estabrook, la trouveriez-vous trop bien pour ça ?

— Je ne l'ai pas revue depuis des années. Dix ou onze ans. Je n'étais pas marié quand je sortais avec elle.

— Vous ne m'avez pas comprise. Tromperiez-vous votre femme avec quelqu'un qui lui ressemble ou choisissez-vous plutôt des femmes plus quelconques, celles que vous ne risquez pas de rencontrer chez vos amis? Ce pourrait être embarrassant, après tout! Ne vous semble-t-il pas plus prudent de faire vos frasques en dehors de votre cercle habituel, pour qu'on n'en sache rien chez vous?

— Si.

Le malheureux! Schwartz regardait fixement le mur d'en face et essayait de rester impassible. Jessie sentait venir la catastrophe.

— C'est bien ce que je pensais. Pour que votre épouse n'en sache rien, vous la trompez avec des femmes «de peu». Considériez-vous Mlle Burton comme une femme «de peu»?

— Non, répondit-il d'une voix éteinte, conscient d'avoir justement à se reprocher ce dont on l'accusait.

— Elle n'était pourtant pas de votre milieu!

— Je n'en sais rien.

— Vraiment? demanda la dame d'un ton agressif. Auriez-vous pu imaginer qu'elle irait se plaindre à la police?

— Non, dit-il sans réfléchir.

Brusquement, il se rendit compte de ce que cela impliquait et il releva la tête, affolé.

— Non, reprit-il, elle n'avait aucune raison d'y aller!

Mais il avait réagi trop tard et le mal était fait. Le substitut le renvoya à sa place en se réservant la faculté de le rappeler à la barre.

Complètement désemparé, il revint s'asseoir près de l'avocat et, cinq minutes plus tard, le juge annonça que l'audience était suspendue jusqu'au début de l'après-midi.

Schwartz et ses deux clients quittèrent les lieux avec lenteur. Le visage de Ian s'assombrissait à chaque pas. Jessie ne lui avait jamais vu une mine aussi défaite.

— Je me suis conduit comme un imbécile, déclara-t-il.

— Vous n'avez pas pu faire autrement, dit l'avocat en soupirant. Cette femme est un démon. Son seul plaisir est de démolir les gens. Mais les jurés ne sont pas des abrutis et certains d'entre eux doivent avoir aussi leurs petites faiblesses.

Il essayait de les réconforter, mais on le sentait de moins en moins optimiste. Pourtant, les allusions du substitut aux infidélités de Ian le préoccupaient moins que ses appels déguisés à la lutte des classes.

— Jessica viendra à la barre cet après-midi, reprit-il. Ce sera une bonne chose de faite.

— Comme ça, Mme Howard-Spencer va pouvoir nous ratatiner tous les deux dans la même journée!

— Ne dites pas de bêtises, Jessica.

— Martin, vous sentez-vous vraiment de taille à vous empoigner avec cette harpie? demanda Ian d'un ton amer.

— Pourquoi pas?

— Si vous la provoquez, s'écria Jessie, Ian est fichu!

— Et vous, répliqua l'avocat avec vivacité, tâchez de lui apparaître comme la femme la plus gentille, la plus douce et la plus calme du monde! Si vous jouez les diablesses, elle ne fera qu'une bouchée de vous. Je vous ai mise en garde, ces jours derniers. Vous savez parfaitement ce qui vous reste à faire.

Jessica hocha la tête en signe d'assentiment, mais Ian soupira. Schwartz avait eu beau le mettre en garde, lui aussi, le substitut ne lui avait posé aucune des questions prévues. Qui pouvait savoir ce qu'elle allait demander à Jessie?

— Vous avez bien compris?

— Oui, oui, répondit Jessie d'un ton rêveur.

Ils reconduisirent Schwartz jusqu'au centre ville, où il avait à faire. De là, ils rentrèrent directement chez eux pour se reposer un peu. Jessica voulait avoir le temps de s'occuper de Ian. Elle s'inquiétait tellement de l'état dans lequel l'avait mis l'épreuve de la matinée qu'elle ne songeait même pas à ce qui l'attendait, elle, dans l'après-midi.

Elle l'obligea à s'allonger sur le canapé, lui retira ses chaussures, desserra sa cravate et lui passa tendrement la main dans les cheveux. Il la regarda un bon moment sans rien dire.

— Ô Jess, je ne sais comment t'expliquer...

— Tais-toi, repose-toi, essaie de récupérer. Je vais te préparer quelque chose à manger.

Pour une fois, il ne se leva pas pour l'aider. Il était trop fatigué pour en avoir la force.

Quand elle revint avec un bol de potage bien chaud et une assiettée de sandwiches, elle le trouva endormi. Son visage portait le masque du désespoir. Il avait cet aspect pâle et défait des gens endeuillés par la disparition d'un être cher, par la crainte de perdre un enfant, par la faillite de tous leurs projets. Ce visage-là parlait de l'égarement de ceux qui sont soudain coupés du monde par un drame et qui se retrouvent seuls, désemparés, dans leurs habits de cérémonie mis pour la circonstance, en sachant qu'ils n'ont plus la force de continuer à vivre. Jessie le regarda longuement, submergée par une vague de compassion. Pourquoi se sentait-elle si maternelle à son égard ? Pourquoi croyait-elle qu'il n'avait pas la force de supporter l'épreuve, mais qu'elle l'avait, elle ? Elle s'étonnait de rester plus vaillante que lui, alors qu'elle avait pourtant failli perdre la tête quand il était en prison. Il lui suffisait de l'avoir auprès d'elle, de pouvoir le toucher, le prendre dans ses bras et le soigner pour se sentir rassurée. Rien d'autre ne semblait compter. Évidemment, il passait par des moments très durs, mais le drame était près de sa fin. Pour lui, c'était non seulement une source de souffrance, mais encore d'humiliation et d'amertume. Cependant, même s'il avait du mal à retrouver son équilibre, cela ne le tuerait pas. Et, surtout, cela le rapprocherait d'elle. Elle resta assise un moment près de lui et, quand il leva sa main pour la lui poser sur les genoux, elle se dit que rien ni personne ne l'éloignerait plus jamais d'elle. Ni Margaret Burton, ni le procureur, ni le juge, ni la prison même. Margaret Burton disparaîtrait, Matilda Howard-Spencer s'occuperait d'une autre affaire, Schwartz changerait de client et le tribunal, d'accusé... Tout serait terminé! En attendant la fin de la tempête, il fallait s'efforcer de ne pas sombrer. Et Jessie savait qu'elle avait trop besoin de Ian pour permettre que quoi que ce fût, même ses propres émotions, vînt compromettre leur union. Elle se jura de ne pas montrer sa révolte. C'eût été trop dangereux.

Tandis que son regard errait sur l'ensemble de la baie qu'on voyait de sa fenêtre, elle eut pourtant une bouffée de colère en repensant à son père. Lui, il n'aurait rien fait de pareil, il n'aurait pas soumis sa femme à pareille torture! Il l'aurait bien mieux protégée que Ian n'était capable de le faire. Puis elle convint en elle-même que Ian n'était pas son père et que toute la différence était là : elle exigeait tant de lui qu'il fallait bien qu'elle lui donnât beaucoup en retour. Et elle ne demandait pas mieux. Pour le moment, c'était à son tour d'être généreuse.

À le voir en train de dormir, la tête sur ses genoux, elle lui trouva l'air d'un petit garçon très fatigué. Elle lui écarta doucement du front une mèche de cheveux et se mit à réfléchir sur ce qui l'attendait dans l'après-midi. Avec la mauvaise tournure qu'avait prise l'interrogatoire du matin, c'était à elle de redresser la situation. L'issue du procès en dépendait et elle devait s'en souvenir. C'était déjà assez absurde de s'être laissé manœuvrer de la sorte. Il fallait de toute urgence arrêter le massacre et Jessie y était bien décidée.

Un peu avant deux heures, Ian se réveilla en sursaut.

— Est-ce que je me suis endormi?

— Non, je t'ai donné un grand coup sur la tête et tu es tombé dans les pommes.

264

Il sourit et bâilla, la tête toujours posée sur les genoux de Jessie.

— Tu sens bon. Tu sens bon des pieds à la tête.

— Bah!... Veux-tu un peu de potage?

Elle avait souri du compliment. Elle se rendait compte qu'en dépit de tous ces bouleversements une chose demeurait immuable : son amour pour lui. Elle n'avait pas seulement besoin de lui, elle lui portait un amour sans bornes. Comment aurait-elle pu lui en vouloir et lui demander des comptes alors que d'autres, déjà, passaient sa vie au crible? Mais les ennuis avaient assez duré et il était temps d'y mettre un terme.

— Tu as l'air bien décidé, Jess. Qu'est-ce que tu mijotes?

— Rien du tout. Je t'ai demandé si tu voulais du potage.

Elle brandissait d'une main la louche d'argent massif héritée de sa mère et de l'autre une délicate assiette en porcelaine de Limoges.

— Mais tu as sorti ta vaisselle des grands jours! dit-il, attendri. Sais-tu, Jessie, que tu es l'épouse la plus accomplie du monde? Et surtout la meilleure.

Elle eut envie de le faire enrager en lui demandant s'il n'aurait pas préféré Fifi Estabrook, mais elle se retint. Les blessures du matin n'étaient sans doute pas près de se cicatriser.

— Rien n'est trop beau pour toi, cher seigneur.

Avec précaution, elle lui servit un peu de crème d'asperges avant de lui proposer une assiettée de petits sandwiches au rosbif accompagnés de salade verte.

— À ma connaissance, tu es la seule femme capable de transformer en repas de fête un déjeuner pris sur le pouce.

— C'est parce que je t'aime, répliqua-t-elle en lui passant les bras autour du cou pour lui mordiller le bout de l'oreille.

— Tu ne manges pas? demanda-t-il en la regardant s'étirer.

— J'ai déjà mangé.

C'était un mensonge. Elle avait été incapable d'avaler la moindre bouchée. Elle était trop préoccupée par ce qui l'attendait dans une heure à peine. Après avoir consulté sa montre, elle se dirigea vers la chambre.

— Il faut que je me refasse une beauté. Nous devons partir dans dix minutes.

Il la suivit du regard et lui envoya un baiser. Cinq minutes plus tard, il alla la retrouver pour savoir si elle était prête. En refaisant son nœud de cravate devant la glace, il s'aperçut que ses cheveux étaient ébouriffés.

— Bon sang, j'ai l'air d'avoir passé la journée dans mon lit!

— Tu n'es pas très loin de la vérité, répliqua-t-elle gaiement.

Il lui avait suffi de dormir une heure pour reprendre meilleure apparence. Cette petite pause à la maison leur avait fait du bien à tous les deux et cela faisait des semaines que Jessie ne s'était pas sentie elle-même en aussi bonne condition. Margaret Burton ne les aurait pas encore ce coup-ci! Jessie était bien décidée à ignorer désormais son existence et à la déposséder de ses pouvoirs. De son côté, Ian constatait avec soulagement que sa femme était en train de reprendre tout son allant et cela calmait un peu ses appréhensions au sujet du témoignage qu'elle allait apporter.

— Tu sais, Jess, je vais beaucoup mieux. Ce matin, j'étais vraiment au trente-sixième dessous… Mais pourquoi t'es-tu changée?

— J'ai pensé que cette tenue-là serait plus appropriée.

Elle avait passé une très belle robe d'après-midi à larges manches en soie grise, ceinturée de même tissu, le genre de robe qu'elle aurait pu mettre pour prendre le thé en ville. La ligne, souple et ample, accusait sa féminité et lui donnait grande allure tout en restant d'une simplicité parfaite.

— Puisqu'on nous reproche d'être de grands bourgeois, expliqua-t-elle, autant s'habiller conformément à nos goûts. J'en ai assez de porter mes vieilles jupes de tweed. Le jour où tout ça sera terminé, je vais en faire un autodafé devant la maison.

— Tu es superbe!

— Un peu trop habillée?

— Non, juste comme il faut.

— Tant mieux!

Elle enfila tranquillement des escarpins de chevreau noir, mit des clips de perles à ses oreilles, attrapa son sac et se dirigea vers la penderie pour sortir son manteau noir. Ian ne pouvait s'empêcher de la trouver magnifique. Il était fier d'elle, non seulement à cause de sa beauté, mais à cause de son cran.

Cependant, quand ils entrèrent dans la salle d'audience, Schwartz ne fut pas très satisfait de voir la robe de soie et l'élégant manteau. En fait, il aurait interdit à Jessie de les porter, s'il l'avait pu. Cela faisait trop d'effet. On pouvait croire qu'elle ne les avait mis qu'à seule fin de prouver à Matilda Howard-Spencer qu'elle était bien une grande dame. Ces deux jeunes gens avaient-ils perdu la tête? Ils n'avaient pas l'air de savoir ce qui était en jeu. Ils étaient en train de s'installer à leur place, l'un et l'autre avec une sorte d'impassibilité arrogante qui tendait à suggérer qu'ils étaient maîtres de la situation et que rien ne pouvait plus les troubler. Ce n'était pourtant pas le moment de faire de l'esbroufe, fût-ce avec distinction. D'autre part, il était quand même rassurant de voir qu'ils avaient repris confiance en eux car, à la fin de la matinée, ils avaient l'air désespéré.

Le comportement qu'ils venaient d'adopter ensemble soulignait aussi le lien qui les unissait. On ne pouvait plus ignorer qu'ils formaient un vrai couple, qu'ils étaient inséparables. Mais l'avocat était anxieux en pensant à ce qu'il adviendrait d'eux si les circonstances les obligeaient à briser ce lien.

Quand Jessica se dirigea vers la barre, elle garda un calme olympien. Elle avait ôté son manteau. L'étoffe soyeuse de sa robe ondulait à chacun de ses pas et l'ampleur des manches adoucissait sa silhouette. Après un bref regard à Ian, elle se tourna vers Schwartz qui se mit à l'interroger.

À travers ses questions, l'avocat s'efforça de faire ressortir l'image d'un couple aimant et d'une épouse qui respectait trop son mari pour ne pas lui faire confiance. L'attitude digne et tranquille de Jessica le rassurait et, quand il l'abandonna au substitut, ce fut en retenant un sourire de satisfaction. Il n'aurait pas détesté voir les deux femmes relever leurs manches et s'empoigner devant l'assistance. À leur manière, elles étaient aussi redoutables l'une que l'autre. Il l'espérait, du moins.

Visiblement, Matilda Howard-Spencer avait l'intention de mener l'interrogatoire tambour battant.

— Avant cette affaire, madame Clarke, saviez-vous que votre mari vous trompait ?

— Plus ou moins.

— Que voulez-vous dire ?

— Simplement que j'en envisageais l'éventualité, mais que je pensais que ce n'était pas très important.

— Je vois. Selon vous, il se payait un peu de bon temps !

Elle cherchait le défaut de la cuirasse, mais Jessie se tenait sur ses gardes.

— Pas exactement. Ian n'est pas quelqu'un de superficiel. C'est un homme sensible. Mais je voyage beaucoup. Et la réalité est ce qu'elle est.

— Lui rendiez-vous la pareille? reprit Matilda, les yeux brillant de méchanceté.

— Non.

— Madame, vous avez juré de dire la vérité!

— J'en suis consciente. Et ma réponse est non.

— Ainsi, vous ne voyez aucun inconvénient à ce que votre mari s'amuse?

— Ce n'est pas ce que je veux dire. Ça dépend des circonstances, répliqua Jessica avec une retenue qui remplit Ian de fierté.

— Et dans les circonstances présentes, comment avez-vous réagi?

— Avec confiance.

— Avec confiance? s'écria Matilda Howard-Spencer sur un ton indigné qui fit sursauter Schwartz. Comment pouvez-vous avoir confiance et en quoi?

— Je reste persuadée que toute la vérité sera faite sur cette affaire et que mon mari sera acquitté.

L'avocat regarda les jurés. De toute évidence, Jessica leur plaisait, mais il fallait que Ian leur plût également et, surtout, qu'ils pussent croire à sa version des faits.

— J'admire votre optimisme. Est-ce vous qui assumez les frais de cette opération?

Jessica protesta et Ian trembla à la pensée qu'elle allait mentir alors qu'elle parlait sous serment.

— Ce n'est pas vraiment moi qui les assume. Quand mon mari a touché les droits d'auteur de son dernier livre, il a fait un placement avantageux. C'est moi qui étais chargée de le gérer et nous avons décidé de le liquider pour couvrir les frais du procès. On ne peut donc pas dire que c'est moi qui paie à sa place.

Elle avait pensé à la Morgan et cela lui avait permis de ne pas mentir. Ian aurait voulu l'applaudir et se précipiter pour l'embrasser.

— Pourriez-vous affirmer que votre mariage est une réussite ?

— Parfaitement.

— Une totale réussite ?

— Absolument, déclara Jessica avec un sourire.

— Malgré ses infidélités ?

— Sans doute.

— Vous avait-il avoué ses relations avec Margaret Burton ?

— Non.

— Vous avait-il mise au courant de ses autres incartades ?

— Non, mais je ne crois pas qu'elles aient été très nombreuses.

— L'encouragez-vous dans ses débordements ?

— Pas du tout.

— Est-ce à dire qu'aussi longtemps qu'il s'en tient à des filles sans importance vous n'y voyez pas d'inconvénient ?

— Objection !

— Objection retenue. Vous influencez le témoin.

Après s'être excusée, Matilda Howard-Spencer se tourna de nouveau vers Jessie.

— Votre mari a-t-il déjà manifesté de la violence à votre égard ?

— Jamais.

— A-t-il l'habitude de boire beaucoup ?

— Non.

— Du fait qu'il vive à vos crochets, n'a-t-il pas quelques problèmes pour vous prouver sa virilité ?

— Non.

— L'aimez-vous beaucoup ?

— Oui.

— Le protégez-vous ?

— Que voulez-vous dire ?

— Eh bien, cherchez-vous, par exemple, à lui éviter des ennuis?

— Évidemment. Je ferais n'importe quoi pour lui éviter des ennuis. C'est mon devoir d'épouse.

— Vous iriez donc jusqu'à mentir au tribunal pour le protéger? s'écria le substitut avec un sourire d'extrême satisfaction.

— Mais non!

— Le témoin peut se retirer.

Sur ces mots, Matilda Howard-Spencer tourna les talons et regagna sa place, abandonnant Jessica à sa détresse. Encore une fois, la terrible femme avait gagné la partie.

18

L<small>E LENDEMAIN</small> matin, chacun reprit sa place habituelle. Ian et Jessica écoutèrent avec une certaine satisfaction les commentaires pertinents que fit Martin Schwartz en s'adressant aux jurés. Ils sentirent que cela avait suscité une vague de sympathie à leur égard. Tout alla pour le mieux jusqu'à ce que Matilda Howard-Spencer se levât à son tour pour prendre la parole. Elle fut d'une habileté démoniaque. Elle fit un portrait pathétique de la pauvre Maggie Burton, cette petite femme courageuse et irréprochable qu'on avait malmenée, flouée, brisée, souillée… Il ne fallait plus, déclara-t-elle, que des Ian Clarke eussent le droit de faire les quatre cents coups, de se servir du corps féminin comme d'un objet de plaisir, de violer qui bon leur semblait et de rentrer ensuite tranquillement retrouver l'épouse qui les entretenait et qui ferait n'importe quoi pour les tirer d'embarras, comme l'avait admis la propre femme de l'accusé. Martin fit objection et l'objection fut retenue. Il était rare de faire objection au milieu d'un réquisitoire, mais on avait affaire, cette fois, à un substitut qui montrait les crocs chaque fois qu'on prononçait le nom de Ian. À l'heure du déjeuner, quand l'audience fut suspendue, Jessica bouillait de rage.

— Avez-vous entendu ce qu'a dit cette vipère? demanda-t-elle d'une voix stridente.

Martin et Ian la supplièrent de baisser le ton. À ce stade du procès, il était imprudent de se mettre les gens à dos. Il ne fallait surtout pas choquer les jurés qui, justement, sortaient l'un après l'autre pour aller déjeuner. Ian fit la remarque que deux d'entre eux venaient de se retourner en entendant Jessie parler.

— Je m'en fiche! Cette bonne femme…

— Tais-toi donc! reprit Ian en la prenant par l'épaule. Tu n'es qu'une vilaine braillarde, mais je t'aime quand même.

— Elle m'a rendue malade!

— Moi aussi, mais essayons d'oublier un peu ces imbécillités et d'aller déjeuner. D'accord? On n'en parle plus?

— D'accord, dit-elle avec réticence en le suivant vers la sortie.

— Jure-le-moi. Je refuse de gâcher mon déjeuner en parlant de ça. Ayons la même discrétion que les jurés, auxquels il est interdit d'en discuter.

— Tu crois vraiment qu'ils observent la consigne?

— Peu importe! Contente-toi de me faire cette promesse. On ne parle plus du procès. C'est entendu?

— Oui, je te le jure. Mais tu me casses les pieds!

— Bon, j'admets que je suis le roi des casse-pieds.

En dépit de son énervement, il était d'assez bonne humeur, par extraordinaire.

Ils rentrèrent déjeuner chez eux. Jessie jeta un coup d'œil à son courrier et Ian parcourut un hebdomadaire en mordant dans les sandwiches que sa femme avait préparés.

— C'est très mal élevé de lire en mangeant, dit-elle, la bouche pleine, en jetant les yeux sur son journal.

— Quoi?

— Rien. J'aimerais que tu me parles. Je m'ennuie de toi.

— Je lis depuis cinq minutes et tu t'ennuies déjà de moi!

— Oui. Veux-tu du vin?

— Je préférerais du Coca-Cola.

— Je vais voir s'il y en a.

Quand elle revint avec la bouteille de Coca-Cola qu'elle avait sortie du réfrigérateur, il était toujours en train de lire l'hebdomadaire.

— Maintenant, Ian, écoute-moi…

— Tais-toi! répliqua-t-il avec impatience.

Il était absorbé par la lecture d'un article et il avait une expression bizarre. Jessie comprit qu'il était profondément bouleversé.

— Qu'est-ce qu'il y a?

Ignorant sa question, il termina l'article, puis la regarda, l'air abattu.

— Lis-moi ça! dit-il en lui montrant quatre colonnes en haut de la page deux.

Jessie sursauta rien qu'à la vue du titre : «VIOL. ENFIN UNE JUSTICE PLUS SÉVÈRE!» L'article résumait les conclusions d'un comité de juristes qui s'étaient réunis la veille en vue d'étudier les mesures à prendre pour punir les auteurs de viols. Il y était question de sentences plus lourdes, de refus de liberté provisoire, de facilités données désormais aux victimes pour rendre plus rapide et moins humiliante pour elles la dénonciation des coupables. À travers ces lignes, on avait l'impression que tout homme accusé de viol devait être automatiquement condamné sans avoir la possibilité de se défendre. Jessie posa le journal et regarda Ian avec désespoir. C'était la pire des malchances de tomber sur un article pareil le jour même où le jury devait délibérer.

— Crois-tu que ça peut les influencer, Ian? Le juge leur a bien dit de ne pas tenir compte…

— Sois réaliste, Jessica! Si je te déclare quelque chose et que quelqu'un te dise de faire comme si tu ne l'avais pas entendu, l'auras-tu entendu, oui ou non? T'en souviendras-tu ou l'oublieras-tu? Les jurés ne sont que des êtres humains. Ils seront forcément influencés par ce qu'ils auront appris. Comme toi, comme moi, comme le juge.

Il se passa la main dans les cheveux et repoussa son assiette. Jessica ramassa le journal et le flanqua sur le dessus du bar.

— Oui, peut-être auront-ils l'occasion de lire ça aujourd'hui, mais ce n'est pas sûr. De toute façon, nous n'y pouvons rien. Alors, tâchons de ne plus y penser. Veux-tu au moins essayer, mon chéri? C'est toi qui m'as fait promettre de laisser tout ça de côté, souviens-t'en.

Elle tenta d'obtenir son assentiment, mais il garda l'air troublé, le regard brillant et fixe, d'une dureté de saphir.

— Oui, mais... Tu as peut-être raison. Pardonne-moi.

Ni l'un ni l'autre n'eurent envie de terminer leur déjeuner. Leur petite pause à la maison s'acheva dans une atmosphère tendue.

Ils retournèrent en silence au palais de justice. En parcourant les couloirs, Jessica eut conscience que le claquement de ses talons sur le sol de marbre faisait écho, comme un tocsin, aux battements accélérés de son cœur.

Le juge ne s'adressa aux jurés qu'une demi-heure à peine et ceux-ci se levèrent alors pour aller à la queue leu leu délibérer dans une salle fermée dont la porte était gardée par un huissier.

Jessie rejoignit Schwartz et Ian. Elle demanda ce qu'il fallait faire.

— Rien. Attendre. À cinq heures, s'ils n'ont pas pris de décision, le juge demandera une suspension. Il faudra alors revenir demain matin.

— Et c'est tout?

— C'est tout.

Cela lui parut bien étrange. Ainsi, tout était terminé ou presque. C'en était fini de l'atmosphère lugubre des audiences, lourde de murmures et chargée de tension dramatique. On connaîtrait donc incessamment la conclusion de l'affaire. Il aurait suffi au juge de prononcer un petit discours et aux jurés de s'entendre — après délibération — sur le verdict pour que chacun pût rentrer chez soi. C'était simple comme bonjour : une sorte de jeu, de spectacle cérémoniel fondé sur un rituel extrêmement précis. Jessie ne put s'empêcher de penser à une danse tribale et la comparaison lui donna envie de rire. Ian et Schwartz, de leur côté, gardaient l'air morose. En la voyant adresser à son mari un sourire confiant, l'avocat la regarda avec anxiété. Elle n'avait pas l'air de se rendre compte du risque qu'il courait. Lui non plus, du reste. Cela valait peut-être mieux.

— Quel est votre pronostic, Martin ? demanda Ian.

Schwartz eut l'impression qu'il ne posait la question qu'au bénéfice de Jessie.

— Je préfère ne pas en faire. Avez-vous lu cet article de journal, ce matin ?

— Oui, dit Ian, le visage soudain durci. Je l'ai regardé en déjeunant. Ça tombe mal, n'est-ce pas ? Enfin, nous pouvons nous dire que nous avons fait le maximum !

— Pas exactement. Nous aurions fait le maximum si Green avait trouvé quelque chose de sérieux sur le mariage Burton-Knowles. Je reste persuadé que la solution était là.

L'avocat était visiblement tracassé et Ian tenta de le réconforter.

— Cette fille va-t-elle revenir pour le verdict ? demanda Jessie d'un ton inquiet.

— Non, on ne la reverra pas.

— Quelle horrible femme ! s'écria-t-elle, révoltée.

Ian voulut la faire taire, mais cela fut impossible.

— Eh bien, quoi? Elle fiche notre vie en l'air, elle nous accule pratiquement à la ruine, sans compter le fait qu'elle a démoli nos nerfs avant de disparaître dans la nature, et tu voudrais que je prenne des gants?

— Non, mais ça ne sert à rien de se révolter.

— Qui sait? reprit-elle sur un ton violent qui trahissait son extrême nervosité. Martin, ne pourrions-nous pas la poursuivre en dommages et intérêts quand nous aurons gagné?

— Peut-être. Mais qu'en tirerez-vous? Elle n'a pas le sou.

— Dans ce cas, nous ferons un procès à l'État, déclara-t-elle en s'étonnant intérieurement de ne pas avoir envisagé plus tôt cette éventualité.

— Écoutez, dit Schwartz en adressant à Ian un regard inquiet, pourquoi n'iriez-vous pas faire ensemble un petit tour dans les couloirs? Le jury peut en avoir pour un bout de temps. Je vous demande seulement de ne pas vous éloigner et, surtout, de ne pas quitter les lieux.

Jessie accepta et se leva en prenant la main de Ian. Schwartz les quitta pour regagner sa place. Il était accablé de constater qu'elle semblait incapable d'imaginer le pire.

— J'aurais bien voulu que nous puissions sortir pour aller prendre un verre, dit-elle en entraînant Ian sur le palier.

Elle s'appuya contre le mur et le laissa lui allumer sa cigarette. Elle sentait ses jambes flageoler et se demandait combien de temps encore elle pourrait faire semblant d'être courageuse. Elle avait envie de s'écrouler en s'accrochant avec désespoir aux genoux de Ian. Il fallait que tout se terminât bien, il le fallait absolument! Pour un peu, elle serait allée cogner à la porte des jurés pour les supplier d'être compréhensifs.

277

— Ce sera bientôt fini, Jess. Essaie de tenir le coup.

Elle essaya de se calmer et prit le bras de Ian pour arpenter les couloirs.

Ils restèrent un bon moment sans parler. Et, tandis que, bras dessus, bras dessous, ils allaient et venaient sans but, Jessie laissa son esprit vagabonder çà et là, et errer follement d'une supputation à l'autre. Elle laissa tourner son manège mental près d'une heure avant qu'il s'arrêtât, batterie à plat, sans doute. Elle se sentit alors épuisée et triste, mais un peu moins perdue. C'était déjà quelque chose.

Brusquement, elle décida de téléphoner à la boutique. C'était une drôle d'heure pour appeler, mais elle avait envie de se raccrocher à quelque chose de familier pour se persuader que le monde ne s'était pas réduit aux dimensions d'une série de corridors où ils seraient, elle et Ian, condamnés à marcher indéfiniment jusqu'à la mort dans un silence terrifié. La boutique lui manquait. L'activité. Le train-train. Les visages connus.

Quand Kat et Zina lui eurent dit que tout allait bien, elle sentit renaître sa confiance en la vie. Là-bas, tout avait l'air normal et simple. Ce n'était pas plus difficile de s'en assurer que de passer un coup de fil à Astrid pour l'inviter à aller au cinéma. Cela ramenait la réalité du procès à de plus justes proportions.

Vers quatre heures, Ian se sentit un peu mieux à son tour. Ils eurent la force de se mettre à plaisanter et essayèrent d'inventer des devinettes.

— Qu'est-ce qui est de couleur grise, a quatre pattes et une trompe?

— Un éléphant, répliqua-t-elle en riant.

— Mais non, idiote, c'est une souris qui va à la chasse à courre!

Ian riait, lui aussi. On aurait dit deux collégiens mis momentanément à la porte de la classe.

— D'accord, gros malin! Maintenant, dis-moi comment un homme peut s'apercevoir qu'il perd son pantalon.

Mais avant qu'il pût chercher une réponse, Schwartz était à la porte de la salle et leur faisait signe de rappliquer. Les devinettes s'arrêtèrent là. Ian regarda Jessie. Elle était très pâle et la panique l'avait reprise. Elle avait l'impression qu'elle allait tomber en morceaux. Le moment fatal était arrivé. Ce n'était plus la peine de prétendre que le verdict ne tomberait jamais. Ô mon Dieu, non, non!...

— Jessie, ne t'affole pas!

Épouvanté de la voir dans cet état, il la serra dans ses bras de toutes ses forces.

— Je t'aime, je t'aime. Est-ce que ce n'est pas l'essentiel? Rien ne pourra altérer notre amour. Et tu tiendras le coup! Tu tiens toujours le coup, n'est-ce pas?

Elle acquiesça d'un signe de tête, mais son menton tremblait.

— Jess, je sais que tu vas bien et je t'aime. Il faut te fourrer ça dans la tête.

— Tu vas bien et tu t'aimes... Non, je veux dire, tu m'aimes, balbutia-t-elle en riant nerveusement.

— C'est toi qui vas bien, chère idiote, pas moi!

— Est-ce que tu ne vas pas bien? demanda-t-elle, soudain calmée par son étreinte.

— Oh! Jessie, tu es impossible!... Mais ne t'en fais pas, tout va s'arranger. Maintenant, allons-y.

— Je t'aime, mon chéri. Je veux que tu saches combien je t'aime, dit-elle en pleurant.

Elle le suivit et, comme il pressait le pas, elle se demanda comment, en si peu de temps, lui exprimer tout son amour.

— Tu es restée près de moi... Quelle meilleure preuve d'amour? Mais arrête de pleurer. Ton rimmel coule sur ta figure!

Elle se remit à rire nerveusement en s'essuyant les joues avec les mains. Ses paumes étaient sillonnées de noir.

— Je dois avoir une tête impossible.

— Tu es magnifique !

Ils arrivèrent devant la salle d'audience.

— Tout va bien ? lui demanda-t-il encore avec un reste d'inquiétude.

Comme l'huissier les regardait, ils lui tournèrent le dos.

— Tout va bien, répondit-elle calmement.

Quand ils entrèrent, les jurés étaient déjà à leur place, de même que le juge. Ce dernier enjoignit à l'accusé de se lever et Jessica faillit en faire autant. Elle se répétait silencieusement : « Ça va, ça va, ça va très bien. » Mais elle ne pouvait s'empêcher d'enfoncer ses ongles dans le coussin de son siège. Elle ferma les yeux pour essayer de se calmer. Ce long suspense était au-dessus de ses forces. Elle s'imaginait dans la situation d'une blessée qu'on opère sans anesthésie. Elle avait reçu une balle perdue. La blessure n'était pas mortelle, mais cela faisait horriblement mal.

Quand le président du jury fut sommé de lire le verdict, elle retint sa respiration et se réfugia en pensée dans les bras de Ian.

À la première des questions posées, qui concernait l'accusation d'actes contre nature, elle essaya de se rassurer. C'était la charge la moins grave, après tout.

— Coupable !

Le mot l'atteignit comme une gifle. Elle ouvrit de grands yeux et se tourna vers Ian. Il avait accusé le coup, mais il ne lui rendit pas son regard. Il attendait la suite : l'accusation de viol avec menaces et sévices graves.

— Coupable !

Jessica fut stupéfaite. Ian resta sans réaction.

Elle vit que Schwartz l'observait. Quand les jurés

commencèrent à quitter la salle, des pleurs de désespoir l'aveuglèrent. Elle s'approcha de Ian. Il s'était rassis et on ne lisait dans ses yeux que de l'égarement. Elle ne trouva rien à lui dire en voyant qu'à son tour il ne pouvait empêcher les larmes de couler le long de ses joues.

19

— JE NE l'ai pas violée, Jessie! Peu importe le reste, mais je tiens à ce que tu saches au moins ça : je ne l'ai pas violée.

— Je le sais bien, murmura-t-elle tandis que le substitut demandait sèchement que le coupable fût remis à la disposition de la justice, conformément à la loi.

L'arrestation ne prit pas plus de cinq minutes. Ian disparut et Jessica resta seule en compagnie de Martin Schwartz dans la salle vide. Ian l'avait abandonnée et elle se retrouvait en train d'agripper le bras d'un homme qu'elle connaissait à peine. Elle avait l'impression qu'elle n'existait plus, que rien n'existait désormais et que quelqu'un venait de s'acharner, à grands coups de marteau, à briser leur vie en mille morceaux, cette vie fragile d'un couple qui ressemblait au reflet d'une vitre dans un miroir. Qui était la vitre et qui le miroir? Ian ou Jessie? Jessie ou Ian?

Elle se sentait paralysée. Elle ne pouvait plus ouvrir la bouche. Elle respirait à peine. Schwartz s'efforça de l'emmener avec douceur jusqu'à la porte. Il était effrayé de constater que la jeune femme vigoureuse et éclatante de santé qu'il connaissait était devenue brusquement une sorte de zombie. On aurait dit que son existence n'était qu'apparente et qu'à l'intérieur d'elle-même il n'y avait plus qu'un grand vide. Elle ne voulait pas détourner les yeux de la porte par laquelle Ian s'en était allé, comme si, à force de la regarder fixement, elle pourrait le faire réapparaître par magie. Schwartz ne savait comment s'y prendre : il n'avait jamais vu quelqu'un d'aussi désemparé. Il songea à téléphoner à sa secrétaire ou à sa femme pour leur demander de l'aide. Le prétoire était vide et l'huissier attendait leur départ pour fermer la salle. Jessie n'avait pas eu conscience du regard de compassion que lui avait jeté le juge en se retirant, ni de l'air satisfait de Houghton, qui était sorti à son tour aussitôt après le départ de Ian. Cela valait mieux pour elle, sans aucun doute. Maintenant, un seul mot résonnait dans sa tête, chassant toute autre préoccupation : «Coupable!»

— Je vais vous ramener chez vous, Jessica.

Schwartz la prit par le bras et, à son grand soulagement, elle ne lui opposa pas de résistance. Elle n'avait pas l'air de savoir très bien qui il était ni où ils allaient, mais il lui était reconnaissant de ne pas faire de crise de nerfs. Tout d'un coup, elle s'arrêta pour le regarder d'un air égaré.

— Non… C'est ici que je vais attendre Ian. Je veux le… J'ai besoin de le voir.

Et là, devant cet inconnu au visage austère, elle se mit à pleurer comme une enfant en se cachant la figure dans les mains. Ses épaules étaient secouées par les sanglots. Martin Schwartz la fit asseoir sur une chaise du hall et tenta de la consoler. Elle gardait, serrés entre ses mains comme des trésors, les objets personnels que son mari lui avait remis : sa montre, son portefeuille, ses clés de voiture. Il s'était éloigné, les poches vides et les yeux secs, menottes aux mains.

— Qu'est-ce… qu'est-ce qu'ils vont lui faire maintenant? Est-ce qu'il pourra… revenir à la maison?

Elle était visiblement trop bouleversée pour supporter qu'on lui dît la vérité, même partiellement. Schwartz lui tapota l'épaule et l'aida à se relever.

— Rentrons d'abord. Ensuite, je retournerai voir Ian.

Il croyait la rassurer, mais il ne fit qu'augmenter sa nervosité.

— Je vais aller avec vous. Moi aussi, je dois absolument le voir.

— Pas ce soir, Jessica. Venez, il faut rentrer, dit-il avec un calme et une autorité qui l'obligèrent enfin à bouger.

Elle accepta son bras pour sortir du palais. Il avait l'impression de soutenir une poupée mécanique.

— Martin?

— Oui?

Le grand air l'avait un peu réveillée. Elle respira un grand coup.

— Pouvons-nous faire… appel?

Elle semblait osciller entre la lucidité et la déraison. Cette fois, pourtant, elle commençait à comprendre ce qui se passait.

— Nous en reparlerons.

— Parlons-en tout de suite. Je veux savoir à quoi m'en tenir.

C'était probablement un spectacle insolite que celui de cette jeune femme bouleversée, qui semblait lutter contre la folie sur les marches du palais de justice, à six heures de l'après-midi. Peu de gens auraient reconnu dans cette épave humaine la belle Jessica Clarke, toujours si sûre d'elle-même.

— Non, Jessica, nous en reparlerons plus tard. Il faut d'abord que je voie Ian. Et je veux que vous rentriez. Ian serait très inquiet de savoir que vous n'êtes pas à la maison.

Il ne savait plus que faire et craignait d'en avoir pour une éternité à la convaincre. Il aurait sans doute déjà bien du mal à la ramener jusqu'à la voiture.

— Je veux voir Ian, répétait-elle. J'ai besoin de le voir.

À travers sa voix puérile et désespérée, on sentait qu'elle recommençait à nier la réalité. Mais elle fondit de nouveau en larmes et le chagrin la rendit plus docile. Elle se laissa conduire vers le parking. Devant la voiture de Schwartz, elle se rappela soudain qu'elle avait, elle aussi, une voiture à reprendre : la vieille Volvo.

— Non, donnez-moi le ticket. Je trouverai quelqu'un pour vous la ramener demain, Jessica.

Elle y consentit et, quand elle fut installée dans la belle Mercedes flambant neuve, d'un brun chocolat, Schwartz démarra aussitôt, sans cesser de la surveiller du coin de l'œil. Elle avait les cheveux en désordre et l'air très perturbé. Il se dit qu'il serait peut-être préférable, dès qu'elle serait chez elle, d'appeler son médecin de famille. Il le lui proposa, mais elle protesta avec véhémence.

— Avez-vous une amie qui viendrait vous tenir compagnie? Quelqu'un que vous aimeriez voir?

Il avait une peur bleue de la laisser seule. Elle se contenta de lui faire un signe de dénégation, sans ouvrir la bouche, le regard perdu. Elle pensait aux gens du tribunal, à Margaret Burton, à l'inspecteur Houghton... Elle aurait voulu les tuer tous.

— Jessica?... Voyons, Jessica!

Elle tourna vers lui des yeux vides d'expression, puis elle s'aperçut qu'elle était devant sa maison.

— Oh... dit-elle en ouvrant lentement la portière. Je... Est-ce que vous allez voir Ian tout de suite?

— Oui. Avez-vous quelque chose à lui faire dire?

— Seulement... seulement que...

L'émotion étranglait sa voix.

— Oui, Jessica, je lui dirai que vous l'aimez.

Elle acquiesça d'un air reconnaissant et le regarda avec une expression plus sereine, comme si la vague de panique était en train de refluer. Elle semblait triste, mais résignée.

— Jessica, je suis... je suis absolument désolé.

— Je le sais.

Elle le quitta sur ces mots et, après avoir refermé la portière, se dirigea d'un pas incertain vers la maison. Schwartz trouva qu'elle marchait comme une très vieille femme et il fit redémarrer à regret la longue Mercedes. Mais il était gêné d'être témoin de son chagrin et crut qu'il était mieux pour elle de pouvoir lui cacher sa détresse. Il n'était pourtant pas près d'oublier le désolant spectacle qu'elle offrait, cheminant à petits pas le long du mur de brique, tête baissée, cheveux emmêlés, mains serrées sur les objets que Ian avait abandonnés. C'était affreux à voir.

Quand la voiture se fut éloignée, Jessica regarda avec hébétude les fleurs de ses parterres. Etait-ce bien dans cette maison qu'elle était revenue le jour même déjeuner avec Ian? Etait-ce cette maison-là qu'ils habitaient? Elle contempla les lieux comme si elle les voyait pour la première fois. En bas du perron, elle s'arrêta, se sentant incapable d'entrer. Très lentement, elle parvint pourtant à mettre un pied sur la première marche, mais elle eut l'impression que l'autre pied pesait une tonne. Elle ne pourrait jamais monter jusqu'au seuil et elle n'y tenait pas. Il lui était impossible de retourner à l'intérieur, d'y vivre sans Ian, d'accepter de s'y retrouver seule. Seule!…

— Non, mon Dieu, non!

Elle s'écroula sur les genoux et se mit à sangloter, la tête rentrée dans les épaules, protégeant des deux mains ce que Ian avait retiré de ses poches. Elle entendit alors qu'on criait son nom. Mais, puisque ce n'était pas la voix de Ian, elle jugea inutile de répondre. Plus personne n'existait pour elle et elle n'existait plus pour personne : elle était morte au tribunal… Cela ne devait pas être une simple impression! Pourtant, elle entendit de nouveau crier son nom. Un vertige la saisit et elle trébucha sur les marches laissant échapper le contenu de son sac et déchirant l'ourlet de sa robe

sur le rebord de brique. Ses longs cheveux blonds couvraient sa figure comme un voile.

— Jessie? Jessica?

Quelqu'un, derrière elle, s'approchait à pas rapides, mais
elle ne put se retourner. Elle n'en avait pas la force. Elle ne
l'aurait peut-être plus jamais.

— Jessie, ma chérie… Qu'est-ce qui ne va pas?

Elle reconnut la voix d'Astrid et leva la tête, aveuglée de
larmes.

— Qu'est-ce qui vous arrive? Voyons, dites-le-moi. Je
suis sûre que tout va s'arranger. Essayez seulement de vous
calmer.

Astrid se baissa pour lui caresser les cheveux comme elle
l'aurait fait à une enfant, puis elle essuya les larmes qui
continuaient à inonder sa figure.

— S'agit-il de Ian? Parlez-moi, ma chérie. S'agit-il de
Ian?

Jessie lui fit signe que oui avec une expression si douloureuse qu'elle en eut un coup au cœur. Mais c'était impossible! Non, pas Ian, après Tom, non!

— On vient de le condamner pour viol… Il est en prison.

Les paroles étaient sorties de la bouche de Jessie sans
qu'elle s'en rendît compte. Astrid sursauta.

— Ça ne tient pas debout, Jessica!

Cependant, devant l'air effondré de son amie, elle comprit que Jessica lui disait la vérité. Elle l'aida à rentrer et à
se mettre au lit. Comme, depuis la mort de Tom, elle avait
toujours des tranquillisants dans son sac, elle en fit avaler à
Jessie et leur effet fut presque immédiat.

À trois heures du matin, Jessie se réveilla. Le silence
régnait dans la maison, rythmé seulement par le tic-tac de
la pendule. La chambre était plongée dans l'obscurité, mais

une lampe était restée allumée dans le salon. Instinctivement, Jessie prêta l'oreille. Elle avait oublié qu'elle était seule et s'attendait à entendre les bruits familiers — celui de la machine à écrire ou du raclement de la chaise de Ian sur le parquet. Surprise, elle se redressa dans son lit et, sentant que la tête lui tournait, elle se souvint alors des pilules qu'Astrid lui avait données. La conscience de la réalité lui revint tout entière. D'une main tremblante, elle chercha ses cigarettes. Elle s'aperçut qu'elle était encore à moitié habillée et que sa veste et sa robe étaient posées soigneusement sur une chaise. Elle ne s'était même pas rendu compte qu'Astrid l'avait aidée à se mettre au lit. Elle se rappelait seulement la voix d'Astrid qui l'exhortait à s'endormir en prétendant que les choses allaient s'arranger. Mais, maintenant qu'elle était éveillée, elle savait que rien ne s'arrangerait et qu'il manquait quelqu'un dans la maison, quelqu'un d'indispensable… Sans sa présence, il n'y avait plus que vide et solitude.

Elle resta un moment à fumer dans l'obscurité, mais sans se remettre à pleurer. L'effet des calmants se faisait encore un peu sentir, accompagné d'une légère nausée. Soudain, Jessie s'empara impulsivement du téléphone. Elle demanda d'abord les renseignements, qui lui donnèrent le numéro de la prison municipale.

— Ici, Langdorf.

— Je voudrais parler à Ian Clarke, s'il vous plaît.

— Est-ce qu'il travaille ici? lui demanda son interlocuteur tout surpris.

— Non, il a été incarcéré hier. À l'issue de son procès.

Elle ne tenait pas à faire état du motif de la condamnation et elle s'étonna du calme avec lequel elle avait formulé sa demande. Elle était loin d'être apaisée, pourtant. Mais elle s'était dit qu'en contrôlant parfaitement sa voix elle pourrait obtenir ce qu'elle désirait. Pour inspirer confiance aux gens, il suffisait souvent de prendre un ton posé et légèrement autoritaire.

— Il doit être à la prison du comté, pas ici. De toute façon, vous ne pourrez pas lui parler.

— Ah!... Pourriez-vous quand même me donner le numéro de téléphone?

Elle faillit prétendre qu'il s'agissait d'une urgence, mais elle se retint. Il devait être dangereux de mentir. Finalement, l'homme lui donna sans difficulté le numéro de la prison du comté et elle s'empressa d'appeler. Mais ce fut un échec. On lui répondit qu'elle pourrait rendre visite à son mari le surlendemain et qu'il n'était pas question, par contre, de lui téléphoner. Puis on lui raccrocha au nez.

Découragée, elle sortit de son lit. Il faisait froid dans la chambre. Elle enfila un peignoir et se rendit au salon. Elle resta longtemps debout au milieu de la pièce à regarder autour d'elle. Il y avait un peu de désordre, très peu, en fait, juste assez pour lui rappeler que Ian était là, la veille, et qu'il s'était allongé sur le canapé, qui gardait vaguement l'empreinte de son corps. Un petit coussin de soie faisait un creux là où il avait posé sa tête. Le livre qu'il avait commencé pendant le week-end n'avait pas été rangé. Sa paire de mocassins traînait sous un fauteuil.

Étouffant un sanglot, elle se réfugia dans la cuisine. Elle avait besoin de boire quelque chose, n'importe quoi, du thé, du café, du Coca-Cola... Sa gorge était sèche et le vertige la reprenait, mais elle se sentait lucide. La vaisselle du déjeuner était restée dans l'évier et sur le dessus du bar se trouvait encore l'hebdomadaire où ils avaient lu l'article sur le viol. On aurait dit que Ian venait de quitter la maison pour aller faire un petit tour dans le quartier.

Quand Jessie se rendit ensuite dans la pièce où il écrivait, ce fut plus douloureux encore. Le bureau était sombre et vide. Tout y parlait d'absence et d'attente. Il y manquait une âme, le souffle de celui qui, d'habitude, donnait vie aux choses familières. Et à Jessie elle-même. Ian lui manquait encore bien davantage qu'il manquait à la maison. Elle se mit à aller de pièce en pièce, en tournant d'un pied sur l'autre, comme une enfant effrayée de se retrouver seule. Elle s'arrêtait au pas des portes, puis entrait pour caresser un livre ou un vêtement. Elle serrait contre elle la paire de mocassins et sursautait de temps en temps en croyant voir bouger une ombre. Mais personne d'autre qu'elle ne hantait la maison. Elle était perdue dans la nuit, elle était seule au monde. Qui lui viendrait en aide, maintenant? Qui prendrait soin d'elle? Qui même songerait à sa détresse? Elle ouvrit la bouche pour hurler, mais aucun son n'en sortit. Alors, elle se laissa tomber par terre sans lâcher les mocassins et attendit, attendit en vain.

20

Aux environs de neuf heures du matin, Jessie était en train de prendre un bain pour essayer de retrouver son calme quand on sonna à la porte d'entrée. L'esprit ailleurs, elle ne s'en rendit pas compte. Elle avait décidé de rester dans l'eau le plus longtemps possible, puis de prendre une tasse de thé et d'essayer de manger quelque chose avant de s'habiller pour se rendre à la boutique. Mais elle n'aurait peut-être pas la force d'y aller. Dans ce cas, elle se recoucherait. Ou encore... Non, tout allait se passer normalement. D'abord, le bain chaud. Ensuite?... Ah non, on ne pouvait pas appeler Ian! Jessie avait absolument besoin de lui parler, mais on l'en empêcherait... Elle était en train de chercher à contrôler sa respiration quand il lui sembla entendre quelque chose. Etait-ce la sonnerie de l'entrée ou le bruit de l'eau dans la tuyauterie? Elle estima que cela venait sans doute de l'entrée, mais qu'elle n'avait pas à répondre. Le plus urgent pour elle, c'était de retrouver un rythme cardiaque normal et d'attendre que le bain tiède lui eût apporté la détente. Ian lui avait appris à se relaxer à l'époque où Jake... où sa mère... Ah! cette sonnerie! Exaspérée, elle finit par sortir précipitamment de la baignoire. Elle attrapa une serviette et courut vers la porte. Après tout, ce pouvait être Ian. Il n'avait pas ses clés. Elle arriva dans l'entrée, ruisselante, laissant derrière elle un sillage de gouttes d'eau, avec sa serviette de bain enroulée à la va-vite autour d'elle et découvrant à demi sa poitrine. Mais elle avait le sourire et ses yeux brillaient d'espoir. D'un geste brusque, elle ouvrit toute grande la porte sans avoir demandé le nom du visiteur… Et elle recula brusquement, saisie d'effroi, bien trop surprise pour avoir le réflexe de refermer aussitôt, incapable de bouger, le cœur battant.

C'était l'inspecteur Houghton.

— Bonjour. À votre place, je ne prendrais pas l'habitude d'ouvrir dans cette tenue.

Elle rajusta rapidement sa serviette et, se redressant de toute sa taille, elle le toisa avec une dignité de reine, en dépit de son accoutrement.

— Que puis-je faire pour vous?

— Rien, je voulais seulement savoir comment vous alliez.

Son regard luisait de méchanceté triomphante. C'était ce même regard sarcastique qu'il lui avait lancé la veille sans qu'elle le vît. Elle eut envie de lui arracher les yeux.

— Je vais très bien. Auriez-vous autre chose à me dire?

— Je parie que vous venez de vous faire du café. J'en prendrais bien une tasse, déclara-t-il avec son sans-gêne habituel.

— Non, inspecteur, malheureusement! Et il faut que je me dépêche pour aller à mon travail. Si vous tenez à avoir une discussion sérieuse avec moi, je vous suggère de prendre un café dans un bistrot du centre et de venir me retrouver dans une heure à mon bureau.

— Eh bien, vous m'avez l'air remontée sur vos grands chevaux. Pourtant, vous avez dû déguster, hier!

Elle serra les paupières et essaya de combattre la nausée qui l'envahissait. Cet homme était un sadique, mais elle ne voulait pas s'écrouler devant lui. Elle croyait entendre la voix de Ian qui lui disait : « Tu tiens toujours le coup, n'est-ce pas ? » et en pensée elle lui répondit : « Oui. »

— C'est exact, j'ai eu un choc, inspecteur, et ç'a l'air de vous faire plaisir. Vous aimez voir les gens souffrir.

— Je n'ai pas le même point de vue que vous là-dessus, dit-il en lui offrant une cigarette.

— Je m'en doute, répliqua-t-elle en refusant d'un signe de tête. Je suppose que c'est surtout le triomphe de Mlle Burton qui vous a fait plaisir à voir.

— Vous pouvez le dire !

Il souriait et la narguait à travers la fumée de sa cigarette. Elle dut prendre sur elle pour ne pas lui flanquer une gifle. Elle avait encore plus de mal à retenir sa colère qu'à contrôler sa nausée.

— Qu'est-ce que vous allez devenir, maintenant ? demanda-t-il avec curiosité, laissant enfin paraître le vrai motif de sa visite matinale.

— Que voulez-vous dire ?

— Vous avez bien des projets ?

— Oui. Travailler. Et rendre visite à mon mari demain. Et dîner avec des amis la semaine prochaine. Et…

Il souriait toujours. Cette fois, avec une sorte de pitié.

— Vous ne savez pas ce que c'est que la prison ! Ça risque de flanquer votre ménage par terre.

— C'est possible. Si l'on n'y prend garde, n'importe quoi ou presque peut détruire un couple. Ça dépend de sa solidité et de la volonté des deux partenaires de poursuivre l'expérience.

— Et la solidité de votre couple à vous ? Qu'est-ce que vous en pensez ?

— Elle est à toute épreuve. Écoutez, inspecteur, je vous remercie du fond du cœur de votre sollicitude. J'en ferai part à mon mari et à notre avocat. Je sais que M. Clarke en sera très touché. C'est un homme particulièrement sensible. Mais, dites-moi, auriez-vous une vocation rentrée de conseiller conjugal ?

Il lui lança un regard furieux. Elle n'aurait pas dû se moquer de lui. Mais il l'avait bien cherché en s'amenant ainsi pour lui poser des questions idiotes.

— Autre chose : je pourrais bien téléphoner à vos supérieurs pour leur faire part de vos délicates intentions à mon égard et de l'intérêt que vous manifestez à l'endroit de notre couple.

Il serra les dents et rentra son paquet de cigarettes dans sa poche.

— Très bien. J'ai compris.

— Vous en êtes sûr ? Alors, vous avez l'esprit vif.

— Salope ! marmonna-t-il.

— Pardon ?

— J'ai dit «salope» et vous pouvez aussi le rapporter à mes supérieurs ! Mais si j'étais vous, ma jolie, je ne prendrais pas la peine de les appeler. Vous avez déjà assez de problèmes et votre bonhomme n'est pas près de revenir. Vous êtes lessivés, vous et votre pisse-copie ! Alors, quand vous commencerez à en avoir marre de rester en carafe, ouvrez l'œil, et le bon. On peut trouver mieux qu'un raté !

— Pas possible ? Dois-je supposer que vous serez le premier candidat ? s'écria-t-elle, tremblant de rage.

— Moi ou un autre !... Mais écoutez bien. Je ne vous donne pas deux mois pour entrer en transe à la seule vue d'une braguette. Comme toutes les autres.

— Fichez le camp, inspecteur ! Si jamais vous remettez les pieds dans cette maison, avec ou sans mandat, j'appelle le juge, le maire et même les pompiers. Ou peut-être que je n'appellerai personne. Je me contenterai de vous tirer dessus par la fenêtre.

— Vous avez une arme, pas vrai ? dit-il, intéressé.

— Pas encore, mais ça pourrait venir. Visiblement, ça me manque.

Il ouvrait déjà la bouche pour répliquer quand elle recula d'un pas gracieux et lui claqua la porte au nez. Ce n'était qu'une retraite honorable, mais elle en tira sur le moment quelque fierté. Cela ne dura pas longtemps. Elle alla se réfugier dans la cuisine et, là, il lui fallut deux heures pour s'arrêter de trembler.

Astrid passa vers onze heures. Elle apportait des fleurs, plusieurs kilos de fruits et un poulet rôti qui devait permettre à Jessie de ne pas se laisser mourir de faim. Elle voulait aussi lui donner un petit flacon de tranquillisants. Mais elle eut beau sonner pendant plus d'un quart d'heure, elle n'obtint pas de réponse. Elle savait que Jessie était là. Cela ne faisait aucun doute pour elle, car elle venait de téléphoner à la boutique. Sérieusement inquiète, elle finit par frapper contre la vitre de la cuisine avec ses bagues. Elle vit alors s'entrouvrir un peu les rideaux. Jessie sursauta en l'apercevant. Elle avait craint le retour de l'inspecteur Houghton.

— Dieu soit loué, ma petite amie, vous êtes là! Je commençais à croire qu'il vous était arrivé quelque chose. Pourquoi ne pas répondre? Auriez-vous peur de voir arriver des journalistes?

— Non, non, je crois qu'il n'en viendra pas. C'est que… Oh! je n'en sais rien!

Les larmes aux yeux et l'air gauche d'une petite fille montée en graine, elle se mit à raconter à Astrid la visite de Houghton.

— Je ne peux pas le souffrir! Il est tellement, tellement méchant! Et tellement content de ce qui nous arrive! Il m'a dit que mon ménage était fichu.

Elle semblait en si mauvais état qu'Astrid la força à s'asseoir.

— Pourquoi ne viendriez-vous pas habiter chez moi pendant quelques jours? Ça vous changerait un peu les idées. Je vous donnerais la chambre de ma mère.

— Non!

Se relevant brusquement, Jessica se mit à arpenter la cuisine avec nervosité, à bouger les chaises qui étaient sur son passage, à ramasser ce qui se trouvait à sa portée pour le rejeter aussitôt, à faire toute une série de petits gestes saccadés dont Astrid connaissait bien la signification, car elle avait eu le même genre de réaction à la mort de Tom.

— Non, merci, Astrid. Je tiens à rester ici. Avec... avec...

Avec quoi? Elle ne le savait plus. Ce fut Astrid qui termina la phrase.

— Avec les affaires de Ian. Je connais ça. Mais ce n'est peut-être pas la meilleure solution. Faut-il que vous preniez le risque de rester exposée aux tracasseries d'un Houghton? Sans compter qu'il peut venir d'autres importuns. Pourriez-vous le supporter?

— Je n'ouvrirai pas la porte.

— Vous ne pouvez pas vivre comme ça. Ian ne serait pas d'accord.

— Il le serait, je vous assure. Oh! Astrid, je suis en train de devenir folle! Je ne peux pas vivre sans lui.

— Il n'est pas question de vivre sans lui. Vous pourrez aller le voir. Je ne comprends toujours pas ce qui est arrivé, mais vous parviendrez peut-être à me l'expliquer. Il n'a pas disparu, Jessica. Il est vivant, grâce à Dieu! Cessez de vous conduire déraisonnablement.

— Mais il est absent! reprit-elle avec désespoir. J'ai besoin de sa présence pour ne pas devenir folle.

Elle ne faisait que s'asseoir et se lever brusquement, comme si elle était mue par un ressort. Elle avait même perdu tout contrôle sur sa voix. Elle ne parlait plus : elle criait sa douleur.

— Avez-vous pris votre petit déjeuner?

Jessie répondit qu'elle n'avait pas faim, mais Astrid ne s'en laissa pas conter. En cinq minutes, elle lui prépara tout ce qu'il fallait, du thé bouillant, des toasts et de la confiture. Et elle y ajouta quelques-uns des fruits qu'elle venait d'apporter.

— Je n'arrive pas à croire à ce qui m'arrive, Astrid!

— Oubliez ça pour le moment. N'essayez pas de comprendre si vous ne le pouvez pas. Quand irez-vous voir Ian?

— Demain.

— Très bien. Alors, le plus urgent pour vous, c'est d'essayer de rester calme jusqu'à demain. Vous y arriverez, n'est-ce pas?

Sans trop y croire, Jessie fit un signe d'assentiment. Comment tenir encore un jour, une nuit et une matinée? C'était la nuit qu'elle redoutait le plus. Avec ses fantômes, ses bruits, ses voix, ses hantises. Pourtant, si elle tenait à revoir Ian, elle devait survivre encore vingt-quatre heures.

Mais il y avait autre chose qu'elle voulait faire dans l'immédiat, avant de rendre visite à Ian : aller voir Martin Schwartz et discuter avec lui de la possibilité de faire appel.

Elle l'appela à son cabinet.

— Comment allez-vous? lui demanda-t-il d'un ton lugubre.

— Très bien. Et vous, comment avez-vous trouvé Ian?

Elle avait une voix si anxieuse que Schwartz fronça les sourcils. Il gardait le souvenir du pitoyable tableau qu'elle présentait la veille au soir.

— Il tient le coup. Mais il est très traumatisé.

— Je m'en doute, répliqua-t-elle doucement.

Comment aurait-il pu ne pas l'être? Jessica était en état de choc, elle aussi.

— Si je vous appelle, Martin, c'est que je veux, avant d'aller voir Ian, vous poser une question urgente.

— Laquelle ?

— Pouvons-nous faire appel ? Et comment doit-on s'y prendre ? Quelles sont les démarches à faire ?

Elle n'osa pas ajouter : « Et comment parviendrons-nous à vous payer ? » Elle le lui demanderait plus tard.

— Nous avons le temps d'en discuter, Jessica. Pour le moment, la peine n'est pas encore déterminée. Comme c'est sa première condamnation, il pourrait bénéficier de la liberté surveillée. Dans ce cas, il n'y aura pas lieu de faire appel, si ce n'est pour tenter de le laver de l'accusation qui pèse sur lui. Il tiendra sans doute à le faire. Mais, à mon avis, il vaut mieux attendre pour prendre une décision. Il y a un certain délai pour faire appel, et nous avons largement le temps.

— Quand connaîtra-t-on la nature de la peine ?

— Dans quatre semaines à partir de demain.

— Pourquoi attendre si longtemps ?

— On ne sait pas encore ce qui va se passer. On pourrait lui accorder la liberté surveillée et lui permettre de regagner son domicile. Dans ce cas, Ian ne voudra peut-être pas que vous dépensiez vos derniers sous pour faire appel. Cette affaire ne pourra pas lui nuire beaucoup sur le plan professionnel. Ce n'est pas dramatique pour lui d'avoir un casier judiciaire… Enfin, ce n'est évidemment pas l'idéal. Je veux seulement dire que, pour un écrivain, ce n'est pas trop grave. Si on le libère, pourquoi vous compliquer la vie ?

— Comment ça, « si on le libère » ?

— L'alternative, c'est la liberté surveillée ou la prison. Dans le dernier cas, il sera préférable de faire appel. Mais soyez sans illusions, Jessica. Le procès en appel sera aussi pénible que le premier et, pour vous, l'épreuve a déjà été intolérable. Or, nous avons fait tout ce que nous avons pu. Pourquoi croire qu'il y aurait du nouveau? Faut-il courir le risque d'un deuxième échec? Je crois que, pour le moment, nous devons avant tout essayer d'obtenir la liberté surveillée. Nous verrons à faire appel en fonction du premier résultat. Vous me suivez?

Jessica admit ses arguments à contrecœur et raccrocha. Pourquoi n'envisageait-il la remise en liberté de Ian que comme une simple hypothèse? «Si on libère Ian»... Que signifiait ce «si»?

21

— Tu vas bien?

— Très bien, répondit-elle en souriant.

Instinctivement, elle chercha le contact du petit haricot d'or qui pendait à son cou et le tripota du bout des doigts. Elle avait réussi à survivre vingt-quatre heures, elle avait retrouvé Ian, et Houghton n'avait pas réapparu.

— Je t'aime.

— Moi aussi, je t'aime, ma chérie. Es-tu bien sûre que tu tiens le coup?

— Parfaitement. Parle-moi plutôt de toi.

Il aurait eu du mal à prétendre qu'il allait bien. Cette fois, son aspect était éloquent. Il portait le répugnant uniforme de la prison. À son arrivée, les gardiens avaient fourré ses affaires personnelles dans un sac en plastique, qu'ils avaient expédié à Schwartz. Et, la veille au soir, celui-ci les avait renvoyées à Jessie. C'est en les recevant qu'elle avait dû avaler, pour se calmer, deux des comprimés laissés par Astrid.

— Martin pense qu'on pourrait encore t'accorder la liberté surveillée.

C'était un espoir. Ils ne pouvaient, pourtant, oublier l'article qu'ils avaient lu le dernier jour du procès. Il y était justement question de supprimer la liberté surveillée pour les cas de viol. L'opinion publique exigeait une justice plus sévère.

— Nous verrons, Jessie. Mais n'y compte pas trop. Enfin, on peut toujours essayer de la demander.

Il ne voulait pas l'effrayer, mais l'effort qu'il faisait pour sourire était pitoyable. «Bon, on verra plus tard!» pensa Jessie, qui n'avait pas le courage d'envisager l'avenir. Plus tard, plus tard… Voilà ce qu'elle s'était dit tout au long du procès et même en attendant le verdict.

— Qu'as-tu fait à la maison depuis deux jours? As-tu réussi à te calmer? Personne n'est venu t'embêter?

— Tout s'est bien passé. Astrid prend soin de moi comme si j'étais un bébé.

Elle s'abstint de lui raconter la visite de Houghton et la nuit de démence qu'elle venait de passer à se débattre contre des cauchemars. Elle ne l'avait supportée qu'à force de calmants.

— Astrid est venue ici avec toi?

— Oui, mais elle a préféré attendre en bas. Elle craint que sa présence ne te gêne. Et elle a pensé que nous avions des choses à nous dire.

— Remercie-la pour moi du fond du cœur. Je suis heureux que tu ne sois pas seule. Je n'ai pas cessé de me tourmenter à ton sujet. Promets-moi de ne pas faire de bêtises. Je t'en prie, promets-le-moi.

— Je te le jure. Ne t'en fais pas, mon chéri. Je vais bien, je te l'assure.

Visiblement, ce n'était pas vrai. Mais Ian n'était pas en meilleur état qu'elle. Il avait l'air ravagé, exténué, traumatisé. Et sa barbe de deux jours n'arrangeait rien.

Pendant une demi-heure, ils échangèrent des propos anodins. Ils étaient trop épuisés pour parler sérieusement. Jessie fit des efforts démesurés pour garder son sang-froid et elle y parvint assez bien. Pourtant, dès qu'elle retrouva Astrid au pied de l'escalier, elle laissa échapper des larmes de colère et de souffrance.

— Ils l'ont mis en cage comme un animal!

Avec révolte, elle se disait qu'à ce moment même Margaret Burton était sans doute tranquillement à son travail en train de poursuivre ses petites occupations, satisfaite d'avoir eu sa revanche et de pouvoir désormais dormir tranquille. Pendant ce temps, Ian pourrissait en prison et Jessie risquait de finir à l'asile tant elle avait peur de rester seule, la nuit.

Astrid la ramena chez elle, lui fit à dîner et attendit pour partir qu'elle se fût endormie. Cette nuit-là fut moins éprouvante pour Jessie que la précédente. Elle était trop fatiguée pour se torturer l'esprit et sombra dans le sommeil. Très tôt, le lendemain matin, Astrid revint avec une coupe de fraises, le *New York Times* et un magazine de haute couture qui venait juste de paraître. Comme si la mode avait encore de l'importance!…

— Merci, Astrid. Qu'est-ce que je deviendrais sans vous?

— Vous dormiriez plus longtemps, sans doute! Mais aujourd'hui je me suis levée comme les poules et j'ai eu envie de venir faire un tour.

Jessie l'embrassa avec reconnaissance. Astrid était une bénédiction. Avant de connaître définitivement le sort de Ian, il fallait attendre encore vingt-sept jours!… Et Dieu seul savait ce qui arriverait!

Jessie aurait dû se préoccuper aussi de la boutique. Mais elle se sentait toujours trop perturbée pour reprendre son travail. Ces derniers temps, elle avait réussi à se tirer d'affaire grâce à de rares coups de téléphone et à sa foi inébranlable dans les capacités de Katsuko. Astrid avait rendez-vous, ce matin-là, chez le coiffeur et elle y emmena

Jessie, moins pour la distraire que pour la surveiller, car elle n'avait droit qu'à deux visites par semaine à la prison et, entre-temps, elle allait errer comme une âme en peine. Parfois, elle disait des phrases sans suite, sortait brusquement tout ce qu'il y avait dans son sac à main et n'arrivait pas à se rappeler ce qu'elle cherchait; elle avait l'air d'écouter Astrid, puis la regardait comme si elle ne la voyait pas et n'entendait rien de ce qu'on lui disait. Tout en elle proclamait sa détresse. Son aspect physique correspondait à son état mental. On l'aurait prise pour une orpheline venue du bout du monde qui s'accrochait désespérément aux jupes de sa mère adoptive. Privée de Ian, elle n'arrivait plus à trouver de sens à la vie. À sa vie. Si on l'avait abandonnée à son sort, elle aurait vite oublié qu'elle existait. Astrid ne faisait que l'aider à survivre entre deux visites à la prison.

Le surlendemain du verdict, avait paru un entrefilet à la dernière page d'un journal, mais personne n'avait téléphoné à Jessie, à part les deux amis qui avaient témoigné pour Ian au procès. Ils étaient atterrés. Ce fut Astrid qui leur répondit. Jessica se contenta de leur envoyer un mot. Elle ne voulait plus parler à personne.

Le lundi, elle retourna à la boutique. À voir la mine accablée de Katsuko et de Zina, elle comprit qu'elles étaient au courant. Kat avait lu l'article, mais elle avait préféré attendre son retour pour le lui dire, puisque Jessie n'avait pas voulu les mettre au courant. Quand Jessie entra en compagnie d'Astrid, il y eut un moment très pénible. L'embarras et la tristesse se lisaient sur le visage des deux jeunes femmes. Zina avait les yeux noyés de larmes. Jessie les embrassa.

Maintenant, Kat et Zina savaient la raison des investigations policières, des sautes d'humeur de Jessie et de la disparition de la Morgan. Elles ne se posaient plus de questions. Elles compatissaient, voilà tout.

— Pouvons-nous faire quelque chose pour toi, Jessie? demanda Kat, qui gardait l'habitude de parler aussi au nom de Zina.

— Oui : ne parlez plus jamais de tout ça! Je ne vous demande rien d'autre pour le moment. Les mots ne servent pas à grand-chose.

— Comment va Ian?

— Il survit. C'est tout ce qu'on peut dire.

— Comment crois-tu que ça va tourner?

Elle eut un geste d'impuissance et se laissa tomber sur son fauteuil habituel.

— Je n'en ai pas la moindre idée. Est-ce que cette réponse vous suffit? fit-elle, déjà épuisée par le dialogue.

— As-tu besoin d'aide à la maison? demanda Zina, prenant enfin la parole. Je n'habite pas très loin et tu dois te sentir bien seule.

— Merci, ma chérie. Si j'ai besoin de toi, je te le dirai.

Après avoir pressé amicalement la main de la jeune femme, elle se dirigea vers son petit bureau, Astrid sur les talons. Elle n'avait aucune envie de passer ses soirées à recevoir les condoléances de Zina. Ce serait pire que la solitude.

— Ah! j'oubliais!… lança-t-elle avant d'entrer dans son refuge. Je ne viendrai pas très souvent dans les prochaines semaines. J'ai un tas de démarches à faire pour Ian et des soucis par-dessus la tête. Je passerai quand je pourrai, mais je compte sur vous pour que tout aille bien. Vous avez toujours été à la hauteur. C'est entendu?

Katsuko lui répondit par un petit salut moqueur.

— Vous êtes deux dingues! dit Jessie en souriant. Mais je suis contente de vous retrouver.

Quand elle fut installée dans son bureau, Astrid lui lança un regard inquisiteur.

— Que diriez-vous si je venais leur donner un coup de main?

— À vrai dire, votre présence m'est plus précieuse ailleurs qu'ici. Kat se débrouille comme un chef et c'est moi qui risque de perdre les pédales. Ces matinées, ces après-midi, ces soirées qui n'en finissent pas... Vous savez ce que c'est.

Astrid savait, en effet, à quoi s'en tenir. Elle avait vu la mine de Jessie au réveil et reçu ses appels angoissés en plein milieu de la nuit. Cela seul en disait long sur ses terreurs nocturnes, sur la peur atroce qui l'envahissait à la pensée que Ian pouvait ne plus jamais rentrer à la maison, que l'obscurité, comme la bouche d'un ogre, allait l'engloutir pour toujours ou que Houghton risquait d'enfoncer sa porte pour la violer. À ces moments-là, tout se mélangeait dans sa tête, les créatures de la réalité et celles du fantasme, les monstres du rêve et les êtres vivants qui n'étaient plus dignes de porter le nom d'hommes.

— À quelle heure à peu près en aurez-vous terminé? Je reviendrai vous chercher. Nous dînerons chez moi, ce soir, si ça vous dit quelque chose.

— Vous êtes trop gentille.

Tant de gentillesse l'étonnait. Elles se connaissaient depuis si peu de temps! Mais Astrid avait souffert, elle aussi, et savait combien Jessie avait besoin d'une aide amicale pour sa traversée du désert.

Désormais, tous les efforts de Jessica se concentrèrent sur le problème de la sentence, qui restait indéterminée. Elle avait déjà vu deux fois le magistrat chargé de l'application des peines et elle ne cessait de téléphoner à Schwartz pour savoir ce qu'il pouvait ou comptait faire. Avait-il rencontré ce monsieur? De qui dépendait la mise en liberté surveillée? Jugeait-il cet homme efficace? Ne valait-il pas

305

mieux s'adresser à ses supérieurs hiérarchiques? Un jour, à l'heure du déjeuner, elle alla même trouver le juge qui avait présidé le procès. Il l'accueillit avec compréhension, mais s'insurgea contre le fait qu'elle essayât de faire pression sur lui. Il fut aimable, mais Jessie comprit qu'il l'aurait été beaucoup moins s'il l'avait trouvée moins charmante. Toutefois, sa bienveillance n'alla pas jusqu'à lui accorder son aide. Par ailleurs, Jessie avait recueilli les témoignages écrits d'un certain nombre d'amis discrets qui donnaient tous à Ian une attestation de bonne vie et de bonnes mœurs. Elle avait même obtenu une lettre de l'agent littéraire : il y disait son espoir de voir libérer Ian pour qu'il pût terminer d'écrire le roman qu'il avait entrepris, et ses craintes qu'un séjour prolongé en prison ne détruisît sa carrière.

À la fin de novembre, la fête de Thanksgiving fut pour Jessica aussi morne que les autres jours. Elle avait décidé de ne pas la considérer comme un jour férié, de ne la célébrer d'aucune façon et de ne pas penser aux petites réjouissances des années passées. Elle resta toute la journée avec Astrid. Elle était révoltée à l'idée que Ian était en prison et que les visites n'étaient justement pas permises ce jour-là. Elle lui envoya une lettre. Ce fut pour lui une petite consolation. Il la lut en mangeant de mauvais sandwiches au poulet. De son côté, Jessie déjeuna avec Astrid qui, contrairement à son habitude, avait renoncé à aller passer la journée au ranch de sa mère. Mais c'est d'un cœur léger qu'elle avait fait ce sacrifice pour son amie. Elle n'aurait pas été rassurée de la laisser seule. Jessie était devenue terriblement instable, tantôt abrutie par les tranquillisants, tantôt surexcitée par l'excès de café.

Néanmoins, elle dépensait quotidiennement une folle énergie, soit qu'elle s'efforçât de rassembler des témoignages pour éviter la prison à Ian, soit qu'elle se remît brusquement à s'occuper de « Lady J » avec une ardeur frénétique. Elle travaillait même le dimanche. Elle entreprit de nettoyer sa maison de fond en comble, y compris le sous-sol et le garage. Elle repeignit les toilettes et réorganisa le bureau de Ian. Elle n'arrêtait pas, pour ne plus avoir le temps de penser. Elle s'imaginait que, si la maison devenait impeccable grâce à son activité débordante, Ian reviendrait peut-être à la fin du mois. Peut-être… Souvent, elle semblait transformée en derviche tourneur. Mais elle n'arrivait pas à empêcher les idées de se bousculer dans sa tête et, surtout, elle ne pouvait vaincre sa peur. L'angoisse ne lui laissait aucun répit. C'était même de la terreur à l'état brut, un véritable enfer, une épreuve qui dépassait les forces humaines. Au vrai, elle n'était plus tout à fait humaine : elle mangeait à peine, était insomniaque, refusait jusqu'à ses sensations… Les êtres humains étaient trop fragiles. Ils se brisaient comme verre. Or, ce qu'elle craignait le plus, c'était de se briser et de tomber en morceaux. Ian le savait bien, mais il n'était plus là pour veiller à la casse. Il ne pouvait plus la prendre dans ses bras, lui transmettre sa chaleur et lui rendre le goût de vivre. Il ne pouvait plus rien faire d'autre que la regarder à travers une vitre et lui parler par téléphone pendant qu'elle tripotait avec nervosité le cordon de l'appareil et jouait inconsciemment avec une de ses boucles d'oreilles.

Et il avait toujours l'air au bout du rouleau. Il avait mauvaise mine, ne se lavait pas et ne se rasait plus. Il était mal nourri et ses larges cernes, sous les yeux, semblaient s'assombrir à chaque visite.

— Est-ce qu'on t'empêche de dormir, ici ? lui demanda-t-elle un jour d'une voix perçante, suraiguë, dénaturée par la peur.

Jessie était pitoyable, mais il ne pouvait rien faire pour elle et ils le savaient aussi bien l'un que l'autre. Ian se demandait dans combien de temps elle se mettrait à le haïr pour tous les tourments dont il était la cause. Il avait trompé ses espérances et était épouvanté à la pensée qu'un jour viendrait où il serait dans l'impossibilité de l'aider à écarter ses spectres; ce jour-là, sa rage se retournerait contre lui. Elle avait toujours trop attendu de lui sans essayer de vivre par et pour elle-même.

— Mais oui, je dors de temps en temps, dit-il en essayant de rire pour cacher son désarroi. Et toi? Tu m'as l'air de t'être fardée un peu trop sous les yeux, ma chérie. Est-ce que je me trompe?

— Tu ne te trompes jamais, répliqua-t-elle en haussant les épaules et en se remettant à tripoter sa boucle d'oreille.

En fait, bien qu'elle eût perdu six kilos, elle dormait un peu mieux, mais cela ne se voyait pas. Et, si elle dormait, ce n'était que grâce à de petits comprimés rouges. Ils lui faisaient plus d'effet que les jaunes et même que les bleus qu'Astrid avait cru devoir lui laisser prendre. Les rouges n'étaient pas des calmants ordinaires. Craignant les reproches de Ian, elle ne lui en avait pas parlé. Elle n'avait pas l'intention d'en abuser, mais elle ne pouvait plus vivre sans en prendre. Les seuls bons moments de la semaine étaient les visites à la prison. Entre-temps, il fallait bien survivre. Les comprimés l'aidaient à passer le temps. Prudemment, Astrid ne les lui distribuait qu'un par un et refusait de laisser les flacons à sa disposition.

Si Ian l'avait su, il serait devenu fou furieux. Après la mort de Jake, Jessie lui avait promis solennellement de ne plus prendre de drogues. Une nuit, il était resté à son chevet après qu'on lui eut fait un lavage d'estomac et elle lui avait juré de ne plus recommencer. Jessica repensait parfois à ce serment en avalant les petites pilules rouges, mais elle ne pouvait s'empêcher de les prendre et se disait que, sans cela, elle mourrait. Oui, d'une façon ou d'une autre. Elle craignait de ne pouvoir résister à l'impulsion de se jeter par la fenêtre ou d'être soudain possédée par un démon qui l'obligerait à adopter des comportements suicidaires. À la boutique, Jessie n'osait plus parler à personne et se réfugiait dans son bureau, par crainte de se mettre à vociférer. Elle ne se contrôlait plus, vivait sens dessus dessous, et le monde entier était à l'envers.

Les quatre semaines d'attente furent un cauchemar permanent, mais le jour vint, finalement, où fut présentée au juge la demande de mise en liberté surveillée. On permit à Jessie de rester auprès de Ian en attendant le résultat de la délibération. Cela lui parut moins effrayant que l'attente du verdict. Elle put lui caresser les mains et le visage. Il y avait un mois qu'elle ne l'avait pas touché. Il était sale et ses ongles étaient trop longs. On lui avait donné un mauvais rasoir et il s'était coupé à la joue. Mais c'était Ian quand même. Le retrouver, c'était retrouver quelque chose de familier dans un monde désormais chargé d'hostilité. Cette fois, Jessie pouvait le voir de tout près et sentir qu'elle lui appartenait toujours. Elle en oubliait presque l'enjeu de la rencontre avec le juge. Mais les contraintes de la procédure la ramenèrent bientôt à la réalité. Il y avait un huissier, un greffier, le drapeau américain… Ils se retrouvèrent dans la même salle d'audience et devant le même juge. Ce n'était pas un rêve.

En fin de compte, Ian ne put bénéficier de la liberté surveillée. On la lui refusa en prenant prétexte de la gravité de l'affaire. Mais, pour Schwartz, c'était le climat politique qui avait contraint le juge à prendre cette décision. Ian fut donc condamné à purger une peine de quatre ans d'emprisonnement. L'avocat estimait que, dans la meilleure éventualité, il ne pourrait pas sortir avant un an au moins.

Cette fois, en le voyant repartir pour la prison, Jessie garda les yeux secs.

22

Deux jours plus tard, Ian fut transféré de la prison du comté à celle de l'État, c'est-à-dire qu'on l'envoya à Vacaville, qui était la prison des hommes pour la Californie du Nord.

Astrid y emmena Jessica dans sa Jaguar, après lui avoir permis de prendre deux petits comprimés jaunes pour se calmer. Elle lui dit que ce devaient être les deux derniers, mais elle l'avait déjà répété plus d'une fois. Jessie avait un peu honte de lui donner tant de souci.

Si l'on exceptait le mirador à l'arrivée et l'inévitable passage devant le détecteur du portique à l'entrée, la prison de Vacaville n'était pas très effrayante à voir. À l'intérieur, une boutique de «cadeaux» exposait d'horribles petits objets fabriqués par les prisonniers et le bureau d'accueil des visiteurs ressemblait à celui d'un hôpital. Ce n'étaient partout que chromes, panneaux vitrés et linoléum. Quant aux bâtiments, vus de l'extérieur, on aurait pu les prendre pour un grand garage moderne. Mais c'étaient des hommes, et non des véhicules, qui étaient parqués là.

Pour obtenir la permission de voir Ian, elles durent remplir un tas d'imprimés, puis on les pria de patienter soit dans la salle d'attente, soit dans le vestibule. Dix minutes plus tard, un gardien vint leur ouvrir une porte qui donnait sur une cour, en leur indiquant une autre porte, au fond, qu'elles pourraient franchir seules, car elle n'était pas fermée à clé.

L'aspect des prisonniers qui se trouvaient dans cette cour surprit Astrid autant que Jessie. En jean et en T-shirt, ils avaient leurs chaussures personnelles et cela allait des espadrilles aux bottes. Ils bavardaient avec des visiteuses auprès de distributeurs de sodas. Mis à part, çà et là, le visage morose d'un prisonnier ou celui d'une mère éplorée, on aurait pu se croire dans la cour d'un lycée où les pensionnaires avaient le droit de recevoir leurs petites copines et de leur offrir à boire.

Jessie reprit espoir en les voyant. Elle allait, elle aussi, avoir le droit de voir Ian en plein air, de le toucher, le tenir par la main et rire avec lui. Bien que ce fût absurde de se réjouir de si petites faveurs au bout de sept ans de mariage, c'était tout de même mieux qu'une conversation à travers la paroi d'un bocal.

Mais elle dut déchanter. Il n'était pas question pour elle de rencontrer Ian dans cette cour avant des mois et à condition qu'il restât dans cette prison-là. Il était possible, en effet, qu'on l'envoyât à Folson ou à San Quentin. Et, dans l'immédiat, il lui fallait se résigner à subir de nouveau l'épreuve de conversations téléphoniques derrière une vitre. Dès qu'elle se retrouva en présence de Ian, l'envie lui prit d'envoyer valdinguer l'appareil contre le mur de verre. Elle mourait d'envie de caresser son visage, de se blottir dans ses bras, de respirer l'odeur de ses cheveux, et tout ce qu'on lui proposait, c'était de se servir d'un téléphone de plastique bleu! Dans la cabine voisine, l'appareil était rose et, dans une autre, il était jaune. Il s'était donc trouvé quelqu'un d'assez farfelu pour installer dans ce parloir toute une série de téléphones luxueux aux couleurs tendres.

Les parois vitrées accentuaient l'impression de se trouver dans une salle d'hôpital où des mamans inquiètes auraient eu le droit d'écouter au bout du fil les vagissements d'un cher petit prématuré mis en couveuse. Mais ce dont Jessie avait besoin, ce n'était pas de la voix d'un correspondant téléphonique, c'était de la présence physique de son mari.

Elle trouva pourtant que Ian avait meilleure mine, bien qu'il eût beaucoup maigri. Cette fois, il était propre et avait pris soin de bien se raser, en prévision de la visite de Jessie et d'Astrid. Ils tentèrent d'échanger quelques-unes de leurs blagues habituelles. De temps en temps, c'était Astrid qui prenait l'appareil. Cela leur semblait un peu bizarre de se retrouver là tous les trois et de s'efforcer d'avoir une conversation naturelle à travers un mur de verre. Visiblement, la décontraction de Ian était feinte et ses tentatives d'humour étaient, comme celles de ses visiteuses, chargées d'amertume.

— Deux femmes à la fois!... C'est bien le comble pour un violeur! dit-il en grimaçant, gêné de sa mauvaise plaisanterie.

— On va peut-être te prendre seulement pour un maquereau, répliqua Jessie.

Le rire des deux femmes sonnait faux, lui aussi. Cela ne servait à rien de prétendre nier la réalité. Si Ian devait ne pas sortir de prison avant un an au moins, Jessie n'était pas sûre qu'elle tiendrait le coup. Mais qui sait si lui, de son côté, le supporterait mieux qu'elle? Elle lui demanda à nouveau de se pourvoir en appel.

— En as-tu discuté avec Martin?

— Oui, et il n'est pas question pour moi de faire appel, lui répondit-il d'un ton grave et sans réplique.

— Quoi?

— Tu m'as bien entendu. Je sais ce que je fais, Jess. Un nouveau procès ne servirait à rien. Martin est de mon avis.

Ça ne ferait qu'augmenter tes dettes de cinq à dix mille dollars. Nous n'aurions rien à objecter en appel. Nos soupçons à propos du mariage Burton-Knowles ne sont pas étayés par le moindre commencement de preuve. Nous n'avons à présenter qu'une vieille photo et un tas de suppositions fantaisistes. Personne ne viendrait témoigner contre cette fille. Non, nous n'avons rien à nous mettre sous la dent, excepté un fol espoir!... Nous avons déjà fait une tentative en ce sens, mais parce que nous n'avions pas le choix. Puisqu'il n'y a pas eu de résultat, il n'est pas question de remettre ça. Un second procès se terminerait comme le premier et ne ferait sans doute que provoquer l'hostilité de la justice. Martin pense qu'il vaut mieux que je me résigne et que je me conduise en bon prisonnier pour obtenir une libération sur parole. De toute façon, ma décision est prise et je sais qu'elle est bonne.

— Tu parles de «ta» décision, mais j'ai tout de même voix au chapitre, bon sang!

— Il s'agit de moi, de ma propre incarcération, et non de la tienne. C'était donc à moi de décider.

— Comme si, moi, je n'en étais pas victime! s'écriat-elle, les larmes aux yeux.

Jessie tenait beaucoup à ce procès en appel. Elle voulait lui donner encore une chance et ne pouvait se résigner à ne rien faire pour lui. Il lui semblait impossible de se contenter d'attendre qu'on voulût bien le libérer. Elle savait qu'il était question de modifier certaines lois pénales pour en finir avec l'arbitraire des condamnations en Californie, mais cela prendrait sans doute du temps. Et Schwartz estimait que, de toute façon, la peine prévue pour le viol serait de deux ans d'emprisonnement. Deux ans d'attente?... Jessica en mourrait! Déjà, elle ne se sentait plus la force de parler dans ce maudit téléphone.

— Crois-moi, Jessie, il faut s'en tenir là. Il n'y a rien d'autre à faire.

— Mais nous vendrons quelque chose. La maison. N'importe quoi.

— Nous irions au-devant d'un nouvel échec. Et puis après? Mieux vaut serrer les dents et prendre son mal en patience. Jessie, je t'en prie, calme-toi! Je n'ai plus rien à t'offrir que mon amour. Il faut que tu sois forte. Ça ne durera pas longtemps. Un an, c'est vite passé.

— Et si ça dure plus d'un an?

— On verra à ce moment-là.

Pour toute réponse, elle fondit en larmes. Comment avait-il pu prendre une décision aussi grave sans la consulter? Et pourquoi refusait-il de se défendre? Personne ne pouvait être sûr d'avance que le procès en appel serait perdu…

Elle surprit un échange de regards entre Astrid et Ian.

— Ma chérie, reprit-il d'un ton inquiet, il faut absolument que tu maîtrises tes nerfs.

— Pour quelle raison?

— Parce que j'ai besoin de toi.

— Je ne suis pas énervée.

— Je souhaite que tu dises vrai.

Il était très préoccupé de son état, mais il remerciait le ciel qu'Astrid voulût bien s'occuper d'elle. La conversation roula ensuite sur le genre de prisonniers qu'il côtoyait, sur les tests qu'on lui avait fait passer et sur son espoir de ne pas être envoyé dans une autre prison. À Vacaville, au moins, on employait des méthodes civilisées. Il comptait bien obtenir la permission de se remettre à écrire dès qu'il aurait recouvré ses forces. Jessie trouva tout de même rassurant qu'il eût envie de continuer son roman. Cela indiquait qu'intellectuellement il n'allait pas trop mal. Mais elle avait aussi conscience que c'était son problème à lui et elle lui en voulait de ne pas se soucier de son sort à elle. Après la colère qui l'avait prise devant sa résolution de ne pas faire appel, elle se sentait partir à la dérive. Bien qu'elle essayât toujours de faire bonne figure, la frustration qu'impliquait leur séparation physique lui était déjà insupportable.

Ian était malheureux, lui aussi, de ne pouvoir la serrer dans ses bras, en dépit de la tension et de la gêne qui marquaient maintenant leurs relations.

— Comment va la boutique?

— Très bien. Comme sur des roulettes. Nous sommes même dans une phase d'expansion.

C'était un pur mensonge. Les ventes ralentissaient. Cela faisait des années que le chiffre d'affaires n'avait été aussi bas. Mais Jessie n'aurait pas pu lui dire la vérité sans risquer d'exploser, de l'accabler de récriminations, d'accusations, de hurlements de rage et de désespoir... Elle aurait pu aussi lui rappeler que le commerce en général n'allait pas fort pour le moment et qu'un homme qui se mettrait au travail pour l'aider à payer les factures lui serait plus utile qu'un mari en prison. Elle aurait pu lui crier enfin qu'elle lui trouvait une sale mine, que ses cheveux trop longs le vieillissaient et l'enlaidissaient, qu'elle avait peur, entre autres choses, qu'il ne devînt homosexuel dans cet environnement ou, pis encore, qu'il ne fût tué par un autre prisonnier... Pourrait-elle lui laisser ignorer longtemps sa panique quand elle voyait les factures s'accumuler, ses terreurs nocturnes dans la maison déserte et ses impulsions suicidaires? Si elle était un jour franche avec lui, elle lui reprocherait d'abord d'avoir dragué une Margaret Burton, elle le traiterait de salaud, elle lui avouerait même qu'elle s'était mise à le haïr du seul fait qu'il n'était plus auprès d'elle. Mais elle refusait encore de lui dire la vérité, cette vérité multiple, car elle savait que cela l'achèverait.

Brusquement, elle se rendit compte qu'il lui parlait et elle leva les yeux pour essayer de concentrer son attention sur lui.

— Jess, je voudrais que tu me rendes un service dès que tu seras rentrée à la maison. Fais photocopier mon manuscrit, mets la copie dans un coffre à la banque et envoie-moi l'original. J'ai déjà demandé la permission de continuer à écrire et je pense qu'on va me l'accorder. N'oublie surtout pas. Peux-tu faire tout ça en rentrant et m'expédier le manuscrit aujourd'hui?

Jessie accepta, mais elle était ahurie de voir qu'il avait les yeux brillants d'espoir. Comment pouvait-on se préoccuper d'un manuscrit quand on venait d'être mis en prison?

La visite dura un peu plus d'une heure et se termina sur une série d'au revoir fiévreux, auxquels Astrid ajouta, pour sa part, des paroles de réconfort. Ian leur dit qu'il les embrassait toutes les deux de loin. Désemparée, Jessie n'eut même pas la force de lui envoyer des baisers en retour. Elle avait l'impression que, seul, le contact physique lui aurait apporté un peu d'apaisement. Pourquoi personne n'avait-il l'air de comprendre que rien ne comptait pour elle en dehors de la présence de Ian?

Il s'éloigna à contrecœur, arborant pourtant un sourire de confiance un peu puéril. Jessie essaya de lui sourire en retour, mais elle avait momentanément épuisé sa réserve d'émotions et elle était soulagée de voir finir l'entretien. Il était au-dessus de ses forces de continuer à le voir en prison et cette dernière visite l'avait particulièrement éprouvée. Encore une fois, elle faillit se mettre à hurler en se précipitant sur la paroi de verre pour tenter de la briser à coups de poing. Mais, après un petit geste d'adieu, elle suivit docilement Astrid jusqu'à la voiture.

— Auriez-vous encore quelques pilules magiques à donner à votre filleule, madame la fée?

— Non, je n'en ai pas sur moi, répondit Astrid sans autre commentaire.

316

Elle se sentait impuissante devant un pareil désarroi et, dans la voiture, quand elle reprit la route, elle fit semblant de ne pas voir les larmes que versait Jessie. Elle tourna le bouton de la radio et les bruits de l'émission leur évitèrent de se parler.

— Voulez-vous que je vous laisse en ville pour que vous essayiez de vous distraire? demanda-t-elle à sa passagère au moment où la voiture quittait une grande avenue pour retrouver les rues encombrées du centre.

Elles passaient à ce moment-là devant *Chez Enrico*.

— Pas question. C'est là que tout a commencé.

— Pardon? dit Astrid, surprise, en se retournant pour voir ce que regardait Jessie.

Devant le restaurant, les tables avaient été repoussées loin du trottoir, sous le vélum où les radiateurs étaient allumés. Bien que le temps se fût refroidi, quelques consommateurs étaient encore à la terrasse.

— Oui, *Chez Enrico*. C'est là qu'il l'a rencontrée, répliqua Jessie avec un air de somnambule. Je me demande ce qu'elle peut être en train de faire, maintenant.

— Ne pensez plus à ça, je vous en prie.

— Et pourquoi?

— Ça ne sert à rien. C'est fini. Maintenant, il faut tourner les yeux vers l'avenir. Essayez d'atteindre le bout du tunnel. En un rien de temps…

— Oh! ça va! Je n'ai pas envie d'écouter votre conte bleu. Mettez-vous un peu à ma place. Vous croyez que c'est normal de voir son mari à travers une cage de verre et de ne pas pouvoir le toucher… Pardon, Astrid, mais je suis à bout de nerfs! Je n'en peux plus, je n'accepte pas la situation, je refuse cette solitude… Si vous saviez à quel point j'ai besoin de lui!

— Écoutez, Jessie, Ian existe toujours. Vous êtes séparés, mais il est en vie et il vous aime. La cage de verre, ça ne durera pas. Croyez-vous que je n'aie pas souffert quand j'ai vu mettre le corps de Tom dans l'horrible boîte qu'est un cercueil? Je savais que je n'entendrais plus jamais sa voix, qu'il n'aurait jamais plus besoin de moi, qu'il ne pourrait jamais plus me témoigner son amour. Jamais, Jessie, jamais! Pour vous et Ian, la séparation est momentanée. Vous ne pouvez plus le retrouver chaque nuit, mais vous avez le reste.

Décidément, Astrid avait l'air de ne rien comprendre. C'était justement de cette présence de Ian à la maison que Jessie avait besoin. De quel «reste» voulait-elle parler? Il n'y avait pas de reste.

— Il faut aussi que vous vous arrêtiez d'avaler des tranquillisants, reprit fermement Astrid quand elles furent à proximité de leurs domiciles respectifs.

— Mais ça ne me fait aucun mal. Au contraire, ça m'aide à vivre.

— Dans quelque temps, ça ne vous fera plus d'effet du tout. Plus vous en prendrez, plus vous serez déprimée. C'est peut-être déjà le cas. Si vous n'y faites pas attention, vous ne pourrez plus vous en passer. Je sais ce que c'est, parce que ça m'est arrivé. J'ai eu un mal fou à me désintoxiquer. J'ai dû passer des semaines au ranch, chez ma mère, pour pouvoir récupérer. Alors, faites-moi un grand plaisir : arrêtez-vous dès aujourd'hui.

Jessie haussa les épaules et sortit un peigne de son sac pour se recoiffer.

— Je verrai. En attendant, je vais peut-être aller faire un tour à la boutique.

— Pourquoi ne pas rentrer un petit moment chez vous et vous détendre?

— D'accord, murmura Jessie, effrayée à l'idée de se retrouver seule. Je rentre à condition que vous veniez boire une tasse de café… Je dois prendre le manuscrit de Ian pour le faire photocopier. Quand je pense qu'il veut se remettre à écrire !…

Astrid fut surprise de l'aigreur de sa voix. Était-ce de la jalousie ? Cela, apparemment, ne tenait pas debout. Pourtant, dans l'état où était Jessie, tout était possible.

— Tout de même, Jessie, c'est une chance qu'on le laisse écrire !

— Croyez-vous ? demanda ironiquement Jessie quand la voiture arriva devant chez elle.

— Oui, je crois que ça lui fera du bien.

Jessie haussa les épaules et descendit la première.

Elles entrèrent dans le vestibule où régnait un certain désordre. Avant de partir pour la prison, Jessie avait sorti des vestes et des manteaux qu'elle n'avait pas rangés. Dans le placard resté ouvert, Astrid vit que les vêtements de Ian avaient été repoussés sur le côté pour laisser presque toute la place à ceux de Jessie. Cela faisait seulement cinq semaines qu'il était absent et, déjà, on avait l'impression de se trouver dans une maison sans homme ! Mais Jessie elle-même ne s'en était peut-être pas rendu compte.

— Du café ou du thé ?

— Du café, s'il vous plaît, répondit Astrid en s'installant devant la fenêtre du salon. Est-ce que je peux vous aider ?

— Non, reposez-vous.

Les relations entre les deux amies devenaient de plus en plus difficiles. Jessica était trop malheureuse pour accepter même d'être consolée et Astrid ne savait plus quoi faire pour elle.

— Comment comptez-vous passer les fêtes de fin d'année ? lui cria-t-elle.

Jessie s'approcha en apportant deux petites tasses à fleurs.

— Je n'en sais rien, répondit-elle avec un rire forcé. Je vais peut-être me pendre à la branche d'un sapin en guise de boule de Noël !

— Jessica, ce n'est pas drôle du tout!

— Qu'est-ce qui l'est pour moi, maintenant?

En soupirant, Astrid mit sa tasse sur la table.

— Il faut que vous cessiez de vous lamenter sur votre sort. C'est à vous de trouver le moyen et la manière de vous raccrocher à l'existence. Faites-le pour vous-même et pas seulement pour Ian. Travaillez à la boutique, renouez avec le monde extérieur, venez me voir plus souvent, faites partie d'une association, essayez n'importe quoi qui puisse vous convenir, mais trouvez-vous d'urgence un centre d'intérêt si vous tenez à survivre. Sans ça, ce n'est pas seulement votre mariage qui est fichu, c'est vous.

Astrid savait qu'elle ne faisait là qu'exprimer les pires craintes de Ian. À une ou deux reprises, elle avait surpris son angoisse devant l'attitude de Jessie.

— Je vous le répète, Jessie, ça ne durera pas toujours. Vous retrouverez tout ce qui vous tenait à cœur jusque-là.

— Ah bon? Comment pouvez-vous le savoir? Moi, je n'en sais rien. J'en suis au point de me demander si quelque chose me tenait vraiment à cœur et si ça vaut le coup de le récupérer.

Jessie fut aussitôt honteuse du ton de ses paroles, mais cela avait été plus fort qu'elle. Elle se tordit les mains pour en dissimuler le tremblement.

— Qu'avions-nous donc de si enviable? reprit-elle. C'est moi qui réglais la note, mais Ian m'en voulait de l'entretenir. Il m'en voulait tellement qu'il a été forcé de coucher avec un tas de bonnes femmes pour se prouver qu'il était toujours un homme! C'est comme ça que vous concevez le mariage avec le Prince Charmant? À votre avis, c'est ça qui fait rêver les petites filles?

— Voilà donc où vous en êtes! s'écria Astrid, douloureusement surprise. D'après ce que j'ai pu constater, votre union ne se résumait pas à si peu de chose.

La première fois qu'elle les avait vus ensemble, ils lui avaient paru éclatants de jeunesse et de bonheur. Astrid savait maintenant qu'elle avait ignoré la plupart de leurs difficultés. Quand son regard rencontra celui de Jessica, elle fut émue de compassion en pensant à tout ce que la jeune femme allait avoir à modifier dans son comportement.

— Je ne sais plus où j'en suis, Astrid. J'ai l'impression d'avoir tout fait de travers jusqu'ici. J'aurais voulu changer, mais il est trop tard. Ian n'est plus là et je n'arrive pas à admettre ce que vous me dites. Je fais semblant de croire qu'il va rentrer mais j'ai l'impression qu'il ne reviendra jamais. Je suis sans cesse en train de guetter son retour, je rôde au milieu de ses affaires… Et puis, tout d'un coup, il faut que j'aille là-bas comme on va au zoo, pour admirer un singe en cage! Astrid, c'est mon mari, et ils l'ont enfermé comme une bête!

— Est-ce absolument tout ce qui vous révolte, Jessie?

— Bien entendu! s'écria-t-elle, furieuse. Qu'est-ce qui vous fait penser le contraire?

— Je suis sûre que ça vous révolte, mais je vous crois effrayée par bien autre chose. Vous redoutez qu'il ne change, par exemple. Vous savez qu'il est en train de changer. Il ne s'intéresse plus qu'à son manuscrit et ça vous fait peur.

— Mais non! Ça m'irrite simplement.

— Et pourquoi donc? demanda Astrid, un peu soulagée que Jessie pût reconnaître au moins sa contrariété.

— Parce que, moi, je reste en carafe. Je lutte contre la folie, je dois me battre avec la réalité et, lui, il fait comme si rien ne s'était passé. Il est en plein onanisme intellectuel! Bon, je ne sais plus quoi dire, Astrid. C'est trop compliqué. Tout ça me fait perdre la boule et j'en ai assez. *J'en ai assez, voilà tout!*

— Vous aurez la force de le supporter aussi bien que lui. Le pire est déjà derrière vous. Je suppose que le procès a été un véritable supplice.

— Oui, mais le pire pour moi, c'est encore ce que je vis en ce moment. Rien ne peut plus s'arranger. Jamais.

— Mais si! reprit Astrid calmement sans trop croire à ce qu'elle disait. Il me semble que vous êtes plus résistants l'un et l'autre que vous ne l'imaginez.

— Comment ça? Vous avez vu sa tête, aujourd'hui? Physiquement, il n'a pas l'air d'un homme capable de tenir le coup bien longtemps. Il n'est pas habitué à la dure. Il est trop civilisé, ce n'est qu'un enfant gâté. Gâté-pourri. Et, là où il est, nous ne savons pas avec quelles réalités il est confronté. Qu'arrivera-t-il si un type lui saute dessus avec un couteau ou si un pédé le trouve à son goût? Pouvez-vous me le dire, Astrid? Le croyez-vous fichu de se défendre? Et voulez-vous savoir qui est responsable de tout ce désastre? C'est moi. C'est à cause de moi qu'il est là-bas. Ce n'est pas à cause de Margaret Burton. C'est ma faute, à moi seule. Je me suis montrée si castratrice qu'il a eu besoin de cette pauvre cloche pour se prouver sa virilité. C'est à moi qu'on aurait dû passer les menottes!

Ce qu'il y avait de plus triste dans ce flot de déclarations hystériques, c'était la sincérité de Jessie. Elle sanglotait. Astrid s'approcha d'elle et lui mit le bras autour des épaules.

— Jessica, ma chérie, il ne faut pas vous rendre malade. Vous comprenez bien que…

— Je comprends bien que je dis la vérité. Je la connais et il la connaît aussi. Cette traînée elle-même devait l'avoir devinée. Il n'y avait qu'à voir la façon dont elle me dévisageait au tribunal. Je me suis demandé ce qu'il avait pu lui dire. Moi, je la regardais avec haine et, elle, elle me regardait avec… pitié. Oh! Astrid, je vous en prie, redonnez-moi quelques pilules!

— Ce n'est pas possible, murmura Astrid, désolée de devoir lui opposer un refus.

— Pourquoi? J'en ai besoin.

— Ce dont vous avez besoin, c'est de mettre de l'ordre dans vos idées, de faire le point. Vous êtes en pleine confusion. Ce que vous venez de dire ne tient pas debout. Vous vous montez la tête. Il faut que vous fassiez un effort de lucidité et que vous en finissiez avec ces absurdités. Les pilules ne pourraient pas vous y aider.

— Elles me permettraient de surmonter la crise!

— Pas du tout. Vous n'y verriez pas plus clair et elles ne feraient qu'ajouter à votre égarement. Si vous ne changez pas d'attitude tout de suite, votre état ne fera qu'empirer et, le jour où Ian sera de retour, votre bel amour n'existera plus. Peut-être vous mettrez-vous à le haïr avec autant de violence que vous en mettez actuellement à vous faire des reproches. Il faut que vous y réfléchissiez sérieusement, Jessica.

— Est-ce à dire que vous allez m'y contraindre?

— En aucun cas. Je ne peux pas vous forcer à réfléchir. Tout ce que je peux essayer de faire, c'est de vous empêcher de vous droguer et de sombrer dans l'inconscience. Et ça, je vous préviens que je vais m'y employer.

Jessica eut brusquement envie de lui taper dessus, tout en ayant conscience de délirer. Elle devait être au bord de la folie pour envisager de frapper Astrid! Mais il lui fallait à tout prix des tranquillisants.

— Tôt ou tard, vous devrez bien vous habituer à vous en passer.

— En ce moment, je risque de devenir folle... Vraiment folle!

— Pourquoi ça?

— Parce que je suis à bout de forces. Je craque!

Faisant un retour sur elle-même, Astrid se demanda comment sa mère avait pu la tirer d'affaire quand elle s'était trouvée, à la mort de Tom, dans le même état que Jessie. Cela lui suggéra une stratégie.

— Que diriez-vous de venir passer Noël avec moi au ranch? Ma mère serait ravie de vous connaître et ça vous ferait du bien.

— Impossible! répliqua Jessie aussitôt.

— Je ne vois pas pourquoi.

— Je suis forcée de passer Noël avec Ian.

— Vous n'y êtes pas forcée.

— Peut-être, mais je tiens à le faire. Pas question de passer un Noël sans lui.

— Séparés par une vitre? Qu'est-ce qui vous prend? Vous voulez vous punir en espérant vous délivrer du sentiment de culpabilité que vous cultivez en ce moment? Ne soyez pas stupide. Ian serait heureux que vous preniez un peu de distraction.

Comme Jessica ne daignait pas répondre, Astrid voulut tenter de débrider la plaie.

— N'est-ce pas plutôt, reprit-elle, que vous tenez à le torturer en lui montrant à quel point vous êtes malheureuse alors que tout le monde est en train de fêter Noël?

— Là, vous exagérez! s'écria Jessica en ouvrant de grands yeux indignés. Vous semblez croire que je lui en veux.

— Et si c'était la vérité? Vous n'avez pas l'air de savoir à qui vous en voulez le plus, à lui ou à vous. Pour ma part, je crois que vous êtes assez punis tous les deux: Ian incarcéré par la justice et vous prisonnière de vos idées noires. Ne pouvez-vous avoir un peu d'indulgence pour vous-même, Jessica? Ça vous aiderait à en avoir pour lui.

Excédée, Jessie laissa Astrid poursuivre, sans répondre.

— Si vous retrouvez votre équilibre, l'amour de Ian vous aidera à tenir le coup, même à distance. Et vous pourrez compter sur l'affection de vos amis. Prenez conscience que vous avez des réserves de courage.

— Qu'en savez-vous?

— En ce moment, vous êtes bouleversée et c'est bien naturel. Mais si vous cessez de vous détruire, si vous vous faites du bien au lieu de vous faire du mal, vous aurez moins peur. Pour ça, il faut vous arrêter de fuir la réalité.

— Et arrêter du même coup les tranquillisants?

Astrid acquiesça et Jessie resta silencieuse. Elle n'était pas prête à se passer de drogues. Ce n'était même pas la peine d'essayer.

Pourtant, elle essaya. Comme Astrid ne lui avait laissé aucune pilule, ce fut en tremblant de tous ses membres qu'elle se rendit à la banque ce jour-là pour mettre au coffre le manuscrit de Ian. Ensuite, elle alla jusqu'à la poste et, de là, à la boutique. Elle n'y resta qu'une demi-heure, puis elle rentra chez elle. Après avoir enfilé un chandail appartenant à Ian, elle passa la nuit devant la cheminée, pelotonnée dans un fauteuil du salon, les yeux grands ouverts, à lutter contre la nausée et à frissonner. Le chandail sentait encore un peu l'eau de toilette, c'était comme une présence. Elle voulait croire que Ian était là quelque part, dans la pièce, en train de la regarder. Les yeux fixés sur le feu de bois, elle croyait voir des visages dans les flammes, ceux de Ian, de sa mère, de Jake et de son père. Ils la hantèrent une partie de la nuit. À un certain moment, elle crut entendre des bruits bizarres qui venaient du garage. Elle voulut crier, mais aucun son ne sortit de sa gorge. Les pilules d'Astrid lui manquaient terriblement. De toute la nuit, elle n'eut pas le courage de se mettre au lit et, dès sept heures du matin, elle téléphona à son médecin.

Il lui donna tout ce qu'elle demandait.

23

Pour les fêtes de fin d'année, Astrid alla passer trois semaines chez sa mère. De son côté, Jessica se laissa submerger par le travail de la boutique. Ses visites à Ian avaient pris une allure de routine. Elle se rendait à la prison le mardi et le jeudi matin et elle y retournait le dimanche. Cela l'obligeait à faire près de six cent cinquante kilomètres par semaine et la vieille Volvo semblait près de rendre l'âme. Il lui arrivait de se demander si elles n'allaient pas mourir ensemble, elle et la voiture : elles risquaient de s'arrêter tout bêtement au bord de la route, l'une et l'autre à bout de souffle… La Volvo mourrait de vieillesse et elle d'épuisement, d'un excès de stress et de barbituriques. En attendant l'échéance, Jessie essayait de tenir bon. La plupart des gens ne se doutaient pas de son état et Ian ne lui avait pas encore posé de questions indiscrètes. Il préférait sans doute ne rien savoir et elle ne s'en plaignait pas.

Cette année-là, elle ne lui fit pas de cadeau de Noël, car il n'était autorisé à recevoir que de l'argent. Elle lui envoya donc un chèque. Du coup, elle en oublia d'acheter de petits présents de circonstance pour ses deux employées. Ses préoccupations se bornaient à remplir d'essence le réservoir de la voiture, à ne pas flancher quand elle voyait Ian de l'autre

côté de la vitre et à porter son ordonnance chez le pharmacien pour se réapprovisionner en calmants. Rien d'autre ne
comptait. Et, quand elle retrouvait un peu d'énergie, elle
vérifiait le montant des factures. Comme la somme finissait
par être impressionnante, il lui arrivait de se réveiller à
l'aube en se demandant où trouver l'argent nécessaire. Fallait-il hypothéquer autre chose ou demander des délais ?
Elle espérait que les ventes de fin d'année l'aideraient à se
remettre à flot. Mais « Lady J » aussi avait ses problèmes et
Jessie ne se sentait plus assez forte pour remonter le courant. Pour elle, la boutique n'était plus qu'un moyen de
survivre et elle ne tirait désormais de son travail aucune
satisfaction personnelle. Les rentrées d'argent servaient à
éponger une partie des dettes. Mais le travail était en soi
une bonne façon de tuer le temps. Jessie se réfugiait dans
son petit bureau, à l'abri des importuns, pour s'absorber
dans sa comptabilité. Il était rare qu'elle consentît à s'occuper des clientes. Au bout de quelques minutes, elle avait
l'impression de craquer. Sa gorge se serrait. Il lui fallait
alors, de toute urgence, s'absenter un moment pour avaler
un comprimé jaune — ou un bleu — et un petit verre de
whisky… Elle devait à tout prix tuer cette angoisse qui
menaçait de l'étouffer. C'est pourquoi elle trouvait généralement plus raisonnable de rester dans son bureau et de
laisser les deux jeunes femmes se débrouiller seules. Par
ailleurs, elle avait vraiment beaucoup de choses à faire.
Entre autres, chercher le moyen de payer les factures et tenter de s'évader de la réalité. Ne plus penser à rien… C'était
cela, le plus difficile, surtout dans le courant de la nuit ou
le matin, au lever. Pour la première fois depuis la mort des
siens, elle avait des espèces d'hallucinations auditives. Elle
croyait très nettement percevoir les inflexions de la voix de
sa mère et les modulations du rire de son père. Il y avait
bien longtemps qu'elle ne les avait pas entendus parler et

rire! Cette fois, ils étaient de retour. Ils lui faisaient même des réflexions : sur sa vie conjugale, sur elle, sur Ian. Elle trouvait qu'ils avaient toujours raison et que leurs conseils l'aidaient à réfléchir. Jake lui-même s'y mettait de temps en temps. Mais, pour le moment, Jessie n'avait pas une très grande envie de réfléchir et ne s'en sentait pas encore la force. Alors, elle finissait par se dire que personne ne pouvait l'obliger à le faire tant qu'elle n'en aurait pas vraiment le désir ou le courage. Personne, pas même eux.

Noël ne tombait pas un jour de visite, si bien qu'elle le passa sans voir Ian. Elle supporta pourtant la solitude grâce à deux comprimés jaunes et à trois comprimés rouges. Elle dormit si longtemps qu'il était quatre heures de l'après-midi le lendemain quand elle ouvrit les yeux. Elle décida alors de se rendre à la boutique, car elle s'était mis en tête de solder certains modèles. Comme les ventes de Noël avaient été désastreuses, elle comptait se rattraper par ce moyen : rien de tel que les soldes pour attirer les acheteurs! Elle allait envoyer des cartons à ses meilleures clientes et celles-ci accourraient en foule. C'est du moins ce qu'elle espérait.

Elle continua de travailler à sa comptabilité jusqu'au lendemain du nouvel an. Puis elle se souvint brusquement qu'elle avait oublié de donner des cadeaux aux deux filles et elle leur fit un chèque. De son côté, elle avait reçu un poème de Ian et Astrid lui avait offert un bracelet, un joli petit jonc d'or. Zina et Kat lui avaient apporté, comme elles le faisaient chaque année, un témoignage de leur affection. Pour Zina, il s'agissait d'un pot de faïence rempli de pétales séchés et odoriférants et, pour Kat, d'un petit dessin à l'encre de Chine dans un cadre en argent. Pendant la nuit de Noël, Jessie avait relu le poème de Ian un bon nombre de fois avant de le poser sur sa table de nuit.

Au bureau, dans la journée, elle le gardait à portée de la main. Pour pouvoir le relire à tout moment, elle le transportait dans son sac d'un endroit à l'autre. Elle le savait déjà par cœur le lendemain du jour où elle l'avait reçu.

Zina et Katsuko se demandaient ce qu'elle pouvait bien faire enfermée continuellement dans le fond de la boutique. Elle ne sortait de sa tanière que pour prendre une tasse de café ou pour chercher quelque chose dans la réserve, mais elle leur parlait rarement et ne plaisantait plus jamais. Les jours de joyeux bavardage et de bonne camaraderie étaient bien finis. La Jessie d'autrefois avait l'air de s'être volatilisée en même temps que Ian. À la fin de la journée, on la voyait réapparaître à la porte de son bureau, parfois avec les yeux gonflés et rougis, et parfois avec l'air préoccupé, un petit paquet de factures à la main et un crayon glissé derrière l'oreille. Désormais, elle était prompte à se mettre en colère, à perdre patience pour des riens. Son regard morne faisait peur. C'était le regard d'une personne qui ne dort plus et qui arrive mal à dissimuler sa panique. C'était aussi le regard vide d'une droguée.

Les jours où elle allait voir Ian, Jessica était un peu différente. Le goût de vivre lui revenait. On aurait cru entendre un petit crépitement derrière la muraille qu'elle avait construite pour se cacher du reste du monde et l'on percevait alors dans ses yeux une sorte de satisfaction qu'elle voulait garder pour elle seule. Astrid elle-même n'en avait pas sa part, bien qu'elle consacrât de plus en plus de temps à la boutique. Elle commençait à savoir s'y prendre avec Kat et Zina, et elle avait, d'une certaine façon, pris la place de Jessie, car elle possédait cette aisance qui faisait désormais défaut à son amie. De plus, elle aimait l'atmosphère de la boutique, la clientèle, la mode et les deux employées. Elle prenait le temps de parler et de rire. Elle avait une foule d'idées neuves. Bref, on voyait qu'elle était à son

329

affaire. Elle venait même les jours où Jessie allait voir Ian et les deux jeunes femmes avaient appris à l'apprécier.

— Je me dis parfois que, si je viens, c'est uniquement pour attendre le retour de Jessie. Je suis toujours inquiète de la savoir sur la route.

— Nous aussi, répliqua Katsuko.

— L'autre jour, elle m'a dit qu'elle mettait sa voiture en «pilotage automatique», avoua Zina avec anxiété. Elle prétend qu'il lui arrive de ne pas savoir où elle est ni ce qu'elle fait dans cette bagnole.

— C'est effrayant!

— Oui, je me demande combien de temps elle tiendra. Elle ne peut pas continuer à vivre comme un automate. Elle devrait sortir, voir des gens, se distraire un peu, dormir…

«Et ne plus avaler toutes ces drogues», faillit ajouter Katsuko. Mais les autres y pensaient aussi.

— Physiquement, elle est méconnaissable, reprit-elle. Je me demande comment Ian s'en tire, de son côté.

— Un peu mieux qu'elle, en fait. Mais je ne l'ai pas vu dernièrement. Il me semblait seulement moins terrorisé.

— Parce que vous croyez que c'est ça, le fond du problème, pour elle? demanda Zina avec surprise. Je croyais qu'elle n'était qu'épuisée.

— Elle l'est, mais c'est surtout la peur qui la mine, dit Astrid en hésitant à donner des explications.

— Et les soucis, également. «Lady J» lui en a fait voir de toutes les couleurs ces temps-ci!

— Vous me surprenez. Ce n'est pourtant pas la clientèle qui manque.

Katsuko secoua la tête d'un air entendu, sans rien ajouter. Jessie avait reçu récemment des réclamations de divers créanciers. Pour la première fois depuis sa création, la boutique était en difficulté et la caisse restait vide. Jessie avait épuisé toutes ses réserves personnelles pour Ian et c'était désormais « Lady J » qui payait les pots cassés.

Les trois femmes arrêtèrent la conversation car Jessie venait d'entrer dans la boutique. Elle était amaigrie et fatiguée, mais il y avait une petite lueur dans ses yeux, le reflet de la petite flamme intérieure que seul Ian était capable de rallumer chez elle.

— Eh bien, mesdames, que devenez-vous? Astrid, êtes-vous encore en train de gaspiller votre argent ici?

Jessie se laissa tomber dans un fauteuil pour avaler une gorgée de café froid laissé au fond d'une tasse. Il n'y eut qu'Astrid pour apercevoir la petite pilule jaune qu'elle glissait discrètement dans sa bouche.

— Je n'ai pas dépensé un sou, Jessica. Je suis simplement passée boire un café en aimable compagnie. Comment va Ian?

— Très bien, je crois. Il ne s'intéresse qu'à son roman. Et ici, comment vont les affaires, aujourd'hui?

Visiblement, elle n'avait pas envie de parler de Ian. Elle ne faisait plus la moindre confidence à personne, pas même à Astrid.

— Les affaires? Ça va plutôt doucement.

Pendant que Kat donnait quelques détails sur le ralentissement des ventes, Zina remarqua avec inquiétude que les mains de Jessie s'étaient mises à trembler.

— Quelle tuile! dit-elle. La boutique est fichue et la voiture aussi. Figurez-vous que la Volvo vient de rendre le dernier soupir.

À son ton désinvolte, on aurait pu croire qu'elle avait au moins douze voitures de rechange.

— Elle vous a lâchée sur le chemin du retour?

— Oui, répondit-elle en riant. Et j'ai fait du stop à Berkeley. Je suis tombée sur deux gamins en camionnette. Une Studebaker de 1952, peinte en rose avec des bandes vertes!

Ils l'ont appelée «La Pastèque». Étant donné l'allure à laquelle elle roule, elle n'a pas volé son nom.

— Et où est la Volvo?

— Dans un garage de Berkeley. Le patron m'en a offert soixante-quinze dollars et il consent à ne pas me facturer le remorquage.

— Tu l'as vendue? demanda Kat, ahurie.

— Impossible! Elle est à Ian. Mais j'espère qu'il va consentir à s'en débarrasser. Elle en a sa claque, de l'existence, tout comme moi… Ainsi font, font, font les petites marionnettes, trois petits tours… Il va falloir que je me paie un tacot pour retourner là-bas.

Mais elle se demandait avec quoi elle le paierait. Lui faudrait-il se mettre à faire la manche?

— Je vous emmènerai, dit alors Astrid d'une voix étrangement calme.

Jessica leva les yeux et lui fit signe qu'elle acceptait. Cela ne servait à rien de protester. Elle savait qu'elle avait besoin d'aide, dans tous les domaines.

Astrid entreprit donc d'emmener Jessica trois fois par semaine jusqu'à la prison. Cela permit à la jeune femme d'avaler deux comprimés jaunes avant de partir, ce qu'elle n'avait pas osé faire quand elle conduisait. En arrivant, elle en reprenait deux autres et, parfois, elle avalait un petit comprimé vert et noir en supplément. Il les lui fallait pour tenir le coup.

Astrid ne lui faisait plus de reproches. Elle savait que c'était inutile et que seule importait désormais sa présence constante. Elle se devait de rester à proximité en cas de catastrophe. Et un malheur pouvait arriver d'un jour à l'autre, vu que Jessie se précipitait la tête la première au-devant de tous les obstacles sans que rien ne pût l'arrêter dans son élan. Astrid se rendait compte que Ian lui-même n'avait plus d'influence sur elle et qu'il préférait ignorer les dangers qu'elle courait depuis qu'il n'était plus en mesure de l'aider. Chaque fois que Jessie arrivait, il souffrait de la voir toujours plus torturée, plus épuisée, plus fragile, plus dramatiquement pitoyable dans ses efforts pour garder la face. Cela ne faisait qu'accroître son sentiment de culpabilité et de dette envers elle, en même temps qu'augmentait sa propre souffrance. Ils n'osaient plus se regarder en face, ils se contentaient de bavarder. Lui parlait de son manuscrit et elle de sa boutique. Ils n'évoquaient plus ni le passé, ni le futur, ni les pénibles réalités du présent. Ils n'exprimaient plus leurs sentiments et, s'ils se disaient encore « Je t'aime » de temps à autre, c'était pour meubler la conversation. Astrid détestait ces visites à la prison car elle trouvait sinistre de les observer. Elle avait envie de les secouer, de leur crier de prendre garde. Elle était horrifiée de les voir s'enfoncer lentement dans les sables mouvants, chacun de son côté de la vitre, sans se débattre, indifférents à leur sort commun, persuadés l'un et l'autre que la mort était la juste punition de leurs erreurs.

Si seulement ils avaient pu se retrouver comme avant, peau contre peau, ils seraient peut-être sortis de leur léthargie. Mais cela semblait impossible et ils n'en avaient même plus envie. On le devinait rien qu'à les regarder. Il y avait une sorte de renoncement dans les yeux de Jessica. On y lisait de la douleur, mais aussi une incompréhension puérile devant les événements. Elle avait eu un mari et elle n'en avait plus. Mais qu'était-ce au juste qu'un mari ? Et où avait-il bien pu disparaître ? Les barbituriques lui permettaient de flotter sur un océan d'incertitude et elle revenait rarement au rivage. Elle risquait de plus en plus de se laisser couler à pic et l'on pouvait se demander si, de son côté, Ian n'avait pas déjà touché le fond. Oui, Astrid se serait bien passée des visites à la prison. Mais ils étaient désormais enfermés tous les trois dans leurs rôles respectifs : mari, femme et amie.

Les mois se succédaient. Janvier et février passèrent comme un rêve. Quand vint le mois de mars, il y eut deux semaines de soldes à la boutique, mais presque personne ne se montra. Certaines clientes étaient en voyage et d'autres trop occupées ou trop fauchées. La mode d'hiver s'était mal vendue. Les difficultés économiques du moment y étaient pour quelque chose. Les articles de luxe en pâtissaient en premier lieu. Or, ce qu'offrait «Lady J» n'était évidemment pas de première nécessité et ne s'adressait qu'à une clientèle aux goûts raffinés. Les maris de ces dames se montraient de plus en plus réticents à payer la note depuis que le monde des affaires était en crise. Plus question d'offrir inconsidérément à son épouse, pour quelque deux cents dollars, «l'amour de petit pull» ou «la jupe rigolote» dont elle rêvait.

— Bon sang, qu'est-ce que je vais bien pouvoir faire de toutes ces frusques?

Ce jour-là, incapable de rester en place, Jessie entama un nouveau paquet de cigarettes et tourniqua un moment dans la boutique. Elle revenait d'une de ses visites matinales à la prison. Une fois de plus, elle avait vu Ian derrière la vitre. Encore et toujours. Elle en arrivait à croire que, s'ils se retrouvaient jamais dans les bras l'un de l'autre, ils seraient devenus centenaires. N'osant plus imaginer son retour à la maison, elle ne rêvait que d'avoir le droit de le toucher.

Katsuko la regardait d'un air préoccupé.

— Jessie, nous allons avoir un sacré problème quand la mode de printemps arrivera.

— Ah oui!... Ces salauds de fournisseurs! Ils sont déjà en retard d'une semaine sur leurs promesses.

Sur ce, elle disparut dans la réserve pour voir ce qui restait. Elle vivait dans une inquiétude perpétuelle et sa détresse avait changé d'aspect. Elle n'avait plus la force de la cacher, tant ses fantasmes de mort l'obsédaient.

— Tu sais, j'ai beaucoup réfléchi, déclara Kat en allant la retrouver.

— Et ça t'a beaucoup fatiguée! déclara Jessie en essayant de plaisanter. Excuse-moi, ma chérie. Sur quoi as-tu beaucoup réfléchi?

— Sur la prochaine ligne d'automne. Iras-tu à New York un de ces jours?

Par quel moyen miraculeux? Seules les sorcières disposaient d'un manche à balai!

— Je ne sais pas encore.

— Mais c'est le moment de faire les commandes pour l'automne.

Katsuko avait raison, mais Jessie n'avait plus assez d'argent devant elle pour commander quoi que ce fût et les factures impayées continuaient à s'entasser.

Contrariée, elle se réfugia dans son bureau en claquant la porte. Zina et Kat échangèrent un regard accablé tandis que le téléphone se mettait à sonner. Ce fut Zina qui répondit. Elle passa la communication à Jessie sur son appareil personnel en lui annonçant le nom d'un magasin de disques. Le signal lumineux montrant qu'elle était en ligne s'éteignit au bout de quelques instants.

Quand Jessica eut raccroché l'appareil, ses mains se mirent à trembler en tripotant le stylo posé sur sa table. Encore une réclamation. Le magasin de disques s'excusait d'avoir à lui rappeler le montant de la petite note que… On pensait que c'était un simple oubli de sa part, mais… Cette fois, au moins, son interlocuteur avait été poli alors que, la veille, le secrétariat de son médecin l'avait appelée pour la menacer de poursuites. Elle lui devait cinquante dollars! Un médecin allait-il poursuivre une patiente pour cinquante malheureux dollars? Mais elle devait aussi quatre-vingt-dix-huit dollars à son dentiste… plus les cent quarante-cinq que Ian n'avait pas réglés au marchand de vin… les vingt-six du teinturier… les trente-trois du pharmacien… les quarante et un du téléphone… Elle n'avait pas payé non plus la cotisation de Ian à son cher vieux club de tennis, les plantes vertes qu'elle avait choisies chez l'horticulteur pour décorer la boutique, la facture de l'électricien quand l'éclairage de la boutique était tombé en panne au moment de Noël, ni la note du plombier. Et ce n'était sûrement pas fini. La Volvo n'existait plus, «Lady J» menaçait ruine, Ian était en prison et tout allait de pis en pis au lieu de s'améliorer. On aurait pu inventer un petit jeu de société sur le thème de «Imaginez le moyen le plus radical de perdre le nord». Dire que, pendant ce temps-là, Astrid lui achetait un tas de pulls à prix coûtant, s'achetait des «amours» de bracelets d'or chez le meilleur joaillier et allait tous les trois jours chez son coiffeur à raison de vingt-cinq dollars la mise en plis! De plus, Jessie devait songer aux commandes de l'automne prochain, c'est-à-dire trouver trois cents dollars rien que pour le voyage en avion et la note d'hôtel, sans compter le coût de ce qu'elle choisirait chez ses fournisseurs. Elle allait s'enfoncer encore un peu plus dans les dettes, mais elle n'avait pas le choix. Sans articles d'automne, mieux valait prendre la décision de fermer «Lady J» à la fin du mois d'août. Mais Jessie en était au point de ne plus oser entrer à la banque pour retirer de l'argent. Elle avait toujours l'impression qu'on l'arrêterait avant qu'elle pût gagner la sortie, pour l'amener devant le directeur. Combien de temps le supporterait-elle?

Elle était en train de faire de savants calculs à propos du voyage à New York quand le système de communication intérieure fit entendre son bourdonnement. C'était un coup de fil pour elle. Sans réfléchir, elle prit l'appareil avant d'avoir demandé à Zina le nom de son correspondant.

— Salut, beauté!… Ça vous irait de venir faire une partie de tennis avec moi? demanda une voix joviale et grasseyante.

— Qui êtes-vous? demanda-t-elle, s'attendant à des obscénités et s'apprêtant à raccrocher.

À l'autre bout de la ligne, elle entendit son interlocuteur avaler à grand bruit une lampée de liquide — de la bière, probablement.

— C'est Barry! Comment ça va?

— Barry qui? reprit-elle, surprise, en reculant devant l'appareil comme devant un serpent.

— Barry York. Vous savez bien : votre prêteur…

— Quoi?

— Je vous avais dit que je vous…

— Je me souviens très bien de ce que vous m'aviez dit! Et vous prétendez aujourd'hui m'inviter à jouer au tennis?

— Ouais… Vous savez jouer?

Il avait pris le ton vexé d'un gamin qu'on vient de décevoir cruellement.

— Monsieur York, ai-je bien entendu? Vous m'invitez à jouer au tennis avec vous?

— Et alors? fit-il en rotant discrètement dans l'appareil.

— Auriez-vous trop bu?

— Bien sûr que non! Et vous?

— Je suis parfaitement sobre et je ne comprends pas pourquoi vous m'appelez, répliqua-t-elle d'une voix glaciale.

— Ben, comme je vous trouve pas mal et que je m'en vais au tennis, je me figurais que ça vous dirait de venir. C'est tout. Si ça vous barbe, le tennis, on peut aller dîner quelque part.

— Avez-vous perdu l'esprit? Au nom du ciel, qu'est-ce qui a pu vous faire croire que je pourrais avoir un jour envie de jouer au tennis ou à la marelle, ou de dîner ou de faire quoi que ce soit d'autre avec vous?

— Ah! écoutez-moi un peu c'te chanson! Vas-y, ma poule, donne de la voix! Bon sang, pourquoi faire un foin pareil?

— Vous oubliez que je suis mariée, monsieur!

Dans son indignation, elle criait si fort que, de l'autre côté de la porte, Kat et Zina entendaient tout ce qu'elle disait. Kat leva les sourcils avec perplexité et Zina s'éloigna pour servir une cliente. À l'intérieur du bureau, la conversation continuait.

— Alors, comme ça, vous êtes mariée? Et, par-dessus le marché, avec un mec qu'on a fourré au trou et qui est sur le cul pour une paie, pas vrai? C'est de la faute à pas de chance, mais ça vous laisse le temps de fréquenter des gens normaux comme moi, ceux qui aiment jouer au tennis et à la marelle, manger au restaurant et tirer un coup.

Jessica était profondément écœurée. Elle se rappelait ses cheveux noirs et gras, son odeur de sueur et son affreuse chevalière ornée d'une pierre rose. C'était incroyable que cet horrible type, ce porc, cet être abject avec qui elle ne pouvait rien avoir de commun eût le front de l'appeler et de lui parler de «tirer un coup»! Pâle et tremblante, elle resta un moment sans bouger, refoulant des larmes d'humiliation. Puis elle se dit que tout cela avait aussi un côté comique, bien qu'elle n'eût pas le courage d'en rire. Au contraire, elle aurait voulu sangloter, rentrer chez elle et... Voilà donc où elle en était, par la faute de Ian! Elle était devenue la proie des Barry York, des fournisseurs réclamant les chèques qu'elle avait «oublié» de leur faire parvenir et qu'elle oublierait encore de leur envoyer pendant des semaines, des mois, peut-être des années. Elle en était au point de ne plus oser entrer chez son fleuriste pour acheter un bouquet de pâquerettes, car elle lui devait sûrement de l'argent... puisqu'elle en devait à tout le monde. Mais le comble, c'était encore la proposition de ce monstre, à l'autre bout du fil.

— Je... monsieur York, je suis... balbutia-t-elle en étouffant ses sanglots.

— Qu'est-ce qui vous défrise, ma cocotte? Est-ce que les dames de la haute se font pas sauter ou est-ce que vous avez déjà un coquin?

Jessica resta sans voix. Elle tremblait comme une feuille. Les larmes l'aveuglaient et une crispation de souffrance déformait sa lèvre inférieure, pareille à la moue désespérée d'une enfant à qui l'on vient de casser sa poupée. Quelque chose était bien cassé en elle, en effet : sa vie était en morceaux. Hochant la tête avec tristesse, elle raccrocha doucement le téléphone.

24

— À PLUS tard, mesdames!

Jessie ramassa son sac et s'apprêta à quitter la boutique. On était au début d'avril, un vendredi matin. Il faisait beau et chaud. Cette fois, le printemps était bien là.

— Où vas-tu, Jessie? demandèrent les deux filles, étonnées.

— Je vais voir Ian aujourd'hui. Demain, j'ai autre chose à faire.

— Dis-lui que nous pensons bien à lui.

Elle sourit et sortit d'un pas tranquille. Elle était presque trop calme, ces derniers temps. Depuis l'appel de Barry York, elle semblait avoir épuisé ses réserves de colère. Elle n'en avait pas parlé à Ian, mais on voyait qu'elle avait accusé le coup.

York, Houghton, les fournisseurs, tout cela avait perdu son importance. Elle n'en voulait plus qu'à elle-même. La seule fautive, c'était la remarquable et toute-puissante Jessica Clarke, qui payait rubis sur l'ongle, et qui avait un mari si charmant, M. «Jessica» Clarke! Pendant ses insomnies, elle avait eu le temps de réfléchir. Elle s'était remise à penser, à se souvenir, à analyser. La nuit, tout son passé lui remontait à la mémoire. Elle n'avait rien à faire qu'à se rappeler les incidents, les événements, les voix. Il ne s'agissait plus de celles de ses parents. C'était la sienne ou celle de Ian qu'elle entendait... « Un livre de contes, mon amour ? Est-ce que ça se vend bien ? » Comme si l'argent seul comptait ! Et bien que Ian n'eût pas à lui fournir d'excuses, il lui avait répondu en lui exposant mal-adroitement les raisons qu'il avait d'écrire ces contes. Sur le plan littéraire, les contes avaient été une réussite, mais Jessie savait qu'elle les avait étouffés dans l'œuf... avec une toute petite question : « Est-ce que ça se vend bien ? » Et c'est probablement parce que l'argent était le cadet des soucis de Ian qu'il lui avait offert la Morgan sur l'avance envoyée par son éditeur. La réponse du berger à la bergère, en quelque sorte.

Jessie avait fait beaucoup d'autres erreurs.

— Aller à l'opéra, mon chéri ? Pourquoi à l'opéra ? Ça coûte les yeux de la tête !

— Mais nous aimons ça tous les deux. Pas toi, Jessie ? Je croyais que tu aimais l'opéra.

— Oui, mais... Oh ! si tu veux ! Je le paierai sur l'argent du ménage.

— C'est ça qui t'embête ?... Hum ! J'ai déjà acheté les billets, Jess. Avec « mon » argent.

Mais, au dernier moment, il avait renoncé à y aller pour continuer à travailler. Et il n'avait plus reparlé d'opéra.

De petites sautes d'humeur, des phrases irréfléchies avaient suffi à infliger des blessures inguérissables, à abî-mer une vie, un amour, un homme. Pourquoi cette cruauté alors qu'elle l'aimait tant ? Peut-être était-ce, après tout, parce qu'elle l'aimait trop, qu'elle avait terriblement besoin de lui et qu'elle était consciente de ne pas lui être indispensable.

— Pourtant, il avait besoin de moi, lui aussi, dit-elle à haute voix en conduisant la petite voiture qu'elle avait

341

louée pour ne pas obliger Astrid à faire le chauffeur trois fois par semaine.

C'était encore une dépense qu'elle n'aurait pas dû se permettre. Tout au long de la route qui la menait vers la prison, elle ne cessa de se poser des questions. Pourquoi s'était-elle montrée acerbe, parfois? Pourquoi lui avait-elle fait sentir son ironie? Pour lui rogner les ailes, l'empêcher de partir? Elle savait qu'elle n'aurait pas survécu s'il l'avait abandonnée et le plus idiot de l'histoire, c'est qu'il était tout de même parti. Il lui avait suffi de sortir par un bel après-midi — peut-être par des milliers d'après-midi avant celui-là — pour tout flanquer par terre. Il avait eu besoin d'une femme qui sût se taire, qui ne voulût pas toujours avoir le dernier mot. D'une femme qui n'eût pas de lui un besoin maladif, qui ne l'aimât pas, qui ne lui fît pas de mal.

C'était absurde, de bout en bout. Elle était tellement absorbée par ses réflexions qu'elle faillit se tromper de route. Elle était toujours songeuse en arrivant à la prison et en entrant dans le parloir.

Après que Ian se fut installé derrière la vitre, elle garda son attitude absente. Lui aussi semblait perdu dans ses pensées. Elle tenta de lui sourire, mais elle avait une terrible migraine. Comme elle se voyait en reflet dans le panneau de verre, elle avait l'impression, en lui parlant, de s'adresser à elle-même.

— Vous n'êtes pas très loquace, aujourd'hui, monsieur Clarke. Qu'est-ce qui ne va pas?

— Rien. Je crois que je réfléchissais à mon roman. Je suis arrivé à un épisode où les situations deviennent très complexes et je suis en plein embrouillamini.

Elle lui jeta un regard bizarre, mais il continua à parler de son manuscrit. Elle le laissa discourir pendant un certain temps, puis elle l'interrompit.

— Veux-tu que je te dise? Tu me souffles! Je fais tout ce chemin pour voir comment tu vas et pour te tenir au courant de ce que je deviens, et toi, tu blablates sur ton roman!

— Qu'est-ce qu'il y a de mal à ça? demanda-t-il en la regardant avec ahurissement à travers la vitre. Tu me parles bien de «Lady J».

— C'est différent, Ian. Moi, au moins, je parle de quelque chose de réel, répliqua-t-elle d'une voix aigrie qui le surprit désagréablement.

— Pour moi, écrire un bouquin, c'est réel!

— Tellement réel que tu ne peux pas prendre un peu de ton précieux temps pour qu'on se parle! Il y a déjà une heure que tu es là à discourir comme un zombie sur ta saleté de roman! Et chaque fois que je veux te parler de moi, tu détournes la conversation.

— Ce n'est pas vrai, Jess! protesta-t-il, complètement démonté. C'est parce que j'étais content de ce que j'avais écrit que j'avais envie de t'en parler. Je n'avais encore jamais rien fait d'aussi intéressant, je crois. C'est tout.

Dès que les mots furent sortis de sa bouche, il comprit, à voir la tête qu'elle faisait, qu'il n'aurait jamais dû les prononcer.

— Jessie, qu'est-ce qui t'arrive? On croirait que tu viens de voir le diable.

— Oui, peut-être. Je trouve que tu es un monstre. Dire que tu es là à te gargariser de ton talent, à te vanter de n'avoir «encore jamais rien fait d'aussi intéressant»!... On croirait que tu t'es retiré volontairement dans ta tour d'ivoire au lieu d'avoir été flanqué en prison!... As-tu idée de ce qui m'arrive à moi pendant ce temps-là?

Elle reprit son souffle, mais il eut l'impression qu'une bouffée de haine venimeuse venait de l'atteindre par l'intermédiaire de l'appareil. Elle était devenue enragée.

— Tu veux savoir ce qui m'arrive pendant que tu t'extasies sur ton génie d'écrivassier? Je vais te le dire, mon trésor. «Lady J» est en faillite. Les gens m'appellent jour et nuit pour me sommer de payer mes dettes et me menacer de poursuites. Ta voiture est fichue et mes nerfs vont lâcher. L'inspecteur Houghton hante mes cauchemars et York, le prêteur, m'a appelée il y a trois semaines pour me proposer un rendez-vous. Il prétendait que j'avais besoin de me faire sauter. Peut-être que cette crapule a raison. Mais pas par lui! Ça fait des mois que je n'ai même pas pu te prendre la main et je suis en train de perdre la boule. Ma chienne de vie s'en va à vau-l'eau et toi, tu t'admires le nombril! Et veux-tu que je te dise le plus cocasse, *mon amour*...

Elle parlait d'une voix si fielleuse et si exaltée que Ian n'en croyait pas ses oreilles. Autour d'eux, tout le monde la regardait et l'écoutait, mais cela lui était bien égal.

— Ce qu'il y a de stupéfiant, Ian, mon bien-aimé, c'est que, tout le long de la route, en venant, je me suis fait des reproches pour la dix millième fois. J'ai regretté amèrement les pressions que j'ai pu exercer sur toi, les perfidies que j'ai pu te dire. J'ai revu en détail tous les incidents malheureux de notre vie commune, toutes les erreurs que j'avais commises et qui t'avaient finalement jeté dans les bras de cette ordure de Margaret. Je n'ai cessé d'avoir des remords depuis que c'est arrivé. Et pendant que je me torture, sais-tu ce que tu fais? Tu te félicites de ton propre génie! Eh bien, tu veux savoir ma réaction? Pendant que tu trônes dans ce haut lieu où souffle l'esprit, je suis en train de crever et tu ne lèverais pas le petit doigt pour m'en empêcher, mon cher cœur. J'ai encore un aveu à te faire, j'en ai ma claque d'être devant cette foutue vitre et de devoir me tordre comme un bretzel pour arriver à te regarder sans apercevoir mon propre reflet. J'en ai ma claque de transpirer dans cette cage de verre,

344

d'avoir les mains en sueur, le cerveau liquéfié et cette saleté de téléphone collé à mon oreille.

Elle criait si fort que tous les regards étaient tournés vers elle. Mais elle en était inconsciente : il lui fallait vider son sac.

— Tu t'imagines sans doute qu'ici je suis heureux comme un prince?

— Oui, tu es heureux comme un prince. Ou du moins comme un gigolo saisi par la littérature, bien à l'abri au milieu de tes congénères.

— Tu ne te trompes pas, ma mignonne. C'est la stricte vérité. J'écris dans la joie et dans le confort. Je ne pense jamais à ma femme, ni à ma petite mésaventure, ni à la charmante personne qui en est à l'origine, ni même à mon procès. On me laisse tranquille. Écoute, ma belle, si c'est l'idée que tu te fais de ma vie, tu peux aller te faire voir ailleurs. J'ajouterai que, si tu as cru que notre couple était pour moi l'idéal, tu peux faire ton deuil de cette illusion. Oui, j'ai cru que nous étions un vrai couple et que nous avions de la chance. Mais quel genre de chance, à ton avis? Tout compte fait, nous n'avions rien de rien. Pas d'enfants, pas la moindre loyauté et deux métiers de débiles. Car nous sommes deux débiles. C'est ainsi que je nous vois maintenant. Depuis six ans, tu refuses de devenir adulte et, depuis la mort de tes parents, tu t'es mise, en plus, à jouer les infirmes. Tu as réussi à me culpabiliser au point que je me suis cru obligé de rester à te tenir la main. Et j'ai avalé toutes les couleuvres parce que j'étais assez bête pour t'aimer et parce que je voulais continuer à écrire. Bref, j'ai misé sur le mauvais numéro, Notre-Dame-de-Toutes-Grâces! Ce dont j'avais besoin, c'était d'une femme, pas d'un banquier ou d'une grosse névrosée. C'est peut-être pour ça que je me sens mieux maintenant, malgré le manque de liberté. Je peux écrire et ce n'est pas toi qui m'entretiens. Ça te la coupe, hein? Ce n'est plus toi qui casques et je ne te dois rien, si ce n'est ma reconnaissance pour ton courage pendant le procès. Tu as été épatante. Mais tout ce que tu as dépensé, je te le rendrai jusqu'au dernier sou. Et si tu as décidé de me faire suer sang et eau, de me rendre responsable de ta dépression, du montant de tes dettes et du mauvais état de ma voiture, tu peux aller te faire cuire un œuf! Tu sais très bien que je n'y pourrai rien aussi longtemps que je serai ici. Tout ce que je peux faire, c'est me tracasser à ton sujet, te remercier de venir me voir et finir mon sacré roman. Et si ça ne te dit rien de venir, ne reviens pas, je t'en supplie! Je n'en mourrai pas.

Au fur et à mesure qu'il parlait, l'angoisse de Jessie devenait panique. C'était la première fois qu'ils se disaient de pareilles choses et elle n'avait jamais été aussi terrifiée. Mais sa colère montait toujours et elle ne put s'empêcher d'en remettre.

— Pourquoi ne veux-tu plus de mes visites, chéri? Aurais-tu trouvé ici chaussure à ton pied? Ai-je bien deviné, mon ange? Mon beau mâle a-t-il rencontré l'homme de sa vie?

Ian se leva, furibond. Il semblait prêt à lui sauter dessus à travers la vitre. Dans la salle, l'assistance, soudain silencieuse, n'avait d'yeux que pour eux.

— C'est bien ça, hein, chéri? Tu es devenu homo?

— Tu m'écœures!

— Ah! c'est vrai, j'oubliais : tu n'aimes pas les actes contre nature! En principe, seulement, n'est-ce pas? susurra-t-elle d'une voix dont la suavité masquait une peur intolérable. Tu vois, je me dis qu'après tout tu as peut-être bien violé cette fille!

— Ma belle, si je pouvais t'atteindre, je te casserais la figure!

346

Il se tourna pour lui faire face et ils restèrent là à s'affronter à travers la vitre, le téléphone à la main. Jessica comprit qu'elle venait de dépasser les bornes sans s'en rendre compte. Cela ne l'empêcha pas de continuer.

— Tu me casserais la figure? murmura-t-elle sur le même ton que lui.

Il avait parlé à mi-voix avec le calme désespoir d'un homme qui a joué son va-tout et le souffle de Jessie vibrait à son oreille comme le sifflement d'une vipère qui s'apprête à mordre une dernière fois.

— Tu me casserais la figure? répéta-t-elle en souriant. Pourquoi maintenant? Si tu avais quelque chose dans le ventre, tu l'aurais fait plus tôt. Est-ce que je n'ai pas raison?

Il lui répondit d'une voix presque inaudible, avec un air de détresse qui la terrifia :

— Tu as raison, Jess. Je n'ai pas grand-chose dans le ventre. Mais je n'ai plus rien à perdre car j'ai déjà tout perdu et ça simplifie la situation.

Il eut alors un sourire déconcertant, puis il la regarda pensivement, raccrocha le téléphone et sortit de la pièce sans se retourner. Elle faillit tomber de tout son haut. Que venait-il de lui dire? Elle aurait voulu lui demander de répéter sa dernière phrase. Qu'avait-il laissé entendre par : «Ça simplifie la situation»?... Voilà que ce salaud la laissait choir! Il n'en avait pas le droit. Qu'avait-elle bien pu faire? Ou dire? Stupéfaite, elle s'affala sur sa chaise et le brouhaha des voix reprit peu à peu autour d'elle. Ian avait disparu par la porte du fond et il ne reviendrait pas. Elle s'était trompée. Il avait bien quelque chose dans le ventre puisqu'il venait de faire ce qu'elle n'avait jamais cessé de redouter, puisqu'il l'avait laissé tomber.

Quand elle se gara dans l'allée, le pare-chocs de la voiture de location toucha la haie qui longeait la maison. Elle posa la tête sur le volant et eut l'impression de suffoquer. Un sanglot s'était coincé quelque part dans sa gorge et menaçait de l'étouffer. Insensiblement, son front glissa et déclencha le klaxon. Elle eut alors l'impression que le hurlement faisait éclater le sommet de son crâne et elle en fut comme soulagée. Elle resta donc appuyée sur le volant et le bruit assourdissant de l'avertisseur aurait pu continuer longtemps si deux hommes n'étaient pas survenus en courant pour voir ce qui se passait. Elle les entendit frapper contre la vitre et se retourna à demi pour les dévisager, puis elle éclata d'un rire hystérique. Les deux hommes se regardèrent avec perplexité, ouvrirent la portière et redressèrent doucement la tête et les épaules de Jessie, tandis que ses yeux allaient de l'un à l'autre. Elle se remit à rire comme une folle, puis brusquement le rire se changea en une espèce de sanglot qui, après quelques soubresauts, devint un long gémissement lugubre. De temps à autre, elle l'interrompait pour prononcer un seul mot en secouant la tête : « Ian. »

— Dites, ma petite, vous êtes soûle? demanda le plus âgé des deux hommes d'un ton gêné.

Il l'avait crue malade ou blessée en voyant que sa tête sur le volant coinçait le klaxon. Mais ce ne devait être qu'une alcoolique, une cinglée ou une droguée, bref une femme sans intérêt. Son jeune compagnon la regarda d'un air amusé en haussant les épaules.

Jessie continuait à balancer sa tête en murmurant le seul mot qu'elle avait à l'esprit : « Ian. »

— Dites donc, la poulette, vous êtes dans les vapes? Ça devait être de la bonne came!

— Ian.

— Qui c'est, Ian? Votre petit ami?

Comme elle remuait toujours la tête sans répondre, ils finirent par refermer la portière. Au moins, le klaxon ne hurlait plus. Quant à la bonne femme, elle en avait pour des heures à se remettre. Ils s'éloignèrent sur ces considérations, le plus jeune en riant, l'autre un peu tracassé.

— Tu es sûr que c'est une camée? Elle m'a plutôt paru dans la mélasse. Je veux dire : malade du ciboulot, siphonnée.

— Justement. C'est parce qu'elle est camée, dit le jeune homme en rigolant et en prenant son copain par l'épaule.

Au moment où ils sortaient de l'allée en plaisantant, l'air content d'eux, ils furent aperçus par Astrid qui passait en voiture. Un frisson lui parcourut l'échine et elle s'arrêta, prise de peur. Les deux hommes ne ressemblaient pas à des policiers, mais... Ils se rendirent compte qu'elle les regardait. L'un lui fit un petit signe et l'autre un sourire, puis ils s'engouffrèrent dans une voiture rouge. Ils ne se cachaient pas, ils ne prenaient pas la fuite. Astrid n'y comprenait rien. C'est alors qu'elle vit avec soulagement Jessie assise dans sa voiture de location. Elle klaxonna, mais Jessie ne tourna pas la tête. Elle recommença à deux reprises et les deux hommes qui suivaient son manège partirent d'un rire gras.

— Vous n'allez pas vous y mettre à votre tour, ma petite dame. Cette nana est tellement bourrée qu'elle était tombée la tête sur le volant et qu'elle avait coincé son klaxon.

Après avoir fait un signe en direction de Jessie, ils démarrèrent et s'éloignèrent, tandis qu'Astrid, sortie en hâte de sa voiture, se précipitait dans l'allée.

Jessie était toujours affalée sur son siège, gémissant et sanglotant, et répétant sans cesse le nom de Ian. Astrid n'eut pas l'impression qu'elle délirait. Elle avait plutôt l'air abasourdi, stupéfait.

— Jessica? dit-elle d'un ton rassurant en essayant de la redresser sur son siège. Voyons, Jessie, c'est moi, Astrid!

Jessica acquiesça d'un signe de tête. Les deux types avaient fichu le camp. Tout le monde avait fichu le camp. Même Ian.

— Ian.

— Qu'est-ce qui est arrivé avec Ian? demanda Astrid en lui passant un mouchoir sur les joues. Parlez-moi de Ian.

Le cœur battant, elle essaya de déchiffrer l'expression des yeux de Jessica. Il ne devait pas s'agir d'un excès de barbituriques, mais plutôt d'un excès d'embêtements. Jessie était au bout du rouleau.

— Que s'est-il passé avec Ian, ma chérie? Dites-le-moi. Il est malade?

Jessica fit signe que non. Grâce au ciel, il était en bonne santé! Astrid fut soulagée de l'apprendre. Les journaux rapportaient de telles horreurs sur les prisons!

— Il est arrivé quelque chose?

Jessica reprit sa respiration et s'appuya contre le dossier de son siège.

— Nous... nous avons eu une bagarre... dit-elle d'une voix à peine perceptible.

— À quel propos?

Jessica haussa les épaules et parut retomber dans l'hébétude.

— Je... ne sais pas.

— Essayez de vous rappeler.

Jessica eut un geste d'impatience et ferma les yeux.

— À propos de tout. Enfin, je crois. Nous nous sommes dit des choses abominables. Tout est fichu.

— De quoi s'agissait-il? reprit Astrid, craignant d'avoir déjà deviné.

La douceur de sa voix fit redoubler les larmes de Jessica.

— Tout est fichu. Notre mariage est... fichu... Ian...

— Mais non, Jessie. Essayez de vous calmer. Vous aviez sûrement, l'un et l'autre, un tas de choses qui vous étaient restées sur le cœur. Vous avez traversé de terribles épreuves, ces temps-ci. Vous avez reçu des chocs. Il fallait que ça ressorte!

— Non, c'est fichu. J'ai été ignoble… J'ai toujours été ignoble avec lui… Je…

— Pourquoi ne pas rentrer vous reposer un peu? Jessie, écoutez-moi une minute. J'ai envie de vous emmener quelque part… Dans un bel endroit. Ça vous fera du bien. Et j'irai avec vous.

— Dans un hôpital? demanda Jessie, les yeux agrandis par la peur.

— Non, répondit Astrid en ne pouvant s'empêcher de sourire. Chez ma mère. Dans son ranch. Je crois que ça vous remettra d'aplomb.

— Je ne veux pas.

— Mais pourquoi?

— À cause de Ian.

— Ça ne tient pas debout. Je vais vous y emmener et vous pourrez vous reposer. Vous en avez bien besoin, ne croyez-vous pas?

Jessie fit signe que oui et referma les paupières.

— Jessie, avez-vous pris beaucoup de comprimés, aujourd'hui?

Sans répondre, celle-ci se mit à balancer la tête, puis elle s'arrêta d'un air perplexe.

— Combien? Dites-le-moi.

— Je ne me souviens plus bien.

— À peu près. Deux? Quatre? Six? Dix?

— Huit, je crois… Ou sept? Ou neuf. Je ne sais plus.

— Vous en avez dans votre sac? demanda Astrid en s'emparant du sac à main sans que Jessie protestât. Je vais vous les prendre, Jessie. C'est d'accord?

Jessica daigna enfin sourire, puis elle poussa un profond soupir. Elle eut l'air de revenir à la raison.

— Je n'ai pas le choix, n'est-ce pas?

Elles se mirent à rire toutes les deux, l'une avec nervosité, l'autre avec gêne. Astrid réussit à convaincre son amie de rentrer chez elle. Jessie était moins abrutie par les pilules que simplement épuisée. Elle s'affala dans un fauteuil du salon et ne bougea pas quand elle entendit Astrid tourniquer dans la chambre et dans la salle de bains. «Comme ce serait reposant, songea-t-elle, d'être débarrassée de tout, même de la vue de Ian à travers la vitre!…» Elle se disait qu'elle ne le reverrait jamais. C'était pour elle une certitude et tout le reste était flou dans son esprit. Elle se mit à bâiller, puis elle s'endormit dans son fauteuil.

Astrid la réveilla pour la conduire jusqu'à la Jaguar. Elle avait fait les valises et ce fut elle qui ferma soigneusement la maison. Jessie avait l'impression d'être redevenue une petite fille dont on prenait grand soin et qu'on aimait tendrement.

— Et la voiture que j'ai louée?

— Celle qui est en travers de l'allée? J'enverrai quelqu'un la prendre plus tard. Ne vous en faites pas.

Jessica n'avait pas de raison de s'en faire, en effet. C'était beau d'être riche, de pouvoir envoyer quelqu'un faire les corvées à sa place!

— J'ai téléphoné à la boutique, reprit Astrid. J'ai dit aux petites que nous allions prendre l'air. Vous pourrez les appeler demain pour leur donner vos instructions.

— Mais qui… qui… oh, vous savez bien… qui prendra la direction? balbutia Jessie, toujours abrutie de sommeil.

— Moi, répliqua Astrid d'une voix rassurante. Je suis impatiente d'essayer. C'est épatant. Vous prenez des vacances et, moi, je vais enfin travailler.

— Et la ligne d'automne?

— Je vois que vous commencez à reprendre vos esprits! s'écria Astrid, agréablement surprise, en mettant la voiture en marche. Écoutez, j'enverrai Katsuko à New York avec votre permission. Je financerai l'opération et vous me rembourserez plus tard.

Jessica regarda son amie avec étonnement. Le petit somme qu'elle venait de faire lui avait remis les yeux en face des trous.

— Je ne pourrai pas vous rembourser, Astrid. «Lady J» est au bord de la faillite et c'est pourquoi je n'ai encore envoyé personne à New York.

— «Lady J» accepterait-elle un prêt de ma part?

— Je ne sais pas, dit Jessica en souriant. Mais sa mère n'y verrait pas d'inconvénient. Me laissez-vous le temps de la réflexion?

— Bien sûr. Nous verrons ça quand Katsuko sera de retour. Ah! il faut que je vous avertisse... Vous n'avez pas le droit de faire la moindre chose avant quinze jours. Vous serez obligée de prendre ce qu'on vous donnera. Ça fait partie du règlement à observer pendant vos petites vacances. J'avancerai l'argent pour la ligne d'automne et vous me le rendrez quand vous pourrez. Je ne suis pas à ça près.

— Mais...

— Taisez-vous.

— Voulez-vous que je vous dise? reprit Jessie avec un petit sourire triste et reconnaissant. Je vais peut-être accepter. Si je n'achète rien pour l'automne, je devrai fermer la boutique. Alors, que faire d'autre? Est-ce que Kat est contente de partir?

— Le contraire vous surprendrait, répliqua gaiement Astrid en arrêtant la voiture devant chez elle. Voulez-vous que je vous aide à monter les marches?

Jessica refusa et suivit docilement son amie à l'intérieur de la maison.

— Je n'en ai pas pour longtemps, dit Astrid. Le temps de prendre une ou deux affaires. Je rentrerai dès demain matin pour me mettre au travail.

Un quart d'heure plus tard, elles reprenaient la voiture en direction de l'autoroute. Jessie avait toujours l'impression qu'une bombe avait éclaté dans sa vie et que le présent défilait en accéléré.

Au cours du trajet silencieux, elle repensa à sa dispute avec Ian. Elle gardait les yeux fermés et Astrid la croyait endormie. Mais elle était bien éveillée, trop éveillée même, maintenant. Plus lucide qu'elle ne l'avait été ces derniers temps. Elle ressentait le besoin d'un calmant, mais Astrid avait flanqué les comprimés dans les cabinets. Tous sans exception. Les rouges, les bleus, les jaunes, les vert et noir. Il n'en restait plus un seul et Jessie était de nouveau confrontée à ses remords, aux paroles qu'avait prononcées Ian et à la dernière image qu'elle avait de lui. Pourquoi s'étaient-ils fait tout ce mal? Pourquoi ce venin, cette haine, cette fureur? Elle ne comprenait plus rien à rien. Peut-être s'étaient-ils toujours haïs. Peut-être n'avaient-ils connu qu'une illusion d'amour. C'était désespérant d'envisager cette éventualité, d'autant plus qu'il n'y avait rien à faire pour modifier la situation. Chercher la vérité paraissait désormais aussi difficile que de chercher le dé d'argent de son aïeule dans les ruines calcinées d'une maison incendiée de fond en comble. Ensemble, Jessie et Ian avaient mis le feu au bonheur qu'ils avaient édifié et chacun d'eux, d'un côté et de l'autre du panneau de verre qui les séparait, avait attisé la flamme et refusé de quitter les lieux avant que la dernière poutre fût consumée.

25

Jessica s'éveilla en sursaut, sans comprendre où elle se trouvait quand Astrid lui toucha l'épaule. Privée de pilules calmantes, elle avait les nerfs à vif.

— Ne craignez rien, Jessie. Vous êtes au ranch! Il est presque minuit et tout va bien.

Jessie s'étira et regarda autour d'elle. Dans le ciel sombre, les étoiles brillaient. L'air sentait la campagne et l'on entendait des chevaux hennir dans le lointain. À sa droite, se dressait une grande maison de pierre, éclairée de partout. Les volets laqués semblaient de couleur jaune et la porte d'entrée était ouverte.

Astrid était allée prévenir sa mère avant de réveiller Jessie. La vieille dame ne parut ni choquée ni surprise. Elle avait trop vécu pour ne pas savoir ce qu'était une dépression nerveuse. Elle s'était occupée d'Astrid et d'autres personnes de son entourage. Beaucoup de gens avaient des coups durs; ils étaient d'abord terriblement secoués, mais ils survivaient, pour la plupart. Et l'atmosphère du ranch pouvait aider quelqu'un à se remettre.

— Venez, belle endormie. Ma mère a préparé du chocolat chaud et des toasts. Je ne sais si vous avez faim, mais mon estomac crie famine.

Avant de descendre de la voiture, Jessie passa en hâte un peigne dans ses cheveux.

— Est-ce que votre mère a des calmants? demanda-t-elle avec une petite grimace.

— Non, répondit Astrid en regardant Jessie avec inquiétude. Vous allez aussi mal que ça?

— Oui, mais je tiendrai le coup. Du chocolat chaud, avez-vous dit? Ça doit valoir toutes les drogues du monde!

— J'ai été comme vous après la mort de Tom, expliqua Astrid en sortant les bagages du coffre. Mais quand je suis arrivée ici, ma mère a flanqué à l'égout toute ma provision de calmants. Et j'étais beaucoup moins docile que vous ne l'étiez cet après-midi.

— J'étais trop abrutie pour réagir. Vous avez eu de la veine! Mais laissez-moi donc porter ma valise. Je suis une femme forte. Ian m'a toujours traitée d'amazone…

Sa voix se brisa soudain à cette évocation. Tête baissée, elle se dirigea vers l'entrée de la maison. Astrid se sentait satisfaite d'avoir pu l'amener au ranch et elle regrettait de ne pas l'avoir fait plus tôt. Elle se demandait si la rupture avec Ian était définitive car elle avait l'intuition qu'il s'était passé, cette fois, quelque chose de très grave.

Le gravier crissait sous leurs pas et l'atmosphère était embaumée d'une odeur d'herbe et de fleurs. Même en pleine nuit, l'endroit paraissait accueillant et gai. La maison était entourée de parterres multicolores et d'arbustes en pleine floraison qui devenaient plus exubérants encore au voisinage de la porte d'entrée. Jessie avait retrouvé le sourire en s'approchant du seuil.

— Gare à votre tête! s'écria Astrid à la dernière seconde.

Elles pénétrèrent côte à côte dans la grande salle du devant. On y voyait d'abord un petit piano droit laqué rouge, un long miroir et une série de vieux crachoirs de bronze. Au-delà, des tapis au point noué recouvraient à demi des parquets de pin ciré. Il y avait plusieurs divans confortables et un fauteuil à bascule devant la cheminée. Un des murs était entièrement caché par des rayonnages chargés de livres et des tableaux aux couleurs chaudes étaient accrochés sur les autres murs. Dans ce décor original, quelques beaux meubles contemporains se mêlaient harmonieusement à des meubles victoriens d'une simplicité charmante. On y trouvait encore nombre de plantes vertes, un vieux gramophone du même rouge que le piano, quelques livres rares et un superbe canapé moderne recouvert de lin grège. Toutes les fenêtres avaient des rideaux de dentelle à l'ancienne et, dans un coin, trônait un grand poêle à carreaux de faïence. En plus de son aspect chaleureux, la pièce avait vraiment grande allure.

— Bonsoir!

En se retournant pour voir d'où venait la voix, Jessie aperçut une petite dame qui sortait de la cuisine. Elle avait les mêmes cheveux blond cendré que sa fille et des yeux couleur de bleuet, brillants et malicieux. Son simple «bonsoir» était plein de gaieté. Elle alla posément à la rencontre de Jessica et lui tendit la main.

— C'est un plaisir pour moi de vous accueillir, ma chère petite… J'espère seulement qu'Astrid vous a prévenue que j'étais une vieille femme impossible et que le ranch était triste comme un bonnet de nuit. Mais je suis heureuse que vous soyez là.

— Je n'ai rien dit de tel, mère. Je lui ai fait au contraire une description enthousiaste. Alors, tu ferais mieux de te conduire convenablement.

— Dans ce cas, il va falloir que je cache ma collection de bouquins érotiques et que je chasse tous mes jeunes amants! C'est assommant.

La vieille dame faisait mine d'être très contrariée, mais elle finit par éclater de rire.

357

Elle s'installa confortablement près du feu en compagnie des deux jeunes femmes. Le chocolat chaud attendait là, sur un plateau, avec de ravissantes tasses de porcelaine décorées de petites fleurs.

— Oh! comme c'est joli, mère! C'est tout nouveau, n'est-ce pas? s'écria Astrid en admirant la finesse du service de Limoges.

— Du tout nouveau qui a au moins un siècle! répliqua la vieille dame d'un ton taquin.

En voyant les regards amusés qu'échangeaient les deux femmes, Jessie les observait avec plaisir, sans pouvoir se défendre d'un petit sentiment de jalousie.

Elles étaient visiblement heureuses de se retrouver. La mère d'Astrid était surprenante de jeunesse. Elle était restée élégante en dépit des années. Jessica admira la coupe impeccable de son pantalon de gabardine grise et le goût exquis de son chemisier de soie bleue, qui ne pouvait venir que de Paris. Très flatteur au teint, il se trouvait être, en outre, de la même nuance que ses yeux. Elle le portait avec un collier de perles fines et elle avait aux doigts plusieurs anneaux d'or, larges et simples, dont l'un s'ornait d'un diamant de belle taille. Le raffinement de l'ensemble évoquait plus le chic d'une grande bourgeoise que la décontraction d'une campagnarde. Jessie se souvint avec amusement qu'Astrid lui avait décrit sa mère en tenue de cow-boy.

— Vous arrivez à la bonne saison, Jessica. En ce moment, la campagne est splendide. Ce n'est que tapis d'herbe tendre et veloutée. J'ai acheté le ranch à cette époque de l'année. Je n'ai pas pu résister en voyant toute cette beauté. La campagne est tellement merveilleuse au printemps!

— Je n'ai pas particulièrement choisi mon moment, répliqua Jessica en riant. Il se trouve que j'ai des problèmes et que je me suis droguée à force d'avaler tranquillisants et barbituriques. J'ai fait tout ce que j'ai pu, voyez-vous, pour

358

avoir une bonne dépression et, en plus, ce matin, Ian et moi, nous nous sommes disputés... Enfin, je n'avais pas du tout l'intention de venir et vous êtes bien aimable de m'accueillir sans avoir été prévenue.

— C'est sans problème!

Jessica faisait pitié à son hôtesse. Elle n'avait rien mangé et elle se contentait d'avaler son chocolat à petites gorgées. Elle en était déjà à sa seconde cigarette. Apparemment, la jeune femme se trouvait dans le même état qu'Astrid à la mort de Tom : droguée aux barbituriques.

— Installez-vous du mieux que vous pourrez, reprit la vieille dame, et restez autant qu'il vous plaira.

— Méfiez-vous. Je n'aurai peut-être plus envie de repartir!

— Pensez-vous! Vous vous ennuierez à mourir au bout d'une semaine.

— Toi, tu ne t'ennuies jamais ici, mère! s'écria Astrid.

— Oh si! Mais quand ça m'arrive, je pars pour Paris, New York ou Los Angeles, quand je n'atterris pas tout simplement chez toi, dans cet abominable mausolée où tu tiens à rester!

— Mère!

— Tu sais bien que j'ai raison. C'est un superbe monument funéraire, mais tu connais mon sentiment là-dessus. Je t'ai conseillé l'année dernière de le vendre et de chercher autre chose. Une maison moins grande, plus récente et plus gaie. Moi-même, je ne me sens pas assez vieille pour vivre dans ton décor. Je l'avais déjà dit à Tom. Pourquoi ne te le dirais-je pas?

— Si tu voyais la maison de Jessica, tu aurais le coup de foudre!

— Ah bon? Serait-ce une hutte de pêcheur à Tahiti?

Un peu rassurée par cette atmosphère décontractée, Jessica tenta, malgré son dégoût de la nourriture, de grignoter un toast pour se donner une contenance, car ses mains tremblaient. Elle sentait que, pendant quarante-huit heures au moins, elle aurait du mal à se conduire normalement. Heureusement, elle ne serait pas seule. La mère d'Astrid, avec son franc-parler, lui plaisait beaucoup.

— Jessica habite la charmante maison que tu as dû remarquer pas loin de la mienne... Avec plein de fleurs devant.

— Je m'en souviens vaguement. Ravissante, mais un peu petite, il me semble.

— C'est exact, reconnut Jessica qui avait bien du mal à avaler son toast.

— Moi, je ne peux plus supporter la ville, sauf pour quelques jours. Et je suis toujours ravie de rentrer chez moi. Aller au concert m'ennuie, je trouve les gens mal habillés, les restaurants médiocres et la circulation abominable. Ici, je fais du cheval tous les matins et des promenades à pied dans les bois. La vie me semble une aventure quotidienne. Franchement, je suis trop vieille pour vivre en ville. Faites-vous du cheval ?

À voir son allant et sa vivacité, on ne lui aurait pas donné plus de cinquante-cinq ans. En fait, elle en avait soixante-douze, et Jessica le savait.

— Voilà des années que je ne suis pas montée sur un cheval, mais j'aimerais me remettre à l'équitation.

— Ici, rien ne vous en empêche. Faites ce que vous voulez quand vous en aurez envie. Je prépare le petit déjeuner à sept heures mais vous pouvez vous lever plus tard. Pour le repas de la mi-journée, on grignote ce que l'on veut, mais le dîner est à huit heures. Je n'aime pas les horaires campagnards, les dîners servis à cinq ou six heures de l'après-midi. Je n'ai jamais faim à ces heures-là. Ah ! au fait, ma fille vous a dit que je m'appelais Mme Williams, mais mon vrai nom, c'est Béthanie. Je l'aime mieux que l'autre.

360

Sa pétulance aurait peut-être été lassante sans la douceur de ses yeux bleus et la gaieté de sa voix.

— C'est un beau nom.

— Oui, je trouve. Et maintenant, mesdames, je vous dis bonsoir. J'ai l'intention de chevaucher à l'aube demain matin.

Elle eut un sourire chaleureux pour son invitée, embrassa sa fille sur le front et monta vivement l'escalier, après avoir prévenu Jessica qu'Astrid lui montrerait les chambres et lui ferait choisir celle qui lui plairait. Il y avait trois chambres d'ami, toujours prêtes à accueillir des hôtes, car les visites étaient fréquentes. D'après Astrid, il ne se passait guère de semaine sans que quelqu'un s'invitât : des gens venus d'Europe, d'autres qui arrivaient en avion du fin fond des États-Unis, ou plus simplement quelques amis habitant Los Angeles. Sans compter Astrid.

— Astrid, je suis dans la plus complète admiration !

Jessica était subjuguée par cette maison, cette femme étonnante, son sens de l'hospitalité, la cordialité de son accueil et son caractère primesautier... Elle en fit compliment à Astrid qui eut un sourire flatté.

— Tom ne m'a épousée, je crois, que parce qu'il avait le béguin pour ma mère. Ils s'adoraient.

— Je comprends qu'il l'ait aimée. Ian serait, lui aussi, fou d'elle, répliqua Jessie, le regard perdu, d'une voix chargée d'émotion.

— Ça va vous faire du bien d'être ici, répliqua Astrid pour la tirer de son rêve douloureux.

— Oui, je me sens déjà mieux et je ne dis pas ça par politesse... Je suis encore un peu secouée, ajouta-t-elle en montrant le tremblement de ses mains avec un pauvre sourire, mais je crois que je remonte la pente. C'est un tel soulagement de ne pas avoir à dormir seule une nuit de plus dans cette maison ! C'est idiot... Je sais que je suis une adulte et je ne comprends pas pourquoi je réagis aussi mal. Je souhaiterais presque que ma baraque brûle de fond en comble en mon absence.

— Ne dites pas des choses pareilles!

— Écoutez, je déteste cette maison! Je la déteste d'autant plus que j'y ai été heureuse. Et quand je vois le bureau de Ian, il me rappelle mes pires erreurs.

— Croyez-vous que vous n'ayez fait que des erreurs?

Jessica acquiesça d'un signe de tête.

— Vous toute seule?

— Presque.

— J'espère que vous vous rendrez vite compte que vous dites des absurdités.

— Savez-vous ce qui me fait le plus souffrir? Le fait d'avoir cru que nous formions le meilleur des couples. Et maintenant tout est changé. Ian ruminait sa rancune tandis que je voulais tout diriger. Il me trompait et me laissait dans l'ignorance. Je m'en doutais, mais je voulais surtout ne rien savoir. Je suis en pleine confusion et il me faudra du temps pour m'en sortir.

— Vous pouvez rester ici autant qu'il vous plaira. Ma mère ne se fatiguera pas de vous avoir.

— Peut-être, mais je ne veux pas abuser de son hospitalité. Si je reste une semaine, j'estimerai que j'ai de la chance et je lui en serai éternellement reconnaissante.

Astrid se contenta de sourire en finissant sa tasse de chocolat. C'était toujours la même chanson. Les visiteurs pensaient ne s'installer que pour quelques jours, et cinq semaines plus tard ils étaient encore là. Béthanie n'y voyait pas d'inconvénient, aussi longtemps qu'ils ne contrariaient pas ses habitudes. Elle avait son propre emploi du temps, ses amis à voir, son jardin à entretenir, ses lectures, ses projets. Elle aimait vivre à sa guise et laisser les autres en faire autant. Cela contribuait à son charme et c'est ce qui la faisait tant apprécier de ses invités. Comme elle était d'une nature farouchement indépendante, elle savait respecter leur besoin de solitude.

Astrid montra les chambres à Jessica, qui fixa son choix sur une petite pièce confortable, tapissée de rose, avec un couvre-lit piqué à l'ancienne et une cheminée décorée d'une collection de pots de cuivre. Le plafond à pans coupés était très en pente, mais assez haut pourtant pour que Jessie ne se cognât pas la tête en sortant du lit. Il y avait une très large fenêtre et un rocking-chair devant la cheminée. Jessica poussa un soupir de contentement en s'asseyant sur le lit.

— Je sens que je n'aurai plus jamais envie de retourner chez moi, dit-elle en bâillant.

— Bonne nuit, ma belle. Tâchez de dormir. Je vous verrai au petit déjeuner.

Toujours bâillant, Jessie fit à Astrid de longs au revoir en agitant la main, puis elle lui cria merci d'une voix ensommeillée.

Le lendemain matin, elle aurait à écrire à Ian pour lui donner son adresse, pour lui dire quelque chose, elle ne savait pas trop quoi. Elle verrait. Pour le moment, elle était à cent lieues de ses problèmes habituels. La boutique, Ian, les factures, l'abominable vitre de la prison, tout cela lui paraissait irréel. Elle avait retrouvé un abri. Elle se sentit presque heureuse en allumant le petit bois préparé dans la cheminée et en mettant une bûche sur le feu avant d'enfiler sa chemise de nuit. Dix minutes plus tard, elle dormait. Et, pour la première fois depuis quatre mois, sans somnifères.

Jessie eut l'impression qu'elle venait seulement de fermer les yeux quand on cogna à sa porte. Avec étonnement, elle vit qu'il faisait jour, que le soleil entrait à flots à travers les rideaux d'organdi blanc et qu'un gros chat tigré bâillait paresseusement sur un coin de son couvre-lit. La pendule marquait dix heures quinze.

— Vous êtes levée, Jessie? demanda Astrid en poussant la porte, les bras chargés d'un énorme plateau d'osier blanc.

— Ah non, pas de petit déjeuner au lit! Astrid, vous me gâtez, vous me pourrissez!

Jessie se redressa sur ses oreillers. Avec ses blonds cheveux en désordre ondulant jusqu'à ses épaules, elle avait l'air d'une petite fille bien reposée par une longue nuit de sommeil.

— Vous avez sacrément bonne mine, ma petite dame.

— J'ai aussi une faim de loup. J'ai dormi comme une bûche.

Elle poussa un cri d'enthousiasme en découvrant le plateau chargé. Des gaufres, des œufs au bacon et un pot de café odorant et bien chaud, le tout présenté dans de la porcelaine à fleurs. Il y avait même une rose jaune dans un vase.

— J'ai l'impression que c'est mon anniversaire!

— Moi aussi. Je grille d'impatience à la pensée que je vais travailler à la boutique, dit Astrid en riant et en s'installant dans le rocking-chair. J'aurais dû vous laisser dormir un peu plus, mais j'avais hâte de repartir en ville. Et ma mère voulait qu'on vous apporte votre petit déjeuner au lit.

— Je suis confuse, mais pas au point d'en perdre l'appétit, dit Jessie en faisant honneur aux gaufres. Je meurs de faim.

— Ce n'est pas étonnant. Vous n'avez rien mangé hier soir.

— Que fait votre mère ce matin?

— Dieu seul le sait. Elle est sortie à cheval à huit heures, puis elle est revenue se changer et elle vient de partir en voiture. Quand elle a quelque chose en tête, elle n'est pas très communicative.

— Vous savez, je devrais me sentir coupable, déclara Jessie, la bouche pleine. Je suis là à m'étaler comme une princesse alors que Ian est en prison. Mais, pour la première fois depuis cinq mois, je me sens bien, merveilleusement bien, et je n'en ai pas de remords.

Elle était surtout soulagée de n'avoir *rien* à faire. Elle n'était pas forcée de se rendre à la boutique ou à la prison, ni d'ouvrir son courrier, ni de répondre au téléphone. Elle avait l'impression de vivre dans un autre monde. D'être libre. Elle sourit, s'étira et bâilla dans le soleil qui inondait son lit.

— Profitez bien de ce répit. Vous en avez besoin. Je voulais déjà vous amener ici au moment de Noël, vous vous rappelez?

Jessica hocha tristement la tête au souvenir de ce qu'elle avait fait ce jour-là. Elle s'était abrutie de calmants pour oublier que c'était Noël.

— Si j'avais su…

Elle caressa le chat tigré qui lui lécha amicalement le doigt, tandis qu'Astrid se balançait dans le rocking-chair en la regardant. Il lui avait suffi d'une nuit de sommeil pour commencer à récupérer. Mais elle n'était pas au bout de ses peines et son sort n'était guère enviable.

— Pourquoi ne restez-vous pas ici deux ou trois jours?

— Quoi? Me priver du plaisir de m'occuper de la boutique? Vous déraillez, Jessie. Vous pourriez me ficeler à un poteau que je trouverais encore le moyen de m'échapper. Cela fait des années que j'attends une telle occasion.

— C'est vous, Astrid, qui avez une araignée au plafond, mais je vous adore. Si vous n'étiez pas là, jamais je n'aurais pu me payer le luxe de jouer les châtelaines. Alors, amusez-vous bien avec « Lady J ». Je vous la laisse. Je souhaiterais presque ne jamais y remettre les pieds.

— Voulez-vous me vendre « Lady J » ?

— Parlez-vous sérieusement ? s'écria Jessie, un peu alarmée.

— Tout à fait. On pourrait envisager une association si vous ne voulez pas vous en défaire complètement. Mais j'y ai beaucoup réfléchi et je me demandais comment vous poser la question.

— Vous l'avez posée comme il le fallait. Seulement, moi, je n'y avais encore jamais pensé. C'est peut-être une bonne idée, mais j'ai besoin de m'y habituer. Et, de votre côté, ne vous pressez pas trop. Vous en aurez peut-être déjà assez à la fin de la semaine.

Astrid comprit tout de suite que son amie n'avait pas la moindre intention d'abandonner « Lady J ». Elle était bien trop fière d'en être propriétaire. La boutique restait sa création, sa chose, quel que fût l'état actuel de ses finances.

— Au fait, avez-vous toujours dans l'idée d'envoyer Kat à New York ? demanda soudain Jessie sans arriver à croire à tout ce qui lui était arrivé en vingt-quatre heures.

— Évidemment. Je lui ai dit de se préparer à partir dès demain. Ça vous laisse le temps de lui faire toutes vos recommandations. Pour l'argent, nous verrons plus tard, nous avons le temps. Ce n'est pas la peine de vous torturer l'esprit. Qu'envisagez-vous pour l'automne ? Quels sont vos désirs, vos goûts, vos ordres, vos suggestions ?

— Je n'ai plus d'idées. Je fais entièrement confiance à Kat. Elle sait instinctivement ce qu'il faut acheter. Elle a beaucoup plus de métier que moi. La dernière saison a été désastreuse et je crains de n'être plus du tout capable de faire des choix convenables.

— Nous avons tous des hauts et des bas.

— Oui, c'est un fait, admit Jessie, attendrie par la gentillesse d'Astrid.

— Bon, maintenant, je dois filer au plus vite. J'ai une longue route devant moi. Allez, reposez-vous bien ! Il n'y a pas si longtemps, j'ai retrouvé le goût de vivre, en venant ici.

— Bon retour, et dites aux petites que je pense à elles.

Soudain, Jessica se retrouva seule dans la maison ensoleillée et calme en compagnie du chat qui s'étirait paresseusement, allongé avec grâce sous la fenêtre. À l'exception des bruits qui venaient de la campagne environnante, il régnait autour d'elle un merveilleux silence. Elle s'aventura pieds nus sur le grand palier pour jeter un coup d'œil à l'intérieur des pièces, pour feuilleter des livres, pour admirer des tableaux. Puis elle descendit au rez-de-chaussée pour continuer l'inspection. Elle était libre ! Libre pour la première fois depuis sept ans, depuis dix ans, depuis trente ans, depuis le commencement du monde ! Finis les soucis, les responsabilités et les peurs. La veille, elle avait touché le fond du gouffre. L'édifice branlant qui l'abritait s'était écroulé en l'entraînant dans sa chute. Alors, Astrid l'avait sauvée et emportée loin du lieu de la catastrophe.

Mais, grâce au ciel, elle n'avait pas craqué. Elle se rappellerait toute sa vie le moment où deux inconnus s'étaient approchés pour l'éloigner du volant sur lequel elle s'était écroulée, la tête sur le klaxon qui hurlait. Elle avait alors choisi de devenir folle, de se laisser glisser dans l'hébétude pour ne plus avoir à retourner au pays de la laideur, de la mort et du mal, au pays des « vivants ». Mais, si elle n'était pas devenue folle, elle n'avait encore jamais autant souffert. Et voilà qu'elle se retrouvait pieds nus, en chemise de nuit, le sourire aux lèvres, en train de flâner d'une pièce à l'autre dans une charmante maison de campagne.

Ce qui l'étonnait encore plus, c'était que Ian ne lui manquât pas. Le ciel ne s'était pas écroulé sur sa tête parce qu'il l'avait lâchée. Jessie n'en revenait pas. Elle préférait ignorer ce qui adviendrait ensuite, mais cela, déjà, changeait tout.

26

Jessica décida, en fin d'après-midi, d'écrire à Ian pour lui dire où elle était. Elle croyait encore qu'elle devait lui rendre des comptes, mais elle ne tenait pas à lui donner trop de précisions. Elle avait joué la comédie du courage pendant si longtemps qu'elle ne savait comment lui avouer l'état de détresse dans lequel elle s'était trouvée. Bien qu'elle eût jeté le masque la veille, elle répugnait à lui écrire qu'elle avait menti, chaque fois qu'elle prétendait que tout allait bien. Elle n'avait pas plus envie de lui faire des reproches que de lui donner des explications.

En commençant sa lettre, Jessica se sentait pleine d'inhibitions. Elle ne pouvait tout de même pas lui dire : «Je t'aime, mon chéri, mais je te hais en même temps... J'ai toujours eu peur de te perdre, mais je ne sais plus si c'est encore vrai... Te perdre, me perdre, se perdre...» Par où commencer? Il restait tant de questions sans réponse. Elle se demanda soudain combien il avait eu d'autres femmes dans sa vie. Et pourquoi. Etait-ce parce qu'elle n'avait pas été à la hauteur? Ou parce qu'elle ne lui suffisait pas? Ou encore parce qu'il voulait se prouver quelque chose?

Jessie se disait que c'était peut-être à elle seule de trouver la réponse aux questions. Aimait-elle Ian ou s'était-elle servie de lui égoïstement et aurait-elle pu se servir d'un autre à sa place? Mais il était impossible d'aligner sur une demi-feuille de papier des interrogations qui s'étaient accumulées pendant sept ans... De lui demander : «As-tu de la considération pour moi? Pour quelle raison? Comment cela est-il possible?» Elle-même ne savait plus si c'était de l'amour ou de l'estime qu'elle lui portait, tout comme elle ignorait ce qu'elle avait au fond du cœur.

Elle aurait aimé lui écrire une lettre désinvolte, lui parler de Mme Williams et du ranch, mais cela lui paraissait malhonnête. Il lui fallut deux bonnes heures pour trouver enfin quelque chose à dire. Et elle remplit une page entière, contrairement à ce qu'elle avait cru. Elle lui avoua simplement que son énervement de la veille avait donné la preuve qu'elle avait besoin de repos et qu'Astrid avait eu alors la bonne idée de l'emmener au ranch de sa mère.

C'est tout à fait le genre d'endroit où je vais pouvoir me détendre, souffler, redevenir moi-même. Ces jours-ci, je suis un mélange bizarre de ce que j'étais autrefois, de ce que je suis devenue au cours de ces six dernières années et de ce que je suis en train de devenir. Ça m'effraie plus que je ne saurais te le dire. Mais ma peur elle-même est en train de changer. Je suis lasse de passer ma vie à trembler. J'ai dû être pour toi un bien lourd fardeau avec mes craintes perpétuelles. Je commence à être plus raisonnable. La petite fille se résigne presque à être une grande personne. Continue ton roman, c'est toi qui es dans le vrai et je te prie de me pardonner pour hier. Je regretterai toujours que nous ayons supporté cette épreuve avec trop de dignité et de retenue. Si nous avions crié, pleuré, si nous nous étions débattus en hurlant et en nous arrachant les cheveux devant le tribu-

nal, nous serions peut-être en meilleure forme. Il fallait bien que nous explosions un jour. C'est ce que j'essaie de me dire maintenant. N'es-tu pas de mon avis? Voilà, mon chéri. Je t'aime. J.

Elle hésita longtemps avant de plier la lettre et de la glisser dans l'enveloppe. Il lui restait encore beaucoup de choses à exprimer, mais cela suffisait pour le moment. Elle inscrivit soigneusement le nom de Ian sur l'enveloppe en omettant de noter au dos l'adresse du ranch. Il prendrait peut-être cela pour un oubli.

Après le dîner, Jessica et la mère d'Astrid s'installèrent dans la grande salle pour prendre un verre.

— Vous ne pouvez pas savoir quel plaisir vous faites à Astrid, ma chère petite. Elle avait grand besoin d'une activité. Ces derniers mois, elle ne faisait rien d'autre que de dépenser son argent. C'est très malsain d'acheter constamment n'importe quoi uniquement pour passer le temps, pour remplir le vide de son existence. Je crois que votre boutique va enfin la remettre d'aplomb.

— C'est justement à la boutique que j'ai fait sa connaissance. Elle y est entrée par hasard et nous avons tout de suite sympathisé. Elle a été très bonne pour moi. J'espère que cette semaine d'occupation lui plaira. Et moi, je suis soulagée de ne pas me trouver là-bas.

— Astrid m'a dit que vous aviez passé de sales moments, récemment.

Jessie l'admit sans difficulté.

— Vous sortirez grandie de votre épreuve, mais c'est assommant de grandir! Personnellement, j'ai toujours trouvé détestable qu'on soit obligé de connaître l'adversité pour se former le caractère. Mais c'est généralement vrai qu'une fois l'épreuve terminée on en tire un bénéfice.

— Je crains de ne jamais trouver de bénéfice à celle que je traverse, car c'est probablement la fin de notre mariage, dit calmement Jessica.

Tout en se sentant résignée, Jessie savait désormais où elle en était, alors qu'elle avait jusque-là refusé de l'admettre.

— Est-ce ce que vous recherchez vraiment, mon enfant? À vous libérer des liens du mariage?

— Non, je ne cherche pas à m'en libérer. Ce genre de «liberté» ne m'a jamais intéressée. J'ai toujours été contente d'être mariée, mais je crois que nous sommes arrivés à un tournant dangereux et que les choses ne peuvent qu'empirer. Quand je regarde en arrière, je me demande si nous ne nous sommes pas détruits mutuellement. Maintenant, je suis lucide et je n'ai plus d'excuses pour laisser se prolonger le massacre.

— Il me semble évident que vous avez un grave problème. Qu'en pense votre mari?

— Je ne sais pas, reprit Jessie après un silence. Il est… il est en prison pour le moment.

Elle se dit qu'elle n'aurait osé faire cet aveu à personne d'autre. Comme elle ignorait qu'Astrid avait mis sa mère au courant, elle trouva que Béthanie prenait la nouvelle avec beaucoup de philosophie.

— L'ennui, reprit-elle, c'est que nous n'avons pas pu en discuter vraiment, étant donné les conditions dans lesquelles se sont passées mes visites. C'était si éprouvant que je n'arrivais même plus à garder les idées claires. Voyez-vous, on se croit obligé de se comporter avec tant de courage, de réserve et de dignité qu'on ne parvient plus à se dire à soi-même — et, à plus forte raison, à l'autre — qu'on en a sa claque, de tout ça.

— Alors, vous en avez votre «claque»? releva la vieille dame en souriant. Ce doit être très dur pour vous, Jessica, d'autant qu'on se sent toujours coupable quand on abandonne quelqu'un en difficulté.

— C'est pourquoi, je crois, j'ai refusé de regarder les choses en face. Je n'osais pas le «trahir», même en pensée. Je voulais aussi me faire attribuer la palme du martyre. Et puis, j'étais terrorisée. J'avais peur de ne jamais plus pouvoir me redresser si je flanchais.

— Le plus curieux, c'est qu'on se redresse presque toujours. Nous sommes tous beaucoup plus solides que nous ne le pensons.

— Maintenant, je commence à comprendre, mais ça m'a pris beaucoup de temps. Et hier, tout a fichu le camp. Nous nous sommes disputés, Ian et moi. Nous avons tout fait pour nous blesser à mort et c'est après que je me suis effondrée. J'ai voulu tenter le diable. Et... et me voici chez vous, et non pas en enfer.

— Ça vous surprend? demanda la vieille dame d'un ton amusé.

— Beaucoup.

— Vous n'aviez jamais connu de grandes épreuves avant ça?

— Si. Mes parents sont morts et mon frère a été tué au Viêt-nam. Mais, à ce moment-là, j'avais Ian! La présence de Ian adoucissait tous les chocs. Je l'obligeais à jouer plusieurs rôles. Quand il s'agissait de me défendre contre les agressions, il était toujours sur la brèche.

— Vous lui avez peut-être trop demandé!

— Oui, beaucoup trop. Et c'est sûrement pourquoi il se retrouve en prison.

— Je vois. Vous vous le reprochez?

— Oui, d'une certaine façon.

— Jessica, pourquoi ne pas laisser à Ian aussi le droit à l'erreur? Quelle que soit la raison de son emprisonnement et quelle que puisse être votre part de responsabilité, vous devriez lui permettre d'assumer les conséquences de ses fautes.

— Il a été accusé de viol!

— Et alors, vous n'avez pas commis ce viol à sa place?

— Non, bien sûr, mais je…

— Vous quoi?

— Je l'ai rendu malheureux. Je lui imposais un tas de contraintes, je payais les factures…

— Tout ça? Pas possible? s'écria ironiquement la vieille dame. N'avez-vous jamais pensé qu'il aurait pu dire non?

— Peut-être qu'il ne pouvait pas dire non, que ça lui faisait peur.

— Je l'admets, mais c'est lui que ça regarde. Pourquoi vous charger de tous les péchés du monde? Est-ce que vous aimeriez ça?

— Non, répliqua Jessie, le regard lointain. Le plus absurde, c'est qu'il n'est pas coupable de ce viol. Je le sais. Seulement, c'est ma faute s'il s'est trouvé dans une situation où l'accusation semblait plausible et je ne peux pas me le pardonner.

— Pouvez-vous absoudre la femme qui l'a accusé, quelle qu'elle soit?

— Évidemment, je…

Étonnée de ce qu'elle allait dire, Jessie leva la tête. Elle avait pardonné à Margaret Burton. Inconsciemment, elle l'avait absoute. Elle n'avait plus envie de se venger d'elle et c'était un poids de moins sur sa conscience.

— Je n'y avais pas réfléchi, reprit-elle, ça m'était sorti de l'esprit.

— Je vois. Dites-moi maintenant comment vous vous y êtes prise pour le rendre malheureux.

— Je l'ai entretenu.

— Il ne travaillait pas? demanda Béthanie d'un ton qui n'impliquait aucune critique.

— Il travaillait beaucoup. Il est écrivain.

— Publié?

— Plusieurs fois. Un roman, un livre de contes, des articles, des poèmes.

— A-t-il du talent?

— Beaucoup, mais ses livres ne se vendent pas très bien pour le moment. Enfin, ça viendra, déclara-t-elle avec un accent de fierté dont elle-même s'étonna, mais que Béthanie s'abstint de relever.

— Alors, vous vous reprochez de l'avoir encouragé? Il y a bien là de quoi battre sa coulpe, en effet.

— Ce n'est pas ça. Je crois seulement qu'il me déteste pour l'avoir entretenu.

— C'est possible. Mais sans doute vous en est-il aussi éperdument reconnaissant. Il y a un avers et un revers à toute médaille, Jessica. Je suis sûre qu'il le sait parfaitement. Ce que je ne comprends toujours pas, c'est pourquoi vous voulez rompre vos liens conjugaux.

— Je n'ai pas dit ça, j'ai dit qu'à mon avis notre couple allait disparaître.

— Sans que vous l'y aidiez? Ce serait bien extraordinaire, ma chère petite, qu'un couple se volatilise de lui-même, en dépit de la volonté des deux partenaires!

Cette réponse amena un sourire sur les lèvres de Jessie. Béthanie se tut un bon moment. C'était une fine psychologue. Astrid n'avait pas mis Jessie en garde, mais elle savait que sa mère avait le don de faire réfléchir les gens.

Après un long silence, Jessica chercha les yeux de la vieille dame et soutint son regard.

— Je crois que notre amour n'existe déjà plus. Il est mort de sa belle mort. Personne ne l'a anéanti. Nous l'avons seulement laissé s'éteindre. Nous n'étions ni l'un ni l'autre assez audacieux pour le tuer ou le sauver. Après avoir été malmené par chacun de nous, il a finalement rendu l'âme. Il est devenu sans objet, comme une carte de crédit dans un pays que l'on n'habite plus.

— Était-ce un pays agréable?

— Très agréable, en son temps.

— Alors vous aurez peut-être envie d'y retourner et d'y rouvrir un compte.

— Je crois que, personnellement, ça ne me dit rien.

— Ian vous aurait-il rendue malheureuse?

— Pis que ça. C'est moi qui lui ai bousillé sa vie.

— Taisez-vous, ma chère enfant! Si vous saviez à quel point vous êtes ennuyeuse quand vous recherchez le sublime!... Cessez de vous tourmenter à son propos et au vôtre. C'est ce qu'il a fait de son côté, j'en suis sûre. Du moins, je l'espère.

— Mais si je lui fais du mal, si je lui ai toujours fait du mal et si ça me rend enragée de l'attendre, quel parti prendre? demanda-t-elle en entrant enfin dans le vif du sujet. Il se peut que je me sois servie de lui égoïstement. Je ne suis même plus très sûre de l'aimer. Je me demande maintenant si c'était de Ian dont j'avais besoin ou simplement de quelqu'un sur qui je puisse mettre le grappin.

— Oui, vous avez sans doute ce problème-là aussi. Avez-vous rencontré d'autres hommes depuis qu'il n'est plus là?

— Bien sûr que non.

— Et pourquoi pas?

Jessie prit un air choqué qui égaya Béthanie.

— Ne me faites pas les gros yeux, ma chère petite. Je suis sans doute une personne âgée, mais je ne suis pas encore gâteuse. J'ai tenu les mêmes propos à Astrid. Quelque chose ne va pas chez vous, les jeunes. On vous croit libérées de tout préjugé, mais vous en remettez sur le chapitre de la pudibonderie. Ne venez pas me dire que vous êtes en quête de l'amour idéal. Personne ne vous demande de faire le trottoir, mais vous pourriez tout de même avoir un amant agréable.

— Ça me paraît incompatible avec le mariage.

— Vous pouvez peut-être oublier le mariage pour un temps afin de faire le point. Peut-être votre amour conjugal appartient-il au passé. L'important, c'est de ne pas gaspiller le présent. Moi, je ne l'ai jamais fait et c'est pourquoi je suis une vieille femme heureuse.

— Vous n'êtes pas une vieille femme!

— Je n'ai que faire des flatteries, répliqua Béthanie avec une grimace. Chaque fois que je me regarde dans la glace, je me rends compte que je suis vieille, mais j'ai au moins profité de la vie. Je ne prétends pas avoir fait les quatre cents coups, mais je reconnais que je ne me suis pas enfermée dans un placard pour gémir ensuite sur mon sort et attribuer à quelqu'un d'autre la responsabilité de mes erreurs. Or, c'est exactement ce que vous faites en ce moment. Vous punissez votre mari pour les erreurs que vous avez pu commettre et il me semble qu'il a déjà eu plus que son compte et sans l'avoir mérité. Ce à quoi il faut que vous réfléchissiez, et avec le plus grand sérieux, c'est à votre capacité d'encaisser ce qui vient d'arriver. Si vous avez cette force, tout peut s'arranger, mais si vous tenez à demander des comptes à Ian pour le restant de votre vie commune, il est préférable d'abandonner la partie tout de suite. On ne peut pas culpabiliser quelqu'un indéfiniment. Il finira par se révolter et c'est vous qui paierez les pots cassés.

— C'est déjà fait, soupira Jessie.

Les yeux fixés sur le feu dans la cheminée, elle repensait à leur dispute de la veille.

— Aucun homme ne peut supporter ça très longtemps. Aucune femme non plus. Qui voudrait se charger de tous les péchés du monde? Vous avez fait des erreurs, vous les regrettez, vous les payez tous les deux au prix fort, c'est un fait. Mais vous ne pouvez exiger de Ian seul qu'il les paie toute sa vie. Il finirait par vous haïr. Vous ne cherchez sans doute pas à le faire souffrir uniquement pour ce qu'il vient de faire. Ce n'est probablement qu'un prétexte à exiger de lui le règlement d'une vieille dette. Je peux me tromper, mais il nous arrive à tous d'agir de la sorte.

Jessie l'admit volontiers. C'était ce qu'elle avait fait, en effet. Elle lui faisait payer le passé et leur faiblesse mutuelle. Elle lui en voulait de ses peurs et de ses indécisions à elle. La voix de Béthanie la tira de nouveau de ses méditations moroses.

— Vous devriez me conseiller de m'occuper de mes affaires.

— Non, je crois que vous avez raison. Je ne suis pas encore arrivée à prendre de la distance vis-à-vis des événements. Vous venez de m'aider à y voir clair, plus clair que je ne suis encore capable de l'admettre. Mais…

— J'aime qu'on se montre beau joueur, mon enfant, et vous l'êtes, repartit la vieille dame en souriant.

Elle se leva et s'étira avec délicatesse devant la cheminée. À la lueur des flammes, son diamant étincelait. Elle portait un pantalon noir et un pull de cachemire d'un bleu profond. Jessica la regarda avec admiration. «Quelle femme ravissante ce devait être autrefois!» songea-t-elle. Béthanie restait ravissante et son charme incomparable entourait d'une aura de féminité la vivacité de son comportement et de ses propos. Malgré son âge, elle était encore plus jolie que sa fille. Plus douce, plus chaleureuse, plus gracieuse. Ou peut-être plus vivante, tout simplement.

— Maintenant, Jessica, vous voudrez bien m'excuser, car je vais aller me coucher. Je veux monter très tôt demain matin. Je ne vous demanderai pas de me suivre. Je me lève toujours à des heures indues.

Les yeux brillants d'affection, elle se pencha pour embrasser Jessie sur le front et celle-ci, instinctivement, lui tendit les bras.

— Madame Williams, je vous adore. Vous êtes la seule personne raisonnable que j'aie rencontrée depuis des mois.

— Si vous êtes sincère, mon enfant, plus de Madame Williams entre nous! Je déteste ça. Si vous ne voulez pas de Béthanie, appelez-moi tante Beth. C'est ainsi que m'appellent les enfants de mes amis et quelques-uns des amis d'Astrid.

— Tante Beth. Oui, c'est charmant.

Jessica eut soudain l'impression d'avoir trouvé une mère de remplacement. Une famille… Cela faisait si longtemps qu'elle n'avait plus de parents, Ian mis à part. «Tante Beth!» se dit-elle avec un sourire de bonheur.

— Bonne nuit, ma chère petite, dormez bien. À demain matin.

Jessie ne monta qu'une heure plus tard. Elle songeait encore à ce que Béthanie lui avait dit. Avait-elle vraiment voulu punir Ian? Dans ce cas, elle devait lui en vouloir beaucoup. Mais pourquoi? Parce qu'il l'avait trompée ou seulement parce qu'il était en prison et ne pouvait plus la protéger du monde extérieur? Elle n'aurait sans doute pas attaché grande importance à son infidélité s'il n'avait pas été «pris sur le fait» avec Margaret Burton. Cela, hélas, l'avait forcée à regarder les choses en face! Mais il se pouvait qu'elle eût d'autres griefs plus inavouables. Les livres qui s'étaient mal vendus, l'argent qu'elle avait dû gagner à sa place, le trop grand intérêt qu'il prenait à son travail d'écriture… Comment savoir?

Le lendemain matin, en descendant, Jessica trouva son petit déjeuner tout prêt. Un gentil petit mot signé «Tante Beth» lui indiquait que les brioches étaient restées à tiédir dans le four, que le bacon était coupé en tranches fines et qu'elle trouverait dans la cuisine un plein compotier de fraises parfumées. La note proposait en outre une promenade en jeep pour l'après-midi.

Tante Beth l'emmena, en effet, faire un tour en voiture dans les collines et ce fut une merveilleuse balade. Elle lui raconta quelques petites histoires sur les gens «abominables» qui habitaient le ranch avant elle et qui avaient vécu là «comme au temps des cavernes».

— Le bonhomme était un cousin germain d'Attila et ses enfants paraissaient tout droit sortis de la horde des Huns!

Cela faisait des années que Jessica ne s'était pas autant amusée et, tandis que la jeep escaladait gaillardement les côtes, elle prit conscience du fait qu'elle pouvait fort bien vivre sans calmants. Sans tranquillisants, sans barbituriques ni somnifères. Elle avait remplacé toute cette pharmacie par l'amitié de tante Beth, le plaisir d'être au soleil et beaucoup de gaieté. Ce soir-là, elles firent le dîner ensemble, ratèrent la sauce hollandaise destinée aux asperges, retirèrent le rôti du four avant qu'il eût fini de cuire et se congratulèrent de leurs étourderies. Elles se conduisirent davantage comme deux collégiennes en vacances que comme une digne hôtesse et son invitée.

— Figurez-vous que mon premier mari me disait toujours que j'allais l'empoisonner si je n'y prenais pas garde. J'étais vraiment une cuisinière exécrable et je n'ai sans doute pas beaucoup changé... Je me demande, par exemple, si ces asperges sont vraiment cuites.

Cela dit, elle en prit une et en croqua la pointe avec inquiétude, puis elle poussa un petit cri de satisfaction.

— Vous avez été mariée deux fois? demanda Jessie.

— Non, trois. Mon premier mari est mort, malheureusement, et je n'avais alors guère plus de vingt ans. C'était un garçon charmant. Il a été victime d'un accident de

chasse deux ans après notre mariage. J'ai fini par me consoler et… Ma foi, j'ai pris du bon temps! Vers trente ans, j'ai
épousé le père d'Astrid. Elle est née l'année d'après et elle
avait quatorze ans quand son père est mort. Mon troisième
mari était un homme très gentil, mais ennuyeux comme la
pluie. Nous avons divorcé il y a cinq ans et, depuis, la vie
me paraît beaucoup plus intéressante.

Toujours inquiète de l'état de ses asperges, elle en prit
une autre pour la goûter.

— Tante Beth, vous êtes un phénomène! Parlez-moi de
votre troisième mari. À quoi ressemblait-il?

— Il ressemble à un vieux croûton, mais personne n'a
osé le lui dire. Les vieillards sont parfois sinistres. J'ai beaucoup hésité à divorcer. Le malheureux était effondré, mais
il s'en est remis. Je vais le voir quand je suis à New York. Il
est toujours aussi rasoir, le pauvre chéri.

Le ton angélique sur lequel elle avait débité sa petite
tirade avait mis Jessie en joie. Tante Beth n'était sûrement
pas aussi évaporée qu'elle voulait le laisser croire, mais elle
n'avait pas dû s'ennuyer dans l'existence.

— Et maintenant? Plus de mari?

— À mon âge? Ne soyez pas ridicule. Qui voudrait
d'une vieille femme? Je suis très heureuse comme je suis,
car j'ai vécu pleinement. Il n'y a rien de plus grotesque
qu'une femme âgée qui joue les jeunettes… ou qu'une
jeune femme qui joue les vieillardes! Vous et Astrid, vous
feriez bien de vous en rendre compte.

— Mais je n'ai jamais été comme ça!

— Elle non plus, quand Tom était en vie. Il est temps
qu'elle retrouve quelqu'un et qu'elle flanque le feu à son
mausolée.

— Sa maison est si jolie! Elle est même mieux que jolie.

— Il y a de jolis cimetières aussi, mais je n'ai jamais rêvé
d'y habiter. Du moins, tant que je peux faire autrement.

Aussi longtemps qu'on a le choix, il ne faut pas accepter n'importe quoi. Mais Astrid commence à l'admettre. Je crois que votre boutique va lui faire du bien. Pourquoi ne la lui vendez-vous pas?

— Et qu'est-ce que je ferais, moi, alors?

— Quelque chose d'autre. Depuis combien de temps avez-vous cette boutique?

— Ça a fait six ans cet été.

— C'est bien long. Pourquoi ne pas essayer autre chose?

— Ian voulait que je reste à la maison et que nous ayons un enfant. Enfin, c'est ce qu'il m'a dit récemment. Il y a quelques années, il trouvait que tout allait bien comme ça.

— Peut-être avez-vous là une des réponses aux questions que vous vous posez.

— C'est-à-dire? demanda Jessica, étonnée.

— C'est-à-dire qu'autrefois «il trouvait que tout allait bien comme ça», mais que les choses se sont modifiées. Peut-être avez-vous de votre côté, Jessica, oublié de changer, d'évoluer.

— Nous avons évolué… commença-t-elle en ne croyant pas trop à ce qu'elle disait.

— J'ai cru comprendre que vous ne vouliez pas d'enfants.

— Ce n'est pas que je n'en veuille pas, mais ce n'était pas encore le moment. C'était trop tôt et nous étions heureux sans enfants.

— Ce n'est pas un crime de ne pas avoir d'enfants, dit tante Beth en la regardant avec une certaine insistance. Astrid non plus n'en a jamais voulu et je ne pense pas qu'elle l'ait regretté. De toute façon, Tom n'était pas de la première jeunesse quand elle l'a épousé. Mais votre mari est jeune, n'est-ce pas?

— Oui.

— Et il désire avoir des enfants? Eh bien, ma chère petite, vous pouvez toujours continuer à prendre la pilule et à lui faire croire que ça ne marche pas.

Jessica détourna les yeux pour éviter le regard inquisiteur de la vieille dame.

— Je ne ferai pas une chose pareille, dit-elle d'un ton pensif.

— Ah bon? Vous avez raison.

— Mais j'ai déjà pensé à le faire, répliqua-t-elle en regardant cette fois son interlocutrice bien en face.

— C'est assez normal. Je suppose que beaucoup de femmes y pensent et que la plupart d'entre elles ne se sont sans doute pas contentées d'y penser. J'imagine que, dans certains cas, c'est une solution raisonnable. Mais c'est dommage de devoir tricher. Vous savez, pour ma part, je n'étais pas très sûre de vouloir un enfant et la venue d'Astrid a été plutôt une surprise.

Tante Beth avait presque rougi. Du moins, ses joues s'étaient colorées de rose. Pendant un moment, perdue dans l'évocation de son passé, elle parut avoir oublié Jessica.

— Mais je me suis vite attachée à elle, reprit-elle. Elle était très mignonne quand elle était petite. Après, elle est devenue un vrai démon, sans cesser d'être une terrible enjôleuse. En fait, je me suis bien amusée avec elle.

À l'écouter, on avait l'impression qu'Astrid n'était pas sa fille, mais un personnage de roman. Jessie ne put s'empêcher de sourire.

— Elle a été très gentille avec moi quand son père est mort. Sans Astrid, je n'aurais peut-être pas retrouvé le courage de vivre.

Jessica ne put se défendre d'un sentiment d'envie. Si l'on en croyait Béthanie, la présence d'un enfant, loin d'accroître chez la mère la crainte d'être exclue, la rapprochait au contraire du monde des vivants.

— Moi, je crois que j'ai toujours eu peur, avoua-t-elle enfin. Peur qu'un enfant ne devienne un obstacle entre Ian et moi. Peur qu'il ne me sépare de mon mari et des autres.

— Non, Jessica, pas si votre mari vous aime. Dans ce cas, il vous aimera encore davantage à cause de cet enfant. C'est un lien de plus entre ceux qui s'aiment, un prolongement d'eux-mêmes, l'alliance de ce qui, en chacun d'eux, attire et irrite le plus le partenaire, le subjugue tout en le révoltant. On peut avoir beaucoup de raisons de refuser un enfant mais la peur de manquer d'amour n'est pas un argument valable. Avez-vous le cœur si petit que vous ne puissiez aimer qu'une personne à la fois ?

— Je le crains, tante Beth, répondit Jessie, bien décidée à rester honnête avec elle-même. Voilà où j'en suis, en effet. Ian est devenu mon amour exclusif depuis si longtemps que je ne peux imaginer aimer quelqu'un d'autre, même un enfant. Je sais que ça paraît égoïste, mais je n'y peux rien.

— Ça ne me paraît pas spécialement égoïste, mais effrayant.

— Je changerai peut-être un jour.

— Pourquoi changeriez-vous ? Au nom de la morale ou en raison d'un désir profond ? Ou pour avoir une raison de plus d'en vouloir à votre mari ?… Croyez-moi, Jessica, si vous ne désirez pas sincèrement un enfant, n'en ayez pas. Les enfants causent un tas d'ennuis. Ils sont encore plus redoutables que les chats pour le mobilier d'une maison !

Jessica se mit à rire en voyant que Béthanie, pendant son discours, caressait de l'air le plus sérieux du monde le chat tigré couché sur ses genoux.

— À propos de chats et d'enfants, reprit Béthanie, j'avoue que je préfère de beaucoup les chevaux. On peut les laisser dehors sans se sentir coupable… En conclusion, ne prenez pas à la lettre tous mes conseils. Avoir un enfant, c'est une question de choix personnel. Quelque décision que vous preniez à ce sujet, ne vous laissez jamais influencer par ce que pensent ou disent les autres. Mais tenez tout de même compte de l'opinion de votre mari.

Après quelques éclats de rire, elles changèrent de sujet. Jessica était éberluée de la diversité des sujets qu'elle pouvait aborder avec tante Beth. Elle ne pouvait s'empêcher de lui ouvrir son cœur, de lui révéler des secrets qu'elle n'aurait, d'habitude, confiés qu'à Ian. Elle avait l'impression de lui dévoiler peu à peu tous les recoins de son âme après leur avoir donné un petit coup de balai pour les rendre présentables. De plus en plus, elle se sentait redevenir elle-même.

Les jours se succédèrent pour elle dans la gaieté et la détente. Elle remplissait ses poumons d'air pur et passait des matinées entières à se balader au petit trot sur le dos d'un cheval ou à explorer à pied les collines environnantes. Et ses soirées avec tante Beth se déroulaient dans les éclats de rire. Au cours de l'après-midi, il lui arrivait de faire un petit somme. Elle s'était mise aussi à relire les romans de Jane Austen, qu'elle n'avait plus ouverts depuis la fin de ses études secondaires. Elle s'essayait même à faire quelques esquisses rapides sur son carnet de croquis. En secret, elle s'efforçait de reproduire les attitudes et les expressions de tante Beth dans l'intention de faire son portrait, car elle n'osait pas demander à sa nouvelle amie de poser pour elle. Depuis qu'elle avait fait le portrait de Ian, des années auparavant, c'était la première fois qu'elle avait envie de se remettre à peindre. Le beau visage de tante Beth l'inspirait et elle se disait qu'elle ferait cadeau du tableau à sa fille pour la remercier.

À la grande contrariété de Jessica, Astrid réapparut quinze jours plus tard, visiblement fatiguée, mais ravie.

— Vous venez déjà me chercher ? s'écria-t-elle avec le désappointement d'une petite fille, invitée à un goûter d'anniversaire, que sa mère veut ramener trop tôt à la maison.

— Au contraire, je vous défends de rentrer, Jessica Clarke! Je suis simplement venue voir ce que fabriquait ma mère.

— On s'amuse beaucoup.

— Parfait. Continuez. Je serais très malheureuse si vous retourniez en ville pour me priver de mon jouet.

Elle raconta à Jessie ce que Katsuko avait fait à New York et elle lui annonça que les tons pastel de la mode de printemps avaient beaucoup plus de succès que prévu. Jessica eut l'impression qu'il y avait des lustres qu'elle était allée choisir ces jolis articles, des siècles qu'elle avait débarqué de l'avion à la veille de l'arrestation de Ian, une éternité depuis que le procès s'était déroulé. Le traumatisme était presque oublié, la plaie se cicatrisait. Elle semblait en grande forme et elle avait grossi de deux kilos. Astrid lui avait apporté une lettre de Ian, mais elle attendit d'être seule pour la lire.

... Je ne peux pas y croire, Jess. Je ne peux pas croire que j'aie été capable de te dire des choses pareilles. Notre malheur nous a égarés. Comment te portes-tu? Ton silence me paraît étrange et, plus étrange encore ton absence. Je me rends compte que je ne sais plus très bien ce que je veux : que tu réapparaisses ou que l'abominable vitre qui nous sépare disparaisse. Je sais à quel point ça t'a fait souffrir, ma chérie. Je suis aussi malheureux que toi, mais nous n'y pouvons rien. J'aimerais savoir comment se passent tes vacances. Ce doit être merveilleux. Tu avais bien besoin de détente et je suppose que c'est pourquoi je ne reçois plus de nouvelles de toi : tu es très « occupée à te reposer »! Sans doute est-ce aussi bien ainsi. Comme d'habitude, je suis plongé dans mon roman et ça marche comme sur des roulettes. J'espère que...

Ensuite, il ne parlait que du manuscrit. Elle déchira la lettre et la jeta au feu.

Tante Beth l'interrogea à ce propos quand sa fille fut montée se coucher. Leur bonne entente de conspiratrices allait jusqu'à exclure Astrid.

— Oh! il dit qu'il m'aime et que son roman avance, tout ça sur le même ton, déclara-t-elle avec une désinvolture qui cachait mal son amertume.

— Je vois. Vous êtes jalouse de son travail, répliqua tante Beth, les yeux brillants de malice, satisfaite d'en avoir appris un peu plus long et de mieux comprendre le problème.

— Je ne peux pas être jalouse d'une chose pareille. C'est absurde!

— Vous avez raison, c'est absurde. Mais pourquoi vous sentez-vous frustrée parce que son travail marche bien? Comment réagiriez-vous s'il n'avait plus besoin de vous pour vivre? Vous perdriez votre pouvoir sur lui, n'est-ce pas? Si son nouveau roman est un succès commercial, comment allez-vous le prendre?

— J'en serais ravie pour lui, dit-elle d'un ton qui n'était pas plus convaincant que convaincu.

— En êtes-vous sûre? Croyez-vous que vous pourriez le supporter? Ou êtes-vous dévorée de jalousie au point de ne pas vouloir l'envisager?

— Ça ne tient pas debout! répliqua-t-elle avec irritation.

— Je ne vous le fais pas dire. Mais je pense que vous savez déjà à quoi vous en tenir. Ou bien il vous aime, ou bien il ne vous aime pas. S'il ne vous aime pas, vous ne pourrez pas le garder. S'il vous aime, vous ne pourrez sans doute pas le perdre. Et si vous continuez à vouloir l'entretenir indéfiniment, il s'arrangera pour trouver une femme qu'il pourra entretenir à son tour, qui lui donnera l'impression qu'il est un homme et qui ira peut-être jusqu'à lui faire des enfants. Réfléchissez-y.

Jessica ne trouva rien à répondre. Elles montèrent alors se coucher. Mais les réflexions de tante Beth avaient fait leur chemin. Il semblait à Jessie que Ian, à sa façon, lui avait dit la même chose. À Carmel, il l'avait avertie que la situation devait changer. Eh bien, c'était entendu, la situation allait changer, mais pas dans le sens que souhaitait Ian !

27

— Bonjour, tante Beth… Bonjour, Astrid.

En s'asseyant à la table du petit déjeuner, Jessica arborait un air résolu qui étonna ses deux amies.

— Dieu du ciel, que faites-vous debout si tôt, ma chère enfant? s'écria Béthanie, surprise qu'elle se fût levée, pour une fois, avant dix heures.

— Eh bien, voilà! répondit Jessica en prenant son courage à deux mains car elle savait qu'Astrid serait déçue. Je veux profiter au maximum de ma dernière journée de vacances. J'ai décidé de repartir ce soir avec Astrid.

— Oh non, Jessie! Pourquoi? dit Astrid, alarmée.

— Parce que j'ai des choses à faire en ville et qu'il y a assez longtemps que je tire ma flemme. Du reste, si je ne pars pas aujourd'hui, je ne partirai jamais.

Elle avait adopté le ton dégagé et mondain d'une invitée qui accepte de reprendre un dernier petit four, mais elle se rendait bien compte qu'Astrid prenait la chose assez mal. Et, de son côté, elle était triste de quitter le ranch. Seule, tante Beth ne semblait pas perturbée par la nouvelle.

— Aviez-vous averti ma mère de votre départ? demanda Astrid qui n'en revenait pas du calme de Béthanie.

— Pas le moins du monde! répliqua vivement celle-ci. Mais je sentais ça venir depuis hier soir. Je crois que vous avez raison de rentrer, Jessica. Ne fais pas ces grimaces, Astrid! Ça va te donner des rides. Qu'est-ce que tu as cru? Qu'elle ne retournerait jamais à la boutique? Ne sois pas stupide. Bon, maintenant, viendriez-vous faire un tour à cheval avec moi, l'une et l'autre?

Tandis que tante Beth continuait tranquillement de beurrer son toast, le front d'Astrid se rasséréna. Elle trouvait que sa mère avait raison de ne pas critiquer le départ de Jessie, mais elle regrettait beaucoup de se retrouver privée de «Lady J». Elle en avait tiré bien plus de plaisir encore qu'elle ne l'avait espéré.

Jessie, qui surveillait ses réactions, commençait à avoir des remords.

— Astrid, je suis désolée… Ça me fait de la peine de vous faire ce coup-là.

Il y eut un moment de silence gêné.

— Je vous trouve embêtantes, toutes les deux, dit tante Beth, un peu songeuse. Moi, je vais faire du cheval et je vous laisse à vos plaisirs masochistes : vous, Jessie, à vos remords, et toi, Astrid, à tes frustrations. Il me semble que vous avez vraiment du temps à perdre.

Assez honteuses, les deux jeunes femmes se mirent à rire et décidèrent de l'accompagner dans sa promenade. Elles ne le regrettèrent pas et la journée s'écoula agréablement. Ce fut avec tristesse que Jessica prit congé de tante Beth. Elle lui promit de revenir aussi vite qu'elle le pourrait. Elle était si émue en quittant son hôtesse qu'elle ne trouvait plus de mots pour la remercier.

— Ces quinze jours m'ont vraiment retapée.

— Vous vous êtes retapée toute seule. Maintenant, ne fichez pas tout par terre en ne retournant là-bas que pour faire une bêtise!

Ainsi, elle savait déjà! On ne pouvait rien cacher à cette femme étonnante.

— N'attendez pas d'approbation de ma part si vous faites des imbécillités, ma petite fille. Je ne suis pas rassurée par ce que je lis dans vos yeux.

Devant l'air embarrassé de Jessie, Astrid interrompit sa mère et Béthanie changea de sujet. Elle leur donna des provisions de route qu'elle avait préparées pour elles : des galettes faites à la maison, un kilo de pommes et quelques sandwiches.

— Ça fait passer le temps de grignoter le long de la route, dit-elle en prenant affectueusement Jessie par la taille. Revenez-nous vite, mon enfant. Je vais regretter votre départ, vous savez.

Attendrie, Jessica se pencha pour lui poser un baiser sur la joue.

— Je vais revenir bientôt.

— Tant mieux!... Astrid, ma chérie, conduis prudemment!

Elle resta sur le seuil pour faire de grands signes d'adieu jusqu'à ce que la Jaguar eût disparu au tournant.

— Je suis malheureuse de partir. Il y a des années que je ne m'étais pas sentie aussi bien quelque part.

— C'est ce que je me dis aussi, chaque fois que je m'en vais d'ici.

— Comment se fait-il que vous ne veniez pas habiter avec elle, Astrid? Si elle était ma mère, moi, je le ferais. En plus, le pays est merveilleux, déclara Jessie en s'installant confortablement sur son siège, l'esprit encore tout rempli de ses dernières conversations avec tante Beth.

— Vous n'y pensez pas, Jessica! Je mourrais d'ennui dans ce trou. Et c'est sûrement ce qui vous arriverait aussi au bout d'un moment.

— Je ne le crois pas. Je ne peux même pas l'imaginer.

391

— Moi si. Malgré la présence de ma mère. Il n'y a rien à faire, excepté monter à cheval, lire et se balader dans la campagne. J'ai encore besoin de la folle agitation de la ville.

— Ce n'est pas mon cas. Ça m'attriste beaucoup de m'en aller.

— Pourquoi donc n'êtes-vous pas restée? répliqua Astrid avec une pointe d'agressivité.

— Impossible. Il fallait que je rentre. Mais ça me flanque la frousse de retourner à la boutique. Vous m'avez permis de prendre de merveilleuses vacances.

Astrid la remercia d'un sourire.

— Ne vous en faites pas. J'ai été très heureuse, moi aussi, pendant ces deux semaines, dit-elle en soupirant un peu, les yeux fixés sur la route.

Le soleil était en train de se coucher derrière les collines et l'air embaumait d'odeurs printanières. Dans le lointain, on voyait paître des chevaux à la lumière du crépuscule. Jessie contempla longuement le calme paysage qui lui était devenu familier, puis elle s'adossa à son siège avec un petit sourire attendri. Elle rentrait chez elle parce qu'il le fallait. Mais elle avait retrouvé le bonheur dans ce coin de campagne et, de plus, elle y avait trouvé une amie.

— Voulez-vous que je vous dise un secret, chère madame? J'adore votre mère.

— Je suis comme vous, répliqua Astrid avec un clin d'œil amusé. A-t-elle été gentille avec vous? Ne vous en a-t-elle pas trop fait voir? Il lui arrive d'être très dure et j'avais un peu peur qu'elle ne se fasse les dents sur vous. Apparemment, ça n'a pas été le cas.

— Pas vraiment. Elle n'a pas été dure, mais franche. Et jamais méchante. Disons, juste un peu rude. Parfois, je n'ai pas apprécié, mais elle avait presque toujours raison. Et ce qu'elle m'a dit m'a permis de réfléchir. Elle m'a pratiquement sauvé la vie car j'ai réussi à me désintoxiquer.

Jessica prit une pomme en riant et elle y mordit à belles dents.

— Vous en voulez une?

— Non, merci. Je suis ravie que tout ait bien marché. À propos, qu'est-ce que racontait Ian dans la lettre que je vous ai apportée? J'ai oublié de vous le demander.

Le visage de Jessie se ferma, mais Astrid était trop absorbée par la route pour s'en rendre compte.

— C'est précisément à cause de Ian que je rentre.

— Il ne va pas bien? demanda Astrid en lui jetant un coup d'œil inquiet.

— Il va très bien, répliqua Jessie d'un ton froid.

— Alors, vous avez envie de retourner le voir? reprit Astrid, un peu perplexe.

— Pas exactement. C'est Martin que je vais aller voir.

— Martin? L'avocat de Ian? Alors, il a encore des ennuis?

— Non, non. Ce n'est pas ce que vous croyez, dit-elle en détournant le regard pour contempler le paysage. Je rentre pour demander le divorce.

— Quoi? s'exclama Astrid en ralentissant et en regardant Jessie avec stupéfaction. Non, Jessica… Vous n'allez pas faire une chose pareille, n'est-ce pas?

— Mais si, j'en ai bien l'intention, dit Jessica en examinant d'un air buté le trognon de pomme qu'elle tenait dans sa main tremblante.

Le reste du trajet se passa dans le plus grand silence. Astrid était trop médusée pour trouver quelque chose à dire.

Le lendemain matin, quand Jessie appela Martin, il accepta de la recevoir aussitôt. Elle se précipita donc au rendez-vous, mais c'est avec appréhension qu'elle parcourut le long corridor qui lui rappelait tant de pénibles souvenirs et qui, une fois encore, allait faire partie du décor d'un drame.

Comme d'habitude, Martin était assis derrière son bureau, lunettes relevées au sommet du crâne. Et, comme d'habitude, il fronçait les sourcils. Elle ne l'avait pas revu depuis décembre.

— Bonjour, Jessica, comment allez-vous? demanda-t-il, la main tendue.

Elle le regarda avec un sentiment de malaise. Un rendez-vous avec lui était presque aussi désagréable que l'eût été une rencontre avec l'inspecteur Houghton. Tous deux, à leur manière, lui rappelaient la plus pénible période de son existence. Elle se dit qu'heureusement cela appartiendrait bientôt à un passé révolu.

— Je vais très bien, merci.

— Vous en avez l'air, dit-il, étonné de lui voir aussi bonne mine. Asseyez-vous et dites-moi ce qui vous amène. La semaine dernière, j'ai reçu une lettre de Ian. Apparemment, il est en plein travail.

Une ombre passa dans les yeux de Martin. Du regret? De la tristesse? Du remords? Jessie aurait aimé, en tout cas, que ce fût un sentiment de ce genre. Pourquoi n'avait-il pas été fichu d'éviter la prison à Ian? Pourquoi ne l'avait-il pas persuadé de faire appel? S'il avait essayé de le tirer d'affaire, Jessie n'aurait peut-être pas eu besoin de lui demander ce rendez-vous.

— Oui, je crois qu'il prend les choses du mieux possible.

— Il m'annonce qu'il a bon espoir de trouver un éditeur. Il attendait des nouvelles de son agent littéraire.

— Ah bon? dit Jessie, étonnée. J'espère que ça marchera. Ça lui remonterait le moral.

Il allait avoir besoin de réconfort! Mais, après tout, la seule chose qui comptait pour lui, c'était d'écrire, de sortir un autre livre, quelque chose d'important, cette fois, qui se vendrait comme des petits pains. Si son roman marchait, il n'aurait plus besoin d'elle et il l'oublierait vite.

— Eh bien, vous ne m'avez toujours pas dit pourquoi vous vouliez me voir.

La conversation mondaine était terminée. Jessica reprit sa respiration et le regarda bien en face.

— Voilà ce qui m'amène : je veux divorcer.

— Divorcer? répéta-t-il d'un air impassible.

— Oui, je veux me séparer de Ian, déclara-t-elle d'une voix ferme, bien qu'elle fût au fond d'elle-même aussi inquiète qu'oppressée.

Cette fois, il fallait qu'elle eût le courage de sauter le pas. Peu importait ce qui pourrait lui arriver par la suite. Sa décision était prise. Elle allait probablement dégringoler de nouveau jusqu'au fond du trou, mais elle sentait qu'elle s'en sortirait.

— Êtes-vous lasse de l'attendre? Avez-vous rencontré quelqu'un d'autre?

Il avait peut-être besoin de connaître la vérité, mais ses questions étaient bien indiscrètes!

— Non. Ni l'un ni l'autre. Enfin, je suis un peu lasse de l'attendre, mais c'est uniquement parce que je crois que nous ne pourrons pas reprendre la vie commune quand il sortira. Alors, pourquoi laisser traîner les choses?

— N'étiez-vous pas heureux ensemble?

Il s'était toujours posé la question. Il avait senti qu'il existait entre eux des liens extrêmement forts, mais il s'était demandé ce qui se dissimulait derrière l'entente apparente.

— Si, nous étions heureux, répondit Jessie sans le regarder, serrant très fort ses mains croisées sur ses genoux. Du moins, je croyais que nous l'étions. Mais je me suis fait un tas d'illusions.

— Par exemple?

— Eh bien, j'ai cru que c'était le bonheur, expliqua-t-elle, de plus en plus perplexe devant cet interrogatoire. Mais ce n'était qu'un mensonge parmi d'autres. Ian n'a jamais été très heureux avec moi. Il y avait trop d'obstacles entre nous. Ma boutique, son travail, d'autres choses encore. À mon avis, c'est pour cette raison qu'il est allé avec cette femme…

— Le pensez-vous vraiment?

— Je ne sais pas. Au début, je ne le pensais pas. Mais, maintenant, je me rends compte de tout ce qui lui a manqué par ma faute. Je lui ai fait perdre sa dignité. Je ne lui ai pas donné assez de mon temps. Et je n'ai peut-être pas eu suffisamment confiance en lui. Je n'ai même pas cru qu'il serait capable d'écrire un roman à succès.

— Vous ne respectiez pas sa personnalité?

— Je n'en sais rien. J'avais besoin de lui, mais je n'avais pas tellement de considération pour lui. Et, surtout, je ne voulais pas qu'il sût à quel point j'avais besoin de lui. J'essayais toujours de lui faire croire que c'était lui qui avait besoin de moi. J'ai été l'épouse idéale, n'est-ce pas?

— Sûrement pas, mais vous n'êtes pas la seule à faire des erreurs. Alors, pourquoi divorcer? Pourquoi ne pas clarifier la situation et garder ce que vous avez? Il y a pire et vous avez la chance de reconnaître vos erreurs. Ce n'est pas tellement courant. Ian voit-il les choses de la même façon que vous?

— Ça, je n'en ai aucune idée.

— Vous ne lui en avez même pas parlé? s'écria Martin d'un ton scandalisé. Il ne sait pas que vous voulez divorcer?

— Non, il n'en sait rien, répondit-elle avec une certaine dureté. Et… c'est exactement ce que je veux. Il est trop tard pour clarifier la situation. J'y ai beaucoup réfléchi et je sais que j'ai raison. Puisque nous n'avons pas d'enfants, il n'y a pas de raison d'attendre.

— J'admets vos arguments, Jessica, reprit Martin en mordillant la branche de ses lunettes. Vous êtes jeune. Vous pourriez regretter de rester mariée à un homme qui est en prison pour viol. Peut-être est-il préférable que vous vous libériez maintenant et que vous recommenciez votre vie.

— Je le crois, murmura-t-elle en ayant soudain l'horrible impression de trahir Ian.

Elle trouvait abominable de prendre une telle décision, mais elle s'y sentait contrainte. Elle n'arrivait pas, pourtant, à oublier la mise en garde de tante Beth, la veille au soir, quand elle avait quitté le ranch : « N'attendez pas d'approbation de ma part si vous faites des imbécillités. » S'agissait-il de sottises ? Pas le moins du monde. Restait à savoir comment allait réagir Ian. Elle était bien décidée à ne pas y attacher d'importance mais, hélas, elle s'en souciait. Elle s'en souciait même beaucoup.

— Est-ce que ça vous ferait changer d'avis, Jessica, s'il trouvait un éditeur ?

— Absolument pas. Car rien ne changerait pour autant. Il reviendrait plein d'amertume à cause des mois passés en prison. Il m'en voudrait encore plus qu'avant, parce que je recommencerais éventuellement à l'entretenir. Non, rien ne serait vraiment changé. Les droits d'auteur ne rapportent guère, à moins qu'il ne s'agisse d'un best-seller.

— Vous le croyez incapable d'écrire un livre qui soit un succès de librairie ?

Le ton de Martin, chargé de reproche, la remplit de honte.

— Ce n'est pas ce que j'ai voulu dire et ce n'est pas le plus important. Je veux dire que nos problèmes seraient les mêmes. La boutique… Le compte en banque… Non, Martin, je veux divorcer. J'en suis sûre.

— D'accord, Jessica, vous êtes assez grande pour savoir ce que vous voulez. Quand allez-vous en parler à Ian ?

— Je voulais lui écrire ce soir, dit-elle d'une voix hésitante, mais… j'espérais que vous iriez le voir.

— Pour lui annoncer la bonne nouvelle? demanda Martin avec lassitude. Franchement, Jessica, ce n'est pas mon rayon. Vous savez très bien que, d'habitude, je ne m'occupe pas de divorces.

«Surtout dans ces conditions», ajouta-t-il mentalement. Mais Ian était son client. Et il avait devant lui la femme de ce client qui le regardait comme si elle le tenait pour responsable de son envie de divorcer, comme si c'était lui qui avait brisé leur mariage. Pourquoi diable se sentait-il toujours coupable quand les choses tournaient mal?

— Bon, écoutez, je peux sans doute m'en occuper, mais j'aimerais savoir si ça risque d'être compliqué.

— Oh non! Ce sera terriblement simple. La boutique est à moi. La maison est en communauté. Je la vendrai s'il le désire et je lui verserai sa part. C'est tout. Je prendrai les plantes vertes et lui pourra récupérer ses manuscrits. C'est un divorce sans problème.

Elle n'avait pas parlé du mobilier car ils n'y tenaient ni l'un ni l'autre. Elle garderait, évidemment, les meubles qui lui venaient de ses parents. Ce serait sans contestation possible et même d'une simplicité accablante, après sept ans de mariage.

— Bon, si vous avez raison, ce sera expédié en deux temps trois mouvements, dit-il d'une voix mélancolique.

— Ce sera vite fait, mais pas forcément facile. Je vous en prie, allez le voir sans tarder.

— À la fin de la semaine. Et vous, ne pourriez-vous pas y aller aussi?

Elle secoua lentement la tête. Non. Elle avait vu Ian pour la dernière fois le jour où… il lui avait signifié qu'il ne voulait plus d'elle en la quittant brusquement et en la laissant avec un téléphone inutile entre les mains. Ses yeux se remplirent de larmes à cette évocation et Martin détourna la tête. Il n'aimait pas les attendrissements. Il les trouvait inutiles.

Jessica refoula ses pleurs.

— Non, Martin, murmura-t-elle, je ne le reverrai jamais!

Il lui expliqua alors qu'il lui faudrait six mois pour obtenir le divorce. Elle serait libre en septembre, un an après l'arrestation de Ian, un an après la faillite de leur mariage.

Avant de se rendre à la boutique, elle repassa à la maison prendre son courrier et trouva une lettre de Ian. Il s'agissait d'un mot très bref, accompagné d'un poème. Elle lut le tout avec tristesse, puis déchira soigneusement la feuille et la jeta. Mais le poème, contre son gré, avait pénétré sa mémoire et l'avait transpercée comme une minuscule épine. Elle se jura que c'était la dernière lettre de Ian qu'elle ouvrait. Elle ne voulait plus qu'il lui adressât de poème.

Toi, le soleil de liesse
Explosant au zénith
De mes jours,

Toi, l'immense caresse,
Le murmurant amour
De mes nuits,

Je te voudrais encore
Du soir, l'ardente rose
Et des feux de l'aurore,
La blanche apothéose.

Désormais, il n'y aurait plus d'aurore pour Ian, du moins en compagnie de Jessie. Mais elle avait l'impression d'avoir à elle seule tué le jour naissant, de l'avoir effacé du ciel, renvoyé dans la nuit. Elle se sentait coupable de sacrilège, coupable d'avoir, à cause de Ian, profané l'amour, cet amour même auquel elle ne voulait plus croire. Elle gardait pourtant une certitude, celle d'avoir pris la bonne décision.

28

Elle retrouva «Lady J» en excellent état. La présentation des articles, à l'intérieur, avait été modifiée et l'étalage, en vitrine, avait des allures de fête printanière. C'est Astrid elle-même qui s'en était occupée. Les délicats pastels aux nuances aussi variées que subtiles, choisis six mois plus tôt par Jessie à New York, faisaient énormément d'effet. Dans le bureau, il y avait deux nouvelles plantes à fleurs jaune vif, en plein épanouissement. Tout avait repris un aspect dynamique et ordonné. Au cours des quinze jours d'absence de sa propriétaire, «Lady J» avait récupéré sa vigueur d'antan : elle ressemblait exactement à ce qu'elle avait été lors de l'ouverture, quand Jessie avait du cœur à l'ouvrage et qu'elle dépensait ses réserves d'enthousiasme pour en faire un endroit exceptionnel. Cette fois, c'était au courage et à la ferveur d'Astrid qu'il fallait attribuer la renaissance de la boutique ; sans rien changer de façon radicale, elle avait fait redémarrer l'affaire. Katsuko et Zina avaient elles aussi l'air ragaillardi.

Kat, visiblement heureuse du retour de Jessie, lui demanda comment s'étaient passées ses petites vacances, tout en pensant que sa mine rayonnante parlait d'elle-même.

— Tu vois, la campagne m'a complètement retapée! Mais je suis confondue d'admiration devant les transformations. On croirait que vous avez même fait refaire les peintures. C'est sensationnel!

— Ce n'est que l'effet produit par tes propres achats. Tu avais drôlement bien choisi ta mode de printemps.

— Est-ce que ça se vend?

— Fantastiquement! Et attends de voir ce que j'ai commandé pour l'automne. Un tas de rouges, rouge orangé, rouge feu… Beaucoup de noir aussi et de merveilleux tricots en lamé argent pour les grands soirs.

Les bruns de l'automne dernier étaient déjà oubliés. Les couleurs de septembre seraient gaies, porteuses de chaleur, de force et d'espoir. Peut-être était-ce le signe que la vie recommençait, que sa vie à elle, Jessie, n'était pas finie. Mais elle ne tenait pas à se faire trop d'illusions sur ce qui l'attendait, car elle allait devoir affronter les gens et leur fournir des explications.

Elle s'installa dans son bureau et l'inspecta avec satisfaction. Elle avait l'impression réconfortante d'être enfin rentrée chez elle. Cela lui permit d'oublier un peu la pénible entrevue avec Martin. Elle prit la résolution d'écrire à Ian le soir même pour la dernière fois. Il était inutile qu'il y eût entre eux un long échange de lettres. Ian était trop habile quand il s'agissait d'écrire et elle ne supporterait pas de le lire. Les choses se passeraient beaucoup mieux par l'intermédiaire de leur avocat. Moins ils en diraient — moins ils en écriraient —, mieux cela vaudrait. Jessie avait mûrement réfléchi à sa décision et elle savait qu'elle ne reviendrait pas en arrière. Désormais, elle ne regardait que vers l'avenir et cesserait de ruminer douloureusement les souvenirs des années vécues avec Ian. Elle ne pouvait remonter le temps. Elle se disait qu'une partie de son passé ressemblait à un vêtement désuet : il était démodé.

— Jessie, tu as une minute? demanda Zina en montrant sa tête bouclée par l'entrebâillement de la porte.

Jessie l'accueillit avec un sourire. Elle se sentait plus mûre, plus calme, plus solide. Ses peurs avaient disparu avec sa fatigue. Pour la première fois depuis des mois, elle avait pris conscience que la solitude nocturne ne la terrifiait plus, que sa maison n'était plus hantée, que les fantômes n'y grouillaient plus. La veille au soir, elle s'était couchée sans crainte et elle avait très bien dormi.

— Tu peux entrer, Zina, j'ai tout mon temps, déclara-t-elle gaiement, comme si son séjour au ranch lui avait enseigné la patience et la pondération des gens de la campagne.

— Ah! tu as vraiment l'air d'aller bien, dit Zina d'un ton un peu gêné en s'asseyant en face du bureau.

Elle commença de lui poser des questions sur ses vacances et, chaque fois que la conversation tombait, elle reprenait un air hésitant. Jessie comprit vite qu'elle lui cachait quelque chose.

— Ça suffit comme ça, ma jolie! Maintenant, veux-tu me dire ce qui t'amène?

— Je ne sais pas trop comment commencer...

Rien qu'à voir son expression, Jessie sut ce qui allait suivre. Sans doute n'avait-elle pas été la seule à mal supporter les contraintes de ces derniers mois. Que les deux petites eussent tenu le coup aussi longtemps, c'était déjà surprenant! Ce devait être par pure loyauté envers elle qu'elles avaient patienté.

— Alors, tu me quittes? demanda-t-elle avec un soupir.

— Je... je me marie, répliqua Zina d'une voix mal assurée.

— Pas possible?

Jessie était ahurie d'apprendre que la jeune femme avait un amoureux. La dernière fois qu'elles avaient abordé le sujet, elle n'en avait pas! Mais combien de temps cela faisait-il? Un mois, deux mois? En fait, cela devait bien faire six mois que Jessie était trop occupée par son propre drame pour se soucier de la vie des autres.

— Je vais me marier dans trois semaines.

— Eh bien, Zina, quelle bonne nouvelle! Pourquoi prends-tu cet air mortifié, petite sotte?

— Ça m'embêtait tellement de te lâcher, expliqua Zina, soulagée par le sourire radieux de Jessie. Mais figure-toi que nous allons habiter Memphis.

Jessica se mit à rire. Pour elle, habiter Memphis aurait ressemblé à un enterrement de première classe. Mais, visiblement, Zina ne voyait pas les choses de cette façon. Maintenant qu'elle avait lâché le morceau, elle avait l'air aux anges.

— Je l'ai rencontré à Noël, j'étais invitée à une soirée. Jessie, si tu savais comme il est beau! C'est un type formidable, j'en suis folle et nous voulons avoir un tas de gosses!

Émue de son bonheur évident, Jessie se leva pour l'embrasser affectueusement.

— Tiens, regarde ma bague, reprit Zina, rayonnante comme une petite fiancée d'autrefois, en exhibant avec une fierté naïve un minuscule diamant.

— Avais-tu déjà cette bague quand je suis partie il y a quinze jours? demanda Jessie qui avait l'air de tomber de la lune.

— Non, il me l'a donnée la semaine dernière. Mais je n'ai pas osé t'écrire, j'attendais ton retour.

Astrid avait, en effet, défendu formellement d'annoncer à Jessie toute nouvelle qui aurait pu la troubler, de même qu'elle n'avait pas voulu lui faire suivre le courrier contenant les réclamations des fournisseurs inquiets de n'être toujours pas payés.

— Elle est belle, hein, ma bague?

— Elle est superbe! Tu es une gentille fofolle, je t'aime beaucoup et je suis absolument enchantée pour toi!

Jessie ne pouvait pourtant se défendre d'une douloureuse appréhension. Si Zina se mariait, elle divorcerait un jour. Mais pourquoi s'en préoccuper d'avance ? De tout cœur, Jessica fit des vœux pour que Zina eût mis dans le mille du premier coup.

— Je suis très embêtée de te prévenir si tard, Jess. Mais nous venons juste de prendre notre décision, je te le jure !

Le sourire épanoui de la jeune femme démentait les accents contrits de sa voix.

— Arrête de t'excuser, au nom du ciel ! Je suis très contente d'être revenue à temps. Où vous mariez-vous ?

— À La Nouvelle-Orléans. Sinon, ma mère me tuerait. Ce mariage lui fait déjà perdre la tête et je vais aller la voir dans quinze jours. Elle vient juste d'apprendre la nouvelle et, hier soir, elle m'a déjà passé quatre coups de fil. Papa est dans tous ses états, lui aussi.

— As-tu besoin d'une robe de mariée ?

— Non, je porterai celle de mon arrière-grand-mère.

— Alors, tu as sûrement besoin d'un trousseau… Et d'un costume de voyage… Et…

— Oh oui !… Mais, Jessie, non !… Je ne veux pas que tu fasses ça !

— Occupe-toi de tes affaires ou je te flanque à la porte, répliqua Jessie en riant et en la menaçant du doigt.

D'un air décidé, elle ouvrit brusquement la porte de communication et entraîna Zina en faisant mine de la présenter à une Katsuko médusée.

— Kat, voilà une nouvelle cliente, Mlle Nelson. Je te la recommande particulièrement. Elle a besoin d'un trousseau.

D'abord interdite, Katsuko se mit à rire avec les deux autres. Elle avait partagé les craintes de Zina et se trouvait soulagée de constater que tout s'était bien passé. Depuis deux mois, les relations avec Jessie étaient plus que tendues.

C'était une chance qu'elle eût retrouvé sa bonne humeur. Kat débordait de contentement à la pensée de choisir un trousseau pour Zina.

— Kat, toutes les couleurs de printemps vont lui aller à ravir. Donne-lui tout ce qu'elle veut avec une démarque de dix pour cent. Comme cadeau de mariage, moi, je vais lui offrir un ensemble pour son voyage de noces. Mais, au fait, je sais parfaitement lequel lui conviendra!

Les yeux brillants de plaisir, elle s'en fut à grands pas dans la réserve et en revint avec un superbe tailleur de soie beige importé de Paris. La jupe avait une ligne allongeante et la veste, remarquablement bien coupée, permettrait d'atténuer l'exubérance du buste de Zina. Jessie y ajouta un chemisier de soie vert menthe. L'ensemble était si réussi que Zina, ravie, paraissait au bord de la pâmoison.

— Avec des sandales beiges un peu habillées et un chapeau assorti, tu seras renversante, ma Zina!

Katsuko elle-même restait béate d'admiration. Et Zina était d'autant plus impressionnée qu'elle savait que le costume coûtait quatre cents dollars.

— Non, Jessie, finit-elle par murmurer. Pas celui-là!

— Si, justement, celui-là, répliqua Jessica d'une voix douce. À moins que tu n'en préfères un autre.

Zina accepta, éperdue de reconnaissance. Jessie la serra amicalement dans ses bras et, après un dernier coup d'œil de connivence, elle retourna dans son bureau. Elle était satisfaite de ce début de matinée et, pour continuer sur sa lancée, elle essaya de mettre à exécution l'idée géniale qui venait de lui traverser la tête.

Elle réussit bientôt à joindre Astrid chez son coiffeur.

— Quelque chose ne va pas? demanda celle-ci, inquiète.

Peut-être Jessie était-elle mécontente de la vitrine ou désapprouvait-elle les décisions prises en son absence à propos du stock! Astrid s'était sentie si mal à l'aise en prenant le téléphone qu'elle ne s'était pas rendu compte tout de suite que la lotion qui dégoulinait de ses cheveux était en train de tacher ses luxueux escarpins de daim neufs.

— Non, Astrid, tout va bien! Mais cherchez-vous toujours du travail?

— Est-ce que vous vous fichez de moi?

— Pas du tout. Zina nous quitte, tout simplement. Elle se marie. Je suis peut-être folle... Avec votre présence, la boutique risque d'avoir trois directrices super-qualifiées et pas d'employées! Pourtant, si vous acceptez pour un temps de ne pas être payée en rapport avec vos capacités, le boulot est à vous.

— Oh! je le prends tout de suite, Jessie! s'écria Astrid, trop heureuse pour s'inquiéter davantage de l'état de ses chaussures.

— Très bien. Vous êtes embauchée. Voulez-vous déjeuner avec moi?

— J'accours. Ah non! Zut... J'ai les cheveux tout mouillés! Donnez-moi une heure. Écoutez, Jessie... Merci. Vous êtes un amour.

Elles furent quatre cet après-midi-là à fermer la boutique. Elles tirèrent le rideau de fer une demi-heure plus tôt que d'habitude et Jessica sortit alors la bouteille de champagne qu'elle s'était fait apporter dans l'après-midi. En effet, Zina avait décidé de partir plus tôt que prévu puisque la venue d'Astrid rendait désormais sa présence inutile. La bouteille fut vidée en un clin d'œil. Jessie profita de la voiture d'Astrid pour rentrer.

— Est-ce que je peux vous offrir un verre chez moi, Jess? Je n'ai pas fini de fêter mon entrée en fonctions.

Jessie déclina l'invitation. Les incidents de ce jour-là, à commencer par la visite à l'avocat, l'avaient fatiguée. Elle s'étonna d'avoir oublié toute la journée son histoire de divorce, comme si l'entrevue avec Martin avait daté de

Mathusalem. Elle aurait aimé que cette affaire fût déjà réglée depuis longtemps.

— Non, vraiment, Astrid. Pas ce soir.

— La patronne craindrait-elle la trop grande familiarité de ses employées?

— Il ne s'agit pas de ça, espèce de cinglée! répliqua Jessie en riant. Je suis simplement exténuée et le champagne m'a rendue pompette. En plus, j'ai une lettre à écrire…

— À Ian? demanda Astrid, soudain alarmée.

— Oui, à Ian, répondit Jessie avec tristesse.

Compatissante, Astrid lui serra amicalement la main. Jessie sortit de la voiture en faisant un petit signe d'adieu. Après avoir ouvert sa porte, elle resta un moment dans l'entrée. La maison était encore éclairée par le soleil, mais le calme qui y régnait paraissait intolérable. Cette quiétude n'était pas à proprement parler effrayante. Elle donnait seulement l'impression d'un grand vide. Qui allait se soucier désormais de l'existence de Jessie? Il n'y aurait plus personne pour s'inquiéter de ses retards, pour attendre son retour et pour se demander ce qui lui était arrivé. Il manquait à la maison celui vers qui se tourner avec bonheur chaque matin au réveil, pour qui se faire du souci de temps en temps ou s'efforcer de confectionner de bons petits plats… Un grand sentiment de néant envahissait Jessie. Bouleversée, elle contempla longuement ces lieux qu'elle avait tant aimés et qui lui faisaient désormais l'effet d'une coquille vide. Ou plutôt d'une sorte de monument commémoratif. Elle viendrait s'y réfugier passivement chaque soir après sa journée de travail. La maison, comme le reste, appartenait maintenant au passé. Tout allait si vite : on quittait son travail, on changeait de vie et l'on déménageait; d'autres prenaient la place des disparus; Zina allait se marier, Astrid travaillait à la boutique, Ian était absent et, dans six mois, Jessie serait divorcée.

Accablée par ces réflexions, Jessie se laissa tomber plus qu'elle ne s'assit sur la chaise du vestibule, sans même retirer son manteau et son sac à bandoulière. Divorcée!

Il était près de minuit quand elle colla le timbre sur l'enveloppe. Elle avait l'impression d'être arrivée au bout de son existence car elle avait pris la décision d'en chasser Ian pour toujours. Désormais, elle ne pourrait plus compter que sur elle-même.

29

— TIENS, vous voilà sur votre trente-et-un! Qu'est-ce que vous fabriquez donc ce soir?

Astrid, la mine embarrassée, continua de boutonner son manteau de vison. On était en mai, mais les soirées restaient fraîches. Et elle savait que la fourrure lui allait bien.

Jessie venait de fermer la boutique. Les affaires allaient de mieux en mieux et elle s'entendait à merveille avec Astrid et Kat. À elles trois, elles formaient une équipe remarquable, le travail leur procurait beaucoup de plaisir et la boutique prospérait à nouveau. Les réclamations des fournisseurs se faisaient de plus en plus rares et Jessica était visiblement rassurée.

— Eh bien, vilaine curieuse, répliqua Astrid à l'interrogation amusée de Jessie, il se trouve que j'ai un rancard!

Jessica éclata de rire en la voyant aussi confuse et rougissante qu'une adolescente à son premier rendez-vous.

— Et vous prenez déjà l'air coupable! Qui est l'heureux privilégié?

— Bah! un crétin dont j'ai fait la connaissance par un ami.

— Quel âge a-t-il? demanda Jessie qui soupçonnait Astrid de ne pas réussir à oublier Tom et de ne s'intéresser qu'aux hommes de plus de soixante ans.

— Quarante-cinq, répondit-elle en ajustant le col de son vison avec un air de vierge effarouchée.

— Au moins, c'est un âge normal. Pour changer.

— Merci, tante Jessie, répliqua Astrid sans s'offusquer.

— Comme par hasard, reprit Jessica en sortant un peigne de son sac, j'ai un rendez-vous, moi aussi.

— Oh! Avec qui?

C'était au tour d'Astrid de se moquer de son amie et elle n'avait pas l'intention de s'en priver. Jessie était beaucoup sortie ces dernières semaines. Avec des jeunes et avec des vieux. Avec un photographe, un banquier et, une fois même, avec un étudiant en droit.

— Ce soir, c'est avec un ami d'amis de New York. Il n'est à San Francisco que pour une semaine. Mais, après tout, pourquoi pas? Au téléphone, il m'a paru décent, avec un certain sens de l'humour. Il semble avoir la repartie facile. J'espère qu'il se conduira correctement.

Elle soupira en remettant le peigne dans son sac. Ses cheveux, bien lissés, tombaient sur ses épaules comme un voile de soie blonde.

— C'est *vous* qui vous inquiétez de la façon dont il se conduira? Grande comme vous êtes, vous aurez toujours le dessus dans la bagarre!

— J'ai cessé de me battre dès l'âge de neuf ans.

— Et pourquoi donc?

— Je suis tombée sur un gamin qui était plus fort que moi et ça m'a fait très mal.

— Je vous ramène?

— Non, merci, ma chérie. Il vient me chercher. Je me suis dit que j'allais l'emmener *Chez Jerry*.

Astrid n'approuva qu'à demi. Il s'agissait de la dernière boîte à la mode, hantée surtout par des secrétaires et des hommes qui ne cherchaient qu'une aventure d'un soir. Ce n'était pas son genre, elle s'y sentait déplacée. Elle, ce soir-là, avait l'intention d'aller dîner à *L'Étoile*. C'était un endroit qui lui convenait mieux et qui aurait aussi mieux convenu à Jessie. Mais Jessie tenait à rompre avec ses habitudes, à trouver un nouveau style de vie, n'importe lequel. Bien qu'elle sût parfaitement que cette boîte n'était pas pour elle, elle trouvait distrayant de contempler la faune qui s'y bousculait et de se perdre dans le vacarme.

— À demain.

En sortant, Astrid croisa un jeune homme devant l'entrée. Il était légèrement plus grand que Jessie et il avait une masse de cheveux bruns en désordre. Vêtu d'un jean et d'un pull gris à col roulé, il lui parut plutôt joli garçon, mais d'allure négligée. Elle se demanda comment Jessie pouvait supporter les jeunes gens qu'elle s'était mise à fréquenter. Ils se ressemblaient tous, quelle que fût la couleur de leurs cheveux, ils étaient habillés de la même façon, ils avaient tous un air lugubre et fiévreux de grands enfants obsédés par le sexe. Astrid se félicita de ne plus avoir trente ans et de ne pas s'intéresser aux hommes qui manquaient de maturité. Avec mélancolie, elle entra dans sa Jaguar et mit le contact tout en se demandant ce que devenait Ian. Depuis un mois elle avait envie de lui écrire, mais elle n'osait pas, craignant que Jessica n'y vît une trahison. En vidant la corbeille du bureau qu'elle partageait maintenant avec son amie, Astrid avait constaté que Jessie déchirait toutes les lettres de son mari sans les ouvrir et qu'elle se montrait extrêmement butée quand elle avait pris une décision. Avant de s'éloigner, elle eut le temps de voir Jessica ouvrir la porte à son jeune visiteur.

— Salut, Mario. Je suis Jessie.

Avec un sourire froid, l'inconnu ignora la main tendue.

— Alors, c'est ici que vous travaillez, dit-il seulement.

Ni bonjour, ni parole aimable. Il ne s'était même pas présenté. Il se contentait d'inspecter les lieux et la jeune femme qu'il avait devant lui, comme si elle faisait aussi partie des meubles. Il faisait un constat, rien de plus.

— Oui, c'est ici, répliqua-t-elle en se gardant bien de lui indiquer qu'elle était la propriétaire de la boutique.

— Ah! je crois que j'ai croisé votre patronne avant d'entrer. Une nana décatie en manteau de fourrure... Alors, on y va?

Jessie ressentit immédiatement de l'irritation. Non seulement Astrid n'était pas «une nana décatie», mais encore elle était son amie!

L'atmosphère surchauffée de *Chez Jerry* n'eut pas l'air d'intéresser !e garçon, mais cela ne l'empêcha pas de prendre quatre verres de suite. Il expliqua à Jessie qu'il était auteur dramatique, ou plutôt qu'il essayait de l'être et qu'il assurait sa vie quotidienne en donnant des leçons d'anglais, de maths et d'italien. Il avait grandi à New York, dans les rues chaudes d'un faubourg misérable du West Side. Du moins, c'est ainsi qu'il présenta les choses, car il ressemblait davantage à un fils de petits-bourgeois banlieusards qu'à un gars des quartiers pauvres. Visiblement, il avait choisi de son plein gré de vivre dans la crasse, la grossièreté et la muflerie. Jessie se demanda ce qui avait bien pu pousser ses amis à lui envoyer ce triste personnage. En fait, il s'agissait plutôt de relations d'affaires que de vrais amis... Mais pour qui la prenaient-ils?

— Parlez-moi donc un peu de New York. Il y a longtemps que je n'y ai pas mis les pieds.

— Ah oui? Combien de temps?

— Presque huit mois.

— Ça n'a pas changé. La semaine dernière, j'ai été à une de ces partouzes! Et, surtout, il y avait de la came de première!... Comment ça se passe ici?

— La came? Je ne sais pas.

— Alors, c'est pas votre truc?

413

Il avait l'air de s'embêter comme un rat mort et il faisait de grands efforts pour paraître cynique. C'était le parfait petit citadin à la redresse que la confrontation avec les débiles de la province écœurait complètement. Jessie se mit à faire des vœux pour que quelqu'un eût l'idée de le zigouiller sur-le-champ.

Il revint à la charge.

— Comme ça, vous ne prenez pas de came?

— Non, mais je me sens bien ici. C'est une ville très agréable.

— Pour moi, c'est vraiment un trou pas possible!

Elle se tourna vers lui avec son plus beau sourire, dans l'espoir de le mettre mal à l'aise. Elle commençait à en avoir plein le dos de Mario-le-dramaturge.

— Eh bien, Mario, ce n'est sans doute pas aussi excitant que votre faubourg de New York, mais nous avons nos distractions.

— Question culture, c'est le degré zéro, à ce qu'on m'a dit.

— Ça dépend à qui vous parlez, répliqua Jessie, ahurie par tant de prétention. Il y a des écrivains qui vivent ici. De bons écrivains. Même de très bons.

Évidemment, c'était à Ian qu'elle pensait et elle aurait aimé flanquer son nom à la figure de cet abruti! Ian était un être supérieur. Il avait du charme et de l'esprit. Et il était beau. Que faisait-elle en compagnie de ce porc, de cet em… poisonneur?

— Ah bon? Qui ça?

— Qui ça quoi? demanda-t-elle, incapable de retrouver le fil de la conversation.

— Vous parliez de bons écrivains et, moi, je vous demande des noms. Vous pensez à des auteurs de science-fiction?

Son air de profond dégoût et son sourire impudent donnaient envie de lui enfoncer son verre de vin entre les dents.

— Pas seulement à des auteurs de science-fiction. Je pense à des auteurs de romans, que ce soit des romans réalistes ou des œuvres d'imagination.

Elle chercha des noms pour l'impressionner et elle se rendit compte que tous ceux qu'elle énumérait étaient des amis de Ian. Mario l'écouta sans faire de commentaires. Jessie bouillait de rage.

— Vous savez ce qui me tue? reprit le jeune homme.

Impatiente, Jessie fit signe que non.

— C'est qu'une bonne femme qui a de la conversation se contente de vendre des robes dans une boutique. Je ne sais pas pourquoi, mais je m'étais figuré que vous faisiez un boulot un peu plus créateur.

— Écrire, par exemple?

— Écrire, peindre, sculpter... Enfin, quelque chose qui ait du sens. Est-ce que c'est une existence de vendre des robes pour le compte d'une mémé en manteau de fourrure?

— Bah! vous savez bien que, dans la vie, on fait ce qu'on peut, répliqua Jessie en maîtrisant du mieux possible le tremblement de son sourire. Mais, dites-moi, quel genre de pièces écrivez-vous?

— Du nouveau théâtre. Rien que des filles sur scène et toutes à poil. En ce moment, je suis en train de pondre un truc super. Mon second acte sera vachement chiadé. On va y voir un couple de gouines faire l'amour entre elles après l'accouchement d'une des deux.

— Ça promet d'être très marrant! hurla Jessie d'une voix perçante. Dites donc, vous n'auriez pas faim, par hasard?

La perspective de le supporter encore le temps d'un dîner ne lui disait pourtant rien. Elle avait envie de prétendre qu'elle venait d'être prise d'un accès de peste bubonique, d'invoquer n'importe quel prétexte pour lui échapper. Mais elle se résigna. Ce n'était pas la première de ses mésaventures. Elle tombait plus souvent qu'elle ne voulait l'admettre sur ce genre de lascars.

— Oh! j'aurais rien contre une bonne bouffe!

Elle lui proposa plusieurs adresses et il choisit un restaurant mexicain en disant qu'à New York la bonne cuisine mexicaine était rare. En cela au moins, il faisait preuve d'un certain bon sens. Elle le conduisit dans un petit établissement de Lombard Street. La clientèle n'avait rien de sélect, mais le menu était intéressant.

Après dîner, elle bâilla ouvertement à plusieurs reprises en espérant qu'il comprendrait, mais il resta sans réaction. Il voulait savoir à quoi ressemblaient les plaisirs nocturnes de San Francisco, si jamais ils existaient. Jessie n'avait pas la moindre intention de le suivre, ni ce soir-là ni jamais, et elle l'incita à prendre plutôt un café dans Union Street, pas loin de chez elle. Après avoir avalé un capucino, elle le laisserait choir. Elle se disait que, de toute façon, un café lui ferait du bien après les trois ou quatre verres de vin qu'elle avait ingurgités en mangeant. Mario en avait bu deux fois plus, sans compter les apéritifs de *Chez Jerry*, et il commençait à bafouiller.

Quand ils furent installés, lui devant un Irish coffee et elle devant un capucino mousseux, il lui jeta un coup d'œil vaguement appréciatif.

— Vous n'êtes pas trop mal roulée, déclara-t-il ensuite d'un ton neutre, à la manière d'un biologiste qui vient de déterminer, après analyse, à quel groupe sanguin appartient son client.

— Merci.

— Où habitez-vous, à propos?

— Pas très loin, dit-elle en plongeant les lèvres dans la mousse crémeuse.

Elle tenait à rester évasive. Elle avait assez vu Mario et ne voulait pas lui donner son adresse.

416

— Là-bas, en haut de la côte?

— Non, plutôt vers le milieu. Pourquoi?

— Parce que je ne tiens pas à me fatiguer davantage, ma jolie, voilà pourquoi, dit-il avec un sourire égrillard. Je suis déjà sur les rotules et j'ai un petit coup dans le nez.

— Pas de problème, Mario, répliqua Jessie en essayant de cacher son écœurement. Nous allons prendre un taxi et je me ferai un plaisir de vous déposer là où vous logez.

— Qu'est-ce que ça veut dire «là où vous logez»? balbutia-t-il, partagé entre la colère et l'incompréhension.

— Voyons, vous êtes un garçon intelligent. Vous n'avez pas saisi ce que ça voulait dire?

— J'ai cru comprendre une minute que vous étiez une foutue garce! Mais pour moi ça ne fait pas un pli. Je loge chez vous.

Elle faillit lui dire qu'elle était mariée, mais elle sentit qu'elle ne s'en débarrasserait pas aussi facilement. Comment lui expliquer, en effet, pourquoi elle avait accepté de dîner avec lui?

— Mario, reprit-elle gentiment, vous vous êtes trompé. Il y a un problème. Les provinciaux sont plus réservés que les gens de New York. Enfin, moi, je suis comme ça…

— Et ça signifie quoi? demanda-t-il, le visage mauvais, en se tassant un peu sur sa chaise.

— Ça signifie que je vous suis très reconnaissante pour cette agréable soirée.

Elle se mit à boutonner sa veste, puis elle se leva d'un air songeur. Mais il se pencha aussitôt par-dessus la table pour l'attraper par le bras. Il lui serrait le poignet si violemment qu'elle faillit crier de douleur.

— Écoute, salope, t'as accepté de dîner, oui ou non? Est-ce que tu me prends pour un connard?

Devant son visage révulsé de haine, Jessie aurait payé cher pour ne pas être là. Soudain, la petite conversation qu'elle avait eue avec Astrid un peu plus tôt lui revint à l'esprit : si ce garçon continuait à l'embêter, elle pourrait toujours lui taper dessus!… D'un coup sec, elle dégagea son poignet et regarda son adversaire avec une telle détermination qu'il n'osa pas insister.

— Je ne sais pas pour qui vous vous prenez, mon petit monsieur. Mais, moi, je sais pour qui je vous prends. Et je sais aussi que si jamais vous remettez la main sur moi vous le regretterez! Bonsoir.

Elle avait disparu avant qu'il fût revenu de sa surprise. Ce fut ensuite aux malheureux serveurs de supporter le poids de sa colère. D'un geste brutal, il flanqua par terre tout ce qu'il avait devant lui. Il fallut deux hommes pour le maîtriser et le persuader d'aller prendre l'air.

À ce moment-là, Jessica était déjà presque arrivée chez elle. Elle avait fait le chemin à pied et, dans la dernière montée, en sentant la brise nocturne lui caresser le visage, elle se rendit compte qu'elle avait retrouvé tout son calme. Bien qu'elle eût passé une soirée détestable, elle avait l'impression de s'être bien tirée d'affaire. Les types de cet acabit avaient le don de la crisper mais elle savait les envoyer promener et s'en sortir sans dommages. Ce genre de soirées l'avait terrorisée, au début. Maintenant, elle savait qu'il y avait sur terre plus de tordus, d'hurluberlus et de raseurs que de types bien. Les hommes convenables ne couraient pas les rues : ou ils étaient mariés, ou ils se cachaient soigneusement. Quant aux autres, ils semblaient tous pareils. Ils buvaient trop, ils riaient trop fort ou pas du tout; ils étaient prétentieux, névrosés ou vaguement homosexuels; ils s'adonnaient à la drogue ou à la sexualité de groupe; ou encore ils tenaient absolument à avouer qu'ils étaient impuissants depuis des années à cause de la méchanceté de leur ex-épouse. Jessie finissait par se dire qu'elle ferait mieux de rester le soir tranquillement chez elle. Décidément, la vie libertine n'était pas très drôle.

— Vous vous êtes bien amusée, hier soir?

Ce fut Jessie qui posa la question la première, le lendemain matin, en arrivant à la boutique. De cette façon, elle pensait détourner la curiosité d'Astrid, car elle n'avait pas envie de parler de Mario.

— Oui, j'ai passé une très bonne soirée, en fait. Je suis assez contente.

Elle avait l'air heureuse, détendue et presque étonnée. Elle n'attendait jamais grand-chose d'une rencontre et elle différait beaucoup, en cela, de Jessie. Elle était aussi moins exigeante qu'elle.

— Et pour vous, ça s'est bien passé? Il me semble que j'ai croisé votre jeune homme en sortant.

— Oui, c'est exact. Dommage que vous ne lui ayez pas fait un croc-en-jambe au passage!

— Etait-ce si affreux? demanda Astrid avec une gentillesse qui rendait la confidence d'autant plus pénible.

— Pire que tout ce que je pouvais imaginer! Bon, n'en parlons plus.

Astrid ne fut pas étonnée. Le jeune homme lui avait fait mauvaise impression. Avec un sourire contraint, Jessie se mit à parcourir son courrier et à séparer les lettres des factures. Elle ne s'arrêta qu'un moment pour contempler une longue enveloppe blanche ordinaire qu'elle finit par déchirer et jeter à la corbeille. «Une autre lettre de Ian», songea Astrid avec tristesse. Elle trouvait cela si méchant, si injuste de la part de Jessie! Ian savait-il ou soupçonnait-il que Jessie ne lisait pas ses lettres? Astrid était ulcérée que personne n'eût de ses nouvelles.

— Ne prenez pas cet air-là, Astrid.

— Quel air? fit-elle en sursautant.

— L'air navré chaque fois que je fiche ces lettres au panier!

Affectant l'indifférence, Jessie continua de trier son courrier, mais ses mains tremblaient.

— Pourquoi faites-vous une chose pareille?

— Parce que nous n'avons plus rien à nous dire. Je ne veux rien savoir, rien entendre et rien lire. La complaisance ne mène à rien. Je ne veux pas me laisser embarquer dans quelque forme de dialogue que ce soit.

— Pourquoi ne pas lui donner une chance de dire ce qu'il pense? Ça paraît très injuste, plaida Astrid d'un ton presque suppliant.

— Aucune importance! répliqua Jessie en évitant son regard. Je me fiche pas mal de ce qu'il peut dire et je sais ce que j'ai à faire. Il ne ferait que me mettre des bâtons dans les roues, car il ne peut plus rien changer.

— Mais êtes-vous bien sûre de vouloir divorcer?

Jessica releva la tête pour la regarder dans les yeux.

— J'en suis parfaitement sûre.

Oui, elle devait divorcer en dépit des Mario et compagnie, de sa peur de la solitude et de la vacuité de sa vie. Mais cela ne voulait pas dire qu'elle en était heureuse.

Deux clientes entrèrent alors dans la boutique, ce qui mit fin à la discussion. Katsuko était sortie et ce fut Astrid qui proposa à Jessie de s'occuper des arrivantes. Jessica s'enferma discrètement dans son bureau et son amie comprit ce que cela signifiait: défense de parler de Ian!

Elles furent très occupées toute la journée, toute la semaine et tout le mois. La boutique avait retrouvé son attrait et la clientèle affluait pour les achats d'été.

De temps en temps arrivaient des cartes postales de Zina, déjà enceinte. Katsuko avait décidé de laisser repousser ses cheveux. Mille petits détails quotidiens suffisaient, comme jadis, à remplir l'existence. On se demandait qui irait faire un voyage en Europe, quelle serait la longueur des jupes pour la saison prochaine et à quel moment l'on referait la peinture de la devanture. On s'intéressait à la pousse des nouveaux géraniums que Kat cultivait dans son appartement transformé en jardin miniature. Jessica était soulagée d'être revenue à cette aimable routine. La vie avait été trop sinistre jusque-là et il était bon qu'elle eût retrouvé la légèreté d'une œuvre de Mozart : pleine de charme, d'aisance, de lumière. Et, depuis qu'elle avait résolu de divorcer, toute autre décision lui semblait facile à prendre.

On aurait presque pu croire qu'aucune catastrophe ne s'était produite. Jessie avait remis dans le coffre de sa banque l'émeraude de sa mère. Il n'y avait plus d'hypothèque sur la maison ni sur la boutique. «Lady J» recommençait à faire des bénéfices. Mais il fallait admettre que les changements avaient été importants et nombreux. Le caractère même de Jessie avait évolué. Elle était devenue plus indépendante, moins craintive et plus mûre. En tout état de cause, la vie continuait.

Un matin que les trois amies prenaient ensemble une tasse de café, Jessica se leva d'un bond pour aller explorer quelques-unes des rangées de robes qui étaient suspendues dans la boutique. Astrid se moqua d'elle en la voyant examiner soigneusement les petites tailles.

— Auriez-vous l'intention de rapetisser de dix à vingt centimètres?

— Vous, ça va! répliqua-t-elle, à la fois amusée et méditative. Dis-moi, Kat, quelle taille prend Zina, d'habitude?

— Oh! c'est compliqué! Un trente-six pour le bas et un quarante-quatre pour le haut.

— En effet! Mais pour une robe large, froncée sous l'empiècement, quelle taille lui donnerais-tu?

— Quarante, quarante-deux.

— C'est précisément ce que je cherche, dit-elle en jetant un petit coup d'œil triomphant à Astrid. Je me suis dit que nous devrions lui faire un cadeau. Le garçon qu'elle a épousé n'est pas bien riche et elle doit avoir du mal à s'habiller maintenant qu'elle est enceinte. Qu'est-ce que vous pensez de celles-ci?

Elle retira du porte-vêtements trois jolies robes à smocks aux couleurs douces et fraîches de la mode printanière, dans les tons bonbon fondant.

— Super! s'écria Kat.

— C'est une délicate attention de votre part! déclara à son tour Astrid d'un ton où perçait un peu d'émotion.

Embarrassée par ces compliments, Jessie tendit en souriant les trois robes à Katsuko.

— Il me semble que c'est normal, murmura-t-elle en se rasseyant pour finir sa tasse de café. Envoie-lui tout ça aujourd'hui, Kat. Crois-tu que nous devrions donner aussi quelque chose pour le bébé?

— Ne le faites pas encore, puisqu'il ne sera là que dans deux mois. De plus, on dit que ça porte malheur, dit Astrid avec gêne. Mais qu'est-ce qui vous pousse tout d'un coup à vous intéresser aux bébés, Jessie?

— Je me suis dit qu'étant donné que je n'aurai jamais d'enfants, je ferais mieux de me mettre à gâter ceux des autres. Et si je sais y faire, Zina me demandera peut-être d'être la marraine.

Astrid éclata de rire et Katsuko s'empressa de plier soigneusement les robes avant de les envelopper dans un papier de soie jaune. Ce faisant, elle jeta un coup d'œil en coin à Jessie qui, aussitôt, se leva et s'éloigna de quelques pas, le visage assombri. Pour la première fois de sa vie, elle se mettait à regretter de ne pas avoir d'enfants et elle ne comprenait pas bien ce qui lui arrivait. Elle finit par se dire qu'elle devait être prête à tourner la page et à tomber amoureuse d'un autre que Ian.

— Écoute, Jessie, je suis sûre que Zina va être ravie. Mais qu'est-ce qui peut te faire croire que tu n'auras jamais d'enfants?

Katsuko semblait perplexe. Comme Jessie n'avait jamais abordé le problème de la maternité avec elle, elle avait toujours cru qu'il s'agissait d'un choix délibéré. Jusque-là, si Jessie ne s'était jamais livrée, c'est parce qu'en fait elle n'était pas de ces femmes qui discutent de leur vie privée et de leurs désirs les plus intimes avec leurs collègues de travail. Mais, ces derniers temps, puisqu'elle ne pouvait plus se confier à Ian, elle semblait devenir un peu plus expansive et même souvent désireuse de dire ses secrets.

À la question de Kat, elle revint sur ses pas et reprit son fauteuil.

— C'est *moi* qui déclare que je n'aurai jamais d'enfants, répliqua-t-elle. Quand on regarde autour de soi, on n'a guère envie de propager l'espèce. On peut craindre que les enfants ne ressemblent à leur père... Des niais, des sots, des débiles et des cinglés. Sans compter les crétins qui se bousillent la cervelle en prenant de l'acide, les salauds qui trompent leur femme et tous les pauvres mecs qui n'ont aucun sens de l'humour! Me voyez-vous demander à l'un de ces cocos-là de m'épouser et de me faire un gosse? Et puis, de toute façon, je suis trop vieille.

— Ne soyez pas stupide, dit Astrid.

— Je suis seulement honnête avec moi-même. Si je projetais maintenant d'avoir un gosse, j'aurais peut-être trente-trois ou trente-quatre ans quand il naîtrait. C'est beaucoup trop vieux. Il faut faire ça à l'âge de Zina. Quel âge a-t-elle, au fait? Dans les vingt-six, vingt-sept, n'est-ce pas?

Kat acquiesça pensivement, puis posa soudain la question qui lui brûlait les lèvres:

— Regrettes-tu de ne pas avoir eu d'enfants avec Ian?

Il y eut un lourd silence. Astrid s'attendait à une explosion de colère ou de révolte, mais Jessie garda son calme.

— Je ne sais pas. Peut-être que oui. Peut-être aussi que je ne me rends pas très bien compte de ce qu'est un enfant. Mais je trouve que c'est triste ou, plus exactement, que c'est un horrible gaspillage d'avoir vécu de longues années avec quelqu'un et de se retrouver les mains vides. Quelques livres, quelques plantes vertes, quelques meubles, une voiture à mettre à la casse, c'est tout ce qui me reste. Rien de réel, rien qui dure, rien qui puisse témoigner de l'existence d'un couple, même si le couple n'existe plus, rien qui puisse proclamer qu'on s'est aimés, même si l'amour a disparu.

Les yeux brillants de larmes, elle se leva en haussant les épaules. Évitant le regard de ses amies, elle prit un air brusquement affairé et se dirigea vers son bureau.

— On ne peut rien y changer. Allons, mesdames, remettons-nous au boulot. Kat, n'oublie surtout pas d'envoyer immédiatement les robes à Zina.

Elle s'enferma et ne réapparut qu'à l'heure du déjeuner. De toute la matinée, Astrid et Kat n'osèrent pas faire de commentaires entre elles.

Cela mis à part, elles n'allaient pas trop mal, toutes les trois. Jessie était parfois un peu perturbée de ne rencontrer que des hommes qui lui déplaisaient, mais elle ne se sentait pas malheureuse. Il n'y avait plus de drames ni de vraies crises dans sa vie. Astrid, de son côté, continuait à sortir avec celui dont elle avait fait la connaissance au début du printemps et cette fréquentation lui plaisait plus qu'elle ne voulait l'admettre. Son ami l'emmenait beaucoup au théâtre, il collectionnait les œuvres d'un jeune sculpteur inconnu et il possédait une petite maison à Mendocino qu'Astrid avouait connaître. Elle y passait ses week-ends, ce qui expliquait ses disparitions du vendredi au lundi.

Jessica avait beaucoup d'occupation. Elle travaillait toute la journée du samedi à la boutique et elle faisait sans arrêt de nouvelles conquêtes. Elle trouvait seulement dommage de ne pas sortir avec de «vieilles connaissances» devant lesquelles elle se serait sentie à l'aise. Elle était toujours obligée de repartir de zéro et elle en avait assez de donner des détails sur sa vie. «Oui, je fais du ski. Oui, je joue au tennis. Non, je n'aime pas les randonnées pédestres. Je préfère les matelas un peu durs. Je porte des chaussures taille trente-neuf, mais très étroites. Je mesure un mètre soixante-dix-neuf et demi. J'aime les bagues et les boucles d'oreilles. Je déteste les rubis et j'adore les émeraudes...» En débitant tout cela, elle avait un peu l'impression de poser sa candidature pour un nouveau boulot.

Elle recommençait à mal dormir, mais elle n'avait jamais repris de tranquillisants et de somnifères, car elle savait que cela ne résolvait rien. Elle espérait simplement qu'un jour, un beau jour, quelqu'un se montrerait qui lui plairait suffisamment pour qu'elle tentât de le retenir auprès d'elle. Pourtant, elle n'était pas sûre de le souhaiter sincèrement. Elle avait même considéré froidement la perspective de ne trouver personne à aimer. C'était sinistre, mais envisageable. Voilà pourquoi elle avait regretté si brusquement et presque douloureusement de ne pas avoir d'enfants. Elle avait cru longtemps avoir le choix et elle se rendait compte qu'elle ne le possédait plus.

Elle essayait de se dire que c'était sans importance d'être sans enfants et sans amour, que rien n'avait plus d'importance et que sa vie était déjà derrière elle. Sept ans de vie commune avec Ian, un travail qui l'intéressait, quelques amis fidèles, c'était sans doute tout ce qu'elle pouvait espérer. Cependant, elle s'étonnait de la monotonie et de la vacuité de sa nouvelle existence. Se lever tôt pour se rendre au travail, s'occuper de la boutique jusqu'à cinq heures du soir, rentrer à la maison, se changer et ressortir pour dîner, dire bonsoir aux autres et aller se coucher… Et recommencer le lendemain une journée identique ! Elle était fatiguée, mais ne se sentait pas trop déprimée. Elle n'était ni heureuse ni angoissée par la solitude. Bref, elle était devenue pratiquement insensible.

Ian lui avait envoyé un message par l'intermédiaire de Martin : il lui demandait de ne pas vendre la maison. Il tenait à la garder, quitte à lui racheter sa part. Jessica continuait donc à y habiter, sans plaisir. Elle l'entretenait, s'en contentant faute de mieux ; elle en appréciait le confort et s'y sentait relativement en sécurité, mais elle ne l'aimait plus. Elle avait mis toutes les affaires de Ian dans son bureau, puis elle avait fermé la porte à clé pour n'y plus retourner. Depuis lors, il lui semblait que la maison avait perdu la moitié de son âme… Ce n'était plus qu'une maison ordinaire, de même que « Lady J » n'était plus qu'une boutique ordinaire, et Jessie elle-même une future divorcée parmi tant d'autres !

— Bonjour, chère madame. Pourrais-je vous proposer un rendez-vous ?

Astrid venait d'entrer dans le bureau avec un bouquet de muguet dont elle prit quelques brins pour les poser sur la table, devant son amie.

— Eh bien, vous êtes rayonnante, ce matin ! déclara Jessie en se forçant à paraître aimable.

Elle avait un peu trop bu la veille au soir et ne se sentait pas en forme. Cela la réjouissait pourtant de constater qu'Astrid avait l'air rajeuni, qu'elle portait de plus en plus souvent les cheveux sur les épaules et que ses yeux brillaient de joie.

— Quel genre de rendez-vous me proposez-vous, madame Rayon-de-Soleil ? demanda-t-elle d'un ton gai pour se mettre au diapason d'Astrid.

— Avec un homme, murmura Astrid d'une voix mystérieuse.

— Je l'espère bien! C'est un rendez-vous de principe?

— Oh! je souhaite qu'à trente-neuf ans il n'ait pas que des principes!

— Ma foi, pourquoi pas? Mais il est comment?

— Très gentil, bien qu'un peu… «pas assez grand». Est-ce un obstacle?

— Faudra-t-il que je me baisse pour lui parler?

— Non, non. Et c'est un garçon charmant. Il est divorcé.

— Qui ne l'est pas?

Jessie était ahurie de constater quotidiennement la faillite de tant de couples… Elle n'y avait jamais fait attention avant d'être séparée de Ian.

Ce jeudi soir, il y eut donc un dîner à quatre. Jessie trouva que l'amoureux d'Astrid était un homme délicieux. Il était élégant, spirituel et beau. En fait, c'était le premier homme qu'elle trouvait séduisant depuis belle lurette. Il avait le même genre de charme que Ian, il lui ressemblait un peu physiquement, mais avec des tempes argentées et un petit collier de barbe bien net. Apparemment, il avait beaucoup voyagé. Il s'y connaissait en arts plastiques et en musique. Il racontait certaines de ses aventures avec infiniment d'humour et il était aux petits soins pour Astrid. Jessica le trouva parfait, mais ce qui la réjouit le plus, ce fut le bonheur de son amie. Astrid avait enfin trouvé l'homme qu'il lui fallait.

Le cavalier de Jessie était aimable et sympathique, lui aussi, mais elle le trouva horriblement ennuyeux. Divorcé avec trois enfants, il était gestionnaire dans une banque. De plus, il ne mesurait qu'un mètre soixante-dix et, ce soir-là, elle portait des talons hauts. Pour un peu, elle aurait pu lui manger sur la tête. Quand Astrid proposa de danser,

Jessie n'eut pas l'audace de refuser. Néanmoins, le pauvre homme avait un avantage : il n'était pas entreprenant. Après l'avoir reconduite, il se contenta de lui serrer la main et, s'il promit tout de même de lui téléphoner, ce ne fut que par pure politesse.

Elle se coucha en rentrant, mais elle mit deux bonnes heures à s'endormir. Elle crut qu'elle venait seulement de s'assoupir quand le téléphone se mit à sonner. Il faisait grand jour. Martin Schwartz était au bout du fil.

— Jessie ? Excusez-moi de vous avoir réveillée !

— Ça ne fait rien. Il faut bien que je me lève pour aller travailler.

— J'ai quelque chose pour vous.

— Mon divorce ? s'écria-t-elle en se redressant sur ses oreillers.

Elle ne se sentait pas encore tout à fait prête à écouter ce genre de nouvelles et, fiévreusement, elle chercha son paquet de cigarettes.

— Vous n'aurez pas votre divorce avant quatre mois. Il s'agit d'autre chose. D'un chèque.

— Un chèque ? répéta-t-elle, ahurie.

— Oui. De dix mille dollars.

— Seigneur ! Et pourquoi ? Et de qui ?

— De l'éditeur de votre mari, Jessica. Le roman est édité.

— Oh !... Eh bien, mettez-le sur son compte à lui, Martin. Cet argent n'est pas à moi.

— Si. Ian l'a endossé à votre nom.

— Alors qu'il le rature, bon sang ! Je n'en veux pas.

— Il tient à vous rembourser les honoraires que vous avez versés pour le procès, ainsi que ce que vous avez payé à Green et tout le reste.

— C'est ridicule. Dites-lui qu'il n'en est pas question. Ce qui est fait est fait. Il ne me doit rien.

— Jessica, essayez de comprendre. Ce chèque est payable à votre nom.

— Je m'en fiche. Biffez mon nom. Déchirez le chèque. Faites-en ce que vous voudrez, mais *moi, je n'en veux pas*!

— Ne pourriez-vous pas lui donner cette satisfaction? Il y attache tant d'importance... Je crois que, pour lui, c'est une question de loyauté. Il est persuadé qu'il vous doit cet argent.

— Dans ce cas, il se trompe.

— Peut-être se trompe-t-il, reprit Martin d'un ton suppliant, mais peut-être veut-il simplement vous en faire cadeau.

Elle écrasa avec nervosité son mégot dans le cendrier.

— C'est possible, dit-elle en soupirant. Quoi qu'il en soit, je n'accepterai pas ce chèque. Écoutez, c'est simple : il ne me doit rien, je n'ai besoin de rien et je ne veux rien accepter de lui. Je suis très heureuse qu'il ait trouvé un éditeur. Ça doit lui remonter le moral. Mais qu'il me laisse tranquille et qu'il garde son argent! Il en aura besoin quand il sortira. Maintenant, je pense que c'est clair. Je n'en veux pas. Point final.

— Très bien.

Martin raccrocha, furieux. Il ne se doutait pas qu'à l'autre bout de la ligne Jessie tremblait d'émotion. Il resta un moment à se demander comment s'y prendre pour annoncer la chose à Ian qui allait être très malheureux : à la perspective de rembourser Jessie, ses yeux avaient brillé de contentement.

La journée commençait mal pour Jessica. Après le coup de téléphone, elle laissa bouillir son café et grelotta sous la douche qui était froide. Puis elle se cogna violemment le pied contre son lit et ne trouva pas le journal quotidien dans le courrier. En arrivant à la boutique, elle était vraiment d'humeur exécrable.

— D'accord, d'accord… Je sais, dit Astrid en lui jetant un regard contrit. Vous l'avez trouvé odieux, n'est-ce pas?

— Qui ça?

— Le type que je vous ai présenté hier soir. Je ne m'étais pas rendu compte qu'il était aussi sinistre.

— Oh, il l'est, c'est un fait, mais ce n'est pas du tout ce qui me met en rogne. Alors, n'en parlons plus.

En relevant les yeux, elle s'aperçut qu'elle venait de blesser Astrid. Celle-ci avait l'air confus et malheureux d'une enfant qu'on a grondée.

— Excusez-moi. Je suis dans un état affreux. Aujourd'hui, tout va de travers. Schwartz m'a appelée, ce matin.

— Est-il arrivé quelque chose? s'écria Astrid, alarmée.

— Ian a fait éditer son roman.

— C'est pour ça que vous êtes en colère?

— Non, c'est parce qu'il veut me donner l'argent qu'il a reçu de son éditeur. Je n'en veux pas. Un point, c'est tout.

Après s'être versé une tasse de café, elle alla s'installer dans un fauteuil. Astrid la regardait avec désapprobation.

— Vous savez pourtant bien à quel point il était malheureux de vivre à vos crochets!

— Que voulez-vous dire?

— Rien, si ce n'est qu'il est parfois plus facile de donner que de recevoir.

— Vous parlez comme votre mère.

— Je peux être encore plus dure qu'elle.

Sans répliquer, Jessie alla s'enfermer dans son bureau. Elle n'en sortit pas de la matinée.

Vers midi et demi, Astrid fut bien obligée de frapper à sa porte, car elle avait une nouvelle d'importance à lui communiquer. Dissimulant mal son excitation, elle s'efforça d'arborer un air si sérieux qu'il en paraissait sinistre, quand Jessie lui ouvrit.

— Qu'est-ce qui ne va pas?

— Nous avons un problème, Jessica.

— Ne pouvez-vous pas vous en occuper toute seule? Je suis en train de vérifier les factures.

— Excusez-moi, Jessica, ce n'est pas de mon ressort.

— Oh! la barbe!

Après avoir flanqué son stylo sur la table, Jessie rejoignit Astrid dans la boutique. Celle-ci, qui venait de signer un reçu à sa place, l'observait avec une certaine inquiétude. Jessie allait peut-être la tuer, mais tant pis! Ce qu'elle avait fait, elle l'avait fait pour Ian.

Jessie écarquillait les yeux. Il n'y avait pas la moindre cliente dans la boutique et Katsuko parlait tranquillement au téléphone.

— Alors, de quoi s'agit-il? Où est le problème?

— Il s'agit d'une livraison, qui est restée dehors. Ils n'ont pas voulu l'apporter jusqu'ici. Ils ont prétendu que ce n'était pas leur boulot et qu'ils n'étaient payés que pour décharger dans la rue. Ils ont marmonné je ne sais quoi à propos du bordereau d'expédition et ils ont fichu le camp.

— Les salauds! Nous avons déjà eu une prise de bec à ce propos le mois dernier. Je leur avais dit que si jamais ils re...

Folle de rage, elle alla jusqu'à la porte et l'ouvrit pour voir où les livreurs avaient laissé leur chargement. Et, brusquement, elle l'aperçut... garée dans la contre-allée où se trouvait un peu plus tôt la Jaguar d'Astrid.

C'était une rutilante petite Morgan grand sport, vert et noir, avec des coussins de cuir rouge. Elle était décapotée. Une pure merveille, en bien meilleur état que l'autre! Un moment abasourdie, Jessica se retourna enfin vers Astrid et se mit à pleurer. Ian ne désarmait pas!

30

COMME ASTRID la harcelait du matin au soir, Jessie consentit à garder la voiture, «pour être gentille avec lui». Elle ne voulait pas admettre qu'elle était enchantée et continua de ne pas ouvrir les lettres de Ian.

En juin, elle décida de prendre cinq jours de vacances et d'aller rendre visite à tante Beth.

— Vous savez, Astrid, je ne l'ai pas volé! affirma-t-elle, un peu gênée de partir. Ça va me faire un bien fou.

— Ce n'est pas auprès de moi qu'il faut vous excuser. Je vais prendre trois semaines en juillet.

Astrid avait, en effet, l'intention de faire un tour en Europe avec son galant, mais elle détestait en parler. Elle ne faisait jamais de confidences sur sa vie privée, même à Jessie. Et Jessie se demandait parfois si ce n'était pas par superstition.

Un vendredi après-midi, Jessica, de très bonne humeur, se mit au volant de la Morgan et s'en fut, cheveux au vent. Tante Beth attendait son arrivée avec impatience.

— Tiens, vous avez une voiture toute neuve, ma chère petite. Elle est vraiment jolie.

Tante Beth avait entendu le gravier crisser sous les pneus

432

et s'était précipitée pour accueillir sa visiteuse. Le soleil déclinait à l'horizon.

— C'est un cadeau de Ian. Il a fait publier son bouquin.

— Il ne s'est pas fichu de vous! Comment allez-vous, mon enfant?

La vieille dame serrait tendrement Jessica dans ses bras et celle-ci se pencha pour l'embrasser sur la joue. Puis, main dans la main, elles se regardèrent avec émotion, aussi heureuses l'une que l'autre de se retrouver.

— Je vais très bien, tante Beth. Et vous, vous êtes toujours superbe!

— Mais de plus en plus vieille. Et de plus en plus désagréable à ce qu'on me dit.

Bras dessus, bras dessous, elles se dirigèrent en riant vers la maison. À l'intérieur, rien n'avait changé depuis deux mois et Jessica poussa un soupir de satisfaction.

— J'ai l'impression d'être de retour chez moi!

En cherchant le regard de tante Beth qui était à l'autre bout de la pièce, elle s'aperçut que celle-ci l'observait attentivement.

— Racontez-moi comment vous vous en tirez, Jessica. Astrid ne dit presque rien et vos lettres m'en apprennent encore moins. Je me suis demandé ce que vous deveniez. Allons, venez prendre une tasse de thé.

Jessie accepta la tasse d'Earl Grey que la vieille dame venait de lui verser.

— Tout s'est bien passé, déclara-t-elle. Comme je vous l'ai dit dans ma première lettre, j'ai demandé le divorce.

— Le regrettez-vous? demanda tante Beth d'une voix neutre.

Jessica hésita un quart de seconde.

— Non, pas du tout. Mais je regrette très souvent le passé, plus souvent que je ne le voudrais. Je passe mon temps à le décortiquer, à le revivre, à me dire : «Si seulement j'avais fait ci ou ça…» Mais je sais que ça ne sert à rien.

— Vous avez raison, ça ne sert à rien. «Et il n'est pire douleur qu'un souvenir heureux dans les jours de malheur!» Il ne faut pas regarder en arrière. Avez-vous des nouvelles de Ian?

— Oui, en un sens.

— Que voulez-vous dire?

— Il m'écrit, mais je déchire ses lettres.

— Avant de les avoir lues? demanda tante Beth, ahurie.

— Oui, répondit-elle en détournant les yeux.

— Ces lettres vous feraient-elles peur, Jessica?

Jessica se dit qu'elle pouvait peut-être, à elle, avouer la vérité.

— Oui, j'ai peur des récriminations, des supplications, des poèmes, des phrases trop bien tournées et des mots trop bien choisis pour que j'y reste insensible. C'est trop tard. J'ai mis une croix sur tout ça. J'ai pris la décision la plus raisonnable et je ne veux plus me perdre dans des discussions. J'ai vu d'autres gens le faire et je ne tiens pas à les imiter. Ian parviendrait à me culpabiliser.

— Vous vous en chargez bien toute seule! Mais vous m'étonnez, tout de même. S'il n'était pas en prison, tiendriez-vous tant à divorcer?

— Je n'en sais rien. Peut-être était-ce inévitable.

— Ne profitez-vous pas de la situation, Jessica? S'il était libre, il vous obligerait à discuter. En ce moment, il ne peut que vous écrire et vous n'avez même pas la correction de lire ses lettres. Je me demande si c'est de l'impolitesse, de la peur ou de la méchanceté. Et, à propos de la voiture, je ne vous suis pas. Pourquoi l'avez-vous acceptée si vous n'acceptez pas ses lettres?

Jessica ne put s'empêcher de tiquer. Elle trouvait que tante Beth y allait un peu fort!

— C'est la faute d'Astrid. Elle prétend que je lui dois bien ça après avoir refusé qu'il me rembourse ce que j'ai dépensé pour le procès. Je n'ai pas voulu accepter le chèque qu'il m'a envoyé par l'avocat. Je suppose qu'il l'a gardé et que c'est avec ça qu'il m'a acheté la voiture.

— L'avez-vous remercié? demanda la vieille dame avec la voix inquiète d'une mère rappelant sa fille aux notions de politesse les plus élémentaires.

— Non.

— Ah!... Et qu'est-ce qui va se passer?

— Rien. Le divorce sera effectif dans trois mois, voilà tout.

— Vous avez décidé de ne jamais le revoir? reprit tante Beth d'un ton dubitatif. Je crois que vous le regretterez, Jessica. Il faut toujours se dire adieu. Si l'on ne parvient pas à le faire correctement, les plaies de l'âme se cicatrisent mal et risquent de se rouvrir. Vous n'arriverez pas à chasser les souvenirs douloureux de sept ans de vie commune si vous ne lui dites pas adieu. En tout cas, vous seriez bien la seule à y parvenir!... Mais je sens que je ne vous ferai pas changer d'avis. Est-ce que je me trompe?

La jeune femme, un peu gênée, gardait la tête baissée vers le chat tigré qu'elle caressait.

— Je... Non, sans doute... Mais, zut!... Je ne sais pas, tante Beth. À certains moments, je suis en pleine confusion. Il est vrai que ma décision est prise et que je m'y tiendrai. Mais, de temps en temps, je crois que j'ai des regrets.

— Ce ne sont peut-être pas des regrets, mon enfant, mais des doutes. Et si vous n'aviez pas vraiment envie de divorcer?

— J'en ai envie. Seulement, il me manque beaucoup! Et ce qui me manque le plus, c'est la compréhension que nous avions l'un de l'autre. Il est le seul être au monde qui me connaisse vraiment, comme je suis la seule à le connaître. Je regrette nos rêves communs, notre complémentarité, les ambitions que je nourrissais pour lui. Sans doute me suis-je fait des illusions. Il m'a probablement toujours trompée. Peut-être qu'il connaissait cette fille depuis longtemps et qu'elle ne l'a accusé de viol que pour le punir d'autre chose. Peut-être qu'il m'en voulait à mort de l'entretenir, à moins qu'il ne soit précisément resté avec moi à cause de ça! Je ne sais plus rien de rien, si ce n'est que son amour me manque. Mais il m'arrive de penser que je regrette quelque chose qui n'a jamais existé.

— Pourquoi ne pas le lui demander? Ne croyez-vous pas qu'il vous dirait la vérité au point où en sont les choses? Auriez-vous peur de la connaître?

— En effet, j'ai bien peur de ne jamais eu avoir envie de l'entendre!

— Voilà donc pourquoi vous continuez à déchirer ses lettres. C'est le moyen de ne jamais rien savoir. Et qu'allez-vous faire quand il sortira de prison? Changer de ville et changer de nom?

Jessica accueillit avec ironie cette suggestion qu'elle jugeait absurde.

— Bah! à ce moment-là, c'est sans doute lui qui ne voudra plus avoir affaire à moi!

— Ne comptez pas trop là-dessus. Écoutez-moi bien, Jessica. Vous rendez-vous compte de ce que vous dites? Vous prétendez que cet homme ne vous a jamais aimée, qu'il n'a jamais vu en vous qu'une femme susceptible de l'entretenir. C'est bien ça?

— Peut-être, admit-elle d'un air maussade et excédé. Y a-t-il une différence?

— Une différence énorme! Ou il vous a aimée, ou il s'est seulement servi de vous. Pourquoi n'aurait-il pas pu à la fois vous aimer et vous utiliser? Ne vous êtes-vous pas aussi servie de lui, Jessica? Ça arrive à beaucoup de gens qui s'aiment et ce n'est pas forcément négatif. Subvenir aux besoins de l'autre fait partie du pacte mutuel, qu'il s'agisse de n'importe quels besoins, financiers, physiques, affectifs...

— Je n'y avais jamais réfléchi. Le plus bizarre, avoua-t-elle avec une sorte de honte, c'est que j'ai toujours eu l'impression de me servir de lui. Ian n'a pas peur de la solitude. Moi, si. Quand mes parents sont morts, je me suis sentie perdue. Je n'avais plus personne au monde que Ian. Grâce à lui, je pouvais me conduire normalement, travailler, avoir confiance en moi. Il me servait de soutien et de faire-valoir pour que je puisse continuer à prétendre — et à croire — que j'étais la meilleure.

— Peut-être en était-il parfaitement conscient. Quel mal y a-t-il à reconnaître ses faiblesses et à se servir de la force de celui qu'on aime? Dans la mesure, évidemment, où on le fait avec tact! Et maintenant, que se passe-t-il? Êtes-vous devenue plus forte?

— Oui, plus que je ne l'aurais cru.

— Êtes-vous heureuse?

Elle hésita, sachant très bien que c'était là le nœud du problème.

— Non... Je ne crois pas... Ma vie est si... vide, tante Beth! J'ai l'impression d'être morte. Je me dis parfois que je n'ai plus de raisons de vivre. Comment pourrais-je vivre pour moi seule? Pourquoi m'habiller chaque matin et revenir me changer à six heures du soir pour sortir avec un crétin quelconque qui a mauvaise haleine et qui est bête comme ses pieds? Pourquoi continuer à soigner mes plantes vertes? Quel pourra être mon but dans l'existence désormais? Ma boutique? Je m'en fiche comme d'une guigne! Alors?

Tante Beth leva la main pour l'arrêter.

— Ça suffit, Jessica! s'écria-t-elle. Je ne peux plus supporter vos discours. Ils ressemblent à ceux dont m'accablait

Astrid. C'est un tissu d'absurdités. Vous avez tout pour être heureuse, avec ou sans ces compagnons d'un soir qui ont mauvaise haleine. Mais, à votre âge, c'est bien *pour vous-même* d'abord qu'il faut vivre. Vous êtes jeune, vous avez l'avenir devant vous. Et regardez-moi : à mon âge, je trouve encore des raisons de vivre et je ne passe pas mon temps à me morfondre. La vie me paraît toujours une source de jouissances multiples.

— Eh bien, je vous envie. Le matin, quand je me lève, je me demande souvent pourquoi. Le reste du temps, je suis comme un robot et je ne trouve rien à quoi me raccrocher.

— Raccrochez-vous à vous-même!

— Qu'est-ce à dire? répliqua Jessica, les larmes aux yeux. Une divorcée de trente et un ans, qui possède une boutique, la moitié d'une maison, un certain nombre de plantes vertes et une voiture de sport!… Je n'ai ni enfants, ni mari, ni famille, ni personne qui m'aime, ni personne à aimer. À quoi bon faire des efforts?

— Alors, trouvez-vous quelqu'un à aimer! Avez-vous seulement essayé de rencontrer quelqu'un d'autre qu'un de ces animaux au souffle nauséabond dont vous parlez?

Jessica se mit à rire à travers ses larmes, puis elle haussa les épaules avec accablement.

— Je voudrais bien vous y voir. Il n'y a que des affreux! Je vous jure qu'ils sont abominables. Et le pire, c'est… qu'ils ne comprennent pas!

Elle ferma les yeux douloureusement. Tante Beth fit le tour du fauteuil pour lui caresser les cheveux.

— C'est aussi ce que disait Astrid et voyez ce qui lui arrive! Elle fait la fofolle comme si elle avait quinze ans, elle prétend entourer ses amours de la plus grande discrétion et elle explose de bonheur : elle est à peu près aussi discrète que le soleil levant! J'en suis très heureuse pour elle. Elle a enfin trouvé quelqu'un de bien et ça vous arrivera, à vous aussi. Mais ça prend du temps.

— Combien de temps? demanda naïvement Jessie.

— Ça dépend de vous.

— Mais *comment, comment faire?* reprit-elle avec insistance en se tournant vers tante Beth. Ce sont tous des minables! Si vous voyiez ces petits jeunes gens qui se prennent pour des cracks et qui essaient de coucher avec la première femme qu'ils rencontrent! Ils trouveraient très naturel de flanquer leurs baskets sur la table de la salle à manger et de planquer de la drogue quelque part dans la maison. Ajoutez à ça qu'ils vous accordent à peu près autant d'attention qu'à un parcmètre. Ils mettent quelques pièces et… reviennent quand ça leur chante… à condition de se rappeler où ils se sont garés. On a l'impression d'être un objet qui n'a même pas de nom. Et les vieux ne valent pas mieux que les jeunes! Ils jouent les machos et prétendent être pour la libération de la femme parce que ça fait bien… Ian n'a jamais été… Oh la barbe! Tout ça m'ennuie à en mourir. Tout m'ennuie. Les gens que je connais m'ennuient et ceux que je ne connais pas tout autant!

Son discours s'acheva sur un gémissement, mais elle semblait plus excédée que près de mourir d'ennui.

— Jessie, mon chou, c'est *vous* qui êtes ennuyeuse à mourir! Cessez de dire des platitudes. Il est évident que vous avez besoin de changer d'horizon et je ne vous le conteste pas. Pourquoi ne pas quitter un peu San Francisco? Y avez-vous songé?

L'air morose, Jessie fit un signe d'assentiment et tante Beth lui lança le regard sévère qu'elle réservait aux enfants gâtés.

— Envisageriez-vous de retourner à New York?

— Non. Je ne sais pas. Ce serait pire. Plutôt dans un coin de montagne. Ou au bord de la mer. Ou en pleine campagne. Je suis tellement fatiguée des gens.

Elle se renfonça dans son fauteuil, étendit les jambes et s'essuya les yeux. Tante Beth la dévisageait avec indulgence.

— Taisez-vous donc! Savez-vous quel est votre vrai problème? Vous êtes une sale petite capricieuse. Vous aviez un mari qui vous adorait et dont l'amour vous comblait, une boutique où vous preniez plaisir à travailler et une maison qui vous plaisait tout autant quand vous y viviez à deux… Et vous avez décidé de votre plein gré que le mari devait disparaître de votre vie et que la boutique comme la maison avaient aussi fait leur temps. Eh bien, débarrassez-vous-en. Débarrassez-vous de tout et recommencez de zéro. C'est ce que j'ai fait après mon divorce et j'avais soixante-sept ans. Si j'ai pu le faire, vous le pouvez aussi. J'ai quitté New York, j'ai acheté ce ranch, j'ai fait la connaissance d'autres gens et je suis parfaitement heureuse. Si, dans quelques années, je commence à en avoir assez, je fermerai boutique, je vendrai et je ferai autre chose, à condition que Dieu me prête vie. Mais si je suis toujours vivante, je tâcherai d'en profiter. Il n'est pas question de vivre à moitié et de se désintéresser de ce qu'on fait. Et vous, que faites-vous en ce moment? Il est grand temps que vous fassiez *quelque chose*!

— J'ai pensé à me débarrasser de la boutique, mais je ne peux pas vendre la maison. Elle est aussi à Ian.

— Pourquoi ne pas la louer?

C'était une idée. Jessie n'y avait jamais songé. Elle était un peu effarée de ce qu'elle venait de dire. Vendre la boutique? L'avait-elle seulement envisagé? Mais sa déclaration ressemblait à un lapsus : il se pouvait qu'elle en eût inconsciemment le désir depuis longtemps.

— Il faut que j'y réfléchisse.

— Ici, vous aurez tout le temps de le faire. Je suis heureuse que vous soyez venue.

— Et moi, je suis heureuse d'être là. Je ne sais pas ce que je ferais sans vous.

Émue de reconnaissance, elle se leva pour embrasser la vieille dame.

— Avez-vous faim, Jessica?

— Presque.

— Parfait. Nous allons pouvoir recommencer à gâter nos sauces.

Elles réussirent, ce soir-là, à faire une bonne sauce hollandaise, celle que préférait tante Beth, pour accompagner les artichauts et les hamburgers. Le dîner fut une réussite et elles restèrent ensuite à bavarder gaiement jusqu'à minuit sans revenir sur les sujets désagréables qu'elles avaient abordés un peu plus tôt.

C'est avec grand plaisir que Jessica retrouva son lit dans la chambre rose. Elle s'assoupit à la lueur dansante du feu de la cheminée tandis que le chat tigré ronronnait sur son couvre-pieds. Elle avait l'impression d'avoir retrouvé son chez-soi et cela la rassurait. Le ranch était désormais le seul endroit où elle se sentît bien.

Le lendemain matin, quand Jessie se leva, tante Beth était partie faire sa promenade à cheval. Elle trouva un petit mot dans la cuisine qui lui indiquait quel cheval choisir si le cœur lui en disait. Elle connaissait suffisamment bien le terrain, maintenant, pour faire un tour dans les collines sans être accompagnée.

Peu après onze heures, elle décida de monter la jument baie. Elle portait un chapeau de paille à large bord et elle avait fourré une pomme et un bouquin dans le petit sac suspendu à l'arçon de sa selle. Elle avait envie d'être seule un moment et c'était l'occasion rêvée. Après une demi-heure de balade, elle découvrit une petite rivière et attacha son cheval au tronc d'un arbre. La jument ne broncha pas. Jessie ôta alors ses bottes pour pouvoir patauger dans l'eau.

Elle se surprit en train de chantonner de plaisir et commença à déboutonner les poignets de son chemisier dans l'intention de relever ses manches. Elle ne s'était pas sentie aussi libre depuis bien longtemps. Mais, brusquement, elle s'aperçut qu'un homme était en train de l'observer.

En la voyant tressaillir, il lui fit un sourire d'excuse. Elle avait eu un petit accès d'angoisse en découvrant qu'elle n'était pas seule dans ce lieu sauvage, mais l'aspect de l'inconnu lui parut rassurant. C'était un homme grand, d'allure impeccable, vêtu d'une tenue de cavalier dans les brun-roux. Il avait une voix posée et un accent incontestablement anglais.

— Excusez-moi. J'aurais voulu me manifester plus tôt, mais vous aviez l'air si heureux que j'ai craint de gâter votre plaisir.

Elle se félicita intérieurement de ne pas avoir enlevé son chemisier comme elle en avait eu l'intention.

— Suis-je en terrain privé? demanda-t-elle.

À la voir ainsi pieds nus dans l'eau courante, une manche retroussée et ses blonds cheveux relevés au sommet de sa tête, il avait l'impression de se trouver devant une apparition, en présence d'une nymphe venue du fond des âges et déguisée en amazone. Il était rare de rencontrer pareille beauté au fond de la «province» et, qui plus est, perdue dans les collines en train de se rafraîchir à la rivière. Elle avait l'air de sortir d'un vieux tableau champêtre et il eut envie de s'approcher pour s'assurer de sa réalité. De la toucher. De l'embrasser peut-être. L'idée le fit sourire.

— C'est moi qui suis probablement en terrain privé, j'en ai peur. Je suis parti me balader ce matin sans bien connaître le pays ni les limites des propriétés. Je suis confus de m'être conduit comme un intrus.

Il avait la voix cultivée des jeunes Anglais de grande famille qui font leurs études à Eton, et son regret poli de s'être conduit comme un «intrus» en disait assez sur son habitude de courtoisie. À force de le regarder, Jessie fut frappée de sa ressemblance avec Ian. Il était plus grand, un peu plus large d'épaules, mais il y avait dans son visage, dans ses yeux, dans sa façon de pencher la tête, quelque chose qui... Ses cheveux étaient très blonds, plus blonds encore que ceux de Jessie. Elle détourna le regard et s'assit au bord de l'eau pour remettre ses bottes. Puis elle reboutonna les manches de son chemisier sans que l'inconnu l'eût quittée des yeux.

— Ne partez surtout pas à cause de moi. Il est grand temps que je rentre, de toute façon. Mais, dites-moi, est-ce que vous habitez le pays?

Tout en dénouant ses cheveux, elle l'examina avec curiosité. Elle ne pouvait s'empêcher de le trouver attirant.

— Non, je suis en villégiature.

— Est-ce possible? Moi aussi.

Il mentionna alors le nom des amis qui l'hébergeaient, mais Jessie ne se souvint pas que tante Beth lui en eût jamais parlé.

— Vous comptez rester longtemps? reprit-il.

— Quelques jours. Ensuite, il faut que je rentre chez moi.

— À quel endroit?

Elle le trouva bien indiscret, mais elle n'osa pas le lui dire. Il était trop séduisant.

— À San Francisco. C'est là que je vis, précisa-t-elle très vite, animée du désir de le questionner à son tour. Et vous?

— J'habite Los Angeles, mais je vais m'installer à San Francisco le mois prochain.

Elle ne put s'empêcher de rire en l'écoutant parler. Dans son apparente affectation, la perfection de son accent anglais était inimitable, à croire qu'il faisait exprès d'avoir un ton si distingué. On pouvait difficilement trouver plus britannique que lui. Planté en haut de la montée dans son impeccable costume de cheval et tapotant la paume de sa main gauche à petits coups de badine, il était, dans son genre, époustouflant.

— Ai-je dit quelque chose de risible?

— Pas du tout, cher monsieur.

Toujours amusée par la rencontre, elle grimpa dans sa direction pour aller retrouver son cheval, attaché non loin de là.

— Ma société a décidé de m'envoyer à San Francisco. Je suis arrivé de Londres il y a trois ans, mais je ne peux déjà plus supporter Los Angeles.

— Je crois que vous allez aimer San Francisco. C'est une ville merveilleuse.

L'absurdité de cette conversation mondaine en pleine brousse, entre deux personnes qui ne se connaissaient ni d'Ève ni d'Adam, parut bien comique à Jessie. Elle éclata de rire en arrivant devant le jeune homme.

— Il semble que je sois pour vous, sans le vouloir, une source d'amusement incomparable.

— Beaucoup de choses me font rire, dit-elle avec un petit haussement d'épaules.

— Ah bon? reprit-il gaiement en lui tendant la main avec solennité. Permettez-moi de me présenter. Je m'appelle Geoffrey Bates.

— Et moi Jessica Clarke. Bonjour, monsieur.

Ils se serrèrent gravement la main sous le feuillage. Vu de près, il ne ressemblait plus tellement à Ian. Mais il était très beau à sa manière, ce jeune Londonien plein de dignité. Lui, de son côté, était subjugué par le charme et la gaieté de Jessie. Vraiment, elle n'était pas avare de sourires!

Il hésita un moment à lui poser la question qui lui brûlait les lèvres.

— À propos... où habitez-vous en ce moment?

— À propos? À propos de quoi? répliqua-t-elle avec ironie. J'habite chez la mère d'une amie.

— Et vous ne voulez pas me dire son nom? Je vous promets de ne pas vous faire honte en m'imposant à l'heure du dîner sans être invité!

Elle eut l'impression de se conduire comme une idiote. Mais, cette fois, l'Anglais la regardait sans rire, car l'idée lui était venue qu'elle était peut-être là avec un compagnon et qu'il faisait un pas de clerc. Il jeta un rapide coup d'œil à la main gauche de la jeune femme et il fut soulagé de voir qu'elle ne portait pas d'alliance. Pourtant, s'il avait mieux regardé, il aurait aperçu sur sa peau la petite ligne pâle laissée par l'anneau qu'elle avait porté durant sept ans et qu'elle n'avait ôté que depuis quelques mois.

— J'habite chez Mme Béthanie Williams.

— Je crois que j'ai entendu parler d'elle, déclara-t-il, visiblement satisfait.

Comme elle s'apprêtait à reprendre son cheval, il voulut l'aider à monter, mais elle s'élança sur sa selle avec aisance et ne put résister à l'envie de se moquer de lui.

— Aurais-je dû vous faire ce plaisir? demanda-t-elle.

Elle eut l'impression qu'il rougissait. Mais n'était-ce pas stupide de sa part de penser qu'une femme aussi grande qu'elle avait besoin d'un marchepied? Tout en se faisant cette réflexion, elle prit conscience du fait qu'il était, lui aussi, de très grande taille. Il avait quelques centimètres de plus que Ian. Un mètre quatre-vingt-douze ou quatre-vingt-quinze. Non, Ian n'était pas aussi grand que cet homme, «pas même» lui!… En son for intérieur, Jessie s'étonna : Ian était-il le parangon de toutes les vertus masculines, celui auprès duquel il n'existait pratiquement aucun homme digne d'attention?

— Me permettez-vous de prendre contact avec vous chez Mme Williams?

445

Un peu méfiante, Jessica ne répondit ni oui ni non. Cela ne lui semblait pas une façon très protocolaire de se lier avec un monsieur dont elle ne savait absolument rien.

— Je ne vais pas y rester bien longtemps, répliqua-t-elle.

— Dans ce cas, je vais me dépêcher.

Eh bien, il n'était pas facile à décourager! Néanmoins, elle ne put s'empêcher de le regarder avec indulgence. Il avait l'air d'un garçon charmant entre trente et quarante ans. Il avait de beaux yeux gris et des cheveux soyeux. Il était habillé avec raffinement. Soudain, elle s'aperçut qu'il portait au petit doigt une chevalière en or avec une couronne gravée. Mais, par discrétion, elle détourna rapidement les yeux. Tout en lui était élégant et même un peu trop sophistiqué : ses jodhpurs, ses bottes noires bien cirées, sa chemise de soie bleue, son foulard… Il avait laissé sa veste de tweed roux accrochée à une branche. On aurait pu le trouver vaguement déplacé dans ce rude paysage. Plus elle le regardait, plus il la fascinait. Lui, de son côté, se sentait complètement envoûté. Consciente de son admiration, elle se demanda avec une vague inquiétude comment elle était coiffée.

— Au revoir, dit-elle aimablement en s'apprêtant à partir. Je vous souhaite un bon séjour dans la région.

— Une minute, s'il vous plaît! l'arrêta-t-il en retenant le cheval par la bride. Vous n'avez pas répondu à ma question.

Il la regarda dans les yeux et elle n'eut pas à se demander ce que signifiait ce regard. L'audace de ce jeune homme lui plaisait.

— Oui, vous pouvez me faire signe chez Mme Williams.

Avec un sourire éclatant, il s'inclina courtoisement. Elle trouva ce sourire irrésistible. Elle fit tourner son cheval en direction du ranch et se mit à galoper. Elle riait toute seule de plaisir.

31

— BONNE PROMENADE, ma chérie?

— Très bonne. Et j'ai rencontré un garçon tout à fait singulier.

— Qui ça? demanda tante Beth, ahurie qu'il pût y avoir à son insu un homme sortant un peu de l'ordinaire à des kilomètres à la ronde.

— C'est un Anglais pur sang, en villégiature chez des amis. Il est superbe!

— Eh bien, eh bien! s'écria la vieille dame, amusée de voir que Jessie semblait aux anges. Un grand et bel étranger à la noire chevelure égaré sur mes terres, quelle aubaine! Où est-il? Quel âge a-t-il?

— C'est moi qui l'ai vu la première! Et il n'a pas les cheveux noirs. Il est blond et il est encore plus grand que moi.

— Alors, je vous le laisse, ma chérie. Je n'ai jamais aimé les hommes trop grands.

— Moi, je les adore.

— Vous ne devez pas avoir l'embarras du choix! repartit tante Beth d'un ton sentencieux.

Elles passèrent un moment à blaguer en regardant le soleil déclinant embraser le haut des collines. Le reste de la soirée fut merveilleusement calme.

Le lendemain matin, Jessica, debout dès sept heures, ressentait une folle envie d'explorer les environs en voiture. Elle se fit du café, car tante Beth, pour une fois, n'était pas encore levée. Ensuite, le plus discrètement possible, elle mit en marche la Morgan. Elle ne connaissait pas très bien les routes de la région, mais elle avait un projet en tête et cela depuis un certain temps.

Le soleil était déjà haut dans le ciel quand elle finit par découvrir ce qu'elle cherchait. Il s'agissait plus ou moins d'une ruine, mais d'une ruine superbe. On aurait dit que quelqu'un avait perdu sa maison dans l'herbe haute et ne l'avait jamais retrouvée, et que la pauvre demeure était restée là, abandonnée de tous, avec une pancarte accrochée de guingois au-dessus du perron : *À LOUER.*

C'était une maison victorienne, pas très grande, mais aux proportions admirables. Jessica essaya en vain d'ouvrir la porte : elle était fermée à clé. Aussi se contenta-t-elle, assez satisfaite de sa trouvaille, de s'asseoir sur les marches et de s'éventer avec son grand chapeau de paille. Elle ressentit un bien-être extraordinaire. Sans savoir pourquoi, elle nageait dans le bonheur.

Quand elle reprit la direction du ranch, elle parcourut sans se presser une foule de petites routes poussiéreuses et elle retrouva tante Beth avec un sourire rayonnant. La vieille dame, qui était en train d'ouvrir son courrier, ne cacha pas sa surprise. Ses yeux brillaient de malice et de curiosité.

— Mais d'où venez-vous donc? Comment se fait-il que vous soyez partie si tôt ce matin?

— Attendez que je vous dise ce que j'ai trouvé!

— Encore un homme errant sur mes terres? Cette fois, je parie que c'est un Français! Ma chère enfant, je crains que le soleil ne vous fasse voir des mirages.

— Il ne s'agit pas d'un homme! s'écria Jessie en éclatant de rire et en lançant son chapeau en l'air. C'est une maison! Une merveilleuse, une incroyable, une sublime maison victorienne! J'en suis complètement folle.

— Ô mon Dieu!… J'espère que ce n'est pas celle à laquelle je pense! Parleriez-vous de la maison des Wheeling, cette vieille baraque perdue dans la brousse quelque part en remontant vers le nord?

— Je n'en ai pas la moindre idée, prétendit Jessie, déconcertée par tant d'intuition. Tout ce que je sais, c'est que je l'aime à la folie.

— Vous n'allez pas m'annoncer que vous venez de l'acheter et que votre décorateur va débarquer de New York demain à l'aube?

— Non, mais admettons que ce soit celle dont vous parlez. Pensez-vous que vous l'avez bien regardée? Moi, je l'ai fait, ce matin. Je suis restée une heure ou deux sur le perron. La porte était bouclée, malheureusement. J'ai vainement essayé d'ouvrir les volets. Savez-vous à quoi ressemble l'intérieur?

— À l'heure actuelle, Dieu seul le sait! Personne ne l'habite plus depuis quinze ans. C'était autrefois une très jolie maison, effectivement. Mais elle n'a pas assez de terres et c'est sans doute pourquoi elle ne trouve pas preneur. Si vous y tenez vraiment, vous pourriez peut-être acquérir un peu de terrain maintenant, car les Parker, qui habitent par-derrière, ont l'intention de vendre une assez belle superficie. Une vingtaine d'hectares, si ma mémoire est bonne. Pour ma part, j'ai toujours connu cette maison inhabitée. Quand je cherchais à m'installer par ici, l'agent immobilier me l'a montrée, mais je n'ai pas été emballée. J'ai trouvé la maison trop importante et le terrain trop petit. Je voulais aussi quelque chose de plus moderne. Il faut avoir perdu la tête pour acheter une maison victorienne en pleine brousse!

— Mais, tante Beth, elle est si belle! s'écria Jessica avec un enthousiasme attendrissant.

— La jeunesse se fait bien des illusions… Peut-être faut-il être jeune et amoureux pour vouloir vivre dans une maison comme ça. Moi, je suis plus terre à terre. Je comprends quand même que vous l'aimiez, mais je voudrais bien savoir ce que vous avez derrière la tête, Jessica.

Les yeux verts de sa jeune amie brillaient d'un tel éclat que tante Beth comprit qu'il fallait la prendre au sérieux.

— Je n'en sais rien, avoua Jessica. Mais je réfléchis. Je réfléchis beaucoup. J'ai peut-être la tête pleine de folies, mais il me semble que quelque chose prend forme.

Décidément, elle paraissait bien contente d'elle! Sa découverte de la matinée l'avait enchantée. Il y avait eu, dans sa tête ou dans son cœur — elle ne savait où exactement — une sorte de déclic. Elle avait brusquement retrouvé son entrain et son goût de vivre. Elle n'en revenait pas. Le matin même, alors qu'elle méditait sur le perron de la vieille maison, une citation biblique, entendue à l'église dans son enfance, lui était revenue à la mémoire : «Voici que les temps anciens sont révolus et que toute chose se renouvelle.» Après une longue réflexion, elle avait admis que cela la concernait. Ce qui appartenait au passé commençait à s'évacuer de sa vie, y compris l'abomination du procès… et Ian lui-même.

— Eh bien, Jessie, quand vous saurez ce qui «prend forme», faites-le-moi savoir. Et même avant, si je peux vous aider.

— Pour le moment, rien ne presse. Mais bientôt, peut-être.

Rassurée, tante Beth reprit la lecture de son courrier. Jessie, en fredonnant, s'apprêtait à monter l'escalier quand elle s'arrêta et se retourna.

— Comment pourrais-je m'y prendre pour voir l'intérieur de la maison?

— Téléphonez à l'agent immobilier. Il sera ravi de vous faire visiter. Il doit avoir à peu près un client tous les cinq ans. Vous trouverez l'adresse dans l'annuaire. Un nom tout bête : l'Immobilière du Comté.

Tante Beth continuait à s'interroger, car elle répugnait encore à prendre Jessie au sérieux. Elle espérait que ce n'était qu'un caprice, une fantaisie passagère. Cela aurait au moins l'avantage de l'amuser un moment, de la distraire de son ennui. De toute évidence, Jessica était déjà moins morose qu'à son arrivée. Elle semblait même, depuis la veille au soir, franchement gaie.

Geoffrey Bates téléphona dans l'après-midi. Il lui demanda poliment s'il pouvait «passer» boire un verre ou si elle préférait venir faire la connaissance des amis qui l'hébergeaient. Elle opta pour la première solution. Elle paraissait toujours d'excellente humeur.

Son visiteur se montra séduisant et plein d'humour. Il sympathisa tout de suite avec tante Beth, ce qui ravit Jessie, et il parut s'entendre encore mieux avec Jessie, ce qui ravit tante Beth. La vieille dame pensa que la description, pourtant flatteuse, que sa jeune amie lui avait faite du personnage restait bien au-dessous de la vérité. Il était resplendissant dans son blazer marine et son pantalon de gabardine ivoire, avec son foulard-cravate noué dans l'encolure d'une chemise de soie du même bleu délicat que les faïences de Wedgwood. Mais son charme naturel surpassait encore l'élégance de sa tenue. Ils étaient vraiment beaux à voir, Jessie et lui, tous les deux grands et blonds, pleins de grâce et d'aisance ! S'ils s'étaient trouvés ailleurs que dans ce ranch, tout le monde se serait retourné pour les admirer.

— Jessica, j'ai erré toute la journée dans la campagne à votre recherche. Où donc vous cachiez-vous ?

— Dans une vieille chaumière au milieu des bois.

Il lui prit la main et, bien qu'il ne l'eût gardée qu'une seconde, elle ne put s'empêcher de rougir.

451

— Hier, près de la rivière, reprit-il, j'ai cru que j'avais une vision. Je vous ai prise pour une nymphe des bois.

— Et dire que c'est moi que tante Beth accuse de voir des mirages!

— C'est exact, répliqua vivement la vieille dame. Mais je dois admettre qu'elle, du moins, ne vous a pas pris pour un dieu antique!

Elle avait voulu voir s'il accuserait le coup, mais elle ne réussit pas à le vexer. En homme bien élevé, il les quitta un peu avant le dîner, après les avoir invitées à partager le déjeuner du lendemain avec lui chez ses amis. Tante Beth déclina l'offre sous prétexte qu'elle avait un travail fou, mais Jessie accepta sans se faire prier. Quand il se fut éloigné dans sa Porsche brun chocolat, Jessie regarda son amie avec malice.

— Alors, que vous en semble?

— Il est bien trop grand pour mon goût! répliqua tante Beth avec une grimace qui se transforma vite en sourire. À part ça, il est délicieux. Oui, délicieux est le mot.

Elle était presque aussi enthousiaste que Jessie et elle n'arrivait pas à le cacher.

— N'est-ce pas qu'il est charmant? reprit Jessie, songeuse, en pirouettant sur un talon. Mais il n'est tout de même pas aussi charmant que ma maison.

— Mon enfant, vous me confondez! Je suis trop vieille pour vous suivre. Quelle maison? Comment pouvez-vous comparer un homme comme lui à une maison?

— Parce que je suis une chipie. Et parce que je vous parle de *ma* maison. La mienne. Celle que j'ai louée aujourd'hui pour tout l'été.

— Quoi? Vous avez loué cette vieille baraque pour l'été?

— Oui. Et si je m'y plais, j'y resterai plus longtemps. Je me sens bien dans cette région, tante Beth. Et j'ai pensé que vous aviez raison : il est temps que je change de vie.

— C'est entendu, mon enfant, mais attention! Vivre à la campagne, c'est bon pour une vieille femme. À votre âge, vous ne pouvez pas vous enterrer dans un trou pareil. Vous ne verrez plus personne. Vous ne saurez pas quoi faire.

— Je vous verrai, vous! Et j'ai l'intention de me remettre à peindre. Il y a des années que j'ai lâché la peinture et, pourtant, j'adore ça. Je vais peut-être faire votre portrait.

— Jessica, Jessica… Vous êtes toujours aussi écervelée. Vous me donnez bien du souci. La dernière fois, vous avez fichu le camp d'ici pour demander le divorce. Quelle sottise allez-vous faire maintenant? Je vous en prie, réfléchissez avant d'agir.

— J'ai réfléchi et je continue à le faire. Je n'ai retenu cette location que pour l'été. Ce n'est pas une installation définitive. La seule décision importante que j'aie prise ces jours-ci, c'est de vendre la boutique.

— Eh bien, il me semble que ça chauffe, là-dedans! Vous êtes sûre de ne pas le regretter?

Tante Beth était non seulement interloquée, mais inquiète. C'était elle, en effet, qui avait suggéré à Jessica de vendre la boutique. Elle ne s'était pas attendue à ce que la jeune femme la prît au sérieux et elle commençait à se faire des reproches.

— Je ne regretterai rien. Dès mon retour, je vais vendre «Lady J» à Astrid. Ou plutôt je vais lui offrir de l'acheter.

— Elle l'achètera, vous pouvez en être sûre. Pour ma part, j'en serai enchantée, car ça lui fera du bien. Mais vous, n'aurez-vous pas de regrets? Cette boutique a toujours eu l'air de compter beaucoup pour vous, ma chérie.

— Elle comptait beaucoup, mais elle fait partie du passé, maintenant. Et je veux m'en débarrasser. Je crois que je ne m'en repentirai pas.

— Espérons-le!

Cette fois, il y avait sûrement quelque chose de changé dans la vie de Jessie, et tante Beth en était consciente. Elle se réjouissait que la jeune femme parût avoir trouvé sa voie.

— Cette maison est-elle habitable?

— Plus ou moins, après un bon nettoyage.

— Comptez-vous acheter des meubles?

— Juste un sac de couchage, déclara Jessie avec sérénité.

— Ne dites pas de sottises. J'ai des meubles en trop dans le hangar et j'en ai encore davantage dans le grenier. Prenez ceux qui vous plairont. Vous aurez au moins du confort.

— Et du bonheur!

— Je le souhaite, Jessie. Mais, je vous en prie, prenez le temps de réfléchir et pesez bien vos décisions.

— Croyez-vous que ce soit l'exemple que vous me donniez?

— Non, admit tante Beth en pouffant. Mais c'est le genre d'avis que les vieilles femmes sont censées donner aux jeunes. Moi, je vis dans l'agitation et je fais ce qui me passe par la tête, quitte à m'en mordre les doigts par la suite. Mais, pour être franche, je vous avoue que je serai enchantée de vous avoir dans le coin, cet été.

— Et si je reste plus longtemps? demanda Jessica d'un ton pensif.

— Dans ce cas, je me bouclerai dans la maison et je vous tirerai dessus, cachée derrière les volets de la cuisine. À quoi d'autre vous attendiez-vous? Bien sûr, j'adore votre compagnie, mais je ne vais pas vous encourager à devenir ma voisine. C'est un tour que je ne jouerais même pas à Astrid.

En son for intérieur, tante Beth essayait de se rassurer : à la fin de l'été, Jessie en aurait sûrement assez de la solitude, d'autant plus que le bel Anglais allait s'installer à San Francisco.

454

Le lendemain, celui-ci vint chercher Jessie pour l'emmener déjeuner. À son retour, elle fit à tante Beth un compte rendu assez lyrique. Geoffrey avait des amis tout à fait sympathiques. Ils s'étaient déclarés enchantés à la perspective de la voir passer l'été dans le voisinage et ils lui avaient proposé de revenir autant qu'elle le voudrait. Il s'agissait d'un couple aux environs de la cinquantaine. Ils aimaient recevoir leurs relations de Los Angeles, et Geoffrey en particulier.

— J'ai l'impression que je vais venir souvent cet été, avait déclaré le jeune Anglais.

— Ah bon ?

— Oui, mais c'est un sacré trajet d'ici à San Francisco, Jessica. Vous auriez pu choisir une retraite estivale un peu moins éloignée !

Elle ne lui avait encore rien dit de ses projets d'installation définitive dans la région. Elle s'était contentée de rire à sa réflexion et il l'avait ramenée au ranch.

— À propos, mademoiselle, quand donc retournez-vous en ville ?

— Demain.

Le « mademoiselle » l'avait mise mal à l'aise. Mademoiselle ! Quel drôle de mot et comme il sonnait creux !

— Moi aussi, je pars demain. Pour Los Angeles. Mais, en fait, murmura-t-il d'une voix faussement embarrassée, j'ai l'intention d'aller faire un tour à San Francisco vendredi. Accepteriez-vous de dîner avec moi ?

— Bien sûr. J'en serai ravie.

— Pas autant que moi.

Quand ils descendirent de voiture, elle lui trouva l'air singulièrement grave. Il la quitta devant la porte après une caresse sur la main.

32

Astrid fut éberluée de l'offre de Jessica, mais elle sauta sur l'occasion. Dès qu'elle avait vu la boutique, elle avait eu envie de l'acheter.

— Vous êtes sûre de vouloir la vendre ?

— Absolument. Prenez-la. Je vous dirai à peu près de quoi se compose le stock et je vais consulter mon conseil pour que nous fassions une estimation.

Elle en parla à Philip Wald et deux jours plus tard il avait fait son évaluation. Astrid ne fit aucune objection au prix proposé.

Elle demanda aussitôt à ses hommes d'affaires de s'occuper de l'acte notarié et du règlement financier. Il fut convenu que « Lady J » deviendrait sa propriété pour la somme de quatre-vingt-cinq mille dollars. Les deux femmes furent aussi satisfaites l'une que l'autre de cet accord, même si Jessie tiqua un peu quand Astrid proposa d'appeler désormais la boutique « Lady A ». Pour les clientes, le changement serait presque imperceptible. Pour Jessie, ce ne serait plus la même boutique. La page serait tournée quand Astrid aurait marqué son bien de son initiale.

Un jour qu'elles étaient toutes les deux dans le petit bureau du fond en train de discuter affaires, Katsuko fit irruption avec un grand sourire.

— Il y a quelqu'un qui veut te voir, Jessie. Et j'ajouterai : un garçon pas mal du tout.

— J'arrive, dit-elle en s'avançant jusqu'à la porte.

C'était Geoffrey. Elle lui fit signe d'entrer dans le bureau et le présenta à Astrid, en précisant que son amie était la fille de Mme Williams.

— Comment se fait-il que vous connaissiez ma mère? demanda Astrid, assez étonnée que Béthanie pût être en relation avec cet élégant jeune homme.

— J'ai eu le plaisir de venir au ranch le week-end dernier, se hâta d'expliquer Geoffrey, car j'étais moi-même chez des amis qui habitent tout près de là.

Astrid se sentit rassurée. Elle se dit que, maintenant, tout était clair et qu'elle savait pourquoi Jessica projetait de passer l'été dans une vieille bâtisse croulante. Il se pouvait même qu'elle dût à ce charmant garçon la chance de pouvoir acheter la boutique. Elle avait pourtant l'impression qu'il lui manquait un des éléments du puzzle. En voyant le regard de tendresse que Geoffrey lançait à Jessica, elle eut du mal à retenir les questions qui lui brûlaient les lèvres. Comment? Quand? Quels sont vos projets? Avait-il… Était-il… Serait-il…? Geoffrey interrompit ses supputations en lui adressant un des sourires ravageurs dont il avait le secret.

— Puis-je vous inviter à déjeuner toutes les deux?

Très habilement, il réussit à jeter du côté de Kat un petit coup d'œil d'excuse, car il savait bien qu'il fallait quelqu'un pour garder la boutique. Astrid fut obligée de reconnaître que sa courtoisie était parfaite. Elle faillit, par curiosité, accepter l'invitation, mais elle n'osa pas jouer pareil tour à Jessie. Cependant, celle-ci, de son côté, semblait près de refuser.

— Ne nous tentez pas, Geoffrey. Nous étions en pleine discussion d'affaires… à propos de la vente de la boutique et…

— Au nom du ciel, Jessica, ne faites pas l'idiote! reprit vivement Astrid, agacée par ses scrupules. Nous reprendrons la discussion plus tard. De toute façon, j'ai des courses à faire dans le centre et je regrette de ne pouvoir me joindre à vous. Mais allez-y sans remords. Je vous souhaite bon appétit à tous les deux. Je serai de retour vers deux heures-deux heures et demie.

— Disons plutôt deux heures et demie, décréta Geoffrey avec une aimable fermeté.

Jessica observait son manège avec intérêt. Son aisance lui plaisait. On voyait qu'il avait l'habitude de l'autorité. Elle n'en était pas effrayée; au contraire, cela la sécurisait. Maintenant qu'elle n'avait plus besoin qu'on s'occupât d'elle constamment, Jessie était en mesure d'accueillir l'attention d'un homme comme une sorte de cadeau et non plus comme un viatique. Quel soulagement! Elle aurait aimé savoir comment les choses se seraient passées si elle avait été moins exigeante avec Ian et si elle s'était sentie moins perdue. Mais il ne fallait plus revenir sur le passé, Jessica se l'était juré!

Ils déjeunèrent non loin de la boutique, dans un restaurant en plein air. Ce fut un repas très agréable. Elle apprit qu'il avait une passion pour les chevaux, qu'il pilotait son propre avion, qu'il projetait un voyage en Afrique pour l'hiver suivant et qu'il avait terminé ses études à Cambridge après être passé par Eton. Il était, de toute évidence, très attiré par Jessie qui, de son côté, lui trouvait un sourire bouleversant.

— Jessica, je suis obligé de vous dire qu'en ville vous n'avez plus l'air d'être la même!

— Je sais, ça change énormément d'être bien peignée, répliqua-t-elle. Figurez-vous qu'en ville je porte même des chaussures!

— Pas possible ? C'est très rassurant. Puis-je vérifier ?

En riant, il écarta le bas de la nappe pour lui regarder les pieds et il put admirer la ravissante paire d'escarpins de daim cannelle, parfaitement assortie au daim de la jupe qu'elle portait, ce jour-là, avec un chemisier de soie rose feu. Le chemisier était du ton que préférait Ian. Elle ne l'avait pas mis depuis des mois, comme si elle avait craint que ce ne fût une sorte de reniement. Elle se demandait bien pourquoi elle avait eu cette idée folle !

— Félicitations pour les chaussures, et par la même occasion pour le chemisier… Il est ravissant.

Elle rougit de plaisir, mais c'était en partie parce que ce compliment lui rappelait Ian. Il y avait quelque chose chez Geoffrey qui…

— À quoi pensez-vous ? demanda-t-il en surprenant une ombre dans son regard.

— À rien.

— Vous êtes une belle menteuse ! Vous venez de penser à quelque chose de grave.

— Bien sûr que non ! répliqua-t-elle, gênée par l'acuité de sa perception.

— N'avez-vous jamais été mariée, Jessie ? Il me semble que c'est une chance incroyable de trouver une femme comme vous libre de toute attache. Ma supposition serait-elle gratuite ?

— Vous avez bien deviné. Je suis libre de toute attache, mais j'ai été mariée.

Dès le premier jour, il s'était posé la question. Mais Jessie resta sidérée par son intuition. Il lui donnait l'impression de lire dans son esprit.

— Des enfants ? demanda-t-il, un peu réticent.

— Non.

— Parfait.

459

— Parfait? répéta-t-elle, étonnée. Vous n'aimez pas les enfants, Geoffrey?

— Je les aime bien. Du moins, ceux des autres, avoua-t-il avec beaucoup de naturel. Je suis le plus gentil des oncles. Mais je ferais un père exécrable.

— Pourquoi dites-vous ça?

— Je suis toujours par monts et par vaux. Et je suis très égoïste. Quand j'aime une femme, je ne tiens à la partager avec personne. Pour être une bonne mère, une femme doit naviguer à vue entre les exigences de ses petits chéris et celles de son mari. Peut-être suis-je resté trop enfant moi-même, mais je veux continuer à jouir de longues soirées romantiques, de petits voyages impromptus à Paris et de vacances de neige en Suisse sans avoir derrière moi trois charmants marmots en train de brailler. Bref, je peux vous donner mille mauvaises raisons pour expliquer mon attitude et toutes plus égoïstes les unes que les autres. Est-ce que ça vous choque?

Depuis longtemps, il n'en était plus à se chercher des excuses. Il ne tenait pas à faire souche, tout simplement, et la question était réglée pour lui.

— Non, ça ne me choque pas, répondit Jessie. J'ai toujours été du même avis que vous et pour les mêmes raisons.

— Mais?

— Que voulez-vous dire?

— Il y avait un «mais» dans votre voix, murmura-t-il.

— Ah oui?... Je ne sais pas. J'avais des idées bien arrêtées sur le sujet. Mais je ne sais plus... J'ai beaucoup changé.

— Il est normal de changer quand on divorce. Maintenant, vous avez découvert que vous vouliez des enfants? J'aurais cru que, pour vous aussi, la liberté était un bien inestimable.

— Pas nécessairement. Mais je n'ai pas encore vraiment changé d'avis pour ce qui est des enfants. J'ai seulement commencé à me poser des questions.

— En fait, Jessie, déclara-t-il en lui prenant la main, j'ai l'impression que vous seriez plus heureuse sans enfants. Je crois que vous me ressemblez beaucoup. Volontaire, indépendante... Vous aimez ce que vous faites. Je vous vois mal lâcher tout pour pouponner un petit tyran qui se débat dans ses couches.

— Vous y allez fort!

— Mais les choses sont ainsi!

Ils continuèrent à plaisanter un moment en finissant leur vin. Puis, en voyant une nouvelle vague de clients s'installer pour déjeuner, ils se rendirent compte qu'ils étaient là depuis deux heures. Jessie ne put s'empêcher de trouver que la conversation avait pris un tour bizarre. Elle eut l'impression que le sujet importait encore bien davantage à Geoffrey qu'à elle et qu'il tenait à mettre les choses au point sans plus tarder.

Elle termina son verre en se demandant si cela valait la peine de retourner à la boutique, puis elle songea brusquement qu'il avait peut-être des rendez-vous, lui aussi. Mais elle se trouvait si bien en sa compagnie qu'elle n'avait pas la force de le quitter.

— La semaine prochaine, Jessica, je vais à Paris en voyage d'affaires. Avez-vous envie de quelque chose que je pourrais vous rapporter?

— Paris! murmura-t-elle, les yeux rêveurs. Paris!... Comme c'est aimable de me le proposer! Voyons un peu. Vous pouvez me rapporter... le Louvre... le Sacré-Cœur... le Café de Flore... la brasserie Lipp... les Champs-Élysées... et le faubourg Saint-Honoré tout entier!

— Bravo! J'aime les femmes qui savent ce qu'elles veulent. Au fait, pourquoi ne viendriez-vous pas avec moi?

461

— Vous plaisantez?

— Pas du tout! Je ne serai là-bas que trois ou quatre jours et vous pourriez sûrement vous absenter.

Il n'avait pas tort. Mais Jessie se dit que, tout compte fait, elle ne le connaissait pas et que Dieu seul savait ce qu'il avait derrière la tête!

— Je comptais aller faire un tour à New York, répliqua-t-elle. Mais, puisque je vends la boutique, c'est devenu inutile. Alors Paris...

Elle était tentée, malgré tout. Après s'être débarrassée des sinistres larves qui avaient essayé de se jeter sur elle, elle hésitait à envoyer promener un envoyé du ciel qui lui proposait de l'emmener à Paris. Geoffrey la regarda d'un air gentiment gêné.

— Nous ne sommes pas obligés de... partager la même chambre. Si vous préférez...

— Geoffrey, vous êtes un ange! Arrêtez ou je risque de laisser tomber toutes les démarches urgentes que j'ai à faire ici. Je suis très touchée par votre proposition, mais je ne peux pas l'accepter.

— Bon, réfléchissez. Vous avez encore le temps de changer d'avis.

Vraiment, ce garçon était étonnant. Elle avait presque envie de dire oui. Et pourquoi pas, en effet? Pourquoi ne pas aller à Paris? Ce serait magnifique. L'ennui, c'est qu'elle ne pourrait pas s'empêcher de croire qu'elle trahissait Ian. N'était-ce pas absurde, puisqu'elle était libre et que, de plus, il n'en saurait rien? Pourtant, elle s'imaginait qu'il était toujours présent, qu'il la regardait avec reproche et qu'il lui déconseillait de partir. Pour chasser cette image, elle regarda Geoffrey.

— Merci de votre offre.

— J'espère que vous pourrez venir. Quand je dis que j'aime les voyages impromptus, vous me comprenez, n'est-ce pas? C'est bien plus amusant que d'avoir à traîner une bonne d'enfants et des marmots ou que de se sentir coupable de les laisser à la maison. J'aime mieux être un oncle qu'un père. Avez-vous des neveux ou des nièces? Non…? Des frères ou des sœurs?…

— Non. J'avais un frère. Il est mort à la guerre.

— La Seconde Guerre mondiale ou la guerre de Corée? demanda-t-il, surpris. Il devait être beaucoup plus vieux que vous!

— Non. La guerre du Viêt-nam.

— Oh! bien sûr, je suis bête… Étiez-vous très proches l'un de l'autre?

Il accentua affectueusement la pression de sa main sur celle de Jessie.

— Oui, nous étions très proches, répliqua-t-elle avec émotion. J'ai très mal supporté sa mort.

C'était la première fois qu'elle avait la force d'en parler sans pleurer. Le changement survenu en elle au cours des derniers mois était plus important qu'elle ne l'avait cru.

— Je suis désolé.

— Mais vous, combien avez-vous de frères et sœurs?

— Deux sœurs marrantes et un frère assez prétentieux.

— Vous allez souvent en Europe?

— Assez souvent, pour de courts séjours. Au fait, Jessica, est-ce que je ne devrais pas vous ramener à la boutique pour votre rendez-vous avec Astrid?

— C'est vrai, je l'avais complètement oublié! Vous avez raison, dit-elle en regardant sa montre avec regret. Je crains de ne vous avoir fait manquer, vous aussi, à vos engagements de l'après-midi.

— Oui, je… Non, je blague! avoua-t-il avec un sourire en se renversant sur le dossier de la chaise. Je n'ai pas le moindre engagement. C'est uniquement pour vous voir que je suis venu à San Francisco.

— Est-ce possible?

— Tout à fait. J'espère que vous ne m'en voulez pas.

— Non, mais je suis surprise.

Elle était plus que surprise : éberluée! Que signifiaient donc cette visite et cette proposition de voyage à Paris? Ce garçon ne valait-il pas mieux que les autres et comptait-il se rembourser de son invitation en couchant avec elle?

— Si je vous disais que, pour ce soir, j'ai déjà retenu ma chambre à l'hôtel, est-ce que vous vous sentiriez plus à l'aise?

Geoffrey avait vraiment deviné ses pensées. Il semblait très doué pour ce genre d'exercice.

— Oh! Vous alors! s'écria-t-elle en le menaçant de sa serviette. Je n'étais absolument pas...

— Mais si!

— Oui, c'est vrai, admit-elle en riant.

Il rit à son tour, puis il se leva pour l'aider à enfiler sa veste, après avoir glissé un gros billet sous la note apportée par le serveur.

Après une affectueuse accolade, il la reconduisit vers la boutique. Astrid les attendait sans trop d'impatience. Elle était heureuse de voir enfin Jessie avec un homme qui lui plaisait.

— Eh bien, mesdames, je vous laisse à vos discussions d'affaires et à vos petits secrets. Dites-moi seulement, Jessica, à quelle heure je peux revenir vous chercher.

— Me chercher ici?

Elle était émue de constater qu'il était plein d'attentions pour elle, qu'il tenait à l'aider, à venir la prendre à la boutique, à la ramener chez elle... Il y avait longtemps que cela ne lui était pas arrivé.

— Préférez-vous qu'on se rencontre ailleurs?

— Comme vous voudrez.

— Je crois qu'il vaudrait mieux que je vous laisse le temps de rentrer chez vous et de vous reposer. Voulez-vous que je vienne vous chercher là-bas?

Il savait maintenant qu'elle était méfiante. Elle se mit à rire pour cacher son embarras.

— Oui, c'est une bonne idée.

— Alors, disons à sept heures pour dîner à huit?

— Parfait.

Il était déjà sur le seuil de la boutique quand elle se rappela qu'il était étranger à la ville.

— Aimeriez-vous visiter San Francisco, ce soir?

— Ça me ferait grand plaisir.

— Tant mieux. Dans ce cas, pouvez-vous me retrouver en fin d'après-midi?

— Où vous voudrez.

— Bon. Attendez-moi devant le *St. Francis Hotel* à cinq heures. D'accord?

— Tout à fait.

Après un dernier petit salut, il s'éloigna d'un pas vif et Jessica alla retrouver Astrid. Elles reprirent leur conversation du matin, mais Jessie eut beaucoup de mal à en suivre le fil.

— Vous êtes bien de mon avis, Jessie?

— Quoi? s'écria-t-elle en ayant l'air de tomber de la lune. Oh! la barbe!...

— Vous n'allez pas prétendre que vous êtes déjà amoureuse, dit Astrid en riant.

— Bien sûr que non. Mais il est charmant, n'est-ce pas?

— Il en a l'air.

Jessie regarda son amie en rougissant comme une adolescente. Il leur fallut des heures pour mettre au point tous les détails de la vente, mais elles terminèrent leur entretien très satisfaites l'une de l'autre. Jessica se leva en arborant un air de grande jubilation, puis regarda sa montre.

— Maintenant, il faut que je m'en aille.

Elle ramassa son sac, envoya un baiser à Astrid et déclara :

— Je n'ai plus qu'un quart d'heure pour aller retrouver Ian.

L'instant d'après, elle avait disparu sans se rendre compte de ce qu'elle venait de dire. Astrid se demanda tristement si elle pourrait jamais oublier son mari. Plus inquiétant encore était le sort du malheureux Ian lui-même, auquel elle ne pouvait songer sans avoir de la peine. L'amitié qu'elle portait au prisonnier tempérait un peu son enthousiasme vis-à-vis du nouvel ami de Jessie.

Pendant ce temps, son amie se dépêchait de quitter la contre-allée au volant de la Morgan pour aller rejoindre le beau Geoffrey.

33

— Suis-je très en retard? demanda-t-elle d'un ton inquiet en arrivant devant le *St. Francis.*

Elle était restée coincée dans des embouteillages au centre de la ville. Il était visiblement ravi de la voir arriver et il n'avait pas du tout l'air excédé du monsieur à qui l'on vient de faire faire le pied de grue.

— Voilà des heures que je vous attends, dit-il en riant.

— Menteur!

— Quoi? Voilà que vous m'injuriez!

Dans sa joie de se retrouver seul avec elle, il se permit un léger baiser sur sa joue. La discrétion de ce geste la toucha. Elle se méfiait des grandes démonstrations passionnées et elle avait toujours préféré les effleurements de la main ou les petits baisers rapides. Cela rendait les choses plus faciles et ressemblait à une tendre camaraderie. De cette façon, on n'avait pas l'impression de succomber à l'amour, mais à l'amitié.

— Où m'emmenez-vous?

— Partout, répondit-elle en prenant la direction de Nob Hill.

— Quel programme!... Oh! je reconnais ce coin-là et je sais où vous me conduisez en ce moment! J'aperçois mon hôtel.

Elle ne releva pas l'allusion et, quand ils furent sur la hauteur, elle lui montra la cathédrale, le Pacific Union Club et trois des hôtels les plus luxueux de la ville. Par California Street, ils redescendirent ensuite vers l'embarcadère, le Ferry Building et les docks avant de remonter vers Ghirardelli Square et la conserverie. Elle lui fit remarquer l'animation de ruche qui régnait dans les petites boutiques du coin. À Fisherman's Wharf, elle descendit de voiture pour lui acheter un sac de crevettes toutes fraîches et un gros morceau de pain au levain.

— Quel périple! Vous me comblez, ma chère amie.

Elle était aussi heureuse que lui de la promenade. Ils allèrent ensuite regarder des vieux qui jouaient aux boules au bord de l'eau, puis ils se dirigèrent vers le port de plaisance et le St. Francis Yacht Club. Après avoir fait lentement le tour des quartiers huppés pour en admirer les élégantes constructions, ils finirent par se réfugier dans le Golden Gate Park. Jessie était satisfaite d'avoir suivi minutieusement son programme. Le soleil allait bientôt se coucher et le crépuscule illuminait d'or et de rose le gazon et les fleurs. C'était l'heure qu'elle préférait.

Ils cheminèrent de parterre fleuri en parterre fleuri. Au détour des allées, ils découvrirent çà et là de petites cascades. Après avoir longé la rive d'un lac miniature, ils parvinrent devant la maison de thé japonaise nichée dans la verdure.

— Vous êtes un guide extraordinaire, Jessica.

— Toute à votre service, monsieur, dit-elle avec une petite révérence.

Doucement, il lui passa le bras autour des épaules et elle eut l'impression, au soir de cette merveilleuse journée, qu'elle était en sécurité avec lui comme avec un ami de longue date.

Elle aimait beaucoup sa façon d'être et de voir la vie, son sens de l'humour, sa délicatesse et sa courtoisie. Sa désinvoiture et son goût de la liberté lui plaisaient. Par ailleurs, il l'avait entretenue de ses occupations professionnelles, auxquelles il semblait prendre grand intérêt, et elle avait compris que, sur le plan financier, il n'était certainement pas à plaindre. Il pourrait être un compagnon parfait, du moins pour un temps. Mais ce qui touchait le plus Jessie, c'était sa gentillesse. Et elle savait désormais que c'était une qualité rare dont on devait user sans jamais en abuser.

Ils s'installèrent dans le petit restaurant fleuri pour grignoter des gâteaux japonais en buvant du thé vert.

— Jessica, j'aimerais savoir ce que vous aimez le plus au monde.

— Plus que n'importe quoi? Faire de la peinture, je crois.

— Vraiment? Vous êtes douée pour la peinture? Oh! pardonnez-moi! Quelle question idiote! Les gens qui ont du talent sont toujours persuadés qu'ils n'en ont pas. Et ceux qui n'en ont pas se prennent généralement pour des génies.

— Je ne sais pas si j'ai le moindre talent, mais je sais que j'adore ça.

— Que peignez-vous?

— Ça dépend. Des gens. Des paysages. N'importe quoi. À l'aquarelle ou à l'huile.

— Il faudra me montrer ça, dit-il d'un ton indulgent.

Apparemment, il ne la prenait pas au sérieux. Il avait parfois un petit côté protecteur qui donnait à Jessie l'impression d'être une enfant. Elle trouvait bizarre qu'au moment précis où elle commençait à se conduire en adulte, quelqu'un fût apparu dans sa vie avec l'intention manifeste de la traiter toujours en petite fille. Le problème, c'est qu'elle n'avait plus tellement envie de régresser.

Ils quittèrent la maison de thé quand ce fut l'heure de la fermeture et revinrent nonchalamment vers la voiture. Geoffrey parut remarquer la Morgan pour la première fois.

— Savez-vous, Jessica, que c'est une vraie petite merveille et presque une voiture de collection! Où l'avez-vous dénichée?

— Peut-être allez-vous mal me juger, mais j'avoue que c'est un cadeau, dit-elle avec fierté.

— Un superbe cadeau!

Elle hocha la tête sans ouvrir la bouche et il n'osa pas l'interroger davantage. Quel que fût le donateur, c'était visiblement quelqu'un qui avait beaucoup d'importance pour elle. Il devait s'agir de son mari. Geoffrey sentait que Jessica n'était pas du genre à accepter un cadeau aussi considérable de n'importe qui. Il en savait déjà long sur elle. Il savait, en particulier, que c'était une femme de qualité, tout à fait hors du commun.

— Avez-vous déjà piloté un avion?... Non?... En avez-vous envie?

— Vous moquez-vous de moi?

— Mais non. Un de ces jours, je vous emmènerai dans mon appareil. Il n'est pas difficile à piloter. Vous apprendrez en un rien de temps.

— Quelle drôle d'idée!

Il avait un tas d'idées drôles, mais Jessie en était enchantée.

Leur soirée fut une réussite. La cuisine, à *L'Étoile*, était exquise, le pianiste jouait de la musique douce et Geoffrey était un compagnon de rêve. Ils commandèrent un chateaubriand aux truffes et à la sauce béarnaise, des asperges, une salade d'endives et de cœurs de palmiers merveilleusement assaisonnée, le tout accompagné d'une bouteille de mouton-rothschild 1952. «Une excellente année», assura Geoffrey avec une raideur de ton bien anglaise qu'adoucissait son sourire charmeur. Il avait le don de créer une atmosphère d'intimité sans s'écarter pour autant de la plus parfaite courtoisie.

Après dîner, ils allèrent danser *Chez Alexis.* C'était l'endroit où Astrid et ses amis avaient emmené Jessie, mais il y avait un monde entre les deux soirées. Geoffrey dansait admirablement et cela faisait des années que Jessie ne s'était trouvée aussi à l'aise. Tout lui semblait luxe et volupté et elle ne ressentait pas la moindre envie de rentrer chez elle. Lui non plus ne paraissait pas pressé de la quitter.

Quand il la reconduisit et qu'ils arrivèrent devant sa porte, il l'embrassa tendrement. C'était le premier vrai baiser qu'il lui donnait. S'il ne mit pas tout à fait le feu aux poudres, il fit pourtant monter en elle une douce excitation. Elle comprit qu'il devait être difficile de résister à Geoffrey. Il s'écarta avec une savante lenteur. L'ombre d'un sourire jouait sur ses lèvres.

— Vous êtes une femme exquise, Jessica.

— Voulez-vous entrer prendre un verre ? demanda-t-elle d'une voix incertaine.

Elle ne savait pas trop ce qu'elle voulait et il s'en rendit compte. Elle avait presque envie qu'il refusât car elle n'était pas encore sûre de son propre désir. Elle le trouvait néanmoins très attirant, d'autant plus attirant qu'il y avait bien longtemps qu'elle avait oublié le goût du plaisir.

— J'ai peur que vous ne soyez très fatiguée. Savez-vous qu'il est tard, jeune personne ?

Devant tant de douceur et de délicatesse, elle crut revivre le passé... Mais non, c'était Geoffrey qui était auprès d'elle, pas l'autre ! Il fallait qu'elle revînt sur terre.

— Je ne suis pas du tout fatiguée, répliqua-t-elle.

En montant avec elle les marches du perron, il sentit tout de même qu'elle s'était un peu raidie. Elle ouvrit la porte en se répétant qu'elle n'avait rien à craindre de lui. Il ne la forcerait pas car il avait déjà un projet bien arrêté : il la voulait à lui pour toujours.

Elle pressa le bouton électrique pour éclairer l'entrée. Mais ce fut lui qui, dans le salon, se chargea d'allumer les bougies des chandeliers pendant qu'elle versait du cognac dans deux petits verres.

— Est-ce que ce cognac vous plaît?

— Il est remarquable. Comme le panorama qu'on a de votre fenêtre. Comme l'atmosphère de la maison. Je savais que tout serait parfait. Vous êtes une femme étonnante. Vous avez tout pour vous... Le goût, l'allure, le raffinement, la beauté, l'intelligence... Vous êtes la Dame aux Mille Vertus.

— Si vous continuez, vous pourrez ajouter la prétention à votre énumération.

Prenant son verre de cognac, elle alla s'installer dans son fauteuil préféré.

— C'est ma place attitrée. D'ici, dans la journée surtout, la vue est formidable.

— Je n'en doute pas. Dans quelques semaines, je vais me mettre en quête d'une maison de ce genre-là.

— Sérieusement?... Vous ne m'avez donc pas raconté des histoires à propos de votre venue à San Francisco?

— Non, c'est la vérité. Est-il difficile de trouver ce genre de maison?

— Pour acheter?

— Ça dépend!

Il la regarda dans les yeux, puis baissa le nez sur son cognac.

— Peut-être pourrais-je vous louer la mienne pour l'été, dit-elle pour se moquer de lui.

— C'est une proposition sérieuse?

— Non, reprit-elle avec tristesse. Vous ne seriez pas heureux ici, Geoffrey.

La vérité, c'est qu'elle ne voulait pas de lui dans la maison de Ian. Cela l'aurait gênée de le savoir là.

— Et *vous*, Jessie, êtes-vous heureuse ici?

— Heureuse n'est pas le mot qui convient.

Il fut surpris de la douleur qu'il lisait dans ses yeux. Cela la faisait paraître soudain beaucoup plus âgée.

— Pour moi, déclara-t-elle, ce n'est plus une maison, mais un abri. Un toit, une adresse... Rien de plus.

— Alors, vous devriez déménager. Peut-être trouverions-nous... trouverais-je... quelque chose de plus grand. Avez-vous songé à la vendre?

— Non, seulement à la louer. Elle n'est pas entièrement à moi.

— Je vois, dit-il en reprenant une gorgée de cognac. Bon, il est tard, je vais vous laisser. Sinon, vous ne tiendrez pas debout demain. Êtes-vous libre pour le petit déjeuner?

— Oui, en général, répliqua-t-elle en riant.

— Tant mieux. Dans ce cas, pourquoi ne pas le prendre ensemble dans un endroit amusant avant que je m'embarque pour Los Angeles? Je viendrai vous chercher en taxi.

Cette perspective l'amusa, mais elle aurait préféré le lui préparer elle-même, s'asseoir en sa compagnie — dans le plus simple appareil — devant la table de la cuisine ou s'installer à son côté dans le lit pour déguster des fraises à la crème. Elle n'était pourtant pas sûre que ce genre de fantaisies fût du goût de Geoffrey. Bien qu'elle sentît, chez lui aussi, des penchants épicuriens, elle se dit qu'il portait sûrement à son lever une robe de chambre et un pyjama de soie.

— Que prenez-vous habituellement au petit déjeuner? lui demanda-t-elle.

C'était une question idiote, mais elle était curieuse de connaître ses goûts alimentaires. Chaque détail avait un sens.

— Ce que je prends? dit-il d'un ton amusé. Quelque chose de léger. Des œufs pochés, du pain de seigle, du thé.

— C'est tout? Pas de bacon? Pas de gaufres? Pas de pain de mie? Pas de papayes? Rien que des œufs pochés et du pain de seigle!... C'est affreux!

— Et vous, mon amour, que prenez-vous le matin de si extraordinaire?

— Du beurre de cacahuètes et de la confiture d'abricots sur des petits pains au lait. Du fromage à la crème et de la gelée de goyaves sur des macarons. Du jus d'orange, du bacon, de l'omelette, de la compote, des beignets aux pommes...

— Tous les jours?

— Évidemment!

— Je ne vous crois pas.

— Vous faites bien! Enfin, presque, car pour le beurre de cacahuètes et le fromage à la crème, c'est la vérité. Aimez-vous le beurre de cacahuètes?

— Pas trop. Je trouve que ç'a goût de mastic. Cela dit, nous pourrions mettre du beurre de cacahuètes sur des croissants. Ça vous ira?

— Parfaitement.

Avec désinvolture, elle envoya promener ses chaussures et s'assit sur ses talons.

— Geoffrey, dit-elle alors d'un ton solennel, je tiens à savoir si vous êtes un lecteur de bandes dessinées.

— Un fervent lecteur. De *Superman* en particulier.

Cessant brusquement de plaisanter, il regarda son verre d'un air songeur.

— Jessica!... Je vous aime beaucoup. Oui, beaucoup.

Surprise par cette déclaration abrupte, elle ne put s'empêcher d'être touchée par sa sincérité. Il y avait dans sa voix un curieux mélange de formalisme et de chaleur.

— Moi aussi, je vous aime beaucoup.

Ils étaient assis à une certaine distance l'un de l'autre, mais il ne tenta pas de se rapprocher d'elle. Il ne voulait pas la bousculer. Il sentait qu'elle était de ces femmes dont on ne gagne la confiance que très lentement, en leur laissant le temps de la réflexion.

— Vous ne m'avez pas dit grand-chose de votre vie. En fait, vous ne m'avez rien dit du tout. Mais j'ai la vague impression que vous avez souffert et même beaucoup souffert.

— Qu'est-ce qui vous le fait croire?

— Ce que vous ne me dites pas. Votre façon de rester en retrait, par moments. Le mur derrière lequel il vous arrive de vous réfugier. Jessica, je vous promets de ne pas vous faire de mal et de faire, au contraire, tout mon possible pour vous éviter de souffrir.

Sans rien répliquer, elle le dévisagea avec mélancolie. Mais elle ne demandait pas mieux que de le mettre à l'épreuve car elle sentait que, de son côté, il tenait à lui prouver sa bonne foi.

34

Le lendemain, quand Jessie arriva à la boutique, Astrid s'y trouvait déjà. Depuis quelque temps, Jessie ne se sentait pas obligée d'être aussi matinale qu'auparavant. Et peut-être n'en avait-elle plus envie.

— Vous avez passé une bonne soirée, hier ?

— Merveilleuse !

Elle était rayonnante. Le petit déjeuner en ville lui avait paru encore plus sympathique que la soirée de la veille, mais elle ne tenait pas à en parler à Astrid.

— Absolument merveilleuse ! répéta-t-elle d'un ton mystérieux et satisfait.

— Je dirais que le jeune homme est, lui aussi, « absolument merveilleux ».

— Là, chère madame, vous exagérez !

— Mais non, mais non… Je n'exagère pas, je le jure, dit Astrid en levant solennellement la main. Son apparence et ses manières parlent pour lui. Êtes-vous amoureuse de lui, Jessie ?

— En toute honnêteté, non, répliqua-t-elle gravement. Mais je l'aime bien. Il y avait longtemps que je n'avais pas rencontré un homme aussi charmant.

— Peut-être l'aimerez-vous un jour pour de bon. Laissez-lui sa chance.

Jessica acquiesça, puis elle se mit à parcourir le courrier qui la concernait encore. Elle avait l'impression que la boutique n'était déjà plus à elle et elle aurait aimé que le délai de vente fût raccourci. Maintenant, elle avait hâte de prendre congé de « Lady J » et de quitter la ville. Cette séparation-là était pour elle comme un second divorce. Il y avait une enveloppe écrite de la main de Ian parmi ses lettres d'affaires et elle la mit à part. Astrid le remarqua, mais ne fit pas de réflexion. Pour une fois, Jessie ne semblait pas avoir l'intention de la déchirer. Elle surprit le regard d'Astrid et haussa les épaules, puis se versa une tasse de café.

— Figurez-vous que j'en suis à me dire que je devrais lui envoyer un mot pour le remercier de la voiture. C'est le moins que je puisse faire, il me semble. J'en ai parlé à votre mère, le week-end dernier.

— Que vous a-t-elle dit ?

— Rien de spécial. Elle était de mon avis.

Mais, paradoxalement, en dépit de ses bonnes intentions, elle finit par jeter sans la lire la lettre qu'elle venait de recevoir.

Le lendemain et le surlendemain, Astrid et Jessie se retrouvèrent chez leurs hommes de loi pour signer les derniers papiers de la vente. Et, le samedi matin, Jessie prit contact avec trois agences immobilières. Elle les chargea de lui trouver un locataire convenable pour l'été. Comme elle laissait tout son mobilier dans la maison, elle ne voulait pas de n'importe qui. Elle précisa aussi que le bureau de Ian resterait fermé à clé.

Il était près de minuit, le dimanche soir, quand elle s'installa pour lui écrire un mot de remerciement. Elle ne réussit à griffonner que cinq ou six lignes assez formalistes. Elle lui disait le plaisir que lui avait fait son cadeau : il n'aurait jamais dû lui acheter cette jolie voiture! Elle ajoutait qu'il ne lui devait rien et qu'aucun contentieux n'existait plus entre eux. C'était un mot des plus banals, mais elle mit un temps fou à le rédiger.

Cinq jours plus tard, elle avait trouvé un locataire qui prendrait la maison du quinze juillet au premier septembre. Elle fit donc ses préparatifs de départ avec l'intention de quitter la ville une semaine plus tard. Geoffrey, qui tenait à la revoir, l'invita à venir passer un week-end à Los Angeles, mais elle lui répondit qu'elle avait trop à faire. C'était vrai. En plus de ses propres problèmes, elle s'occupait, en effet, de lui trouver des adresses de maisons et d'appartements. Mais elle avait l'impression que, momentanément, il n'y avait pas de place dans sa vie pour Geoffrey. Il lui semblait préférable de le tenir à l'écart tant qu'elle n'avait pas fermé sa maison, abandonné sa boutique et chassé ses souvenirs douloureux. Elle tenait à se présenter à lui en ayant retrouvé une sorte de virginité. Il devait lui laisser le temps nécessaire. Elle avait besoin d'être seule pour rompre les derniers liens, quelque pénible que cela fût pour elle. Puisque Geoffrey n'était pas encore véritablement entré dans sa vie, mieux valait qu'elle le retrouvât à la campagne, après son installation.

Elle n'allait plus à la boutique que pour donner un coup de main à Astrid en cas de besoin. Mais, avec l'aide de Katsuko, toujours fidèle au poste, Astrid se débrouillait déjà à merveille et Jessie ne tenait pas trop à fourrer son nez dans ses affaires. Les ouvriers étaient en train de remplacer l'enseigne. «Lady J» devenait «Lady A» et les clientes avaient reçu des cartes qui annonçaient le petit changement de nom. Jessie était un peu triste, mais elle savait que toute transformation impliquait le détachement et que ses regrets disparaîtraient quand elle serait au loin. Par ailleurs, son avenir la préoccupait. Elle allait se mettre à peindre.

Mais pour combien de temps? Il n'était pas dans ses intentions de prendre la relève de la célèbre Grandma Moses. Elle espérait que, malgré tout, l'expérience lui serait profitable. Puis il y avait Geoffrey. Il serait peut-être l'homme providentiel.

Jessica passa pour la dernière fois à la boutique le vendredi vers midi. Dans la matinée, elle avait fini de ranger sa maison et, comme elle devait la quitter deux jours plus tard, elle en avait ôté toutes sortes de petits trésors personnels, des photos de Ian entre autres. Cela lui avait paru très dur, car chacun de ces objets faisait remonter le passé à sa mémoire.

Après avoir garé sa voiture derrière celle d'Astrid, elle fit une entrée très calme. Déjà, la boutique tout entière était méconnaissable. Astrid avait apporté certains objets de chez elle, dont un ravissant tableau qu'elle avait accroché dans le bureau qui était désormais le sien. Sa présence se faisait sentir partout. Malgré cela, Jessie avait du mal à réaliser qu'elle avait empoché l'argent de la vente. C'était une vraie petite fortune et, pourtant, elle y restait indifférente. Neuf mois plus tôt, elle aurait mendié pour en avoir seulement le dixième, et maintenant elle trouvait que cet argent n'avait plus d'importance. Ses factures étaient réglées, Ian n'était plus là, elle n'avait plus besoin de rien. Elle ne savait que faire d'une pareille somme et elle y pensait à peine, tout en trouvant absurde que la vente de sa boutique lui eût autant rapporté. Elle savait que plus tard elle s'en réjouirait. Mais pour le moment elle avait l'impression désolante d'avoir vendu son enfant, son unique enfant. À une amie, bien sûr! Il lui restait le remords d'avoir abandonné la seule «chose» qu'elle avait soignée et aidée à grandir comme un être vivant.

— Encore du courrier pour vous, madame, lui dit Astrid avec un sourire.

Jessie lui trouva l'air heureux et rajeuni. Il était difficile de croire qu'elle venait de fêter son quarante-troisième anniversaire. Jessie, quant à elle, aurait trente-deux ans en juillet. Comme le temps passait vite!

— Merci, Astrid, répliqua-t-elle en glissant les lettres dans sa poche. Je venais vous dire que j'avais fini mes bagages. Je suis prête au départ.

— Et déjà mélancolique!

Astrid ne se trompait pas. Pour réconforter Jessie, elle l'emmena déjeuner. Elles burent toutes les deux trop de vin blanc, mais Jessie retrouva son entrain. Elle rentra chez elle d'assez bonne humeur.

Elle alla ouvrir la fenêtre du salon. Debout dans un rayon de soleil, elle resta un moment à parcourir des yeux cette pièce où ils avaient tant aimé se retrouver, Ian et elle. Elle le voyait encore allongé sur le divan en train de lui parler avec enthousiasme du chapitre qu'il venait d'écrire ou l'écoutant simplement discourir sur la boutique. Où était-il le plaisir de partager les projets et les rêves, de rire ensemble et de se comporter comme deux gosses? Quelqu'un comme Geoffrey allait la gâter. Il l'emmènerait dans les meilleurs restaurants et les meilleurs hôtels. Il lui ferait visiter le monde entier. Mais ce ne serait pas Ian! Il ne prendrait pas la peine, lui, de se baisser pour lui ôter une épine du talon ou de lui gratter le dos. Il n'aurait pas envie de boire une bière au lit en regardant un film d'horreur à la télévision et, le matin, en se levant, il n'aurait jamais l'air d'un petit garçon ensommeillé. Il serait toujours impeccable, embaumant discrètement l'eau de Cologne de luxe. Il ne saurait jamais non plus quel avait été le désespoir de Jessie à la mort de Jake et de ses parents. Seul, Ian savait ce genre de choses. L'amour qu'elle avait perdu était inestimable et, sans doute, à jamais irremplaçable.

Songeuse, elle alla jusqu'à la fenêtre et se mit à contempler la mer et l'échancrure de la baie. Soudain, elle se rappela qu'Astrid lui avait donné du courrier. Elle alla le chercher dans la poche de sa veste en se demandant avec angoisse s'il y avait une lettre de Ian. En effet, il y en avait une. Elle la parcourut en toute hâte. Elle vit tout de suite qu'il avait bien reçu son mot de remerciement.

… C'est à moi-même que j'écris ces lignes, car je suppose que tu ne les liras pas. Je viens de recevoir de toi quelques phrases rédigées avec nervosité. Tu as donc gardé la voiture! C'est tout ce qui comptait. Jess, je tenais à ce que tu l'aies plus que tu ne peux le penser. Merci, merci de l'avoir gardée.

Je présume que tu n'ouvres jamais mes lettres. Je te connais. Cric, crac, au panier!

Mais il faut que je t'écrive. Pour moi, c'est comme le besoin de siffler dans le noir ou de parler tout seul. Et toi, à qui parles-tu maintenant? Qui te tient la main? Qui te fait rire ou te serre dans ses bras quand tu pleures? Si tu savais comme tu es lamentable à voir quand tu as du chagrin!… Mais ça me manque aussi. J'essaie de t'imaginer en ce moment au volant de la nouvelle Morgan… Mais je trouve que tu exagères avec ton petit mot de l'autre jour. On aurait dit que tu écrivais à la grand-mère de ta meilleure amie… Merci, très chère madame, de votre merveilleux cadeau, il est d'une couleur qui va à ravir avec ma jupe des dimanches, mes gants et mon chapeau neuf…

Chérie, je t'aime. Mon seul espoir, c'est que tu retrouves le bonheur. Peu importe avec qui, peu importe quand. C'est ton droit absolu. Je sais que tu ne peux pas rester seule. Mais, quand je réalise que tu en as le droit, je souffre le martyre, bien que je n'aie pas l'intention de pousser les hauts cris. Que te dire de plus, si ce n'est que je te souhaite bonne chance et que je t'aime?

Depuis que le livre est édité et que j'ai le temps de réfléchir sur ma vie, ça m'attriste que tu ne sois pas là pour constater le changement qui s'est opéré en moi. J'ai mûri. J'ai été à rude école, mais j'ai compris beaucoup de choses sur toi et sur moi. Ça ne suffit pas de gagner de l'argent, Jessie. Tu sais, maintenant, peu importe pour moi qui paie les factures. Il est vrai que je tiens à les payer, mais je n'en suis plus comme autrefois à attraper un ulcère parce que c'était toi qui signais les chèques. La vie est plus belle et plus simple que ça. Du moins, elle devrait l'être. Bizarrement, ma vie est à la fois plus riche et plus démunie. Tu me manques. Ma chérie, mon impossible Jessie, je t'aime toujours autant. Disparais, ne me hante plus, laisse-moi tranquille ou bien… reviens ! Si tu savais comme je le désire ! Mais, toi, tu ne le désires pas et je te comprends. Je ne t'en veux pas, je me dis seulement que les choses auraient pu être différentes si je ne t'avais pas tourné le dos dans le parloir en te laissant avec le téléphone dans la main. Je revois encore ton visage. Mais non, je me trompe. Ce n'est pas à cause de ce malheureux jour… Nous payons aujourd'hui pour de très vieilles erreurs. Je dis « nous », car je crois que nous souffrons tous les deux de cette séparation, tout en me demandant si tu n'as pas déjà oublié nos malheurs. Cette crainte me donne un affreux sentiment de vide. Oublier, c'est pourtant ce qui peut nous arriver de mieux. Au bout d'un certain temps, nous n'y attacherons plus d'importance, mais je n'ai pas envie que ça m'arrive vite. Tout ce qui est poussière doit retourner en poussière, disparaître à jamais. Or, je ne cesse de te voir et de te revoir en esprit. Je caresse tes cheveux et, en riant, je te regarde dans les yeux. Va ton chemin en paix, mon amour, en faisant bien attention aux lézards et aux fourmis. Ils ne mordent pas, je te le jure, mais les voisins pourraient appeler les flics si tu te mettais à hurler.

Contente-toi d'être prudente et ne t'en fais pas trop.

Je reste celui qui t'aime. Ian.

Elle se mit à rire à travers ses larmes. Les lézards et les fourmis l'avaient toujours terrorisée. Comme la solitude. Et puisqu'elle avait surmonté sa peur de la solitude, elle allait peut-être s'habituer aux lézards et aux fourmis. Mais s'habituerait-elle à vivre sans Ian? C'était plus douteux. Avant de lire sa lettre, elle n'avait pas réalisé à quel point le son de sa voix lui manquait. Et là, elle avait cru l'entendre. C'étaient les mots qu'il employait, ses intonations, son rire, sa façon de parler en la rassurant du regard et en lui caressant les cheveux…

Impulsivement, elle se leva pour prendre son papier à lettres, puis elle s'installa à son petit bureau, pressée de lui raconter qu'elle avait vendu la boutique et qu'elle s'installait dans une maison de campagne, près du ranch de tante Béthanie. Elle dit qu'elle comptait la restaurer, en faire un endroit charmant, et que cela l'occuperait pour un temps. Elle lui en donna l'adresse et mentionna qu'elle avait loué leur maison de ville à un couple agréable — heureusement sans enfants ni chiens, ni chats — qui en prendrait grand soin. Elle ajouta enfin qu'elle avait fermé à clé le bureau de Ian, que ses dossiers étaient en sécurité et que, de son côté, elle allait essayer d'éviter les lézards et les fourmis. Cette fois, les idées lui venaient sans peine. Il lui semblait écrire à un ami très cher, qu'elle venait de retrouver après une longue absence. Cela correspondait, en fait, à une partie de la réalité. Elle sortit aussitôt pour poster la lettre. Juste à ce moment-là, Astrid passa en voiture. Voyant Jessie lui faire un signe, elle s'arrêta.

— Que fabriquez-vous dehors à cette heure-ci, Jessica? Voulez-vous venir dîner avec moi?

— Auriez-vous enfin une soirée libre, chère madame? Vraiment, je n'en reviens pas!

Jessie avait l'impression qu'elle avait retrouvé une espèce de joie de vivre. C'est même avec bonheur qu'elle songeait maintenant au départ. Des semaines durant, elle s'était demandé si elle ne faisait pas une erreur en se coupant si brutalement des réalités habituelles. Elle savait désormais qu'elle avait pris la bonne décision et cela la réconfortait de sentir qu'elle avait mis de l'ordre à l'intérieur d'elle-même, là où Ian continuerait à vivre : à chaque instant, il était présent dans son esprit. Et, alors même qu'elle écoutait Astrid en souriant, elle avait du mal à en détacher sa pensée.

— Eh bien, oui, petite futée, j'ai une soirée libre. Et j'ai envie d'un bon plat de spaghetti. Où en sont vos bagages ?

— J'ai terminé. Et je suis d'accord pour les spaghetti.

Elles allèrent dîner dans un restaurant italien bruyant. Elles s'installèrent ensuite à une terrasse de café pour boire un capucino en regardant les passants.

— Dites-moi, Jessica, comment vous sentez-vous ? Inquiète, malheureuse ou ravie ?

— À propos de mon départ ? Les trois à la fois. J'ai l'impression de partir pour toujours.

«Et de quitter Ian encore une fois», songea-t-elle. Tant de souvenirs l'avaient submergée lorsqu'elle empaquetait leurs affaires personnelles qu'elle aurait préféré ensevelir à jamais le passé. Elle avait emballé séparément ce qui lui appartenait et ce qui était à Ian : cela faciliterait le tri quand ils vendraient la maison.

— Vous allez avoir un travail fou avec votre nouvelle habitation. Ma mère m'a dit qu'elle était dans un état affreux.

— C'est vrai, mais elle changera vite, déclara Jessie avec fierté.

Elle se sentait prête à défendre sa nouvelle demeure comme s'il s'agissait d'une nouvelle amie.

— Je vais essayer de venir la voir avant mon départ en Europe.

— J'en serai ravie, affirma Jessie.

Elle se sentait le cœur léger. Il lui semblait qu'un fardeau énorme qui l'accablait depuis des mois avait brusquement disparu. Toute la soirée, elle s'était rendu compte qu'elle était soulagée d'une petite douleur lancinante qui la minait secrètement sans qu'elle en eût pleine conscience.

— Jessica, vous semblez ressuscitée! Savez-vous que j'ai été très mal à l'aise pendant un certain temps en pensant que je vous avais privée de la boutique? J'avais peur que vous ne m'en vouliez à mort.

Astrid paraissait encore vaguement inquiète, mais Jessie la rassura d'un sourire.

— Ne vous en faites surtout pas! Ce n'est pas vous qui me l'avez enlevée, c'est moi qui vous l'ai vendue. Il fallait bien que je la cède, même en faisant la grimace, et je suis heureuse que ce soit à vous. Je crois qu'elle ne me convenait plus, car j'ai beaucoup changé.

— Je le sais. J'espère que tout va s'arranger.

— Moi aussi, soupira Jessie.

— Avez-vous des nouvelles de Geoffrey?

— Oui, il m'a appelée pour me dire qu'il ferait un tour là-bas la semaine prochaine.

Geoffrey avait eu, en effet, la délicatesse de ne pas s'immiscer dans ses préparatifs de départ.

— Ça vous fera du bien de le voir.

Jessie l'admit d'un signe de tête, sans faire de commentaires.

À neuf heures et quart, le lendemain matin, quelqu'un sonna à la porte. Jessica avait mis ses bagages dans l'entrée et elle terminait la vaisselle du petit déjeuner en regardant par la fenêtre. Elle fixait dans sa mémoire tout ce qu'elle voyait et elle voulait musarder encore une heure avant de s'en aller — de s'en aller sans se retourner. Elle avait l'impression de revivre le matin où elle avait quitté la maison de ses parents pour l'université. Il s'agissait encore une fois de remiser le passé et de partir à l'aventure. Elle prétendait avoir l'intention de revenir, mais elle savait que rien n'était moins sûr. Il lui semblait bizarrement qu'elle partait pour très longtemps, peut-être pour toujours.

On sonna pour la seconde fois. Elle s'essuya les mains sur son jean. Puis, rejetant en arrière les cheveux qui lui tombaient sur la figure, elle courut à la porte, pieds nus, sans se rendre compte que son chemisier était largement déboutonné. Mais elle avait l'habitude d'être spontanée, sans affectation, sans simagrées, et c'était ainsi que Ian l'aimait.

— Qui est là ? cria-t-elle gaiement avant d'ouvrir.

Pour elle, ce ne pouvait être qu'Astrid ou Katsuko, venues lui dire un dernier au revoir. Elles allaient pouvoir constater que Jessie prenait bien les choses et que le temps des larmes était fini.

— C'est l'inspecteur Houghton.

Aussitôt, le son de cette voix la glaça. Stupéfaite, les mains tremblantes, elle tira le verrou pour ouvrir. Toute sa bonne humeur avait disparu et elle fut étonnée que la peur eût été si prompte à refaire surface. Alors qu'il lui avait fallu des mois pour reconstruire sur des ruines, il suffisait d'un simple coup de sonnette pour que l'édifice menaçât de s'écrouler à nouveau.

— Oui ?

Ses yeux verts avaient pris la dureté de la pierre et son visage était rigide comme un masque.

— Bonjour. Je... euh... je ne suis pas en visite officielle, mais j'ai trouvé l'autre jour le pantalon de votre mari dans un casier. Alors, je me suis dit que j'allais vous le rapporter et voir en même temps comment vous alliez.

— Je vais très bien, merci.

Avec un sourire gêné, il lui tendit un sac de papier brun. Le visage de Jessie resta de glace.

— Vous partez en voyage? demanda-t-il en voyant derrière elle les valises et les paquets posés par terre.

Elle suivit son regard, puis recommença de le dévisager. Quelles étaient donc les intentions de ce sale type? Elle répondit à sa question d'un simple signe de tête.

Cet individu répugnant lui donnait toujours envie de hurler, de flanquer des coups de poing, de sortir ses griffes. Une énorme vague de terreur et de haine la submergea. Elle faillit se laisser glisser le long du mur et s'écrouler en pleurant. Il lui sembla que, miraculeusement sortie vivante d'un ouragan, elle risquait maintenant d'être victime de la tempête qui faisait rage dans son propre esprit. Elle leva vers lui un regard torturé.

— Pourquoi êtes-vous venu ce matin?

Il baissa le nez devant l'expression bouleversante de ces yeux d'enfant où se lisaient la crainte et l'incompréhension.

— Je pensais que vous seriez contente qu'on vous rende...

Il avait l'air embarrassé, mais son visage, à lui aussi, s'était durci. Il avait fait un pas de clerc, mais il venait de comprendre brusquement pourquoi il était là. Cela faisait des jours et des jours qu'il était tenaillé inconsciemment par le désir de la revoir.

— Voyez-vous, c'est que le pantalon de votre mari traînait là, dans un casier... Alors j'ai pensé...

— Qu'avez-vous pensé? Qu'il allait revenir et en avoir bientôt besoin? Ou que les prisonniers sont en ce moment à court d'uniformes? Je ne suis pas très au courant de ce qui se passe à la prison. Il y a un bon moment que je n'y suis pas allée.

Elle regretta aussitôt ce qu'elle venait de dire. Les yeux de Houghton s'étaient vaguement allumés.

— Pas possible?

— Si. J'ai été très occupée, ces temps-ci, murmura-t-elle.

— Vous avez des ennuis? demanda-t-il en ricanant.

— Qu'est-ce que ça peut bien vous foutre? s'écria-t-elle, révoltée, prête à lui sauter à la figure.

— Peut-être que ça ne me laisse pas tellement indifférent et même que ça m'embête! J'ai toujours trouvé ça dommage pour vous, cette histoire. Vous lui avez fait confiance et vous vous êtes bien gourée! Vous vous en rendez compte maintenant, hein?

— Non, je sais que j'avais raison, dit-elle, exaspérée.

— Les jurés ont pensé le contraire! répliqua-t-il d'un ton suffisant.

Ce salaud avait l'air très sûr de l'excellence du «système». Sûr de tout et de la culpabilité de Ian, en particulier. Jessie sentit qu'elle n'allait pas pouvoir se retenir de lui voler dans les plumes.

— L'opinion du jury n'a pas ébranlé ma conviction, dit-elle en serrant de toutes ses forces dans ses mains le sac de papier brun pour tenter de maîtriser sa rage.

— Est-ce que vous êtes libre, maintenant?

— Vous me demandez si j'ai quitté mon mari? Pourquoi voulez-vous le savoir?

Il sortit son paquet de cigarettes pour se donner une contenance.

— Par curiosité.

Son regard trouble en disait long.

— Vous ne seriez revenu que pour savoir si j'avais abandonné mon mari? Qu'est-ce que ça pourrait vous faire? Et d'abord, pourquoi n'avez-vous pas rapporté ce paquet à la boutique?

— Je l'ai fait hier, mais on m'a dit que vous n'y veniez plus. C'est vrai?

— Oui, c'est vrai. Que voulez-vous savoir d'autre?

Soudain, elle comprit qu'elle était en train de lui tenir tête et que son angoisse s'était calmée. Maintenant, s'il faisait le moindre geste déplacé, elle serait capable de le tuer sans remords. Il prit peur à son tour, et, tout en tirant une bouffée de cigarette, il baissa les yeux.

— Vous partez quand? Avez-vous le temps de venir déjeuner?

Bien que la proposition lui parût plus détestable que comique, elle faillit éclater de rire. Sans le regarder, elle lui fit signe qu'elle refusait. Puis, vaincue par l'émotion, elle se mit à pleurer. Quand elle releva la tête, ses joues étaient sillonnées de larmes, mais il lui sembla que ses pleurs entraînaient avec eux le reste de sa colère, de son dégoût et de sa souffrance. Ils la libéraient silencieusement du procès, du jury, du verdict, de l'arrestation et de l'inspecteur Houghton tout à la fois. Quant à ce dernier, il n'osait plus la regarder. Pour lui, la vision de ce chagrin était pire qu'une gifle et il regrettait d'être venu.

Elle reprit sa respiration, mais elle ne s'essuya pas les yeux. Ces larmes-là la lavaient de tout opprobre.

— Voyez-vous, inspecteur, je m'en vais pour fuir un cauchemar. Il n'est pas question de fêter mon départ. Pourquoi déjeunerions-nous ensemble? Pour parler du bon vieux temps? Du procès? De mon mari? De...

Un sanglot l'interrompit. Sans lâcher le paquet qu'elle serrait dans ses mains, elle s'appuya contre le mur en fermant les yeux. Voilà donc que cet homme était venu lui rapporter ses pires souvenirs enveloppés dans un sac de papier brun! Elle se passa le revers du poignet sur le front, plissa les paupières et reprit son souffle. Quand elle regarda de nouveau devant elle, l'inspecteur avait disparu. Elle entendit alors le claquement d'une portière, puis un bruit de moteur. Elle le vit dans sa voiture, mais il ne se retourna pas. Après avoir refermé lentement sa porte, elle alla s'asseoir dans le salon.

En retirant du sac le pantalon de Ian, elle vit qu'on y avait découpé de grands morceaux de tissu, sans doute pour les envoyer au laboratoire. Elle se souvint de son étonnement quand elle s'était aperçue à la prison que Ian était en pyjama. Vraiment, Houghton n'avait pas loupé son coup en lui apportant ce cadeau d'adieu!

Cet incident ne fit que renforcer sa résolution de quitter la ville. Tant qu'elle y demeurerait, il lui serait impossible d'échapper complètement au passé. Elle devrait toujours s'attendre à voir surgir Houghton n'importe quand, n'importe où et sous n'importe quel prétexte. En partant, elle le ferait disparaître pour de bon, de même que disparaîtrait le souvenir du procès, peut-être même celui de Ian. Il valait mieux s'efforcer de faire table rase. Pour elle, toute l'histoire n'évoquait désormais que corruption, méchanceté et danger de mort. Cependant, elle n'en voulait pas à Ian, ni même à Houghton. Elle essuya ses dernières larmes et, après avoir regardé autour d'elle, elle sentit qu'elle était déjà détachée de ce décor familier. Plus rien ne la concernait, ni le pantalon abîmé, ni le drame sordide, ni l'inspecteur fouineur... Les mauvais souvenirs étaient bons pour la poubelle. Non seulement Jessie s'apprêtait à les fuir, mais encore elle était déjà ailleurs!

Que laissait-elle derrière elle? Des manuscrits entassés dans le bureau de Ian et des boîtes pleines de vieux talons de chèques dans le sous-sol... Le reste, elle avait l'impression de l'abandonner à jamais, car elle n'emportait dans ses bagages et dans son cœur que ce à quoi elle tenait vraiment : la mémoire des joies et des tendresses d'autrefois, le portrait qu'elle avait peint de Ian juste après leur mariage, les livres qu'elle aimait le plus et quelques bibelots personnels. Il n'était pas question de garder de la place pour le malheur. Adieu, les Houghton et leur clique! Elle finit par être presque contente de la visite de l'inspecteur. Elle lui avait permis de comprendre qu'elle était libre, qu'elle n'en était plus seulement à désirer la liberté, à se débattre dans ses liens pour tenter de s'en libérer… Elle était libre!

35

Tout compte fait, Jessie eut moins de peine à quitter San Francisco qu'elle ne l'avait craint. Refusant de s'appesantir sur l'événement, elle résolut de ne songer qu'au trajet en perspective. Personne de sa connaissance ne vint se lamenter sur son départ ou agiter son mouchoir en signe d'adieu et cela lui facilita les choses.

Après la visite de Houghton, elle se fit une tasse de thé, rangea sa vaisselle, enfila ses chaussures et, après avoir constaté que tout était en ordre dans la maison, elle vérifia une dernière fois la fermeture des fenêtres.

Elle prit enfin la direction du sud. La route était très belle et le voyage se passa sans encombre. En arrivant devant la vieille maison abandonnée, elle se sentait toute ragaillardie et prête à l'aventure. Dès qu'elle ouvrit la porte, elle découvrit avec une émotion profonde que tante Beth était passée par là. Tout reluisait de propreté. Le sac de couchage qu'elle avait laissé à sa dernière visite était devenu inutile. Il y avait un petit lit dans la chambre avec un couvre-pieds soigneusement plié sur le montant, le même couvre-pieds piqué à l'ancienne dont elle s'était servi au ranch. L'un des coins de la pièce était occupé par un vieux secrétaire d'époque victorienne et deux jolies lampes complétaient le décor. Elle trouva des provisions dans la cuisine et des meubles convenables dans la salle de séjour : une longue table de campagne, deux fauteuils à bascule et une bergère confortable placée devant la cheminée. Il y avait même une réserve de bûches et des bougies. Rien ne manquait !

Jessie tint à passer seule sa première soirée dans la nouvelle maison. Elle allait de pièce en pièce avec un ravissement d'enfant, sans ressentir la moindre peur. C'était le début de l'aventure. Elle renaissait à l'existence.

Le lendemain, elle invita tante Beth à dîner et ce fut une vraie fête.

— Alors, Jessica, vos premières impressions ? N'avez-vous pas eu envie de repartir tout de suite ?

— Pas le moins du monde. Au contraire, j'ai envie de m'installer définitivement. Et je ne sais comment vous remercier. Grâce à vous, je me sens ici comme une reine.

— Tout de même, c'est un peu sommaire pour une reine, ma chère enfant !

Les jours suivants, Jessie déballa le contenu des deux caisses qu'elle avait fait venir. Ses objets personnels l'aidèrent à réchauffer l'atmosphère de la maison. Elle retrouva ses photos, sa petite chouette de marbre, ses livres préférés, le portrait de Ian, des couvertures, des chandeliers et un tas de babioles auxquelles elle tenait. Elle acheta des plantes vertes et mit des bouquets un peu partout. À la fin de la semaine, elle ajouta à ses trésors quelques nouveaux objets acquis dans une vente aux enchères : deux tables basses rustiques et un tapis ovale au point noué qu'elle mit aussitôt dans la salle de séjour. La maison s'améliorait de jour en jour. Momentanément, elle laissa dans un coin ses carnets de croquis et tout son matériel de peinture. Elle était trop occupée par ses aménagements pour songer à se remettre à peindre.

Le fils du régisseur de tante Beth passa son week-end à faucher l'herbe et à défricher les broussailles autour de la maison. Jessie eut alors la surprise de découvrir sur le terrain un petit belvédère en ruine. L'envie la prit aussitôt d'avoir deux balançoires. Une simple escarpolette accrochée à un grand arbre voisin du belvédère, d'où elle pourrait admirer le soleil couchant en s'élançant le plus haut possible, et une balançoire à deux places devant la maison, du genre de celles où se réfugient les jeunes couples pour se murmurer : «Je t'aime» par les beaux soirs d'été.

Le samedi matin, elle reçut une lettre de Ian. Cela faisait déjà six jours qu'elle était dans la maison.

Il me semble te voir, chère petite folle, les cheveux pleins de poussière et une tache au bout du nez, mais rayonnante de fierté au fur et à mesure que tu fais sortir l'ordre du chaos. Je t'imagine pieds nus, heureuse de vivre, une paille entre les dents. J'aimerais savoir si tu es contente. J'arrive à me faire une idée assez précise de la maison, mais j'ai du mal à croire que tu acceptes de dormir par terre dans un sac de couchage. Tu ne vas pas me dire que tu as pu t'endurcir à ce point-là! J'ai eu un choc en apprenant que tu avais vendu la boutique. Est-ce que ça ne te manque pas? Il me semble, toutefois, que tu en as tiré un très bon prix. Que vas-tu faire maintenant de tout ce fric? À propos de fric, figure-toi qu'on parle vaguement de tirer un film de mon bouquin. Ne t'emballe pas. Moi, je reste calme. Ce ne sont que des paroles en l'air. Ces choses-là n'arrivent jamais. Pour en revenir à la boutique, comment as-tu pu la vendre? N'as-tu pas trouvé ça trop dur? Bien sûr, tu as dû être soulagée par ailleurs, car ça va te donner le temps de vivre. De voyager, de peindre, de nettoyer de fond en comble le palais où tu es installée pour l'été. Pour l'été seulement? Je crois avoir compris autre chose à travers ta lettre. J'ai l'impression que tu adores cette maison, cette région et le voisinage de tante Beth. Ce doit être une femme remarquable. Comment vont les lézards et les fourmis ? Se sont-ils cachés dans des trous ou se sont-ils mis déjà à envahir la maison sans la moindre crainte de mourir étouffés sous un déluge de laque à cheveux ?...

Elle ne put s'empêcher de rire à l'allusion. Un jour, en Floride, dans leur chambre d'hôtel, elle avait effectivement tenté de tuer un lézard avec une bombe de laque. Le lézard ne s'en était pas porté plus mal, mais ils avaient failli s'asphyxier tous les deux.

Après avoir terminé sa lecture, elle alla s'asseoir à la longue table de la salle de séjour. Elle avait hâte de rassurer Ian, de lui dire qu'elle avait trouvé la maison tout installée et qu'elle venait de faire de bonnes affaires à la vente aux enchères. Elle ne pouvait pas lui laisser croire qu'elle couchait par terre.

Elle se remit à lui écrire avec autant de naturel que si leurs relations ne s'étaient jamais interrompues. Chassant de sa pensée le souvenir de leur rupture, elle avait simplement envie de lui donner de ses nouvelles. Il n'y avait là aucun mal, puisqu'il lui avait donné des siennes. Elle lui dit qu'elle était ravie à la pensée qu'on pourrait tirer un film de son roman, qu'elle y croyait et faisait des vœux pour lui.

Elle avait couvert six pages de fines pattes de mouche et la nuit tombait quand elle colla le timbre sur l'enveloppe. Ensuite, elle fit cuire son dîner sur le vieux fourneau et se coucha très tôt. Le lendemain, à l'aube, elle était debout. Elle prit la voiture pour aller à la poste la plus proche et, sur le chemin du retour, elle s'arrêta au ranch. Mais elle ne trouva pas tante Beth, partie faire une promenade à cheval.

Dans l'après-midi, Jessie, pieds nus, en salopette et T-shirt rouge, s'installa paisiblement sur le perron et s'amusa à faire quelques esquisses. Le soleil l'éclairait en plein visage et ses boucles blondes, relevées au sommet de sa tête, ressemblaient à un écheveau d'or filé.

— Bonsoir, mademoiselle.

Elle s'était crue parfaitement seule. Elle sursauta et lâcha son carnet à dessin. Mais, en apercevant Geoffrey, elle se mit à rire.

— J'ai failli mourir de peur! dit-elle en sautant au bas des marches.

Il ramassa le carnet et le lui tendit.

— Dieu du ciel! s'écria-t-il, ahuri. Vous êtes *douée* pour le dessin! Mais, à mes yeux, vous n'êtes pas seulement une artiste, vous êtes une pure merveille et je vous adore.

Tendrement, il la prit dans ses bras et la serra contre lui. Elle se laissa faire en souriant, pieds nus dans l'herbe haute qu'elle n'avait pas encore fait tondre aux abords de la maison.

— Vous êtes plus belle que jamais, Jessica!

— Dans cette tenue? demanda-t-elle d'un ton moqueur.

Elle se dégagea de son étreinte presque à contrecœur. Elle comprenait soudain qu'il lui avait beaucoup manqué.

— Oui, je vous aime dans cette tenue! La première fois que je vous ai vue, vous aviez aussi les pieds nus et les cheveux relevés. J'avais cru voir une nymphe, je vous l'ai déjà dit.

— Seigneur!

— Maintenant, après avoir été tenu si longtemps à l'écart, aurai-je droit à une visite complète de votre domaine?

— Bien sûr, bien sûr! Voulez-vous voir la maison?

— Attendez un peu, dit-il en la prenant à nouveau dans ses bras pour lui donner un long baiser. Voilà, je suis prêt pour la visite.

Elle se mit à rire.

— Non, pas encore.

— Comment ça? demanda-t-il avec inquiétude.

— Il faut d'abord que vous ôtiez votre cravate.

— Avant même d'être entré?

Elle insista tant qu'il finit par enlever sa cravate bleu marine à pois blancs.

— Elle est superbe, mais, chez moi, vous n'en avez pas besoin.

Il l'attrapa par le poignet et posa voluptueusement les lèvres au creux de sa paume.

— Quel gentil baiser! déclara-t-elle en riant.

— Vilaine moqueuse! Dites-moi, est-ce que je peux entrer maintenant... Non? Qu'y a-t-il d'autre?

— Enlevez votre veste.

— Vous êtes d'une exigence! Puis-je espérer que vous êtes satisfaite maintenant?

— Extrêmement! répondit-elle en essayant d'imiter ses intonations un peu trop distinguées.

Riant à son tour, il la suivit dans la maison. Elle était un peu intimidée. Elle le mena de pièce en pièce en surveillant ses réactions. Elle tenait à lui faire partager son plaisir d'habiter cette maison qui avait pris beaucoup d'importance pour elle. Elle la voyait comme un symbole du changement survenu dans sa vie. L'ameublement était sommaire, mais Jessie aimait ces pièces un peu nues. Elle se disait que cela laissait la place au rêve et lui permettait d'inventer peu à peu son décor. Elle se sentait plus libre qu'à San Francisco : tout restait à découvrir.

— Eh bien, qu'en dites-vous?

— J'en dis qu'aucun décorateur n'est encore passé par là, répondit-il d'un ton moqueur.

Elle s'efforça de sourire, mais elle aurait préféré un avis sincère à une plaisanterie.

— Voyons, Jessica, ne vous vexez pas. C'est charmant et ce doit être très amusant de passer l'été ici.

«Et d'y passer sa vie?» faillit-elle demander. Elle n'avait pas encore osé lui parler de son projet de s'installer à demeure, car elle n'y était pas définitivement résolue. Elle pensait que cela n'avait guère d'importance, qu'il pourrait toujours prendre son avion pour venir la rejoindre, s'il était vraiment amoureux d'elle. De cette façon, elle serait, pendant la semaine, libre de peindre, de se promener, de réfléchir, d'aller voir tante Beth, et elle garderait ses week-ends pour lui.

— À quoi pensez-vous? J'aimerais savoir ce que cache votre petit sourire énigmatique.

— Mais je n'ai pas souri, répliqua-t-elle, étonnée.

Elle ne voulait pas lui avouer le fond de sa pensée. Elle préférait laisser les événements s'enchaîner d'eux-mêmes sans tenter d'en infléchir le cours.

— Si, je vous ai vue sourire. À part ça, j'adore votre petite maison. Elle est très mignonne.

Jessie trouva sa dernière réflexion absurde. Elle était déçue de constater que, malgré sa bonne volonté, il ne comprenait rien à ses sentiments.

— Voulez-vous que je vous fasse du thé?

Ce n'était pas une boisson de saison, mais Geoffrey avait l'air d'aimer le thé chaud, quelle que fût la température extérieure. Le thé. Ou le whisky. Ou le martini.

— Oui, j'en boirais bien une tasse. Mais, Jessica, je voulais vous dire… J'ai une surprise pour vous, mon amour.

— C'est vrai? Tant mieux, j'adore les surprises. Oh! montrez-la-moi! s'écria-t-elle avec un air ravi d'enfant sage.

— Pas tout de suite. Attendez un peu. J'ai pensé que nous pourrions faire ce soir quelque chose d'un peu extraordinaire.

— C'est-à-dire?

— C'est-à-dire que je vous emmène à Los Angeles. Il y a une réception au consulat. Je me suis dit que vous seriez contente de m'y accompagner.

— À Los Angeles? dit-elle, désappointée à la pensée de quitter la campagne.

— C'est une réception très importante. Bien sûr, si vous préférez…

Elle protesta poliment en voyant sa déception et lui assura qu'elle serait ravie de s'y rendre avec lui.

— Que pourrions-nous faire ici, ce soir? reprit-il. Il m'a semblé que ce serait plus agréable pour vous d'aller en ville. Et j'aimerais aussi vous présenter à quelques-uns de mes amis.

Il y avait tant de gentillesse dans sa voix qu'elle n'osa pas lui montrer à quel point elle était triste de ne pas passer la soirée seule avec lui.

— Je suis sûre que ce sera formidable, déclara-t-elle en affectant la gaieté. Mais de quel genre de réception s'agit-il?

— Cravate blanche. Souper de gala. Un tas de gens connus.

— Cravate blanche! Ça veut dire que vous serez en habit?

— En principe, oui.

— Mais, Geoffrey, qu'est-ce que je vais mettre? Je n'ai rien ici que des vêtements d'été.

— C'est bien ce que j'ai pensé.

— Alors, que faire? demanda-t-elle, très ennuyée.

Depuis les grotesques bals de débutantes où sa mère la forçait à se rendre quinze ans plus tôt, elle n'avait pas assisté à une seule réception où la tenue de soirée fût de rigueur. Elle ne voyait pas du tout comment se tirer d'affaire, car toutes ses robes habillées étaient restées à San Francisco.

— J'espère que vous n'allez pas m'en vouloir, Jessica, mais j'ai pris la liberté…

Visiblement, il était très nerveux, contrairement à son habitude. C'est que l'initiative qu'il avait prise l'inquiétait d'autant plus qu'il lui reconnaissait un goût exquis en matière de mode.

— Que cherchez-vous à me dire? demanda-t-elle, troublée.

— Eh bien, je vous ai acheté une robe!

— Quoi?

— Je sais que c'est ridicule, mais j'ai bien pensé qu'ici vous n'auriez rien à vous mettre… Vous n'êtes pas fâchée?

En fait, elle était aussi émue qu'embarrassée du comportement imprévisible de ce garçon qu'elle connaissait à peine.

— Pourquoi le serais-je? répliqua-t-elle. Personne ne m'a jamais témoigné ce genre d'attentions. C'est très gentil de votre part. Puis-je la voir?

— Bien sûr.

Il s'empressa de sortir de la maison, pour revenir au bout de cinq minutes, les bras chargés d'une énorme boîte et d'un grand sac qui semblait contenir plusieurs autres boîtes de petites dimensions.

— Mon Dieu! Geoffrey, qu'est-ce que vous avez fait?

— Quelques courses, voilà tout.

Il avait l'air content de lui montrer ses achats, et impatient de connaître ses réactions.

Elle commença par ouvrir le grand carton et resta stupéfaite. Elle n'avait jamais vu une étoffe aussi fine. C'était un crêpe de soie d'une légèreté arachnéenne, d'une fluidité incomparable, presque impalpable, et d'un blanc ivoirin qui mettrait merveilleusement en valeur sa peau bronzée par le soleil. En sortant la robe de sa boîte, elle ne put qu'admirer la coupe savante du corsage dont le drapé, retenu sur une seule épaule, laissait l'autre complètement nue. Il s'agissait d'une robe de haute couture pour laquelle Geoffrey n'avait pas hésité à donner au moins deux mille dollars.

— Vous avez fait une folie!

— Elle ne vous plaît pas? ·

— Elle est superbe! Mais pourquoi me faire un cadeau pareil?

— Vous plaît-elle, oui ou non? demanda-t-il impatiemment, déconcerté par son air de stupéfaction.

— Bien sûr qu'elle me plaît! Mais je ne peux pas l'accepter. C'est un cadeau d'un trop grand prix.

— C'est sans importance. Vous en aviez besoin, ce soir.

— Pas exactement. Il me semble qu'on me donne une Rolls alors que je pourrais prendre un taxi.

— Si la robe vous convient, je veux que vous la portiez. Est-elle à votre taille?

Elle mourait d'envie de voir l'allure qu'elle aurait là-dedans, ne fût-ce que pour cinq minutes.

— Je vais la passer. Seulement, il n'est pas question que je la garde.

— Ne dites pas d'absurdités.

Elle emporta la robe dans sa chambre et revint bientôt avec un sourire radieux. En la voyant, il fut enthousiasmé.

— Vous êtes éblouissante! Personne d'autre ne porterait cette robe aussi bien que vous. Mais, attendez, il faut que vous mettiez encore ceci...

Fouillant vivement dans le sac, il en sortit une boîte à chaussures. Elle contenait une paire de sandales du soir aux fines lanières de satin ivoire sur des talons aiguilles. On aurait dit que, tout comme la robe, elles avaient été faites pour Jessie. Un petit sac en perles, blanc et argent, accompagnait les sandales. L'effet produit par l'ensemble de la toilette était parfait. Jessie ne pouvait s'empêcher de l'admirer et Geoffrey, lui, n'avait d'yeux que pour elle. Bien que la jeune femme eût toujours aimé porter de beaux vêtements, elle restait confondue par le raffinement de ceux qu'il lui avait choisis et par l'extravagante dépense.

— Je vois que tout est arrangé, déclara-t-il avec satisfaction. Maintenant, où est donc le thé que vous m'avez promis?

— Vous ne pensez pas que je vais vous servir le thé dans cette tenue, non?

— Eh bien, enlevez-la!

— Je vais l'enlever. C'est une merveille, mais je ne peux pas la garder.

— Vous le pouvez et vous le devez. La discussion est close.

— Geoffrey, je…

— Taisez-vous!

D'un baiser, il lui imposa silence et elle eut l'impression d'être réduite à l'impuissance. Tout ce qu'il désirait, il l'exigeait impérativement.

— Maintenant, apportez-moi mon thé.

— Vous êtes un homme insupportable!

Docilement, elle s'en fut ôter la robe, puis elle lui apporta du thé. En fin de compte, il obtint ce qu'il voulait. À six heures du soir, elle avait pris son bain et, après s'être maquillée et coiffée, elle mit la robe qu'il avait apportée. Bien que Geoffrey n'eût pas l'air d'attacher plus d'importance à son présent que s'il s'était agi d'un mouchoir, Jessie n'arrivait pas à trouver normal d'accepter une robe de deux mille dollars. Néanmoins, en l'enfilant, elle s'était sentie partagée entre l'angoisse et le ravissement.

Ses préparatifs durèrent vingt minutes. Quand elle ressortit de sa chambre, il resta muet d'admiration. De toute évidence, la vieille maison victorienne n'était pas habituée à ce genre d'apparition féerique.

Entre-temps, Geoffrey était allé se changer chez ses amis. Il en était revenu sur son trente-et-un, en habit et cravate blanche. Son plastron de chemise était impeccablement amidonné. Il était superbe, il avait l'air d'une image tirée d'un film des années trente.

— Vous êtes vraiment beau, monsieur!

— Et vous, madame, vous ne pouvez savoir à quel point je vous trouve extraordinaire.

— Pour moi, tout ça ressemble à un rêve. J'ai l'impression d'être Cendrillon!

— Êtes-vous tout à fait prête, ma chérie?

La familiarité soudaine de ce mot tendre la surprit un peu, mais ne la choqua pas. Il allait bien falloir s'y habituer.

— Oui, monseigneur.

Tout d'un coup, elle se prit à regretter de n'avoir ni bijoux ni gants. S'il s'agissait d'une grande réception, de longs gants de peau blanche auraient été de circonstance, ainsi que des bijoux. Ils s'apprêtaient à partir quand une idée lui vint.

— Attendez une seconde, Geoffrey.

Elle venait de se souvenir du coffret qu'elle avait apporté.

— Vous avez un problème?

— Aucun, répondit-elle d'un ton mystérieux.

Elle retourna dans sa chambre en courant et, là, elle se baissa avec précaution pour attraper le petit paquet qu'elle avait attaché sous le lit. Ce n'était pas une très bonne cachette, mais elle avait tenu à le garder près d'elle. Elle défit le paquet pour en retirer sa petite boîte à bijoux en daim et elle en renversa le contenu dans sa main gauche. L'émeraude était plus belle que jamais! Mais elle évoquait trop de souvenirs douloureux et de joies disparues. Elle revoyait sa mère avec la bague au doigt et se revoyait elle-même en train de la mettre en gage pour libérer Ian, puis de la récupérer après le procès. Elle n'avait jamais osé la porter, car ce n'était pas pour elle un simple bijou. Ce soir, cependant, ce devait être l'occasion ou jamais de l'arborer, de la mettre fièrement à son annulaire comme un legs très précieux dont elle serait la dépositaire. Une nouvelle vie ne s'ouvrait-elle pas devant elle? En passant la bague à son doigt, les larmes lui vinrent aux yeux, mais il lui sembla que, dans l'au-delà, sa mère l'approuvait.

— Que fabriquez-vous donc, Jessica? Dépêchez-vous. Nous avons une longue route devant nous.

Elle continua de regarder la bague avec émotion et émerveillement, puis elle prit la paire de boucles d'oreilles que Ian lui avait donnée autrefois. Elle jeta un dernier coup d'œil à son miroir.

— J'arrive, cria-t-elle à Geoffrey.

— Tout va bien?

— Très bien. Nous pouvons partir.

— Oh! à propos, Jessica, j'ai oublié de vous donner ça!

Elle vit qu'il lui tendait deux autres boîtes, l'une, longue et étroite, l'autre, carrée et toute petite.

— Encore? Je crois que vous êtes devenu fou!

Que signifiait ce déluge de présents? Elle ouvrit les deux boîtes, surprise qu'il y eût au monde un homme si désireux de la combler.

Avant qu'elle eût soulevé le couvercle de la plus longue, Geoffrey poussa un cri d'admiration en regardant sa main.

— Comme c'est joli, Jessica! Quelle merveille de bague!

Elle tendit vers lui une main tremblante pour lui montrer l'émeraude de plus près.

— Vous y tenez beaucoup, n'est-ce pas? Était-ce votre bague de fiançailles?

— Elle était à ma mère.

— Ah!… Votre mère est-elle…

Il venait de comprendre pourquoi elle ne parlait jamais de sa famille. Elle avait fait allusion à la mort de son frère sans mentionner celle de ses parents.

— Oui, ma mère et mon père sont morts à quelques mois d'intervalle. Il y a déjà un certain temps, mais il me semble que c'était hier. Savez-vous que je n'ai jamais… jamais porté cette bague avant ce soir?

— Je suis très touché que vous la mettiez pour sortir avec moi.

D'un doigt, il l'obligea à tourner la tête vers lui et il l'embrassa avec une ferveur qu'elle trouva bouleversante. Puis il s'écarta doucement.

— Maintenant, dépêchez-vous d'ouvrir ces boîtes!

La plus longue des deux contenait précisément les gants dont elle avait rêvé en s'habillant. On aurait pu croire qu'il connaissait d'avance tous ses désirs.

— Vous pensez à tout, dit-elle en les essayant. Mais comment vous y prenez-vous pour choisir toujours la taille qui me va?

— Une jeune personne qui se respecte ne pose pas de pareilles questions, Jessica. Cela laisse entendre que je connais un peu trop bien les femmes.

Amusée par sa réflexion, elle ouvrit l'autre boîte, assez petite pour tenir dans la paume de sa main. Après avoir enlevé le papier de soie, elle découvrit un petit cube de cuir bleu soigneusement scellé par un fermoir doré. Elle parvint à l'ouvrir et poussa un cri. Il lui prit calmement l'écrin des mains et, s'emparant des deux «larmes» de diamant, il les posa contre les lobes de ses oreilles.

— Ils vous conviennent parfaitement. Mettez-les.

Bien que l'ordre fût donné d'un ton amical, Jessie eut un mouvement de recul.

— Comprenez-moi, Geoffrey : ce n'est pas possible!

Il n'était pas question pour elle d'accepter des diamants à ce stade de leurs relations. Ce n'étaient même pas de tout petits diamants, mais des diamants impressionnants aussi bien par la taille que par l'éclat.

— Je suis désolée, Geoffrey.

— Ne faites pas la sotte. Mettez-les au moins pour ce soir. S'ils ne vous plaisent pas, vous me les rendrez.

— Et si j'en perdais un?

— Ça ne fait rien, ils sont à vous. Jessica, je vous en prie!…

Elle était émue de son air désappointé, mais très surprise qu'il ne pût comprendre ses scrupules. Il aurait dû se contenter du fait qu'elle avait accepté la robe déjà beaucoup trop luxueuse. Pourquoi tenait-il à lui offrir des diamants par-dessus le marché, alors qu'elle ne savait même pas très bien qui il était?

— Essayez-les au moins, pour me faire plaisir.

— Si vous voulez, mais je ne les porterai pas ce soir. Gardez-les et peut-être qu'un jour…

Elle cherchait à le calmer en lui laissant un espoir. Cependant, en portant la main à son oreille pour retirer une des boucles qu'elle avait mises un peu plus tôt, elle prit brusquement conscience qu'il s'agissait des perles de Ian.

Elles étaient bien moins somptueuses que les diamants, mais elle les adorait. Elle défit la première pour la remplacer par l'un des pendants étincelants et se regarda dans la glace. De fait, elle aurait été éblouie si elle n'avait pas gardé à l'autre oreille la toute petite perle offerte par l'homme qui l'avait aimée autrefois.

— Ça ne vous plaît pas? demanda Geoffrey tristement.

— Beaucoup, au contraire. C'est superbe. Mais pas pour ce soir.

— Vous avez eu l'air bouleversée tout d'un coup.

— Vous vous trompez, dit-elle en lui donnant un chaste baiser sur la joue. Personne ne m'a jamais autant gâtée. Je suis confondue par votre générosité.

— Alors, pourquoi ne pas en profiter en toute simplicité? Oh! Savez-vous qu'il est temps de partir?

Il avait compris qu'il ne devait pas insister. Ils laissèrent donc les diamants à la maison, soigneusement cachés dans le tiroir secret du petit secrétaire victorien. Jessie était soulagée, car la perspective d'ôter les perles lui avait été insupportable. Elle n'était pas encore détachée du passé. Elle continuait à tenir aux cadeaux de Ian, comme elle tenait à son portrait, qu'elle avait même accroché au-dessus de la cheminée, dans la salle de séjour.

La soirée de gala ressemblait à l'une de ces réceptions qu'on voit parfois au cinéma. Le champagne coulait à flots. Il y avait un régiment de serveurs en livrée et de soubrettes en robe noire et tablier à volants. L'ombre mouvante d'un gigantesque lustre en cristal de Venise se projetait sur les mosaïques du sol de marbre, les piliers et les colonnades, les tapisseries d'Aubusson, le mobilier Louis XV, les belles dames couvertes de diamants, d'émeraudes, de saphirs et de vison... C'était le genre de soirée dont les magazines s'empressent de faire le compte rendu. Jessie n'en revenait pas de se trouver là en compagnie de Geoffrey. Tout le monde ou presque était soit anglais, soit célèbre, ou les deux à la fois. Des stars que Jessie n'avait vues jusque-là qu'en photo se précipitaient pour venir saluer Geoffrey, lui promettaient de l'appeler au téléphone, puis s'éloignaient après avoir laissé sur sa joue un peu de rouge à lèvres. Des ambassadeurs le coinçaient devant le buffet ou priaient Jessie de leur accorder une danse. On côtoyait des hommes d'affaires et des diplomates, des gens du monde et des politiciens, de grands acteurs et des célébrités plus ou moins douteuses. Personne n'aurait voulu manquer une soirée pareille. Il avait fallu intriguer pendant des années pour y être admis. Et voilà que Jessie, qui n'avait pas brigué tant d'honneurs, découvrait en outre qu'on appelait son compagnon «sir Geoffrey» et non «monsieur».

— Pourquoi ne m'avez-vous pas dit que vous aviez un titre?

— Parce qu'il n'y a vraiment pas de quoi se vanter.

— Peut-être. Mais ça fait partie de votre nom.

— Eh bien, vous le savez, maintenant. Qu'est-ce que ça change?... Bon!... Alors, voulez-vous danser avec moi, lady Jessica?

— Oui, sir Geoffrey. Oui, monsieur le baron. Oui, votre seigneurie!

— Oh! arrêtez de vous moquer de moi!

La réception se termina à deux heures du matin. Ils restèrent jusqu'à la fin. Il était près de quatre heures quand ils se retrouvèrent enfin dans la petite maison victorienne cachée dans les collines.

— Maintenant, je suis sûre d'être Cendrillon.

— Vous êtes-vous amusée, au moins?

— J'ai passé une soirée fabuleuse!

Elle avait eu, pourtant, la vague impression d'être exhibée comme une poupée toute neuve. Mais elle ne pouvait pas se plaindre. Il l'avait présentée à tout le monde et il n'y avait sans doute pas beaucoup de chevaliers servants capables d'offrir à leur dame une robe de deux mille dollars et des boucles d'oreilles en diamants.

— Vous avez ébloui tout le monde, Jessica. J'ai été très fier de vous.

— C'est la robe qui a fait de l'effet.

— Quelle connerie!

— Pardon? s'écria-t-elle en riant. Comment s'exprime *sir* Geoffrey? Je n'aurais jamais cru que vous pussiez dire des gros mots!

— Mais si. Et un tas d'autres vilaines choses dont vous n'avez pas idée, ma charmante.

— Vous m'intriguez, dit-elle en s'arrêtant au bas du perron. Dites-moi, que puis-je vous offrir à cette heure-ci? Du cognac, du thé, du café ou de l'aspirine?

— Nous verrons ça à l'intérieur de la maison.

Ondulant gracieusement dans sa robe du soir, elle monta les marches du perron avec la légèreté d'une libellule. Même à l'issue d'une soirée aussi longue, elle semblait à peine fatiguée et gardait une fraîcheur immatérielle. Geoffrey, fasciné, comprit qu'il ne serait pas nécessaire d'attendre très longtemps pour se déclarer. Elle correspondait, en effet, à tous ses désirs et il trouvait qu'il avait déjà assez patienté. Si elle n'était pas encore tout à fait prête à l'aimer, cela ne saurait tarder. Il l'aiderait à bannir ses mauvais souvenirs. Il était temps pour elle de chasser les vieux fantômes qui hantaient son regard. Elle s'était comportée à merveille pendant la réception. Elle était exactement la femme qui convenait à un homme du monde. Ce soir-là, les gens l'avaient laissé entendre à Geoffrey.

— Allez-vous souvent à des réceptions de ce genre? demanda-t-elle avec un bâillement étouffé en enlevant ses sandales de satin.

— Assez souvent. Êtes-vous contente d'être venue?

— Qui ne le serait, à ma place? Geoffrey… Excusez-moi… *sir* Geoffrey, j'ai eu l'impression d'être une reine d'un jour! Et de rencontrer le monde entier! Je veux dire que j'ai été très impressionnée.

— Les autres l'ont été aussi.

— Pour quelle raison?

— Parce que vous étiez la plus belle de toutes.

Elle savait bien qu'il exagérait et que l'intérêt qu'elle avait suscité venait en grande partie de sa toilette. Dès le début, il avait pensé à soigner les détails en lui faisant revêtir cette robe d'un blanc virginal. Mais Jessie n'était pas du genre à jouer les reines de beauté. Elle s'était trouvée là en concurrence avec certaines des plus jolies femmes de la société et elle ne se voyait guère dans un rôle de vedette, ruisselante de diamants, traînant nonchalamment son chinchilla et arborant la dernière robe de Givenchy. Elle n'avait pas envie de faire partie du gratin.

— Merci de votre amabilité, dit-elle pour couper court aux compliments. Est-ce que je peux vous faire un peu de thé?

— Ce n'est pas la peine, répondit-il, l'air distrait.

— Alors, voulez-vous que j'allume le feu?

Elle aurait été heureuse de bavarder un moment devant la cheminée. Comme avec Ian.

Geoffrey ne répondit pas. Il regardait le portrait accroché au mur.

— Qui est-ce? demanda-t-il. Votre frère?

— Non, quelqu'un d'autre.

— Monsieur Clarke?... Pourquoi gardez-vous son portrait?

— Parce que c'est moi qui l'ai peint.

— Ce n'est pas une raison. Le voyez-vous toujours?

— Non, plus maintenant.

— Tant mieux!

Comme elle ne lui en avait jamais parlé, il avait cru que leurs relations étaient rompues depuis longtemps. Il eut alors un geste qui laissa Jessie interdite. Très calmement, sans demander la moindre permission, sans prononcer un mot d'excuse, il décrocha le tableau et le posa près de la cheminée, face contre le mur.

— Je crois, ma chérie, que le moment est venu de vous en débarrasser.

Elle fut scandalisée et trop surprise pour répondre. Elle tenait à garder le tableau à la place qu'elle lui avait choisie. C'est parce qu'elle l'aimait qu'elle l'avait apporté spécialement de San Francisco. Mais il se pouvait que Geoffrey eût raison et qu'il n'y eût plus de place pour l'image de Ian dans la maison.

— Alors, voulez-vous du thé? reprit-elle d'une voix un peu rauque.

Refusant d'un signe de tête, il s'approcha d'elle avec un sourire ému et se mit à l'embrasser sur la bouche. Pendant ce long baiser, elle sentit peu à peu ses défenses s'affaiblir et le désir monter en elle. C'était comme s'il la dépouillait de tout ce à quoi elle s'attachait encore. Elle eut conscience qu'il allait la rendre totalement dépendante de lui. Elle avait cru qu'il ne pourrait pas l'arracher à Ian, mais il était en train de s'y employer et elle le laissait faire. Et, tandis qu'ils étaient là debout l'un contre l'autre, bouches confondues dans ce baiser avide, il dégrafa avec douceur l'épaulette de sa robe. Quand l'étoffe fut retombée mollement jusqu'à sa taille, il se pencha avec une savante lenteur pour poser les lèvres sur sa poitrine. Une vague de plaisir intense la submergea. Pourtant, au fond d'elle-même, il y avait toujours comme un refus.

— Geoffrey... Non, Geoffrey...

Mais il continua d'embrasser ses seins et, quand la superbe robe de crêpe se fut affaissée à ses pieds en un petit tas soyeux, il s'empressa fiévreusement de la dénuder complètement. À son tour, elle tenta de le débarrasser de sa tenue de soirée, mais l'obstacle du plastron amidonné lui parut insurmontable et elle resta là devant lui, entièrement nue, alors qu'il était encore en habit et cravate blanche.

— Que tu es belle, mon amour... Jessica, mon merveilleux petit oiseau de paradis...

Il l'entraîna avec tendresse vers la chambre sans cesser de lui murmurer des mots d'adoration et elle se laissa conduire comme dans un rêve, subjuguée par sa ferveur. Il la força doucement à s'étendre sur le lit, puis il retira sa jaquette de cérémonie en continuant à lui parler de cette voix frémissante qui la tenait sous le charme et la privait de volonté. Mais il avait encore son plastron blanc et elle trouva que cela lui donnait l'air d'un chirurgien. En détournant la tête pour ne plus le voir, elle sentit soudain quelque chose la pincer à l'oreille. Elle y porta aussitôt la main et se rendit compte qu'elle avait gardé les petites perles de Ian, alors que cet homme se déshabillait devant elle, qu'il l'avait dévêtue et qu'il allait être nu à son tour. Et c'était aussi cet homme-là qui avait retiré du mur le portrait de l'absent!

Elle se redressa brusquement et le regarda comme s'il venait de lui lancer de l'eau glacée à la figure.

— Non!

— Jessica?

— Non.

Il s'assit au bord du lit et la prit dans ses bras, mais elle se débattit et se libéra, les poings serrés sur les boucles d'oreilles qu'elle venait de retirer.

— N'aie pas peur, mon amour. Je ne te ferai pas de mal, je te le promets.

— Non, non!

Les sanglots l'étouffaient. Elle bondit hors du lit, arrachant au passage le dessus-de-lit de tante Beth pour s'en couvrir. En même temps, elle fut effrayée par la violence de sa réaction et se demanda si elle n'était pas en train de perdre la tête. Quelques minutes plus tôt, elle brûlait de désir pour cet homme. Elle l'avait cru du moins.

— Qu'est-ce qui vous arrive, Jessica? s'écria-t-il, décontenancé.

Elle continuait à pleurer, tapie sous la fenêtre où elle s'était réfugiée.

— Je ne peux pas. Je suis désolée… Je…

— Qu'est-ce qui s'est passé? Tout à l'heure, pourtant…

Il avait l'air totalement perdu, contrairement à l'ordinaire. De toute évidence, pareille mésaventure ne lui était encore jamais arrivée.

— Je sais que c'est absurde. Excusez-moi, mais…

— Mais quoi, bon sang ? demanda-t-il impatiemment.

Sa belle jaquette, à ses pieds, avait l'aspect bizarre d'une dépouille, comme s'il l'avait flanquée rageusement par terre.

— Je ne comprends pas, reprit-il.

— C'est clair. Je ne peux pas, voilà tout.

— Mais je vous aime, ma chérie, dit-il d'un ton suppliant en essayant de la prendre dans ses bras.

— Non, vous ne m'aimez pas.

Cela, elle en était sûre, sans pouvoir expliquer pourquoi. Et le pire, c'est qu'elle ne l'aimait pas, elle non plus, bien qu'il représentât le type d'homme que toutes les femmes sont censées adorer et désirer pour époux. Elle devait être l'exception, car elle se rendait compte que cela ne lui serait jamais possible.

— Pourquoi dire que je ne vous aime pas ? Comprenez-moi, Jessica, je veux vous épouser. Quel petit jeu croyez-vous que je vous propose ? Vous n'êtes pas le genre de femme dont on fait sa maîtresse. Croyez-vous que je vous aurais présentée cette nuit à tous les gens que je connais si mes intentions n'étaient pas très sérieuses ? Vous déraisonnez !

— Vous ne me connaissez même pas ! dit-elle d'une voix plaintive.

— J'en sais assez sur vous.

— Je ne vois pas ce que vous savez.

— Vous avez de la race !

— Mais que savez-vous de mon âme ? s'écria-t-elle, irritée. De mes pensées, de mes sentiments, de ma personnalité, de mes désirs ?

513

— Nous apprendrons à nous connaître.

— Plus tard? demanda-t-elle, nerveuse.

— Il en est ainsi pour beaucoup de couples.

— Pas pour moi.

— Vous ne savez pas ce que vous voulez. Si vous aviez pour deux sous de cervelle, vous épouseriez quelqu'un qui vous guiderait et vous conseillerait. C'est ainsi que vous seriez heureuse.

— Ça ne m'intéresse plus. C'est, en effet, ce que j'ai toujours recherché. Maintenant, c'est fini. Je veux être aussi bien en mesure de donner que de recevoir et ne plus me comporter constamment comme une enfant. Je ne veux pas qu'on me contraigne dans mes décisions et qu'on m'exhibe comme une poupée. Je sais que vos intentions étaient bonnes, mais je sais aussi que, pour vous, je ne serai jamais qu'un objet de luxe, un de plus.

— Vous me voyez au désespoir de vous avoir offensée, répliqua-t-il, abasourdi.

En se baissant pour ramasser sa veste, il se dit qu'elle devait être un peu folle. Mais elle, de son côté, se rendait parfaitement compte qu'elle ne l'était pas. Au contraire, elle sentait qu'elle avait eu raison de clarifier la situation. Peu importait qu'il la prît pour une cinglée!

— Vous ne voulez même pas d'enfants, Geoffrey!

À cinq heures du matin, cette accusation pouvait sembler un peu ridicule, venant d'une jeune femme qui se drapait dans un couvre-lit pour dissimuler sa nudité à un monsieur en queue-de-pie.

— Vous n'allez pas me faire croire que vous, vous voulez des enfants?

— Peut-être que si.

— Ça n'a aucun sens. Tout votre comportement est absurde, Jessica. Mais je ne tiens pas à en discuter plus longtemps. Vous connaissez mes sentiments. Je vous aime et je veux vous épouser. Quand vous aurez retrouvé votre calme, appelez-moi.

Il la regarda avec une certaine amertume, puis il se pencha pour déposer un baiser sur ses cheveux et lui caresser l'épaule.

— Bonne nuit, ma chérie. Vous verrez, ça ira mieux demain matin.

Elle le laissa partir sans répondre. Dès qu'il eut disparu, elle s'empressa de remettre pêle-mêle tous ses cadeaux d'un soir dans la grande boîte blanche qui avait contenu la robe. Elle se promit de la renvoyer dans la matinée chez les amis où il logeait. C'était sans doute un geste grandiloquent, mais elle y tenait. Il n'y avait plus, désormais, aucune ambiguïté dans ses sentiments envers lui. En déposant sur sa table de nuit les petites perles de Ian, elle s'aperçut qu'elle n'avait même pas envie de dormir. L'aube la trouva debout. Quand le soleil levant vint illuminer le sommet des collines, elle était en train de boire un café noir, nue comme un ver, dans sa salle de séjour. Le portrait avait repris sa place au-dessus de la cheminée. Elle se sentait heureuse.

— Qu'est donc devenu votre soupirant? demanda tante Beth, étonnée de l'attitude réservée de Jessica.

Elles étaient attablées devant un thé glacé, après une longue promenade à cheval.

— De qui parlez-vous?

— Tiens, tiens!... Jouons-nous aux devinettes ou allez-vous m'annoncer qu'il est déjà passé de mode?

— Il est déjà passé de mode.

— Sans raison?... Je ne comprends pas. Je suis tombée sur une photo de vous deux plutôt spectaculaire. Elle avait été prise à je ne sais quelle réception ultra-chic.

— Où diable avez-vous vu ça? s'écria Jessica, alarmée.

— Eh bien, quelle réaction! Visiblement, il n'est plus en odeur de sainteté. J'ai vu ça tout simplement dans le journal de Los Angeles. C'était une soirée de gala à un consulat, à ce qu'il me semble. Vous étiez entourés d'un parterre de célébrités.

— Je n'y ai pas fait attention, répliqua-t-elle d'un ton irrité.

— Moi, je reste très impressionnée.

Impressionnée, Jessie l'était aussi, mais d'une manière désagréable. Qui d'autre avait bien pu voir cette photo?

Sortir avec Geoffrey n'avait pas que des avantages. Il fallait espérer que les ragots seraient de courte durée. Elle se dit que Geoffrey risquait d'en souffrir beaucoup plus qu'elle encore. Elle avait au moins l'avantage de ne pas évoluer dans la haute société.

— Votre bel ami s'est-il conduit en goujat, ou l'avez-vous simplement trouvé ennuyeux comme la pluie? Ne me répondez pas si je suis indiscrète.

— Non, pas du tout. Ce n'est ni l'un ni l'autre. Je n'ai pas pu l'aimer, voilà tout. J'ai essayé vainement. Je sais que c'est un garçon formidable. Il a tout pour lui et il a fait tout ce qu'il a pu pour m'être agréable. Mais je ne sais comment expliquer ce qui est arrivé, tante Beth. J'ai eu brusquement l'impression qu'il voulait m'avoir à sa merci.

— C'est une détestable impression, en effet.

— J'ai eu le sentiment que nous n'étions pas du tout sur la même longueur d'onde. Je me suis sentie… très seule en sa compagnie. C'est stupide, n'est-ce pas? Ça n'a aucun sens.

Elle raconta alors à sa vieille amie l'épisode embarrassant des cadeaux.

— J'aurais dû être émerveillée et je n'étais qu'effrayée. C'était bien trop somptueux, venant d'un homme que je connaissais à peine.

— Vous savez, au début, personne ne se connaît vraiment. Ce garçon m'a paru charmant, mais il est inutile d'insister quand il n'y a pas d'attirance particulière entre deux personnes.

— Je crains bien de l'avoir envoyé promener d'une façon lamentable, mais j'étais complètement hors de moi.

— Bah! ça ne lui aura pas fait de mal! Il est un peu trop guindé.

— Sans doute! répliqua Jessie, amusée. Ah! si vous l'aviez vu en queue-de-pie et cravate en train de me regarder perdre les pédales!… J'ai failli lui sauter à la figure. Dès le lendemain matin, je lui ai rendu tous ses cadeaux.

— Êtes-vous allée les flanquer par la fenêtre de sa chambre?

— Non, j'ai demandé à l'un de vos employés d'aller les lui rapporter.

— Ah bon?… Maintenant, je sais ce que font mes gens de leurs journées!

— Excusez-moi.

— Aucune importance. Je suis sûre que, quel que soit le commissionnaire, il a été ravi de vous rendre service.

Elles restèrent un moment à déguster en silence leur thé glacé.

— Savez-vous ce qui m'a fait tiquer chez lui? reprit Jessie, les sourcils froncés.

— Dites-le-moi vite. Je meurs de curiosité.

— Ne vous fichez pas de moi, je parle très sérieusement. Eh bien, voilà : il ne voulait pas d'enfants!

— Mais vous n'en voulez pas non plus. Alors, quelle importance?

— Théoriquement, vous avez raison. Mais je suis en train de changer. L'idée d'avoir des enfants ne m'effraie plus autant. Enfin, je ne sais pas… Il me semble que je suis trop vieille, mais je commence à penser que…

Elle savait pertinemment qu'elle était encore bien assez jeune pour en avoir. Peut-être tenait-elle à se l'entendre dire.

— Vous voulez un bébé? demanda tante Beth, ahurie. Vraiment?

— Je n'en sais rien.

— À votre âge, il n'est pas trop tard, bien entendu. Vous n'avez même pas trente-deux ans. Mais je dois vous avouer que je suis soufflée.

— Pourquoi?

— Parce que j'ai eu l'impression que vos craintes n'étaient pas feintes. Je ne croyais pas que vous puissiez un jour être assez sûre de vous pour prendre ce risque-là. Dites-moi, comment réagiriez-vous si vous aviez une fille trop jolie? Pourriez-vous le supporter? Réfléchissez-y. Ce peut être très frustrant pour une femme.

— Et aussi très gratifiant. Vous pensez sans doute que je dis des banalités. Ou des idioties. Mais tout ça me tourmente depuis un certain temps et je n'osais pas en parler. Dire qu'on continue à me prendre pour une femme décidée! On me croit ambitieuse, citadine dans l'âme, détestant les gosses et ravie d'être libérée des liens du mariage… C'est drôle, même quand on a complètement changé, personne ne prend la peine de décoller les vieilles étiquettes.

— Alors, chargez-vous-en toute seule et brûlez-les. C'est ce que vous avez commencé à faire, du reste. Vous avez quitté la ville, vous avez laissé derrière vous un mari et un travail. Il n'y a plus grand-chose à modifier. Fichez-vous de ce que les autres pensent de vous. Il faut bien accepter ce qu'on ne peut pas changer. Mais, pour le reste, rien n'empêche de s'en débarrasser et d'aller gaiement de l'avant.

— Parfois, je m'imagine avec un bébé, reprit Jessica d'un air rêveur.

— Tant mieux si vous avez de l'imagination! Moi, je n'ai jamais eu ce genre de fantasmes et je ne suis pas très sûre de le regretter. Je n'ai pas la fibre maternelle. Ça ne m'empêche pas d'adorer Astrid.

— J'ai un peu l'impression que ma vie est un livre dont j'ai déjà lu la première partie. Maintenant, je tourne la page. Cette première partie, je ne vais pas l'oublier, mais je veux connaître la suite. Je me dis que ça ressemble aussi à un voyage. Quand on est resté trop longtemps devant le même paysage, on a envie d'aller voir ailleurs. C'est ce qui m'arrive. Je suis en train de changer d'horizon. Oui, tante Beth, je commence une nouvelle existence. Malheureusement, je n'ai personne avec qui la partager.

— Vous auriez pu avoir Geoffrey. Vous allez peut-être vous en mordre les doigts.

Là, tante Beth n'était pas sincère. Elle savait que Jessie n'avait rien à regretter. Ce charmant garçon manquait par trop de fougue, de fantaisie et d'esprit d'aventure. Il n'était pas du genre à s'écarter de son itinéraire et cela même aurait suffi à le rendre ennuyeux. La jeune femme avait eu raison de rompre avec lui, mais sa violente réaction à son égard restait surprenante.

— N'aviez-vous vraiment aucun autre sujet de préoccupation, ces temps-ci?

— Je ne comprends pas ce que vous voulez dire.

— Mais si, mais si! Non seulement vous comprenez le sens de ma question, mais encore vous savez précisément à quoi je fais allusion. En fait, c'est la raison profonde de votre rupture avec Geoffrey, que le problème ne concernait que de très loin, finalement.

— Vous avez l'air de bien me connaître, admit Jessie en riant.

— Oui. Mais vous commencez, vous aussi, à bien vous connaître et j'en suis heureuse. Dites-moi seulement ce que vous allez faire, maintenant.

— Je pourrais sans doute m'absenter un jour ou deux.

— Vous n'avez pas besoin de ma permission, je suppose?

Pour toute réponse, Jessie secoua la tête et se mit à rire.

Le lendemain, elle mit la voiture en marche dès six heures du matin, au moment où le soleil se levait du côté du ranch. Elle avait un long trajet devant elle : six heures de route, peut-être sept. Et elle tenait à arriver à temps. Elle portait un chemisier léger et elle avait mis une jupe de préférence à un pantalon, pour avoir moins chaud. Elle s'était munie d'une Thermos de café glacé, d'un sandwich, d'un kilo de pommes, de quelques noix et de galettes faites à la maison. Elle ne manquait ni de provisions ni de fermes résolutions. Elle avait cependant un peu peur de sa démarche. Depuis deux mois, elle avait échangé avec Ian plusieurs lettres par semaine et leur correspondance avait changé de tonalité. Mais cela faisait quatre mois qu'elle n'avait pas vu son visage, quatre mois qu'il l'avait quittée brusquement dans le parloir de la prison après leur abominable règlement de comptes. Tant de choses s'étaient modifiées entre-temps. Ils en avaient eu suffisamment conscience l'un et l'autre pour rester prudents dans leurs lettres. Prudents, inquiets, et pourtant pleins d'espérance et de gaieté. Ils émaillaient leurs confidences de blagues et de remarques absurdes, d'allusions banales et de plaisanteries, mais sans jamais cesser d'avancer à tout petits pas de crainte de se découvrir trop rapidement. Ils se contentaient souvent d'aborder les problèmes de la vie quotidienne. Il parlait de son livre et elle de sa maison. Il lui avait dit qu'il ne savait encore rien de précis sur les possibilités d'une adaptation cinématographique, mais le roman allait sortir à l'automne. Elle s'en réjouissait autant pour lui qu'il était heureux de son bonheur à elle dans «sa» nouvelle maison. Il tenait toujours à souligner que cette maison lui appartenait à elle seule. Et c'était exact, pour le moment.

Après tout, ils ne formaient plus un couple. La force des liens qui les attachaient l'un à l'autre n'avait pas résisté à l'explosion brutale qu'ils étaient conscients d'avoir provoquée. Jessie craignait, pour sa part, qu'il ne fût plus possible de réparer le mal qu'ils s'étaient fait, mais elle ne voulait pas rester plus longtemps dans l'incertitude. Ian, lui, avait probablement abandonné l'espoir de la revoir un jour. À travers ses lettres, il semblait résigné et ne lui demandait jamais de venir. Il allait être étonné de sa visite. Mais, pour savoir ce qu'il pensait, elle avait besoin de lui parler et de le regarder dans les yeux. Elle ne pouvait plus se contenter d'entendre en imagination l'écho de sa voix.

Elle arriva devant la prison à une heure et demie de l'après-midi. Après être passée au portique et avoir laissé fouiller son sac à main, elle alla remplir un formulaire pour obtenir son laissez-passer. Elle attendit une bonne demi-heure, assise près d'une porte, trop impatiente pour quitter des yeux la pendule accrochée au mur. Elle était brusquement terrifiée. N'avait-elle pas eu tort de venir ? Trouverait-elle quelque chose à lui dire ? N'allait-il pas refuser de la voir ? S'il n'avait pas réclamé sa visite, c'est sans doute qu'il ne voulait plus d'elle. Dans ce cas, c'était une folie d'être là. Pire : une bêtise, une idiotie.

— La visite pour Clarke !... La visite pour Ian Clarke !...

L'appel fit bondir Jessie de son siège. Elle s'efforça de ne pas courir en se dirigeant vers le gardien en uniforme qui se tenait à l'entrée du secteur réservé aux visites. Mais, arrivée devant la porte, elle ne la reconnut pas. Ce n'était pas celle d'avant. Elle se dit que, si Ian n'était plus dans la même section, elle aurait peut-être la chance de le voir sans panneau de verre.

Après avoir vérifié qu'elle portait bien sur le dos de la main la marque qu'on lui avait apposée au tampon lors du contrôle, le gardien lui ouvrit et s'écarta pour la laisser passer. La porte donnait sur une large pelouse entourée d'une bordure fleurie. Il y avait des bancs et l'on ne voyait qu'une longue étendue d'herbe verte bien tondue. Les murs étaient invisibles. Après une hésitation, elle avança en regardant les couples qui se promenaient à droite et à gauche. Elle mit un certain temps à apercevoir Ian, qui était debout de l'autre côté de la pelouse. Il semblait sidéré de la voir. Elle eut l'impression que ses pieds devenaient lourds comme du plomb et que toute la scène se déroulait au ralenti.

Ils restèrent un moment figés, à bonne distance l'un de l'autre, puis le visage de Ian s'éclaira d'un large sourire. Il avait l'air d'un grand gosse heureux, un peu embarrassé de lui-même. Ses yeux, comme ceux de Jessie, étaient embués de larmes. Bizarrement, ni l'un ni l'autre ne paraissaient capables de franchir l'étendue de gazon qui les séparait. Alors que Jessie avait été bouleversée d'impatience à la perspective de le voir et de lui parler, elle se contentait de rester sur place à le regarder de loin, bouche bée, l'air ravi. Au moment où elle se décidait à avancer dans l'allée, il fit quelques pas à son tour pour venir à sa rencontre. Et, brusquement, ils furent dans les bras l'un de l'autre. Enfin, elle avait retrouvé Ian, son Ian, celui d'autrefois… Elle sentait l'odeur de sa peau, la chaleur de son corps, le contact familier de son menton posé au creux de son épaule… Elle était de nouveau en sécurité.

— Comment se fait-il que tu sois là, Jessie ? Es-tu à court de laque à cheveux ou déjà dégoûtée de la chasse aux lézards ?

— Les deux. Je suis venue te demander du secours.

Elle avait du mal à retenir ses larmes et il luttait, lui aussi, contre son émotion, mais leur sourire à tous les deux brillait comme un arc-en-ciel après l'averse.

— Tu es folle, ma Jessie ! dit-il en la serrant avec force.

— C'est bien mon avis, répondit-elle en pressant son corps contre le sien.

Émerveillée de se retrouver dans ses bras, elle leva la main pour caresser ses cheveux. Ils étaient doux comme de la soie. Rien qu'en les effleurant, elle l'aurait reconnu, les yeux bandés, parmi des dizaines d'autres hommes.

— Comme je suis heureuse d'être tout contre toi !

Elle s'écarta pourtant pour le regarder, et il lui parut plus beau que jamais : le visage amaigri, les traits un peu tirés, trop bronzé, l'air dépassé par les événements, mais absolument magnifique! Il l'attira de nouveau contre lui et ce fut elle qui posa la tête sur son épaule.

— Ma petite chérie, je n'en ai pas cru mes yeux quand j'ai reçu ta première lettre. J'avais perdu tout espoir.

Brusquement, elle avait honte de ses longs mois de silence et, en observant son visage, elle y vit les traces de ce qu'il avait souffert.

— Tu es toujours la plus belle! Et tu as l'air en superforme. Il me semble même que tu as légèrement grossi.

Il se recula un peu pour la regarder. Mais il la tenait par la taille, comme s'il avait peur de la voir disparaître de nouveau. Si elle était là, c'est donc qu'il ne rêvait pas, qu'elle l'aimait encore! À moins qu'elle ne fût revenue que pour lui dire bonjour-bonsoir… Voyant les yeux de Ian s'assombrir, Jessie comprit ce qui lui traversait l'esprit. Mais elle ne voulut pas encore le rassurer. C'était trop tôt.

— J'ai grossi? Je vais sans doute me transformer en une grosse fermière.

— Tu es une fermière heureuse, si j'en crois tes lettres.

Il l'embrassa et, l'attrapant par le bout du nez, il lui dit de venir s'asseoir avec lui sur un banc.

— Mes genoux flanchent! Je ne tiens plus debout, tellement je suis ému.

— Tu es ému, *toi*? s'écria-t-elle, partagée entre le rire et les larmes. Et moi qui craignais que tu ne veuilles plus me voir!

— Comment pourrais-je ne plus vouloir donner aux autres l'occasion de m'envier et de baver d'admiration? Tu délires!

Il venait de s'apercevoir qu'elle portait au cou son petit haricot de Lima et il lui prit la main avec reconnaissance.

Toujours main dans la main, ils allèrent s'installer sur un banc et, là, quand il lui passa le bras autour des épaules, il la sentit trembler. Soudain, elle se mit à parler précipitamment, comme si une digue venait de se rompre et qu'elle n'eût plus le pouvoir de contrôler ses sentiments.

— Ian, je t'aime, je t'aime! Sans toi, je trouve la vie abominable!

C'étaient des mots banals, mais désespérément sincères. Elle savait enfin quel était son désir, car il n'était plus question de besoin, mais de désir. Si elle avait toujours besoin de lui, ce n'était que parce que le désir la possédait tout entière.

— Pourtant ta vie ne me paraît pas abominable, ma mignonne : la campagne... la maison. Mais... je suis quand même très touché que tu la trouves abominable, même s'il ne s'agit que d'une toute petite abomination... Comme je suis heureux que tu sois venue, ma Jessie!

— M'aimes-tu encore un peu? demanda-t-elle d'une voix d'enfant.

En entendant cette question, il retrouva la Jessie d'autrefois. Il y avait bien longtemps qu'elle n'avait pas cherché à ce qu'il la rassurât sur son amour. Elle attendait sa réponse avec angoisse en se demandant ce qu'elle deviendrait s'il lui disait non. Retomberait-elle dans les pattes d'un charmant aristocrate ou dans celles d'un apprenti dramaturge aux cheveux en bataille? S'il ne voulait plus d'elle, à quoi bon la maison, le belvédère, la balançoire et la nouvelle vie qu'elle lui préparait? Sans l'espoir de son retour, elle n'aurait sans doute même plus envie de vivre à la campagne. Elle ne pouvait pas se contenter indéfiniment de regarder son portrait, d'imaginer le son de sa voix et de porter des perles à ses oreilles en souvenir de lui.

— Ohé!... Tu rêves, ma belle! À quoi penses-tu?

— À toi, répliqua-t-elle en soutenant son regard. Ian, m'aimes-tu encore?

— Plus que je ne saurais le dire, mon trésor. En douterais-tu, Jessie? Je ne t'ai jamais autant aimée. Pourtant, quand tu as demandé le divorce, j'ai trouvé ça normal. Je n'avais pas le droit de t'imposer pareille épreuve!

Il eut un geste vague en direction des bâtiments de la prison.

— Mais cette épreuve, répliqua Jessie avec inquiétude, comment la supportes-tu, toi?

Elle s'écarta légèrement de lui pour l'examiner. Il n'avait pas l'air en trop mauvaise santé, mais il était quand même très amaigri.

— Je la supporte beaucoup mieux que prévu, même depuis que j'ai terminé mon roman. D'abord parce qu'on m'a demandé de donner des cours aux autres prisonniers. Ensuite, parce que... eh bien, figure-toi que j'ai reçu une convocation. Il est question de me libérer en septembre. C'est presque sûr. Par je ne sais quel miracle, il y a eu des changements depuis mon arrivée ici en ce qui concerne l'application des peines. Maintenant, d'après la nouvelle loi, je devrais avoir fait mon temps, étant donné qu'il s'agit d'une première condamnation. Je pourrais donc rentrer bientôt.

— Dans combien de temps?

— Dans six semaines au minimum. Peut-être seulement dans trois ou quatre mois. En mettant les choses au pire, dans six mois. Mais là n'est pas la question, Jess. Il y a tout le reste. Il y a nous deux, en particulier. Ma condamnation à la prison n'est pas notre seul problème.

— Tant de choses ont changé!

Ian le savait. Il l'avait compris à travers ses lettres en apprenant toutes les décisions qu'elle avait prises et il lisait aussi dans son regard qu'elle n'était plus la même. Il ne l'avait jamais vue aussi éclatante de féminité et il avait intuitivement la quasi-certitude qu'elle lui appartenait encore. En partie, du moins. Car il était évident qu'elle s'était elle-même ressaisie, qu'elle paraissait plus indépendante. Ian s'en réjouissait. Il la sentait plus libre, plus riche de possibilités, plus épanouie, plus forte. C'était un être humain digne de ce nom, une personne. Puisqu'il avait mûri de son côté, tout pourrait s'arranger entre eux, à condition qu'elle voulût toujours de lui.

— Oui, Jess, beaucoup de choses ont changé, mais certaines ne changeront jamais. Je ne sais si tu voudras l'admettre. D'autre part, tu pourrais sûrement trouver quelqu'un de mieux que moi.

Il songeait, en disant cela, à la photo qu'il avait vue dans le journal. Et, comme tante Beth, il avait lu l'article correspondant. Si Jessie pouvait trouver un homme comme ce sir Geoffrey, pourquoi reprendrait-elle la vie commune avec lui?

— Ian, je tiens à ce que j'ai, à condition que je l'aie encore. Je ne trouverai pas mieux que toi et je ne le chercherai pas. Tu es tout ce que je désire.

— Je ne suis pas riche.

— Qu'est-ce que ça fait?

— Écoute-moi, dit-il d'un ton triste et résolu, j'ai reçu une avance de dix mille dollars de mon éditeur. La moitié de cette somme est passée dans la voiture. Avec les cinq mille qui restent, je n'irai pas loin. Par conséquent, tu serais encore obligée de casquer, car j'ai besoin d'écrire, ma chérie, et j'en suis conscient. Je ne peux pas faire autrement, même si ça doit me contraindre à travailler entre-temps comme garçon de café pour survivre. Je n'accepterai jamais de m'arrêter d'écrire pour devenir un monsieur «respectable».

— Mais, qui parle de respectabilité? s'écria Jessie avec impatience. J'ai acquis une petite fortune en vendant la boutique à Astrid. Alors, pourquoi chercher à savoir désormais qui gagne l'argent, d'où vient cet argent et à quoi il sert? Que crois-tu que je puisse faire avec ces dollars? Des papillotes? Nous pourrions les utiliser pour une foule de choses intéressantes!

— Dis-moi lesquelles, répliqua-t-il, égayé par son enthousiasme.

— Oh! Je ne sais pas! Par exemple acheter la maison que j'ai louée pour l'été. La restaurer un peu. Faire un tour en Europe… Avoir un bébé…

Elle s'arrêta et tourna la tête vers lui en riant. Ils se retrouvèrent nez à nez.

— Qu'est-ce que tu viens de dire?

— Je crois que tu as entendu.

— Je n'en suis pas très sûr. Parles-tu sérieusement?

— Il me semble! dit-elle d'un ton énigmatique.

— Comment en es-tu arrivée là?

— Tout naturellement, mon chéri. J'ai mûri depuis notre dernière rencontre, mais ce n'est qu'assez récemment que l'idée m'en est venue. Et je me suis alors rendu compte que ce n'était pas seulement «un» enfant que je voulais, mais «ton» enfant. Le nôtre, Ian. De toute façon, je te veux, toi, avec ou sans enfants, avec ou sans argent… Je ne peux rien dire d'autre, si ce n'est que je t'aime.

Deux grosses larmes s'échappèrent de ses paupières. Elle le regardait avec une telle ferveur qu'il aurait voulu ne plus jamais la quitter. Il la serra passionnément dans ses bras.

— J'ai l'impression de rêver, Jess, reprit-il, le visage rayonnant. Il me semble que d'une minute à l'autre un crétin de gardien va s'amener en me flanquant de la lumière dans les yeux, que je vais m'éveiller en sursaut, cramponné à mon oreiller, et m'apercevoir qu'il est deux heures du matin!… Je n'arrive pas à croire que tout ça soit vrai. J'en ai trop longtemps rêvé et je dois rêver encore. Je t'en supplie, jure-moi que c'est bien réel!

— C'est bien réel… La preuve, c'est que tu es en train de me casser le bras, à force de le serrer.

— Oh! pardonne-moi, ma chérie! s'excusa-t-il en desserrant son étreinte. C'est que je t'aime comme un fou. Peu importe que tu veuilles ou non un enfant. C'est toi que j'aime, quoi que tu fasses et où que tu sois, dans ta ruine campagnarde ou dans un palais. Mais je me demande quand même si tu n'es pas un peu folle! Bien que je nage dans le bonheur, je ne comprends pas pourquoi tu es revenue.

— Parce que je suis heureuse avec toi!

Elle lui passa les bras autour du cou et se mit à lui mordiller l'oreille en lui murmurant des mots tendres. Cela lui fit presque mal et, en représailles, il s'amusa à la pincer. Il y avait si longtemps qu'ils avaient oublié leurs petits jeux amoureux que pouvoir à nouveau se pincer et se mordre leur paraissait une fête.

— Dis donc, Ian, qu'est-ce qui t'arrive?

— Que veux-tu dire? demanda-t-il, un peu inquiet.

— Je viens de te pincer et tu n'as même pas crié! Tu l'as toujours fait. Est-ce que tu ne m'aimerais plus?

Mais on voyait, cette fois, qu'elle n'y croyait pas. Jamais ses yeux n'avaient brillé d'un tel éclat.

— Es-tu venue uniquement pour m'entendre crier?

— Évidemment. Et pour crier à mon tour. Et te serrer contre moi, t'embrasser, te supplier de foutre rapidement le camp d'ici pour rentrer à la maison. Reviendras-tu? Dis-le-moi, dis-le-moi!

Quelques heures plus tôt, elle en était encore à se demander s'il allait vouloir d'elle. Mais, grâce au ciel, elle savait maintenant qu'il l'aimait toujours.

— Je reviendrai. Ta maison ne serait-elle pas, par

hasard, envahie par les serpents et les araignées? Et n'aurais-tu pas besoin de moi pour les exterminer? Ne mens pas. Je te connais!

— Fiche-moi la paix! Il n'y a ni serpents ni araignées. Mais, tout de même…

— Tout de même?

— Il y a des fourmis. L'autre soir, en entrant dans la cuisine pour me faire une tartine de beurre de cacahuètes, je me suis mise à hurler de peur… Pourquoi ris-tu? Sale type, pourquoi ris-tu?

Brusquement, elle éclata de rire à son tour. Il l'enlaça et ils recommencèrent à s'embrasser. Ils riaient à travers leurs larmes. Entre eux, la guerre avait pris fin.

Deux mois plus tard, il rentrait à la maison.

Aubin Imprimeur
LIGUGÉ, POITIERS

Achevé d'imprimer en avril 1996
pour le compte de France Loisirs
123, bd de Grenelle, 75015 Paris
N° d'édition 26814 / N° d'impression L 51532
Dépôt légal mai 1996
Imprimé en France